Što pepeo priča

夜空的抚慰

［波黑］杰瓦德·卡拉哈桑

著

宋健飞

译

DŽEVAD
KARAHASAN

上海译文出版社

目录

第一部
死亡萌芽

1

世上有些日子，真不应该开始。不过倘若一定要开始，倘若每一天的开始确实不可逆转的话，那么最好也让人有可能避免绝对不需要开始的那天，比方说用长睡不醒的方式，或者千方百计地避而远之。如果没有这种可能，你就没有自由，就只是件没有生命的东西，连起码能决定自己不愿做什么的权利都不具备，因而没有随心所欲的意志，而且将来也不会拥有。

对奥马尔·海亚姆[1]来说，伊斯兰历四六九年，八月十六日礼拜四，就是他命运中这样一个背时倒霉的日子。离开萨里家往回走时，天边已经泛起鱼肚白。他在萨里这个算得上是朋友的老熟人身边守候了一夜，看着他撒手人寰。想必他心里明白，自己虽说对萨里之死没有直接责任，但也并非一点干系不沾。在家门口，他碰到一个不认识的后生，小伙子告诉他，为他负责建造的伊斯法罕天文台运送器材和图书的骆驼队遭到袭击，东西都被抢走了。海亚姆大惑不解地盯着后生，极力在心里说服自己别信这鬼话，因为他觉得这实在太荒唐，根本不可能！那些打劫的大盗要他的图书、星盘、星象集和天文图表干什么用？可后生直挺挺毫不动摇地戳在他面前，尽管静默不言，却用他的坚定不移向海亚姆证明，不管这事荒不荒唐，他是真人说真话，真话讲真事。接下来，天文台工地上发生的一连串事件，足以构成种种理由，让人回避这一天。工匠们一小群一小群地站在一起，商量着这天怎样磨洋工，还要装出仍在干活的样子。因为两天以来，他们既没看到建筑材料，也没见着一个应该对此负责的人影儿。海亚姆啐了一口，连忙朝被称作"巴扎"的大市场方向赶去，希望在那儿能找到年轻的费力敦，他是整个天文台工程事宜的负责人。

海亚姆一边朝山下的城里疾行，一边在脑子里把所有导致萨里一命呜呼的事件过了一遍。想必他希望能找到点什么，可以证明自己的清白，或者至少减轻一些内心的负疚。八月十四日，也就是礼拜二，萨里邀请他到叶齐达基尔德的茶馆去参加个聚会。叶齐达基尔德是被称作琐罗亚斯德派的拜火教信徒，他的馆子是伊斯法罕那些玩世不恭、愤世嫉俗的所谓"黄金单身汉"常来常往之处。萨里刚接了个大单，得了相应的一大笔预支经费，所以让人搞了个小范围的上流聚会，想款待一下他精心挑选的客人，以表庆贺。

叶齐达基尔德的茶馆坐落在一处宽阔的园林中间，紧靠着扎因达鲁德河，从城里骑马到这儿大约要走半个小时。茶馆分为两室，一间面向大众开放，里面供应食物和可以公开销售的饮料；另外一间面积较小，门通向露台，露台又连接着一排一直延伸到河边的小台阶。这个包间一般不对外开放，主要是给内部聚会预留的，那帮特殊客人想在这里观赏花园美景和河畔风光，当然还要享受美酒、大麻、女人和其他一些任何人没大钱都不可能在触碰之后付得起罚款的东西。奥马尔和萨里走进包间时，屋子角落里的一张大桌子旁已经候着三位年轻男子。其中两个奥马尔看上去面熟，第三个年纪大点儿的叫阿布·赛义德，是个与众不同的怪人，总爱让人称他赛铎王子。这个挺讨人喜欢的伊斯兰教神秘主义者、苏菲派大师跟海亚姆是老相识，两人常在一起谈诗论作。"苏菲"一词原义为"羊毛"，据传"苏菲派"就是因其成员习惯于身着简朴的粗制羊毛衣衫而得名。赛义德也不例外，不过他所穿的粗毛制品至少是件金黄色的织物，比方今天他就身着一袭这样的长袍，看上去像是在拿高贵的纯金与几乎未经加工的粗羊毛之间的极不协调来调侃人生世情。在这点上，装束倒是与主人蛮相配的。此君个性另类，不随大流，所言所行不是用来自我解嘲，就是挖苦别人，其意图不管说没说出来，都是为了达到这些目的。与此同时，他想给人的暗示则是，他赛义德貌似喜玩世不恭，好冷嘲热讽，其实对己对人都极为认真。比方说，他特别喜欢向所有乐意倾听其讲话的人保证，对大好人塞尔柱帝国苏丹马立克·沙赫[2]和宰相尼札姆·穆尔克[3]已经表露出愿意关心人间世事，自己欣慰无比并感恩不尽，这样他阿布·赛义德，也就是赛铎王子，就可以腾出空儿来，全力以赴地献身其他重任，尤其是去多关心一下有关天堂的圣事。阿布·赛义德就是喜欢用诸如此类的方法，将自己的言与行、褒与贬全然混为一谈，而且调和得不偏不倚，比例均匀，以此来挑战所有人，让他们判断庄与谐之间难以确定的界限。他竟然忍心喜形于色地冲着一个家里才遭了火灾的人说什么"你家着火了？真是太好了，兄弟！应该高兴、庆贺呀！你多走运啊"之类的话，以便没完没了、海阔天空地向他解释，说真主若要拯救某人脱离苦海，必先难为其人，考验其身。然后，等到他把那些凡夫俗子都忽悠到认真考虑自杀的地步时，他又向周围的、特别是那动真格要结束自己生命的人赌咒发誓，说生命诚可贵，生而为人逗留的最佳去处非人间莫属。尽管他如此胡言乱语，却从未有谁敢动他一根毫毛，就连想说他坏话的都没有。比方说，流离失所、走投无路的一家之主，不会向他发泄不满；怒火中烧、满腔忿恨的士兵，也不敢用刀背在他身上解气。恰恰相反，赛义德在伊斯法罕所有的社交圈里都备受喜爱和欢迎。

萨里和奥马尔一边与来聚会的朋友们嘘寒问暖地打着招呼，一边在矮铜桌周围摆放了一圈的软垫上坐下来。叶齐达基尔德漂亮的女儿端上了一大盆坚果，里面盛着南瓜子、葵花子、杏仁和榛子，随即问大家都喝些什么。赛义德和奥马尔要了白水，里面掺了冰雪，冷冻到刚好入口即会起沫发泡。其他三个人点的则是设拉子红酒。萨里告诉大家，商人鲁斯特姆想在离巴扎不远的地方建造一座货真价实的豪宅作为城里的府邸，把瓷砖装修的活儿全部包给了他来做。也就是说，他萨里得设计铺地的马赛克图案，绘出墙面的花纹藻饰，决定色彩搭配，监督瓷砖的制作，最后还要铺盖和粘贴瓷砖，将其镶拼排列成他所设计的图案和花饰。萨里说，实际上他脑子里已经有了纹饰的清晰构图，接着便滔滔不绝地讲解建筑的室内和外部装饰之间的差异，而且兴致勃勃地举例证明，两者绝对不能混为一谈，甚至就连看上去相似都不行。末了他还对在座的人说，谁家要是将来有能力建造豪宅的话，可以告诉他想要什么样的马赛克装饰。他一杯接一杯，越喝越多，不断添菜，口若悬河，声似洪钟，但身体明显地逐渐撑不住了，搞得大伙也越来越难受。

叶齐达基尔德想必早已看出，萨里想借夸夸其谈和胡吃海塞来掩饰自身的痛苦或者至少是不适，于是便决意力所能及地添酒上菜，以便至少在第二件事上助他一臂之力。吃喝调侃之间，他走到桌旁，好像透露秘密似的轻声建议萨里，最后可以再来一道鹌鹑油香煎羊羔舌，以便圆满结束这次美味大餐，而且发誓说，他用的小羊羔绝对不大于五个月。萨里二话没说当即点头，吩咐叶齐达基尔德给他们五个每人来一份这种美味羊舌。这时，阿布·赛义德插话了，他提醒大家，真正的款待是让人享受交谈和聚会的乐趣，而吃喝只是提供了谈话和到场的机会，好让我们借以度过这段时光。这番陈述让席间所有关于吃喝的谈话戛然而止，不过萨里还是坚持要吃羊舌，又添了些酒，并且申明一切费用他全包了，因为业主为这一大单活儿向他支付了一笔可观的定金。他拍着胸脯讲，能搞这次聚会款待大家，自己深感荣幸，说着就要去牵阿布·赛义德的手。

可萨里没能拉住阿布·赛义德，这当儿后者刚好把臂膀一挥，撇开叶齐达基尔德，转身面对萨里开始了一番谁都没敢想的长篇大论。他滔滔不绝地称赞慷慨大方乃最美的美德之一，并且论证道，小气吝啬的人既没高雅气质，也无愉快心情，因为别人都会心安理得地避免与其打交道，而不同别人交往何来愉悦之情——无论是最傻的傻瓜，还是最小气的小气鬼，人总不能自娱自乐吧。他还援引颂扬慷慨大方的穆罕默德《圣训集》，提及那些不受圣言影响却同样对慷慨精神推崇备至的伟人。接着，他又说，倘若美德被用来当作彰显自己或者谋取赞扬、奖赏等类似好处的手段，那它就令人恶心、反感！赛义德强调，拿慷慨馈赠来显示自己财大气粗的人，往往比小气抠门的守财奴更加差劲；同样，极尽阿谀谄媚之能事，以博得众人夸奖的好好先生，其实比只为图个耳根清净而出言不逊的粗俗之人还要坏。随即，他又直言不讳道，今天萨里表现得慷慨大方，非常聪明地想让朋友们和他一起分享快乐，这可谓明智之举，因为一个人享受欢乐会比独自承受悲痛更加难受。不过，倘若萨里的慷慨在此刻转化为庸俗的炫富，或是变成他从客人们那儿捞取赞美、感恩，或者——真主保佑——崇拜的刻意追求，那可就实在太遗憾了！

　　直到冗长的说教接近尾声，阿布·赛义德才恢复了他以往典型的讲话方式。此前，他口吻生硬武断，严肃自信，好像真的胸有成竹，知道自己在说啥，也知道什么是真理似的。而现在他又故态复萌，出人意料地变换了语音语调，更改了讲话的节奏，用一种让人听不出是庄是谐的腔调，开始谈论与这天晚上和萨里并无直接关系的事情。而他赛义德本人显然也不清楚，自己说的究竟是不是实话。他说，人生须有作为，真主让大家来到这个世界，想必不是为了给人间增光添彩。因为说实话，向真主发誓，这个世界上有比人类更加美丽的事物和景象。所以明摆着，造物主派我们来是委以重任，订立了务必实现的目标，而且人人有份。所以你应该扪心自问，真主为何造就你，你又为何在世。能在这个世界上逗留，淡定专注、全心全意地献身于永恒不朽之伟业，固然不错。不过这种人毕竟为数甚微，就算有，他们也并非总能将自己世俗的眼光转变为永恒的远见。如果你不能做到这一点——你本来就做不到，因为你不是赛铎王子——那就献身于你必须与之共同生活的人吧，以此获得真主的赏赐，将大爱播洒人间，就当为自己的亲人效劳。倘若你连这点也做不到，而这一无能是因为你没有聪明到可以明白，自己的所作所为归根结底是于己有益，那就献身于普通的劳苦大众，去捞钱、攒钱吧。我亲爱的萨里兄弟，去赚取这世上的财宝，积铢累寸，广罗财富，用作行善，这也是一个目的。不过，假使连这一点都做不到的话，那你就只管挣钱攒钱吧。总会有人出现，拿你的钱去行善或作恶。去搜罗、积攒钱财吧，节衣缩食，分文不嫌，这也是一大乐事，也有一分意义，你应尽力为之，以图实现。让你的人生有所作为吧，全力以赴，不过必须是真心实意地投入。

"得了，得了，得了，别吹了！"萨里把手往下一挥反驳道，"我说亲爱的王子，人生就是空气，一无所用。你搞不清楚它是蕴藏于你体内，还是环绕在你周围，你已经吸入了它，还是呼出了它，你听不见看不着，但它可以随心所欲地一会儿在这儿，一会儿在那儿……纯粹是空中之气。"

参加萨里和奥马尔聚会的一位青年男子招了招手，把大家的视线引向自己，随即用大拇指示意叶齐达基尔德的女儿给他续杯添酒。他目不转睛地盯着姑娘说："咱们最好还是为人生举杯，为人生的'意思'而畅饮吧！而这人生的'意思'嘛，你就给它多来几杯滋润滋润好了，看它生长得有多快！"说完了就去抓姑娘的手，可叶齐达基尔德的女儿机灵地缩了回去。

"你是指'意思'？你大概也滋生出那层'意思'来了吧？"客人里的另一个年轻人做了个一语双关的手势问，并意味深长地瞟了姑娘一眼。

"干吗不可以呢?！梨树浇足了水就会长高，马驹喝饱了水也会长大，为什么那'意思'和其他类似的事物就不能在得到滋润后成长壮大呢？"要酒的男子笑道，色眯眯的眼光目送着叶齐达基尔德的漂亮女儿转身离去。

"血！"奥马尔嘴里突然蹦出一个词，天晓得为什么，又是怎么冒出来的。

三个人放下杯子后，萨里问："在哪儿？什么血？"

"血就是生命，是生命之源泉。它承载着生命，将其分配到身体的各个部位。"奥马尔解释道，同时也对自己的行为感到莫名其妙。他本来不想加入这场令人不快且与自己无关的谈话，所以没有自以为是地逞能，卖弄学问，甚至连句表态的话都没说，可这下却脱口而出地大谈与血有关的故事，愚蠢地卷了进去，而且越陷越深。

"嘿嘿！说得好，哈基姆[4]！是啊，是啊，血液和生命，两者都是流动的，哪儿还有比这更好的生命基础呢！"萨里笑道，可他的笑声里，尤其是他脸上，与其说洋溢着轻松的愉悦，不如说流露出紧张的痉挛。

"我可不是开玩笑，"奥马尔强调，"没有血液流动的地方，也就没有生命可言。"

"是啊，这一点从桃子这种水果身上就可以看得很清楚，"赛义德转身对萨里说，"果实挂在树上时会变红，因为果肉里满是流动的血液。一旦你把它摘下来，就会发白，因为这可怜水果丢了性命。"

阿布·赛义德的插科打诨引起了哄堂大笑，奥马尔的声音顿时显得虚弱无力。

"亲爱的赛铎王子，要是把你的话当真，那可就麻烦了。"海亚姆回应道，"因为你所说的一切，还有你没说出来的一切，都是听命于你的挖苦讽刺，为其效劳。假如我现在说，今天是礼拜二，伊斯兰历八月十四日，你也会予以否认，而且还会讲个笑话来损我。"

"不会，绝对不会的，哈基姆！"阿布·赛义德立即反驳，那样子就跟他并非戏言似的，"你只管说今天是礼拜二好了，如果你觉得有必要，我马上绝无二话地给你出具一张书面证明，确认今天就是礼拜二。"

"两者都——都是流动的，这——这是血液和——和生命的唯一共——共同之处。"萨里晕乎乎地反复嘟囔着，一副神秘莫测且煞有介事的样子，似乎能否让奥马尔确信这一真理对自己生死攸关。

这一刻，奥马尔遇到的情形是在任何一个坚信自己奇葩想法的书呆子身上都可能产生的状况：他感觉到务必要向对方证明自己的观点，或者至少说服别人相信自己。可他忘了，自己那番有关血液和生命的不幸阐述完全是脱口而出的，也忘了，连他本人都没有把这话完全当真，或者至少没有说服自己相信这话是对的。他没有想到，在进行此类谈话时，人们对一个巧言妙语的笑话段子的评价远比对神圣的真理要高，因为笑话与真理的区别在于，前者能改善气氛，逗人开怀，而诸如此类的聊天恰恰就是为了愉悦心情，让人喜笑颜开。他还忘了自己迄今为止通过这种闲聊所学到的最重要的一点，那就是，他只有缄默不语，才能恰如其分地融入这种场合。所有这一切海亚姆全都抛在了脑后，于是开始引经据典地论证他信口开河的观点，就好像这真的事关生命的根源似的。

"据我所知，曾将天花与麻疹区别开来的波斯名医阿尔·拉齐[5]，是第一个公开表示相信血液与生命密不可分的人。他发现，一旦血液停止流动，人的肢体就开始坏死，由于血液无法抵达，活力便得不到维系，身上的肉也开始腐烂、解体。他的血液乃生命的根本与源泉之说就建立在此基础上。可医学鼻祖伊本·西拿[6]则怀疑这一说法的正确性，他尝试证明，血液是在人体内一个封闭的循环系统里流动的，而人的生命来自体外，又会脱离肉体而去。伊本·西拿曾说，生命向人类敞开了通往外部世界的大门，而血液则生于人体之内也滞于人体之内。不过由于他当时未能找到其他的生命源泉或者基础，所以最后只得承认，拉齐的思想有可能是对的。就连著名外科大夫阿布·艾尔-卡西姆门下那个不配做他学生的哈桑·本·拉斯，也纯属'瞎猫撞上死耗子'地得出结论，说母亲之所以能给孩子生命，是因为她用自己的鲜血喂养体内的胎儿。"

奥马尔停顿了一下，歇了口气，用冰水爽了爽嘴。"你得了吧！"坐在他右侧的一个后生别有用心地插话了，此人是巴赫蒂亚里游牧部族首领的儿子，打算并且策划在伊斯法罕做大买卖有小一年了。他质问海亚姆，凭什么当着众人的面如此贬低哈桑·本·拉斯，把他说成一只"瞎猫"。

"你认识哈桑·本·拉斯？"奥马尔略微有些吃惊地反问。

"不认识，不知道他是谁。可我认识你呀！"巴赫蒂亚里人说着便带头开怀大笑起来。其他人也应声附和，纷纷举杯祝酒。萨里喝干了自己的杯子，马上又重新斟满，看得出来，他酒劲儿已经上了头，肌肉失去了控制，面部一阵阵地痉挛，呈现出一种不由自主的扭曲怪笑，同时还伴随着不时袭来的肩颤。他的目光紧张地从一个人身上滑向另一个人，想插嘴说话时，嗓子眼里却只能发出含混不清的咕噜声。

大家放下酒杯后，在座的另外一个后生问阿布·赛义德对刚才的讨论怎么看。赛义德没有直接回答，反问大家对人的理解力该如何理解。他说，自己对死亡充满好奇，总是不解其从何而来。可他对生命这一真正的奇迹毫不奇怪，也不去刨根问底。不过，倘若真要像智者海亚姆大师现在这样扪心自问的话，他就认为，生与死如出一辙，它们同源、同根，也同因。在他看来，淹死的人因水而亡，这与他生前靠水而活，并且整个生命皆发源水中，是顺理成章、和谐一致的。倘若再深思的话，他就会觉得，生命和死亡正好相反，那么他没准就会起这样的念头，认为溺毙者的生命起源于火，因为它终结于水。他发现，一种疾病的起因，比方说，是颈部血管堵塞，那么可以从中推断，健康的原因就在于打通你所能控制的所有血管。"你们怎样向我们的大夫说明，健康之原因乃天地间生存之万物？又如何告诉他，生命之原因乃天地间存在的和不存在的万物？事实恰恰如此，而且你们也知道，一切正是这样！我现在就可以当着你们的面说：除了我赛铎王子之外，这神秘知识之源泉还能向何人敞开其大门？"

"心脏在活人体内跳动，"奥马尔打破了席间突如其来的沉寂，"它敲击着我们生命的时钟，决定其长短和速度，如同以它的大小决定我们身体的大小一样。倘若我们的心脏和储水的皮囊一样大，我们的躯体便至少堪比大象。那样的话，我们的心脏可能每小时只跳一次，或者跳得更慢。"

"是啊，假如我们的大脑都像洋葱，那大伙儿就跟奥马尔一样都成哈基姆喽！"另一个后生打断奥马尔的话揶揄道。现场没有人发笑，就连奥马尔也没瞧他一眼，只是努力把注意力集中在表达上，好让别人听明白自己的意思。

"如果心脏每小时跳动一次或者更慢的话，那我们人类至少可以活到一百到一百五十岁，或许更长。相反，倘若心脏的大小仅如洋葱，那它比我们现在的心脏跳得肯定要快十或十二倍，而我们也就会跟兔子或鸡一样大小。我曾分毫不差地精确计算过，如果我们的心脏每天只跳一次，那我们可以活八百年，而且身高会超过大象。那样的话，我们就看不见日夜的差别，一年的春夏秋冬就像现在一日的晨午昏夜……相反，如果心脏每小时跳八千次的话，那我们便可看见天上日月穿行，地上万物生长，看见大海潮涨潮落，如同呼吸一般，还能看见露珠滴落在沉睡的土地上。一切都会改变，一切又都不变，因为一切都停留在我们心脏的跳动之中。正是这跳动的心脏推动血液流经我们鲜活的躯体，我想提醒各位别忘了这一点。"

屋内出现一阵令人尴尬的沉默，好像奥马尔说了或是做了什么不合时宜的事。只有萨里把手伸过桌子，拉住奥马尔的衣袖，嘟嘟囔囔的，虽像是耳语，可那尖锐的声音又让在座的所有人不得不听得分外真切：

"不过是流——流动的，仅——仅此而已。"

奥马尔总觉得是自己把大家都搞得郁郁寡欢，谁也不高兴，虽然他知道这种自责并不合乎情理，但还是认为必须给萨里一个答复，把自己当晚所讲的一切解释清楚，因为只有一个恰当的答复才能解脱或者至少减轻他的内疚。

"本人不求各位对我开恩，但希望大家对大师们发发善心。"奥马尔说，并故意作出心情开朗的样子，"我说萨里，你也行行好，让大师们知道你也是有知识的人。"

"这不——不需要什么——什么知——知识，这都——都是自然而然的事情。"萨里大着舌头接过话头，声音虽不大，可音调还是那么尖锐，即便坐在屋子最靠里的角落也能听得一清二楚。

奥马尔摆出一副要作答的架势，话到嘴边却又屏息打住，在众目睽睽之下瘫坐了下去，两臂高举，仿佛宣告投降。他内心一片苍凉，而且寒心的理由很充分，因为虽说看上去他赢了萨里，可这表面上的胜利毫无价值。在这个圈子里，你根本无法正儿八经地阐明用数学方法计算出来的与心脏及其大小和频率相关的一切。所以他中断了思路，把话咽回肚子里。而其他所讲的一切，全都成了他无法证明的纯粹废话，正因为如此，他才拉大旗作虎皮地搬出那么多权威来作自己的挡箭牌。

"给我们上点爱蓝泡沫酸奶。"阿布·赛义德冲叶齐达基尔德嚷道。

"我的祖先管这玩意儿叫杜格。"那个把海亚姆的大脑比作洋葱的后生说。

"是啊，我猜想，是某个阿拉伯人的祖先给这种突厥咸味酸奶饮料起的类似的名字。"阿布·赛义德解释。

"谢天谢地，我的祖先既非突厥人，也不是阿拉伯人，而是正宗的古波斯人。但我并不因此而感到悲哀和耻辱，这点我可以向你保证。"后生继续声明。

"有为此感到悲哀和耻辱的必要吗？让你悲哀和耻辱的事情够多的了。"阿布·赛义德大笑起来。

"你大概是无忧无虑吧？"后生反唇相讥，也不示弱。

"兄弟，怎么可能呢？！我的烦恼一大堆，不骗你！我也是人啊。"

叶齐达基尔德的漂亮女儿把满满一大钵酸奶和一把长柄舀勺放

到桌上，然后转身进去取杯子。在她回到桌边分发杯子时，阿布·赛义德拍着膝盖笑了起来，并且大声宣布：

"哈哈哈！那么现在我们的两位哈基姆将会发现，这爱蓝泡沫酸奶才是生命的真正载体，因为它是流动的，略带咸味，淡淡的——纯真的生命哪！"

萨里的聚会欢宴以酸奶告终，开怀畅饮之后大家纷纷踏上了回城的归途，这是前天礼拜二发生的事了。而昨天礼拜三，海亚姆大半夜里被人从睡梦中叫醒，来者让他赶紧去萨里家，说是有急事找他。海亚姆赶到时，萨里已经命近黄泉了。他直挺挺地躺着，右手伸向门口，弄得每个来看他的人一踏进房门首先跃入眼帘的便是他大拇指伸在食指和中指之间的侮辱性手势。这是萨里特意设计的场景，当时他还神志清醒，担心手下的人无法及时找到海亚姆并把他带来，于是便摆出这个姿势，好让大学者即便在他气绝身亡后赶到也能目睹他的鄙夷。海亚姆可以肯定，自己站在门口时他们俩的目光对撞过，也相信萨里在瞑目前一定看见并认出了他，所以才会把舌头伸到双唇之间，重复他右手做的动作，以便嘲讽海亚姆。然而这嘴巴的表演没有到位，直到一命呜呼，身体各项机能——包括嘲讽别人的能力在内——全都丧失殆尽之时，萨里也没能把他红色的舌尖从苍白的双唇间吐出。他舌头上那反常的红色搅得海亚姆有些晕眩迷糊，这红色和萨里床边两只碗和一个玻璃杯里的颜色完全一样，那是残留的鲜血之色。

有人告诉海亚姆，太阳刚落山萨里就请朋友们到他家来，大家还在路上时他就切开了自己的动脉，命人松松地包扎，好让血液一滴滴流到事先已在床边备好的碗里。朋友们到齐后，先吃了点东西补了补，接着萨里便郑重地宣布要啜饮自己的生命之液。说完就将此前在场者谁也没有注意的碗里积蓄的鲜血庄严地倒入杯中，一饮而尽。随后，他安慰大惊失色的朋友们，请大家听他细说原委，并强调自己并无自杀的念头，也不会去自杀，而只是想喝尽自己的生命。他一再要求来客不要惊慌激动，尽可像平常一样好吃好喝，但没人能做到这一点。饮完第二、第三杯血之后，萨里感觉有些力不能支了，于是便差人去叫海亚姆来。可看到请的人迟迟不现身，而自己却明显地体虚气弱，命悬一线，萨里便让人写下他的遗嘱，交代等海亚姆来了，要原原本本地向其转达，这遗嘱便是：

"两者只不过都是流动的，仅此而已。这就是你要的证据。"

海亚姆在萨里身旁守了很久，其实也没什么他可以做的事。他碍手碍脚地挡着别人的道儿，想帮忙也插不上手，可他坚定不移地待在那儿，大概心里还抱着一线不切实际的幻想，觉得事情或许能有转机，自己还能够做点什么。然而，事实无法改变，他也做不了任何事情。所以，最后大家都劝他回家得了。可一回到家，确切地说是在家门口，他就碰到了那个前来报告运送天文台设备和图书的骆驼队遇袭的后生。

伊斯兰历八月十六日，礼拜四，就是这样开始的，倘若有人要问海亚姆的话，那他绝对会说，要是这一天不开始就好了。

2

　　和其他城市一样，伊斯法罕的商贾以及亲近王室的人，诸如官员、学者、医生之流，也就是除了宫廷侍从之外所有能够走进王宫的人，都喜欢在巴扎聚会，去那儿鳞次栉比的饭馆茶肆坐坐。当地最受欢迎的店铺里有一家是巴苏米基德开的，此人土生土长，顺便说一句，他父母也都是实打实的本地人，可他自称是也门人，而且引以为荣，大概因为他们家两代前的祖先是从那儿过来的吧。从前，巴苏米基德继承了父母一座经营吃喝的茶肆，坐落在一处黄金地段，虽说当时已经初具人气，但生意还没好到足以养家活口的程度，原因在于这家店和该地区任何商业旺地的任何一家餐饮店铺没有任何区别。在物质丰盈富足、人们挥霍无度的享乐时代，千篇一律地打理生意是无法出类拔萃的。要想鹤立鸡群，就不能只是做得好，总还得有点与众不同的花头才行。这情形直到两三年前才有所改变。那时，巴苏米基德去了趟也门探亲，顺便带了些咖啡豆回来，随后他试着用这种让南边那些也门人心醉神迷的浅绿色果实制作出了一种这儿谁都未曾见过更别说尝过的饮料。就是这玩意儿使巴苏米基德的店铺开始与众不同，它很快赢得了名人显士的钟爱，让饭馆迅速跻身伊斯法罕最受欢迎的聚会场所之列，爆发之快，连老板本人都始料未及，而咖啡也随之成了当地体面人士不可缺少的杯中之物。

到巴苏米基德的馆子喝咖啡的人，许多都是冲着观看咖啡的制作过程而来。表演时，伙计从大麻袋里一勺一勺地舀出些浅绿色的豆粒，仔细称出所需的用量，再倒入一只精致的薄铁皮锅里，然后放到持续燃烧的炉火上烘烤，那熊熊不息的烈焰犹如信仰波斯哲人琐罗亚斯德的拜火教徒在其寺庙里供奉的长明圣火。店伙计晃动铁锅，一抖一抖地上下颠翻，来回挪动，一股奇香随之溢出。那气味简直绝无仅有，闻所未闻。伙计接着不停地搅动已经几乎发黑的棕褐色咖啡豆，香气也越来越浓。等到锅中之物轻得差不多没了分量时，他就知道火候到了，便把豆粒拿给巴苏米基德过目。后者坐在店铺很靠里的一个低台上，臃肿肥胖，行动迟缓，寡言少语，可一旦开口说话，又声若洪钟，总而言之，是位四平八稳的主儿。巴苏米基德往手里倒些咖啡豆，又赶紧向上一掂，生怕被烫着，同时凑上去闻了闻，认真察"颜"观色，看看豆粒变黑到什么程度，随后对伙计轻轻点头，示意他可以继续，然后把咖啡豆放回到伙计一直伸着胳膊端在手中的铁锅里。伙计见老板认可了，就回到饭馆的前堂，把烘烤后的豆粒倒进一个花岗岩的石臼，用石杵捣碎并研磨，然后将磨出的粉末倒入一只小铜碗，再把它放到先前烘烤咖啡豆的炉火上，浇入沸水。铜碗一放回到火上，里面的液体马上泛起泡沫，看上去好像就快要溢出来了，这时，一阵宛若天外飘来的美妙异香便弥漫全屋，让所有在场者心醉神迷，仿佛行善积德者原本升入天堂后才能获得的一项福报，提前变成了他们在人间就可以享受的奖赏。不过这琼浆玉液基本上溢不出来，熟练的伙计会在最后一刻将铜碗端离火头，并立即加满滚沸的开水。尽管如此，不少人还是喜欢再次观赏他的操作过程，边看边琢磨，猜那泡沫到底会不会溢出碗口。不得不承认，大家都挺爱喝这种已经入乡随俗被命名为"咖啡"的新饮料，尽管很多人并非真正能够品尝其滋味，但都信它可以养胃、补气和提神。而且有一点毫无疑问，那就是对巴苏米基德的伙计那套制作咖啡的工艺、程式和表演，所有来这儿的人都百分之百地觉得赏心悦目。

奥马尔·海亚姆朝巴苏米基德的馆子走去。在城里，人们已经接受了它"咖啡馆"的名字。海亚姆此去想必是按过去泡茶馆的经验，深信能在咖啡馆里找到费力敦，此人是他的朋友，也是承建天文台的商人。两人在离巴扎北大门几分钟路程的大街上相遇了。

"你钻到哪儿去了？昨天下午起我就在找你。"费力敦一看见老朋友就叫了起来。

"是为了给我建材吗？"海亚姆有点生气地反问。

"是想请你帮忙救救我父亲。"

海亚姆倒退半步，打量了费力敦片刻，似乎要搞清楚对方是不是在拿自己开涮。说实话，救人的请求此刻在他听来简直像是一种挖苦，尤其是眼下，萨里刚刚发生的悲剧让他痛苦地意识到，他当初是怎么帮这个可怜人救掉了自己的性命。

"到底出什么事了？"在确信费力敦不是拿他开玩笑后，海亚姆问。

费力敦开始讲述父亲米尔宏德的病情，说他昨天早晨就开始头疼，但在正式宣布这疼痛是真疼之前，并不厉害，所以一开始大家都以为，只要到了巴苏米基德那儿，一切都会好的。人们都知道，巴苏米基德的咖啡能治头疼。可不料病情越来越厉害，疼得父亲差点没法硬撑着去做晌礼[7]。不过他自己也说，如果不去祷告心里不虚的话，他也许根本就不会去做礼拜。而且这头疼从一开始就和眼睛有某种联系，就像光线微弱时用眼过度而引起的胀痛。中午一过，父亲的眼睛也不行了，视物模糊昏花，看东西对他来说本就是一件十分吃力的事情。

"不过咱们干吗跟木头桩子似的傻戳在这儿？"费力敦在述说中突然反应过来，"我也可以跟你边走边聊呀。"说着，他拉起海亚姆就走。

两人朝赛马场的方向并肩而行，那是一大片开阔地，四周围绕着未成年的柏树林，位置在城市的东部。几年前，这块空地开始热闹起来，所以现在但凡要面子的人时不时都会去那儿展示各自的名贵马匹，以便炫耀它们和它们主人的技能。起先是些游手好闲的富二代聚集在跑马场上，兴起了一种古老、危险且拼体力的马上竞技。这种比赛似乎天生就是为那些天不怕地不怕的愣头青准备的，他们真正害怕的只有无聊，此外一无所惧。参赛者手持类似长矛的杆子，杆头有脚，互相拼抢一只木球，并力争将其击入用插入地下的长矛搭成的球门。玩这种比赛，除了规定上场的人不许下马也不得将对手拉下马之外，没有任何其他禁忌。还不到一年的光景，这种刺激的游戏便风靡全城。于是，赛马场成了当地最热门的大公园，爱出风头的人都会经常去那儿显摆自己。紧挨着公园的背后，就是费力敦的家邸。那地方虽然面积不大，但得天独厚的位置和年代久远的历史使其身价不菲。这儿可以说是祖传的家业，米尔宏德家世代居住于此。费力敦一开口就火急火燎地说得飞快，听起来好像父亲的老命完全悬在他做儿子的这张嘴上面了。尽管如此，他还是说得很有逻辑并且条理清晰，所以海亚姆完全了解了费力敦有关其父病情能告知的一切。

昨天，米尔宏德在一大家子吃早餐时就抱怨头疼，可就连家人想劝他最好全天待在家里都行不通。他不但拒绝商量，还火冒三丈地质问提此建议的儿子："你愿意我待在家里？你好去占据我在白色清真寺的位子？别太性急了，你父亲我还没成一块废铁！"费力敦辩解道："你在清真寺里的位子永远是你的，它自古以来就属于我们家族，不管这城市发展有多快，会冒出多少新的暴发户，谁也抢不走。"于是，父子二人一同进城，然后在巴苏米基德的咖啡馆前分了手。父亲去和人聚会，费力敦则来到城郊的大砖瓦场，查问说好的建材为什么没有按时交货。晌礼刚过，父子俩又在巴苏米基德的咖啡馆重新碰头。儿子第一眼就发现老子不大对劲。他的头疼加剧了，而且关节部位也开始隐隐作痛，此外还出现了间歇性的轻微肌肉痉挛。他说自己也搞不明白这是不是关节疲劳虚弱导致的后果，所以不敢伸手把咖啡端到嘴边。"要是把衣服，尤其绝对不能允许的是，把不容玷污的胡须弄脏，那才是最让我丢人现眼的事！更别说还是当着陌生人的面！"米尔宏德解释为什么不碰摆在面前的饮料时说，声音里包含的愤怒与恐惧显而易见。不知什么时候，他的眼睛也出毛病了，实际上是视力问题，反正他自己也讲不清楚，也许根本就不是什么大不了的毛病，也就是说，不是视力问题，而是别的什么问题……关键是他看不清楚。这就是，长话短说吧，这就是米尔宏德想说清楚的问题。他可以看见一个物体，能辨认这个物体，比方说是一碗放在他面前桌子上的榛子，这或许是因为他还记得那地方先前就放了一碗榛子，但也没准是他真的看见了、认出了那碗榛子。然而，转瞬之间，这碗榛子就会变得模糊起来，外形和轮廓随即逐渐消失，米尔宏德最后如是说，其实变化的不是这碗榛子，而是他眼里的画面。

"总而言之，够可怜的！"费力敦结束了病症描述，又接着说，"不到半个小时，一个顶天立地的人，况且身板儿还那么结实，就变成了一个可怜鬼。"所以他认为，这肯定是流感引起的。经验告诉他，只有流感才能在这么短的时间里搞垮一个人。不过他决定，要故意表现出特别的关心，以此来增加父亲的恐惧感。他要拿父亲的痛苦来开开心，同时报复一下他早上出口伤人的行为。米尔宏德平时是非常惜命的，连一丁点感冒或消化不良都害怕染上。可这一回，费力敦觉得父亲是跨越了所有的底线。他还决定小题大做地大肆渲染父亲的病情，好向他显示自己的关爱，同时也让他看到儿子未雨绸缪和雷厉风行的办事能力。

拿定主意后，费力敦便找了一个常在咖啡馆里外出没的闲人，派他去给家庭医生报信，让大夫赶快动身前往米尔宏德家大院，在那儿等候他们。同时，他也赶紧张罗车辆，好送父亲回家。他一再强调，就老头子眼下的状况而言，绝无商量是否骑马返回的余地。到家后，已经等在那儿的大夫立即开始看病。他也认为是流感，可还是决定就在这他以前出过一回诊的地方作进一步的检查。首先，医生要查米尔宏德的小便，他观察了很长时间，把尿液摇来晃去，然后加热升温，从一个杯子倒进另一个杯子，凑上前闻来嗅去，又转动、急停，仔细研究杯壁上残留的沉淀物。末了，他把尿液倒入三只较小的杯子，分别往里面滴了几滴他随身带来的小瓶子里装的液体，随后长时间地认真观察尿液的反应。接下来，他开始检查米尔宏德的眼睛，先翻开眼睑，查看眼底的情况，然后将点燃的蜡烛凑到快碰到眼睛的地方，往里面细瞧，检查瞳孔的缩放功能，再让病人向左右两边转动眼球。看完眼睛后，他又开始检查手脚的指甲，先在上面按一按，看颜色复原的速度，然后仔细审视，轻轻叩击，并询问病人的感觉。体检慢慢进行着，其间，这一过程因为事先毫无征兆的突发性呕吐和伴随的浑身发冷而中断，后者很可能是呕吐和极度虚脱所致。于是，最普通的项目，诸如需要触摸各个部位的腹部检查，也被拖延得不知何时才能结束，原因是病人怕冷，肚皮稍稍暴露一小会儿就受不了。

折腾人的所有检查好不容易结束了，医生建议给病人喝热牛奶，暖和身子，并且说自己也毫无把握，从来就没遇到过这种病例。米尔宏德得的病，无论是外表症状还是严重程度，恰恰都和他所熟悉的病种对不上号。如果是吃了变质的食物或者疲劳过度、腹部痉挛所致，那呕吐的现象倒可以解释；可这一切不会和头疼、关节痛以及视力障碍并发呀。按道理眼睛不应该因为腹部痉挛或者吃了变质的食物而受到损害。患者有呕吐现象同时视物不清，那基本上可以肯定是中了毒，但是头疼和关节痛这些症状不一定非同中毒有关，而且几乎总是指向流感。大夫说，如果不是后面这两种现象，倒是可以按中毒来治。此外，假使是中毒，那首先可以从小便中发现，可是病人的小便纯净无杂质，如同童子尿一般。人的身体一旦吸收了毒素，是不可能排出这种尿液的，所以他又不能把病人当中毒来治。头疼与突然发冷是完全可以并发的，这是流感或者受凉的反应。可是倘若腹中没有肿瘤，没有腹胀，也没内伤，那呕吐又与其有何相干呢？因此，他不急于作出治疗方案，错误的疗法无疑比任何一种疾病更能要人的命，而正确的诊治只有唯一的一种，除此之外，所有其他的方案都是误诊。然而，这正确的治疗方案只有在明白了患者到底得的是什么病时才能确定。喝热牛奶，暖和身子，是万无一失的保守疗法，怎么样也不会加重病情，所以肯定不是错误的治疗手段，而属于临时的应急措施。正式的治疗方案要等到确诊后才能作出。大夫起先认为，这是一种炎症。比方说，如果病人的小便呈红色并带有尿骚气，就可能是膀胱炎；倘若他下腹部剧痛，那可以肯定是盲肠炎。可他尿液清澈，腹部不痛，只是脑袋发疼，谁能搞清这是怎么回事？！

医生说好了晚上再过来看看，就走了。可费力敦没等他走远就立马派人去请海亚姆。前一天晚上做过宵礼[8]后，医生又如约过来看了看，并建议继续采用喝热牛奶和暖和身子的疗法，因为一切迹象表明，米尔宏德的病情稳定了。他又解释了一番，说这怪病迟早会朝一定的方向发展，等到那时，他肯定能找到这个方向，给出正确的治疗方案。他强调说，对目前情况的发展没有不满意的地方，然后起身离去。但他今天早晨回访时，见病人的状况急剧恶化，便不得不承认自己也搞不懂、没了辙，并解释道："这就好比在十字路口，要你作出决定，同时向左右两边拐弯。"于是他建议家人做他们唯一能做的事，即维持原来的临时应急措施，继续对病人施以热牛奶疗法，临走时又约好中午再来。医生前脚刚走，费力敦后脚就亲自去寻找海亚姆了。

仔细听了费力敦的讲述后，海亚姆觉得，若要说句良心话，自己就应该提醒费力敦，相信他海亚姆能行医在逻辑上是站不住脚的。当然，他读过所有医学大师的论著，对波斯名医拉齐、阿布·艾尔-卡西姆和伊本·西拿多少也是耳熟能详，可自己实际上不是搞临床治疗的。个人的兴趣加上外界的影响，使他更喜欢研究数学和天文。如果费力敦指望自己能比一位有实践经验的大夫更好地给他父亲看病，很明显是由于朋友间的信任、好感等类似的感情所致，而并非出于理性的考虑。

在两人行走的道路左侧，稍微离大路远一点儿的地方，有一大片建筑工地，那里正在进行的工程是修建塞尔柱帝国引以为豪的新广场——苏丹广场，它将给未来的伊斯法罕增添新的光彩，让这座一段时间以来甚至想和巴格达一较高低的城市，无需再过于小心翼翼地掩饰自己的勃勃雄心。不久前还坐落在这里的主要是较小的民居，后来都不得不搬迁别处，好给新的建筑腾地方，拔地而起的将是花园环绕的富家豪宅，显示建造者财富和权力的清真寺，四面八方雨后春笋般冒出来的学校和慈善机构。

此情此景，给人的印象简直就像庶民百姓都在争先恐后地捐资出力，以便为公共福利多做奉献。所以，此刻工地上到处都是一堆挨着一堆从旧房上拆下来的砖瓦，还耸立着一座宏伟的宫殿，大门洞的墙面和穹顶正在贴瓷砖，那用量要是花在普通建筑上，可以装饰五座民宅还不止。几步开外还竖着一座老房子残留的大半个框架，其实也就是几堵残垣断壁，倚靠在一起相互支撑着，所以没有倒下。而旁边近在咫尺，就是一所刚刚竣工的新学校，那气派好像是要跟巴格达闻名于世的尼札姆学堂一较高低。可这被拆毁的房子里曾经有过的人间烟火呢？那些饮食起居的情景呢？它们形消何处？神存何方？拆毁房屋时，屋檐下收藏的那些玩具和餐刀在遗失、散落后命运如何？那些伴随着这一切销声匿迹的喜怒哀乐又在什么地方可以寻觅？还有这些房子所见证的恐惧、疾病、爱情和暴力呢？这一切不可能像不曾存在一样消失得无影无踪，因为从逻辑上讲，不留痕迹的消失是不可能的。可这残留的痕迹在哪儿，又变成了什么？当房屋被拆毁，砖瓦满地，它们要么被抹上灰浆，砌进新的建筑，要么另派用场，所有的这一切又都化作了何物？难道说那些曾经的生命痕迹连同相关的记忆都已转入旧址上新建的广厦，有朝一日会在其中兴风作浪，变成制造动乱、使人寝食难安、导致灾祸频仍的根源？

从一座缺了整一角的房子里冒出两个身裹黑袍的女人，她们左看右瞧，好像要查对什么东西，随即一溜烟转过邻屋的墙角，匆匆离去。一股劲风吹来，其中一人的袍子一会儿鼓若风帆，一会儿又收紧贴身，看上去那么有规律，仿佛是那女人故意设计好的。如果说黑袍在外力的作用下，必须得吸气呼气、上下飘舞的话，为什么另外一个女人的黑袍就纹丝不动？这没长眼睛的风居然能让一个人的黑袍静若止水，另一个人的却呼吸自如、随风飞舞，怎么会有这种事？

"那么，你的看法呢？"费力敦沉默了好一会儿问。

"我的什么看法？"

"当然是对我父亲病情的看法呀。"

"我未见其人、没闻其声，能有什么看法？"

建筑工地的景象让海亚姆十分郁闷，因此话里带着一股子火气，一听这声音和腔调就知道说话人情绪不佳。倘若能不用毁旧筑新的方法来搞建设，我们人类才有权说自己问心无愧。海亚姆的老师兼资助人阿布·塔希尔就曾发出过类似的箴言，也是他向帝国宰相尼扎姆·穆尔克推荐了海亚姆，使其被赋予王室天文学家的重任。此刻，海亚姆内心十分激动：可我们在干什么？夺走一个人的东西，把它送给另一个人；拆毁一些建筑，又修造另一些建筑；一些人的事业得以进展，而另一些人的生活则不得不倒退。我们的所作所为只是颠覆一切，重新分配。这就是我们的全部本领！与此同时，我们却声称自己在创造世界，并且毫无保留地自吹自擂。阿布·塔希尔当初说的话绝对没错，可这不能解释海亚姆眼见大广场日渐成形时所产生的郁闷。为什么今天他眼里只有被拆毁的房屋、昔日生活留下的残迹和那些悄悄绕着废墟转悠的身影，而对拔地而起的一切以及未来的美好预兆视若无睹呢？为什么眼前的一切会引起他如此强烈的愤懑？

"工地比比皆是，到处都在大兴土木，"海亚姆转身用手指着苏丹广场说，"这座城市正发疯似的膨胀。"

"我在那边也有两个工地。"费力敦说，可语气里听不出来他对此是引以为豪还是满怀担忧。

他们继续沿大道前行，走着走着突然看见阿布·赛义德从一条支巷的拐角处闪出，朝他们迎面而来。显然，他是往城中心去的。费力敦跟他调侃，说怎么也没想到，会在这地界碰到既不是腰缠万贯也没穷到要饭的他。赛义德回复道，自己刚从制皂行会那儿来，他常和那帮做肥皂的工匠碰头，同他们聊天谈心。很难想象的是，这位自称赛铎王子的人竟和做肥皂的打成了一片。两位朋友都是第一次听到，赛义德会同这样的社会群体交往。费力敦压抑不住好奇，脱口而出地问他究竟是怎样和这帮人凑到一起的。

"你以为我就只跟你们打交道吗？眼睛里就只有你们两个？兄弟，制皂匠也是我交往的对象，还有皮革匠呢。他们需要信仰，需要和人讨论他们受歧视、被侮辱的处境。"

"你听说萨里的事了吧？"海亚姆问。

"那还用问，好事传千里嘛！"赛义德又阴阳怪气了。

"那我们现在该做些什么呢？"海亚姆接着问。

"准备葬礼吧。"

"我觉得，这事涉及我们两人，对所发生的一切我们并非一点责任都没有。"海亚姆口气很硬。

"别激动，哈基姆，别激动，兄弟！愿真主让你的理智清醒！"阿布·赛义德嚷了起来，"你认为自己不清白？觉得那小个子是因为你而自杀的？好好瞧瞧自己吧，我亲爱的兄弟！但要坦诚地观察，好好地、坦诚地瞧瞧自己吧！就你这样的，即便是过条马路这样最为寻常的事情都没人愿意替你跑腿，连件金袍都没有的你，却还幻想有人会为你去割腕？噢，得了吧，我亲爱的！别自作多情了！"

"可是叫我如何理解发生的这一切？你能解释吗？说得出我们可以接受并承受的理由吗？"

"我的哈基姆，这里的土地干旱而寒冷，"阿布·赛义德回答道，"我们必须给它增添水分和温度。大概正因为这样，真主才创造了我们，并把我们安排在这里。但是为了滋润和温暖这块土地，我们必须献出鲜血、眼泪、汗水或者你自己的尿液。我们每一个人都得拿出自身蕴藏着的最丰富的东西。"

"你的理由就这些？"

"那就请你再给我多举些出来吧！"

海亚姆默默无语地站在阿布·赛义德面前，神情迷惘地盯着这位口若悬河的朋友。他知道赛义德有点愤世嫉俗，而且想把心中的这股怨气撒向周围的人。很可能萨里的死对他的打击实际上远远超出了他本人能够承受的程度。海亚姆心想，这并不在于我的理由多还是他的理由多，关键是我们得找到一个能够让理智信服和灵魂承受的理由。赛义德所说的一切，在逻辑上是站不住脚的。真主不可能创造我，给我安装上微妙灵敏的七情六欲，赋予我思想精神，同时还责成我有义务去努力理解他，而这一切仅仅是为了让我能灌溉大地，滋润和温暖土壤——这是不可能的。浪费这么多物质和精神去发挥如此微不足道的作用，绝对不会！就连喂牲口的喝醉了也不会干这种傻事，更不用说改天换地的造物主了！赛义德讲的简直是疯话，是罪孽！可是话又说回来，难道萨里的结局不就是这样吗？两道划在动脉上肉眼难辨的裂口，就让他像破了缝儿的水囊，流光了自己的生命。真主是造物之主，除了窘困和烦恼太少之外，其他一切都绰绰有余。可为什么丰衣足食的他要勤俭节约，去制造经济适用型的东西？是因为我期望他言行理智？是因为我相信逻辑与数学滥觞于他？不过，我可没责成真主承担任何义务。如果我期望他的行事能与我所理解的法律一致，或者如果我相信自己的期望、知识和情感能让他有所担当的话，那可就犯了逻辑错误。阿布·赛义德肯定是因此或者由于别的什么类似的原因才这么怨天尤人和担惊受怕的。而且，海亚姆长时间的沉默，也让他难受，以致发起火来。

"难道你前天晚上不也在叶齐达基尔德那儿见过他吗？就没发

现他已经黄泉路近了吗？你怎么也满脑子只有天文数字，如此麻木不仁呢？"

"如果阿布·赛义德说得对，那倒好了。"海亚姆心想。或者，至少他能跟赛义德一样冷血也行。可最好是，请这位王子殿下垂恩，拿出些比那让人捉摸不透的冷嘲热讽更有说服力的东西，比如物证或者论据。即便"萨里黄泉路近"的说法成立，这与有没有金袍加身也无任何逻辑关系。况且我们现在并不知道这一说法是否成立。阿布·赛义德生性就爱将太多的事情搞在一起，东拉西扯，乱说一通，相提并论。

"要是我们再不走的话，你可就见不到老头子了。"费力敦拉了拉海亚姆的衣袖，两人便继续朝跑马场的方向赶路，没和阿布·赛义德道别，再说后者已经先行转身离去了。

3

米尔宏德在不到两天工夫里发生的可怕变化，实在令人惊讶。海亚姆是认识他的，如果要形容这个老头的话，拿他儿子描述父亲时使用的语言再好不过，那就是，这个身板儿硬朗的老头子精力充沛，身强体健，生命力旺盛。他从不掩饰自己花白的须发，恰恰相反，倒是喜欢故意显摆，因为他心里很清楚，这样的仪表只会突出自己那欲望无穷的旺盛精力。

除此之外，他的一举一动都在表现自己。熟悉他的人说，他一生都在随心所欲地炫耀自己，而且最要人命的是，他做事竟然鬼使神差般的件件顺手，桩桩轻松。作为古波斯大地主的后代，米尔宏德是被称作"德侃"⁹的一方乡绅，身负维护、复兴波斯文化传统的重任，所以他从不放过任何机会来强调，自己是个保守派，勤恳辛苦地护卫着千年的传承，并且最善于把自己打扮成继承这一传统的化身。在同别人的闲聊中，他绝对忘不了大谈自己在乡下的逸闻趣事，诸如他曾力斗一头壮年公牛，经过长时间的角力才抓住了牛角，把牛头摁在地上，制服这头牲畜。另外一个他更喜欢讲的故事则是，一次他对一个大肆吹嘘帝国如何伟大、如何壮丽的收税人脱口而出，说帝国诚然伟大壮丽，可相形之下还是他家的洋葱长得更好更漂亮。只要提及此事，他都会详细描述收税人当时那一脸既迷惘又惊诧的表情，然后再补充说他坚信这就是一个情系乡土的男人对事物的感觉和看法。每当此时，他便洋洋得意，开心得红光满面。可不是嘛，他是乡村之子，更是乡村之士。这一点是无法改变的，更何况这也不是他自己的选择。不过话又说回来，即便有再做选择的可能，他仍然会决定还做从前的他。而且，倘若能有机会跟别人讲讲他与二太太费特娜之间的一段对话，那他会开心得更加满面红光。那是有一回费特娜跟他唠叨，抱怨他们没有从事现代职业的人家挣钱多，搞得——比方说——她的首饰就根本没法和一位比他们有钱的商人之妻相媲美。他听了这话便指着自家院里一棵盛开的桃树问她，有什么首饰可以和这桃树相比。随后他接着说道："瞧，你的首饰还有香味呢。"每次说到这事，他都会强调，自己是在交谈结束时对老婆讲这话的，然后便会突然低下头，说那片桃林当时开得特别灿烂，比以往任何一年都要鲜丽芬芳，就好像是为了配合他说的话一样。

如果要把米尔宏德的乡村生活绘成图画，那他在大部分画面中的形象都会是力大无穷，随时准备同牡马野驴角力，或者与强风以及春季的沙尘暴抗争。他的神勇有目共睹、毋庸置疑，所以一年半之前，也就是海亚姆快来伊斯法罕的时候，他娶了个年轻体健的姑娘当三房，周围也无人说三道四。当然，也没谁对此表示赞同，因为大家心里都明白，严肃正派的男人应该什么时候用什么方式来迎娶第三房妻子。可米尔宏德的所作所为非但没有招致任何指责和挖苦之声，相反，大家甚至都对他肃然起敬地予以理解，而且还多少有点儿嫉妒。

不管遇到什么事，米尔宏德总能成功地将自己理想的形象维护得完美无缺。人们都认为他表里如一，即便他的行为证明，他给自己塑造的形象实为虚伪的假象，也没人出来揭发。对社交圈子里的所有人来说，他就是"德侃"的理想化身，一个保守的波斯传统卫道士。他与乡土共存，也以乡土为生，拒绝适应任何生意中和行为上的快速变化。但是人们都知道，他放债给好些商人，也把加上了商贩盈利分成因而翻倍的还款毫不客气地回收囊中。虽说他的亲生儿子也是做工程的，可在与经商的、倒腾货币的、搞实业的和当官的谈话交往中，他竟然可以毫不掩饰地流露出自己对此类人的蔑视（且不说他还经常故意这么干）。米尔宏德有这本事，这世上除了他没有第二个人会逢人便说，自己土生土长、自食其力，而且凭良心讲，从未想过另谋生路，因为他是豪门后代，是一方之主，而这块不大的地方是他祖祖辈辈经营了十五代的故土。看来当地人急需像米尔德宏所喜欢而且熟练扮演的这么一个老资格的"德侃"，需要一个这样热衷自我表现并且言行一致的人，而对他时而暴露出的真容本性则视若无睹。说句实话，他们也没有任何理由去盯他的纰漏，因为米尔宏德很好地表现了时代和他们本人所需要的东西，他们从他身上得到的，或者说至少要求他做到的，已经够可以了。

要说这场病把米尔宏德变成了一个半残老头，似乎有些夸张了，不过这莫名其妙的疾患搞得他虚弱至极，昔日动一动就能表露无遗的雄健与力量已经消失殆尽。现在的他，眼圈发黑，面色惨白，四肢无力，声音发颤，好像一阵大风就能吹倒似的。海亚姆在动手治疗这位病人之前，先打发仆人拿着一副药方，去巴扎的药店和草药贩子那儿抓药，然后才和米尔宏德开始了长谈。老头子对海亚姆的问题一一作答，人很耐心，但身子力不从心，举动像个乖孩子般温顺，对那些只见过他精神抖擞的人来说，简直就是一种侮辱。检查进行得很顺利，病人的情况已经开始好转。海亚姆先把诊断结果和米尔宏德所讲的全都记下来，然后再把情况按轻重和类别罗列在另外一张纸上。上方写着"呕吐"——"痉挛"——"视力障碍"；左下方是"头疼"，右边为"多噩梦"。接下来，他将病人的自述用一根线条串连起来，想了好一会儿，就像是在检查这些连线的价值和意义。快要做完记录的整理归类时，抓药的仆人带着要买的东西回来了。于是，海亚姆吩咐给病人喝热牛奶，好让他发汗，接着从病人的唾液和小便中取了样。他把病人的体液从一个小碗里倒进另一个小碗，又从中弄出少许倒入一个分开的玻璃小杯，再加入几滴仆人刚从市场上买来的小瓶子里装的液体，然后就开始摇晃转动。每当有小瓶里的液体滴入，体液就会改变颜色，有一两回小碗里还发出了声响，在海亚姆悄然无声的忙活中显得格外真切。这死一般的寂静只偶尔被他含糊的自言自语打破，他嘴里念念有词，不时在纸上做新的记录，看见米尔宏德脸上冒汗，便拿出一块木片，从脸上、腋下和胸脯上往一个薄玻璃杯里刮汗，随后捣鼓好一阵子。当他从其中一个小瓶子里取出三滴有一股怪味的液体，并将其注入盛有体液的小瓶里摇晃搅和时，里面的汗液变成了刺眼的黄色。海亚姆叹了口气，把装黄色汗液的杯子放到一边，抓起芦管笔和做记录的那页纸，写下一条新的检验结果，然后陷入了沉思。想了好一会儿后，他抬起眼，连围聚在一起的病人家属也没挨个正眼瞧瞧就宣布，尽管反驳一个经验丰富的大夫作出的确诊让他非常难堪，但他也不得不说，米尔宏德的确是中了毒。

"这不是什么炎症，"海亚姆强调，"前辈阿尔·拉齐首先提出了这一观点，后来伊本·西拿又通过临床试验证实，呕吐、痉挛和视力障碍是中毒的明显症状，它们总是在人中毒时出现，而且大都也只在中毒后才以这种组合的形式爆发。患者没发烧，所以不是通常会在人体内引起发烧的炎症。如果你在皮肤上摸到一个寒穴，就可以肯定，那里面，也就是说在体内，即这个寒穴的下面存在某种引起发烧的炎症。可我摸不到病人体表的寒穴，触及他的额头、腋下、耳朵，观其眼睛，也没发现任何部位有一丁点儿内火。一切都是头疼引起的，这可能指向某种炎症。可这头疼发自眼睛及其纵深，却停滞在那儿，即便疼痛程度加剧也不扩散。所以我不想把这症状与发炎联系在一起，而觉得是同视力有关，也就是说同眼睛本身的某些情况有关，因此该症状可以确定是中毒无疑。"

　　海亚姆做出了治疗方案，先让病人马上服用一种由车前草类植物干叶磨成的粉来排毒，然后吃不添加任何作料的清水煮萝卜，以便中和体内残存的余毒。海亚姆承认，他有些犹豫，不知道该不该采取进一步的措施。有些方法可能有用，但也可能会加剧病情，并最终导致病人死亡，因为其疗效关键要看患者身体中毒到底有多深。总而言之，一切都取决于毒素是否已经进入血液。海亚姆解释道，他很想让米尔宏德用热水泡泡脚，也就是给足部和小腿加热，这样病人就会出汗，而身体吸收的一部分毒素便会随汗液排出体外。可是热水又会加速血液循环，从而把毒素输送到人体各部，导致毒性充分发作。最后，海亚姆决定用热盐给病人的下半身做热敷，认为这样既可以达到热水浴所有功能的最佳疗效，又能够把不良的副作用降到最低。

于是一场拯救米尔宏德生命的战斗走马灯似的拉开了序幕。三房妻子齐聚病榻前，大老婆海达年纪最长，一直是家中的主心骨和宅邸的总管。二老婆费特娜娴雅内敛，文静得即便身在现场也跟没这人似的。最年轻的是三老婆什丽妮，从其外表判断，比米尔宏德的儿子费力敦还小。此外，忙里忙外的还有他女儿赛卡伊娜，她和费力敦都是大老婆生的，以及早已属于这个家庭组成部分的两名老年女仆。邻近的朋友家里也总有那么一两个女人跑过来，有时还是夫妇一起到场，想过来帮一把。两个原本第二天要和米尔宏德一道去打猎的邻居也冒了出来。海亚姆当然是中心人物，大家都指望他能做点什么，也不枉他们不约而同地在此相聚。所有人的目光都聚焦在大夫身上，等着他作出哪怕是一点微乎其微的指示，便立马行动起来，拿盐的拿盐，取火的取火，再想想如何把盐加热，又怎样弄成病人需要的热敷，还得备好饮水以应付病人热敷中不时产生的口渴，并且搞些玫瑰香水，随时替妙手回春的大师擦拭汗湿的额头，好让他觉得待在此处舒心惬意，治起病来也得心应手。到了后半晌，米尔宏德睡着了，大家都长舒了一口气。所有迹象表明，病人并非是瘫倒在床或者失去知觉，而的的确确是陷入了沉睡。于是，在场的人终于可以照顾一下各自咕咕叫的肚皮，大伙围在病榻旁吃点东西，喝口茶，聊会儿天，想尽量放松，可事实上屋里的气氛依然轻松不起来。有生以来，海亚姆第一次身陷众目睽睽之下，成为大家希望所系的中心人物。尽管他心里非常清楚，自己得保持距离，因为这是礼貌的规矩，况且未能真正满足别人的期待，做出点儿非同寻常的大事，也让他须有自知之明，不敢放肆，且不说这帮人差不多皆素昧平生，还都是不知道该如何与之打交道才得体的异性。但无论怎样克制自己，他还是未能真正做到对朋友这一大家子的女人视而不见。

　　夜里，大家都还围坐在病人床边，间或聊上两句不痛不痒的闲话，谁也没想去睡觉。不知什么时候米尔宏德醒了，人明显精神了许多。他开口要东西吃，并且责怪家人拿淡而无味的萝卜打发自己。他保证自己感觉良好，而且还嚷嚷道，等明天养足了精神睡够了觉，一定会起床跟这帮虐待他的家里人算账，然后就让大家都去睡觉，自己也重新闭上了眼睛。在场的人一时都惊喜得直发愣，随即猛然一片欢腾，几乎同时又你一言我一语地争先发言。年长的妇女千恩万谢地为海亚姆祝福，米尔宏德的大老婆海达自然以主妇自居，她被其他两房太太和仆人们直呼其名，或者简称为"老大"。老大对海亚姆说，从今往后她就把他和自己唯一的亲儿子费力敦一视同仁了。显然，人们把老头子纯属偶然的起死回生完全归功于哈基姆的神奇医术，这让众星捧月下的海亚姆极为尴尬和惭愧。毫无疑问的是，他嘴上虽客气再三，心里却喜不自胜。同时他又结结巴巴地极力解释说，自己还从未给人看过病，这可是破天荒头一次，想必是某种巧合让他有幸在不久前重温了从医学前辈阿尔·拉齐到当今所有大师名家的学说，其经验和建议都记忆犹新。他还申辩说，大概恰恰由于他没有任何经验反倒帮了他的忙，因为目睹实情能让他更好地辨别医书里描述的那些病例……他由此推断，无知有时也能有用。话音刚落，屋子里就像炸碎了一个水晶瓶似的爆发出一阵清脆的笑声，所有人的目光一下子都被米尔宏德的女儿赛卡伊娜吸引过去，这个正值青春花季的少女笑得如此开怀，还一个箭步冲到海亚姆跟前，给他来了个香吻。随后，她倒退几步，仔细打量了眼前的青年才俊一番，嚷道："瞧瞧啊，这人可真怪！"说完又接着大笑起来，声音穿堂过室，在房间的四面八方回荡。

海亚姆觉得脸有些火烧火燎地发烫，心里明白自己的言行大概真的是有些奇怪，只是不知道奇怪到什么程度。他试着想象自己的模样，揣摩究竟什么地方可能让人感到奇怪，并竭力想猜出此刻别人对他外表的印象和为人的看法，可是一切徒劳无果。于是他得出了结论，觉得一个人如若可以从内外两边看看自己，至少在某些时候和某些情况下能做到这一点的话，比方说就像现在赛卡伊娜看他一样，那会大有好处。虽然他担心，这可能也不是解决问题的办法，因为除了赛卡伊娜笑话他之外，其他人也都只关注他的外表，而且并不觉得他有什么奇怪。如果人这一辈子只能看到和认识自己的一面，可算是倒霉透顶了，那他就绝无真知灼见可言。

大老婆海达站起身来宣布，睡觉的时间已到，病人已入眠，大家也可以去躺躺了。要是还待在这儿的话，只会影响病人的睡眠和恢复。于是，人们都分散离去，只有海亚姆和费力敦留了下来。

礼拜五早上，米尔宏德还没有醒，费力敦就邀请海亚姆看看自家的庄园，也好顺便活动腿脚。于是，两人没进里院和花园，而是出了宅门，来到正门前面，然后向左拐过墙角，沿着主楼的左翼漫步到接近道路尽头之处，随即转而离开了房舍，朝园子里的一处树林走去。途中费力敦问他的朋友，有名望、有经验的大夫已经做出了诊断，他哪儿来的胆子推翻其确诊，宣称他父亲是中了毒。

"恰恰就因为，"海亚姆回应道，"这位大夫是根据病人的尿液来判断他不是中毒的，其实任何一个有经验的医生遇到这种症状都会得出这一结论，而且可以说百分之九十七的这种病例如此诊断都没错。因为在中毒病例上医生遇到的大都是进入人体的混合毒素，这种毒素首先会体现在小便中，而视力障碍得到毒性发作的最后阶段才会产生。为了真正明白这一诊断，你至少得先搞清楚得出诊断的过程，也就是诊断者的逻辑思维。但凡人的判断，与做出判断者本人，与事物发生的瞬间状况及其相关条件，最终与判断者的性格和经验密不可分。世界上的可能性浩若烟海，数不胜数，其中我们能碰到的只是极少数那些自己的经验、性格和知识所告诉我们的……所以我们看到和理解的只是这个世界呈现在我们眼前的那一部分，而且也只能根据这一片面来做出判断和得出结论，几乎可以说就是循规蹈矩地按图索骥……"

"哎呀老兄！就这么个简单的问题，你把我弄得晕晕乎乎的！"费力敦有点冒火了。

"我已经回答你了呀。那位大夫想在尿液中寻找毒药的成分，但没发现，所以就得出结论，说你父亲没有中毒。为什么呢？因为他在临床诊断治疗中只遇到过一种由有毒物质混合而成并且可以在尿液中检验出来的毒药。正因为被经验所束缚，他就忘了这仅仅是阿尔·拉齐大师关于毒药和中毒学说中所讲的一种可能。可是毒药有成百上千种类型，来源不同，功效各异。每一生命体在失去了生命并开始腐化变质时，都可能转化为毒物，变成不同的有毒物质。你自己的身体要是出现某种机能障碍，也会将所吸收的食物转变为毒物，或者直接在体内制造毒素。可是在尿液里并没有发现这类毒物，其残迹却留在了汗液或者唾液之中。'扎拉'是构成生命体的最小微粒，就跟原子一样，一颗这样的'扎拉'微粒是由许多自成一体的纯毒元素合成的，毒性极大。当这些原毒的特性如同承蒙天意的恩赐被合成了这样一个整体，那就只有生命之气才能解除其致命的毒性。所以谁要是活得不耐烦了想要中毒的话，仅需食用一头死了几日的动物之肉即可奏效，只要这肉存放在完全封闭、隔热、避光、不通新鲜空气的地方就行。"

"你是不是想说，我父亲吃了动物尸体的腐肉？"

"哦，真主保佑，不是！我只不过是讲述阿尔·拉齐描写的一种病情而已。"

"托你的福了！"费力敦松了一口气，"瞧，我们到了。"

费力敦把手指放在唇边，示意海亚姆别出声，让他跟着自己走向林子里一座几乎完全被树木遮掩的亭式小屋。到了跟前，他停了下来，打开门，里面呼啦啦涌出一大群鸽子，飞落到他肩膀、张开的双臂和头上。费力敦放声大笑，两眼闪亮，满脸放光。他想让朋友看看自己的这些爱鸟究竟有多能耐，于是就挥动左臂，把手收回到身边，原先停在左臂上的鸽子便腾空而起，在他头顶上盘旋。随即他又伸出左臂，鸽子又都重新降落到上面。接下来他再摇晃右臂，把手垂下，于是蹲在右臂上的鸽子也重复了刚才左边的动作。等到鸽子又回到费力敦再次伸开的右臂上时，他原地一跳，两手啪的一声相击鼓掌，刹那间所有的鸽子都振翅起飞，在空中排列成整齐的队型，在他们头顶上转圈。这时，费力敦从肩上挎的小布袋里掏出一把粮食来，放在掌心，伸开双臂招引他的爱鸟来吃。鸽子纷纷从天而降，啄几口食又飞开，并一直在二人头顶上空盘旋。主人则心花怒放地纵声大笑，简直高兴得不能自已。

和爱鸽玩得有点累了，费力敦才告诉海亚姆，这几年来他每天早晨而且的的确确是每天早晨进城前，都会来这儿为即将开始的一天养精蓄锐、汲取能量。他承认，父亲对自己的爱好以及单纯的养鸽心思总是冷嘲热讽，可他无所谓，现在一天不见这些心爱的鸽子简直就没法活，即便他想要与之分开，也已不能割舍。

这时候一个仆人跑来报信，说米尔宏德醒了，两人便连忙赶回屋里。在前厅他们碰到了一身华服艳装、打扮得花枝招展的赛卡伊娜。只见她一袭桃色丝质长袍，额头上系着一条同质同色的饰带，位于右眼上方的部位镶了一颗硕大的绿宝石，与她黑亮的明眸相映生辉，形成了强烈、绚丽的对比。

"瞧瞧，你把自己都打扮成什么样了？"看见妹妹披红戴绿，风姿绰约，费力敦快活地问道。

"打扮成该打扮的样子了呀。爸爸醒过来了，总该庆贺庆贺吧。难道你觉得不好吗？"

"挺好的，可就是别去学法丽达。你们姑娘家都喜欢模仿她，好像全世界就她漂亮，都非要弄得跟她一个样才行！"

"我梳妆打扮是为了自己漂亮，难道她漂亮也要怪我吗？"

不管海亚姆离浪漫的交际圈子有多远，他还是听得懂兄妹俩的对话，因为作为名媛的美女法丽达是无人不晓的。他并没见过她，实际上近距离见过她的人也不多，可他知道不少她写作的诗歌，也听说过更多有关她的风流韵事和毁誉参半的公开演说，尤其是对她的绝色美貌更是早有所闻。法丽达集文采与口才、国色天香和浪漫开放于一身，也将世人的赞赏与嫉妒交织于一体。她是梦想、渴望的化身，也是流言蜚语的众矢之的，所有这一切使人根本不可能对其闻所未闻，也绝不会对她的言谈举止、衣着打扮乃至公众形象所知甚微。法丽达左眉上方有颗去不掉的黑痣，她觉得有碍观瞻，就决定在额头上系一条丝带，好掩饰一下。但为了不让人产生她是以此遮丑的怀疑，便在饰带上挂了一颗宝石，位置刚好就在倘若没有这额带和宝石就能看见那颗黑痣的地方。

米尔宏德的屋里是一片欢欣鼓舞而又忙碌混乱的景象。病人背后垫了两个枕头，支撑起上半身靠在床上，两眼炯炯有神，脸庞一圈须发皆白，更衬托得他满面红光。看来好好睡了一大觉的确帮他恢复了一些体力，或者至少让他打起了精神。大老婆海达傻掉了似的呆坐在床头，一面竭力压抑着内心的激动，一面用手指给丈夫梳理刚才睡觉和昨日发汗时被弄乱的头发。她身边站着位女邻居，两手捧了碗楹椁果，嘴里再三强调，这水果是丈夫让她送来的，他自己从米尔宏德娶了第三房老婆后就再没进过这院子的宅门。"听说米尔宏德好起来了，他可高兴得不得了！"女人的语气十分诚恳，说着她环顾四周，看看该把楹椁果放在什么地方为好。年轻的三老婆什丽妮则忙着给病人整理衣衫，用玫瑰水擦拭他的脸和手，搞得屋子里充斥着一股子极其难闻的混合气味，其中掺杂着隔日的汗臭和玫瑰水的浓香，火盆里焚烧的草药烟雾缭绕，前一天下午就堆放在屋角的浸透了汗水的咸盐怪味逼人，还有室内来来往往的人们发出的体味……房门左侧，一位老女仆坐在那儿祈祷；离她一步之遥，二老婆费特娜在悄然无声地流泪。坐在床尾的另一个老女仆则满脸喜色地帮病人揉脚，边揉还边时不时喜形于色地念叨着："哦，我亲爱的！"屋里洋溢着欢快的气氛，可在场的人中竟没谁想到把小桌子挪到床边，以便赛卡伊娜放下手里端的托盘，让父亲吃点早餐，搞得她站在房门与病榻之间的半道上进退两难。

海亚姆吩咐，让老爷子每次问话和检查前都得进食，不过仅限清汤萝卜,不能碰赛卡伊娜拿来的好吃的东西。他忧心忡忡地观察到,病人贪婪的目光紧盯着赛卡伊娜把食物托盘放到屋角小桌上的一举一动,这迹象清楚地表明,米尔宏德很饿。他拿了块萝卜塞进嘴里,含在舌尖上,却像个孩子似的不知道该如何是好。"大脑没有受损。"海亚姆小声自言自语,可话却清晰可闻,"有饥饿感,而且知道自己想吃东西,甚至还知道想吃什么。所以不可能忘记了咀嚼功能。这就说,只是肌肉有问题,坏死了,或者失去了与大脑的联系。"

目睹一个身体粗壮、鬓发灰白的老者,挣扎着想让颌骨和舌头运动起来,下巴上挂着不住流淌的口水,的确叫人心酸难受。"这是我最担心的。"海亚姆对费力敦耳语道,后者不明所以地望着他发愣。

其间,米尔宏德终于能够运用下颌肌与舌头进行咀嚼动作了,可是下咽比这还要困难,所以看他吃东西对双方来说都实在是一种有伤自尊的折磨,令人备感痛苦。

"这就是刚才在去鸽笼的路上我说的那种情况,"海亚姆侧身继续对费力敦小声讲,"这种病例阿尔·拉齐在书中描述过,所以我一眼就看出来了。但愿真主保佑,让我们能比前辈在治疗患者方面多发挥点儿作用吧。"

"我说你跟我在这儿扯什么淡啊,真见他妈的鬼了?!"费力敦骂了起来,看来他既听不懂朋友在说什么,也搞不懂他为什么这么说,有些受不了,"你不是明明看见他在吃东西了吗?还要怎么样呢?"

"刚才他是不能咀嚼,现在咽东西又有困难,这就是说,他得了肌强直。这可不是什么好事，只说明毒素已经进入他的血液并在全身扩散，不清楚……还是先让他吃吧，然后咱们再问他话，看看我的担心到底对不对。"

病人用过餐后，海亚姆让他躺下，随后开始推拿按摩患者颌骨和颈部的肌肉，并一直不停地询问病人对触摸和肌肉的感觉，究竟能否感受到这种皮肉接触，以及能在多大程度上分辨抚摸与按压之间的不同。米尔宏德尽力一一作答，表现得十分顺从听话，模样完全是那种已经让海亚姆心里难受过一次的低三下四。只不过从他嘴里发出来的，可以说是除了人类语言之外，世界上随便什么东西都像的玩意儿。起初是无法成句的声响，因为这音流在口腔里没遇到使之变窄或者终止的阻碍，不能进入自然紧缩或开阔的声道，从而也无法碰撞可以将其往左或向右引导的音壁。等到这含混不清的声音有点要连成话语的意思时，也许听起来反而更加惨不忍闻。米尔宏德的嘴里就像有颗坚硬的小球在翻滚，吐又吐不出来，咽又咽不下去，等到好不容易冒出个音来，听者要费很大的劲儿和丰富的想象力才分辨得出这是人话。

"我们没有时间浪费了！"米尔宏德安静下来后，海亚姆大声对众人嚷道。这一声呼喊把他和费力敦先前进来时屋里笼罩的欢天喜地扫了个一干二净。他叫人取来热水，再将就昨天用过的盐制作浴汤，好用来泡脚，同时让准备些沾了醋汁的厚毛巾，拿来擦身搓背，酸奶也得备足，病人渴了好喝，最后还吩咐多磨点车前草粉，必要时强行塞进病人的喉咙里去。

这时，海达在这一小群女客中间落了座，她一言不发，也无任何示意动作。仿佛用眼神和表情就与另外两位太太以及女儿和女仆们达成了默契似的，她开始掌控屋里发生的一切。估计大家早就熟知各自在家里女眷中的位置和角色，于是便按照要求和海达无言的指令，各司其职地忙活起来。就连从不知道这帮人族礼家规运转机制的海亚姆，也不用费力就能看出，在场的女人们谁心里是什么感觉，在这个圈子里处于什么地位。比方说他发现，二老婆费特娜的身份介于主妇与仆人之间，因为她将所有的体力活视为己任，事情做得又快又好，而且一如既往只愿埋头苦干，尽力不引人注目，保持低调。三老婆什丽妮恰恰相反，她自认也被公认为是家中的花瓶，见到她就令人想起乐趣、享受和美貌。而女儿赛卡伊娜呢，总的来说是家中贵族派头的维护者（她命令老年女佣把病人用过的毛巾换下来，再送上新的，因为用过的毛巾能在那些外币贩子家里重复使用，却不可以在贵族之家再派用场）。

不一会儿，进来个女人，大概是位邻居，手里拿了两个大鸡蛋。她四下看了看，那样子像是在找个人好把带来的东西交出去，但见屋里的人都忙得不可开交，没有谁会关注她和她手里的鸡蛋，便知趣地退开，避让到墙角去了。

女人们很快干完了海亚姆让她们做的事情，一切都弄得井井有条，而且连他本人做不了的或者不知道应该做的活儿也一并完成了。比如说海达就非常熟练且毫无困难地拉出了病人的舌头，灌入她事先调拌了酸奶的车前草粉。可不知怎么的，海亚姆总是摆脱不了大家都在睥睨他的那种感觉。难道是怪他应该对米尔宏德病情的恶化负责？还是人们对坏消息的发布者自然产生的反感？不过他同时也不得不承认，自己在这所充满了和谐与温暖的宅邸里感觉十分舒服，他甚至羡慕朋友费力敦能在这样的家庭里成长、生活，而他之所以救治米尔宏德，主要是想再次目睹和感受昨夜在这儿看到的那种阖家欢乐。当然，他对自己的家无怨可抱，可在这儿的所见所闻……这一大家人同呼吸、共情感所产生的那种和谐欣慰，是他除了在仰望夜空、观察星辰时从未见到过的景象。

下午，米尔宏德的情况有了好转。出了一身大汗的他，又经醋汁按摩之后，稍微休息一会儿，随后用几乎可以让人听懂的表达索要吃的。于是，他吃了些水煮萝卜，喝了不少搅拌了车前草粉的酸奶，虽然进食依旧困难，可比上午要好多了。吃了东西后，他又开始昏睡，这样家里人也好歇口气。还不到一个小时，米尔宏德就醒了过来，他紧盯着儿子，表情凝重而固执，那样子仿佛要把儿子脸上的每一个毛孔都刻进记忆里去，或是有什么大事要提醒他注意。

"你可不能就这么算了。"父亲注视儿子良久后说，声音清楚得一屋子人都能听见。

听到父亲的请求，费力敦像很害怕似的打了个莫名其妙的寒颤，问他指的是什么事不能就这么算了，可是没能得到回应。还没等米尔宏德再次开口说话，只见他下巴上两道口涎顺流而下，就好像嘴里面藏着个小泉眼一样，奔涌不止。所有的人都把目光投向海亚姆，似乎巴望着从他那儿得到某种解释。可海亚姆只是摇了摇头。

门突然开了，一个粗壮的男人带着妻子走了进来，女人的手指摩挲着一只树皮纤维编织的网兜，里面装了各种水果。

"嘿，有朋友登门探访，我送东西来了！"壮汉刚进门就嚷嚷道，"和你们分享欢乐的人在这儿了！"

屋子里有人尖叫了一声，随即一切复归平静，就好像发声者将叫喊成功地窒息于萌芽状态，室内出现了死一般的沉寂。这时，退到墙边的那位妇女手里拿的鸡蛋不知怎么掉到了地上，蛋壳破碎的咔嚓声在寂静中显得异常响亮。

"这儿怎么了？"进屋时乐呵呵的男子一头雾水。

就像是对这个问题作答，费特娜开始呼天抢地、捶胸顿足地哭诉起来。她问床上的丈夫为什么扔下她不管，这让她自己一人可怎么办。

"你这是干吗？！疯了是不是？！"费力敦朝她吼道，怒气冲冲地向她走过去。

"没有男人，没有孩子，连条小狗、小猫都没有，甚至没有够分量杀掉我的痛苦。"费特娜单调机械地数落着，音调失态得不像人声，听上去刺耳钻心。

"别在这儿说招灾引祸的晦气话了，妹妹！"海达想安慰一下情绪失控的费特娜。

"我的娘啊，你生了个什么东西啊？！现在叫我孤苦伶仃的可怎么活呀！哦，真主啊，我究竟做了什么对不起你的事情？命运为什么要这样待我呀？"

"你是父亲的遗孀，就待在这儿，这里也是你的家。"费力敦再次插话，想尽快结束这无法忍受的长篇哭述。大概是发现费特娜的意识已经有些失常了，他也忍不住叫了起来："闭嘴！"这下费特娜不作声了，可取而代之的是赛卡伊娜又从房间里冲了出来，一下撞翻了先前摆放托盘的小桌，那上面是她本想拿给父亲吃的早餐。她边跑边发疯似的大声喊叫，最后使劲地甩门跑了出去。

屋里的一切又恢复了让人备感煎熬的寂静，只有老女仆还在那儿念念有词地祈祷，一副无动于衷的样子。另外一个女佣则一边隔着被子给米尔宏德的双腿做按摩，一边用她独特的节奏反复哼着："哦，我的心肝儿，哦，我的心肝儿……"不过她的声音反倒使屋里的寂静显得愈加深沉。

米尔宏德断气前的喘息似一把利刃划破了室内的寂静。海亚姆走到床边，查看了他的口腔后，内心的担忧得到了证实：这正是阿尔·拉齐描述的那种病例——书上说唾液腺已经枯竭，口水都流光了，所以嘴里现在完全是干干的，连必要的湿度都没有。不用说，接踵而至的想必是咽喉发僵，肺功能停滞，呼吸终止，失去空气，垂死急喘，最后就是气绝身亡。一切均已无可救药。心存小人的私心杂念，无须把最不中听的话挑明，也属人之常情吧，反正倒霉的费特娜都已经替他把忌讳之话说出来了。海亚姆有些自责。

后来发生的事情也果不其然。

4

礼拜六早上，趁女人们忙着张罗葬礼必备事宜的当儿，费力敦邀请海亚姆跟他到庭院里坐坐，想讨教些事情。可是到了占地不小、景色迷人的内花园后，他既不沾长椅，也不进亭台，经过喷泉和通向运河的一块空场也不驻足流连，或者漫步到河岸观景小憩，而只是紧张、甚至气呼呼地迈着步子，机械地穿行于园林之间，对美不胜收的景致视若无睹。

两人默默无语地走了好一会儿，费力敦终于质问道："现在你可以讲讲我父亲他到底是怎么死的了吧？！不必绕弯子！"

"他是中毒了，我已经跟你讲过多少遍。"海亚姆回答时极力保持平静，尽量想把谈话的语气至少缓和几分，"阿尔·拉齐殚精竭虑地描述过这样一个他看过的病例。米尔宏德病情的所有细节都与之一致，这一点我也对你讲过。"

"这不可能！怎么中的？为什么？"

"是感染了肉毒素。对这一现象伟大的阿尔·拉齐也作过解释：当肉被放置在常温处，就会失去生命，就好像在重蹈动物死亡的覆辙，因为这肉本来就是动物的身体。比方说，它会分解和腐烂，而在这一过程中又会创造、甚至孕育出新的生命，如某些蛆虫、苍蝇和各种真菌……这就是正常的永不中断的生死循环，新生命从中诞生，万物也因此生生不息。可是倘若肉与外界隔离，阿尔·拉齐如是说，即肉被存放在不透气见光的地方，那它就既不会死亡也不会分解，而是转化为一种毒素，其毒性强烈而凶险，一旦染上必死无疑。这种原本由肉体中生命物质转化而成的毒素，能让神经坏死，所侵之处，肌肉麻痹、坏死，从而僵化、硬化，如同天生就不会活动一般。这么说吧，活肉中的微粒'扎拉'如与空气和光线这两大生命条件——即其存在的基本前提——相隔离，便会分解为自身的组成元素，这就是我们所知的毒素，这些毒素按精确的比例混合在活体里的每一个'扎拉'之中。"

费力敦这下确实动怒了，他警告老朋友，如果不简洁明了地回答他简洁明了的问题，而是再给他听这种大学讲座的话，那他可就真的要翻脸了。

"我怎么你了？"海亚姆有点儿不明白。

"到底是什么让我父亲……嗯？怎么回事？原因何在？是谁？看在真主的分上，告诉我这些，见鬼！别跟我讲什么毒素不毒素的和你的什么破'扎拉'，还有那些鬼才知道的什么玩意儿！你这该杀的，真该死，他妈的！"

"他吃了肉，长时间摆放在不透气见光的地方的那种肉，已经转化为毒素的那种，够简单了吧？"

"胡扯，根本不可能！"

海亚姆很明智，他没说话，只是按住了朋友的上臂，大概是表示自己在听他讲话。

"谁干的？"

"干什么？"海亚姆反问道。

"谁给他吃的？那种肉？"

海亚姆只耸了耸肩膀，没有答话。

"这事你必须查明。不弄清楚真相，父亲死不瞑目，我活着心也不安。"

两人又不再作声，只是继续往前走着。还是费力敦率先打破了沉默，喘着粗气大声嚷道："你跟王室有关系，朝中有人好办事，对你来说这还不……你得帮我查查此案。"

"跟王室有关系有什么用？你父亲又不是在那儿中的毒！"海亚姆也生气了，他看出朋友的逻辑思维有问题。

"去寻求帮助、咨询和建议啊！这些你都能在那儿办得到。找找懂查案的人，问问有权查案的人，还有那些制造恐慌的执法人员。我就是这个意思，你明白了吗？"费力敦咬牙切齿，神经质地冲朋友叫，"这事我们必须查个水落石出！"

他们继续一言不发地走了一段，这次是海亚姆先开口说话了："你这么做到底对不对，我心里没数。如果现在立案调查的话，那你一个月后将会看到一个与现在相比判若两人的父亲形象，那是一种肤浅表面、不符合父亲身份的形象，因为它既无法让人产生敬爱也不能给人以安全感。你会遇到一大堆充其量也只有部分属实的事例，听到许多恶语坏话和胡猜乱测，很可能其中有些事情你本来不知道更好。这有意思吗？为了查明投毒者而失去自己心中的父亲，值得吗？在我看来，恐怕此乃下策，我的朋友。"

"你是亲身经历过这种事吧，要不然怎么会了解得这么清楚？"

"我没有这种经历，也不认识任何有此经历的人。但我说的是逻辑上的必然，倘若你把一个人的形象压缩到警方所掌握的事实之上，那就必定会产生这种结果。"

"要是他伪装了自己的话，可能会是这样。但如果他是个好人呢？"

"要想得到这种结果，他根本不用伪装自己。只有落到警察手里，好人的形象才会如此。一桩事实的价值与真实程度是由事件所涉及的人来决定的，这与事件发生的环境以及当时和现在作证的证人密切相关。任何一个人，如果你把他丰富的人生缩减成简单的表面事实，从中将其现状、事发环境和别人说他的好话一笔抹杀，那他不是个可怜的笨蛋，就是个邪恶的坏蛋。即便是我的父亲，我也绝对不敢想象，更不要说确切知道，他会是个什么形象，或者换了我自己，又会是何等模样。"

"这可是他的遗嘱，我必须履行。"

"可怎么履行呢？当时我也在他身边，从得病起就一直陪护他来着。没听他说什么呀。"

"你可不能就这么算了——这是父亲最后的遗言，对我说的。"

"你觉得，他是想调查此事吗？"

"那还能想别的什么吗？"

"能想其他一切可能想的事情呀，我们没有任何理由认为他只有这个意思。事实上他连自己中了毒都不知道。"

"你把他当傻瓜了吧？阿布·赛义德说过，人在弥留之际对自己的一切都很明白，而且也只有此刻才最最清醒。"

左思右想之后，海亚姆还是决定再试试，劝说费力敦放弃立案调查的打算，并苦口婆心地告诉他，这么做对他一点坏处也没有。

"你父亲的形象，经从里到外的观察，现在由你本人和他的话语活生生地再现于眼前，其中包含了多少你对他需求和愿望的丰富了解，蕴藏着多少你们父子同堂家居的生活细节。要判断一个人，起码得和他一起吃掉一袋子盐才行。民谚这么说，你懂的。意思就是，得通过长期的交往和近距离从里到外的接触才能认识一个人，就像你了解自己的父亲一样。你对他的印象是爱恨交织。想想他误解你、委屈你的时候，也想想他有能力表现父爱，满足你自己都丝毫没有觉察到的愿望时的情景。如果你不得不把他的一生都建立在表面的事实上，那么所有这一切都会在案件调查中化为乌有。别忘了，你现在对父亲的印象里还包含着自己的需求和愿望，而且对他的看法和回忆也至少有一部分出于你所喜欢看到的和需要的父亲的形象，从而赋予他原本并不具备的性格或至少是性格的痕迹。这一切也都会在调查过程中荡然无存。在表面的事实中没有我们内心需求和愿望的容身之地。"

"在你看来，这世上还有比事实更龌龊的事情吗？"费力敦问，不清楚他是真不明白，还是想反唇相讥。

"我不是反对事实，只是想说，我们只有从里到外了解了一个人，才能知道有关此人的真相实情。而事实仅从外表展示了人，所以我讲，如果只凭表象和眼见的事实看人，那就等于让其不复存在。我担心的就是，这种情况会发生在你对待父亲的问题上。"

"可这是他的临终遗言。"

"我不敢肯定，要是我的话，就会三思而行。"

"那么好吧，如果你连这么点忙都不愿意帮的话。"费力敦失望地摆了摆手以示算了，转身朝家里走去。

"我们得说清楚，这可是你的个人决定。"海亚姆在他背后喊道。费力敦转过身，挥手表示认可。

费力敦回家后，海亚姆就去找朝中呵护、提携他的帝国宰相尼札姆·穆尔克，向他陈述了事情的经过，请求朝廷在调查方面予以帮助。宰相沉思片刻便满口答应，准备让伊斯法罕警察局长富兹依勒侦办此案，其知识和经验可悉数供海亚姆咨询，一切富兹依勒认为可用之人皆可为之效力。宰相随即手书一信，贴上封条，交给手下可靠的听差，令其陪同海亚姆去见富兹依勒，面呈此信。

海亚姆对与帝国宰相面谈的结果可谓心满意足。可让他疑惑的是，他们的看法本来是有分歧的。尼札姆·穆尔克在坐下来写信之前，曾滔滔不绝、纵横捭阖地分析了将一起普通的死亡变成大案的各种理由。他起初说，人死如灯灭，这是再平常不过的事。如果每起死亡事件，就算是中毒身亡，都得闹出这么大动静来，就没有和谐和安宁可言。无论是国家还是城市，也不管是乡村还是家庭，都会不得安生。因此，我们必须安抚民众，让其安居乐业，助其忘掉死亡，使其相信自己过着快乐的人生。我们得帮他们拥有满足感，因为满足的人是最容易统治的。如果生活在一个社会里，一切事情总是让人想到死亡，令其常常惶恐不安，这样的社会就有问题，而生活在这样一个社会里的人，他们的问题则更大。接着话锋一转，他又说这回破例将是明智之举，因形势之需我们可以利用这件事发声，大做文章，以显示帝国方面的强烈关心。昔日波斯贵族的遗老已经恢复元气，而且精神十足。没发现吗？眼下怀旧的人越来多，他们关心古波斯的名誉，热议其昔日的辉煌与伟大，每两个人中就有一人公开对阿拉伯人和突厥人表示反感。因此，倘若突厥政权现在关注一位波斯贵族之死，并致力于揭开其中存在的疑团，必然会被视作一大善举，因而也会成为一种姿态，表明王朝政权对古波斯的推崇者和现帝国苏丹马立克·沙赫的拥戴者一视同仁，予以一样的关爱。愿真主保佑苏丹威望倍增，权力日盛，让所有为塞尔柱帝国尽心效力者，都可得到我们的厚待与仁爱。至于作案的真凶嘛，根本无需找出，重要的是，得让人看到我们怀有的诚意和做出的努力。

接着穆尔克这番长篇大论，海亚姆有口无心地顺水推舟，说如果能揭开案件谜底，找出真凶，以示国家尊重法律，珍爱民生，可化弊为利，赢得人心，于国有益，岂不更加符合逻辑。谁知宰相一听此言竟勃然大怒，指着海亚姆的鼻子咄咄逼人地警告他，千万不要想臆测他的意图，自以为是地评价他所陈述的理由，同时还强调，只要朝中尚有能人为臣，这就现在不是而且将来也不会是他一介王室天文官该管的事。一番训斥中，穆尔克本来一直管海亚姆叫年轻人，只是在最后才当面且有意使用了"天文官"这含有贬义的称呼。

让海亚姆担心的倒不是这番由于意见分歧而产生的龃龉，说实话，比这更大、更厉害的事情也不会让他在恩师跟前失宠，丢掉自己在宫中的一席之地。早在宰相进宫任职之前，他们俩就过从甚密，走得很近了。现在声名显赫、权倾一时的尼札姆·穆尔克，那时还是谦逊低调的公民阿布·阿里·哈桑。所以现在两人单独在一起时，海亚姆仍对宰相亲昵地以"阿布·哈桑"相称，只有当着外人的面才管他叫"萨希卜",即主人。海亚姆背靠老师阿布·塔希尔绝对有分量的举荐,自身又学识渊博、才华横溢,况且苏丹和其宰相都热衷推行的历法改革计划还得靠他,尤其是尼扎姆·穆尔克已经将这一项目当作政绩工程据为己有。考虑到所有这些有利条件,不难想象,海亚姆没有任何理由担心会丢掉位置,从而避免与宰相发生争执,即便这种争论会导致意见分歧,对他也不会有什么影响。不过,他也不得不扪心自问,为什么偏偏总是自己陷入这种分歧。为何每次他一提醒那些人要尊重逻辑,他们就感觉深受伤害,虽然他这么做不是为了炫耀自己和贬低他人,而仅仅是为了让人注意到,什么事情高于他们的意图,而且需要并强加给他们务必履行的义务?特别奇怪的是,不论是鼠目寸光只认吃喝的顶级傻瓜,还是理应目光远大出类拔萃的绝世精英,都同样对他的做法愤懑不已。为什么他们会如此,就好像整个世界都沦落到只剩下赤裸裸的权力关系,仿佛人们相互利用或彼此恭维的风气,原本就是天经地义的自在之物?也恍若在社会和所有人类事物之后或之上就不存在应该遵从并有所担当的法则和真理,不管他们在名利场上拼来的地位如何。这些问题海亚姆本来是该多少理解的,他得走出象牙之塔,深入世间体验生活,不管自己喜不喜欢。

5

　　伊斯法罕警察局的局长富兹依勒是个身材干瘪的小个子，却生了两条长臂，双手垂下差不多可以及膝。他那张缺少了左眼的脸，就像烧制过的陶土，红彤彤的。在被尼札姆·穆尔克宰相任命为警察局长之前，富兹依勒当过兵，而且还是位骁勇善战、从不退缩的战斗英雄，只不过还算不上那种让众多战士崇拜和激动的大英雄。对那些拼命想通过伟大的英雄事迹出人头地的鲁莽之士，他毫不掩饰自己的不屑一顾，而且直言不讳地指出，此类人大多恰恰因为心虚害怕，恐惧感日益增长，最终不得不铤而走险，做出非理性的英雄行为。不过他之所以敢于公开发表此言，是因为他本人在塞尔柱帝国军队里当兵时的英雄功绩无人能及。此外，他还受不了那些总想出风头的人，并一再强调，他最希望能拥有一支既无英雄也无烈士却常胜不败的军队。每次开战前，富兹依勒都要教导士兵："打仗不是为了让傻瓜出名，而是为了获得战利品和战俘赎金。"想必正因如此，穆尔克宰相才要他接手急需全面组建的帝国警察局。看来大臣这步棋走对了，总的来看，富兹依勒对这一职位赋予他的权限和义务可谓称心如意。而宰相也承认，这真是人得其位，位得其人，正和他的期望不谋而合。再说，富兹依勒也圆了他在军中苦苦追求却难以实现的梦想——战而不出个人风头，胜而无需流血牺牲，最重要的是可以尽力整理和保存占领之物，使其至少短期之内可避免再遭战火的破坏。人们都知道，宰相和富兹依勒并未过分地互相讨好，总之，他们没有走得特别近。大家也完全清楚，倘若这两个有天壤之别的男人之间能发展出超越相互忍耐之外的关系，那才叫奇迹。尊贵儒雅的学者型一国之相毕生与书相伴，与情投意合者为伍，致力于争取敌人，为己所用，并努力让容不得自己的人相信，他虽位高权重、令人生畏，但仍然能够给人以好感与温情，同时也尽量掩饰对自己难容之人的反感，因为智者绝不怒形于色。而富兹依勒则长年征战沙场，见惯刀光剑影，一生戎马倥偬。其间，有人得对他俯首帖耳，因为他是上司；他也须对别人唯命是从，因为他是下属。在他的世界里，人们以杀死敌人或者至少以为杀死敌人而努力为荣，根本无须顾及拥有爱心与给人好感。所以，这两个人之间绝无可能产生友谊，就连认真的交往都不会进行，因为他们之间从不交流沟通。但是综合来看，两人之间相互尊重甚至可以说类似好感的关系，还是有目共睹的。不管怎样，大家都说宰相允许富兹依勒做的事情，是其他人做梦都不敢想得到的权利。大家也都知道，当着警察局长的面，如果你有什么想法的话，那也只能是去想宰相大人的好处。此外，这两人彼此容忍并互相支持，因为富兹依勒不会投靠别的大臣，而宰相也不可能找到更好的警察局长。

富兹依勒招呼了海亚姆一声，把宰相大人亲笔信的封印处放到嘴边，用嘴唇弄开了信封，开始阅读。尔后，像一些人陷入沉思时那样，他两眼直愣愣地盯着前方出神，接着站起身来，走出了屋子。等他回到屋里时，便用手示意信差，大臣交代的事都按命令办好了，打发他走人，然后他重新坐在海亚姆对面，摆了一下手，请来访者讲话。海亚姆把事情的来龙去脉从头到尾说了一遍，其间不时加入自己的看法、思考和解释。讲完后，两人沉默了很长一段时间。

"这事看来不简单。"富兹依勒最终开口了，但这句话后停顿了好一会儿，才接着说道："你不认识的人，通常是小偷吧，可以用匕首或大棒干掉你；但这是傻瓜作案，我总能抓到案犯，因为贼会拿你被窃的钱包或腰带炫耀。和你身份地位相当的人，你若动了他的女人，玷污了他的名誉，或者侵犯了他的切身利益，他会用军刀干掉你；这种人我不必去抓，他会主动上门来自首。可是用下毒的方法……"

又是一片鸦雀无声，这次沉默的时间比正常谈话中所能预料的更长。不知什么时候富兹依勒又拾起了话头，只不过像是在做出声的内心独白，或是自言自语。

"只有你的自己人，通常是女人，绝不会是什么外人，才能给你下毒。你不可能从亲信以外的任何人那里接受有毒的东西。而且即便中毒者心知肚明，也不会说出是谁下了毒或想下毒，这种情况我也遇到过的。"

"有道理，这符合逻辑。"海亚姆表示同意，"可我没往这方面想，根本没有意识到这一点，但的确如此。我真傻，是吧？"

"你到这儿来是搞历法的，"富兹依勒又停顿了一下继续说，同时丝毫不掩饰对海亚姆点头称是的惊讶，继续追问道，"可究竟凭什么会想到死者是中毒身亡这上面去的？！"

问完这句话，富兹依勒又很快把手一摆，做了个不屑一顾的动作，没要海亚姆必须作出回答，两人再次陷入沉默。说实话，海亚姆以前还从未遇到过这样的人，可以动不动就缄口不言，丝毫不觉得当着别人的面不说话不自在，同时也不会让他面前的人感到不自在，尽管他并非以此要求对方保持沉默，也绝不是向其做出暗示，他对此无可奉告。

"你坐下来，把你知道的这个家庭每一个成员的情况都写下来：谁什么时候进入这个家的，目前在家中所处的位置和地位是否合其心愿。尽管把你怎么想的都写下来：有谁深感失望，有谁心花怒放；有谁巴不得永远如此，有谁恨不得远走他乡；有谁已经离去，尽管很想留下；有谁留下，尽管很想离去。何人能为所欲为，何人不能如愿以偿。总之，你所想的一切。"

"你该不会是以为……"海亚姆小心地问。

"要不然干吗要你来写呢？"

"这简直荒唐！"海亚姆叫了起来，米尔宏德一家人亲密无间的画面又浮现在他眼前，栩栩如生得仿佛触手可及。于是，他决意历陈主妇海达不用语言和动作、仅凭温情与精神协调指挥下的那一幕幕温馨和谐的家庭场景……只是局长大人的想法实在令人恶心，搞得他在其面前简直无从开口，而只是一个劲地重复说"这简直荒唐，绝不可能"云云。可富兹依勒的回答仅是再一次点头以示明白，海亚姆随即愤怒地质问他，这世界上究竟还有没有他局长大人不怀疑的人。

"有啊，"富兹依勒油腔滑调地说，"所有被我查证过的嫌疑人，就不再是我怀疑的对象了。"

富兹依勒要海亚姆把有关米尔宏德全家人的记录都给他拿来，

然后他们可以一起品头论足，分析研究，看看这些材料与相关的人物有何关联，再对各自的意见和判断进行审视。此外，海亚姆还得去询问米尔宏德的家人，老人生前都和谁见面，同何人来往，与什么人合作，和谁交友又和谁交恶，喜欢谁又仇恨谁，同谁麻烦不断，和谁形影不离。他一定得留心，一个人名都不能漏掉。然后他们就可以将这份名单与警察局列出的名单进行对比。如果出现了米尔宏德对家人隐瞒的人，或者他家人对海亚姆保密的人，那案子的侦破就有了重大进展。

富兹依勒口若悬河地交代了一通后又一次陷入沉默，过了一会儿才宣布："探长马上就到，是个'暖哥'，喜欢男人，这你不要意外，也不必担心。只要你不惹他，他也不会碰你。此外这家伙贼靠谱的，就是同男人的关系有点那个。人是绝对能干，可想而知，宰相大人能让他身兼二职，这人的本事肯定不会小。你了解的，宰相一向不赞成一个人管两摊事。可他是个例外，本身还兼任风纪督察的头儿。他常拿这自我解嘲，这鬼东西说他是清风正气的守护者。此人名叫苏哈拉卜。"

富兹依勒长长舒了口气，就好像突然讲了这么多话很累似的。瞧他那副样子，连喘气和说话都要勤俭节约，更不用谈还会滥用其他与生俱来的本能了。对这样一种人，如果在别的情况下，海亚姆没准会心生好感。可今天，富兹依勒的惜字如金却实在给他带来了麻烦，使他无法对其产生好印象。海亚姆饥渴交加，疲惫不堪，一大早踏出米尔宏德的家门时，连块馕都来不及吃，连口水也没来得及喝。这两三天忙得一塌糊涂，其间就垫巴了一口吃的，连顿正经的饭也没坐下来安生地享用过。假使东道主是个正常人，还可以请他弄点儿吃喝来。但是遇到富兹依勒这种人，让他做这种事，恐怕想都不要想。一般情况下，主人总会问客人，是不是想吃点什么、喝点什么，或者问都不问就端点东西上来，让客人随意享用。其实倘若客人真的主动提出要求，这位局长大人肯定也会给点面子，而且对一位帝国宰相罩着的红人，说不定还会安排一顿像样的正餐。可是海亚姆不知怎么总觉得他宁可把自己的舌头吞进肚里，也不愿张嘴求这位主人赏口吃的。他明白，富兹依勒是个按需进食、极有节制的人，他在规定的时间用餐，而且只吃那么多，绝不放纵逾矩，但原因并不在此。这类人可以当很好的东道主，他们完全能够以满足客人的特殊愿望为乐。但是海亚姆找不出别的原因。也许是因为富兹依勒会觉得，在不该吃东西的时候吃东西，而且是在他的房间里吃，的确不像话？认为这是对他的一种诅咒，或者比诅咒更厉害的亵渎？可他马上又否定了这一推测，对自己说：不会！无论是诅咒还是别的随便什么玩意儿，都休想叫这位身经百战、阅历丰富的英雄头脑糊涂，轻重不分。所以，一个想吃点儿东西的俗愿，何足使其不知所措，或者陷入狼狈。

关键问题在于，富兹依勒不管什么场合，只要没有真正的理由不得不开口，诸如追问具体案情，或者解释有关事宜等等，他就闷声不响。因此，和他谈话的人也不得不一次次保持沉默，这对一个整整三夜未合眼的谈话者来说的确很难忍受。每当他们的交谈陷入沉默之时，海亚姆就觉得自己整个人也昏昏欲睡，而随着时间的推移，他越来越感到力不能支，无法抵御上下眼皮打架的魔力。倘若眼前的这个人能改变一下讲话的音调和语速，或者时不时大喊一声、突然来个什么动作也好呀！可是没有，富兹依勒只说要说的话，不绕弯子，语调平铺直叙，说完就闭嘴，沉默时静若处子，就跟他讲话时声色单调一个样，没有一丁点儿能提提精神的举动，减轻谈话者保持清醒的压力。可怜的客人懂得，要是在主人面前睡着了的话，是件很丢脸的事，可他又不知道如何才能避免这种尴尬的发生。

还是一个不速之客让海亚姆摆脱了左右为难的局面。此人进来时，卫兵既没通报也没陪同，这说明来者是熟门熟路的入幕之宾。这名男子身材高大，体格强壮，个别部位明显有些浑圆，生了一张苍白、光亮的脸庞，看上去有种特别威严的气势。此君便是已经提到过的那位探长苏哈拉卜·艾尔-巴利德先生，伊斯法罕秘密警察兼风纪督察的首脑，还主管欺行霸市、缺斤短两和坑蒙拐骗等市场治安问题。从各方面来看，这家伙是深得帝国宰相信任的红人。苏哈拉卜坐下后，富兹依勒说了请他来的原因，又将自己所知道的情况全都讲给他听。随即海亚姆也把能说的都说了。苏哈拉卜一直十分注意地听着，兴致很高，那样子似乎是在鼓励人多说点，把一切情况都百分之百地说出来。

听完了两位所能提供的一切情况，又思考了片刻，苏哈拉卜开腔了："清楚了。"他的嗓门又高又细，近乎尖锐，听起来与发出这一声响的粗壮、威严的身躯极不协调，就像是一种嘲讽。不用讲，他肯定知道别人对他声音的反应，因为刚说了这几个字，他马上就朝海亚姆转过身，像是很尴尬地认真看着他，笑了笑说："你尽管放开了笑吧，听见我说话的人都会吃惊，都要发笑的。"

苏哈拉卜吐词软绵绵的，就像许多人为了故作高贵文雅而有意把发音部位前移，主要用舌尖和牙齿一个音一个音哆声哆气地说话一样。所以"人"这个字从他嘴里冒出来像"银","清楚了"听起来甜腻得如同加了糖的"金取了",同时所有的摩擦音都被软化得半道上就转变成咝擦音。海亚姆觉得,出于礼貌他不应该对苏哈拉卜的尖声细气和奇怪的发音作出反应,但是他马上又推断,对方实际上恰恰是希望他有所反应,否则他就不会这样紧盯着自己看了。于是,海亚姆想找个合适的表达,以便申明,自己并不觉得他说话的方式有什么可笑。不过这样的话,他违心的申明多半听起来会不那么可信,因为他向来对编谎话很倒胃口。幸好苏哈拉卜没有一直等他做出反应,这让海亚姆省了一次言不由衷的尴尬。

"有些人认为,说出来会让我不舒服,觉得笑话我们这样的上流人物不太礼貌。可是你瞧,我一点事儿也没有,当然,心里是不好受,但可怜的我能够忍受,不会让自己觉得难堪。"苏哈拉卜喋喋不休,像是在忏悔,那副柔腔软调把话语捏搓得很是圆滑,一股子甜腻味。

"鬼东西,这都是他特意练出来的。"富兹依勒的话里透着赏识,陶土色的红脸盘上堆满了所能做出的全部笑容,"我刚认识他那会儿,他讲话还是正常的。"

"如果一个人觉得你好笑,他就会毫无戒心地向你敞开心扉,透露他连对自己都不会讲的秘密。"苏哈拉卜认真地解释其中的奥妙,脸上没有丝毫微笑的痕迹,"让别人觉得你可笑吧,亲爱的!"苏哈拉卜全身都转向了海亚姆,仿佛要把他争取过来委以重任,"让别人觉得你可笑吧,觉得你没有危险,那么人们会把心和信任全都交给你的。"

"魔鬼伊比利斯也想出过这一招。"富兹依勒插嘴道,话音里没有掩饰对这位古怪同行的赞同，"他把谎言包装了一下，让它们听起来没有恶意，如同赞美一般，这样他就可以大获成功了。"

"不过假如那些吐露真相的人把他们的话稍许包装一下的话，伊比利斯也就没那么多的成功了。"苏哈拉卜笑道，"好了，我们得干活了，别玩哲学了。"（苏哈拉卜大幅度软化了"n"的发音，搞得"那些"和"那么多"听起来像"念些"和"念么多"一样。）

三个人分手前还得约好各项工作该如何分配，先做什么，谁来做，怎样保持联系，如何互通情报。通过这次见面海亚姆才搞懂苏哈拉卜的权力有多大，他究竟干的是什么营生。表面上这个艾尔-巴利德先生是驿局的头儿，而暗地里却操纵着一支发现、掌控和传递情报的大军。这帮人有的是混迹于巴扎的小密探，负责搜集流言蜚语和道听途说，然后传递输送，再对其进行分析，看能派何用场；还有的人是一流的专职特务，身负揭发和制造阴谋诡计的重任，后者则是出于某种需要故意做的局，目的在于嫁祸于人并将其清除。同时，他还领导大巴扎的监管工作，兼任所谓风纪督察的负责人，因而确确实实对这座城市的风吹草动了如指掌，什么人在想什么、有何企图、做什么梦、搞什么名堂，都逃不过他的耳目。作为巴扎的监管人，他在第一时间就知道谁在集市上缺斤短两或是使用假钞，谁出售腐烂变质的东西，谁在摊档前后挑逗良家妇女。而且并非仅此而已，无论是谁被逮到了，贫富不分，他这个市场秩序的维护者和社会风气的监督人，都可以当面指证其经商不诚实，或者调戏妇女更不道德。而要想找到几个人为此作证，对身居此位的他来讲，简直易如反掌。苏哈拉卜接手的任务是实事求是地查明米尔宏德和谁见过面，怎样见的，为什么要见，并且逐一核对有关其家人的所有情况。

临走前，他还想问问海亚姆，就其所知，米尔宏德和费力敦平时都去过什么地方，和谁见面，他们提起过什么地方，进过什么房子，有过什么朋友。海亚姆告诉他，自己仅在巴苏米基德的咖啡馆和这对父子碰过头，再就是在叶齐达基尔德的茶肆也与费力敦聚过几次，不过当时他是很不情愿跟他们去那种地方的，因为自己不是那种喜欢交际热闹的人。海亚姆还辩解说，自己事情太多，没空和别人多交往，世上的知识宽广似海，自己才疏学浅，所知甚微，故唯望能刻苦学习，多多益善；还说他来此地时间太短，人生地不熟，很多事情尚不知深浅。可是苏哈拉卜没让他把话说完。

"你说的是那个聪明的也门人吗？"他有意打断了海亚姆的自白，不过也可能是为了验证一下，看他是否知道巴苏米基德究竟何许人也。

"你干吗这么说他？"海亚姆有些诧异，不清楚苏哈拉卜是在讽刺他的熟人，还是表达真心的赏识，不过总的来说，他的问话里带有一种不满或类似不满的语气。

"好吧，不这么说也行。他不是也门人，但倒是挺聪明的。"苏哈拉卜温柔地笑了笑，"你现在满意了，亲爱的？"

他们把现有的情况汇总，将谁都说了些什么核对了一遍，最后，苏哈拉卜与富兹依勒的看法完全一致，他们都认为凶手肯定就在家人里面（"如果不是你的后代或者选定的接班人，谁能给你下毒？对其他任何人你都没有这么重要，能走得这么近，不是吗？"苏哈拉卜说。）不过他又强调，必须审查所有死者生前较常见面的人，即便不是朋友关系的也不要放过。他并没想从中直接找出毒杀米尔宏德的凶手，但他相信，为了搞清其他的几个问题也有必要把鼻子伸进去嗅一嗅。海亚姆根本没动替米尔宏德家说情的念头，也未试图让新认识的两个警探明白他们完全搞错了。因为这一推论让他觉得实在太荒唐、太恶心，以致无需再次反驳便会不攻自破，而置身在此状态中的他，一时还没有能力将上述两种想法放在一起来考虑。

海亚姆重新走在大街上时已是漆黑一片。他想，要是向左转，往巴扎那边走，肯定能找到一家还开着门的饭铺，进去吃点东西，这会是个明智的主意。可他还是转身向右，踏上了回家的路。三天来，他耳闻目睹，经历了这么多不明白的新鲜事，现在急需独自待会儿，至少也得试着好好想想，弄明白点什么，再结合整个事件，把这一点和那一点或者同他以往的经验都串连在一起来思考。或许经过所有这一切他也会改变，换一个人。不过即便是这样，他大概也还会认得回家的路，知道那儿有地方睡觉，没准还能有点儿吃的，而这才是眼下头等重要的大事。

6

三天之后的礼拜二，八月二十一日，海亚姆给富兹依勒送来了第一份情报——一大沓写得密密麻麻的记录。上面有他本人对米尔宏德家每个成员的全部了解，有他从别人那儿听到的有关这一家人的全部情况，还有他自己对所有这些人的全部情况的全部看法，一切都做得和警察局长的要求分毫不差。

搞出给警察局的这第一份报告，可让海亚姆费了不少劲儿。其间，他可长了见识，明白了之前闻所未闻的东西，比如内心矛盾啦，虚伪欺诈啦，人格分裂啦，懂得了该如何称呼那种昧着良心虚伪行事的卑鄙状态。而他自己恰恰就是在这种状态中度过了最近的三天。这期间，沉浸在丧事悲痛中的朋友及其家人非常需要他的帮助，他也忙前忙后地始终不离左右。他和费力敦聊聊他妹妹，谈谈他的二娘或三娘，表示自己的担忧与关心，同时尽力把所听到的都记在脑子里，好过后写下来交给警察局长。他也发现，最初的沟通相当困难，因为他脑子里装的不是别人说的和别人听说的东西，而是完全风马牛不相及的事情。不过只要素质在那儿，掌握这一本领也就易如反掌。所以他最后觉得，这门谈话的艺术自己学得实在太快太顺了，几乎一点儿阻碍都没有，轻松得足以令他感到害臊。特别是他不仅对伪装术没有半点心理障碍，而且居然可以毫无困难地活学活用，真可谓心领神会，无师自通。

比方说，在谈及米尔宏德的二太太费特娜时，海亚姆关心地询问其身体状况和将来去向，问她怎样承受住失去丈夫的打击，过去与其关系如何，自己出身什么家庭，如何融入这一大户人家，以何种方式同家中的其他妇人以及男人和谐相处。他嘴上说的是她，问的是她，可满脑子想的都是自己应该写些什么来描述询问的对象，又该说些什么来向富兹依勒汇报自己的记录以及费特娜本人的情况。在这个问题上，一个老实人本应有充分的理由对这个女人的身世深表怜悯，对其从各方面来看毫无快乐可言的人生备感震惊。米尔宏德之所以娶她，本来是想再多生几个孩子，因为大太太海达生小女儿赛卡伊娜时难产，母女俩差点一道命赴黄泉，打那以后海达就没了生育能力。费特娜娘家原本也是有根底的名门望族，只不过后来家道中落，境况日下，所以只要男方答应自筹嫁妆，即可成交。而米尔宏德声称，不仅不收嫁妆就可娶人过门，而且还愿意为此付费，即使使用抢亲和掳掠的手段也在所不惜……这个出身伊斯法罕上流社会的大家闺秀，身上暗燃着神秘如火的激情，潜藏着极强的体能，弄得米尔宏德魂不守舍，心迷神乱。

将近半年之后，米尔宏德终于发现，那曾被他认为藏而不露的神秘暗火，其实原来是这女人不懂得如何处世，又生性腼腆羞涩且怕人怕事的一种内敛。而她的体能或许可以充分发挥在体力劳动上，可从各方面来看，绝非生儿育女的有利条件。婚后的半年里，她并没有激情似火地迎合米尔宏德的似火激情，那么长时间肚子一直不见动静，以致丈夫慢慢但明显地开始疏远她。那最初对她的痴迷、为她而燃的爱火和寄托在她身上的希望与日俱减，取而代之的是恼羞成怒和丝毫不加掩饰的公开冷落。但要说虐待，这绝对谈不上，米尔宏德从未吼过她、训斥过她，而只是不再拿正眼瞧她，不跟她搭腔，就像眼里身边根本没这个人似的。这情形持续了很长时间，差不多直到米尔宏德家把一切与她婚嫁有关的负面风评全都栽到她头上为止。比方说，大家都认为，费特娜家与其说是结亲嫁女倒不如讲是标价卖人，而且将她先于两个姐姐出嫁也视为坏了规矩。不仅这两个被她用抢先成亲"一跃而过"的姐姐，就连父母在办完喜事后也不再想和她有什么来往。即使她偶尔回娘家待上个把钟头，当爹妈的也难掩心里欲盖弥彰的不快，因此便谈不上让她重新回到父母身边。米尔宏德又不可能和她离婚，尽管他巴不得能离，而且对双方来讲，这本是结束名存实亡的婚姻最体面的好办法，可行不通。于是，费特娜就这样待在一座谁都不愿看她一眼的房子里，回想着里面不再有谁愿意看她一眼的另一座房子，靠已经毁掉她一生的丈夫垂恩施舍度日。不管真假虚实，反正费特娜一次跟赛卡伊娜谈心时就是这么说的。

　　海亚姆同赛卡伊娜、费力敦、海达和他认都不认识的米尔宏德家邻居们聊费特娜的情况，可心里想的却是自己要向警局汇报的任务，根本无暇对一个被毁了一生的年轻女人大动恻隐之心。当然，他也有同情，也觉得悲哀、愤怒（这是什么世道，仅因为一个姑娘的美丽和善良，就可以剥夺她拥有美好人生的权利？！）然而，在他头脑里逐渐形成的比这更强烈、更清晰的一个思考是，费特娜面对丈夫遗体时的哭诉是真心实意，还是装出来的虚情假意，好掩盖什么秘密。还有许多诸如此类的问题涌进他的脑海，也许和富兹依勒讨论这份记录时对方可能提出的各种疑问全都浮现在眼前：费特娜为什么不为自己悲惨的一生复仇呢？她的经历可谓生不如死，活着也只是行尸走肉，毫无自己的生活可言。为什么偏偏是她第一个跳出来嚎啕大哭，而她恰恰最没有理由为丈夫之死而伤心？

疑云重重，纠缠不清，让海亚姆一筹莫展、深陷烦恼（他不但觉得自己对解答这些问题无法胜任，而且就连摆脱和否定这些疑问都力不从心）。这使他惭愧不已，或者至少深感自己不是这块料。费特娜不想报仇，也没有谋杀亲夫。这一点，凡是见过这苦命人一面的人都再清楚不过。她身上已经不再具备一丁点儿足以形成那种愿望或念头的素质，就连觉得自杀就可以一了百了的意识都不复存在，更别说胆敢预谋像杀人这样复杂的大案。可是海亚姆却老是欲罢不能地扪心自问，忍不住把这些疑点环环相扣地串连成一条由险恶人心和委琐人性构成的真相之链。思考之中，他没有感到羞愧，也不再受良心的谴责，一眨眼的工夫就习惯了去探索和思考人心的歹毒与阴暗。不过，这也说明他自身不善，可谓小人常以己之心度人之腹吧。

海亚姆曾告诫费力敦，调查此案会冒有损自身的风险，他当时可真是天真得不能再天真了！他根本没想到，现在连自己也面临遭受损失的风险，而且他的损失可能更大。因为，人最大的损失莫过于失去对人性之善的相信；而他已经开始失去这一信念，着手去探测感知每一人类行为后面隐藏的委琐动机。

"都是本分的好人啊。"富兹依勒翻了一遍海亚姆的汇报，自言自语道，"这么多良民凑到一块儿，不出事才怪呢。"

"你在说风凉话吧？"

"谁会在别人举家服丧的时候还说风凉话呢？长点儿脑子

吧。"富兹依勒摆了摆手。

"我的意思是你在说我吧,笑话我太天真了什么的。"海亚姆赶紧解释。

"我谁也没笑话,包括你在内。"富兹依勒把话挡了回去,随后又转头去研究那份记录,这次他对大概是刚才翻阅时挑出来的个别地方看得十分认真。仔细琢磨了一小会儿,他抬起头来吃惊地问:"米尔宏德家里没有仆人吗?"

"有啊,当然有。那又怎么样呢?"海亚姆连忙回答,好像这问题本身就是对他朋友的大不敬。

"可这上面没有记载呀。"富兹依勒指着面前的材料说。

"你的意思是,也得对仆人进行调查?"

"天哪!"富兹依勒张开双臂,睁大了眼睛,"仆人常常是主人计划的执行人,他们都住在同一个屋檐下,而且也是大宅门里的重要成员!老话说,蛇不会露出自己的脚,有些本来平常的事情,主人不会让仆人和孩子看见,可另外一些不愿让同类人知道的事情,却会在他们面前说和做。问题就在这儿。"

"唉,"海亚姆长叹一声,一想到眼前的任务就不寒而栗。他如何才能对那些仆人展开调查,又不让费力敦或赛卡伊娜觉得奇怪,或者至少不起疑心呢?他该怎样去和那个花匠促膝谈心?还有那个老女仆,在米尔宏德病重的那几天,她装模作样地不引人注意,从头到尾也只听懂了一句海亚姆说的话,如何同她亲密沟通呢?

接着,富兹依勒详细介绍了他和苏哈拉卜这段时间所了解的情况和作出的决定。他们认为,必须分三块来进行调查。一块是与米尔宏德合伙做过生意的贩夫商贾，在这个圈子里，死者生前扮演的是一个落伍的旧式土豪，头脑里完全没有现代商业和金钱的概念。这个圈子里的人不太多，但是也不少。有些人欠他的债十分可观，也有些人放了点债给他或他儿子费力敦。当中有两个人特别引人注目，一个是欠了费力敦一千二百金第纳尔的素弗彦；另一个是建筑承包商设拉子人胡斯勒夫，他出于某种原因把王室原本分给他的两个大单让给了费力敦，并包下了两项工程所有工地的建材供应。也就是说，他最近才断了货，或者供货不足，因为费力敦欠了他七百金第纳尔早已交了货的货款没付。富兹依勒和苏哈拉卜认为，这两位比其他人更有名堂，尤其是那个素弗彦，他最近曾两次和米尔宏德在一起待过，而后者看来恰好是被和他在一起待过的人所谋害。

第二个圈子里都是和米尔宏德私密接触的人，碰头的场合诸如私人聚会和面谈、请客吃饭、办订婚、行割礼、拜认干爹等小范围的活动，还有在特定的饭馆包厢里过什么节、外出郊游，等等，不过一切都是在暗中进行的。这些人都许愿发誓要保持古老的波斯传统，重现其被遗忘、被废除或者通过其他方式业已丧失的昔日荣光。他们并非阴谋分子，没有策划起义造反，不会突然对苏丹王朝开火宣战——"愿真主保佑他荣誉倍增，法权强盛"。不过，假使阿拉伯人、突厥人和其他一切外来者从这儿消失，他们也绝不感到吃惊，而且定会拍手称快。这些守旧派不会与我们为伍，连交道都不会打，只喜欢和自己人一起，谈论波斯贵族的伟大，回忆旧日的美好时光，感叹他们帝国当年的辉煌。（"如果他们让你心里老惦记的话，劝你不要见怪。如果非要把他们当回事的话，那是你自己的问题。"富兹依勒小心翼翼地说。）米尔宏德喜欢到处露脸亮相，只要是有名有利的机会从不放过，自然也频繁在这个圈子里出没。正因如此，我们对这些人也得留心。没有哪个群体会喜欢自己圈子里的成员行为与众不同，甚至把同自己公开的敌人交往和从事商贸视为背叛，并大都对此予以惩罚。而米尔宏德和阿拉伯人、突厥人与同波斯人一样你来我往，都有买卖可做。他儿子还承建为塞尔柱帝国搞的天文台……这算不算背叛呢？是不是得受到惩罚呢？米尔宏德和这帮人之间还有没有更大的意见分歧呢？比方说，米尔宏德会不会泄露了他们的什么秘密？他是不是有意背离他们？所有这一切都得查。虽然这些人并非特别能折腾，可我们也不能掉以轻心。

第三块则是住在大宅院里的所有人员和米家的亲朋好友，他们仍然是此案的主要犯罪嫌疑人。主人是被毒死的，而下毒者多半是能够亲近死者的人，他们和你同吃、同喝，一起亲密交谈，畅所欲言，让你万事皆可如愿以偿，对其阴险和暗算毫不设防。最毒莫过妇人心啊！有种说法广为流传，说女人常因一时冲动而杀人，警察们私下管这叫感情爆发或者情感创伤。这话可能是对的。但是我们经常忘记一点，就是女人感情受到伤害和男人遇到这种事时是有所不同的。比方说，我们忘了女人思考时是会感情用事的，她们不把思想与情感这两者区别对待，或者说不像我们男人一样分得这么清楚，所以一旦遇到感情问题她们就显得比男人聪明得多。男人思考时，动情只会是一种干扰，他要么用脑袋想事，要么感情用事。所以男人如果感情受到伤害，就会拔刀相向，最起码也是暴跳如雷，比这更明智的办法他找不到，因为他不会用脑子去想。而女人却不会舞刀弄剑，原因有三，其一她们不懂如何摆弄这些玩意儿；其二这种方式对她们来说太直接、太粗俗；其三她们会动脑子。感情和思想在她们身上并不彼此排斥，而是互为补充，相辅相成，所以即便心灵遭受重创，她们依然可以保持头脑清醒，方寸不乱，这一本事可要比男人所能想象的强大得多。因此，女人选择下毒，顺便补充一句，和女人一般见识的男人也会这么干。

富兹依勒接着说，重要的是得聪明地展开调查，巧妙地分配任务。比方说，要大张旗鼓地从身上疑点最少的人查起，所以苏哈拉卜和富兹依勒商定，由苏哈拉卜和他手下的人先对被他调侃（"或者是当真，他的话从来没个谱。"）为"波斯荣誉和伟大的护卫者"的人进行审查。这些人其实并不危险，可以肯定没有谋害米尔宏德（"当然这也说不准，人只要尚未被证明有罪，就摆脱不了嫌疑。"）他们与其说是真刀实枪的行动者，不如讲是想入非非、胡言乱语的空谈家。不过恰恰因此，对其进行的审查要搞得声势浩大，好首先让这伙人明白，我们知道他们的存在并且已经盯上了他们。其次通过这一发声告诉城市和人民，当局没有睡觉，而是在履行职责。此外，还可以以此麻痹那些真正需要严格审查的对象，让他们产生平安无事的幻觉，误认为可以高枕无忧，从而放开手脚。"投毒犯是很难被发现的，你无法抓住此人的把柄，证明其有罪，而只能玩障眼法，放烟幕弹来迷惑凶手，诱使其露出马脚。"所以，当苏哈拉卜和他的人同米尔宏德那帮波斯复兴派朋友周旋时，富兹依勒的手下便可以暗中调查承包商设拉子人胡斯勒夫，去他的砖瓦窑、采石场和建筑工地打探。海亚姆的任务则是去拜访商人素弗彦，此人嫌疑最大，也最有查头。

这计划挺合海亚姆的意，不过他觉得，查承包商的活儿也应该交给他来做，作为一个与世无争的科学家、死者的朋友，他应该比警察更容易和人接触。如果是警局的人登门拜访，那不管这人过去是怎么活的，也无论他脑袋里曾经是何种状态，他心里都会没了底，从而方寸大乱。可富兹依勒认为，最好还是执行他和苏哈拉卜制定的方案。对警方来说，建筑商胡斯勒夫肯定值得一查，所以必须得稍微仔细些近距离观察此人。但是，你别真的以为是他谋杀了米尔宏德。他究竟有什么理由这么做呢？难道是米尔宏德的儿子欠了他的货款不还？所有的调查恰好都指向这笔债务，认为这是重要原因——但愿真主保佑米尔宏德健康长寿吧，因为费力敦的能力根本无法保证胡斯勒夫能再见到这笔钱。如果他们目前的调查结果靠得住的话，那么情况就是这样。为此，他们费了不少劲儿，动用了许多人力。胡斯勒夫想必认为，老头子肯定可以还上这笔债，第一，他有钱；第二，他很在乎自己的面子和名声。而费力敦不还钱是因为他没钱。所以说要是胡斯勒夫杀了老头子，那他就是个大傻瓜。可他不是傻瓜，傻瓜可无法在短时间内发财。但是胡斯勒夫又多少和这事有关，而且绝对还同许多别的事有牵连，所以富兹依勒坚持，最好还是让他手下精通各种业务的专人来作调查。

此外，这件事必须迅速推进，既然帝国宰相下令彻查此案，那么就不能等得太久才水落石出。

海亚姆被富兹依勒说得心服口服，于是决定马上去找素弗彦。富兹依勒同意了，告诉他如何在伊斯法罕偌大的巴扎里最轻松地找到素弗彦的铺子（"那可是全城、没准甚至是全国最好的香料专卖店"），并且叮嘱说，素弗彦和印度的生意做得特别大（"他在那边出售我们的染料和亚麻籽油，在这边出售他们的香料。"）海亚姆自言自语地大声说，是否需要拿封介绍信什么的，该不该事先不打招呼就突如其来地出现在一个素不相识者的店铺里，张口去和人家谈一个共同熟人的死亡。富兹依勒则称，出其不意的造访恰恰是海亚姆所能采取的最佳方法。

"还有什么要吩咐的吗？"海亚姆最后问，"行事规矩、建议，或者随便什么能助我一臂之力的锦囊妙计？"

"你说说有什么妙计？"

"我怎么知道，反正是和他有关的东西吧。我该注意些什么，他是个什么样的人呢？"

"一个怪头怪脑、冥顽不灵的家伙，简直就是个阿拉伯人。"富兹依勒想了想回答说，"你在大街上和他擦身而过时寒暄一句，问他好吗，他可以给你一条条地历数自己身体上都有什么地方不好。"

"这么说你向他问过好喽？"

"出于礼貌，并非因为好感。"

"尽管如此，你问他答，这是符合逻辑的呀。要是装聋作哑，那才是不礼貌。"海亚姆固执己见。

"你这可让我茅塞顿开啊！难道我向你问声好，是真想知道你得了什么病吗？"富兹依勒说完后打住了两人的抬杠，站起身以示谈话结束了。

海亚姆也站了起来，转身向外走去，可到了门口又折过身来，问富兹依勒为什么说素弗彦像个地道的阿拉伯人。

"素弗彦和他们一样都呆头呆脑的，榆木疙瘩一个。"富兹依勒不屑一顾地回答说，"他总是认真得要命，为的就是除了他自己之外可以把别的一切都不当真。"

　　去拜访素弗彦时，海亚姆必须穿过几排货架，上面塞满了几十
种形形色色的香料，熏得他有点发晕。店门前面的桌子上和盒子
里，摊放着各种日常使用的家喻户晓的香料，一股百味混杂的浓烈
气息扑面而来。进门后是一条狭长的通道，穿过异香弥漫的店堂直
通后屋。这屋里的气味海亚姆可是闻所未闻，想都没想过。

　　在店铺的门洞里，置身于屋里屋外两个迷香熏心世界的交界
处，海亚姆同素弗彦的店员闲聊了很久。对他来说，重要的是从这
个人口中尽可能多套点东西出来，不过同时还得让对方觉察不到是
在接受盘问，也就是说，一切都得做得像顺道经过，随便聊聊，不
能给人以假借提问暗中却另有所图的印象。海亚姆从他那儿得知，
米尔宏德死前的最后十天里曾两次到过他们店，和老板在屋里密谈
了很长时间。每次老板都支开店伙计，打发他到附近的饭馆里去给
他们买吃的，并再三叮嘱，说他此刻不见任何人，怕谈话被打断，
就连伙计因端茶倒水送点心进出一小会儿也不行。随后，老板就和
来客关起门来，躲在屋里窃窃私语，一聊就是大半天。

　　素弗彦坐在自己舒适的房间里，屋子坐落在铺面背后的阴影
中，面积和整个铺子差不多大，室内家具齐全，摆设华丽。他长得

十分壮实，皮肤特别白皙，一双手软绵绵的，握上去让海亚姆有种从未有过的感觉。他那双浅色的眼睛目光呆滞，根据谈话的情况来判断，似乎总是死死地盯着本应注视的目标旁边的地方在看。

年纪很小的帮工把茶水端进来后，就转身回到店里。他刚一出去，海亚姆便迫不及待地自我介绍是费力敦的朋友，登门拜访是想听听香料铺掌柜对米尔宏德意外身亡的看法。

"你看，"素弗彦沉思了片刻说，"很早以前智者就一致认为，通往天堂的捷径，至少对上了年纪的人来说，就是年轻女人的床榻。我想，这大概就是一个严肃认真的人能对我朋友之死所要说和应该说的全部看法。其他所有人可能会有的看法，要么是谎言，要么是不必要地重复谎言。"

"我好像不太懂你的意思。"

"如果你见过他的三姨太，就懂我的意思了。米尔宏德跟我年纪相仿，也许还稍大一点儿吧，而那女人比他女儿还小。"

"啊？！"海亚姆不禁惊叫了一声，他此前虽已看出费力敦的三娘比他还年轻，但却没想到把她和赛卡伊娜去做比较，或者说压根就没将两人联系到一块儿过。

"年纪是要小些，相差不大，还不到一岁吧，但肯定比她年轻。你不想想，这算怎么回事呀？！"

"我同意你的看法，这事的确有点不成体统。但我不相信，仅因为这点就必然闹出人命来。"海亚姆故意不服，目的是想激怒对方，诱其露出破绽。

"看吧，"素弗彦恢复了慢条斯理的平静语调，就像看透了来者的用心，对此冷静地反唇相讥，"万能仁慈的真主赐予能识字者不同的书籍，书是主的启示，可世界也是本书，人也是书。倘若你没有阅读启示录的能力，即不能读《古兰经》，那你可以观察世界，在这大千世界里读到真主启示录中所讲的一切。如果你能读懂人的话，这一点也同样适用于人。人身上所蕴藏的书籍之一是时间，即在流逝的时间长河中潜藏的命运和知识。你可以阅读命运之河，就如同阅读世界和《古兰经》一样。但凡具备此能力者，便可在时间的河流里看见自己的命运，发现为其铺好命运之路同时也助其理解命运的实例。"

紧接着这番话，素弗彦举了一个真实的、无论从哪方面来看都极具代表性的例子。此事本应让每个理智的人都引以为戒，包括没把历史教训当回事的米尔宏德在内。在伊斯兰教被昭示后的第一阶段，即哈里发奥斯曼在位的时代，有位绝世美女名叫阿提卡，此人风流无比，是个危险的新娘。七八年里她结了三次婚，三任丈夫跟她过了两三年后都被她送到了另一个世界，而且这种事总是以同样的方式一次次重复上演。先是男人迷上了美丽的阿提卡，为她无与伦比的国色天香不能自拔，必欲与之牵手成婚而后快。面对疯狂的追求阿提卡欣然应允，于是两人喜结良缘，同入洞房。一两年如胶似漆的幸福日子过后，男人报名出征，这在当时是司空见惯之事。最终，丈夫战死疆场，葬身在所奔赴的远方。民间广为流传阿提卡拥有特异功能，会迷惑男人并缠上他。她的几任丈夫跟她生活了一两年后都落得个筋疲力尽的下场。她让他们尽情享受，穷奢极欲，搞得他们最后吃不消这妖女的咄咄逼人。而她的气势恰恰就是她的声音、她的外貌、她的芬芳和她默默地在你身旁……两三年的醉生梦死后，男人废掉了，无法再和她一起生活下去，可是不和她在一起生活，男人则愈发虚弱无能。所以三个男人都不约而同地想到了一个冠冕堂皇的解决办法：从军出征，奔赴沙场，为信仰而献身，死得伟大光荣。因此，当时民间流行一句俗话：男人沾上阿提卡，又稳又快回老家。

第四个爱上她的男人穆斯坦希尔是个建筑商和慈善家，本是个学识渊博、敢作敢为的男子汉，在社会上颇有人望。可他自身已不再属于风华正茂的年岁，即便是找个普通的女人成家也过了最佳的年龄段，更别说攀阿提卡这根高枝了。所以他的年纪是最让人担心的问题。俗话说：老树燃新火，干柴遇烈焰，无可救药啊。有一阵子，好心人和朋友们见他似乎心归平静，重新埋头苦干，仿佛既忘掉了阿提卡，也没再想个人问题，大家都以为已经成功地让他打消了和那女人结为夫妻的念头。可不料几个月之后，只有伟大的真主才知道是怎么回事，也许是为了圆个宿命的缘分吧，但也可能是他已经尝到了那让他欲罢不能、无力抵御的"毒药"，穆斯坦希尔居然娶了阿提卡并和她一起生活了一年多！随后，他自然也不例外地报名从军，唯求一死了之。在等待出征的日子里，他曾向一位好友道出心声，说对从戎赴死深感遗憾，尤其在尽享了同阿提卡缠绵悱恻的纵情欢愉之后，则遗憾倍增。不过，当一个人明白，他不可能重温旧日难忘的美好时光，无法再续那失去了便活不下去的迷情岁月，那么下决心去死就不是什么难事了。在这种情况下，他想，唯有一死可摆脱痛苦，一了百了。胸怀此念，穆斯坦希尔便义无反顾地踏上了死亡之路，就跟那条有关阿提卡和男人的民谚所预言的一样。

素弗彦说话时十分平静，语气适中得体，声调和语速不紧不

82

慢，均衡不变，极力表现出自己既思维敏锐，又头脑清醒。看得出，他非常享受别人倾听自己讲话，而且本人也对此同样自我陶醉。他从穆斯坦希尔谈到米尔宏德，从早期的伊斯兰教讲到其今天的现状，声调和口吻保持不变，只是在两个不同叙述内容之间插入个人见解作为衔接和过渡。他认为，可惜米尔宏德不懂得读书，而书恰恰是时间之河向我们传达信息的使者。因为，倘若他会读书的话，也就能从穆斯坦希尔的故事中读出自身命运的预兆、警示和当中传递的消息。

两年前，大概是伊斯兰历七月中旬的一个什么日子，米尔宏德在现今苏丹境内的哈姆丹作短暂逗留，闲来无事便去逛巴扎，但并不想买什么或卖什么，而只是入乡随俗地随便转转。按当时的习惯，人们每到一个陌生的城市，不逛当地的巴扎就等于没来，因为大集市能让人最快最好地认识一座城市。不过素弗彦心里有点儿打鼓，觉得也许米尔宏德的这次赶集是命运的安排。他优哉游哉地在巴扎里溜达，听着那嘈杂的声音，闻着那混杂的气味，并把眼前的一切同伊斯法罕做比较。他一生中得出过上百次结论，认定这世界上没有任何一座城市的巴扎能与伊斯法罕的相提并论。出于人类理智无法解释的原因，米尔宏德天晓得有多少回强调说，注定出生在伊斯法罕，是命运给予的一大恩赐，就像伊斯法罕这座千城之城一样，也是大地的宠儿，得天独厚。他有时会在摊位前驻足停步，仔细打量出售的货物，主要也是为了确认，伊斯法罕的东西比这儿的物美价廉。

米尔宏德站在一个摊位前不走了，他挪不动步子不是心怀这样或那样的目的，而是因为他的目光与一双平生见过的最明亮、最炽热的眼睛不期而遇。四目相对，一瞬间那眼神仿佛穿透了他的身心，让他寸步难移。摊档后立着位卖貂皮的姑娘，看上去比他儿子费力敦还年轻，估计和他女儿赛卡伊娜差不多大。姑娘自己也戴着顶貂皮帽，两片帽耳似的东西被她捣鼓得上下翻飞，几乎把一张脸全给遮住了。她美目四顾，明眸流盼，天真纯洁，无欲无望，除了那张脸因蒙面而看不大清楚以外，仿佛身上的一切都笑意盎然，欢乐绽放。米尔宏德不明白，为什么此刻他的目光会和这双眼睛邂逅？姑娘的眼波快过飞鸟，疾若闪电，如梭似箭般地流转，将欢笑和光明撒向一切，大概在此过程中连其目光所及之物是什么都没看清楚。怎么会发生这种事？一个本无所用心的匆匆过客，其同样散漫浮泛的目光在视野里撒欢放羊，却偏偏与姑娘的眼睛一见钟情！想必这只能是命运的撮合，人生中注定的缘分吧。除此之外，不管人们怎样搜索寻觅，也无论大家如何反感听到这种宿命论的老调重弹，的确找不到别的解释。简言之，他就如同生了根似的定在貂皮摊前，大口喘着粗气，极力保持思维正常。（"老一辈人常告诫我们，冬天里要焐脚保暖，因为脚发凉易生多种疾患。可他们忘了告诉我们，春天时应该保持头脑冷静，因为头脑发热会导致重病——痴恋。"素弗彦一本正经地谆谆教诲，"可是一个胡子花白的老头，色迷心窍到神不守舍的地步，这的确叫人……"）

米尔宏德回过神来，从情迷意乱中恢复了正常的听觉和视力之后发现，姑娘在摊位后面一直说个不停，大概是在夸耀自己的货好。她举起一块皮子，拿给他看，当着他的面打开，翻来覆去地展示，让他面面过眼，然后再把皮子放回到桌上，用手在上面轻轻抚摸。可以看出，这动作让她舒心惬意，人们甚至可以赌咒发誓，触摸貂皮的手势是外界唯一闯入她内心深处，窥探其意识和情感世界的通道。她深谙此道，并将这种感觉潜藏在心底。然而从表面上看，她的动作又只是顺手而为，显得粗略马虎，并不那么上心。她不过就是用手摩挲那块放在桌上的貂皮而已，随即便会马上拿起另外一块皮毛，重复同样的动作。

　　"生活可真会和我们开玩笑啊！我突然想变成一块貂皮了。"米尔宏德好不容易缓过气来，恢复了语言能力。姑娘抬眼看着他，屏息凝神了片刻，仿佛在思考他是不是话里有话，接着笑了几声，随后继续摆弄她的貂皮，向潜在的客户们吆喝她的皮货。米尔宏德闹着玩儿地讨价还价，十分肯定地告诉她，没人会按她的要价出钱买货，并且发誓，说他想买的这件短皮衣，其实际价值连她现在喊价的一半都不到……姑娘有没有意识到，眼前这个男人这么做，只是为了和她搭讪？她有没有发现，他说话的声音一直在颤抖，一个句子往往要说上两到三遍才能讲顺溜？她会一点也没猜到对方的别有用心吗？从她的反应看不出来。她认真向他保证，这是上乘皮货，而且是只按客户要求定制的产品。她一边解释货品，一边打圆场，说这价格是父亲和哥哥定的，她没法擅自改动。无话可说时，姑娘便耸耸肩膀，微微一笑。最后，她向他建议，一个月后再过来看看，她还会在这儿摆摊，其间肯定已经回家问过父兄，看能不能替他讨个优惠点儿的价格。这一建议让米尔宏德继续闲扯的企图化为泡影，他不得不抬脚离去。走到十步开外，他转过身想再瞧她一眼，看见她又和先前一样，仍然在玩弄那对帽耳，闪亮的眼波扫过巴扎全场。他是不是觉得，那目光确实在他身上停留了一会儿，好像认出了他？反正他盯着她看了好一会儿，时间长得有些过分，然后才转身走开，充满迷惑的心里有种强烈的感觉，仿佛整个世界都因她而开心欢乐。

"他命该如此。"素弗彦总结道，"我估摸着，准是那个小娘们儿重新燃起了他内心的激情，给他的身心注入了他已不再奢望拥有的快感。而他也将自己灌入了她的躯体，就像一汪水流进了另一汪水。你说，我的朋友死了？我不觉得他是现在才死的，礼拜六才死的。我不觉得那天有什么东西死掉了。我可以证明，他数月以来就已经不在活人之列了。"

老人的话里带着几分酸楚，可又让人听不出来这酸楚由何而生。是责怪朋友不小心栽在女人怀里不能自拔，玩火自焚？还是谴责这个时代，竟容老夫怀春，干出这种傻事？是对朋友的哀悼，还是对他的埋怨，埋怨他撒手人寰，把知己遗弃在人世间？是因为对自己所喜欢的人都这把年纪了还不能理智谨慎行事深表遗憾？还是他素弗彦出于嫉妒，因为自己就做不到摆脱理智和谨慎的束缚，也像朋友那样潇洒一回？这老伙计可倒好，在花天酒地、醉生梦死中了结了自己，避免了仍活在人间的素弗彦命中注定还要承受的一切。自此番交谈开始以来，这种感觉在海亚姆心里第一次如此强烈，以致他先前对素弗彦极力保持的明智和公正印象都为之大打折扣。

"不管怎么说，你跟他见过面，还一起吃了饭。"海亚姆沉默良久后说。

"为什么我就不能够跟他见面呢？我们本来就是朋友啊。"老人很感诧异。

"你刚才还讲，他早就是死人一个了，而且不肯原谅他娶第三房老婆。可另一方面，你又没事儿一样地和他见面、吃饭、谈生意、做买卖，这符合逻辑吗？"

"我认为，根本没有什么逻辑不逻辑的，有的只不过是友谊。我可以告诉你，友情在人生中更为重要。"

"我不懂，也无法明白。"海亚姆毫不退让，有些生气了。

素弗彦垂下目光，深深叹了几口气，似乎在努力振作自己。此情此景，让海亚姆误以为对手已方寸大乱，那常人难以具备的自制力也被攻破了平衡。可是当香料商重新开口说活时，海亚姆听到的依然是那心平气和、定力十足的声音，分寸得当，有理有节，保持机敏，意在给对方一个不偏不倚的公正印象。

"正人君子不会对己所不知之事妄下断语的，年轻人。"

"向真主发誓，我绝对没有妄下断语。"海亚姆大声叫了起来，像是要为自己申辩，"我只不过问问而已，想搞清楚事情的缘由，毕竟死了一个人呀。"

"我说，你想想吧，"素弗彦只管继续说下去，就像没听见对方的大喊大叫一样，"据可靠的记载，伍麦叶王朝第五代哈里发阿卜杜勒·马利克宫廷里最伟大的智者毫无疑问是著名的思南·巴斯利。他是诗人、翻译家，精通我们的宗教，也懂别的宗教，擅长诠释和评论阴阳两界的法则规章。可以肯定，他对灵魂在另一个世界的经历，比大多数人对自己在这个世界的际遇知道得还多。阿卜杜勒·马利克两天看不见他就没法活，做任何决定都要事先征求他的意见（相信我，正因为有他出谋划策，马利克才成为伍麦叶王朝历代哈里发中最智慧、最公正的一个）。即便当着外人的面，他也毫不掩饰对思南的欣赏，将其视为人中智者之最。可是这位王室红人在社会上没什么名望，他离群索居，不愿见人，久而久之，别人也开始回避他。哈里发公开表示他不愿这位自己钟爱的谋士隐居遁世，希望在社交活动中和学术谈话里能有他在身边。然而思南的所作所为，像是对哈里发的责怪置若罔闻，不解其意，直到有一次哈里发当着众人之面公开质问他，为何不愿见人，远离社交。思南赌咒发誓，说根本不是这么回事，并向哈里发保证，说他觉得这儿的人都挺好，但那些当他独自一人时来与其交往做伴的人更好。当问及那些人是何许人也时，他回答说，他们都是真主的使者，伊斯兰教启示之前的智者，也是他孩提时代所敬爱的人，让他父亲认识了人生世界的老一辈亲人，还有他只听说过的人，以及那些除了他自己别人都没见过的人。思南解释道，他同他们传承下来的话语和思想交流，与他们的著作和有关他们的讯息沟通，沉浸在对他们的回忆和神往之中。然而，自打思南在大庭广众之下，当着诸多可靠目击者的面作出这番解释后，这些人反倒开始更加疏远和回避他了。到头来只剩下阿卜杜勒·马利克哈里发还孤家寡人地跟他过从甚密。所以，思南生前就已经完全被人遗忘。而后尸骨未寒，他写作的诗歌、著述的法典诠释、对圣训的评点论述，就全都随之烟消云散，无人再提及。但是这并不意味着思南就没有存在过，就不曾是智者，就未说出过真理。他自己也承认，与亲爱的死者神交比和活人来往要愉快和有用得多。"

"可我对此人一无所知，听都没听到过。"海亚姆有些不好意思，"真丢脸，对吧？"

"如果对自己既不了解也不理解的人和事妄下断语，那才更加丢脸。"

"我跟你说过，我不想评断别人，真的不想！但是我不能无动于衷，袖手旁观。朋友的父亲中毒身亡，我觉得他人挺好的。你不是说，你也挺喜欢他嘛。"

"毫无疑问，他当然是被毒死的，除此之外他还能指望别的结局吗？"

"你这话什么意思？"海亚姆的火气上来了。

"我刚才不是已经告诉过你了吗？他苍老、虚弱的身子骨经受不住女色之毒了。这一点，无论怎样神魂颠倒、色迷心窍，自己本来都应该心中有数的。"

"可是毒死他的并非情爱，而是食物。"海亚姆的语气平静了下来，边说边仔细观察对方的反应。

"你说什么！？这老家伙为了纵情享乐、追求快活，给自己滋补养生了？"

"我不清楚他在吃上下了什么功夫，可你是和他一起吃过午饭的，而且最近还吃过好几次。"海亚姆步步紧逼，希望能从素弗彦的表述或行为上发现证实自己心中怀疑的蛛丝马迹。

"看来你已经做过详细调查了？"素弗彦抬起脸，把右手掌伸向海亚姆。然而这举动和声音让人无法判断，他是生气了还是觉得自己受到了伤害，是想为自己辩护还是随时准备向对手发动进攻。

"你别激动，我是不得不……"海亚姆连忙解释，"我是觉得欠朋友一份情，再说帝国宰相也对这桩命案很感兴趣。"

"你的意思是、是说，我和这、这案子有、有……"素弗彦从座位上半站了起来，两眼直愣愣地盯着海亚姆，有些张口结舌了。

"你欠他一千二百金第纳尔，而他目前正好急需这笔钱。你两次和他单独共进午餐，可以说私交不浅。而这恰恰都发生在他要你还债的节骨眼上，偏偏债主又死于食物中毒。不过我不是指责你有罪，而是在提醒你注意这些事实，并按帝国宰相的指令予以核查验证。可是如果我提供的有关调查材料对你不利的话，那么给你定罪的可就不是我了。"

海亚姆一口气说完上面的话，语气听上去强硬而坚定，可他心里也清楚，所谓的"事实"其实毫无用处。他之所以指责这个老头儿，是因为他觉得从其谈及米尔宏德春心不老的话音里听出了某种嫉妒、醋意和愤懑。

素弗彦费劲地深吸了一口气，全身明显都在发抖，一看便知是想竭力稳住自己，凝聚精力。此刻，香料铺后面的这间小屋里笼罩着沉闷的寂静，店老板粗重的呼吸声有时听起来极像临死之人的苟延残喘。然而一开口说话，他的声音就依然如故，恢复了以往的平静，好像他这个人身上的主要部件都服从于克制自己和维护个人形象的大局，什么五脏六腑啦，七情六欲啦，信仰博爱啦，皆为无关紧要之物。

"我说，你想想吧，"素弗彦说，"你是年轻人，所以被人当枪使也无可厚非。可是那些教唆你来对付我的人，他们应该清楚，我现在不欠去世的米尔宏德任何东西，过去也从未欠过。他给过我一千二百金第纳尔，让我用这笔钱去采购货物，然后在印度出售赚钱，再用赚的钱在那边采购东西，然后运回来在此地卖钱，就是这么回事，如果一切顺利的话，明白吗？我做我的买卖，拉了他入伙，把他的钱加进我的钱里，将他的货放到我的货里，不过他的钱还是他的，他的货也还是他的。如果生意不尽如人意的话，那赔的

90

就是他的钱，冒的也是他的风险。不过倘若买卖做得好，盈利也是他的，我只算是帮朋友个忙吧。当然，上交利润时他会给我提点成，作为酬谢。总而言之，不存在一丁点儿我欠债他逼债的问题。"

"你的意思是，你们最近碰头时根本没有谈钱的事？"

"如果你手里有这么多钱在流通运作，你会去大肆谈论吗？当然，我们是谈到过钱的事，但不是欠债的事，那不是我们会面的原因。"

"那么，你们在一起到底密谈了些什么就连伙计都不能听的事情？"

"你就那么自信，觉得我就连这一点也得告诉你吗？"老人的声音低平而轻微，好像是在对人耳语。

"不，说实话，我可以把你们谈的事情立马忘得一干二净。不过，如果你告诉我的话，那可就帮了帝国宰相和我的大忙了。"海亚姆回答道，话里依然流露出深深的怀疑，"如果你说出来的东西对我没用，我肯定不会放在心上的，这点我向你保证。"

"我和米尔宏德想结亲家，打算把我家的大丫头嫁给费力敦。你想想，这门亲事牵涉多少需要商量讨论的事情呀。"

此前，海亚姆认为素弗彦身上疑点不少，所以对老人的盘问一直咄咄逼人、气势汹汹。现在他感到难为情了。当时自以为嗅到了对方的恐惧，所以他立即展开了步步紧逼的攻势，就像一只狗舔到血后激发出的疯狂。可是他闻到的并非恐惧，而只是老人的不满和不快。要是素弗彦不向海亚姆透露嫁女之事的话，他当然有重大嫌疑。而现在，海亚姆真是觉得，要是当初没走进这家香料铺、没和店老板进行这番谈话就好了。

从逻辑上讲，难道有可能去改变过去的事实或者至少抹掉已经发生的事情吗？从逻辑上讲，真主不可能做到这一点。倘若真主能改变历史，那他的意志便不是一种必然。可事实上，世间发生的一切都源于其意志，因而均属必然。不过如果真主不是万事皆能，而且他恰恰也无法改变历史的话，那就更是并非无所不能、权力无限。可真主又的确是万能的。这种问题我们不必去研究，此乃我们试图将世界和生存与逻辑协调一致时遇到的荒诞现象之一。然而，海亚姆此刻根本没有心思对此进行钻研。他感兴趣的既非这荒诞的现象，也不是什么逻不逻辑的问题，而是人所遭受的痛苦。他该如何在老人面前为自己辩解呢？怎样忘却这一丢脸的丑闻呢？如果一个人连自己丢脸或愚蠢的行为都无法抹去或至少不再想起的话，他还怎么或者在多大程度上算得上是自由人呢？

"你别怪我，至少不要太生我的气。"海亚姆小声嘟囔道，随即赶紧起身溜出了和素弗彦交谈的屋子，连句正儿八经的再见都没说。

羞愧使他难以启齿向主人礼貌道别，却没妨碍他向店员打听，素弗彦和米尔宏德会面时订吃喝的那家馆子在何处，送外卖的伙计是谁，更无法阻止他直奔饭馆和送餐的伙计而去，继续他的深入调查盘问。

伙计说，两个老头关起门来密谈，这事不假。而且一看到他送吃的进来，谈话就戛然而止，一直等到他离开房间，两人都缄口不言，所以他根本不知道私密面晤的内容是什么。但是他知道，这情形绝对反常，因为这间后屋的门通常一直都是敞开的。除了这两次

送餐以外，他记不起什么时候还看到过门是关着的，而他给这户邻居送外卖可有好些年头了。

伙计还称，至于在他到达之前和离开之后屋里是口角相争还是侃侃而谈，就不得而知了。他的活儿只是给客人送吃喝，而不是去探听他们会面的气氛。有时候，他自然也会打量一下主顾，四下瞧瞧店主的生活情况，但一直都非常小心，避免让人发觉他的举动。可说实话，隔三差五就要来这儿送吃送喝的他，的确没有什么理由要盯着香料铺里的两个老头仔细看。

对自己送的小吃，伙计记得十分清楚，他胸有成竹地把客人吃过的东西一一报了出来。让海亚姆倍感惊愕的是，食物里竟然一样荤菜也没有。他忍不住接连问了两次，而伙计的两次回答都一模一样：客人得到的就是刚才报的食物，里面绝对没有肉食。不过东西的量是足够两人享用了，完全能让两个块头硕大、饥肠辘辘的男人吃得饱饱的，所以可以肯定，他们两人都吃了这些东西。

海亚姆并不想轻率地放弃他在来饭馆的路上产生的念头，于是追问饭馆伙计，能否设想一下，素弗彦会不会将肉悄悄地移到米尔宏德的盘子里。伙计对此不大相信，说自己这是头一回听到有人会把一块肉偷偷硬塞给别人。按常理，一块好肉大都应该是从别人那儿被偷来才对。"道理是这样，但也不尽然。"海亚姆坚持己见。伙计补充道，那样的话肯定开吃之前就得把肉准备好，等预定的餐食送到后偷偷拿出来，再偷偷地弄到别人的盘子里，和蔬菜、水果以及五谷杂粮混在一起……"有什么不可能呢？！"海亚姆问。伙计说，要做到这一点，做手脚的人得比和他促膝而坐的受害者眼明手快、老练灵活得多才行，可素弗彦没这能力，这个可怜鬼眼睛不好使，基本上看不见什么东西。

海亚姆转过身，飞快地离开了饭馆。如果说羞愧也能升级的话，那么此刻的海亚姆就比刚才离开素弗彦店铺时倍感羞愧，简直可谓无地自容了。

8

"亲爱的，人就是这么块料。这既不能怪你也不能怪我。真主赐予我们头脑，好让我们能够去欺骗、撒谎和偷窃，这些坏事我们没少干。所以不是说吗，别太对我们自己吹毛求疵了。但也绝对不要不承认，我们的确有此才能。"

密探苏哈拉卜用一番诸如此类的语言，极力开导无比沮丧的海亚姆，后者则苦恼郁闷地试图证明，把暗害米尔宏德的凶手锁定在其家人和朋友圈当中简直荒谬无耻。海亚姆声称，他对死者家里的主要成员都了如指掌，发誓愿为其中任何一个人的清白担保作证。他自信地说，可以通过了解一个人内在的本质得知，此人能干什么和肯定不会干什么。"一个人灵魂和精神的内涵比所有来自外界的东西要持久和强大得多。所以，这种内在的因素对其行为的作用要大于一切外部条件、诱惑和其受到的所有影响。"海亚姆的坚信不疑中流露出一股愠怒。他强调，自己认识米尔宏德家里所有的人，因而恰好了解他们每一个人的内在本质，所以他知道，要说其中谁会对别人下此毒手，这是无法想象的。对此，他深信不疑。但同时他也知道，其实自己对米尔宏德家宅门里的居住者并不个个知根知底，就拿费力敦这唯一算得上有几分认识的熟人来说吧，两人的关系也不过是在公事上打打交道和偶尔跟年轻人一道聚聚而已。实际上他心里清楚，这使自己拍胸脯说的大话里多少缺了些底气，不充分具备让人心服口服所必要的力度。一切迹象表明，素弗彦举出的理由和证据倒确实无懈可击，至少听上去合情合理，不容置疑。

比方说，海亚姆的朋友费力敦生意做得就是一塌糊涂。那个自称其朋友的设拉子人胡斯勒夫给了他好几个大单，还说服他又接了另外几个项目，而且规模也差不多大，理由是只有这样他才能变成建筑行当里举足轻重的承包巨头。费力敦相信了他的话，觉得生活在眼下这种太平盛世的大好时光，不能畏首畏尾步步为营地发展。周围有这么多飞速成长壮大的建筑承包商，即便并非出于本意，但按自然规律，也说不定什么时候就会把落后的同行一口吃掉或者一脚踩死。"当今之日，干我们这行的，要么大干快上，要么出局走人。"费力敦在和海亚姆的交谈中也提到了胡斯勒夫给他的忠告。可事实上，正是因为一下子同时揽了这么多活儿，搞得费力敦材料吃紧，债台高筑，落到了仰人鼻息的地步。而且最大的债主偏偏就是胡斯勒夫本人，费力敦完全受制于他，没有他解囊相助，出谋划策，费力敦现在恐怕早就破产倒闭了。倘若不是遇到眼下的调查，胡斯勒夫分文不花，将费力敦的所有工地、库存材料、人员劳力连同现金统统接管，只是个时间问题，大概也就个把月的事吧。而到头来费力敦还得感谢这位大恩人接收了他的债务，使其免遭牢狱之灾。

胡斯勒夫把费力敦引入了一条死胡同，能够帮他摆脱这一困境的唯一出路就是拥有足够的财产，比如米尔宏德的家业。如果父亲出点什么事，真主保佑，那费力敦便可继位成为一家之主。若以家

财作抵押的话，他可以获得几乎不封顶的信贷，而这又能让他把现在所有在建的承包工程做完，随后把进款收入囊中。这样一来，他一夜之间便可成为建筑行当的大佬：身无债务，囊满现金，可以接新的项目，而且更重要的是还赢得了做大生意所必不可少的名望和信誉。然而，若想这一切美梦成真，他就必须成为一家之主，如果贷款人不是家产的所有者，没有人会同意用家产作为担保。而费力敦只有在父亲发生意外的情况下，真主保佑，才能成为米家的掌门人。

米尔宏德的小老婆什丽妮的情况大概比费力敦还要糟糕。结婚几个月后，大部落巴萨力的酋长显然不知道她已经成家，于是便想替儿子向其求婚。不久，酋长带着皮毛到什丽妮家下聘礼，对她父亲说，如果什丽妮能进他们的家门，他和他那痴情公子都会喜出望外。美女什丽妮的父亲承认，酋长此外还提到，或许什丽妮父亲可以出面去和米尔宏德协商一下离婚的问题，反正这老头也用不上这么年轻的女人了，两人又没孩子，而酋长一家绝对敞开心胸与怀抱欢迎什丽妮过门。巴萨力是个有钱的大部落，酋长的儿子可以在伊斯法罕甚至巴格达生活，住自家的房子，或者起码有父亲的房产可用。他的妻子可以披金戴银，丝绸裹身，仆役簇拥，车马伺候，名贵坐骑，出入豪门。不过最重要的是，年轻的女人身边将是位充满活力的青年男子，而不是一个力不从心的老头。有多少女人能抵御这种诱惑呢？难道你能列举出这一切足以让人铤而走险的理由而后又无动于衷吗？具有这种抵抗力的女人凤毛麟角，尤其在物欲强盛的女人中更是微乎其微。难道什丽妮就是这样少数的圣女贞妇？她年纪轻轻的就能拥有如此富贵不淫的坚强意志和美德吗？

她父亲和米尔宏德谈了关于转让女儿之事吗？如果女婿回答了他，是怎么回答的？在同女婿交谈之前或之后他对女儿有没有讲过此事？他告诉过她巴萨力的求婚吗？女儿怎么看待他们提出的条件？如果米尔宏德拒绝给她自由，不同意离婚，她又怎么办？她爱她丈夫吗？这爱的底线在哪儿？不管这份爱有多深，她会为之放弃年轻的公子和在实力雄厚的大部落酋长家里荣华富贵的生活吗？

海亚姆突然回忆起了香料商素弗彦的忠告：米尔宏德家根本没有发生过任何死亡事件，当事人灵魂出窍前几个月就已经是虽生犹死了。想到这儿，海亚姆提醒苏哈拉卜和富兹依勒两位警官别忘了这话，然后自言自语地大声问，到底是不是要老夫放少妻一马的请求，把米尔宏德置于被他朋友描述成活死人的境地。这一请求想必对他是可怕的打击，即便岳父找到一种途径，可以巧妙含蓄地表达此建议，但从逻辑上讲，这也足以让倒霉的女婿心寒血冷，在余下的日子里只剩下一具行尸走肉。

"那么你已经有把握，岳父大人同女婿谈了这事？"富兹依勒问。

"好像你不这么认为，对吗？"海亚姆反问道，有点丈二和尚摸不着头脑，似乎不敢相信自己的耳朵，"哪个当父亲的遇到这种情况会不求人放自己女儿一马呢？你跑遍全国给我找一个出来试试。"

"这一切推断中掺杂了过多的个人感情，不过或许里面也隐藏着真相。"

两人对所有的猜测假设作了一番研究，反复探讨在丈夫不同意离婚的情况下，什丽妮将其除掉的可能性有多大，揣摩她会用何种方式下手。当丈夫成了妻子通往锦衣玉食和社会名流之路上的障碍时，后者便别有用心地给他端上一份美味的肉食享用，有这样的可能吗？答案是肯定的，而如果她不这么干的话，才难以想象。那她肯定要么是得了病，要么就是中了丈夫的魔法，使她不会对其下毒手。可什丽妮既没得病，也没中邪，而且亦非不同寻常的忠贞烈女。因此可以相当有把握地说，她具备了干这事的一切条件。那么她又是如何得手的呢？就像喝水喝个够那样简单？过去她常从亲戚那儿得到不同稀有品种的肉类，供自己和丈夫食用，为什么现在她就不可以因为特殊情况而得到点特别的供应呢？为此，所要做的只是找个阴暗无光、密不透风的地方，把肉存放那么几天，就大功告成了。不过她既可以这么亲自动手，也能够用别的办法拿到现成的腐肉，一切都能操作，甚至无需她本人知情。

"好好想象一下，他享用那只小母鸽亲自为他烹调的食物时那副狼吞虎咽的模样吧！"富兹依勒叫了起来，声音里透出一股无名火。

"夫妇间若有真爱，即便妻子亲手递过来的毒，也胜过外人之手送来的药，只不过你对此没有太多的了解罢了。"

"我什么也不了解。"富兹依勒来了个一百八十度的大转弯，语气恢复了平静，"但并不感到遗憾。"

海亚姆提出了几条不同看法，想对推测的事件过程表示质疑，可全被一一驳回。他首先认为，如果有关离婚的不愉快谈话刚过，什丽妮的三亲六戚就接二连三地送来特殊礼品，对此，就连迷恋爱妻的米尔宏德也会觉得不可思议。在两位警探看来，这一说法不能成立的头条理由是：此次谈话未必就不愉快，甚至完全可以坦诚相见地进行，就算有什么不愉快的事发生，最后也能够抹平。美人什丽妮的父亲是位认真的绅士，不会对心中的烦恼、愠怒与不快缄口不言和自我排遣。那些亲戚不必亲自公开送礼上门，他们可以把礼物交给米家打杂的仆人，让其转交。家中的仆人和其他所有成员肯定都跟他们认识，不会觉得朋友给主人送礼有什么奇怪，特别是这些人已经不知道送过多少回礼物了。

第二个不同看法是，就算什丽妮能做饭，也肯定不会经常下厨房，所以倘若她突然端着一盘美食出现在丈夫面前，尤其是在刚刚表达离婚愿望之后，即便是色令智昏的米尔宏德也至少会有些惊奇。可这一观点也被轻而易举地推翻了：首先，什丽妮无需亲自动手，可以把肉交给厨子，吩咐其为主人烹饪吃喝，好讨他的欢心（逻辑上可以推断，这一过程已经发生）。其次，从夫妻关系的本质来看，海亚姆的论点就站不住脚：只要米尔宏德认为，通过婚姻这层关系能把妻子拴住套牢，哪怕她手里端的是毒药，他也会毫不怀疑地欣然接受。

海亚姆的另一个观点涉及该事件中一连串环节的时间脱节，不过这一怀疑可以说不攻自破了。如果真的有过这么一次关于离婚的谈话（这点还说不准，必须有事实为证才行），那么想必也是一两个月之前发生的事了。那么如果在此期间，也就是最近这一两个月内，他的娇妻什丽妮娘家根本没有人到米尔宏德府上登门拜访的话，两位的推测还能自圆其说吗？这一观点刚一出口，两位争辩对手还没开腔，海亚姆自己就先把它否定了。像米尔宏德这样的大户人家，收到的东西来自四面八方，作为一家之主的老爷怎么样也没法监控和掌握一切来龙去脉。再说，那些亲朋好友也不必事先和主人专门打招呼、更不用特意约会说明，就可以把礼物送来。所以，想让在米尔宏德生命中扮演了重要角色的那块肉进入米家，送肉者根本无需亲自上门。而米家大院里也不必有任何内应或者知情者存在，甚至连什丽妮也无需知道有人为丈夫准备了特殊的礼物。

如此这般，三个人把米家所有的人都过了一遍，诵读了搜集到的每个人的材料，分析研究调查对象的个人情况直至最小的细节，比如目前存在的或在他们看来可能存在的麻烦，梳理其未来的前途和目前的麻烦对其前途可能产生的影响，同时对米尔宏德及其地位与米家大院里每个人的麻烦和前途之间的关系这几点尤为关注。他或她有多少理由在米家生活并忍受这种生活现状？此人的生活所获是不是如愿以偿？米尔宏德之死对其有什么好处？他或她有多少理由除掉主人，即使他们的前途并不会因此得到改善而且本人也无利可图？比方说，难道二房费特娜就真的那么绝望，以致不得不把丈夫之死当做真正的解脱？想必她凭自己的经验就该明白并且感觉到，不管是她离开的那个家，还是她走进的这个家，哪里对她来说都等于下地狱。所以无论从感情上还是理智上都可以逻辑地推断，她要毁了这个犹如囚笼的家，而要达此目的最轻松的办法莫过于斩首行动。这是她的最佳出路，现在她自由了，独立了，可以到别人那儿去打工，出入名门豪宅，参加社交，或到医院去当洗尸工和护理员，也可以去远足旅行，就像那些寻求觉悟的信徒，先踏上朝觐之路，再继续前行，从一个城市到一个城市，从一个国家到一个国家，直到病魔和死神降临……现在她有无数种选择，每一种都比她曾经的状况要好。是去大户人家做女佣，还是为了寻求知识和智慧而云游四方，是在贫民家庭里安身立命，还是到雨后春笋般涌现的学校里去给孩子们当厨娘。离开这儿总比待在这儿强，那样她总有尊严，有立足之地，有朋友圈子，有饭吃吧。可像现在这样，除了有饭吃她一无所有，而且连挣饭吃的机会都没有。然而，费特娜的绝望程度之深和时间之长与她的杀夫嫌疑相矛盾。还有她生活经验不足，缺乏对外界的了解，也对这一推测不利。长期生活在绝望的环境里，费特娜的力气和希望早已耗尽。置身于这种状况，她不可能觉得还有出路，更无法想象可以凭自己打开这条出路。再说，她结婚时还是个孩子，涉世不深，经历肤浅，天真无知，的的确确只是从一户人家搬进了另一户人家，从一个封闭的圈子走入了另一个封闭的圈子。所以她根本没有一点点机会得知，自己本可以在这儿或那儿安身立命，干这样或那样的活儿，完全能够自食其力，吃住不愁。很可能她都不知道，这世界上除了锁住像她这样可怜女人的宅院之外还有其他能够生存的地方。

海亚姆尽量据理力争，他拍案而起，竭力从两位捕头的判断中挑出矛盾之处和逻辑上站不住脚的结论并予以攻击。"这不合逻辑，"他说，"让人无法理解，为什么呢？如果不能明确且令人信服地说出，一个人行为的原因何在，是不能随便给其定罪的。所以我们做不到这一点。为什么？请告诉我，为什么！"

"对每个'为什么'都有一个'我——无——可——奉——告'的回答，亲爱的，这就是令人痛苦之处。"苏哈拉卜说，富兹依勒一听便放声大笑。

海亚姆的反驳基本上无效。苏哈拉卜和富兹依勒的阐述大都具有不容推翻或至少令人信服的论据，以致他到头来不得不服软承认，有充分的理由可以推测米尔宏德家里的这个或那个成员有作案嫌疑，或许可能有罪，甚至肯定有罪，比如什丽妮和费力敦。也许是因为两位警官铁面无私的逻辑分析，也许是由于在长时间的激辩中不得不一次次地认输，海亚姆感到一阵压抑涌上心头，这感觉真实而强烈，就好像有个壮汉用带子勒紧了他的胸膛，让他着实透不过气来。他实在想不通，自己居然丝毫没有觉察到，一个人有这么多理由，要把自己最亲近的一个人——也没准是亲人中的好几个人——置于死地！这怎么可能呢？他仔细倾听两位警探的推理分析并从中发现，簇拥在一个人周围的亲朋好友，其实有着一大堆将其杀害的理由。你的儿子和女儿，你的妻子和兄弟，他们都能对你干什么？如果是正常人的话，他们可以干的事情五花八门。不过，如果他们真的正常的话，那干的最多的就是取人性命。这种事我见的多了，也看透了，因为我能看得下去。在我们生存的这样一个动物世界里，能够长时间感觉良好的人，得是个什么样的大傻瓜呢？！这样的世界上怎么可能还有人的存在？从逻辑上讲，人有一切或者至少无数理由，杀死自己的父亲、母亲、妻子、兄弟，以及不得不与之生活在同一屋檐下的任何一个人，甚至所有的人，因为没有这个人或所有这些人的话，他的生活肯定会更加简单，更加舒服。对亲人痛下杀手的人，没有谁不是为了在现实中得到好处，在未来改善自己的处境。因此，无休无止地加害亲人，不仅合乎逻辑而且本来也是生存的必然。

然而人还是坚定不移地继续活着，就连那置身于众多爱人亲人包围之中的人也没有都一命呜呼。原因何在？怎么可能？如何理解？是害怕受到弑父杀兄之罪的惩罚，不敢对那些不胜其烦并挥霍无度的亲人下手？肯定不是，惧怕受到惩罚只是可能的原因之一。

而除掉亲人的理由是相当具体的，惩罚的威慑力敌不过具体、真实的动机。此外富兹依勒还承认，即便是神探尽其所能发挥到极致，破案率也不过是三十分之一，如果有好运相助，加上一切顺利，比例或许会稍微高那么一些。所以没有理由真的去害怕警察及其惩罚，就连那些对各种惩罚想象力丰富和深信不疑的人，也大可不必将此放在心上。既然如此，那人们干吗不按理智所期待，循逻辑之规律，杀够数呢？他必须找到问题的答案，当看到真实情况与逻辑推理之间存在偏差，发现人的行为令人无法理解，他内心深处总有一种惶恐不安的感觉在挑战自己。无论怎样殚思竭虑，不管如何开动脑筋，他还是想不通，脑子里依旧迷雾一团。与理智所期待的指标相比，人开的杀戒不达标，这本是件好事，作为警察局长他自然也感到欣慰，但这必须经得起推敲，得有个明明白白的解释。不像有关眼前这个案子他已知的种种推测，如同蜗牛一样缩进壳里，藏而不露，让人看不清，摸不着。可他无法对此做出解答，至少根据迄今为止的经验来看，也没有希望什么时候能够找到答案。

最后排查到赛卡伊娜时，可真的冒出问题来了。一开始，海亚姆心头涌上一股无名之火，拒绝一切关于这位米家千金任何疑点的谈话，尤其是涉嫌谋杀亲父的猜测。苏哈拉卜和富兹依勒保证，他们不怀疑任何人，而只是想帮他摆正自己的位置，以便在明天对米尔宏德家人的调查开始时能够心里有数。两人认为，谋害米尔宏德的凶手肯定就在他家人中间，这一点根据迄今为止的调查已经确定无疑，所以他们现在就其所知，要告诉海亚姆有关米家和米家每一个成员的一切情况，关键的是，接下来在米家内部的调查得由海亚姆来完成。如果他了解了两位警探所知道的一切再来进行调查，肯定比仅凭一己之见，尤其是个人感情要轻松得多。倘若他们现在一起不受局限、毫无避讳地探讨一下所有可以想象的情形，畅所欲言地研究研究米家成员中谁有多少理由和可能性除掉死者，那么海亚姆一开始就可以将一切预想的情节，以及事情发生的过程尽收眼底，为己所用。如果你头脑里已经有了整个案情的印象，知道了事情大概的结果和每个参与者所起的作用，那调查就已经完成了一半，剩下来要做的就是注重细节和有关人员无意识的举动和行为。关注细节的目的在于搜集证据，观察涉案人员的行为则是为了检验你对事情的想象是否正确，去伪存真，不为别人有意和无意的谎言所欺骗。

"我们都是人，亲爱的，"苏哈拉卜又操起了他擅长的甜腔腻调，"如果你不曾一百次想杀死生父，那就说明他没有尽到好好教育你的责任。要是你到了成熟之年还没干掉他，那就是他及时终止了对你的教育，告老退休，和你有一定的距离了。"

海亚姆后来不得不承认，两位所说的一切都符合逻辑。所以他不得不强压着性子，让他们把话说完。尽管如此，他还是无法心平气和地接受这次把赛卡伊娜当成嫌疑犯的谈话。苏哈拉卜述说他们之所以盯上赛卡伊娜的原因时，他站起身，在屋子里来回踱步，瞧着窗外，摊开双臂，一副无可奈何的样子。米家的闺秀比她三妈什丽妮还稍微大一些，父亲却对她的终身大事不闻不问，所以他绝对称不上是个好父亲。眼下正是她谈婚论嫁的最佳时期，过两年就到不嫁不行的地步了，等三年以后再找人家就为时已晚。一个对此熟视无睹的父亲便不配叫父亲，她的父亲就没看到这一点，而且她也不得不看到，父亲没把这事放在心上。陶醉在老牛吃嫩草的幸福里，当爹的乐不顾女，只会一个劲儿大把地给她和家人分发礼品。久而久之，这无疑是加速财产空虚、家境没落的最佳途径，搞得儿女无房可继，无业可承。本来，若有笔可观的嫁妆，赛卡伊娜不愁找不到个如意郎君，但是再往后拖两年可就要费点儿劲儿了。要是没了陪嫁，她即便现在就找也找不到了，更别提两年之后。为了马上而不是一两年后让女儿一无所有，这位当爹的可谓孜孜不倦、勤奋至极啊。

寥寥数语以蔽之，这便是苏哈拉卜对赛卡伊娜境况的大体描述，也是让海亚姆在屋里飞快转圈并频摆双臂的原因。刚听了开头几句话他就发现，自己之所以做出这样的举动并非是因为愤怒，而是由于上腹产生的一种脉动，一跳一跳的，既舒服又疼痛，使他置身于一种完全陌生的状况，激发出了让他不知所措的情感。他不得不承认，对赛卡伊娜的怀疑并不是阻碍他接受这次谈话的原因，真正叫他难受的是这次谈话本身。这一点，在苏哈拉卜沉默不语，富兹依勒用手势表明自己无可补充，而他海亚姆用手象征性地捂住嘴巴以示自己什么都不说时，他便意识到了。也就是说，在现实中他不愿意同陌生人谈论赛卡伊娜，至少这一点无论他还是那俩哥儿们都心知肚明。

富兹依勒随后朝海亚姆歪了歪头，一脸坏笑，语气十分友好地对苏哈拉卜说："明摆着的事呀，但愿他走红运吧，她跟他的年龄倒是蛮般配的。"说完他站起身，以此示意跟前的这两人也该站起来走人了。

9

米尔宏德的家人一直定不下来，老头子去世后的首场亡灵追悼会该何时举行。大老婆海达认为应在礼拜四办，儿子却要安排在礼拜五，而且想在家里搞，不去清真寺，并希望就放在礼拜五被称为主麻日的例行聚礼之后进行。每次商量有关事宜时，费力敦都坚持他的理由："父亲是日落后走的，日落就意味着新的一天开始。"也就是说，他父亲离世时正值礼拜五之夜与礼拜六之晨交接的时辰，那么天一亮就是礼拜六了。照这样按"头七"的规矩来算，首场祭奠亡灵的活动也就落在礼拜五这天。在场的人谁也不知道他说的是不是实话，但大家都清楚，把这事放在礼拜五办，可是正合费力敦心意，这样他可以一蹴而就地找到跻身伊斯法罕上流社会的门路。哪怕能有一回请到当地有头有脸的人物在白色清真寺做完礼拜五主麻后来家里热闹一下，也只需邀请的人中有一半能来，他费力敦就自然成了这个圈子里和其他人平起平坐的一员。而在米家目前这种情况下，大家都会到场。一般说来，没有讲得过去的理由，谁也不会拒绝追思故人的邀请，而费力敦迄今为止没有给人这样的理由。这样，大家便决定在家里举行悼念仪式，时间就定在礼拜五紧接着主麻聚礼之后。

海亚姆比别人稍稍早到了一会儿，他没有去清真寺，而是直接从自己天文台的工地赶过来的。工程又开工了，而且进度比以前还快，这让他十分高兴，可这喜中也有悲情，乐里亦藏苦衷。昨天礼拜四，米尔宏德出事后他第一次上工地巡视，看见几十个工匠在勤奋地干活，有的搅拌灰浆、搬运砖瓦，有的围着脚手架上下奔忙，有的在工地边上拼装穹顶。他不禁心花怒放，心里喜滋滋地想，倘若费力敦的人这样干下去，那这幢建筑最迟一个月后就能竣工。可同时他心里又隐隐作痛，寻思这工程之所以又能开工作业，是因为费力敦现在拥有了父亲的钱财。后来他终于明白，苏哈拉卜和富兹伊勒上次同他的谈话，实际上是为他今天产生的念头做心理准备。可在回想和两位警探的那番争辩之前，惊异自己究竟怎么会这样把朋友往坏里想时，海亚姆心里十分难受，就像是做了什么见不得人的坏事。大概正是因此，他才在接下来的礼拜五很不情愿地从工地往费力敦家赶，心里压抑着难受、羞惭和那份挥之不去的怀疑。难道现在面对费力敦时，他还能若无其事地侃侃而谈吗？两天来，他脑子里一直有个念头在转悠，费力敦救活工程项目所用的钱，可能不只是他从父亲那儿继承来的吧。尽管他极力想彻底摆脱或者至少暂时抛开这一想法，却徒劳无益，枉费心机。那么这样怀疑人家，自己还配做朋友吗？对一个人的名誉失去信任还能算是知己吗？在那种貌似正人君子实为卑鄙小人的家伙之间，何为友情？

米家大院的正门入口处有条阶梯通向客厅和家居用房所在的二楼，一个迎客的女佣站在那儿接待了海亚姆，并示意他跟着她前往位于左侧副楼里的所谓女宾区，那儿已经聚集了不少前来参加祭奠活动的妇女。快到楼上第一个房间时，女佣一声不吭地给他指了指正对着的房门，便自己继续沿着过道往下走了，留下海亚姆一人尴尬地站在门前发愣。他还从未到过一幢房子的女宾区，手足无措地既不知道该做什么，也不清楚会发生什么。干吗把他带到这儿来？自己现在怎么办呢？应该径直走进屋里去吗？或者假装无意在门上抓挠一下，好让里面找他的人知道自己已经到了，以便迅速行动起来？还是找个重物扔在地上，让它碰到房门，引得屋里的人注意到他的到来？

就在他不知所措地站在那儿瞎琢磨的时候，房门突然开了两三指宽的一条缝，里面露出一只眼睛，紧接着伸出一只手，一把抓住他的右臂，飞快将其拉了进去。海亚姆毫无准备，慌乱之中又一眼瞥见了赛卡伊娜的脸，吓得他不由自主地屏住了呼吸。只见米家千金一袭樱红丝绸裹身，头上包着同色长巾，相映之下那张小脸显得比平时更加苍白，看上去宛若镶嵌在樱桃木框里的一朵白花。她往海亚姆手里塞了个很大的黄色榅桲果，用双手握住他的手指把它包住，然后紧张地用耳语告诉他，费力敦的事她都听说了，让他别着急。海亚姆不知道她究竟听说了些什么，自然也插不上话，所以赛卡伊娜便继续跟他咬耳朵，话音急促而刺耳。

"费力敦说，你在城里到处盘问别人，对他们冷眼相看，还怀疑他们。你别急，没有人要怪你什么。大家都喜欢你，知道你所做的是任何一个活着的人都会做的事。而且，也许有人这么做是再好不过的了。行了，赶快走吧，你待在女宾的专属区干啥？"

赛卡伊娜把海亚姆从刚才被她拉进来的那道门缝里又推了出去，然后轻轻地关上了门，让他又孤零零地回到走廊上。尽管他此刻惊魂未定，思维麻木，但起码有一点他很清楚，那就是此处非久留之地，随时都会冒出一个女的来，大呼小叫地发现，这女人堆里怎么会钻出个陌生的男人来。所以他连忙回到通向底楼的阶梯，就像什么都没发生过一样，快步下楼走进了米家宽敞的内院，那儿可供人舒服地闲庭信步。眼下他太需要这种放松了，或许散步有助于他集中思想，聚精会神，等下好相对镇定自若地去参加追思活动，应对那些在追思亲人场合下人们碰面时难免的有关天堂冥界之类的问题和交谈。只要赛卡伊娜的模样还在面前晃动，他眼里就除了她什么都看不见，只要耳旁依然回响着他没大听懂的赛卡伊娜急促刺耳的话音，只要他还没搞清眼前发生的到底是怎么回事，海亚姆就无法走进人群之中。在没有恢复正常的思维能力之前，这一切或者别的什么事，他都无法理解。

　　一条宽阔的鹅卵石路通向一座莲花形状的大喷泉，但路没一直延伸到尽头，而在离顶端还有整整三四十步的地方就中断并分叉为两条小道，环绕在一小块精心修剪的草坪四周，草地中央镶嵌了一个设计精美的地面日晷。海亚姆选择了右边的那条小路，绕过日晷的草坪，走到了中间喷水的莲花石座跟前。水顺着石质花瓣潺潺而下，跌落在一个小池子里，声音清脆悦耳，让人心静神安。喷泉后面有一小亭，里面的座位看上去至少足够十个人使用。海亚姆没往亭子里走，而是在喷泉周围安放的长椅上坐了下来。这时候他才发觉，自己手里还捏着赛卡伊娜给他的那个榲桲果，心里便涌上一股莫名的冲动，随即不由自主地深吸了一口它散发的气味，接着屏住呼吸，尽量长地含芳品香，完后亲了亲果子，恭敬地把它贴放在胸前。他又在长椅上坐了一会儿，听着那安抚心境的淙淙水声，像一个想从激动心情中恢复平静的人那样，大口地做着深呼吸。这还真管用，过了十几二十分钟后，他果然平静了下来，足以重新回到屋里，加入到聚集在一起的人群中。就在从长椅上起身的那一刻，他顺势瞥了一眼楼上那排闺房的窗户，发现其中一扇后面有个镶在深红色边框里的白点一闪即逝。那是赛卡伊娜蒙在原先裹头长巾后面的脸吗？祭奠仪式想必已经开始，女人是不能露脸出场的。很可能不是，悼念她父亲的仪式正在进行，作为女主人当中的一员，她有许多女宾需要招呼接待，这时候跑到窗户后面去干啥？这是错觉吧。这段时间里，他觉得自己不管看什么，上面都会浮现出赛卡伊娜的面庞，前后左右到处都是她的影子，挥之不去。不过这一现象让他注意到，从整个副楼中任何一个房间的任何一扇窗户望出来，位于大院里女宾区对面的这块地方都可尽收眼底，一览无余。

"我说你……你还有救没救了，疯了吧?！"费力敦在楼梯脚迎候宾客的地方拦住了海亚姆，"你怎么能……素弗彦……他可是朋友啊！"

"是你把我给扯进来的，别烦我了，让我安静会儿吧！"海亚姆气不打一处来，其实他发火的时候心里一清二楚，这股气主要来自面对费力敦时那种羞惭和负疚感的爆发。

"但不可以怀疑他！"费力敦叫了起来，伸开双臂，掌心朝天，"怎么偏偏去问素弗彦呀！"

就像是在说一个很长的句子，费力敦在说出父亲生前好友的名字时停顿了一下，大概是想当然地认为，接下来只要说出这个名字，就足以证明海亚姆的所作所为有多谬误和荒唐。可这下正戳到海亚姆的痛处，让他倍感恼羞成怒，因为他曾把一个半瞎老头误当作偷偷给朋友下毒的疑犯，这块心病一直潜伏在身上隐隐作痛，那送餐伙计的声音还回响在他耳畔。

"更糟糕的还在后头呢。"海亚姆径直朝前冲去，与朋友擦身而过，然后拾阶而上。在楼梯上他头也不回地加了一句："朋友，我们都踩进了这摊浑水，面前只有两条路，要么蹚过去到达彼岸，要么在这儿等着被水冲走。"

他慢慢地往楼上走，心里总觉得不是滋味儿，连他自己都对刚才的行为感到吃惊。到了楼上他朝右侧的副楼走去，那边是男宾区，一间大客厅里已经聚集了差不多二十几人。根据在座的客人来看，费力敦已经成了伊斯法罕上流社会中的一员。海亚姆扫了一眼那些面孔，在其中发现了白寺的伊玛目[10]，帝国这一地区最大的肥皂制造商，本城德高望重的法学权威之一、人称"卡迪"[11]的教法执行官素卜克特勤，几位生意做得远远超出帝国疆界的大批发商，兵器厂的老板，以及来自王室行政部的两个男子。在场的还有王室图书馆的馆员、当时众望所归的书法大师、伟大的穆罕默德·马格里布，此君抬手跟他打了个招呼，指了指自己旁边的座位。海亚姆匆匆向大家躬身行礼，其实也就是按风俗礼仪双手扪胸，弯腰转了半圈，然后走向坐在角落里的穆罕默德·马格里布，在他身旁预留的位置上坐了下来。他假装在听别人谈话，身子又故意摇摇晃晃地前仰后合，一副要睡着的样子，好让穆罕默德·马格里布别来和他搭讪。说句老实话，他此刻没有能力与人聊天，更不要说和一位性格较真的熟人交谈了。刚才费力敦无缘无故也不合情理地发火，弄得他心情沉重，无法释怀。为什么呢？原因之一肯定是他把自己的猜测强加在朋友身上了，而不管他怎样努力去收回这一想法，也无论他有多么清楚，这样去想一个人而同时又信誓旦旦地称自己是其

112

朋友，实在太卑鄙无耻，现在也无法摆脱或者至少暂时抛开这一念头了。不过，赛卡伊娜莫名其妙的举动，无疑也是一大原因。总之，他身上发生的一切都让其如堕五里雾中——新鲜、痛苦、绚丽，而又完全无法理解，恰恰这点让他备受煎熬。与她相关的一切心思和联想，都是那么费解、强烈和荒唐，而且他早就发现，面对这种荒唐的现象，他内心发虚，简直就是惶恐不安。赛卡伊娜的亲近刺痛了他，可他又渴望接近她。胸口藏着的那个楄桲果让他几乎窒息，对海亚姆来说，它的重要性远超过了在场所有名人显士。他神思恍惚，心里老想着这个果子，恨不得把它再掏出来亲亲。当你无法理解和控制自己的行为时，会怎么看自己呢？对这个世界你究竟懂得多少呢？就这样，费力敦代人受过，替妹妹承担了嫌疑。

海亚姆很快使自己平静下来，开始正儿八经地倾听他进来时屋里已经在进行的谈话。年迈的卡迪，也就是那个教法执行官素卜克特勤兴致勃勃在讲一件年轻同事办的案子，说自己从这个刑事法官的身上也颇受启发。那个案例是这样的：有次一个年青人被带到了法庭，他自己供认犯有谋杀罪。按此情况，他那位负责刑事案件审理的年轻同事必须判其死刑才行。然而，他似乎根本没有考虑作此宣判。首先，他怀疑嫌犯的口供是否属实，于是便让书记员对其口供进行复核，直到他不是用赌咒发誓来证明自己说的是真话，而是将作案的全部细节一一道出，直至犯罪事实证据确凿，毋庸置疑。审讯的结果让这个刑事法官大吃一惊，他不敢相信这样一个满脸真诚、神采奕奕的人，竟会杀人害命，便当场称赞他勇于投案自首的决定，说这样可以大大减轻他的罪孽，让他尽管身染污点，却还有望能在另一个世界安享冥福。然而，书记员纠正了法官的话，告诉

113

他此人是被抓住并强行带到这儿来的。可法官摆了摆手称，他之所以被人抓住，只是因为他本人已经决定投案自首并低头认罪。法官用手指着嫌犯，问书记员，如果不是此人决定自投罗网的话，谁能将其绳之以法。随后，他又倾情盛赞年青人敢于以诚赴死的勇气，承认自己钦佩他的信仰，赐他临刑前享受香汤沐浴，允许他按伊斯兰习俗做站立一鞠躬—叩头三步一节的雷卡特礼拜，以便祈求真主饶恕他的罪过。这套程序走完后，年青人又被带了上来，这位法官几乎很享受、很陶醉地向他宣布，现在让他身首异处的是来自天堂的一刀，随即一挥手，让他和两名刽子手一起去"执行真主的意旨"。

老卡迪结束了娓娓道来的讲述。末了，他向在场的听众保证，那个青年男子的确步履坚定、心情愉快地走了出去，就像迫不及待地盼望着执行死刑似的，仿佛他已经与己与世无争。小伙子容光焕发，一脸幸福，而这一切都归功于那位不按常规出牌的刑事法官。素卜克特勤这位资深老卡迪自己承认，迄今也没弄明白，那个法官这么干究竟是出于好心还是恶意。

"他到底在说谁啊？"海亚姆问穆罕默德·马格里布。

"说苏哈拉卜呀，他一直都在说他。"书法大师回答道。他十分惊讶，刚才全神贯注屏息凝神倾听交谈的海亚姆居然会提出这样的问题。

"为什么是他？"

"你生活在另一个世界吧？！"穆罕默德有点嗔怪了。

随后，他三言两语而且看得出是不太情愿地告诉海亚姆，有近十个大建筑商被抓了，根据一切迹象来看，这才是个开头。接下来王室内部也要展开调查，这事可能牵扯到许多朝廷命官和实业家，有个官商勾结的黑网被揭开了盖子。这帮家伙通过非法生意和蒙骗的手段大发横财，使帝国遭受了不可估量的损失，将全国的建筑业垄断在一小撮人的手中。我们不知道，有多少中小实业者被他们给灭了，有多少人穷途潦倒甚至沦为乞丐，有多少家庭毁于一旦，有多少儿童成了孤儿寡女。而他们给国家财产造成的直接损失简直无法计算，更别说那些由于他们怠工误工和胡乱施工而造成的损失了，比方说使用劣质建材，或者偷工减料。一开始人们只是发现有蒙骗的猫腻。那些为国家工程采购原料的官员——如修建要塞和城墙，铺设城里的道路和广场——只从跟他们一伙的供应商那里拿货，支付的价格比实际价格高出好几倍。另一方面，他们又帮自己的建筑商按翻倍的高价搞到国家的重大项目，后者则将工程转包给他人，让他们按正常价格进行施工，然后尽可能地拖延常规工程款的支付，使承包者一步步陷入困境，最终被逼到破产的地步。所有这一切，无异于强抢、欺骗和犯罪。不用说，肯定有成百上千条人命被他们悄悄抹掉了，而充其量也只能告他们个欺骗罪，那还得感谢苏哈拉卜，如果没有他，这些人都会逍遥法外。是他揭发了他们，并着手进行调查，希望最后至少还可以弥补一部分他们胡作非为所产生的恶果。

　　把揭发建筑业黑幕的所有功劳都归功于苏哈拉卜，这让海亚姆感到惊奇。他清楚地记得，在他们的约定中，富兹依勒曾主动提出，他来负责调查那个把费力敦搞垮的建筑商，从而决定派手下去搞清那个人的经营手段和生意习性。不过海亚姆忍住了疑惑，没有去追问，也没做任何评论，因为他突然想到，这也可能正是两位警

115

探之间事先商定好了的计划。也许富兹依勒故意让同仁大出风头，引人注目，以便自己在暗中不声不响地悄悄干活？这太像他的作风了，大概正因为如此，他富兹依勒才给人以稳重靠谱的印象。可不是吗，虽然大家都认识秘密警察的头子，却似乎鲜有人知道警察局长的存在，这的确有些不合常规。

"设拉子人胡斯勒夫也被抓了？"海亚姆的声音里充满了希望。

"谁是胡斯勒夫？"穆罕默德有点不耐烦了，不想再一次掩饰对海亚姆冷不丁打断自己同别人谈话的不满。

"一个混蛋，被查对象之一。"

"不知道，从没听说过。如果没提到他的话，那就只是条小鱼罢了。"

"他可不小，也不是没有危险的人物。"海亚姆刚准备解释一下，马格里布便打断了他的话，要他注意听屋里的谈话。

讲话的是一位海亚姆不认识的年长者，显然在社交圈子里是个人物。当时，屋里人声嘈杂，这情形就跟大型社交场合下人们自然会三五成群地分为几堆一样，显得闹哄哄的。每个小群体里都在进行成员感兴趣的交谈，所以房间里同时回荡着十几个或更多的谈话声，而且声音都本能地越来越大，因为各个群里的人都竭力想听清些什么，而每个讲话的人又争先恐后地尽量比身边讲话的人声音更大。这些并行共进的你一言我一语连成一片，再配上刀盘碗盏的丁零当啷，交织成一团混沌的大杂烩，像一张大幕笼罩在场内所有人的头顶上。可是只要这个上了年纪的陌生人一开口，其他人都闭上嘴巴，开始倾听他的讲述，或者做出一副洗耳恭听的样子。他说，自己把苏哈拉卜想象成一只巨大的、简直无边无际的耳朵，他打听帝国境内所议论的一切。老人反问自己，这世界上会有哪个人知道，有多少小贩、信差、乞丐、云游者和苏菲派信徒、旧货商和卖护身符的、出售草药和魔石或骨粉的、游走四方的铁匠、寻找地下资源的探宝人和珍禽异兽的饲养者、收购棉花的商人和流浪艺人，会有谁知道，这些提到的和其他所有流动的商贩行当里，有多少人此刻身在旅途，竖起耳朵，在为苏哈拉卜探听和传递帝国疆域里的风吹草动，谁大声说了什么，谁低声耳语了什么，谁在大胡子底下嘟囔了什么，都逃不过他们灵敏的耳朵。表面上，他们浪迹天涯、走街串巷地干活卖艺，可实际上，他们南来北往，四处奔波，都在为苏哈拉卜打探情报。所以，这位密探无所不知，无论是远在天边的村头闲言，还是偏僻冷清的茶馆碎语，任何民间的议论都会通过这些业余包打听传进他的耳朵。所以这位德高望重者才把苏哈拉卜当成一只能够捕捉任何声音和任何话语的顺风耳。而这一想象对他来说并不特别困难，因为他从未见过这位神探。是啊，但凡未曾见过之事，随你怎么想都行。

一切迹象表明，苏哈拉卜可谓当今之世的风流人物，或者说至少是今天聚在这儿的一帮人心目中的大英雄。老人说了半天，自己却从未见过此人，似乎让在场的人大失所望，于是费力敦的朋友们又推杯换盏地吃喝起来，餐具碰撞声卷土重来，人们回归小群体的闲聊。这期间，费力敦和最后三四个姗姗来迟的客人走进了人群，这样一来，大屋子里沿着三面墙排开的长凳上就坐了约莫三十个男人。他们前面的雕花乌木矮桌上，放着茶、玫瑰果酱、山楂花饮、小碟小碟的坚果和一大堆水果干。费力敦坐在海亚姆对面，间或对他做出询问的手势，向他投去迷惘的目光，那样子似乎要他做出解释。可海亚姆每次都视若无睹，不接这个茬，或故意把目光转向一边。他无法对朋友做任何解释，尤其是得知了建筑行业里的黑幕后，就更别提了。看到有望还费力敦一个清白，证明他与最近发生并被揭露出来的那些脏事无关，海亚姆打心底里为他高兴。可另一方面，这又加剧了他的内疚，让他深感自己就是个混蛋，不配当朋友。说实话，此时此刻的海亚姆倒巴不得费力敦真干了什么坏事，而自己"尽管如此"依然可以与其保持友谊，那才叫够哥儿们义气。这比后来查明费力敦纯属无辜，而海亚姆又卑鄙地"以小人之心度君子之腹"，平白无故地乱猜忌别人，让他良心上好过得多。更不要说，他内心深处还一直觉得费力敦身上疑点重重，并且也因而良心愈加不安。毫不夸张地说，洗刷费力敦疑点的证据越多，海亚姆良心上的谴责就合乎情理地越加强烈。此外，明天他就得重来此地，再进此宅，进行谋杀案的调查。他该如何向费力敦这位新任一家之主解释呢？后者因为他把素弗彦当成嫌疑人，对其进行盘问，就已经备受刺激，觉得他伤了朋友的感情。

海亚姆寻思着，如何不打招呼、也不跟对面的费力敦做什么交代就开溜。他正察言观色，看什么时候走不违礼仪，或者在琢磨，按规矩他是不是根本就不可以偷偷摸摸地不辞而别，就在这犹豫不决的当儿，门开了，阿布·赛义德冒了出来，全身金光灿灿的，就连头上也裹了条金色包头布。

"萨拉姆！"他一进门就按伊斯兰习俗的见面礼仪跟大家打招呼，"愿真主保佑此福宅平安无事！"

屋里顿时一片哗然，听得出人声鼎沸里夹杂着意外、惊愕、愤懑和不满。有几个人生气地拍打膝盖,更多的人则以手势示意拒绝并气呼呼地直打响鼻,好发泄胸中郁闷。那位从未见过苏哈拉卜的老者再也忍不住了,气得发抖地大骂一声"呸"。

阿布·赛义德还站在门口,面对一屋子的反感情绪一脸无辜的不解,两眼盯着老者发愣。

"你也应该懂得对这种事情心存敬畏吧,我说的是起码在今天这样的场合下?!"老人挑明了自己发飙的原因,也回答了赛义德没有说出来的疑问。

"我就是满怀敬畏而来呀!你瞧,我精心打扮,锦衣华服,尽我所能了。"赛义德则语气平和,表现出一副大惑不解的样子。

"我指的就是这点,你身着节日盛装来参加追思悼念。我想,你也应该知道遵守礼仪规矩吧?你也该懂得,面对悲哀与亡灵要尽的义务吧?"

"但我们有什么可悲哀的呢?原谅我这个可怜虫,我是真的不明白。"

"你难道不知道,这家的主人去世了吗?!"坐在费力敦旁边的一个男人站了起来,的的确确气得浑身发抖。

"当然知道呀。但我不明白,我们为什么要悲哀。难道要悲哀死者在此地已经福寿圆满、寿终正寝?悲哀他奉召归天、魂安故里?悲哀他摆脱病患折磨、逃离身心衰竭、告别老年痴呆?悲哀他子女有出息、家中无叛逆、本人不曾蒙羞受辱?悲哀他远离贫困、迫害和绝望?他此生已享尽荣华富贵和天伦之乐,难道还要我真的对此深表悲哀吗?谁敢因此而生悲,同时还有胆量坐在这儿自称是其朋友?"

"请对活人的悲哀保持敬畏，"一位年纪大的商贩叫了起来，"面对我们活人你也有要尽的义务吧。这是你欠这位失去父亲的年轻人的一份悲情，是欠我们这么多失去了一位老朋友的人的一份悲情！请对这座失去了主人的宅子保持你的敬畏！"

"对这房子我一无所知，这方面我也一窍不通。"阿布·赛义德勃然大怒，好像他对这一为自己辩解的时刻早已等得不耐烦了，"可我懂我们人的德性，正因为这样，我才把自己拾掇得规规矩矩的。亲爱的，让我们痛苦的是嫉妒，而不是悲哀。我们当中那些有头脑的人，对死者充满了嫉妒，所以我才用我的金色让他们想起人性更美好的一面，要他们管住自己的嫉妒之心。"

两三个男人站起身来，骂骂咧咧地朝门的方向走去，嗓门大得全屋的人都能听到："这简直让人无法忍受"，"无耻到了极点"，"太过分了"，诸如此类的叫骂一声比一声高。他们接近了赛义德立在正中的房门，可后者无意让路，气氛顿时一下子紧张得让人透不过气来。这几个男人决意退场以示抗议，他们不愿在这儿被人开涮，所以想走出这间屋子。可是要出去的话，则必须穿过那道不怎么宽的门，而此刻门口正挡着脸红脑热的阿布·赛义德，样子看上去并没有让人挤到一边或者推出门外的意思。没准他会仅为一点轻微的身体接触便借题发挥，搞得就跟受到了攻击和侮辱似的。所有认识这位赛铎王子的人——不过眼下想必所有的人也都认识他了，因此，可以说所有来参加祭奠活动的人——都明白，除了不会放那几个被他激将法惹恼的人轻松过去之外，他可什么事都干得出来。所有人的目光都盯紧了门口，屋里死一般的沉寂，让人难以忍受。在场的每个人都以自己的方式喜欢阿布·赛义德，所以大家也都用各自的方式默默祈祷，希望他别做出什么亵渎或者破坏这场追悼会的出格之事来。这种事一旦发生便无可原谅，倘若伊斯法罕因此而失去这个奇才怪杰，那才是天大的遗憾。这时候，赛义德就好像听见了众人的祷告，站在那儿纹丝不动，两眼凝视着费力敦那苍白的面孔，身子似乎突然变瘦了一圈，让人能轻松地从他旁边擦身而过。这样一来，那几个气势汹汹的客人没闹事便溜了出去，把假装视若无睹、听若未闻的赛义德撇在了身后沉闷的静默中。赛铎王子只是呆站在那儿，任凭那如释重负的欣慰在屋里蔓延。他就这么等着，一言不发，一动不动，直到大家都彻底松了一口气，才在眼前这帮刚从发愣中回过神来的观众里那个最按捺不住的人动弹之前，先挪动了一下自己的身体。

"我说兄弟，你运气够好的啊。"最后，赛义德转过身来，朝费力敦走去，"你没有看到父亲在你眼前退化成一个褓褓小儿，要你给他洗澡喂食；也没看到他的力量和体貌一日不如一日。你要明白，没让你经受这些痛苦，算是老天爷对你开大恩了。在有些没长脑子的睁眼瞎看来，你父亲在正值年富力强时撒手人寰，实在可惜。不过我赛铎王子告诉你们，其实此乃喜丧，因为父亲的去世使你得以完好无损地拥有他，直至其生命的最后一刻。过去在你眼里，他顶天立地，叱咤乾坤，这一画面没有在你眼前倏然消失，故而未给你留下一个弱不禁风的稻草人形象。他对你的启蒙解惑、言传身教，让你从小就五体投地的知识和智慧，也还没变成要你穷于应付的老年痴呆。所以对你来说，他强大无比、才智过人和英明伟大的光辉将陪伴你终生。这是上苍给你的一大恩赐，只要这样的父亲活在心里，你在这个世界上就无所畏惧。"

"可是……或许本来还能够救他的呀……要是大家头脑都冷静的话,但当时……"费力敦的舌头有点打结,可赛义德没容他把脑子里想的意思全都表达清楚。

"为什么要救他?!难道你真的觉得,不让他现在痛快地死去,而是维持其生命,好让他历经漫长的痛苦煎熬,三年后再一命呜呼,是帮了他的大忙?是救了他的命?如果你这样救了一个人的父亲,难道也要他对你感恩戴德吗?"

"人都是这样,站着说话不嫌腰疼。讲他人的父母,谈别家的事情容易,可这是自己的……"

"这是因为你们跟刚出生的猫仔一样,眼睛都没睁开,看不到未来的事情。倘若你们的死期被推迟十天,你们肯定不会拒绝,而且会觉得自己是得救了。可是如果你们明白获救的目的何在,事情就另当别论了。但有什么办法呢?我们和猫仔一样,都是闭着眼睛出世的。好在我赛铎王子是个明眼人,相信我的话,大概我是睁着眼睛来到这个世界的。"

人群中发出一阵轻微的笑声,又很快戛然而止。阿布·赛义德朝那个笑出声的人瞟了一眼,又看了看那些让其闭嘴的人,然后用胳膊肘顶了顶费力敦的肋骨,劲儿还用得不小。

"智者告诉你这些,你应该感到高兴。照我看来,这所房子现在应该是幢喜宅。我不是说这里应该歌舞升平,不,绝对不是这个意思。人言可畏,我太害怕他们嚼舌头了。可是喜事已经降临此处,而且满屋皆是。这种喜悦自古以来就是实话实说者做祈祷的最爱。对此,我赛铎王子了如指掌,当然通晓的还远不止这些。"

又有人笑了起来,这一回不同的是,声音来自好几个方向,而且无人横加制止了。大家似乎都很想看看，阿布·赛义德到底会说些什么、做些什么。然而他啥也没说、啥也没做，只是无动于衷地静候笑声自然平息下去，随后朝坐在左边的男子侧过身，跟他聊了起来。屋里的客人仿佛都在急不可耐地盼望这一气氛正常化的信号，于是大家又纷纷拉开话匣子，畅所欲言，就着茶水和果酱，伴着杯盘碗盏的叮当声，室内便重归社交场合下那自然笼罩的热闹场景——如果二十来个人聚在一起，没有一个噪声嘈杂、吵吵嚷嚷的氛围，使人置身其中可以趁机三五成群地谈天说地，那他们便不可能互相交流，而只会听布道讲经，个个如同惊弓之鸟，诚惶诚恐，或者一动不动地席地静候。见一切都恢复了常态，赛义德站起身，心满意足地搓着手宣布，他现在可以放心地走人了，因为他保护了这户名门望族之家免遭悲哀与谎言的亵渎。

"如果你跟我一起走的话，哈基姆，我有几句话要对你讲。"赛义德转脸对海亚姆说，后者心甘情愿地一跃而起，紧跟在他身后。走到门洞里，赛义德转过身，朝对面的人喊道，真话能使人大吉大利，所以人们爱听真话。他话里带着一股子炽热，仿佛要把这福音烫烙进听者的记忆中去，永不磨灭。趁这机会，海亚姆悄悄溜出了屋门，像个逃犯似的奔下楼梯，连滚带爬地冲了出去。

阿布·赛义德在大门口才赶上他，两人并肩而行，默默地走了好长一段路。与刚才激情盎然、大谈喜乐、引人注目的那个赛铎王子相比，赛义德简直就像换了个人，显得疲惫不堪，情绪低落。因此海亚姆觉得闭嘴为佳，尽管内心急不可耐地想挑起话头。脑子里想的和其他的一切全都与他胸口藏着的那个榅桲果融为一体，要不是他的目光还时不时落在身旁的赛铎王子身上，他简直完全忘记了这位朋友的存在。

"最近这几天你在忙些什么？"阿布·赛义德出其不意地问，语气听起来像没什么好事。

"没忙什么，跟原来一样。"

"你老缠着集市上的那些商贩问来问去的，想搞清楚他们是不是歹徒，在做买卖的同时信手拈来地干掉了一个朋友？"赛义德气呼呼地质问，话里流露出的不满也道出了他闷闷不乐的原因，"你在警察那儿找到了聪明才智的源泉，然后对准了方向接近那些人，用你好我好的方式跟他们搭讪，对你来说，大概没什么比这再好的手段了。"

又是长时间的沉默。阿布·赛义德加快了步伐，不过这也没能压抑住他胸中的火气，所以每当需要迈开大步前进时，他就会时不时连蹦带跳或者跺脚顿足地发泄一下心中的不满。

"你究竟在干什么？你倒说来听听！"

"米尔宏德是被谋害的，"海亚姆考虑了很久后终于吐了口，"是中毒。"

"这么说你现在的紧急任务就是侦破这起谋杀案啰，对吧？"赛义德打断了他，话音里恼怒与挖苦参半。

"哦不，我只想尽力查明是谁下的毒。"

海亚姆的声音有些发颤。他明白对方发火的原因何在，而且自己也觉得，搅进这桩案子是干了一生中最最愚蠢的一件傻事。但是他深信，尽管如此，别人也不应该这样对待他，这样跟他讲话。正因为他有错，才不应该对他大喊大叫，并把他因错受罚的所有罪名一股脑全砸在他头上。

"是啊，那还用说吗？除了你，谁还能揭开这个谜底呢？！你小子真他妈太滑头了！知道找对了和那帮人打交道的路子，就能在大巴扎赢得朋友，同时可以顺便把这世界上的坏人从好人里面分辨出来，"赛义德大爆粗口，"你小子给我打住！"

海亚姆害怕了，觉得自己的眼泪就要夺眶而出。他感觉阿布·赛义德好像看透了他的灵魂深处，观察到了一切，洞悉了一切，此刻正在笑话他、挖苦他干的蠢事。如果这世界上有谁希望结束这一切的话，那这人正是海亚姆自己。明天他就得去找赛卡伊娜和费力敦，问他们有没有可能杀害了自己的父亲。真主啊，他每天都在失去一分对人的信任，丢掉一分良心的安宁，而眼下这个鬼才怪物正逼他马上停止一切调查活动。

"这可是目前帝国宰相交办的差事。"海亚姆沉默良久后嗫嚅道。

"你简直是……哦，我真服了你了！堂堂的哈基姆，大博学家，却是这么个书呆子！世上少见啊！"阿布·赛义德愤怒地朝地上啐了一口，丢下海亚姆，转身拐进离米家最近的一条街，头也不回地走了。

10

接下来的好些天，海亚姆每日都按时到天文台的工地上转转，那儿毕竟是王室为他建造的工作场所。其实他在那儿也没什么事可干，就是散散心，看到工程进度飞快推进，也感到一丝欣慰，同时也可以计划一下馆内将来房间的分布，仪器的摆放位置和装修的具体安排。在工地上，他还抱有一线希望，比方说找材料供应商或者工头们聊聊，看能否搜集一点费力敦无罪的证据，或者起码寻觅到一个能减轻他犯罪嫌疑的理由。他觉得，如果能做成这件事的话，自己就如释重负了。这段时间以来，他已经感到自己越来越孤立无援，就连费力敦也渐行渐远，如果再这么下去的话，没有亲朋好友的日子将近在眼前。若能解除对费力敦的怀疑，重新将其视为可信的朋友，估计他的孤独处境就会烟消云散了。就这样，他从一个运送黄沙和石灰的老板那儿得知，费力敦从未清偿任何债务。总之，这人没听说过，费力敦向什么人支付过较大数目的欠款。对海亚姆来说，这肯定是个好兆头，说明米尔宏德之死与费力敦生意的复兴毫无关系，完全可被视为减轻费力敦嫌疑的一个理由。因为如果他真算计了父亲的钱财，就不该迟迟不付欠账了，反而会采取一切必要的手段，想方设法将父亲的资产据为己有才对。事实上，那个雁过拔毛、唯利是图的恶魔设拉子人胡斯勒夫刚被拿下，这里的一切可以说就自动进入了正轨。

海亚姆满怀希望地去找富兹依勒，向他汇报自己了解的情况，在交谈中请他重新审视自己的假设。可此番谈话，与其说解除了警察局长对费力敦的怀疑，倒不如说打击了海亚姆抱有的希望。富兹依勒并不认为，费力敦没露富，行为举止依然如故，就能证明他无罪。刚开始，他甚至听了半天也没弄明白，海亚姆到底想说什么。跟每次阐释问题时一样，富兹依勒这回依然拿出看家本领，认为有三种可能性来理解费力敦在其父去世后的行为，随即便将其系统地一一展开陈述。第一种可能是海亚姆的解释，即把这种现象视为费力敦无罪的证据或者至少是这样一种迹象。一个弑父之人的言谈举止，很难做到跟从前相比毫厘不爽。鉴于费力敦现在各方面的表现跟一个月或者一年前一模一样，若以此判断其无罪，似应合情合理。然而，我们也可以从中得出同样令人信服的相反结论，即这恰恰证明了他狡猾透顶。如果他谋害了父亲，那这么做的目的肯定是为了将其钱财据为己有，好拯救自己濒临破产的生意。事发之后他没有马上露富，就意味着他故意让别人觉得自己并没发财，好制造出他不是凶手的最佳假象。等到后来，等到很久以后，大家对此信以为真了，这只狡猾的狐狸才会显山露水地使用那笔财富。狡猾至极或者聪明绝顶的人就会这么干，但是老实说，世界上这种人毕竟只是少数。所以没有任何理由去假设，罪犯里面这类聪明脑瓜就特别多，因而也同样没有任何理由认为，费力敦就属于其中特别聪明的一类。第三种可能性绝不比前两种小，甚至有理由相信，它离真相最近。这种看法认为，费力敦现在的所作所为根本不能说明他是不是谋害其父的凶手。或许要等上一两个月，他才会真正反应过来，父亲已经走了。当身体器官感受到这一点，当父亲板凳上出现的空位述说这一点，那时他的行为就不一样了。不过也可能即便到了那时仍然没有变化，因为别人的死亡，不管他们跟你有多亲近，都不会改变你的行为。（"我从未见过哪个母亲会因为失去了儿子而更换她煮饭的锅。"富兹依勒举例支持自己的论点，"而且我认识许多丧子的母亲。"）

与富兹伊勒的谈话让海亚姆大失所望。对米尔宏德死因的调查适得其反，搞得两败俱伤，无人受益。尽管如此，这一番理论至少有助于他同费力敦对话的方式恢复到正常，让两人受损的关系重归于好。然而，昔日的相互信任已经一去不复返。要是现在，费力敦绝对不会像不久前那样，出于对好友纯粹的信任，恳求他去救自己的父亲，因为过去友情曾使他坚信，海亚姆比有经验的大夫更会治病救人。还有那种身边有人可依靠的欣慰，那种将他们心手相连、结成友谊的同喜共乐，已经不复存在。眼下，他内心没有什么事能让其看见费力敦时感到高兴，就如同费力敦对他的在场也明显毫无期待一样。这就是说，两人之间的亲近再也无法延续，因为这种好感本来就表现为见到一个人时所产生的内心喜悦。不过，类似几天前追思会上的那种愤懑怒火也烟消云散了。还有那害怕别人误解的恐惧，不争出个孰是孰非或一清二楚誓不罢休的决心，全都无影无踪。海亚姆并不知道，同富兹依勒的谈话会对他与费力敦之间的关系产生何种影响，但他恰好把已经发生的变化和这次交谈联系在了一起。他发觉，自己现在竟然可以第一次平静、理智地谈论老朋友。然而，这并非听之任之的漠然心态，要让他说倒更是"相互容忍的和平共处"，虽说与无动于衷有几分相似，但区别在于，海亚姆的内心还是会十分动容地回想起与此情此景大相径庭的时光和状态。

不管怎么说，这种沉闷乏味的平和心态和气氛倒帮海亚姆打开了话匣子，使他可以对费力敦提及两天前还难以启齿的一些事情。所以他鼓起勇气谈起了那次同素弗彦的会面，为这事他一直无地自容，而且还备受费力敦和阿布·赛义德的指责。现在之所以敢这么做，是因为他面对费力敦时已经无须为自己的愚蠢而感到害羞，同时也没有必要再为自己开脱，去向朋友保证，说什么自己尽管到头来显得天真和愚蠢，可当初的做法却是不无道理的。接着，海亚姆开始心平气和、头脑冷静地分析，为什么说当时怀疑素弗彦是逻辑上的必然。可费力敦没等他说完就打断了他，也心平气和、头脑冷静地插话道，素弗彦的事已经非常清楚了，对谁来讲都不是问题。但问题在于，巴扎那边有十到十五个人向他抱怨，说受到了无法拒绝的强制性盘问。每个人都有专人登门拜访，定期前来讯问取证，把被访者的客户都详详细细地调查了个遍，所提问题从米尔宏德与他们的关系，到那些当着友人和孩子的面说不出口的事情，可谓面面俱到，无所不包。调查者毫不掩饰，他们已将被盘问的那些正派体面、德高望重的人士都纳入了嫌疑对象的名单，还不时地公然威胁，并且不顾基本的礼教规矩，使用一切手段伤害他们的面子。听了这话海亚姆才明白，为什么阿布·赛义德那么怒气冲冲要他马上停止骚扰巴扎那些知名人士，别再怀疑他们是谋杀案的凶手。可眼下他怎么能让费力敦相信，又怎么能让任何人相信，这事不是他干的，而且他连有人干了这种事都不知道呢？事情明摆着，他必须赶快去找富兹依勒或苏哈拉卜，好好和他们谈谈，很可能那帮人就是这俩哥儿们派去的手下。

海亚姆终于得以同样心平气和、头脑冷静地告诉费力敦，从现在起调查将仅限于米家大院的仆役和米尔宏德的家庭成员，如此开诚布公的宣告，在昨天他还想都不敢想。虽然他现在还是底气不足，就在陈述这么做的原因和理由时，他心里已经在对费力敦的反应打鼓了。从表面上看，他似乎脸无惧色，无所顾忌。可他朋友无动于衷地接受了这一切，反倒让海亚姆备感受伤地扪心自问，这种对费力敦与自己之间关系的漠然冷淡究竟说明了什么。而费力敦心里想得很简单，既来之，则安之，至于海亚姆嘛，他完全可以到他们家来住一阵子，这样就能直接近距离观察一切动静。反正从家庭成员到仆役用人全都认识他，也用不着专门引荐、介绍或者作什么声明解释。他即便待上几日甚至个把月，随心所欲地和大家东拉西扯，观察他们的一举一动，盘根问底，也没谁会觉得奇怪。这主意倒是让海亚姆备感意外，但挺对他的路子，尽管心里刚才的别扭还没过去，他依然爽快地接受了这一建议。难道这一切不也说明了费力敦不得不这样让自家的府邸和亲人任人审查的悲哀吗？如果你身不由己，无法抗拒一个陌生人踏进自己的领地，当然只能听之任之了，但你起码可以有所抵触，尽管你清楚，此人最终还是会进来。费力敦建议，或许最好的办法是让海亚姆住庭院里的那个亭屋，这样一来，他的落脚点便既在院里，又在屋外，可谓进宅不进家。当然，给他在屋里安排一个房间也不是什么难事，感谢真主，这宅邸里的客房还是绰绰有余的，但花园里那间亭屋的工作条件绝对最佳。一口气讲完这些，费力敦便用询问的目光盯着海亚姆，等他点头同意，就马上决定，明天一切都会准备停当，恭候光临：亭屋会布置得舒适宜居，他入住的消息会通知到大院里每一个人，并安排大家与其谈话，方式和长短都悉听尊便。

谈话一结束，海亚姆便三步并作两步跑去找富兹依勒，可他出去了，卫兵就把客人带到了苏哈拉卜那儿。屋里除了主人外还有两个卫兵，刚给一个不认识的人洗完胡子，后者低头坐在那儿，紧咬着嘴唇，两眼要么紧闭，要么就是直愣愣盯着地面。

"要给他把胡子剃掉吗？"一个卫兵问道，说话的当儿海亚姆正把身后的房门关上。

"这次就饶了他吧。"苏哈拉卜回答说，他站起身，热情有加地招呼海亚姆，殷勤地给他让座，并陪他走到落座的地方，然后又问他想喝点什么吃点什么，显得格外热情。可随后还没等客人表达自己的愿望，也不对自己的这番客套说些什么，就干巴巴地转身回到了自己的办公专座，就像他先前也没对自己因海亚姆的造访而激动万分的表现有所解释一样。他仰身舒服地倚在座椅的靠垫上，仔细打量那个被洗干净须发的男人。这人紧咬嘴唇，双目闭合，回避苏哈拉卜的目光，或至少看似一副要躲开他的样子。他两脚发抖，肩膀颤动，像是做了什么事想求人原谅或替自己辩解。苏哈拉卜一言不发，一动不动，犹如泥塑木雕，连眼睛都不眨一下，只是目不转睛、兴趣不减地一直盯着眼前的犯人看，弄得这个倒霉鬼恨不得找个地缝钻下去。

"我说花心的美男子，现在给我听好了，"看见眼前的猎物汗都冒出来了，苏哈拉卜才开口教训道，"如果下次再发现你染胡子的话，我就叫两三个手下去欣赏你的美貌，跟你好好玩玩。"

苏哈拉卜对一名卫兵做了个手势，让他把肥皂和那盆被胡子的染色剂差不多全弄黑的脏水拿出去。另一个卫兵不等长官下令就用块抹布开始擦那人刚洗过的胡子，在他使劲的揉搓下，那个倒霉蛋的脑袋左右摇晃，来回摆个不停。

"臭小子，刚才给你讲的都听明白了吗？"苏哈拉卜问。那家伙回以缄口闭目，他也无法给出别的答复。

苏哈拉卜又用指头做了个手势，剩下那个卫兵也向外走去，随手把剃须工具和才擦过那家伙脸的抹布也带了出去。苏哈拉卜拍了拍手，做出要起立的姿势，跟人们平时刚解决了件大事时的习惯动作一样。

"我能说几句吗？"男子终于让人听见他沙哑、不安的声音，可眼睛依然执着地盯着脚跟前的地面，神情呆滞。

"你尽管讲。"苏哈拉卜又陷入椅子的靠背。

"我怎样才能成家呢？难道我就不该娶个老婆吗？我当了十二年的兵，差不多是从战火中的死人堆里爬出来的，好不容易攒了些钱，藏着掖着舍不得花，不过现在存得够我过上好日子了。可孤身一人的话，这有什么意思？我要这钱有什么用？！不就是为了这个嘛，如果大人你一定想知道的话。"

"为了成家？"

"为了成家。"

"所以你把胡子给染了，以为这样找女人就容易些？"苏哈拉卜接着问道。

"我负过七次伤，可从没像在你这儿伤得这么重。"屋里一片静默，男子的声音在空寂中显得格外凄凉。

苏哈拉卜没说话，皱了皱眉头，像在深思熟虑。

"你这家伙真可笑。我真搞不懂。你要娶一个嫁给胡子而不是嫁给男人的老婆干什么？你得找个爱你的人才对呀。"

"可怎么找呢？"

"去跟人谈呀。许多当父母的都巴不得从下一代身边解脱出来，不少姑娘也恨不得逃离父母和他们的关爱。用不了两天工夫你就会遇到意中人，去把你的心愿告诉那些好人吧。快走吧，美男子，去找那些能帮你的人，告诉他们你的需求，不过一定别忘了说你是个出生入死的老兵，好让他们拿你当回事。"

还没等被释放的老兵走出屋子，随手礼貌地把门带上，海亚姆的质问和谴责就一股脑儿爆发了出来：

"你的手下审问了十多个人，威胁、怀疑他们，而且全都打着我们调查案子的旗号，还假借我的名义行事，这一切搞得我也在别人眼里人不人鬼不鬼的。对此，我有权要你作出解释。那可都是些知名人士啊！城里的人都知道的……"

"他们撒谎，亲爱的，撒弥天大谎。"

"肯定没有，这些人我都认识。"

"他们是在撒谎，我向你的英俊起誓。但我不是说，他们故意撒谎，因为他们人很坏或什么的，我不是这个意思。但他们是撒谎，这我清楚。"

"怎么能这么说，简直岂有此理！"海亚姆暴跳如雷，想必苏哈拉卜淡定又沉着的声音更使他烦躁不安，于是他接着补充问："那他们到底为何撒谎呢？"

"因为不明真相，亲爱的，要不人干吗要撒谎呢。事实上是一百多人，亲爱的，全城共计一百多人。可他们不知道，所以对你撒谎说是十几个人。"

"你们盘问了一百多人？所有人都是……都是在我们调查的范围之内？"

苏哈拉卜得意地闭上眼睛，算是回答了海亚姆的问题。

"他们对我说是十几个人，也许的确不止吧。"

"聪明人都不吭声，沉默是金嘛，所以只有那些大喊大叫的傻瓜才会说是十几个人。"

"你真的是……"海亚姆坐不住了，可他也站不稳，只能气得发昏地在屋里跟跟跄跄踱步。

"哦，那些可爱的人们，真是太可怜了！"苏哈拉卜竭力在自己脸上摆出一副悲天悯人的表情，装得还真像那么回事，"你干吗发这么大火，亲爱的，到底怎么了？来，请先坐下，坐下、坐下！喝点东西，人做不了别的事情时，喝饮料是最理智的行为方式。"

过了好一阵子，海亚姆几乎恳求道："可你到底为什么这么干呢？"

"帝国宰相下令进行大规模调查，这你肯定还记得吧。"苏哈拉卜连忙解释，想赶快消除俩人之间的误解，"是大、大、大规模的，好让全城所有的人都觉察和体会到这次行动。大家都必须明白，政府是多么重视这位贵族遗老，如何关爱人的生命。必须让全世界都看到，突厥政权要延续古老的波斯传统。为此，我们需要很多人、很多很多的人，有人实施调查，有人当事被查并喊冤叫屈；有人侧耳倾听，有人缄口不言；有人大发议论，有人传播流言，我们得让全城都动起来。我说亲爱的，如果人们没有议论纷纷，没有怒气冲冲，那就是你没有让他们动起来。你以为，你去找那个商贩素弗彦问来问去时，全城就为之震动了吗？你以为，那些人明白传统或其他一些事情是怎么回事吗？如果你自己都不清楚的话，如何让他们搞明白呢？"

海亚姆连声正儿八经的再见也没和苏哈拉卜说，就匆匆离去了。他独自在城里漫无目的地瞎逛，不知该去何方，也不清楚身在何处，但步履匆匆，好像在追赶什么似的，所以弄得大汗淋漓。等到精疲力竭地停下来时，他才发现自己来到了一个陌生的城区，一看就知道是新建的地方。这里住的都是涌进城里来的穷人，有在这儿打零工的，做些制革、造纸和生产肥皂的工作；有原来住在老城区的一些破落户，家道中落后不得不搬迁到生活相对便宜的此地；再就是靠那么点积蓄维生的退伍老兵，居住在此是想让兜里存的几个子儿能尽量花的时间长些。那些有幸住在别处的富人将这些居民区戏称为"卧室"，因为那里大多数地方连个巡警卫兵都看不到。除了一座清真寺和一所新建的寒酸学校之外，别无任何可被视为城镇建筑的东西。住在这里的人们在房子里过夜，天一亮，晨礼刚完，就涌进城去找工作和养家活口的营生，家里剩下的都是生病的、快死的或者年纪太小还不能找活干的老弱病残。

他在路中央停住了脚步，想喘口气，清醒一下头脑，也转过身，让干燥的热风把他的衣衫吹吹干。这风一刻不停地刮了一整天，令人毛焦火燎地难以忍受。趁这工夫，他回忆了一下在城里瞎转的过程：开始，他像只狗一样出于习性准备朝天文台工地的方向行进，可半道上拐了个弯，踏上了另一条路。他回想起来，好像都快到自家门口了，就差五十来步的距离，可身体又不由自主地往那个习惯的方向移动，就好像他想要或必须到那儿去似的。他在那位可怜的朋友萨里家门口站了一会儿，应该说是站了相当长的一段时间，却没进门。他自己也不知道为什么，就像他不知道，究竟是什么把他鬼使神差地引到这儿来一样。其实他不必害怕在房子里会遇到什么危险和为难之事，萨里跟自己一样，在这儿没什么亲朋好友。也许正是因此，他们俩才走得这么近，而且这肯定也是他们如此心心相印的基础之一，其征兆在他们初次见面就显而易见——两人都单身，在这座城市的茫茫人海里都属于那庞大的落单人群的一部分，无亲无故，孤单得有时候都甚至不得不突发奇想，觉得他们是不是从自己肚子里钻出来的。他和萨里多愁善感的秉性可谓一见如故，就跟两人第一次见面便觉心灵相通一样。于是，相互之间开始发展起一种并非真正友谊的亲近，这怪诞奇特的关系既无缘无故也无欢无乐。他们互相一无所知，可又彼此心领神会；两人都不能给对方带去乐趣和好处，可又隔三差五地总在一起，大概是因为能从对方身上重新发现自己。不仅这座城市，整个世界到处都有这种人，孤单独立，可又不甘寂寞。

海亚姆也搞不清，究竟是对萨里的回忆令其孤独感油然而生，点燃了胸中积郁的苦闷，使其陷入不能自拔的心境，还是对这位难兄难弟处境孤独的回想引发了同样的感觉。而且为什么他会觉得，这种感觉此刻比从前更加强烈和深刻？是自己变敏感了，还是孤独感也可以放大、变深和扩散展开？是被苏哈拉卜无意中嘲笑之后，自己变得比往常更脆弱和易伤感了，从而也觉得更孤独了？抑或近日来这一感觉的确异峰突起，并日趋成熟，又昭示于其身？可孤独感能自我增强吗？难道逻辑上有这种可能吗？倘若你周围没有可以信赖的人，那你就是孤家寡人。难道这种无人在场的感觉，这种身边"没人"的孤寂会自动激变增强吗？从逻辑上或至少数学上来看是可能的：人可以从零点继续降为负数，在负数里还能持续负增长直至无限。他是这样的情况吗？自己是否已经沦为负数中的一个？比方说吧，一个人若开始真的体会到所失去的一切，其孤独感便会增强并趋于成熟。这不是因为他身边没有朋友，而是因为他失去了朋友。而他失去的那个人也并非仅仅是不在场，而是人在心不在，这种在场的感觉其实无异于一种强烈的空虚、缺失和脱离。他能切身、具体地感受到遭受的所有损失，犹如切肤之痛，而他的孤独恰恰就是通过这种感觉得以产生并日趋成熟的。

最近以来，海亚姆首先失去了萨里，这是他来伊斯法罕后第一个偶然接近的熟人。随后，他搞起了这出充满不祥之兆的调查闹剧，又同费力敦和天文界的密友兼同事撒马尔罕人穆萨菲尔闹得不欢而散，后者不久前因天文器材的遗失被他责怪而暴跳如雷。一开始，调查行动本来让他有望赢得苏哈拉卜尤其是富兹依勒的好感，说不定还能发展成良好的友谊，这基本上已经指日可待。可是现在看来，这一指望的意义仅在于让他此刻能够切身感受到如今一事无成和日后也不会有所成果的失望。现在，他和所有在饭馆茶肆里认识的人都拉开了距离，虽然大家偶尔还坐在同一张桌子旁边吃喝。这并非是因为他已经开始把这些人视为潜在的嫌疑犯，但这个因素也不是一点没有。过去，他曾与人畅所欲言，深入人群，同大家交流思想和情感，犹如相互接收并发出体味一样，相处自然。可这一切在不久之前，确切地说就是在这倒霉的调查期间，都消失殆尽。也许最糟糕的是，他表面上还可以和这些自己已经失去的友人正常交谈，可同时又明显感觉到相互之间隔阂的鸿沟。比如，在遭他厉声斥责后，穆萨菲尔便疏远了他。尽管他们还同住在一幢房子里，互相也打招呼说话，夜晚一起共观天象，然而，海亚姆称之为"夜空的抚慰"的那种氛围已不复存在。倘若你仰望夜空的时间足够久，就会明白，每颗星星都是茕茕孑立，相距最近的星体彼此也无限遥远。但是它们全都遵循同一法则星移斗转，而正是这一法则让它们同属苍穹，不再孤单。纵使日月星辰对此毫无意识，但它们以之相连，彼此维系，相互沟通。人类也必然如此，这是他和同行穆萨菲尔经探索研究得出的共同哲理。大千世界，芸芸众生，事实上我们的确各自为政，人人为己，可谁都知道，冥冥之中有一法则将我们联系在一起，因为我们都受制于它。只要这一法则还存在，只要它还是联结维系我们的纽带，即便是素不相识的人，我们也会同他们交谈。自从上次爆发龃龉以来，最近他有两次和穆萨菲尔同观夜空，但他们没有这样相互交流。话倒是说了，可不是彼此之间的对话。

大概这加强了他的孤独感，使之成熟。他可以感受到失去的每一个人，就像人们感受失去自己的手脚一样。而这一切皆始于萨里之死。难道这件事是致使他深陷孤独绝境之调查风波的引线？还是调查及其导致的孤独原本就属于他命中注定的一部分？

干燥的风吹得海亚姆口鼻黏膜脱水，每次呼吸都生疼，他这才挪动脚步，转身离去。和先前一样，他重新开始漫无目的、随心所欲地瞎逛。还是跟着习惯的感觉，犹如鬼使神差，他被身体带到了一个熟悉的地方——巴苏米基德的咖啡馆。

离天黑还有两个多钟头，咖啡馆里和往常这一时辰一样座无虚席。当海亚姆出现在门口时，弥漫在人群麋集场所里惯有的哄乱嘈杂之声戛然而止，屋里刹那间鸦雀无声，就好像大家都在翘首以盼地等待一个约定的信号，好停止一切交谈、馨欬、桌上的推杯换盏或者其他什么让别人注意到自己的行为。海亚姆大惑不解，傻愣愣地呆站在门口，进退两难。

"真是真主垂恩，蓬荜生辉了！"死一般的寂静里突然响起了店主巴苏米基德鲜为人闻的低沉嗓音，不到特殊时刻他难得开口，因为一切迹象表明，他本人把尊严和寡言视为一对孪生兄弟，"来来，快进来，哈基姆，我的博学家！欢迎大驾光临！"

面对新来的客人，巴苏米基德竟挪动肥胖沉重的身体，费劲地从座位上起身相迎，这可的确是前所未有的特殊礼遇。

"承蒙光临小店，蓬荜生辉呀！"巴苏米基德的声音嗡嗡作响，目光亲切温柔，"有你在此，本城三生有幸，可谓魅力倍增、智慧平添啊！我嘛，感谢真主，挺好的。生活无忧无虑，而且一想到有你在，心里就热乎乎的。因为我知道，要是有了麻烦，真主保佑，该去找谁。"

说着他们就到了店主的座位跟前，巴苏米基德慢吞吞地把身体放回座位，粗气直喘，叹声不断，人又恢复了平常那副半躺半坐的姿势，随即便寻思怎样把海亚姆安排在自己身旁坐下。还没等他把庞大的躯体侧过来，以便在身边腾出个成年人能坐下的位置，邻桌一个叫埃利亚的亚美尼亚人便主动招呼海亚姆到他那儿去就座，那张桌子旁边还有个他不认识的男人。埃利亚是个很有名气的金匠，相当富有，还爱捣鼓机械装置。海亚姆高兴地接受了邀请，他想，要是坐在巴苏米基德老板旁边给他当花瓶，那可太傻了。他刚要抬脚离开店主的桌子往那边移步，两个年轻人已经飞快地抢先在亚美尼亚人的桌边落座了，这两位是咖啡馆里的常客，大家多少都看着面熟。

"请问，你解决那个问题了吗？"大家刚刚在矮桌前坐好，其中一个就迫不及待地向海亚姆发问，"城里所有的人都知道，只有你才能找到正确的答案。"

"你说的究竟是哪个问题？"

"什么'哪个问题'？不就是你正在搞的那个的问题嘛，尽人皆知，大家都在议论。"

海亚姆怔怔地望着年轻人，看得后者有些不自在了，仿佛难堪之中在搜寻恰当的词句。

"叫我怎么对你讲呢？我是说这个问题……"

"就是解决贫困的问题。"另一个年轻人插话道。

"对啊，是贫困的问题，没错。"头一个发问的点头称是，"你懂的，突厥语叫'法基尔—利克'，是'法基尔—利克'……"

他边喊边动，举止不雅，在说出"法基尔"的音节时，夸张地把桌上的盆子推得远远的，好在喊出"利克"时再将其收回来，粗俗得像是在乞食讨饭。

"我们管这叫'费基尔利克'，"埃利亚插嘴说，同时顺着话语的节奏用右手掌心叩击握拳的左手，并继续喊道："'费基尔—利克'，是'费基尔—利克'……"

埃利亚只喊了几次他自编的口诀，用右手叩击了几回左手。可当他安定下来，不再作声时，后来跳起来的那个年轻人接过了这个猜拳行令般的游戏，并且把"法基尔—利克"缩减为"法克"，把

"费基尔—利克"改变成"费克"。简化成单音节的口令，喊起来动作更快，以致他刚嚷了几声就被这自己发明的节奏弄得疲于奔命，一边用右掌冒火地击打左拳，一边高声大叫"费克—法克"。喊"费克"时拿下手，喊"法克"时又放上手，动作越来越快。他满脸涨红，两眼闪亮，声音渐高，虽然间或由于过度用力会突然失声，但马上又卷土重来，更上一个连他自己都不敢想象的音阶。每次，他都从头喊起，叫声越来越大，双手越击越狠，频率越来越急，简直成了一个纯粹的节拍乐器，这节奏竟形成了本体的动力，使他欲罢不能，完全被其驾驭。

显然，附近几桌的客人费了很大的劲才稳住脸上的矜持，隐藏起对年轻人举动的欣赏惊叹。一些人对邻桌打起了手势，另一些人做着什么解释。不过客人们举动上的区别很快就大同小异了，好似他们都一致同意，年轻人开的玩笑很有思想而且令人欣赏。有些人开始随着喊声和拍打的节奏点起脑袋，还有些人拍起了大腿，另一些人则跟着节拍打起响指。而那些不跟风的客人开始互相挤眉弄眼，或是双手抱腰捂肚，作出一副强忍笑意的样子。然而，还是有几张桌子旁边冒出了笑声，虽说零零星星，但清晰响亮得足以辨闻。肥胖的巴苏米基德和粗壮的埃利亚被笑憋得浑身发抖，百分之百每秒钟都会忍俊不禁，开怀捧腹地放声大笑。

开头的那个小子跟他的哥儿们凑在了一起，趁停下换气的空当，便接过口诀、动作和节奏，加入自己的呼喊。不过他马上决定，得有所变化才行。要填补哥儿们因喘口气而暂停时造成的空当，光单调地重复那两个音节，显然是量不足，味也不够。所以，他便把"问题"一词添加了进去，同时保持原有的动作和节奏不变，于是便自然成了这样的局面：他先喊两遍口诀，右掌击左拳一次，然后歇一下，做一次深呼吸，好换口气。然后他哥儿们连喊四遍，右掌叩击左手，然后短暂停歇，呼吸换气，而在这当儿，开头的小子便趁虚而入，连嚷两遍"费克—法克、费克—法克，费克—法克、费克—法克"，接着就直接再念"费克—法克—问题、费克—法克—问题"的改良口诀，同时伴以越来越强烈的右掌击左拳的动作。

这游戏被哥俩儿玩得心领神会、驾轻就熟，咖啡馆里其他的客人也开始受到感染，参与进来。差不多一半人跟着他们齐声高呼，随着节拍拿手掌或拳头敲打桌面，或者拍手、拍打大腿、打响指，还有的鼓掌击节。大家都着了魔似的为之倾倒，举止整齐划一，成了一个同心协力的大家庭。但恰恰是这种一致性也使这一临时共同体注定短命。客人中有些人开始跺脚，想以此努力跟上别人的节拍。这当然不行，用此法是休想赶上本来用打响指或敲桌子可以轻松企及的呼喊速度。于是，步调一致的节奏形成还没多久大家庭便四分五裂，游戏也如一盘散沙，在远未达到其高潮、进入近乎欣喜若狂之前，就瞬间烟消云散地流产了，就好像有人猛然一下子抽去了孩子们刚开始在上面用鹅卵石搭建城楼的床单。

人们刚才还满脸通红，心无杂念，如同念魔咒一般狂呼大喊那瞎编乱造的口诀，可一瞬间全都突然哑巴了，就像得到了闭嘴的命令，所有的人都噤若寒蝉，仿佛一泓平湖顷刻冻成冰面。好一阵子他们身不由己，为呼喊的节奏所裹挟，全身心地投入，放下自我，释放本性，成为失控躯体的一部分，或者甚至就是这荒唐游戏的一部分，是某种生物或者一小块毫无意识、界限模糊、没有意志的生命，全身潜入托举自己的激流，沉浸其中，欣喜若狂，觉得自己是在飞翔的孩子，尽情享受自由的空间，就像成年人总喜欢抓住小孩的手臂，让他们围绕着大人转圈。可接下来，自我的压力突然重降在他们每个人身上，而生活中约束我们和逼迫我们自我约束的所有因素也随之返回。和这帮人一样，那些笑得死去活来的旁观者也戛然刹车，闭上了嘴巴。大厅里蓦地出现了一片令人不适和难受的寂静，唯有间或发出的叹气，或者咖啡馆里特有的各种杂音，诸如脚底磨地，陶器或金属器皿碰擦，杯盘碗盏以及手掌或其他什么东西在桌上移动时刮蹭桌面，还有那时不时响起的咳嗽和擤鼻子，划破这让人如坐针毡的沉默。

"我很清楚，大家是在嘲笑我，可我不明白，你们到底笑什么。"海亚姆转头对身旁五大三粗的亚美尼亚人轻声说，仿佛在跟他讲什么悄悄话。

"你真不明白？"埃利亚吃惊地张大了嘴。

"真不明白。怎么了？"

"你知道，米尔宏德这老头娶了个老家在赫拉特的女人，你还知道，这女人年方十七，而那老头年逾五十。可你还在自讨没趣地瞎琢磨，老头为什么会死。你四处调查，八方盘问，冥思苦想，搞得跟真的似的。"埃利亚显然十分奇怪，声音也越来越大。

"可这又有什么好笑的呢？"

"我的真主，这真是个不食人间烟火的怪人！"埃利亚侧身对桌旁那位陌生男子说，像是要向他求援，"连三岁的小孩都知道，赫拉特的女人最不知足，那地方可是伊斯兰重镇，文化学术的中心。赫拉特女人个个精通房中术，玩得炉火纯青，大多数人的生活情趣以此为中心，可谓欲壑难填啊。这样的玩法，就是我那些'锤子'也扛不住呀，什么时候也会精疲力尽的。难道你指望一个老头子的身体可以千锤百炼，宝刀不老？"（埃利亚和他的金饰品作坊以制造甲胄而出名，这种盔甲由镶嵌成链的金箔串连而成，每块箔片薄如蝉翼，可以层层相互重叠成片，宛若鱼鳞，故穿戴后身体依然活动自如，不受阻碍，因而不会使人感到疲劳，此外，还比整块材料制作的同类产品抗击打能力更强。不过让埃利亚名气更响的则是他那些用水力推动的大锤。）

"所以那个游牧部落的巴萨力酋长才为儿子向什丽妮这女人提亲。这小子是跟匹骆驼一起玩大的，野性难驯，欲望之强也只有赫拉特的女人才能对付得了，这也是无可奈何的事情。"陌生男子一副说教的腔调，好像他真要助亚美尼亚人一臂之力似的。

"可要是他不是死在这上面的呢？"海亚姆仍固执己见，"你们说的一切都符合逻辑。我也理解你们，但如果他确实不是因此而丧生的呢？"

"咳！"埃利亚叹了口气，无奈地伸开双臂，做了个表示不愿再和这位年轻伙伴打嘴仗的动作，因为后者显然已经无可救药了。

海亚姆忧心忡忡地寻思，怎样才能让人相信眼前明明白白的事实。不言而喻，人可以死于各种原因，即便瞎子也能看清，这是无可非议的。可是恰恰因此，要找到死因的证据就比登天还难，而事实正是如此。可是如何让人相信，如何向他们证明，我们白天比夜里看得清楚呢？这一次他无需寻找问题的答案了，近门处一张桌子旁边传来了一个轻微但极具穿透力的声音——阿布·赛义德正在对身旁的人说着什么：

"我就这么信步而行，空气中还弥漫着芬芳的湿润，清新而纯净。"阿布·赛义德故意做出一副只是讲给他邻座听的样子，"我的内心充满了感激，不以我的意志为转移，感谢真主赐予我这良辰美景，让我欣喜无比。我突然看见哈基姆——我们的博学家——坐在鱼塘边，估计是在钓鱼。是啊，坐在鱼塘边不钓鱼还能干什么呢？我观察了他一会儿，心里挺高兴的，也替他感谢了真主。随后就发现，不知什么事情惹他生气了，因为他愤怒的喊叫甚至隔那么老远都传到了我耳朵里。我走近他，问：'出什么事了？让它溜掉了？'

"'让谁溜掉了？'他反问道。

"'鱼啊，还能有谁。'

"'什么鱼？'

"'你不在钓鱼吗？'

"'没有啊。'亲爱的哈基姆回答说，十分吃惊我为什么坚信他在钓鱼，那样子就像是觉得，只有疯子才会产生这样的念头，认为一个坐在鱼塘边的人就肯定是在钓鱼。

"'那你在这儿干什么？干吗发脾气？'

"'我干吗就不应该发脾气呢？！'他一边回答，一边从身边的一个小山包上抓起一块瓦，'你看看这儿，'他让我四面打量了一下瓦片，'瞧瞧，它有棱角。让我把它丢进水里试试。'说着他就把瓦片扔进了鱼塘，'水面起涟漪了。怎么会呢？从哪儿来的？为什么？'

"原来，我们的哈基姆、通才博学家就是为了这个痛苦又愤怒地望着鱼塘里不断扩散的涟漪大喊大叫。他边说还边用手指在空中比划着一圈一圈的涟漪，好像要重复他在水里看到的景象。我在旁边看了他一会儿，努力想感受一下他的愤怒与绝望，然后又将目光投向他还死死盯着的水面，深深叹了口气。水里成群的鱼儿银光闪闪，仿佛在向我召唤，自愿献身。可是他，我说的是实话，却对此视而不见，眼里只有那些世上除了他没别人能看见的立方体和圆圈……他就是这么个人。你可以对此表示惊奇，却无法对其进行改变。而且要是真的改变了的话，那可就太可惜了，非常遗憾。"

阿布·赛义德如释重负地长舒了一口气，就像这番讲述花了他九牛二虎之力似的，然后用目光扫视全场，似乎想看看，是不是在场的人都听见了他神秘兮兮地向邻座讲的这个故事。显然，包括博学家自己在内的所有人都听到了，大家的目光齐刷刷地聚焦于海亚姆身上。他先前就猜到了，阿布·赛义德在说自己，这下得到了证实。而且他也毫不怀疑，尽管赛义德讲述的过程中并未提及他的名字，大家都认出了他就是故事里的主人公，也许赛义德说了，他自己没听到，可别人显然都听见了。

众目睽睽之下，海亚姆好像背上了个沉重包袱，胸部越来越紧，也越来越难以正常地吸气，弄得呼吸越来越轻微。而越来越短促的呼吸导致他意识模糊，思维萎缩。最后，他觉得喘不过气来，眼前发黑，就赶快站起来，冲出了咖啡馆。

一到外面，他立刻觉得好多了，便停下来贪婪地大口呼吸新鲜空气。这时他才发现，自己全身都在发颤。风还在疯狂地从世间万物身上吸吮它们赖以生存的水分，太阳已经下山了，黑与白之间的分明界线马上就要模糊不清。他心想，自己该走了，可两脚却像生了根似的不肯挪窝。

"行了，咱们一道走吧。"悄悄从后面赶上来的阿布·赛义德抱住海亚姆的肩膀，嘴巴几乎都贴上他的耳朵了。

"是你？！"海亚姆惊叫了声，抽身闪开。

"抬脚，抬脚，走吧！"阿布·赛义德朝他腰里捣了一拳，"你怎么了，干吗跟块石头一样？"

"为什么就连你也要嘲笑我？你……"

"我嘲笑你？什么时候？"阿布·赛义德莫名其妙。

"就是刚才啊，在里头。"

"刚才？"

"你讲的故事。"

"可我没听见有人笑啊。"

"是啊，你说得对。"海亚姆也纳闷了，他此刻才想起来，赛义德讲完故事后全场是死一般的沉寂。

"我是救了你啊，老兄。"阿布·赛义德搂住他的肩膀，拖着他一起走，两人这才好不容易离开了原地，"我是告诉他们，你是与众不同的人，也许是个疯子，肯定是个傻子，很可能是个搞数学的苦行主义苏菲派，不管怎样也是真主的人，他们无权随意评论。尤其是他们不能够认为自己比你强，可以笑话你。如果他们真的坚信可以拿你当玩笑开的话，你在这儿就无立足之地了。不管是帝国宰相还是你的渊博学识，无论是苏丹还是他的历法，什么也帮不了你，让你在这儿好好地生活下去，就连你的夜空也给不了你安慰。"

"你这话什么意思？"海亚姆小心惶恐地从对方的搂抱中挣脱出来，直视其脸，像是要从里面找出什么东西来。他不明白，赛义德是怎么会提到夜空的，就好像他今天下午站在大街上的时候，听见了自己脑子里的想法，或者是知悉了自己和穆萨菲尔的谈话，那可是除了他们自己以外其他人绝对不知道的秘密呀。

“倘若你从无垠的星空中得不到帮助和抚慰的话，是不会时常盯着那儿发呆的吧。”阿布·赛义德摆了摆手，示意不愿再谈下去了，然后拉起海亚姆就走。

　　“可你说的一句真话都没有，全是编出来的。”

　　“啊哈是吗，如果你现在不告诉我的话，我还真的一点都不知道呢。”阿布·赛义德大笑起来，加快了步伐。

　　海亚姆也跟着笑了起来，随即快步赶了上去。

11

与阿布·赛义德一番推心置腹的长谈之后，海亚姆心里好受了许多，但他还是没弄明白米尔宏德的家里到底发生了什么事，就连个逻辑上说得过去的解释也未能凑合着找到点线索，甚至对这大宅院里现在唱哪出戏，也是一头雾水。

位于赛卡伊娜窗户下方的亭屋紧挨着喷泉和日晷，小屋布置得十分舒适，海亚姆搬进去住了下来，深信可以在这儿安安静静地进行调查工作。他自以为，大宅院里的人都把他当自己人看，或者说起码也是视其为朋友，所以没有人会想到，他潜伏在这儿是为了暗查米尔宏德的死因，也无人会试图影响他的看法或者把自己的观点强加给他。在他面前，大家肯定都会畅所欲言，把他们所知道的大宅院里的人与事毫不隐瞒地讲给他听。同样，也不会有谁用谎言或假象误导他，将其调查和复原事件过程的努力引向自己期望的方向。而另一方面，他不在局内，是个陌生人，来自宅邸之外，人们没有必要像对待院内的人那样对其心存戒心，有意设防，所以可以对他大胆地述说他们在院内人面前不得开口提及的事情。可正由于做了上述的心理准备，他才在搬进来的第一时间就大吃一惊地发现，似乎所有的人都已经知道了他到这儿来的目的。这些人怎么可

149

能得知此事的呢？可以肯定费力敦不会向他们吐露一个字，仅由于他本人的利益及其在家中的地位，他就不会告诉大宅院的人，说自己的朋友此次进驻是为了对他们进行调查。

至于海亚姆本人，他可以倍加肯定，自己从踏进米尔宏德家大门那一刻起就谨慎小心，避免任何暴露此行意图的举止言谈，因为他心里明白，这一点至关重要。他原以为，大家不可能知道他的底细，可现在却分明发现，大院里的人从家庭成员到仆役用人，都对其来意一清二楚！于是，在这一无法解释的矛盾中，他开始了在费力敦家中的卧底调查，时光也就这样匆匆而过。

他试图交谈的对象，一个个都绷紧了脸，惊异地瞪大眼睛，把目光转向一边，然后有口无心地唉声叹气，泛泛地数叨这世间人生命运的无常。换句话说，谁都回避正面交谈，尽力在他面前掩饰自己的负面情绪，而这种情绪往往又无法被遮掩得滴水不漏。就好像有什么人或什么事规定他们必须和他说话，逼得他们违心地仅仅表面上敷衍了事，纯粹为了履行这份义务而已。一次真正的谈话是为了得到实情真相，因而必须实话实说。可他们对其谈话的对象、倒霉的海亚姆全都不约而同地守口如瓶，竭力隐瞒各自的真实想法和一切感受。常常看得出来，一切迹象表明他们当中迟早会有某个人在他面前情绪失控，忍无可忍时必将满腹怨气地朝他一吐为快。

这个人就是死者的女儿赛卡伊娜。第二天傍晚，这位千金小姐冲进了海亚姆下榻的亭屋，肤色浅得几近发白的脸上堆着愤怒的红晕，眼里闪着只有她才具有的那种目光，对着毫无思想准备的博学家大喊大叫。她首先质问他，像个骗子一样怀着不可告人的目的溜进一户一直把他当朋友对待的人家，自己觉不觉得害臊。他想没想过，表面上一副跟人家老朋友的样子，可心里头却怀疑别人干了伤天害理之事，这种人算什么玩意儿。况且他怀疑的对象都是住在这个大院里的人。

"你以为，我会让全城上上下下都看你的笑话吗？！"赛卡伊娜最后问道，她气得上气不接下气，杏眼圆睁，手指直戳海亚姆的胸膛，"你以为，我会容许你在世人面前像个傻瓜和骗子一样丢人现眼吗？！"

海亚姆想为自己辩白，便解释说，他不过是想揭开米尔宏德死因的真相而已，别无其他用心。可他的话不仅没有说服赛卡伊娜，反倒让她的火冒得更高。她声称，有关这件事的一切都已经曝光得有点过头了，任何一个正人君子面对如此这般的曝光都会感到脸红。只有骗子或傻瓜，而且只有两者合二为一的混蛋，才会在这种情况下去搞什么调查，揭开什么真相。家父之死以及有关此事的一切都已经被揭得没遮没拦，暴露在光天化日之下，即便在当今这个卑鄙横行、寡廉鲜耻的时代也叫人感到难受难堪。

"这里的一切都很清楚了，清楚得不能再清楚了！"赛卡伊娜声音颤抖地嚷道，"这种种卑鄙的曝光简直就是混淆视听，荼毒心灵。不过话又说回来，出这种事也是再好不过了，等那些人明白过来，他们这么干是帮了我们家一个大忙，非得气死不可。"

海亚姆费了好大劲儿，才从赛卡伊娜的大喊大叫和激情独白中，从对一位逝者盖棺论定的盘点中，也从试图让他明白自己是天底下头号骗子和大傻瓜的人身攻击中，总结出赛卡伊娜对整个事件应有的看法，发现她实际上同意自己的观点，也觉得米尔宏德死于非命，而且毫不怀疑此案就是其年轻的小老婆什丽妮所为，因为作为帝国巨富之一的家族向她抛出了玫瑰。而且赛卡伊娜同海亚姆一样，认为死者是中毒身亡，这种事一看就知道是那条笑里藏刀的美女蛇干的。她必须给自己找条出路，而且还要做到既可以笑靥常绽，妩媚依然，又能摆脱用废了的丈夫，重获自由之身。

　　"什丽妮吸干了我父亲的精力和激情，搞得他对这个女人已经无欲无望了，可又离不开她，或许他原本还能像具掏空了的躯壳，行尸走肉般地跟她一起再过上十甚至十五年的日子。其实除了不能行男女之事让他痛苦之外，老头子的身子骨还挺结实。十年的等待，无论年轻美貌的什丽妮还是那风流倜傥的富二代都无法忍受。跟一个健健康康却不能再翻云覆雨的花甲老头同床共寝，别说十几载，就是过一年什丽妮都无法想象。她就是这么个人。父亲是不会放她走的，哪怕把她和家人收的所有彩礼聘金都还给他，甚至加倍偿还，他也不会干。没有她，老头子活不下去。跟她在一起他不行，浑身上下连点儿应付她生理要求的劲儿都没有了。但是没有她则更不行，就好像一个白痴身患顽疾，却又慢慢对其产生了依恋，难以割舍。父亲之死就是什丽妮的出路，也是我们米家的出头之日。老头子让全家蒙羞，使所有人丢脸，给列祖列宗抹黑。他忘了，人们一生中的所作所为都是要向九泉之下的先人禀报的。对自己走火入魔般的激情他毫不掩饰，其津津乐道的程度远超一个虔诚的绅士谈论穆斯林的祷告。要是什丽妮说她要走，丢下内心空空如也的他形影相吊，而他又深知只有她还能撑起自己那副外壳，那他的第一反应会是什么。若为谦谦君子，即便男女情事天经地义，也不应该这样公开张扬。就是在家庭内部，对这种遮不住、管不了的事，大家也会守口如瓶。他可倒好，老夫娶少妻的疯狂闹得满城风雨，敌友皆知。自己还引以为豪，觉得身在暮年尚能重燃激情，何等风光。这个触霉头的家伙大概还以为自己有福气。在家里他也不比在外面老实检点，更别说理智了。放纵起来既不回避儿女，也不在乎妻子，就连把他拉扯大的老妈子也不避讳。"

米尔宏德千方百计地讨什丽妮的欢心，可她自己从不主动说想要什么，也从未当着别人面表达自己的愿望，丈夫会从她的眼里看出其心愿。或许是两人回到房里后她才对他说的，但这一点赛卡伊娜并不相信，认为这恰恰是她小妈的狡猾之处。她深知，那个傻父亲更喜欢这样心照不宣地给娇妻一个惊喜，满足她无需说出口的愿望。府里一半多的仆人都是这小老婆娘家部落的人。父亲甚至把大老婆的一个亲戚都给辞退了，那可是家中一把打猎的好手，长年给米家打回来上好的猎物。赛卡伊娜从小就特别喜欢他，猎人每次都会给她带点礼物，大都是皮毛制品。五岁时她就像个小公主一样，拥有了各种各样的皮衣、皮帽、手套和花式腰带。倾诉到这儿，她激动的情绪已经有所缓和，最后只是愤恨而痛楚地补充了一句，现在就连稍微有点钱的贩夫走卒家的女孩都不会要她的这些皮毛制品当礼物了。话音刚落，还没等对面的人说点什么，她转身便走，确切地说是拔腿跑了出去，看得出来是心中羞愤交加，没脸再谈下去了。

赛卡伊娜的一通发火，听得海亚姆简直心惊肉跳。女儿的深仇大恨清楚地表明，她也具备谋害父亲的动机。不久前，苏哈拉卜和富兹依勒想说服他时举出的那几点理由，他不能完全接受，虽然从逻辑上看，他们的推论无可辩驳。可他现在明白了这事情有多恶心，太不对他的口味了。不过，海亚姆不消十分钟就能分析透他们的论据，从而得出接受或者推翻的结果，甚至无需分析和思考也知道，赛卡伊娜绝不会因为自己的嫁妆或类似的鸡毛蒜皮去滥杀无辜，更不用说对自己的生父下手。他内心有某种直觉，这种直觉让他心里有底，如同知识一样，他必须相信自己的直觉，虽然早一个月的话，他很可能还不会承认自己有这种直觉。可是现在赛卡伊娜既然认为米尔宏德使家族蒙羞，而且还担心会有更可怕的羞耻接踵而至的话……那么她就有可能，就或许会对父母亲人、对自己本人以及半个世界的人痛下杀手。但她把这一切归咎于父亲的娇妻，她恨这个年轻风骚的娘们儿，认定她是家族耻辱的原因所在和罪人，早就必欲除之而后快。

　　海亚姆心想，对赛卡伊娜怪罪什丽妮的长篇大论必须加以验证，于是就去她的生母、米尔宏德的大老婆那儿摸情况，寻找真凭实据。海达证实了她的说法，米尔宏德的确雇用了小老婆的一个亲戚做家里的新猎手。从语气上可以听出来，她对此事还耿耿于怀，或许与其说她感到痛苦不如讲她觉得受到了侮辱，但她肯定挺伤心的。就这样，海亚姆拉开了调查整个事件的序幕。他了解到，不久以前还是海达的舅舅为家里供应野味，他可是个名气很大的好猎手，现在还替城里几户一流的名门望族干活，也和他们成了朋友。解雇他对海达来说是不得不忍受的一连串挫折中的一个沉重打击。米尔宏德无缘无故就辞退了她的亲戚，再说人家也是贵族出身，而且活儿也干得顶呱呱。除了家里预定的野味之外，他每次都给她和孩子们或者全家带些礼物来。可她尊贵的夫君在毫无理由的情况下，竟然连句说明解释的话都不动脑筋去找找，就把妻子的亲信给开了。他从远东地区弄了个城里无人认识也没谁为其作保的生人到家中来，取代了老婆的亲舅舅。每次有稀客贵人或亲朋好友来访，需要订购制作饭菜的特色食材时，她都得跑到老远的地方去找她舅舅。而那个新来的倒霉蛋连野鸡和鹌鹑都分不清楚，却稳坐她家长年雇用的猎手位置。海达深感自己在家里地位卑微，在舅舅面前无地自容，可又时常不得不在他那儿订购一些只有他才能捕获的珍禽异兽。对一个女人来说，要她持家理事，可对她在家务上的意见连问都不问，其艰难和屈辱可想而知。

更糟糕的事情还在后头。老头子还弄来个大老粗，让他负责家里的基本供应。"这个蛮子在此地连个熟人都没有，怎样帮我做采购呢？"海达抱怨道，"过去我手下的那个人，关系网特别广，郊区一大半地方他都了如指掌，城里更是没有他不认识的人。他到一个拜火教的老朋友那儿给我买新鲜水果和水果干，去一个曾给他几个儿子剪脐带接生并把他们拉扯大的突厥人那儿买肉。至于布料嘛，亚麻刚播种他就订货了，供应商也是靠得住的熟人。他给我弄到的食盐，比王室的特供品还要纯，而且一袋的价格只比巴扎的一奥卡也就是一公斤多的粗盐稍微贵一点。这么个大能人却被撤换下来，改派到牲口圈里去喂马，而那个蠢材则登堂入室，取而代之。"

唯独在厨子的人选上，海达算是稳操胜券，当米尔宏德流露出要换厨师时，她没有妥协："咱可是贵族之家，这儿吃的东西跟赫拉特那些放牛牧马的不是一个口味。"于是厨子总算没被换掉，留了下来。

"他们从哪儿来的，我们的家财也就流失到哪儿去了。这样下去，一发不可收拾，再过两年的话，孩子们将没有任何遗产可以继承，落得个一无所有。"

"这些肯定叫你难以忍受吧。"海亚姆插话问。

"那还用说，搁谁身上也受不了啊。"

"那你没敲打敲打她，给她提个醒？"

"你说谁？"

"什丽妮呀。"

"我跟她有什么可说的。家里的事我只跟丈夫说。提醒、解释、请求，摆事实、讲道理，我找了他一千次，可有用吗？等于瞎子点灯——白费蜡！比方说，众所周知，拜火教的信徒最擅长园艺，第一流的花园十有八九都是他们建造和打理的。我用过一个花匠，此人在他们那一行里出类拔萃，即便在我用过的能工巧匠中也称得上是大师。可我丈夫照样把他给辞退了，说什么自己不能眼看着穆斯林忍饥挨饿，却给别人付那么多工钱，所以从赫拉特找了个穷小子来替代。凭良心讲这小子手艺还不差，人也不讨厌，可以说是新招的仆人里唯一让我看得上的一个。但这并不能百分之百地说，这个伙计就很正常。"

海亚姆知道海达说的是谁，肯定就是一天前他在自己亭屋附近日晷旁遇到的那个花匠。说实话，那次邂逅的情景也让他感觉此人不大正常。当时他正在仔细观察那座日晷，那是他每天早晨醒来后第一眼看见的东西，其与众不同的设计确实让海亚姆叹为观止。这座日晷将白昼分为三个部分，日影落地处是个由三只大三角形组成的小花圃，每个三角形花圃又分成四小块。左边的三角形地带种的是绒叶植物万寿菊，中间那块栽满了黄灿灿的水仙，右边则是白色的风信子。每个三角又被一条狭长的蓝色风信子花带分割为与白天中各个时辰或整点相应的四个小块。以其日影指示每日白天时间的晷针是用一种颜色深得近乎发黑的坚硬木料制作的，分量异常沉重，做工也十分考究。可不知为什么它不像一般日晷上的晷针那样是固定不动的，而是插在一个洞眼里，随时可以从中轻松地拔出来。然而，这个日晷的非同寻常之处还不仅于此，更奇怪的是，作为晷盘的地面上竟紧密排列着三个可以插入晷针的洞眼，相互对峙，构成一个小的三角形状。海亚姆想，这可不只是非同寻常了，简直就是非常荒唐。他开动脑筋，想找到这一美妙而又让人莫名其妙的构造背后的逻辑原理何在。这是只什么样的计时怪表？怎么会有三个不同的地洞可供晷针插入？本来，人们是根据一个固定物体投影的移位来确定白天的时辰，如果把这个物体也随时移动的话，那其投影的位移就不再具有指示时间的意义了。于是，他将晷针从一个洞眼里拔出来插进另外一个洞眼里，然后观察日影在各种情况下投向何方，接着自己再变换位置分别站在每个洞眼前面，猜测如果晷针插在那儿不动的话，一天从早到晚的过程中晷影会怎样移动，并且尝试对日影的移动轨迹进行比较，最终得出结论：只有当晷针插在前面的那个洞里，日晷才能正常指示白昼的时间。就在他还沉浸于观察和思考的当儿，冷不丁有人"嗨"的大喝一声猛地把他撞开，并一把夺过他手里的晷针，插到中间靠前那个刚被他认定为正确的洞眼里。这个突然冒出来的家伙来自何方？怎么能够悄无声息地接近他？如何可以做到行动时不触碰一粒石子儿、不弄响一片草叶、不摇动一根树枝？难道他和这花木山石息息相通、有约在先？

海亚姆不由自主地顺势往前跟了一大步，像自卫似的朝抢走他晷针、正要插回原位的那个家伙当胸就是一掌。按道理说，这家伙不仅身材矮小，而且体格瘦弱，这一记猛击怎么样也得把他打个趔趄。可他站在原地纹丝未动，让人根本看不出来，他是否挨了海亚姆这并非有意的一击。由此可见，此人内在的定力和抵抗外力的素质绝非一般。一个大活人受到如此猛烈的撞击怎么会毫无反应呢？没容海亚姆理出个头绪，他又发现，这个怒气冲天的不速之客长得同样稀奇古怪。黑乎乎的浓密大胡子像张皮一样几乎蒙住了他的整个脸庞，只剩下一对超大发光的眼睛凸在外面。当他把暑针恢复到正确的孔位时，不禁又发出了"嗨"的一声，显然这回是表示心满意足，可那副模样看上去如同一脸的大胡子突然打开了一扇门，中间露出一方孔洞，在那一声短促的喊叫之后，又马上闭口关门。他的头发很长，跟胡子一样浓密杂乱，上面扣着一个尖顶的绒线帽，眼下戴着极不合时宜。此外，那帽子也戴得也不是地方，看上去确像是挂在头发上，就跟粘上去似的。他身穿一件超大的浅蓝色长袍，下着一条白不拉几、布满绿色斑点、类似裤子的东西，脚蹬一双鞋尖后翘的长筒皮靴。此人的臂长异乎寻常，垂下竟可过膝，生了一双巨掌，右边那只握了一段削尖的木头，像是用来在刚翻掘过的土地上挖洞，好栽种树苗花秧。

　　"你就是这儿的花匠？"海亚姆之所以问他，也就是为了说点什么而已，根据一切迹象已经显而易见，这个问题其实是多余的。

　　"啊哈。"

　　"你干吗发这么大火，我怎么得罪你了？"

　　"嗨！"对方的回复依然是那声口头禅似的叹词，不过这次的意思是"这不明摆着吗"，或者"你是明知故问"。

　　"你知道我是谁？"

"啊哈。"

"我就是看了看这只日晷，又没想把你的东西搞坏。"海亚姆试着解释这个误会，并摊开两手做出友好的姿势。

"啊哈。"花匠仍旧只有叹词，但从其发音可以判断出，这是表示"我懂了""明白了"或者类似的意思。

"那么你不生气了？"

"啊啊。"花匠给了肯定的回答，随即伸出左手手掌给海亚姆看，大概是种信任或友好的表示，然后转身离去。

才走了两步，他又回过头来，指着日晷的晷针，发出一长串"啊啊啊啊啊"的惊叹，然后再次转过身去，这回真的扭头扬长而去。

海达抿着嘴听完了海亚姆讲述的经历，微笑着插了一句，说那人血管里流的想必不是红色的人血而是绿色的果汁，接着就闭目陷入了沉思。

于是，海亚姆请求同费特娜和什丽妮谈话。不用说，他是个青年男子，一对一地分别和两人私聊是不合适的，尤其是不可能同什丽妮单独待在一起。海达劝他打消和费特娜见面的念头，这女人自从米尔宏德死后既没说过一句话，也没表现得像是还有理智。可海亚姆坚持自己的请求，不知多少次最后都初衷不改地强调，说固执乃愚者的一大美德。费特娜无疑还是个活人，但她已经不再与人交流，仿佛生活在与世隔绝的空间。她所在的这个世界还是那个人类生活的世界吗？坐在眼前的还是她吗？还是个人吗，随便什么人？费特娜的眼珠还能转，手也能动，按照海达的示意也会不时地吃块无花果干，喝口白开水。但是自打老头子去世那天起，她的脸上或眼里就不再流露出任何表情，证明她还有理解和识别事物的能力。就好像米尔宏德之死，使她内心某种重要的东西也随之灰飞烟灭，比方说，某种精神或者意识，在别人眼里剩下来的只是一具徒有生命的躯体，如同行尸走肉，没有灵魂，没有思想，也没有存在的理由，因为人之所以有理由存在，是因为其身上还有灵魂和精神可言。因此，即便在对手或敌人身上发生这种情况，我们也没有理由感到高兴。

幸好，和什丽妮的面谈情形完全两样。她在一间大屋子里等候访客，房间收拾得整整齐齐，布置得漂漂亮亮，从各方面来看，在这所宅邸里已经显得有些另类了。年轻的什丽妮体态窈窕而柔韧，活像只岩羚羊，浑身散发着极富诱惑的女人味，并且擅长在困境中化险为夷，转危为安。她马上就要再婚之事，已经不是什么秘密，而且婚期和新郎也都众所周知。大家心里清楚，她之所以还待在这儿是因为按习俗，起码的服丧期限尚未过完。一俟验明她没有怀上米尔宏德的孩子，人性化的风俗便可允许她离开婆家，择夫再嫁。大概因此，她已不再把这儿当自己的家了。尽管海亚姆是客人，什丽妮却什么吃喝也没拿出来招待他，而且既没给他们让座，也不告诉他们该坐哪儿。唯一让人能看得出她还属于这户人家的表现就是，她一见海达仍旧起身问候，显得毕恭毕敬。

三个人闷声不响地坐了很久。海亚姆无心挑起话头，害怕正视什丽妮那副尊容时自己心里受不了，而另外两人则指望他先开口，因为这事本来就是他再三要求的。眼看再这么一言不发地干坐下去就有失体统，海亚姆才硬着头皮请什丽妮跟他讲讲米尔宏德的情况，谈谈他们俩的家庭生活。

"我的夫君，"什丽妮张嘴时偷偷飞快地瞟了海达一眼。

"多亲切啊——夫君，"海亚姆心想，不言而喻，他当然是她的夫君了。而且同样无需多讲的是，一个贤惠女子称某人是其夫君时心里想的是啥。不过他感兴趣的是这两口子如何相亲相爱，又怎样心心相印，还有他们之间是否产生过什么矛盾。海亚姆让什丽妮放开了讲，反正一切都已过去，这里也没有证人会把她的话传出去，但关键是她得言从心出，如实道来。海亚姆说，没人怀疑她曾是个贤妻良妇，这点他是亲眼所见，什么时候都可以为她作证，说米尔宏德病重期间她对可怜的老头如何温情脉脉，又怎样无微不至地予以精心护理。

"用他对我的办法，就是头野狼也会变得温情脉脉，乖乖地跟你回家。"什丽妮说话时两眼盯着地面，脸上微微泛起不易觉察的红晕。

海亚姆求援似的看着海达，好像希望她此时能站出来说点什么。但从表情上可以判断，他是一厢情愿。所以他又不得不再次恳请什丽妮讲讲她同丈夫相处的情况，问他们平时都聊些什么，两口子的日子都是怎样过的。

"过得很好呀，好得没得说，始终是这样，直到不久前才开始打折扣了，折扣得厉害。那有什么办法，人老了总不能以旧翻新吧。"

海达边起身，边一字一顿地说了句"凡、事、都、得、有、限、度"，随即昂首挺胸，目不斜视，一副凛然不可冒犯的样子，在美女什丽妮明亮发愣的目光中，慢步朝门口走去。海亚姆也跟着站起来，抱歉地告辞，脸上表情尴尬，心里却非常清楚，从这少奶奶的嘴里他只能了解到他们夫妻生活的一面，而且还只是那个方面。不过同时，他也更加清楚地明白了一个事实，那就是什丽妮骨子里真的不是这家的人，她早已失去了任何待在这里的理由，尽管当时她的夫君还没有命赴黄泉。

海亚姆在喷泉旁坐下，忧心忡忡，满腹羞惭，把调查的情景在脑子里过了一遍。他同四个女人谈过了话，结果谈出了四个嫌疑犯。倘若接下来他斗胆和费力敦再谈的话，很可能就会冒出第五个来。所有这一切都趋向那次富兹依勒给他做的分析，当时这位警察局长就和他的同事苏哈拉卜向他解释了为什么怀疑凶手来自家庭成员内部。本来调查的目的应该是缩小怀疑对象的范围，可就目前的状况来看，每跟人谈一次话，嫌疑人的队伍就会随之扩大一圈，无论谈话对象是个什么人都会这样，大街上的行人也不例外。也许现在怀疑的理由比较具体，也更加强烈了。不管怎样，一份黑名单已经逐渐浮出水面，上面的人都已按其引起的怀疑程度排队就位。但是与海亚姆为之付出的巨大努力、承担的任务和引起的混乱相比，这一切成果显得微不足道，实在可怜。如果把这些事情都加在一起，再减去负面的效果，他又回到了刚同富兹依勒谈话后的那个起点，要说有所收获的话，那就是这期间他搞得自己众叛亲离，孤家寡人，身心疲惫，把他来这儿的真正任务也忘得差不多了。

什丽妮肯定有嫌疑，而且也许是所有人中嫌疑最大的一个。情况看来恰如赛卡伊娜所言，尽管有一点不容忽视，那就是赛卡伊娜出于某种原因不喜欢这个小妈。

接着是可怜的费特娜。肯定是发生了极其可怕的事，才会把她搞成这副模样，仅仅是丈夫的去世，还不致让她落到身心俱焚的境地，还不说这丈夫已不再年轻力壮，况且也早就不再是她同床共寝的爱人了。不过，真正的答案可能会是一桩可怕的弥天大罪。我们假设，为了实施报复，她犯下了这宗罪案，就像挥手之间一举消除了别人强加给她的所有屈辱和作为牺牲品所遭受的不公正待遇，化解了一切痛苦和长年折磨她的问题，所有的烦恼顷刻间烟消云散。她仇也报了，耻也雪了，账也算了，也没有理由再待在这里。也许有一阵子她被内心的恐惧攫住，意识到自己无处可去。不过这些因素只会短暂地控制住一个人，让他不敢轻举妄动。一旦影响逐渐消失，复仇的欲望又会重占上风。假使没有这种欲望的存在，恐怕她早就自寻短见了。所以，现在没有这欲望了，她人也就毁了。她终于走了，不再待在这个地方。可她到哪儿去了，无人知晓。复仇的火焰也烧毁了她自己的灵魂，不过这只是对其状态的一个额外说明而已。

赛卡伊娜也并非完全清白无辜。她对父亲的愤怒，差点就要称其为不要脸的老不修的做法，还有内心的痛楚，这些情绪都有问题。她自己不是说过，觉得这也是一件好事，谋害老头子的人等于帮了米家一个大忙。但是她的原话是："出这种事也是再好不过了，等那些人明白过来，他们这么干是帮了我们家一个大忙，非得气死不可。"这话就意味着，凶手是米家的仇人，可绝对不能因此断言赛卡伊娜会仇恨自己的家。此外，她当时说的是"他们"，而不是"我"。问题仅仅在于，她说"他们"时，其实已经点了那帮人的名，指的就是什丽妮及其亲信。而且她毫不掩饰，自己同这帮人水火不相容。

海达的行为最无可挑剔。她不知咽下了多少米尔宏德酿造的欺侮，忍受了多少什丽妮带给她的屈辱，却始终坚守着家中的总理大权，让自己的声音能被人听见。她忍辱负重，主持大局，也许身受牵制，却绝不为人所迫，正因为如此，才显得光明正大，精明强干，说起家中的人和事来，能做到心平气和、深思熟虑、不卑不亢。再说尽管没了米尔宏德，只要她是家中独一无二的主妇，那就她是米家的主心骨，其地位甚至比原来还重要。不过没有迹象显示，她很在意要当主心骨，想做这独一无二的家庭主妇。她城府很深，也许家中唯独她有能力掩盖事实，甚至制造假象，所以别太把她那种淡薄权力和地位的表象当真。作为家中唯一剩下的死者遗孀，她留了下来，发生的事情唯独在她身上没有留下印痕，唯独没有迹象表明，米尔宏德之死对她的生活有什么深刻影响，会成为她改弦更张的新起点。

　　不用说，海亚姆必须和警局的伙伴们一起分析和研究一下自己的想法，于是便送信过去，想第二天午后在富兹依勒那儿碰头。会面时，两位警官平静地听了他的汇报，平静得出奇，几乎让人觉得一切乏味无聊，可有一点他们倒没忘记提醒他，那就是两人不太明白，这大学者干吗要对他们讲这些事情。见对方不感兴趣，海亚姆只好边讲边压缩删减他的汇报内容，等谈到海达时，竟几乎无话可说了。屋里出现了令人难堪的沉寂。过了一会儿，苏哈拉卜长叹一声，若有所思，又似自言自语道：

　　"是啊，是啊，人是这样一种东西：如果他们身上有可以理解之处，反倒让人无法理解；倘若能够理解的话，那又没有什么值得你花力气去理解了。所以说放手吧，亲爱的，别管这事了，我劝你放过这些人吧，他们就是这种东西。"

没人对此话做出反应，富兹依勒和海亚姆都默默无语，就像根本没听到苏哈拉卜说什么一样。屋子里出现一阵令人难受的尴尬，死一般的气氛在富兹依勒翻动文件的窸窣之声衬托下，显得愈加沉静，也愈加令人难受。接着苏哈拉卜再次发声，深深叹了口气，宣称自己该"干活"了，然后随便打了个招呼算是告辞，起身离去。和以往每次一样，海亚姆又一次惊奇地发现，这个人高马大的壮汉行动起来竟如此轻盈灵活。交谈中富兹依勒也显得心不在焉，敷衍了一句后便埋头继续看他的公文。海亚姆则没做任何反应。

沉默了一段时间，海亚姆开口问道："你们是不是觉得这一切无所谓？"

同富兹依勒单独在一起，他的感觉好多了。从一开始他就觉得这人比苏哈拉卜要好，希望现在两个人能掏心窝子地好好谈谈，相互理解沟通，消除刚才彼此之间郁积的难堪。

"你说我们觉得什么无所谓？"

"调查工作的经过呀。"

"哦。"

"还是我搞错了？"海亚姆的声音里流露出一线希望。

"哦。"

"这么说我没搞错喽。"

"哦。"

"你起码得告诉我，这是怎么回事吧！"

"这件事已经了结了。我们已经达到了想要达到的目的，没什么好调查的了。"

"你们想要达到什么目的？"

"整顿建筑行业的秩序，检验、考查我们的队伍，揭穿诈骗伎俩——这一切如果没有你的调查工作我们花十年时间也做不到——为国家挽回了十万金第纳尔的损失，让所有人都看到了我们尊重过去的传统并视其为己有，还赢得了人心，制造了安全感。"

　　"可对重要的问题你们依然蒙在鼓里：是谁谋害了死者。"

　　"哦。"

　　"没什么可'哦'的，事实如此！"

　　"谁会去杀一头没用的老驴呢？真是岂有此理！"

　　"可有人就这么干了，死者是中毒身亡的。"海亚姆愤怒地据理力争，好似要护卫一件珍宝。他的老毛病又犯了，总是喜欢纠缠在于己无关的事上，那劲头一上来就像要谁的命似的，盯住不放。一般人关心的是与自己生活、利益直接相关的事情，可他感兴趣的总是某种潜藏、普世、无人非知不可的真相，这是一般人看不到、听不见、也不想知道的，因为他们对其无所适从，与之毫不相干。而对海亚姆来说，这种事情越傻、越无所谓，就越神圣、越重要。

　　"你是个学者，我的哈基姆，别逼我给你上课。"富兹依勒警告他，停顿了一下又接着说，"敬爱的真主当初给天使们分配任务时的情形，你不是知道吗？万众颂扬的真主派马立克执掌火狱，让他维持那儿的秩序；命米卡依勒专司风雨，并负责为世间生灵提供给养；叫雷都瓦尼监管天堂的秩序；让伊斯拉菲勒吹响灰色的号角，宣告新的启示或者世界的重大变化；大天使哲布依勒则是真主本人的传声筒，负责传达神圣的旨意。所有的天使都对仁慈的真主所恩赐的任务心满意足，并且愉快胜任。唯独负责索命收魂的阿兹拉伊勒闷闷不乐。他长吁短叹，扪心自问，今后每天有多少眼泪与叹息会落到他头上，每天甚至每时每刻又有多少子女死在他手下的母亲，或者父母被他取命的孤儿，在绝望中诅咒他的行径。有谁说出他的名字时会不害怕、不愤怒、不仇恨、不痛苦？一想到别人提到自己不是因其懿行而生好感，他怎么忍受得了？大慈大悲的主对他说，无需为此忧虑，没有人会诅咒他，因为没有谁会把他的名字同死亡联系在一起。世间的芸芸众生，他们的亲人或死于疾病和灾祸，或亡于鸩毒和刀剑，或在水与火中丧生。总而言之，每一生灵之死必有其原因，其内涵比'生者固有一死'这一不可避免的事实更易理解，更易接受，也更令人信服。故被诅咒的将会是灾祸和疾病，母亲的眼泪只会洒向火与剑，孤儿的哀叹只会冲着水或毒而去。唯独无人会提及你阿兹拉伊勒的名字。倘若尽管如此还是有人说到你，那也只是在交谈之中顺口而出，绝无惧怕、愤怒、绝望与诅咒的色彩，像是在谈论一桩遥远的祸患。"

"这就是你的解释？"海亚姆满腹忧愤，连再见都没说就离开了富兹依勒的办公室。他心乱如麻，百感交集，其中最难受的感觉就是他自己也无法理解的那种痛楚。他曾经在调查对象的自述中感觉到过这种情绪，当时还莫名其妙，现在轮到自己切身体验了。人是自然亡故，而不是中毒。按此理论终止一桩投毒案的调查，这实在愚蠢，简直是一种尖刻的嘲讽。人因其自然属性和真主的恩赐固有一死，但这没有赋予任何人权力去杀人。是的，米尔宏德身亡，跟所有先于其死亡的人一样。但是在这起死亡中有人做了手脚，起到了推波助澜的作用。所以，警察局要想履行职责、有所作为的话，只要有望抓获此人，就必须将其绳之以法。当然，米尔宏德迟早也会死的，但从逻辑上来推断，这应该发生在几年之后，死法也不尽相同，比方说，没有这么痛苦。富兹依勒在决定停止调查前，真应该去问问米家大院里的人，死者这本可以多活的几年是不是无足轻重。想到这儿，海亚姆似恍然大悟，觉得找到了自己痛楚苦闷的原因所在。没有理由让富兹依勒去问那些人怎么看待这几年可能潜在的延年益寿，费力敦和赛卡伊娜，海达和什丽妮，大家都清楚地向他表明，这件事对他们来说已经了结了。当死神必须降临时，它就得降临而且也真的降临了。但是生活还得继续，其他人还要为之献身。别生气、别发火，也别想去探个什么究竟，看看事情是不是必须得实事求是。所有的人都认为米尔宏德之死再正常不过了，只有他海亚姆一人煞费苦心地想搞个水落石出，真相大白。到头来，竟好像唯独他最放不下米尔宏德的案子，这简直荒唐。所以在整个事件中，他不是沦为笑柄，就是扮演了一个自己最讨厌的失败的伪君子。难道要人相信他，认为费力敦的父亲和他的关系比和费力敦还亲吗？他讯问了半个城市，想揭开案子的真相，而死者的亲儿子费力敦却缄口不言，把手揣在怀里看笑话。在这事上肯定有人撒谎，要么就是拿众人开涮，而这个人只可能是他海亚姆。

海亚姆悲哀地呼唤，敬爱的真主啊，你知道的，这不是真的，我没撒谎，也没拿别人的生死来开涮。你知道，效忠真理，乃你的旨意和信念，吾等一息尚存，就当尽力而为，不可放弃。因为你就是真理，我们不可以抛弃你和对你的忠孝。所以必须搞清，是谁给米尔宏德下的毒。可以弄明的一切人间真相，哪怕它再微不足道，也得弄清，这才是最最重要的。我们必须知道真情。而这知识，就是我为之奋斗的全部。

“你老是不让人省心哪！”阿布·赛义德出其不意地拍了拍他

的后背，从头到脚一身金色装束的他仿佛是一声不响悄悄从后面摸过来的，"你一个人在大街上自言自语，和听不见你说话的人交谈辩论，看来是又惹上麻烦了吧。所以我赛铎王子又得想想，看怎么帮你排忧解难啊。"

犹如只盼着有个听众、只等着有个倾听的请求，海亚姆心中纷乱的情绪和疑问顿时化作一段长长的独白，像开闸的洪水一泄而出。阿布·赛义德没有打断他，连提问和插话这种刺激他直抒胸臆的手段都不必用，海亚姆便自动口若悬河地倾诉起来。在陈述中，他对人类蔑视真理和知识的愤怒，有如压抑已久的岩浆，喷涌而出。他简直就是篇专题论文，纵横捭阖地论述，如果不能获取可靠真实的知识，我们有何自由可言。他敞开自己有关罪孽及其对人之影响的思考，问自己也问这方面肯定比他更有学问的阿布·赛义德，费特娜会不会恰恰因为犯了罪才落到现在的状态。他承认，什丽妮及其婚姻情况令他迷惑不解；谈到了对警察和人的天性的思考；也表达了对犯罪及其原因的疑问。不过，在他的这段自述里，赛卡伊娜的名字、她对父亲的怨恨、坚信其父死于谋杀的看法并认为这也并非坏事的奇怪反应，还有海亚姆对她这种愤怒的担忧，总会冷不丁地冒出来。虽然滔滔不绝地说了这么多，可他这番供词的中心思想始终围绕着与赛卡伊娜密切相关的问题。恰恰是她可能谋杀了自己的生父这一可怕的猜疑，一直沉甸甸地压在海亚姆心头，挥之不去。

"这种结论恐怕我不能接受。"他最后说，语气之坚定，显然不容别人质问。

"你真是个怪人，我的哈基姆，"阿布·赛义德沉思了片刻，有点出神地说，"知识丰富，智力贫乏，真是独一无二的奇才。"

他告诉海亚姆，对一位要人的去世会有两种反应，如果有些人的记忆中保存的只有其造的孽，那么他们对这人的死便不难接受；而另外一些人则呼天抢地恨不得把可爱的死者哭活过来，因为他们每每想到的都是其善举义行。去回忆死者对你或别的什么人造的孽，去想其烦人的恶习和伤人的恶语，还有讨厌的龇牙咧嘴和恶心的饭后饱嗝，说出你能想到的最坏的坏话，那么你对其死亡的悲痛就会释然，无需伤心得肝肠欲断。那些以掩饰悲痛来表现悲痛的人就是这样，因为他们觉得实际上是自己被离他们而去的死者所抛弃。或者，你也可以追思死者的美德优点，让你们之间所有的宝贵关系在脑海里浮现，好能多流些眼泪，洗去内心痛失挚友的悲伤，就像洗掉手上的尘埃一样。所以，另外那些痛哭流涕以示悲哀的人，就是这样来祭奠值得缅怀的逝者。然而，还有人用完全不同的也就是第三种方式来表示他们的哀悼，只不过阿布·赛义德现在不想提及而已，以免把海亚姆说得头晕脑涨。显然，博学家的脑袋瓜里根本就没有"人各不相同"这根弦。一切迹象表明，他的赛卡伊娜就属于这第三种类型，他们隐忍而不示悲痛，觉得逝者从其生活中消失，就是对他们的背叛，因而势必对其进行攻击和谴责，如果他自己能明白这点，就谢天谢地了。赛卡伊娜之所以对米尔宏德大爆粗口，怒不可遏，原因再清楚不过了。可是海亚姆怎么会连这点都不能理解，人为何会愚蠢到这种地步？这恐怕会成为一个永远的秘密。

12

　　米尔宏德生前新雇的那个采购员，曾让海达不胜其烦。其实这个大老粗人非常好，中等个头，肤色很浅，须发黑似柏油，嗓音浑若洪钟，语速适中偏慢。男主人一走，他就知道自己的饭碗难保，于是也认命了，只等着米家丧期一过，宣布他的解雇令。想开了之后，他便口无遮拦，口不择言。他信口开河时根本不考虑，如何像别人那样把话说得滴水不漏，听起来顺耳些，既不有损于己，也不伤害别人。一偷听到海亚姆和海达的交谈，他马上声明，自己不是赫拉特人，与什丽妮毫无关系，连她这个人都不认识。米尔宏德之所以开掉原来的采购员，是因为发现这家伙偷东西，而且偷得有点太过分了。女主人却把亲信的离职和他的到任同丈夫的新欢联系在一起。一切迹象表明，她将这女人看成自己生活中所有不如意和不顺心的根源，可谓眼中钉和肉中刺，所以就把他这个原本老伊斯法罕的后代说成是什丽妮老家赫拉特派来的。海亚姆解释说，鉴于海达这些年来忍受了这么多不公平的待遇和屈辱，这么做也符合逻辑。采购员听后大笑起来，摆了摆手说："既没谁虐待她，也无人羞辱她。也许是他们对她不太好吧，这我就搞不清了，"接着还补充道，"不过至少他们对她生活的干扰，远不及她给他们带来的麻烦多，这点我可以向你发誓。"

对诸如最近的采购同平时的习惯相比有无特别或反常之处，买没买什么新奇的东西等问题，采购员的回答跟先前本质上大同小异，因为与海达相比什丽妮一点也不更细心、更客气。"这我怎么搞得清?！"他惊奇地反问，"我根本就不知道什么是平时的惯例。女主人让手下的人采购她需要和想要的东西，而我也总是她说什么，就买什么，让在哪儿买，就在哪儿买，只不过她的要求常常改变。可她对我的一切表现就是视若无睹，从我来这儿的头一天起就看我不顺眼。"总而言之，他要强调的就是，米家的采购清单由海达说了算，所以只有她说得清楚，什么东西是什么时间送到家里来的，可她自己也会犯糊涂，记不清所有采购的东西，搞混了进货的各种渠道。

海亚姆再次拜访了海达，请她帮忙约谈厨子和那个但愿有能力开口说话的古怪花匠。对他所用的定语海达嫣然一笑，于是便向他保证，即便她无法做到，让花匠说些能听懂的话，因为这家伙对植物的熟悉程度显然要比对人的认知水平高得多，但只要她下命令，这个怪人一定会开口讲人话的。说到这儿，她想起了原来的老花匠，说那可是个手艺高超又为人正派的大师，虽然身为顶级园艺高手，精通花草知识，可同时也是个无所不知的健谈者。他是在海达的黄金岁月来到米家的，也许正因为如此，她才觉得和他有不解之缘。"当时费力敦刚刚出生，我们简直觉得幸福无比。"海达说。那时候，在家做什么都得心应手，任何事都称心如意。"谁能想到会有今天的结局？不知什么时候起这张幸福的网开始涣散了，随后自动分崩离析，犹如一幅编织精美的桌布，逐渐四分五裂，不成一体了。"

"不过你可别多想。其实我们过得挺好、挺美满的。"海达提高了声音，好像是要维护米家在海亚姆眼里的面子。她强调说，米尔宏德对她很好，真的很不错，"生小女儿时，我差点就挺不过去了，一连几个月折腾得我死去活来。可他一直守在我床边寸步不离，那种爱真的很伟大。我现在还祈祷真主保佑他，不管在阴间还是阳间。但是这份伟大的爱心缺少了点什么，他忘了我是个女人，根本不来找我，我只好一心扑在操持家务和照管孩子上。你拼命地干这干那，可到头来却落得个两手空空，孤家寡人，顾影自怜，眼睁睁地看着自己的生活就像线头从缝合处松散脱落一样，一点点地解体。"

"尽管如此，大家都认为你一直牢牢地掌控着米家的里里外外，实际上是这儿真正的女主人。"海亚姆旁敲侧击，装出一副没听出海达话里带着一股怨气的样子，"也就是说，就连米尔宏德你也没让他为所欲为，称心如愿。"

"那我又能怎么办呢？难道让他和小姑娘们把整个家产都挥霍掉？"

一瞬间，海亚姆觉得眼前这个疲惫的怨妇，与自己原先认识的那个海达判如两人。过去的她虽然矮小瘦弱，可浑身充满了力量，随时准备应对挑战和矛盾，一旦确定目标，做出决定，便矢志不移。而现在的她，啰里啰嗦，怨天尤人，愁眉苦脸，只会一个劲儿地哀叹自己到头来落得个两手空空。难道她真的像自己说得那样累垮了吗？这点从交谈中一时还无法猜出，因为有仆人来报，说花匠已经坐在亭屋前等他了。

昨天，在小屋里和阿布·赛义德的谈话过程中，海亚姆得出了一个结论，认为有必要和花匠谈谈，希望有助于揭开庭院里那个稀奇古怪的日晷的秘密。当时他向赛义德保证，赛卡伊娜对父亲出言不逊肯定不意味着是她杀了老头子，甚至都不能说明，她现在对父亲的感情，比起她悉心伺候病人和为其康复而喜形于色时已经疏远淡漠了，而赛义德则对他再三强调，真主所创造与恩赐的现实人类世界与海亚姆自己的数学世界之间有着天壤之别。他说，在数字世界里一切都是一维的，也因此都具有清晰的单一性。一个数字的意义只与另一个数字相对而言，因为在这个世界上除了数字别无他物。而且数字只以一种被数字之间的符号明确标示的方式相关联，通过这一符号一眼便可明确得知，你的数字是与别的数字相加还是相除，或者它是从别的数字中被减去还是被加上。这在真主那真人实事的世界里是不存在的。在这个现实的世界里，万物皆与万物相对，万物皆与万物相连，或许那种类似数字世界里一清二楚的单一性，只能通过对人或事施以极其恐怖的暴力而得以显现。

　　"你看到过蜘蛛网里的蜘蛛吗？"阿布·赛义德问，"有没有注意到，蜘蛛没碰到的离它很远的那部分蛛网也能被其操控？每当它绷紧或移动右边的网丝，左边的网丝就跟着移动，于是网眼也随之扩张。每根网丝，每个网结，每个网眼都同其他所有网丝、网结、网眼相互连接。它们相对而立，互为依存，牵一发而动全身，无所谓是不是用同一种物质相连，无所谓相互之间的距离是远还是近，也无所谓这种关系能不能被看见、被理解。我们的整个世界便是如此。"阿布·赛义德一副说教的口吻，"没有人只对一个人说话，哪怕仅仅短暂的一瞬，也没有人只对一件事表达一种看法。你瞧，比如你现在讲恋爱和失望，讲整天刮个不停弄得穷人发疯的狂风，讲美好的愿望，讲马立克·沙赫苏丹——愿真主赐予他更多荣誉——讲帝国里学者们的生活，讲当今人与人相处的困难，讲从边境地区流入城市的外来人口的行为……你可以讲任何事情，我亲爱的哈基姆，简直可以无所不谈。我刚才所能列举的，仅仅是用来挖苦你的很小一部分事实。成百上千能感知你身体与生活所发出的信号的人，能听到你成百上千条不同的信息。任何一只嗅闻你的动物，都会通过你了解到只对它揭示的秘密；任何一株植物也同样会从中得知只向它开放的东西。在现实世界里，没有什么东西只同一个伙伴交流，只服务于一个目的。"

此番交谈让海亚姆如释重负，大概是由于他听得进去，记得下来，而且几乎一字不落。早晨，他走到所住的亭屋前，瞧见近日来常出现在眼前并让他寝食难安的那座日晷，又回忆起那次长谈的点点滴滴。他想，用阿布·赛义德的话来讲，这只日晷虽报的是白昼的时间，可也许它告诉人们的东西要比这多，甚至多很多，否则它就不真实了。可它究竟要告诉人们什么？告诉的对象是谁？要想解开这个谜团，了解它除了表达时间之外的含义，需要掌握什么知识？这与米家的生活有关吗？与米尔宏德之死有关吗？晷面上那两个显然多余的孔洞，插入晷针便可以其日影指示时间，倘若明白了其中的玄机，能够解开这只怪表的秘密吗？

海亚姆观察了米家的庭院老半天，心里寻思，这日晷的秘密是否和院子的其余设施有关。既然日晷是庭院的组成部分，那么如果明白了这庭院构造所依据的逻辑原理，或者搞清了日晷与庭院包括它在内的另外那部分建筑之间的关系，就能接近这怪表的秘密。庭院的一部分直接延伸到府里女眷闺房的窗前，包括铺满鹅卵石的甬道、一块直角形的草坪和一座中间带喷泉的水池。草坪的正中央设置了这只呈规则半圆形的日晷，其直立的切面与草坪长的一边（海亚姆自己把它译为'矩形'的长边）走向并行。用他的步幅来测算，边长大约有五十来步，按突厥人的长度单位也就是大概六十阿尔辛，即四十五米左右。他发现，长方形的草坪呈东西走向，其靠近住宅的一边，同时也是与日晷直立切面平行的一边，面对房屋且朝北。从草坪向北的这一侧到日晷的直立面有三步之遥，也就是约四阿尔辛左右。而从日晷圆弧顶点到草坪朝南的一边足足有两步的距离。从草坪南侧再到喷泉水池边缘又是三步的距离。因此，日晷的直径，即其东西的直线长度为五十步，而其"深度"，也就是南北的直线宽度是二十步。日晷的晷面被划分成三个规则的三角形，每个三角又被分为四格。朝东的三角地带种着万寿菊，朝西的则是白色的风信子，中间部分为金黄色的水仙。向北的草坪上，距三个三角尖顶的汇合点约大半步的地方，如果你想象日晷被去掉的那个半个圆还存在的话，那就是原来整圆的圆心所在，这里开了一个洞眼，也就是那个唯一能够正确指示时间的晷针插孔。两步半开外还有两个多余的洞眼，与那个正确的晷针插孔组成了一个规则的三角形。这纯属偶然还是有意为之的游戏？此三角恰好占据了由不同花卉组成的三个大三角面积的十分之一，难道其中暗藏玄机？

草坪的南侧到蓄水池又是三步的距离。水池中央有座莲花喷泉，于是水池和喷泉构成了两个同心圆。水池的直径有五大步之长，肯定不小于八到九阿尔辛；而莲花座的直径，也就是核心圆的内径则是三步，这就意味着这组数字实际上与大草坪五十步长、三十步宽的比例完全一致。这纯属偶然还是有意为之的游戏？抑或暗藏着只有知情者才懂的玄机？不仅如此，类似的一致还体现在三角形上：栽种花卉的大三角形竟也完全反映在三个晷针插孔组成的小三角形上。这可就是有意为之了，如此的吻合肯定不是巧合，但是背后的用意何在呢？想表达的是什么？正如阿布·赛义德所说，谁能听见这些藏而不露的信息呢？

海亚姆痛苦了很久。他一边测量距离，一边整理和对比记录的数据，努力发现其中的一致性和这些数据与比例后面隐藏的数字游戏，找出游戏里的基本法则和从矩形与圆形的比例中可推导出的规律。他乐在其中，十分享受。数学是他的最爱，是最早让他心醉神迷之物。他尝试进行了几十种排列组合，从中同样又发现了已获数据的多种数学运算程序，其得数皆可为整数。至于堆积在日晷上的种种疑问，这一切却都无助于他接近哪怕其中一个问题的靠谱答案。这种长短比例的重复是在传达一种信息吗？为什么大三角的形式会在小三角里得到反映？为什么圆形的比例会再现于矩形之中？多余的晷针插孔用途何在？可是不搞清这些问题他就无法得知，这奇怪的日晷讲述的另外一个故事到底是什么，谁又是故事的倾听者。所以，只要真的能够进行谈话，他就必须找花匠聊聊。

海亚姆想来个先下手为强，一开始就排除这个怪人的抵触情绪和偏见，于是连招呼都没打便强调说，他上次就是想把晷针安放在错误的位置上，目的只是希望弄明白，一只指示错误时间的钟表有何用处，谁需要这种玩意儿，此外别无他意。当然，这个日晷也能正确指示时间，不过显然有人故意额外制造了可以显示两种错误时间的可能性。这是为什么？会对何人有利？这种错误究竟有什么

177

好处？

也许他的一大段开场白的确消除了花匠内心的反感，可同时也附带扼杀了其他一切对交谈的有利因素，因为他把这个本来就不能说会道的可怜虫给搞糊涂了，完全剥夺了他讲话的能力。所以，他不得不接着说下去，不停地说。这回他讲的是自己对园艺的兴趣和热爱，同时还很有心计地强调，说自己对园艺的热爱超过自己具有的园艺知识，言下之意就是，他对此情有独钟，而又一无所知，这番话差点就让那闷葫芦花匠开了口。他又接着补充道，自己总的来说是个好心人，对米家大院只有一片好心，百分之百是出于善意，然后装作一副漫不经心的样子，故作随意地提出了犹如他最后一根救命稻草似的请求，希望花匠能给他讲讲这庭院的事。话音刚落，对方的口中千真万确地咕里咕嘟冒出一连串语音来。

海达没说错。要想听懂他说什么，实在太难了，难到几乎不可能。发音倒不是主要问题，基本上还都能凑合听清，要命的是词语之间的关联毫无逻辑。说出的每个单词本身都能明白，可就是无法听懂整体的含义。因为你不明白也无法明白，这些单词用这种方式如何相互关联成句。比如他多次重复道："蜗牛得人们正确大海的帐篷支起在花园里的关节上。"（这种话或者类似的表达，海亚姆就是竭尽全力想弄懂，也是心有余而力不足。他简直无法记住或重复其中的任何一个句子。）小一点的问题在于各个单词的不规则变化形式不对和在某些地方的发音错误（在单词音节里本该发 a 的地方，他固执地非得发 o 不可，所以就把"挖"说成"窝"）。除了这一切之外，他还和所有长期独处的人一样，大概是出于习惯，与其说在对别人讲话，倒不如说在自言自语，所以根本一点不管人家在不在听，听不听得懂。他常把声音降低到几乎无法听见的程度，每隔一句话就会将句尾变成喁喁耳语，或者对着自己的大胡子含混不清地喃喃自语。反正脑子里想的是什么他自己明白，用不着清清楚楚地说出来。唯一有机会说出来的与别人的对话，也就成了他的自言自语。可能就是按这种习惯，不管什么时候，只要他感到自己说得很长了，就会把声音降低到难以听见的程度，发音也被磨损到无法理解的地步。一般说来，五六句话后就会这样。海亚姆不敢让他说大声点儿，或者请他把嘟囔的东西重复一遍，害怕再把他搞糊涂了，到头来一无所获。所以对他来说，大多数语句的后半部分基本上就等于被说话者扣留了。这种藏身于无法听见的声音或嘟嘟囔囔之中的语言避世之法，连同无法按人类语言规则构成句子的混乱词语组合，加上有头无尾的说话方式，所有这一切形成了这个以自言自语为其主要特征的怪人的与众不同之处。他开口讲话仅仅是为了听见人声，而不是为了向别人传达信息。尽管说话声音不大，但他心里明白，自己要讲的是什么。最后，当海亚姆稍微适应了花匠这种罕见的交流行为，也明白了其偏离正常语言的表达方式，并且掌握了花匠在不知应说什么或者该怎么说时所采用的自助手段之后，终于恍然大悟。这时，他开始逐渐理解这古怪的语言，而且理解得越来越多、越来越好。花匠一旦开口，并且确定有人在洗耳恭听，嘟嘟囔囔之声便滔滔不绝。

庭院现在的这种格局是前任花匠造就的。那位师傅在这儿干了二十多年，其中大半辰光都花在了改造花园上面。人们不知道，这座宅邸及其庭院是何时修建的，只知道现在住的已经是这户人家的第十代了。再前面的祖先们是否也曾在此居住，如果是的话，究竟有多少代人，那肯定无从得知了。所知道的只是，在此期间，这儿的房宅没有变化，只是进行过必要的修葺而已。而这庭院里的花园想必至少经过十次改建，因为每代人都有自己的标准、需求和心愿（众所周知，园林设计上的习惯和时尚，变化远比房屋建筑的更新来得快）。他刚到米家来时，对他的要求就是一切维持原样。其实即便没做这项规定，而是放手让他随便干，他也不会对庭院设施大兴土木，做任何一点改动。倘若他要新搞一座花园的话，那他大概会按自己想象中的传统典雅模式去做（如同老波斯人家对旧式庭院的叫法，花匠也将其称为"卡哈尔巴格"[12]）。海亚姆下榻的这个女眷的闺房区域是自成一体的，实际上与花匠住的男性居住区完全隔离。两个区域都非常漂亮，而且相对独立，各具特色。所以每个区域皆可以并且也已经各自为政，同时又相辅相成，共同形成一道别具一格的亮丽风景。

至于那日晷的指针嘛，则没什么可多说的。花匠的前任就这么设计的，还有那两个指示错误时间的多余洞眼，甚至是他不得不离开米家时才挖的。新花匠只不过把这两个已经挖好的地洞弄整齐并用灰浆砌了一下，好方便晷针的插入和拔出。

他早就发现，这两个洞没有用处，只会误导大家，唯有前面的那个洞眼才是对的，可以准确示时，为人所需。可从他第一天开始干活起，就有人一再把晷针插在后面右侧那个肯定不该插的地洞里，让它指示错误的时间。比方说日晷在下午时分指示的却是中午，那就会造成差错，误导人们，而当晷针插在右后方的孔洞里时，产生的恰恰就是这种效果。他每次都把晷针插回到原来正确的位置上，让午后的日影能落在左边种植万寿菊的地带，可到了第二天晷针又回到了错误的洞里，将下午的日影投在晷面正中长着金色水仙的三角区域。这种顽固不化的时间游戏既使他觉得深受侮辱，又让他惶恐不安，于是便下定决心，要不惜一切代价捉住这个搞恶作剧的人，痛揍一顿，把这种怪癖从他脑袋里打掉。他躲在路旁的茉莉花树丛里，给这个神秘的捣乱者下了个套。他就这样在地上躺了很久，窥伺周围的动静，竟不知不觉地睡着了。醒来后，似乎什么也没发生，晷针依然立在正确的洞里。于是他便继续藏在他的掩体后面，偷偷观察。就他在险些又要进入梦乡的时候，作案者终于现身了。花匠简直无法想象，这人是经过哪条路来到日晷旁边的。他没选择应该走的甬道，而是不知从什么地方一下子冒了出来，背对着茉莉花树丛和花匠，朝日晷走去，从正确的洞眼里拔出晷针，插进右后方的洞眼里。即便从背后也能看出，这家伙身强力壮，是个大块头。不过花匠毫无惧色地冲了上去，暗自高兴能教训他一下，让他永远保持清醒的理智。他猛地跳到这人背上，陌生人先是吃惊地愣住了，但很快就回过神来，甩掉背上的偷袭者，转过身子。原来捣鬼的竟然是老爷！他没有挥臂发力，只一记耳光就把花匠打倒在地，就像个无辜的孩子受委屈后进行反抗（"他下手很重，饶恕他的灵魂吧，这一巴掌可实在令人难忘"）。这之后，花匠再也不去探究是谁乱插晷针了。不过每天他还是照例在正午之前把指针放到正确的位置上，尽管他知道，是主人自己故意插错的。敬爱的真主总比主人年纪要大吧。从此，花匠对别人乱动晷针显得更加敏感，所以当海亚姆播弄晷针时，他才会有那样的反应。

如果不是海亚姆急着要去找厨师，天晓得这个怪人还会跟他聊多久花园的事。厨师是米家大院里最年长的成员，也是在这儿干活时间最久的老雇工。他早就不再亲自下厨，而只是决定在使用海达订购的食材时，拿什么、用多少料来做饭。他称重量，查质量，监督厨房的帮工，必要时会呵斥、解雇、表扬、推荐、奖赏他的手下。厨师长相一点儿不显老，思维敏锐，动作迅速，出言极快。他快人快语，说话时手舞足蹈兼摇头晃脑，任何时候都喜欢仰面朝天地哈哈大笑，而且声音又短又快。

厨师说，除了采购员买的东西，有时候也不管已经买了什么，他总是还要补充些厨房的必备原料。那还用说吗，想必不是任何一个先天不足的傻瓜都能为他采购货物的。干这行多少得有点食品和作料方面的知识吧，这可不一定是谁都具备的能力。（又短又快的大笑。）不，这同嫉妒无关，他认为自己过得已经够好的了，无需嫉妒谁，也不必对别人掩饰自己的所作所为，只想这么好好待下去。（又一阵短快的大笑。）想必年轻的哈基姆先生也应懂他的意思，如果他什么时候甩手不干的话，这里会是什么样的场面。厨房里用的大部分东西都得有人亲眼看，亲自闻，或者亲手触摸，或许"望、闻、切"全都得用上。（短快的大笑。）只有经过这样的检验，你才知道可以拿它们来做什么，能不能做得好。可有些商贩不会向每个买主介绍他们卖的东西，而只愿同厨师本人交谈，因为操刀掌勺的才知道需要什么，什么是好货。难道还要给这样的厨师配个搞采购的吗？比方说，最好的食用草本香料他这个大厨不是在巴扎买的，而是到一个可靠的熟人那儿弄来的。像巴扎那种大集市上卖的东西只能用于给下人做饭。他关系多，路子广，能搞到极品货物，也就不足为奇了，毕竟干这行已经有五十多年。（欢快的大笑。）理所当然，他事事都让女主人心满意足，如愿以偿，这样好的主人打着灯笼也难找啊！她思路清晰，善于派活儿，容不得半点杂乱无章和粗枝大叶，甚至有时当着他的面也直言不讳地说，有些菜她比他做得还好！嘿，简直口出狂言！他可是灶台边上长大的，她还在娘胎里的时候，他就功成名就了。可她说到做到，证明给他看了。或许人都有不能原谅别人的地方，可这些地方根本不可能在她身上找到。她十全十美，无可挑剔，根本就没有需要别人原谅她的地方。她是天仙，不是个女人，而是个无影无形的精灵公主。

海达所说的菜品不算多，只有两道她声称自己做得更好，一道是名为"皮拉芙"的石榴酱肉汁炒饭，另一道是种点心，叫"兔肉酥"。这两种东西她的确做得不错，但还不能说比他做得好，不过已经够水平了。比如说吧，即便现在也是这样，她预定了一只兔子，他问她："主人，让我来做吧？"她却说："可你做不来呀，老头儿。"说完边笑边一把从他手里抓过兔子，转身就走。"我想，这不太好吧，做这道点心挺费事的，哪是她干的活啊，于是就在后面追着她喊，让我亲手来吧，一切都由我亲自动手来做，放心吧，那个呆头笨脑的采购员碰都别想碰。很可能我的声音太小了，她连头都没回一下。我只好转身回厨房了。"

听到这里，海亚姆不能不跳了起来。可从老厨师依然如故的表情里，却看不出来他有什么惊奇的发现。海达不久前真的做过兔肉酥？——是啊，很久很久以前她就想给主人做点好吃的，而且觉得这道点心就是主人的最爱。——什么时候的事？——就是这段时间呀，没多久。——已经有多久了？——嗯，是她那个亲戚拿兔子来的，人挺不错，是个好猎手。他那次是去城里参加主麻日的祈祷，路过这里时就顺便把兔子带来了。所以厨师还记得，那天是个礼拜五。

海亚姆心惊肉跳地坐着心算。

"会不会是八月十号的那个礼拜五呢？"

"为什么不会？每天不都可能是个十号吗？"

"我指的是你讲的那天，有可能是那个礼拜五吗？"

"什么叫作有可能？就是礼拜五呀。如果不是礼拜五的话，他会去参加主麻日聚礼吗？"

"我是问，那个礼拜五是不是八月十号，也就是中旬之前的那个礼拜五……你听好了：你家主人是那个月中旬得的病，根据我的计算恰好是礼拜三，十五号。当时我正好在可怜的萨里家里，所以记得很清楚。此前的礼拜五就是十号。我问你的就是这一点。到底是不是？"

"为什么不是？"

"那就是说，海达的亲戚在米尔宏德发病之前的那个礼拜五拿来了兔子？！"

海亚姆明白，他不能硬逼老厨师去回忆日期，也知道，从他嘴里得不到更多的情况了。于是连忙跑回他的小屋，摊开了关于米尔宏德死亡一案的全部记录。一切都吻合得天衣无缝。他礼拜四给老头做的检查，病是在前一天爆发的，也就是礼拜三，十五号。如果毒素需要两三天才能在体内扩散、发作，伤身害体——阿尔·拉齐的书里写得清清楚楚，是要这么多时间的——那么米尔宏德可能是在礼拜天或者礼拜一吃了有毒的肉。而这肯定就应该是送货者礼拜五去做祷告之前拿来的兔肉。怎样才能知道米尔宏德究竟是不是吃了兔肉酥呢？如何对这一切进行核实呢？有什么办法能得知真相，而且十拿九稳地得知呢？！

13

    巴格达的哈里发穆克塔迪[13]与马立克·沙赫苏丹的长女穆赫玛拉珂宣布订婚一事，可谓是当时引起轰动并改变世界的一大新闻。但这不只是一桩名流显贵之间的男婚女嫁，而是经坛与王位的结亲，笔墨同刀剑的联姻，宗教和世俗的牵手，虚名与实权的拜盟。几天以来，帝国宰相尼札姆·穆尔克红光满面，从来没有这么高兴过。这是他的一大胜利，也许是他充满胜利的一生中最大的胜利。这桩婚姻是他的主意，为了促成此事他可是不遗余力，使出浑身解数，用上了全部权力和外交手腕，花了整整三年的时间。他希望能以此让朝中那些或拉帮结派或单枪匹马的权势人物安分一点，闭上他们吵吵闹闹的嘴。这帮人的影响日渐增长，每天都在呼吁要么废除哈里发的权位，要么将其弄到伊斯法罕来。

    几十年来，伊斯兰政治、宗教领袖，先知穆罕默德的传人哈里发，早已沦为不同统治者手里徒有虚名的傀儡，甚至被其手下的军事首脑所控制。这些虽然权倾一时却走马灯似更迭的实权人物心里非常清楚，哈里发只是一种象征，实际上软弱无能，完全仰人鼻息，受制于人。他连吃什么都不能自己做主，凭什么享有信众之领袖的称号，去给苏丹和埃米尔[14]封号，为世界上大牌首领们加冕，好像这些头衔的价值是经他触摸而产生，而不是因其拥有者的权力所具有？！为什么所有人都一直对他俯首称臣？就好像这个傀儡真的大权在握，巴格达也因为是其住地就真成了世界中心似的，虽然人人皆知，塞尔柱帝国的苏丹才是世界的老大，而王朝的首府伊斯法罕才是世界真正的中心。这种借哈里发说事的传统主义虚张声势之代价是高昂的，它使人们的生活和各种政权之间的关系变得复杂，是对健全理智的一种嘲弄。所以马立克·沙赫苏丹必须将巴格达并入他的帝国，自封哈里发，也许授权封号仪式就偏偏放在巴格达。不过，他也完全可以把哈里发的统治体系搬到伊斯法罕来，而不去惹巴格达，以避免四方枭雄眼红。那么应该怎样做才能既把哈里发政权也将其本人一股脑都弄过来，或者自封哈里发呢？不管怎么说，他都必须结束这场没有必要也毫无意义却代价过分昂贵的游戏。

宰相坚持说，事情并不像那些主张采取举措的人所看到的那么简单。哈里发拥有极大的象征性权力，只有傻瓜才会对这种象征符号和权力不屑一顾。因为象征的权力其影响在于精神。也许丧失了精神，这个世界依然可以存在，但它绝不是人类生存的美好家园。尽管生命在我们体内活动，但操控驾驭我们身体的则是灵魂和精神，它们使我们的躯体生机盎然，情感丰富，能劳会作。人的身体即便在死后依然完整不变，所有部位都跟以前一样，虽死犹生，但是实际上却因灵魂出窍而仅剩空壳一具。一个人如果死了，其肾脏不会漫游进肺部，胃不会与大脑粘连，一切都留在原处、保持原样，只是因为灵魂的离去而丧失了生命。所以，我们在一个没有精神的世界里无法像人一样的生活。而宗教的象征则让精神世界靠近我们，或者使我们走向精神世界。不管怎样，它把我们联系在一起，并赋予物质的身体或公共的团体以意义和权力，而这些是他们本身所不具备的要素。精神世界通过象征符号向我们昭示自己，敞开内幕，为我们所理解。嘲讽宗教象征及其价值的人，是在跟自己作对。宣称唯有饮食男女方为人生之大欲，新娘子百宝箱内或库房里的收藏才货真价实的人，他们事实上抽去了世界的精神领域，从而也剥夺了世界的生命。在他们要为我们创建的那个世界上，也许一切依然如故，就像现在这样，不过那个世界将会如同失去了灵魂的躯体，沦为死尸一具。并非任何事物都可以测量或计算，倘若生命仅以可测量和计数的形式演绎，那就太可怕了。所以，那些主张废黜哈里发的"倒哈派"们，如果认为养个哈里发太花钱，或者觉得他不过只是一种象征性的权力而已，那是真的应该再好好思考一下。倘若忘记了象征性权力之大之重要，我们将困难重重。人类需要身体和灵魂，世界需要苏丹和哈里发。我们需要实用和享受，也需要公平和正直、真爱和信赖、信仰和希望。人不能一只脚站立，世界不能只有一个中心。世界的骨骼由精神组成，其形式则取决于衡量存在和发生的一切事物的那只秤称出来的价值。不同的可测和不可测物质之混合关系构成了这骨骼的结缔组织。如果我们抽掉了世界的精神领域，也就剥夺了世界的支柱，它就会瘫软，走形变样，丢掉本可获得的法律和机会，因为只有一个成形的、逻辑的、由结缔组织连接在一起的世界才可能有法律。与此相同，没有骨架的人体也不过是一堆不成形的肉体和血管而已。

不管什么时候，只要有机会，帝国宰相尼札姆·穆尔克都会不断重复他关于精神和象征的故事，为其观点寻找并发现新的论据和对比实例，这已经引起了一些人的嘲讽，他们觉得这老臣用一生来捍卫一项败局已定的事业实在好笑，尼札姆·穆尔克的事业看来注定无可救药。赞同罢黜哈里发或者将其转移外地的人数不断增长，而这一派人的影响和权力也随之渐强，其成员已经跻身苏丹身边的近臣之列，甚至成为王室的入幕之宾。宰相越来越清楚地认识到，自己是在同时代斗争，于是便更加频繁地重复强调，说强盗匪徒相互争斗是为了分赃，而正人君子的奋斗则是为了保卫值得保卫的东西，尽管他们知道，这场斗争一开始就已经失败。问题不在于，昔日的野蛮人和奴隶想证明，黄金资产才是唯一的价值体现，也是唯一真正的财富。问题也不在于，这帮人找到了学者和高人，用一捧金砖就可以令其折腰，心甘情愿地为他们既荒谬又邪恶的主张摇旗呐喊。问题还不在于，他们善于拉帮结派，精于安插渗透。关键的问题仅仅在于，这帮人有天时之利，而帝国宰相则不得不逆时而行，因为世界的确正在失去它的骨骼和形式。可那又有什么办法呢？经常趋于没落，也会一时陷于形式丧尽的境地，此乃世界之天性使然。然而对此进行抵制和抗争，仁人志士则义不容辞。"正直之士的特征任何时候都一目了然，他们总是逆流而上，跟时代对着干。"宰相总爱固执而一副大无畏的样子说，讲此话时还喜欢发出一阵爽朗的大笑。

通过亲手撮合的这门亲事，帝国宰相至少成功地赢得一些时间来捍卫由两大中心、两种形式的权力组成的世界：一边是左翼，一边是右翼，即苏丹一边，哈里发一边，伊斯法罕一头，巴格达一头。海亚姆和他的同事、朋友设拉子人穆萨菲尔花了三天的工夫，为即将举办的婚礼占星观象。"得选个良辰吉日，"宰相要求道，

"一定要非常吉利才行。"海亚姆信誓旦旦地劝他无需把星象这玩意儿当真，可心情极佳的大臣笑着盯住他的眼睛左看右瞧，那样子就像对这位王室天文官的意见怎么欣赏都嫌不够似的。这么一来，海亚姆就不得不大费口舌地作了一番冗长的解释。这套繁琐的长篇大论对一个门外汉来说，就算对这个话题很有兴趣，也如听天书。所以大臣只得笑着派这个书呆子去干他该干的事了。

哈里发派遣使者给未来的岳父岳母大人送来聘礼，礼品之贵重令人目瞪口呆。这么一来，新娘家回赠的嫁妆和礼物也得显示出马立克·沙赫苏丹王室的尊贵和荣耀，因而其奢华程度必须惊世骇俗，使常人难以想象，当然也让哈里发送的东西为之逊色。大婚之前，王室会先将哈里发的使者们留下，好生接待照顾，让他们尽享帝国的吃喝玩乐，以便返回巴格达后可以广为宣传所见所闻，引起当地人对伊斯法罕的敬仰和崇拜。王室决定，安排这帮人伊斯兰历八月二十七日启程返回。按大臣的设想，届时一支真正的送亲队伍将随同他们一起走到伊斯法罕城边，这就是说，哈里发的使者也会成为队伍的一部分。从城郊的交界处开始，使者和带着嫁妆的送亲队伍会取道继续朝巴格达行进，而新娘则按计划与王室的随从返回伊斯法罕王宫，好同父王母后一起再过一次名为"拉马丹"的斋月。预计送嫁妆的一行人马将在斋月中旬到达巴格达城郊，然后按习俗必须在城外静候，直到太阳落山，开斋伊始，方可入城，好让倾城同乐狂欢。九月十七日，在无新娘的送亲队伍抵达巴格达城外当天，伊斯法罕和巴格达两大首府会向民众分发糖果、香烛和火把。每家每户都能得到咸、甜两味的食品，一根香烛，还有两支需在欢迎送亲队伍进城时点燃的火把。是夜，两大喜气洋洋的京城灯火辉煌，灿若白昼，与一对新人和两地冠冕堂皇的统治者同庆这大喜之日。等到开斋这大日子的第二或第三天，送嫁妆的队伍再从巴格达启程，返回伊斯法罕去接新娘。承蒙王者仁心，感谢精心安排，若这场大婚得以照此顺利进行的话，那么这两大世界重镇会有整整两三个月沉浸在热闹喜庆之中，这必定会给大家带来诸多好处。

按计划，八月二十六日这天，宣礼官公布了婚约和这桩美满婚姻的星象，城里的大街小巷立刻成了江湖艺人的天下，到处都是他们五花八门的杂耍表演，目的就是让巴格达来的客人看得目瞪口呆。他们用拳头、磨去锋刃的刀剑、烤羊腿进行搏斗……徒步赛跑，或骑马、牛、羊以及各种可骑的牲畜竞赛，甚至背着人跑，方式是胖子骑在瘦子身上；还有拿大顶的，玩单手倒立和金鸡独立的，脚踩两根杆子走钢丝的，或者直腿前伸翘起，双手撑在两腿中间，像脚一样支起整个身体的，花样千奇百怪，把戏应有尽有。更绝的活儿是，徒手爬上抹了油脂的木柱，攀登顶在艺人下巴颏上的长杆和专门为这天在苏丹广场上筑起的高墙，踩着别人的肩膀站立，或表演五六人一组勾肩搭背的叠罗汉。不过，看来有三种令人起鸡皮疙瘩的游戏最为引人注目，观者害怕与惊奇参半，场面人山人海，摩肩擦背，最为拥挤。其一是几个人在赛马场上搞的骑马打靶，比赛时骑手站在无配鞍的马背上，手持一根长矛，对准一块分为五环的金属靶盘。参赛者每刺中其中的一环，便可获得相应的分数，每一分相当于一个金第纳尔。如果除了自己的靶盘，还能用长矛挑落别人的靶环，分数和奖金则可翻倍。第二个更加刺激的游戏为火中寻宝。游戏现场是一间特意修造的小屋，里面堆满了大木头。屋子的一些角落里藏有金属匣子，每个匣子里有颗金蛋，金蛋里塞满宝石。组织者一发出信号，就会往木头上泼洒油料并点火，小屋立刻熊熊燃烧。有意者可以冲进火海，去寻找装有宝石金蛋的金属匣子。不少人进去了，不少人也出来了，其中有些人还真用烧伤的双手捧回了那金属匣子，里面藏有塞满宝石的金蛋。然而，惊险程度远远超过前两种游戏的还是第三个节目。那是一组大约十个赤裸着上身的壮汉，同三个耍蛇人围坐成一圈，互相传抛眼镜蛇。现场一共有三条蛇，游戏中不停地从一个耍蛇人飞向另一个耍蛇人，但谁也不知道哪条蛇会被抛向哪个人，从哪一边落在谁身上。同样，也无人知晓，什么时候一条被传抛出手的眼镜蛇会偏离预定的目标，飞落到这疯狂游戏的参与者中间，而要抓住与蛇头相连的蛇颈，对生手来说绝对不是件轻而易举的事。可是这些惊险刺激的玩意儿，非但没有把他们吓走，让他们惧而远之，相反倒紧紧地吸引了他们的眼球，使其激情高涨，倍感惬意，以致观众趋之若鹜，着魔似的盯着可能会要命的游艺，目不转睛。看样子，人都喜欢有人拿他们的性命当儿戏，而且尤其喜欢此人同时也拿自己的性命当游戏。如果不是这样，那么除了三个职业耍蛇人之外，眼镜蛇也可能咬到那十来个参与者这一危险，竟然未能使兴致勃勃好奇围观的人数有一丁点下降，又该如何解释？

　　第二天，八月二十七号，送亲的队伍一大早就出发了。一百三十匹骆驼驮着各种丝绸，七十四匹身披御制锦缎的驴骡载着银制的箱子，里面装满珠宝首饰、金银餐具、陶制器皿和饰有珍珠的精制细玻璃杯，三十三匹名贵宝马配上了精细加工的极品皮鞍，珠母镶嵌，宝石遍缀。大队人马的中心以及镇队之宝是一个纯金的摇篮，四周环绕着三抬金银合质的花轿，轿门上悬挂着缀满晶莹珍珠和五彩宝石的丝帘。其中一抬轿子的门帘被卷了上去，好让人们能够看到里面的新娘、塞尔柱帝国苏丹的女儿穆赫玛拉珂。花轿里的美女打扮得花枝招展，浑身珠光宝气，堪称国色天香。伴其左右的百名侍女，个个容貌绝佳，人人丝袍华丽，如众星捧月。大路两旁聚集了不少夹道欢送的市民，队伍将要经过之处，有专人大把大把地分发迪拉姆银币，让大家把钱撒在路上，以祝愿旅人一帆风顺，路上铺满黄金，财宝相随。

费力敦盼咐手下在自家宅院的大门上方支起一座有顶的观礼台，好让米家大院的人可以站在上面观看送亲的队伍，向他们挥手欢呼，因为这一干人马恰好就从他家门前路过。所有人都聚集在一起，翘首引颈地盼着目睹这千载难逢的盛况，就连可怜的费特娜也上来了。她一会儿两眼发直，极目远眺，一会儿瞧瞧下面凑成一堆站在大门口的用人，不明白到底发生了什么事。只有费力敦整整一天不见人影，而且前两天的喜庆活动中他也没有露面。赛卡伊娜和海亚姆倒成了观礼台上令人瞩目的人物，也许两人并非有心，可他们的目光老是无意中碰在一块儿，随即便像疯子一样莫名其妙地相视一笑，这情形反复上演。海亚姆竭力想尽量迅速地投去匆匆一瞥，以免目光被对方捕捉。可是赛卡伊娜总是能成功地将他逮个正着，而且还一个劲儿地偷偷观察海亚姆，同样不想让对方发现自己的窥视。两人的目光相遇时，都不约而同地哈哈大笑。他们笑这游戏及其一成不变的结果，笑这莫名其妙的大笑，也互相取笑，这搞得两人没法不引人注目，让人觉得他们太另类、太不合群。可海亚姆还是忍不住要看赛卡伊娜，一次接一次的，就像总也看不够似的。她实在太美了，一袭深桃红色的丝质长裙，上面点缀着闪闪发亮的蓝色花朵，身体随便一动这图案就变幻成古金的色泽。她头披一条与裙服花色相同的长巾，两头下垂于肩，将其白皙的脸庞裹在当中，乍一看也似一朵娇艳欲滴的鲜花。不知什么时候，米家的人开始你捅我戳，抿嘴窃笑，朝着两人指指点点。送亲的队伍到来之前，海达做了个手势，要女们跟着她，架起费特娜一起走下高台，回到屋子里去。观礼台上除了海亚姆和赛卡伊娜只剩下什丽妮和她的两个同伴，不过后来新娘的花轿一过，这三个人也都撤了。

"哦，天哪！她可真美！"穆赫玛拉珂公主的轿子经过米家时，赛卡伊娜兴奋地大声嚷道。

这时，什丽妮和她的同伴正走下大门后面临时搭建的楼梯，准备进屋。

"她真的很美。"赛卡伊娜感叹不已，台子上只剩下她和海亚姆两人。

"是啊，她是个美人。"

"不服不行，简直美若天仙。"赛卡伊娜加强了语气，"她可真幸福。"

一时间两人沉默无语，注视着豪华富丽的宝马香车从面前缓缓走过，长长的队伍犹如山谷里的一条大河，流向远方。

"真主啊，她比我要美多少倍呀！"停顿好一会儿，赛卡伊娜才唉声叹气道。

"这话可说得不对！"海亚姆有些激动，声音大得有些不自然。

"人家就是比我美呀，连瞎子都看得出来。"赛卡伊娜很自卑。

"一点儿也不，她一点儿也不比你美！"海亚姆差不多是喊出来的，"你怎么会说这种傻话？！"

赛卡伊娜那黑亮的大眼睛敏锐地扫了他一眼，脸上微微泛起红晕。

"你比她美。"海亚姆压低了声音，仿佛嗓子眼打了个结。稍微停了一下，他又加了一句，"肯定比她要美。"

"别胡说八道了，好不好。"赛卡伊娜笑了起来，"你敢当着别人的面这么说吗？"

"我们所说的一切都是当着真主的面讲的，真主是唯一的证人，他不会忘记，也不会作孽。"

"那好，现在我听进去了，"赛卡伊娜叫得极快，"有种你去对其他人说。"

"对谁说我都敢！"海亚姆觉得她的话是在贬低自己，心里十分委屈，"我可以对任何人说，对一百个人说。"

两个人还没来得及对误解进行一番理论，就听见队列的最前端传来一阵可怕的喧哗，肯定不像是什么好兆头。海亚姆三步并作两步冲向大门，跑到大街上，赶往送亲队列的前头，那儿似有不测发生，吵闹的声音就是从那儿传来的。

骚乱是费力敦引起的。他带上自己的鸽子，本想让这些训练有素的爱鸟亮几招漂亮的队形表演，以示对公主的嫁妆和未来大婚的崇敬与祝福。这回鸽子飞的是种特殊编队，在空中表演完后要降落在他的手臂上，这情景的确前所未见。然而这个节目不是事先安排好的，未在计划之中，护送队伍的武装卫士便认为此举暗藏杀机，会有危险。所以鸽子腾空而起，紧跟其后的则是上百支利箭，一点儿不夸张地说，将它们射了个粉身碎骨。同时，十几个人高马大、身强力壮的武士一起扑向养鸽人，先是拳打脚踢，接着用身体把他死死压在地上，就像树皮紧贴着树干。

海亚姆上气不接下气地跑过去时，卫兵正把费力敦从地上拉起来，让他站直身体。他被双手贴身、双腿并拢地捆了个结结实实，人虽然站起来了，却还是动弹不了，因为事实上是卫兵扶着他站立在那儿，哪怕是根小拇指都不准他动一动。从已经等了好久、就想看看送亲花车大巡游的人们口中，海亚姆得知了发生的一切，不由得深深长叹了一口气，这才明白为什么费力敦这两天老是见不到人。原来这个倒霉蛋是去帮鸽子排练特别漂亮的空中编队，好向公主的送亲之行献上一份厚礼。海亚姆的长叹不仅是出于悲哀和遗憾，也是松了一口气。他暗自庆幸，心想恐怕只因真主的仁慈太富余了，才会垂恩阻止了卫兵，没有把这个未经预报就跳到送亲队伍前挥手放鸽子的大傻瓜剁成比指甲盖还要小的碎片。海亚姆目送卫兵们把战利品抬到路边，再绑到一头驴骡的背上，然后牵着驴骡返回城里。谢天谢地！他们还没要他的命，暂时让他活着。明天海亚姆得去找帝国宰相，为费力敦求情。不管有多痛苦、多憋气，这已经是不幸中的万幸了。要证明这并非预谋的袭击，而只是想搞个善意的意外惊喜和表示敬意，并非难事。做这种事的人是出于爱，发自内心的一分诚愿，想特别清晰地表达自己的崇敬之情，绝对没有恶意。难就难在，要劝宰相去说服国王和王后相信，这起突发事件并不是这桩他亲自撮合的婚姻的凶兆。海亚姆希望，富兹依勒和苏哈拉卜能在这件事上助自己一臂之力。如果两人真出了力的话，那也就算是对他因与警局的牵扯而给自己招惹的种种麻烦作了一种补偿吧。

海亚姆回来后，向大家讲述了发生的一切和自己了解的情况。跟他本人一样，海达和赛卡伊娜听完后也是既崩溃又满怀希望，惊吓与感谢交加，忧虑与喜悦参半，一直和他聊到深夜。他们相互宽慰，同病相怜，三个人都责怪自己，没有留心费力敦这几天都躲在什么地方搞名堂。一人作自我批评后，另外两人又总是好言相劝，深表谅解。最后，三个人又一起想办法，出主意，看看能做些什么，该向帝国宰相说些什么，如何取得他的谅解，怎样争取他的同情。两个女人都把海亚姆视为保护神和一家之主，而且在言行举止上也清楚地表明了这一点，从而让海亚姆有种在米家重新挺起腰杆扬眉吐气的感觉。因此，他又在米家度过了一个惊喜交加、忧虑和希望并存的不眠之夜。

14

晨礼刚过，海亚姆就站在了他朝中的靠山尼札姆·穆尔克的府邸门口。帝国宰相尽人皆知的习惯之一便是早起晚睡，就好像他根本不需要跟常人一样休息似的。这会儿，他还在进行晨起后的如厕洗漱，尚未进早餐。海亚姆必须早早地出发赶过来，灾祸腿快，他得抢先一步才行。尼札姆·穆尔克早就明显表现出对他另眼相看，所以他有把握让宰相大人相信，费力敦的行为绝无恶意。这么做纯属对王室大喜之事兴奋过度，而用傻乎乎的方式表现这种过度的兴奋，并非犯罪。他必须说服宰相，趁还没哪个立功心切的卫士，神经过敏的牢头，或者其他什么心血来潮的治安警员突发奇想，觉得搞个错案，或者制造一起事故，让一个胆敢阻挡公主婚车的傻小子彻底消失，兴许会正合宰相大人的心意。因为这种傻瓜是无法判刑的，没有哪条法律能禁止臣民对自己的君王示爱，即便这人是傻瓜也不能。但是绝不可以任凭一个人满世界瞎折腾，给宰相花了三年心血才撮合而成的王室婚姻带来不祥之兆。有脑子的都明白，这种人最好是用一次事故让他不幸身亡，无需法庭的正式判决，没有民间的流言蜚语，不会让人产生权贵对庶民之敬爱不屑一顾的感觉，也避免了对王权和司法的诟病吐槽。这样既省去了这些是非，那个傻子也从此销声匿迹，世界少了一个累赘，何乐而不为呢？聪明人肯定就是这么想的，尼札姆·穆尔克就是个非常聪明的人，而且还是个很领情的人。这一点，在昨天彻夜的长谈中，海达曾多次提到，并强调这是威胁费力敦的最大危险。因为所有国度和所有的朝廷公务机关里总是有许多利欲熏心的人，他们一天到晚揣摩上司的心思，迫不及待地溜须拍马。所以海达一再强调，重中之重是要尽早拜见宰相大人，关键的问题在于，海亚姆能否成功地抢在那些爱慕虚荣的治安警员中的快手之前。这就是为什么海亚姆采取了一切必要措施，只为能晨礼一过就赶到帝国宰相家门口守候。

府邸里的侍者告诉海亚姆，宰相要和他共进早餐，边吃边听他汇报此行的来意，然后便领他进了府邸的内室。等候尼札姆·穆尔克的过程真让海亚姆难受，他不停地起身，在屋子里来回踱步，简直坐立不安。来这儿的路上他慢慢领悟过来，当初认识赛卡伊娜时，他是去拯救她亲人性命的。所以他意外地赢得了她的香吻，而且第一次让她开心大笑。可后来他人没救成，很丢面子。尽管他过去没能救活米尔宏德，他现在却几乎花了半条命来救费力敦，其实这回才真应该给他献上迷人的笑容和香吻。昨天，在他离开米家，准备去看看别人怎样把赛卡伊娜的哥哥押进监狱时，她又讥笑他。当时他赌咒发誓，即便当着一百个证人的面他也敢说，她比穆赫玛拉珂公主要美，是最美的美人儿，她听了咯咯直笑，声音宛若撒下一串珍珠，落入玉盘。

有意思的是，别人在巴苏米基德的茶馆里笑话他时，他难以忍受。一想起阿布·赛义德对他的嘲笑，他甚至觉得备受侮辱，心里刺痛。可是赛卡伊娜取笑他，他反倒心里美滋滋地乐开了花。不错，她笑他，他逗她乐，这都是命中注定的缘分。

他没猜错，帝国宰相根本无需他多费口舌就点了头。一听完海亚姆的话，他立刻派人赶往要塞监狱，命令把那个玩鸽子的怪人给他带来，并且马上将该事件的有关材料全都报呈他审阅。他匆匆瞟了一眼随后送来的记录，当即就向海亚姆许诺，说他朋友可能今天就能回家。不过宰相想，之前还得对他做些讯问，把事情处理处理，让这个倒霉蛋明白，正式庆典场合下的纵情欢乐也得正规地表现才行，不允许每个人都随心所欲地用自己的方式任意发挥。国之喜庆乃约定规划之事，故务必如约循规而行。所以不是每个人自己想怎么掺和就可以怎么掺和的，不能让一个人的尖声怪叫扫了别人欢声歌唱的兴。关于这一点必须今日之内给海亚姆的朋友上一堂课，然后便可放人。

海亚姆张开嘴巴刚想说什么，宰相左手手指一摆就迫使他把话咽了回去（平常他的动作也是这么简洁、得体、潇洒，跟他整个人的风度一样）。他微笑着（简洁、得体、潇洒），目光投向刚被他放到一边的那张纸，解释说费力敦今天不会再挨打了，因为昨天已经挨过了，也许挨的没有本来应该挨的那么多，但也足够了。"我知道，他的身体状况对你有多重要。"宰相笑嘻嘻地盯着他的眼睛补充道，"所以我不会再让人打他了。"

海亚姆高兴得发晕，心情激动、摇摇晃晃地往回赶，好向海达和赛卡伊娜报喜。路上，他琢磨着如何进行有待继续的下一步调查，工作已经接近尾声了，虽然有一阵子已经无人想再做下去。帝国宰相对他的汇报连听都不想听，费力敦的事情一解决，马上就请他走人。可他却想，这事应该善始善终，而且认为他自己能够完成此事，并希望时间就在今天，在费力敦回家之前。当然，他不会马上告诉朋友调查的结果，对他谈论其父被谋害一事，以免惹他心烦意乱。可一俟费力敦从要塞的关押中恢复过来，他很想也必须跟他聊聊。既谈米尔宏德的案子，也谈他自己和赛卡伊娜的事。俗话说，躲得过今天躲不过明天，拖延、推迟必然要发生的事，是不明智的。而目前看来，他们俩的事就是必然要发生的事情。

听完海亚姆的汇报后，海达如释重负地长舒了口气，离开屋子时说了句，年轻人待在一起她就不打搅了。海达当真把他们视为一对了，海亚姆暗暗高兴，觉得她心真好，能让他俩单独相处。母亲起身走向门口时，赛卡伊娜的脸微微泛红。等她出去之后，她先是沉默无语，像是陷入了一种尴尬，不过马上声音严肃、满脸愁容地说，不久就有大事等着他们俩去完成。他住的那间房子要改造、扩大，或许最好推倒重建，那大概需要费力敦的帮助。在服装上他们也得下点功夫。他穿得简直傻到家了，这必须彻底改变。而她的衣服也好不到哪儿去，遇到正式场合她几乎没什么可穿的。接下来还有宾客的名单，这可得动动脑筋，好好琢磨琢磨，看看都要请些什么人来。她觉得，名单最好还是由她来定。海亚姆在城里两眼一抹黑，谁都不认识，脱离社会，不善交际，所以这个任务还是她承担合适。不过他要负责的是，尽可能多请些王室要人前来参加……真是情人眼里出西施！听见她的声音，看到她的样子，对他都是一种享受。他平生第一次这么认真、关心地打量她，也恰恰发现了她身上自己不熟悉的一面。他高兴得像个孩子，觉得即便这陌生的一面也是那么美好，也给了他许多快乐。另一方面，赛卡伊娜也十分享受这种状况，尽管她面上和声音里依然流露出种种担忧和关切，可显然，她喜欢这种有人让自己牵肠挂肚的感觉。

唯一还有那么点让海亚姆纠结的就是，"兔肉酥"和日晷的影子依旧深深印刻在他脑海里，片刻没有消失。与之并存的还有几天来紧紧缠绕他、挥之不去的那些相关疑问。而这次交谈，确切说应该是赛卡伊娜的独白，又给这重重的疑问增添了一个问题：他眼下的行为是否纯属发疯或者还龌龊。他目前所作所为，也就是说命中注定要经历的事情，完全不是出于其本意，故逻辑上是行不通的，因而也是毫无理智的，这一点毋庸置疑。不过他担心的是，不管发生的一切怎样与其意愿无关甚至相悖，这件事本身也同样卑鄙和龌龊。他仔细倾听赛卡伊娜的讲述，而且很享受这一时刻。可他心里一直在寻思，该怎样智取其母，套出她很可能不久前给其丈夫吃了"兔肉酥"的真相，还有那诡异的日晷是否真和米尔宏德之死有牵连。在这些问题上，他可真是巴不得目前这种状况和时刻永远不要倏忽而过。可这又该如何解释呢？又有谁能帮他搞搞清楚，他这种心理到底算不算卑鄙无耻，以及卑鄙无耻到了什么地步？

海亚姆请求赛卡伊娜和他一同去见什丽妮，想跟这个小妈好好谈谈。他告诉她，自己现在才意识到，事实上什丽妮比别的任何人都更了解花匠，更能让他开口吐出所知道和可以讲出来的一切。若要想通过花匠揭开日晷的秘密，其他所有人加在一起也比不上什丽妮有能耐。说到这点，海亚姆自己都感到吃惊。如果没有注意到赛卡伊娜的反应的话，他还以为刚才所讲的一切只不过是自己的臆想而已。当他发现赛卡伊娜的脸由白转红（是愤怒？受到伤害？还是失望？），连忙深刻道歉，说真不该把脑子里的这些想法讲出来。咳，为什么人有时候就是不能把到嘴边的话给咽回去呢？起码得能让那些傻话烂在肚子里吧？恩师阿布·塔希尔说得好，人的舌头太潮湿了，傻话一出溜就滑了出来。

"我干吗要跟她讲这些呢？讲这些有什么意思？"

海亚姆开始瞎编胡造，讲了花匠的事和此人对案件调查的重要性，提到规矩和习俗不允许他和一个非亲非故的年轻女人坐在一起，等等。

"你最近可没少找她。当心点儿，别太频繁跟她见面。"赛卡伊娜极力让自己的话听起来心平气和，可是一声短叹之后她又咬牙切齿地说，"否则我非把你的眼珠挖出来不可！"

这位大家闺秀一时间坐着没动，张开手指着海亚姆，一脸不容置疑的神色告诉他，这话可不是开玩笑的，只要有恰当的理由，她肯定付诸实施。说完她站起身，迈着孔雀的步子，高傲威严地走出了屋子，把尴尬、伤心的海亚姆孤零零地扔在了身后。

才过了一会儿，还没等业余侦探想好该做什么，就进来了一个老妈子，做了个手势，让他跟她走。她边走边告诉他，赛卡伊娜吩咐自己陪他去找什丽妮。她可能已经在等他了，因为还有另外一个女仆先一步去通知什丽妮，哈基姆还想再跟她聊聊。事实也的确如此，海亚姆在什丽妮套间的前厅里和她谈话，两个老妈子则坐在敞开的房门旁边监督这对孤男寡女有没有出轨越矩的行为。

"他们怎么会让你来找我？"什丽妮欠身致意后问。

"你说谁啊？"

"那两位呀，我说谁你心里一清二楚。"

"不，我真不知道你是说谁。"海亚姆一口咬定。

"要让我讲出来，你想得可倒好！好吧，不提了。"什丽妮笑着做了个邀请的手势，指着摆放在她面前小桌上的坚果、水果干和果酱，让客人随意。在这大宅院自己的居室里，她还一直保持着女主人的派头，心怀在自家的良好感觉。

海亚姆告诉她，自己来这儿是有求于她，因为自己对她带来的花匠很感兴趣。

"你是说'丑了吧唧'吧？"女主人笑了起来。

"他叫这个名字？"海亚姆十分惊奇。

"啊，哪儿能呢。这外号是我给他起的，可能是因为小时候觉得他长得丑了吧唧的。可后来大伙儿都跟着这么叫了。肯定他们也都觉得这人就是这副模样吧。"

"你很了解他？"

"我觉得，自己和他在一起度过的时间比跟我亲妈在一起的还多，只是不清楚，是他教育了我，还是我教育了他。我是在庭院花园里长大的，不像其他女孩那样整天待在闺房里。妈妈生我时年纪已经不小了，家里到处都是成年男人要应酬，谁还会去管一个调皮捣蛋的丫头片子呢？！"

"你大概不会说，自己度过了一个美好的童年吧？"海亚姆的语气小心翼翼。

"伟大的真主啊，为什么就不会呢？！我的童年美妙无比！我是家里欢乐的源泉，这恰恰就因为我是在花园里长大的，而不是只会躲在屋子里玩儿。当然，我不会绣花、缝纫，几乎不能做任何女红。可我懂植物，跟它们情同手足，亲如一家。"

听她这么一说，海亚姆心花怒放，于是连忙趁机说明了来意，希望女主人能帮帮自己。他简单扼要地讲述了日晷的疑问，但斟词酌句十分谨慎，以免流露出自己对此事有可能与米尔宏德之死有关的猜测。听完海亚姆的话，什丽妮低头不语，沉默良久。

"这个问题他是无法回答你的，"过了好一会儿她才开口，"但是我能。"

什丽妮的讲述虽然没有特别语无伦次和吞吞吐吐，但也可以明显听出其中包含的幽怨与不快。事情原来是这样：三老婆什丽妮过门几个月后，米尔宏德便决定有必要理顺一下同三房妻子的关系，而最简单的办法就是用日晷来协调此事。他的每个老婆都分得一块组成晷盘的三角形地带及其所属的花卉。有时候他干脆就用这些花名叫她们，比方说管老大海达叫万寿菊，称费特娜为白风信子，喊什丽妮金色水仙。他每次都用日晷来预告，这天晚上会到哪房老婆那儿去过夜。这样一来，白天他可以对三个女人都和颜悦色，谈笑风生，给每个人都送上句美言，再搞点温柔的小动作。得罪人的话他对女人说不出口，他需要女人爱他，需要她们只听他的甜言蜜语，这可把他折腾得身心俱疲。

"可他怎么预告的呢？"海亚姆难掩好奇之心。

"用那只表啊。每天下午晷针日影落在谁的三角上，他就在谁那儿过夜。这是有约在先的，可他自己却不遵守。"

"他怎么不遵守来着？"

"嗯，不管预告的是谁，他总是到我这来。"什丽妮语速极快，边说边垂下目光。然后又突然放声大笑，双肩抽个不停。

海亚姆觉得脑袋上挨了当头一棒。难道这就是让他苦恼了这么久的秘密？！所有这些数字、对称的造型和色彩的把戏，全都仅仅是为了保全一位丈夫的面子，好让他避免得罪人的直言相告？

"可他究竟是如何仅通过在三个不同位置的暑洞里插针就做到这一点的呢？"海亚姆刨根问底，兴致极大，活像在抢救什么贵重的宝贝。

"怎么是三个？"

"我就只看见三个洞可以插入暑针，分别与三个规则的三角形相对应。简直荒唐！"

"实际上有九个，不过其他的很可能都被堵上了，因为从来没用过。我跟你说，其实无所谓的，他只到我这儿来。"什丽妮哧哧地笑。

海亚姆连声再见都没说就走了。为什么他会希望通过解开被他称为日暑之谜的秘密来揭开米尔宏德之死的秘密呢？他几乎都十拿九稳了，现在事实却表明，两者之间根本风马牛不相及，毫无秘密可言。

他意识到，阿布·赛义德不知道他调查的进展，简直是自己撞大运了。否则，倘若知道哈基姆所犯的错误有多么幼稚可笑，这位朋友的毒舌非把他挖苦得体无完肤不可。

快到亭屋时有人传信给他，说海达请见。第一夫人觉得应该在费力敦回来之前和海亚姆好好谈谈他和赛卡伊娜的事。自然，这事关键还是要他和费力敦去谈。但是他们俩先聊聊的话，也不是件坏事，毕竟她是做母亲的，比谁都了解自己的孩子。

海达承认，她有点担心。赛卡伊娜还是个孩子，此外就像一块未经开垦的肥田沃土，纯净如阳光，但少不更事，天真幼稚，不知人心险恶。"不过没关系，反正我就在你们身边。"海达语气平静地结束了她对这一问题的冗长分析。接着，她又在想，像赛卡伊娜这样生嫩单纯，如何能操持一个家。她说，家犹如一个四脚重物，其中只有一脚着地，而其他三只脚都压在主妇的肩头。所以主妇必须精明强干才行，必要时，还得狡猾、有心计。可是，赛卡伊娜如此纯朴无邪，她能做到这一切吗？"不过我反正就在身边。"

见母亲这么关心女儿的未来，海亚姆心头涌上一股暖流，感激之情油然而生。在痛感自己无能的时刻，这种喜悦的感激对他太重要了，而且必欲诉诸言表而后快。他一定得对她说些漂亮话，至少让感谢之情得以流露。

"厨子说，你做的兔肉酥最好，比他自己做的都棒。"他撒谎道。

"他会向谁承认，别人做饭比他做得好，哪怕只是一道菜？！"海达大感不解。不过她愿意接受这一赞扬，随即便开始海阔天空地大谈如何制作那兔肉酥，解释她为什么同意那厨子的意见，说她做的这款菜点的确是极品，其原因在于，她懂得怎样不用拍打就能让肉质变软的诀窍，这样可以保证肉里的水分不会流失，食材原汁原味。

"他还说，你不久前做过这道美食，是吗？"

"是呀，当时我弄到一只块头大、品相好的兔子。不是打的，是活捉的，然后按规范进行了宰杀，体内不留半滴血迹。可这兔子有点老了，你们大老爷们不懂这意思。我把它浸泡在自制的药汤里，用手翻来覆去地反复揉搓，再将兔肉用羊皮纸包裹起来，埋入地下，好让它彻底软化。肉老了，埋的时间就得长一些。"

"兔肉酥做好后，你有没有发现什么异常现象？"海亚姆十分紧张。

"没有，一切都很正常。好像就是裹在表皮上的生面团有些发胀，拱起来像个穹顶似的。我总是敷上厚厚的一层面团，好让火苗不会直接烧到兔肉，而是轻燎慢煨。其实也不是真正的煎烤，只是让肉质变软，控掉内含的水分，让面壳吸香入味，色泽渐如牛奶般白嫩。"

"恐怕问题就出在这儿。"海亚姆自言自语，"兔肉下埋之前，你起码用盐腌渍了一下吧？"

"老天爷，那怎么可以！"海达惊叫起来，"如果那样的话，此后就是洗上十遍也去不掉肉里的咸盐。拿一块被搓洗得乱七八糟的肉，你还能派什么用场？咸味是不允许盖过其他味道的，而只能与之平等共处。但即使这样，菜品里也不可以尝出盐味来，最多只能咸到让人觉得不是没有放盐的程度。千万别搞到能感觉里面放了盐的那一步，只能在不是没有放盐这儿打住。这才是正确的标准。"

海亚姆又觉得挨了当头一棒。他精疲力竭，备受打击，心情绝望，两眼茫然地盯着前方，不知该说什么或做什么才好。

"你怎么了？瞧那副神不守舍的样子？"两人沉默了好一阵子后海达问。

"我担心，米尔宏德正是死在你的兔肉酥上。"海亚姆回答时两眼紧盯地面，没敢抬起头来，"他是因食物中毒而身亡的。"

"什么？"海达又问，"别胡说八道了！"

"我担心，事情就像……所有发生的一切就像我在老师阿尔·拉齐的书中读到的一样。肉长期与光、空气隔离，如果到了一定的时间，其中的生命能量就转化成相反的物质，里面则会萌发出致死的胚芽，这就是肉毒素。而你后来又没有把肉煎透或煮熟，杀死这些毒素，而只是简单处理了一下。一切都与这一病理相吻合。肉是礼拜五埋下去的，米尔宏德是礼拜一吃的，礼拜三就发病了。一切都顺理成章……"

"噢，我的真主！天哪！女人真够弱智的啊！"海达如人们绝望时那样，击掌哀叹。

两人无言相对，瘫陷在一片寂静里。海亚姆垂头丧气，像霜打了的茄子；海达悔恨交加，内心绝望。冥冥之中，"怎么办"这一问题有如悬在他们头顶上的利剑，咄咄逼人。最后，也纯粹只为了打破这种僵局，海达开口问他有关和什丽妮谈话以及调查的情况。

海亚姆向她吐露了一切，就连让他羞愧万分的事都一五一十地悉数道来。与刚刚真相大白的这一不幸相比，他的愚笨又算得了什么？！从日晷的三个三角到诡异的日影，从他的猜测到那些疑问，从变换晷针位置的花匠到什丽妮向他披露的有关所有深层问题的解答，他一个劲儿地讲个不停，只为了打破沉默，逃避那个让他不敢正视、如芒在背的问题。

海达的脸死一般的惨白。她请他再讲一遍花匠固执地将晷针从后面右侧的洞里拔出插进中间孔里的故事，听完后又让他再次复述，仿佛一定要百分之百地坐实似的。她反复地问，这是不是说，米尔宏德早晨把晷针插进后面右侧的洞里，以便下午时分日影能落在金色水仙的三角区里，可是花匠马上把它拔出并插回到前面正确的洞里，所以日影在下午就投向了万寿菊的三角？——是的，正是如此，海亚姆证实。

"这么说，他压根儿就没有让我难堪？！"海达小声嘟囔，嘴唇煞白，"一切都是冲我们来的，而我们却一无所知。"

这时候，厅堂里传来一阵欢呼：费力敦回来了。海亚姆连忙起身，快步朝他走去，把海达一个人丢在身后。她泥塑木雕般干坐着，独自出神，也许是在反省自己。

15

费力敦毫发无损地从大牢回来了，人看上去没有半点儿受惊吓之后的失魂落魄。一被带到警署，苏哈拉卜就给他安排了个单间。"我们都是人，我的小鸽子，人就得相互体谅。"他对费力敦说，又顺便补充道，对不能再为他这位公子哥效劳，自己深表遗憾，并觉得费力敦来自爱意汹涌、温情泛滥的大户人家，待在这儿肯定日子不好过，还是早点打道回府为宜。在苏哈拉卜安排的拘留室里，费力敦遇到了萨勒姆，一个挺讨人喜欢的奇葩，大约半年前出现在伊斯法罕，现在已是城里家喻户晓的名人，犹如当地的一大景点。

来伊斯法罕之前，萨勒姆曾是个英雄，而且是英雄辈出的突厥人伽色尼帝国军队中最伟大的英雄之一。出于不可告人的原因，他解甲退役，放弃了戎马倥偬的生涯，开始了从一座城市到另一座城市的徒步云游。尽管他自己优哉游哉，闲散岁月，却不接受别人将其与伊斯兰教神秘主义游方信徒相提并论，认为那些四处巡游，苦行修道，宣经传教，靠人施舍度日的"德尔维什"们，即所谓的"寻找门户"者，无异于无所事事、游手好闲的寄生虫，而且看上去他也没有任何改变自己这一人生状况的意思。此人的到来，在伊斯法罕激起了众人的瞩目与好奇，大家搞不懂，这个后生怎样、什么时候书写了这一切归功于他并让其遐迩闻名的英雄事迹。一些人试探着想和他聊聊过去，可他拒绝谈论在印度和土尔克斯坦的战斗经历，也不愿提及他的英雄事迹和以往的生活。有关身世，他也仅仅透露自己出生、成长在东北部的内沙布尔小镇，还说记得小时候多次碰到过海亚姆，可哈基姆怎么也想不起这个人来。萨勒姆最喜欢晒太阳，有事没事都爱坐在窗翼或支撑房屋的扶墙上，享受热辣辣的阳光，甚至在烈日当空、世间但凡能动弹的万物皆四下寻阴觅凉的正午时分也不例外。用他的话来说，对自己的身体，他只有当感受到阳光的热度与炙烤，才会觉得从未有过的熟悉和亲密，于是他便清楚地知道，太阳认得他，自己还真实地存在，世上还有他这个人。有时，他走到一望无际的田野上，长久地立在风中，高兴地仰天大笑、欢呼。如果有人就此问这问那的，他就会告诉他们，他喜欢风从自己身边绕道而行的感觉，这说明风也不得不承认，他，萨勒姆，挡了它的道，风不能穿其身而过，从而被迫甘拜下风，最终为之倾倒，心悦诚服。所以风用这一切向他坦白，接受他迎风而立的存在，承认他的在场。难道还有比这更美妙的事吗？！风和阳光一同证明你的存在，如果还不相信的话，那你爱怎么怀疑就怎么怀疑吧，随你的便。他靠别人请吃请喝维生，这种好心人不太多，因为跟他在一起会有某种不舒服的感觉，但人数也足以让他不致忍饥挨饿。

费力敦对这一切了如指掌，在离开监牢时就把他一同带回了家。萨勒姆是婚车大巡游的前一天被巡警从大街上带走的，毋庸讳言，这类人都得事先清扫干净，不能让其在节庆活动之日丢人现眼，有碍观瞻。苏哈拉卜下令，把他关进了后来收监费力敦的那个单间。富兹依勒问他为何如此处置时，这个密探兼风纪、市场督察回答说："必须得这样，亲爱的，人一样都是人，也都不一样是人。"此后，米家大院里着实热闹了几天，就连一般不愿在生人家逗留的萨勒姆，也欣然同意在这儿多住些日子。这期间，海亚姆和费力敦进行了那次意义重大的谈话，后者赌咒发誓，说能见到妹妹和自己的好友在一起，是再好不过的一大幸事。

海亚姆痛苦不堪地度过了这段幸福时光。他心里很难受，不明白为什么家里的人谁都没发现，海达隐身在自己的房间里，很少再抛头露面。怎么会没有一个人，包括她的儿女在内，觉察到这一点呢？这位家中曾经的灵魂人物，每个白天都无处不在的主妇大人，就好像具备了分身术似的，能够同时出现在家中不同——也就是说所有——地点的里里外外的总管，现在竟然深居简出，只是在必要时才匆匆露个脸，与其说在场，不如讲缺席，虽生犹死，而这一反常的现象居然没有引起任何人的注意！难道人生就是如此这般？

这一发现使他陷入了极度的焦虑。该不该告诉费力敦他父亲的真实死因呢？要不要和海达再谈谈？如果决定守口如瓶的话，那他如何把这一切封存在心底？今后又怎样怀揣别人的秘密，况且是这样的秘密度过余生？

海亚姆决定再去找阿布·赛义德聊聊。在他所认识的人当中，只有此君最会知人料事，尤擅剖析人类非逻辑的行为举止。跟几天前对海达一样，他把一切都向老朋友从头到尾讲了一遍：从日晷到花匠，从那些疑问到被人挖苦的感觉，从兔肉到肉毒素，从什丽妮到海达，直至惊人地发现那给调查划上句号的更加惊人的事实真相。一切的一切，点滴不漏，不袒护自己，也不包庇别人，全都和盘托出。阿布·赛义德停下脚步，认真地看着他，像是要做一番研究。人们避开他们，擦身而过，不时厌烦地碰撞到他们，可阿布·赛义德无动于衷，依旧全神贯注地打量他的朋友，最后问他究竟想干什么。

"我想要得到帮助，想知道，我该怎么办？"

"成家吧，像你这把年龄了，不结婚还等什么呢？"

"带着这个秘密成家？可她毕竟害了一条人命啊！"

"别胡说了，哈基姆！给我把嘴闭上！"

"是她把他给毒死的，她自己都没否认。"

"那不是故意的！就算你的判断正确，也无济于事，因为一切都不是蓄意而为的。"

"不对，我告诉她米尔宏德的死因时，看到她眼里闪烁的是嘲讽和狠心的目光。我觉得，她内心甚至在笑我傻。"

"我可压根儿不知道，她居然还是个女博学家，无所不通的哈基姆，举世罕见啊，不胜崇敬！我敢打包票，除你之外，全国找不到第二个人读过阿尔·拉齐的书，而且还记住了'死亡之胚芽与腐肉之关系'的那一章。谁能找到的话，我可以马上把自己的金袍送给他。而现在你发现了一个女才子，通晓此道并付诸实施。你是不是想让我驮着你跑十天呀？"

"你这话什么意思？"

"有经验的大夫没听说过可以用肉杀人，拖儿带女忙里忙外的妇道人家顺手就把这事给办了。你自己信不信你说的话？"

"遗憾的是，我信。这恰恰是我难言的苦衷！我跟她面对面地谈过，所以敢肯定，谈话结束时她已经承认，是她毒死了自己的丈夫，并且就是蓄意而为。她觉得，自己受到了侮辱。"

"你等等，哈基姆，"阿布·赛义德歇了口气，像是要整理一下思路，把刚才听到的事情捋出个头绪，"让我们假设，你是对的。其实你当然错了，而且根本不可能是对的，因为你不是赛铎王子。不过我们就先假设你是对的。那么，如果事情都如你所想已经这样发生了，有什么地方不对头呢，你又能拿这林林总总的一切如何是好呢？能够弄好的事，才必须去弄，对不？可现在你能弄好什么事呢？你说，她毒死了米尔宏德？对啊，除了毒死他，难道她还有别的选择吗？他预告了整整一年，说他要来宠幸海达，可他没来。她每天午饭后都朝窗外探望，看见日影投落在自己的万寿菊上，便欣喜若狂，赶紧梳妆打扮，洒香抹粉，备好美味佳肴，心里乐滋滋地想，自己又成了或者一直就还是个完美无瑕的女人。虽然丈夫有了年轻的新欢，年龄比女儿还小，可你瞧瞧，他不还是表示要到自己这儿来嘛。她兴奋激动，又紧张担心，反复地查看是不是一切都准备妥当。她望眼欲穿地等啊，等啊，一直等到深夜，最后终于等明白了，丈夫根本不会来，于是便在这个夜晚剩下来的时间里考虑，该如何处理准备好的一切。比如怎样把自己为取悦他才换上的衣服藏起来，不让用人们看见，还得找好借口来解释，为什么自己无缘无故地天天香汤沐浴……这种情况循环往复，以致无穷，每隔几天就出现一次，或许频率更高。那还用说吗，她不毒死他毒死谁？要我说的话，他是罪有应得。你不是想知道答案吗？除了我赛铎王子，谁还能告诉你呢？"

"这不能怪他呀，是那个傻帽儿花匠把暑针插错了地方。"一向以精准为天的海亚姆发火了。

"你刚刚才说过,他把晷针插回到正确的地方。"

"是能正确指示白天时间的地方,可传递了错误的消息!"海亚姆真的动气了。

"说得好啊,"阿布·赛义德像干了件漂亮活儿似的拍了拍手,"那你就把花匠干掉吧,所有的一切追根溯源都要怪他。但如果你还认真主的话,那就别去打搅那个可怜的女人。"

"我理解你,你的话每句都是金玉良言。可是不管怎样……"海亚姆痛苦不堪。

"什么叫做'不管怎样'?"

"我们总得做点什么吧,这也是条人命啊。"

"行啊,我们来数一数,看你都能做些什么,不分主次好了。你可以把花匠杀了,是他造成了所有这一切的后果,这我们刚才已经提到了。你可以杀掉海达,并对其予以前所未有的褒奖。你可以对你的未婚妻说,是她母亲杀了她父亲,这可是打动她芳心的捷径。你可以把一切都告诉你的多年好友,这样一条消息肯定会为你们长久而牢固的友谊打下再好不过的基础。我说完了,该你作决定了。在我看来,最高尚的办法莫过于直接把她做掉,以便让她少受点痛苦和折磨。"

"你认为就别无他法了吗?"海亚姆沉默了好一会儿后问,声音里听得出,火气已经没有刚才那么大了。

"我不知道,"阿布·赛义德的声音很小,"也许还有,可我现在想不出来,真的没别的办法了。"

谈话就这么结束了,留下苦恼的海亚姆独自一人,形单影只地备受困扰。他一直与好人为伍,愿意也致力把自己的欢乐传递给别人。同时，长期以来他也明白，对这些可亲可爱的人们隐瞒真相，是多么卑鄙无耻。他能够对赛卡伊娜和费力敦隐瞒其父死因的真相吗？他可以告诉他们真相吗？左思右想，他还是觉得不对赛卡伊娜吐露为好。不管何时何地想起此事，他也从来不曾萌生告诉她实情的念头。他已决意永远对其守口如瓶，因为她一旦得知真相，肯定无法承受。不过他总是按捺不住想让费力敦知道这一切的冲动，后者想必能够接受这一事实，尤其是经过这一抓一放，他也像变了个人。失去了爱鸽，关押于牢狱，使这位朋友起了很大变化。关进去的是一个人，可放出来的时候几乎判若两人。强硬果敢，坚定自信，随时准备坚持并贯彻自己的决定，他简直像一夜之间变为一个成熟的男人，成了昨天他才为玩鸽子而出走的米家大院无可争议的一家之主。人矢志不渝所追求的目标、要达到的目的，不外乎长大成人。就此而言，也许那些射杀鸽子的人是干了件好事。海亚姆替费力敦感到由衷的高兴，朋友对自己现在的新角色称心如意，非常适应，但对社交活动几乎还跟发生变化之前一样，依旧不太上心来劲。

外面，斋月过得正酣。海亚姆尽量待在家里，隐身于清静的一人世界。这已经成了他的习惯，"拉马丹"对他来说就是一段单身独处的时光，一次闭门冥想的机会。在斋月里，他静心遐想，回顾往事，扪心自问，思考自己做过的和错过的事情，伤害别人和被人伤害的地方，犯过的所有错误和应有的一切作为。在此期间，他深居简出，不见外人，只要有可能，就连朋友和熟人每晚开斋破戒的邀请也不去参加，虽然他知道，经过一整天形单影只、禁吃禁喝禁欲的斋戒，自己应该遵礼随俗，去与人交往聚会。他没有什么时候比在斋戒期间更需要孤独的了，也从未像现在这样感觉到自己强大无比，可以或者起码有可能感知人生在世的目的和原因。当他坐在家中，气沉丹田，凝神禅定，思想与身体便脱离束缚他的尘世而去，有时候就好像天启近在咫尺，只不过他没有理解或者至少感觉到而已。他心生喜悦，胸有成竹，认为只要自己再稍微摈弃一点儿世俗肉欲，洁身自好，那答案也一定会昭然若揭。可是每当这一刻过后，不是有人登门造访，就是得出去见人，以致那冥冥之中已经接近并几乎就要显灵的答案又飘然离去，变得依稀模糊，最后汇入他那些虚无缥缈、浩若烟海的预感之中。自从开始对这些问题冥思苦想之后，他就一直和这些感知抗争较劲。甚至原来作为出发点的问题也显得朦胧茫然：置身此地的意义和原由何在？怎样看待与打断自己凝思默祷之人的关系？或者如何把握跟不同人之间交情的深浅？诸如此类的问题交织混合在一起，在他脑海里翻腾。在思考中，总是会有这样那样的人半途插一杠子进来，多嘴饶舌，有时会让他怒不可遏。他在心里痛苦不堪地谴责这些不速之客，怪他们硬把自己的身影挤进他对上述困惑的求解过程之中，干扰了他的思路。这次的"拉马丹"对他来说是个不一般的节日，米家的新主人费力敦用他新的声音不由分说也不容置疑地大声明确宣布，请他每隔两三天必须来一次，参加米家的开斋破戒。

频繁造访米家，倒没有像海亚姆所担心的那么艰难。在那儿看看洗心革面的新人费力敦，见识见识那个总是让他望而生厌的萨勒姆，瞅准机会还能有点时间和赛卡伊娜单独待上一会儿，总而言之也让他觉得不虚此行。一俟情况允许，又无伤风败俗之嫌，她就把他拉到角落里，开始与其嘀嘀咕咕地协商自己所盼望的终身大事。

一旦遇到两人都无能为力的问题，她就朗声大笑，犹如一串珍珠落玉盘。在米家的这段日子里，海亚姆只有三四次较长时间和海达同处一室，却没能和她说上话，这并非因为他能够克制自己不去和她搭腔，而是他发现，自己的话根本传不到她那儿去。她远远地看着他，目光穿其而过，一切不言而喻，显而易见，正可谓"此时无声胜有声"。他从别人那儿得知，虽然海达继续扮演着大管家的角色，总的来说生活也还正常，但她形单影只，孤立无援，把自己关在屋里，深居简出。

开斋节的第三天，按事先计划好的行程，是把穆赫玛拉珂公主送去与夫君相见的婚礼仪仗队从巴格达启程返回伊斯法罕的日子。费力敦在叶齐达基尔德的茶馆里摆了一桌晚宴，请圈子里的朋友熟人来吃顿饭，也好借机在饭局结束时发布妹妹和海亚姆订婚的消息。应邀赴宴的有两位他生意上的合作伙伴，还有个年轻商贩，此人胆大妄为，在商界素以离经叛道而著称，常常因生意之需，单枪匹马地冒险远行，而不是像其他人那样派穷人去替自己出差，尽管名声毁誉参半，但毕竟褒多于贬，其原因在于，他尚未及而立之年，就已经跻身城中最有钱的富人之列。到场的还有苏哈拉卜和富兹依勒，自从上次同牢狱打过交道后，费力敦就对两人情有独钟，另眼相看。此外，再加上阿布·赛义德和海亚姆两人。珍馐佳肴过后，费力敦和他的两个建筑承包商、那个年轻富商以及富兹依勒，要了烈性的设拉子葡萄酒。阿布·赛义德和海亚姆点了一种名叫"索尔贝特"的用玫瑰花瓣加糖调制的清凉饮料，苏哈拉卜则只喝凉茶。本来其他人也都劝他喝两盅凑个热闹，但这位风纪督察婉言谢绝并解释说，如果当着这么多人的面亵渎本职，竟然干起自己监察并判罚别人的违法之事，那他可就实在太虚伪荒唐了。

因为人数不多，他们坐的是五个露台中的第三个，也是最小的那个。露台的石阶从叶齐达基尔德馆子一直向下铺到了河边，人坐在台上可将河景尽收眼底。午后，城市上空刚下过一场大雷雨，现在雨霁天晴，河面上微风轻拂，送来了晶莹剔透、沁人心脾的清新凉爽，让人感到此地以往难得的舒心惬意。不知从哪儿传来一股淡淡的玫瑰花香，露台旁的树丛里，有只夜莺在鸣唱。大家还都兴致不减，一直心醉神迷地沉浸在开斋节赋予人们的大好心情之中，敞开胸怀，放纵自己，拥抱这上天恩赐的美丽时光。是啊，人生难得几回醉，有福享受谁不会。阿布·赛义德的舌头又闲不住了，他舒服地长叹一声说，这吹来的河风里就还差点麝香的味道，否则眼前的一切就跟巴扎上三个迪拉姆银币就能买到的廉价画作或者小学校里教孩子们行善积德的庸俗故事一样十全十美了。

年轻富商给大家透露了怪人萨勒姆的秘密，内容是他不久前去布哈拉的商务旅途中听来的。当年，萨勒姆所在的军队攻占了一座小城，他在城里信步走进一户人家，男主人是个手艺人，屋里的地上躺着他妻子和三个女儿的尸体，是男主人亲手杀的，好让她们免遭士兵有辱名誉的玷污。他和几个儿子则不怕，占领者若是想要发泄暴力，充其量可以打倒他们，折磨他们，可要是换了家中的女性成员的话……这一经历使萨勒姆的心灵受到强烈震撼。打那以后，他就变成现在大家熟悉的样子了。

"我们人类就是这副德行，造物主的产物，即便是出于爱心，也会杀戮。"富兹依勒一针见血的总结打破了商人讲述后再次出现的沉寂。

玫瑰的芬芳柔曼温馨，夜莺的歌喉婉转动听。朋友们默默无语，只是尽情地吸吮缕缕河风带来的清爽。暮色渐淡，长夜近央，天幕上的一弯新月早已不知消失在何方。一切是那么柔美，人人都身心舒畅，闲情逸致，绵长无尽。海亚姆触景生情，不能自已，心中诗兴大发，不禁脱口吟出：

　　　　明月几度照吾园，圆缺无穷映悲欢。
　　　　他日满轮再现时，景虽依旧人不全。

　　此诗一出，无人应和，一桌食客都默不作声，大家一言不发地在露台上继续饮酒闲坐。

第二部
恐怖气息

新历阴影

　　伊斯兰历四七一年，九月十日，礼拜五。伊斯法罕自建城以来，还从未有过这样盛大的节日庆典。早上晨礼刚过，各个广场上就燃起了熊熊的火堆，当烈焰逐渐平息下去，慢慢化作暗红的炭火后，人们便在上面架起烧烤的铁钎，摆上骆驼、牛、羊和鹿，要么就串上十来只野雉、母鸡或山鹑。在不久前还是最大的、不过现在仍然是城里最重要的广场上，支起了一种特别的烧烤架，每个架子上分别有只烤全骆驼，骆驼肚子里塞了一只牛犊，牛犊肚子里有只羊，羊肚里又放了只山鸡，鸡腹中藏满了各种鸟蛋。才完工的大广场三面环绕着无以伦比的伊斯法罕巴扎，第四面朝向白色清真寺及其附属的施粥站和神学院。巴扎的两个侧翼建筑从南北两个方向封住了广场尽头，这是最近几个月才建成的，也在礼拜五这天对外开放，店铺搞开张大酬宾，所有的商品均半价出售。

　　广场和街上有许多流动摊档的小推车来回穿梭，上面满载着汤、糕点或各种干果、坚果，供路人免费享用，想吃多少就拿多少。每个摊档旁都跟着两三个背着茶炊的小贩，任何人都可以按自己的口味，让他们从里面给自己倒名叫"波萨"的玉米汁和玫瑰花瓣调制的"索尔贝特"，还有冰水或者其他饮料。这天，伊斯法罕全城没有人会有饥渴之虞或别的口腹缺憾。

每个广场上，各个十字路口，都有艺人乐手伫立演奏，芦笛和皮鼓两种乐器自然必不可少，间或也有打手钹和弹鲁特琴的。大家都知道，城里吹拉弹唱的比比皆是，好多饭馆茶肆还特意从印度请来了乐队，可他们今天不许登场。印度的乐曲节奏欢快，故显得轻浮有余，稳重不足，有伤风败俗之嫌，而这一节日的庆祝活动必须以突出帝国的富足和尊严为主旋律。所以，跳舞的、玩杂技的、吞剑吐火的、赤脚蹚火堆的、高空走绳索的等不登大雅之堂的江湖艺人，统统不准献艺表演，也不许翻跟斗哗众取宠。一句话，那些近日潮水般涌往伊斯法罕的流浪艺人大军，本来盯着富得流油的苏丹帝国京城居民们鼓鼓囊囊的钱袋，指望他们一高兴会慷慨解囊，挥金如土，让他们大把大把地赚钱，现在全落得个英雄无用武之地的处境。衣食无忧，财富充盈，则易生骄奢淫逸之徒。黄金时代的伊斯法罕，腰缠万贯而又游手好闲之辈自然不在少数。可这一回就连走城串市，从一个节日巡游到下一个节日，专门迎合这些人追求感官刺激的角斗表演，都没有抛头露面的机会。这些血腥甚至你死我活的拼搏，尽管在每次节日的庆祝活动上都大受欢迎，今天却必须偃旗息鼓，销声匿迹。这是个特殊的日子，所有节目都得庄严正规，讲究礼俗，既要搞得盛大隆重，又不能逾规越矩，必须与宫廷天文官奥马尔·海亚姆及其同仁为马立克·沙赫苏丹编制的新历正式生效这一大事相称才行。不过，所有今天因此而生意亏损的人，班主也好，店主也好，明天就能有收入进账，而且大有希望扭亏后还可增盈。因为此后的五六天，恰逢波斯旧历元旦，也就是伊斯兰新年第一天的前夕，肯定还要连续狂欢数日，届时少不了各种吹拉弹唱、歌舞杂耍助兴。只是现在不行，今天的庆典属于例外。顺便说一句，作为一个习惯于逢年过节笙歌鼎沸、花样无穷的京城首府，伊斯法罕迄今为止还从未这样庆祝过节日。可这一回，连这儿的节庆活动也变得前所未有的亦庄亦谐，安静有序，几乎可以说是虔诚肃穆，感恩敬畏。特别豪华隆重的排场自然是王室宫廷的专利。中殿是马立克·沙赫苏丹通常接见外来使节、本国臣民，受理国书、奏章、诉状和颁布谕旨诏书之地。是日，这里丝质帐幔轻垂，名贵绒毯铺地，环顾四周，观察脚下，见不到一点儿空墙裸地。大厅上端的尽头，苏丹正襟危坐于王座之上。此君本来就身材魁梧，加上座位又被抬高，看上去个头超出周围的人一米五六之多。他满头浓密黑发，戴一顶华丽的王冠，更显得伟岸高大。不过今天大概是因为人逢喜事，他的样子不像以往那样威严和令人生畏。苏丹右边较低的座位上，坐着帝国宰相尼札姆·穆尔克，左手则是奥马尔·海亚姆，他因编制史无前例、今世无双的新历法而功劳卓著，也成了宫中的宠臣，得以伴君而坐。当苏丹和宰相观看而且显然是欣赏眼前的欢乐人群时，他们的宫廷天文官却人在心不在，脸上挂着一丝傻笑呆坐在那儿，目光扫过全场，从一张脸滑向另一张脸，从一件东西滑向另一件东西，可实际上目之所及，视若无睹，两眼一片茫然。一切都暗示，他已经尴尬得、幸福得、可笑得到了连自己都无法忍受的地步。这一点他在中午晌礼之前就向老师艾尔-查摩谢利承认过。老师多年前曾给他介绍了伟大诗人麦阿里的诗歌，而且仅凭这一点就成了他一生中最重要的贵人。面对老师海亚姆十分尴尬，声音诚惶诚恐地告诉他，作为一个明白人他简直无法相信，自己的人生竟会如此称心如意，顺水顺风。这也是他对老师随口问他"过得好吗"的答复。本来老师的问题纯属一句寒暄问候的客套话，发问者根本没有期望被问者予以回应，更不用说还答得这么正儿八经和费尽心思。可海亚姆的回答不仅认真，而且还解释了他感觉良好的原由：其一，大约两个多月前，他的第一个孩子出世了，是个女儿，起名叫莱伊拉；其二，他那漂亮壮观很可能是当今之世首屈一指的天文台早已在两年多以前完工落成，可供他在里面随心所欲地开展研究工作。那儿还有一个相当大的图书馆，任何图书文集，只要他感兴趣，都可以公费订购；其三，他马上就要搬进一幢新的大房子里居住了，那可是他平生第一个真正的自己的家。"再就是，能享受今天这样的待遇，"海亚姆简直受宠若惊，心里害怕得连声音都有些颤抖了，"为什么，怎么回事？这种好事干吗偏偏落在我身上？轻而易举，如从天降？"

　　海亚姆毫不掩饰自己的紧张与不安，一整天应接不暇疲于奔命的会晤，更加剧了这种情绪。伟大的穆罕默德·安萨里[1]从巴格达专程赶来，这位伊斯兰教义学家、正统苏菲派学者，其名声和资历当时就足以使其自封为信仰的改革大家。他宣称，此行的目的不仅是为了亲临现场，给伊斯法罕成功举办这一盛大节日捧场助兴，也是想借此机会向青年才俊海亚姆诚表敬意。在对帝国宰相说这话时，他故意提高了嗓门，好让苏丹也能听得一清二楚。海亚姆最喜欢的老师艾尔-查摩谢利也从内沙布尔前来祝贺，并当众宣读了伊玛目艾尔-莫瓦法克托其带来的公开信。这位德高望重的教长在信中对查摩谢利的得意门生大加赞扬，美愿满满，并为自己因近日健康欠佳，不能躬身前来致意而深表遗憾……所有这一切会将人置于一种古怪的状态，而海亚姆目前就处于这样的状态之中。他不止一次地尝试理解这种状态，从自身出发在这儿和那儿寻找为自己辩解的理由，并自我解释说，喜运接踵而至，让人心肠酥软，他现在是悲欢交集，喜忧参半，还加上惶恐不已。作为一个心存理智、坚持真理的人，他再清楚不过，这一切功名利禄并非理所应得，他此生也不该享有如此之多的荣华富贵。

尤其让他既高兴又害怕的是，查摩谢利老师私下向他举荐自己现在的得意门生，并请他在帝国宰相面前说句好话。难道他已经飞黄腾达到连心目中最为敬爱的恩师都要向他推荐自己钟爱的弟子了吗，而且还这样低声下气？！难道他海亚姆的声音能与恩师查摩谢利的声音相比吗？！甚至同帝国宰相尼札姆·穆尔克过去最为敬重的老师、伟大的伊玛目艾尔-莫瓦法克的声音相提并论了吗？！难道他海亚姆也能有资格在这些人说话时发出自己的声音吗？！接踵而至的是另外一些疑虑。他如此扪心自问得体吗？这样引以为豪地思考合适吗？像艾尔-莫瓦法克这样的伟人也求他在世上最为声名显赫的权贵面前替自己美言，而且是在曾经为其学生的权贵面前，这是否意味着自己已经脱离原轨，走上了有悖初衷的歧途？就像听见了他脑子里的思想活动似的，老师向他解释说，事实上不是伊玛目艾尔-莫瓦法克求他办事，而是他艾尔-查摩谢利在求他。

老师告诉他，那个想请他荐举的弟子叫艾尔-哈桑·伊本·穆罕默德·艾尔-萨巴赫[2]，是他自从海亚姆离校后关系最为密切且最有才华的高足。这个后生哈桑思维敏捷，表达精准，生性好奇，能言善辩，擅长说服、感染别人，是反驳他人观点的高手。强大的行为能力往往与明显的性格弱点共生并存。这一点在哈桑身上也不例外。他最大的毛病就是统治欲极强，信仰摇摆不定。他可以今天狂热地推崇一种观点，十天以后，只要能为其所用，或者他必欲为之，又会马上来个一百八十度的大转弯，转而拼命支持完全相反的另一种观点。哈桑性格多变，朝秦暮楚，就连涉及个人利益之事也不例外，照样说变就变。而且事若关己，他便惹是生非，折腾得更加肆无忌惮。他这人能够做到，一时兴起，全凭情绪，连他自己都不清楚是怎么回事，顷刻之间失去所拥有的一切，或者毁掉多年梦寐以求的良机。只要他想博取某人的景仰崇拜，将其与己捆绑在一起，他无所不能，什么事情都做得出来，即便此人本来对其并非举足轻重也在所不惜。不过他最大的问题肯定是其极为强烈的统治欲望。在这方面，他简直可以说是欲壑难填。倘若他先统治了所有人，那必定也要统治一切植物、山石以及没有生命的物体……因而至关重要的是，要给他在帝国宰相身边找份差事干，因为身为朝政总管的帝国宰相深谙权力之道，懂得如何束缚权力的欲望，尤其知道怎样制约那些不管自己有能无能都要凌驾于他人之上的权欲狂热分子，所以可以指望他对付哈桑。不过莫瓦法克老先生不这么认为。他不喜欢哈桑，从一开始就拒绝任何关于把这个后生保举到他过去的门生、现在的帝国宰相那儿去做事的谈话，并声称让此人走近权力就如同看飞蛾扑火。因为火会将飞蛾烧成灰烬，从而让一切化为乌有；因为善恶有报，玩火自焚。飞蛾玩火所造成的损失，只有乐此不疲、不能自制者自己来承受。然而，置身靠近权力中心的地位，会点燃哈桑身上的权欲之火，这给别人带来的不幸会远远超过他个人遭受的损失。他属于那种引火烧其周围人之身，而自己却不会被焚的坏蛋。他们玩火不停，以其狂热迷惑身边之人，并且碰到什么就点燃什么，但不会烧着自己。他对艾尔-查摩谢利说，自己觉得，这种人真的坏到了极点，他忍无可忍，愿仁慈的真主饶恕他的坦率。老先生说的是实话。他确实看不惯哈桑，这一点他不掩饰也毫不试图去掩饰。长期以来，他不准哈桑上他的课，拒绝与其进行任何交谈，但看在其他老师的面子上，还是允许他留在学校里。可是艾尔-查摩谢利坚持认为，这个年青人有才干，值得提携。所以，请海亚姆在帝国宰相面前替他美言几句，是件十分重要的事情。当然，他们俩谁也不能把宰相的恩师莫瓦法克搬出来做挡箭牌，不过他们可以避而不提老教长的名字，如果两人的荐举令人信服的话，可能也会起点作用。

身外的世界一切正常，或者起码可以说看起来一切正常。比如坐在海亚姆右侧的苏丹和宰相，从大清早开始就不断地接受朝拜恭贺，倾听国内外名人显士、各地君主权贵和豪门望族派来的使者诵读赞语颂词，马立克·沙赫苏丹陛下贫穷和富贵的臣民们也都前来歌功颂德。而塞尔柱帝国这两位最有权势的王公大臣，只是颔首微笑，摆出身居高位之人平日与地位低下者说话时那副和蔼亲民的姿态。就算事实不是这样，只是海亚姆自己觉得他们那种温柔的微笑给人以居高临下的印象，那么有一点可以肯定，他们对承受这一切赞美恭维心安理得，视眼前的情景为天经地义。其实，所有前来恭贺志喜者说的话大同小异，大家都认为马立克·沙赫福气大造化好，承蒙真主之意，统治着一个世界帝国，并在其右翼势力的支持下，不断扩大和巩固王朝的疆土。但时代并不一定会因这些丰功伟绩就将其载入史册，永远铭记。史实证明，多少被遗忘的一代风流都难免遭此命运。然而，时代和人类的记忆绝不会忘记这部受命于他而编制的新历法，定会将其传承给后人。人们上前觐见，鞠躬行礼，轮流重复着千篇一律的心念愿望和赞扬称颂，就连遣词造句都如出一辙。苏丹和宰相则一脸似乎永远定格不变的专注和喜悦，倾听来宾诵经似的一遍遍复述那些如同祷告般不可变更的套话。下午四五点钟的光景，涌入宫中的人潮开始平息下来，想必不是因为那些想向苏丹朝觐庆贺的人都已散去，而是王宫的大门已经关闭，好让为入幕之宾准备的晚宴能够及时开席。

来宾进殿后先到国王宝座前参拜苏丹，然后会在殿堂里待一会儿，与熟人打打招呼，再结交些新友，也顺便闲聊几句。随着这些人逐渐减少，殿里的侍者多了起来。他们忙里忙外地搬桌挪凳，布置场地，并对那些不在晚宴邀请之列的客人低声耳语，告诉他们可以开路走人了，随即便悄悄地将他们陪送至大殿出口。与此同时，侍者仆役们用目光和手势传达信息，给那些留下来参加宴会的客人端来净手的盆钵、手巾和玫瑰香精，好让他们神清气爽地准备享用丰盛的节日大餐。这些贵客包括了为数众多的外来使者，其中有苏丹的金龟婿哈里发大人派来的，有伽色尼王朝以及众多其他王宫派来的，也有来自从印度到西班牙科尔多瓦的世界各地的著名智慧达人和学界大师。来客当中不乏征战沙场的英雄，腰缠万贯的富豪，以及部落酋长和苏丹在帝国不同地区的任命的总督。主席台的贵宾席上，在苏丹、宰相和海亚姆的旁边，坐着伊斯兰教耆宿穆罕默德·安萨里，他是和哈里发的使者一道从巴格达赶来的。挨着他的是个青年数学家兼天文学家，十天前从开罗古城远道而来，转达了什叶派法蒂玛宗哈里发的问候并献上丰厚的礼品，其中著名物理学家、数学家阿尔哈曾关于光学和天文学的论文尤为显眼醒目。在正统苏菲派学者穆罕默德·安萨里左边落座的贵宾是精通哲学、数学、天文学、医学、音乐和文学的通才伊本·巴哲，他是同样多才多艺的喀喇汗王朝初期的一代名医及哲学家、心理学家、音乐学家阿尔·法拉比的弟子。紧靠主席台旁边就座的有朝廷名为大、小"迪万"[3]的财经、税务等管理部门的官员，塞尔柱帝国中央指派的各所辖省份的总督，重要军事单位的指挥官，帝国重要城市的教法执行官和伊玛目，那些为树立和宣扬塞尔柱军威而缺胳膊断腿、失去一只眼睛或其他肢体的荣誉军人及战斗英雄也列席其后。

等到大厅里只剩下应邀而来的客人时，有资格参加晚宴的女宾们才纷纷入场。衣香鬓影中，法学名媛泽媛芭格外引人注目，她也是帝国宰相穆尔克的夫人。只见她身着一袭艳蓝色长裙，款式简单纯朴，第一眼看上去甚至有些寒碜，唯有那条束身的腰带与众不同地富丽堂皇。整个下午，安萨里都在和她讨论四所伊斯兰正统宗教学府之间的关系。所有迹象表明，两人看法并不一致，也许正因为意见有分歧，他们才觉得这谈话你来我往唇枪舌剑得更带劲。泽媛芭上午就认识了海亚姆。她主动走上前去，上上下下仔细打量了这位个头矮小、肤色很深、须发漆黑、眼睛微凸、鼻孔朝天的才子好一会儿。端详海亚姆时，泽媛芭目光肆无忌惮，眼神活泼开放，毫不隐藏自己的好奇之心，也不屑替自己的行为打打圆场或者做些掩护，搞得海亚姆渐渐地有些不舒服。

"这么说你就是海亚姆啰。"她终于开口了，声音比人们看见她那弱不禁风的样子时所想象的要低沉得多，"说实在的，除了有点儿深山老林的精怪之气外，你身上真没什么别的可供观瞻了。"

"那你干吗还盯着我看来看去的？！"海亚姆十分难堪，气不打一处来。

"人不一定非得仰望星空不可吧，这世界上还有别的东西可看呀。"泽媛芭哈哈一笑，转身离去，头也不回。

接下来的宴会，只是在细节上呈现了这一节日事先宣传的豪华档次，这恰恰是在帝王宝殿里举办国宴的起码要求。比方说，席间擦拭手指的餐巾是丝毛混纺织物，以名贵珍珠镶边，一角用金色丝线绣有马立克·沙赫苏丹姓名缩写字母的花体标记。至于其他的一切，除了王室平日也用来吃家常便饭的镶满宝石的金质餐具之外，都跟一次轻松惬意的普通聚餐并无二致，大家对自己聊天的伙伴和聊天本身的关注远超过对吃喝的兴趣。

晚宴接近尾声，尼札姆·穆尔克请海亚姆起立，给在场的各位宾客讲讲他几天前对自己关于知识、发现、预感和疑问的谈话。这些都是海亚姆在编制敬献给苏丹的贾拉勒历法时的切身体验和领悟。"就讲星球的运行轨道吧，"宰相看见海亚姆有些发窘，便把话挑明了，"你上回不是跟我说这方面的事来着，现在还没过两天呢。"海亚姆紧接着的解释短促而含糊，句子有些支离破碎，也顾不上前言不搭后语，人很紧张。大概是因为当着这么多王公贵族和名人显士的面，特别是其中见他那副诚惶诚恐的模样倍觉开心快活的不乏其人，搞得他十分难为情。总之他的意思就是，自己夜观天象后得出结论，一切迹象表明，学界的老前辈，另外也包括他自己在内，都曾错误地认为，天体皆按正圆形的轨道运动。他们这样认为，是自然的，不用解释，原因呢——天上的一切物体，肯定都应该是浑圆完整、中规中矩的。这种圆周式的轨道皆呈几何形状，天体必在此体系中运行。可事实上，人们有许多可以质疑这一观点的理由。不管怎样，这几年的观察收获使他产生了一种想法：天体运行的轨道应该是椭圆形的。他希望，一俟完成现在正撰写的论文，但愿能将这些证明其信念的理由系统化，并写成专著发表。"这是代数，我很久以前就开始研究了，那时还在撒马尔罕，"虽然并没有人发问，他还是自我解释道，随后又接着说，"此外还得担心的是，恐怕天体并不像逻辑上和我自己一直所认为的那样是球体，尽管这同我过去的观察结果抵牾相悖。因为，运行于天上的星球，倘若不是正圆形状，还能是什么样子呢?!可我现在心里没底了。如果我真的看到了自己相信看到的东西，如果这真像我所认为的是天体的身影，那么它们的形状则更应该像，比方说，粗糙并且还被挤扁了的鸡蛋，而并非如我们所知是个正圆形的、非天穹莫属的完美球体。"

"你给我们讲这些干什么，年轻人!?"不知什么时候，伊斯法罕的圣教审判官喊了一嗓子，愤怒之情溢于言表。可他话音未落，马上又做出一副深表歉意的样子，转身冲着帝国宰相微笑。

"因为这些与我们的生活密切相关。"海亚姆回答道，随后铺天盖地、滔滔不绝地对审判官说了一大堆来龙去脉，弄得后者为自己的鲁莽连说了五次对不起。海亚姆向在场所有的人也向自己发问，为什么没有哪部历法能够完全精确地反映和表现天文学意义上的纪年，而不带哪怕只是一点小的偏差?为什么一年不是三百六十天，而是三百六十五天还多点时间，尽管圆周这一完美、唯与真主之天地相称相配的形状正好就是三百六十度?为什么星辰运行的轨道不是圆形的?简言之，为什么我们人类所认识的事物没有一样是完美无缺的?海亚姆认为有三种可能的原因。

第一种是，因为只有真主是完美的。他所创造的一切，包括他的世界，皆不完美并有缺陷。原因之二并非质问世上万事万物自我生存的能力，而是怀疑我们的知识和观察能力。我们的精神和人类理智觉得事物的完美性和亲近感就在于其规律性。所以我们认为，正圆形是完美的，对称的东西是完美的，一切按规律循环往复的事物也是完美的。可是真实的情况或许完全是另外一回事，也许精神世界和现实世界的逻辑认为，正圆形是一种丑陋的异形，是一种对被压扁的椭圆那绝美形态的离经叛道？没准对现实生活中的世界来说，循规蹈矩的重复是一大祸害和威胁？海亚姆想起来的第三个原因涉及各个不同世界之间的区别。在几何世界里，一切形状皆规则有序，无懈可击，但是在过渡到这个物质世界时必定会发生扭曲。几何形状不会单独出现，而是无穷无尽地不断重复再现，因为它们无质、无色、无味，也就是说不具实体。而实体则总有缺陷，因为它们各自为政，部分可以重复再现，质地密实而有分量，有色有味。实体不完整地重复几何形状，所以这仅为部分重复，但是没有一个实体能够真正地复制自己，没有一个实体可以同另外一个实体完全一样，也没有一个能够绝对地独一无二。或许在过渡到几何领域里时，那只鸡蛋会变成完美的椭圆，但在这一过程中它就必须失去白色、质量、密度和气味。

"那么所有这一切究竟要告诉我们什么？答案是，在这个世界上根本没有完美可言，因而对其来说'一'这个数字毫无意义。这里没有什么东西是'一模一样'和'独一无二'的，唯独创造了人类世界和其他所有世界的真主可与'一'字相连。倘若有人问我，序数词的第一个数字是什么，我现在会说是'二'。'零'不是数字，如同有关房子的思想并不是房子一样。现在我认为而且担心，即便'一'也不是序数词的第一位数字，而只是数字的起源和样板。恐怕'一'是计数的条件，就像'独一无二'是一切存在的条件一样。"

不知他是不是接到了一个必须服从的暗示，还是自己意识到，在场的人没有谁能听得懂和跟得上他的长篇大论，也可能是他觉察到了什么，明白了自己身陷其中的这种需要大费口舌、为人解惑的尴尬境地，完全是他自找的，一切实在可笑，现在只有立即打住、缄口不言才能从中脱身，好让自己在众目睽睽之下少丢点人，别成为大家的笑料。不管出于以上何种原因，总之海亚姆的演说戛然而止，一下子哑口无言，尽管他本来再继续讲上几个钟头也不成问题。他环顾四周，目光从人们的面庞上扫过，好像至少要从其中某张脸上找到一丝理解的迹象方可得到些慰藉。可他最后不得不垂下了头。

"我之所以请我们的哈基姆奥马尔给大家讲解这些道理，完全是出于非常现实的原因，"场内沉默了好久，时间长得足以把海亚姆冗长难懂的演讲所引起的不满排遣干净，然后帝国宰相终于发声了，"他对我们所讲的，表明了洪福齐天的马立克·沙赫苏丹英明伟大和富于远见卓识的决策，为星辰轨迹穿越的夜空和我们所处的整个世界，或许还有更加美好的世界的本性所赞同和认可，可谓顺应天意民心。"

宝殿大厅里响起一片赞同的低语，窃窃之声平息后，尼札姆·穆尔克提醒大家不要忘记，是马立克·沙赫的叔叔、洪福齐天的图格里勒·贝格[4]把巴格达哈里发从布韦希王朝的监禁中解救出来，帮其夺回了尊严与独立。然后他便开始列举事实，证明马立克·沙赫本人自登基以来也尽力而为，给巴格达哈里发撑腰打气，维护其荣誉，稳定其政权。帝国宰相向满场参加国宴的宾客信誓旦旦，保证苏丹陛下的上述作为千真万确。他声称自己非常清楚，这个世界必须有两个权力中心和两种形式的法则。我们需要象征性的精神权力，同样也需要实用的具体权力；需要神圣的法则，也需要世俗的法则；需要夜晚，也需要白天。因为我们立足于两条腿之上，有两面身躯。倘若没有这两种法则和两大权力的根源，我们便如同身处沙漠的孩童，看上去自由自在，实际上却似迷途的羔羊。因为我们毫无方向和目标，故可以随心所欲地行走。而诸位都明白，行者务必辨明东西南北，方能把握方向，知晓何去何从。正因如此，我们伟大、洪福齐天的苏丹才特意保留了哈里发的名望和职权，将其视为王朝社稷的第二大支柱。

下面的一阵交头接耳打断了帝国宰相的慷慨陈词，大厅中间传来一片听不大清楚却怒气不小的喧哗。宰相只得扯起嗓子，差不多是在大喊大叫了。

"难道有人觉得那个恶母赛依达·希琳操控的世界更好吗？觉得布韦希王朝这条千刀万剐的毒蛇治国有方，胜过我们英明的苏丹吗？！如果有这种人在场的话，那我就要提醒他们，正是她这个阴险母亲的典范，以其几个儿子为挡箭牌，垂帘听政，走马灯似的将他们一会儿扶上宝座，一会儿又投入大牢，而且还总是嫁祸于人，对身陷囹圄的孩子说，背后下黑手的是其兄弟。我还要提醒这些人，她还和库尔德占领者巴德尔穿一条裤子，或许还眉来眼去，只要能让她掌印弄权，甚至以身相许，拿儿子们的性命做交易，也在所不惜。我要郑重地告诉心怀此念的各位，这种母亲只能出生在一个左右不分、东西不辨、独法独裁的世界。"

尼札姆·穆尔克稍微喘了口气，停了一下，仿佛要给听众留点时间来明白，他此番讲话用意何在，警告的对象是谁。然后他又跟先前一样，心平气和、机敏睿智地继续宣讲苏丹治国之策的雄才大略和远见卓识，赞扬其施政方针的方方面面均与人类世界和存在本身的根本法则完全吻合。他最后说，如果我们想要相信奥马尔·海亚姆，那可以找到许多理由做到这一点……

他话讲到一半时被一位身材矮小的贵妇打断，这女人站起身，鞋跟嘟嘟地敲打着地面离席退场了。知情者认出来，此人乃苏丹心爱的女人图尔坎·哈通，因为只有为她那双皮靴专门定制的花梨木高跟和多层鞋底才会发出这特有的响声。她本来大概想借助这精巧的小皮靴，给自己近乎侏儒的身高增加点尺码。然而这一增高设计的效果几乎为零，因为要让苏丹王妃和普通身高的妇女平起平坐的话，需要额外下的功夫恐怕远远不止一双高跟鞋。尽管如此，她还是对这红皮坤靴爱不释脚，大概是对它发出的响声情有独钟，觉得穿上它脚踏实地，两腿生风，走起路来浑身上下都在跳动。

没有谁知道，这个五短身材，其貌不扬，毫无女人味的妇人怎么会对苏丹有着近乎无限的巨大影响。这的确令人不解，而且在许多人看来，与这对夫妻有关的一切其实都十分可笑。究竟是什么打动了威风凛凛、简直令人望而生畏的陛下，让他对这个家境殷实但并非名门望族，看着舒服但绝谈不上漂亮的娇小女子另眼相看？苏丹并不需要她给王室传宗接代，因为他已经有了好几个儿子，也不需要她来巩固自己的王权地位，因为那样的话得娶有权有势的大家闺秀才能达到目的。而且无论是容貌还是身材，她都无法吸引苏丹，因为这两方面的优越条件她皆不具备。然而，如果宫里宫外的传言属实的话，这女人自进宫之后，就牢牢地将夫君控制在手中。

尤其让人备感困惑的是，哈通身体各部的比例莫名其妙地失调。在伊斯法罕中等社会阶层，圈子里的人名气没那么大，声望没那么高，所以大家都还能肆无忌惮、随心所欲地寻欢作乐。不久前，突然冒出来一个叫什么伊布乐的家伙。此君是个人见人爱的活宝，走到哪儿都大受欢迎。他最擅长的是在社交场合惟妙惟肖地讲解苏丹和他的爱妻如何做那男欢女爱之事，并且一个人站在屋子的正中央当众表演，能逗得全场笑上半个钟头都不止。

伊布乐是个胖子，身材偏矮，一对鼓鼓眼，嗓门尖得像童声，其真实姓名和身世都是谜。即便在他突然现身的圈子里，也同样无人知晓他来自何方，什么时候首次在伊斯法罕中流社会的某个圈子里露的面。不过一旦他到场，那副自言自语描述王室夫妻颠鸾倒凤的样子，配上现场令人捧腹的模仿秀，立刻就会让人笑出眼泪。他也因而成了每次社交聚会必不可少且最受欢迎的贵客。这几乎成了惯例，每次晚上的聚会接近尾声，大家的目光就开始频频投向伊布乐常坐的会场一角，等着听他讲那些总是以想入非非开始的忧国忧民的问题。比方说，他自言自语地发问："我说伙计们，你们明白吗，没有稳固的王位和可靠的王冠继承人，哪儿来的幸福国家？"此话一出，场内一片寂静。接着，他继续扪心自问，鉴于国王如此魁梧而王妃这样渺小，何以让其金冠后继有人？这促使他想到一个问题，王室亦有王法家规，传宗接代起码是国王夫妇分内之事，可他们究竟如何干成这事呢？说到这儿，人群里已经有哧哧窃笑传出，大家都见识过伊布乐的想象力，乐不可支地等着看下面的好戏。一阵插科打诨的瞎问之后，伊布乐故作认真思考状，设想这国家大事到底怎样才能和究竟能否大功告成。于是，他念念有词地发明并检验各种不同的方式和姿势，接着站起身来，走到场子空旷的正中间，开始身体力行地表演刚才用语言所描述的想象场面。不可思议的情景出现了，在众目睽睽之下，伊布乐摇身一变，用自己的身体、动作、姿势和神态，活灵活现地把苏丹和王妃呈现在人们的眼前。就像变魔术一样，他成功地将自己缩小为图尔坎·哈通的体型，接着又膨胀成马立克·沙赫的个头，而且比真人还夸张。观众在现场仿佛亲眼目睹国王夫妇的举手投足，看他们如何费劲地努力磨合，以便克服身材比例的悬殊差距而合体相交。亦真亦幻，虚实难分：眼前的娇小女人消失在男人巨大的身躯之下，后者竟然没能找到身下的娇妻在什么位置，直到她从底下钻出来，费力地爬到丈夫身上，寻找一块能安放自己的地方。所有这一切都是伊布乐的独角戏，所以就得不停地变换男女角色，一会儿演这个，一会儿演那个。可是在场的观众可以对天发誓，他们同时看到的是夫妇两人在顾此失彼相当艰难地弥补先天的不足。大家笑得死去活来。伊布乐每次都会搞些疯狂的新花样出来，总是心醉神迷地伛偻着身体，不停地抽动，或者躺在地上，扮成女方一翻身爬到虚拟的男方身上，随即马上又化作男方，去摸索翻到他身上的肉体，而且一旦找到了，也没有一块小得能放下她的地方。伊布乐两眼放光，满脸通红，沉浸在自己引起的哄堂大笑和群情兴奋之中，真是超常发挥，判若两人。

多少次有好心人在城里偶然碰到他时，善意地告诫他别引火烧身，开这种危险的玩笑。他却回答说，人是以他的所作所为和错过的应作应为来面对命运的，或者使用另外一条类似的格言来回应。有一次在巴苏米基德的咖啡馆，他又遇到别人好言相劝，让他别再搞这恶作剧了。他回答说，自己很清楚恶有恶报，他不会有好果子吃的。可是自己的一切反正已经糟得不能再糟了，即便是恶果也坏不到哪去。看来这话说得没错，最近他有日子没露面了，估计不是去了别的地方，就是真的横遭厄运。在所有关于他失踪原因的推测中，苏菲派神秘主义者阿布·赛义德的观点占了上风。在他看来，一个傻瓜一旦尝到并充分体验了心醉神迷和忘乎所以的滋味，他就没法再过正常人规规矩矩、普普通通的平凡生活。

王宫宴会大厅的中央，一个身材高大的年轻男子也起身跟在图尔坎·哈通身后，彬彬有礼地与其保持着一两步的距离，往外走去。接下来，在通往宝殿门外的行进过程中，一路上不断有人加入他们的行列，最后形成了一支浩浩荡荡的队伍尾随其后，在大臣正发表演讲时就纷纷离席退场。而这时机选择得不晚不早，可谓恰到好处。这一时刻，既晚得不致扫节日盛宴的兴，没错过对苏丹的歌功颂德，故让人没脾气可发；同时也早得足以叫帝国宰相颜面丧尽下不了台，并且用脚显示了他们想对其演说予以的回敬。

王室的入幕之宾认出了率先跟随女主人离席的年轻男子，此人乃大内总管，名叫塔里克·阿里，是王妃宠爱的亲信。这两人与苏丹前不久任命为王府太师的塔吉·艾尔-穆尔克构成了塞尔柱帝国朝中呼声最高的反巴格达派代表。他们要求马立克·沙赫苏丹将巴格达作为帝国众多城池中的一座并入王朝的疆土，然后要么把帝国的首府迁往巴格达，自封哈里发，集政、教、军、财大权于一身，要么原地不动，把巴格达的哈里发政体搬到伊斯法罕来。此事势在必行，因为只有苏丹才能使哈里发这一尊贵的头衔重现荣光，再获新生。就现在的情况来看，哈里发既无法也不应再存在下去，否则会贻人口实，被人当作嘲讽的对象。不言而喻，如果除了阿拔斯帝国的哈里发坐镇巴格达，还有个法蒂玛王朝的哈里发掌控开罗，再加上个伍麦叶家族的哈里发盘踞在伊比利亚半岛，那这个头衔不仅毫无意义，甚至有百害而无一利。巴格达的那一位，备受帝国宰相尼札姆·穆尔克的溺爱并被其认可为唯一合法的哈里发，倘若他是三者中最为差劲的一个，仅仅是虚有其位，纯粹是其属下雇佣军手里的玩偶，那么这一切都会沦为让人耻笑的把柄。而对这种事情，为了捍卫我们的信仰和穆斯林的利益，必须加以制止。身为哈里发，必须以其人格和名声现身说法地证明伊斯兰教与伊斯兰世界的统一。可是三个哈里发互相勾心斗角，争权夺利，这究竟能证明什么样的统一呢?! 毫无疑问，必须恢复统一，扶正一位哈里发。同样毋庸置疑的是，也唯独塞尔柱帝国的苏丹才能成此大业，因为也只有他能战胜法蒂玛和伊比利亚半岛上的哈里发。所以我们必须马上停止围绕帝国宰相牵挂在心的巴格达哈里发的一切虚张声势，趁苏丹还年轻力壮，可以尽其所能，履行职责，立即采取行动。否则再过十年，他就是想做此事也为时已晚。

　　然而这一方案却未能与宰相穆尔克的政策协调一致，因而这一势力的敌对情绪与日俱增。尤其在争强好胜的图尔坎·哈通把美男子塔吉·艾尔-穆尔克提拔起来，安插到苏丹身边之后，随着这位身为太师的近臣对国君影响与日俱增，最近以来这种龃龉和矛盾也已暴露无遗。也许数月前这种同宰相公开唱对台戏的做法还难以想象，而今天居然在这么隆重的喜庆场合下也能堂而皇之地上演。

尼札姆·穆尔克自然打住了对苏丹大人英明政策的颂扬，但并未中断讲话，就像什么事都没发生一样。他早已听惯了那鞋跟敲击地面发出的特有响声，所以只不过提高了嗓门，降低了语速。但是这声音一直回响在耳际，经久不散，离去的人影总是浮现在眼前，挥之不去。他的话刚讲完，伟大的穆罕默德·安萨里紧接着就开始口若悬河地大谈各种形式的政体，阐述其各自的长处和短板，分析理想的国家政体与该国天时地利之间的内在联系。他讲得波澜不惊，轻松自如，睿智机敏，在场的人都听得专心致志，津津有味。不过尽管他的演讲精彩动人，还是无法将花梨木与地面的撞击声从人们耳鼓里赶走，消除这中途退场给节日盛宴蒙上的阴影。本应开启一个新时代的这天，却以一个不祥之兆而结束。这一点，就连这位伟大智者的所有智慧也无法改变。

和平计划

二十天之后，开斋节的第三天，也是斋月的结束之日，帝国宰相在他的私人宅邸召集安全委员会的一班人马议事。其成员有驿局兼情报总管苏哈拉卜，警察局长富兹依勒，宫廷侍卫长克马里，伊斯法罕驻军司令菲尔杜斯，市长阿布·阿里·艾尔-侯赛因尼。大家都是在前一天夜里很晚才接到一纸加盖大臣印章的无字手谕和信使同时口头传达的密令，让他们次日中午晌祷之后在告知的地点碰头开会。

伊斯法罕城里依然披着史无前例的节日盛装。开斋节和波斯新历法的启用恰逢同一时日，使所有心地善良的人们都觉得这双喜临门的吉祥之兆值得好好庆祝一番。大小广场之上，街头巷尾之间，到处都在免费分发玫瑰花瓣加糖调制的"索尔贝特"饮料和闻名遐迩的伊斯法罕特产苹果，四下弥漫着一股玫瑰和苹果的芳香。施粥站里，穷人在开斋节期间可以接连饕餮三天，吃得比城里有钱人家还要好，而且想吃多少就吃多少，没有任何限制。尽管如此，城里却毫无真正的节日气氛。人们相互斟满"索尔贝特"，拖着一筐筐苹果，脸上没有半点欢乐的表情，就好像一辈子除了畅饮这玫瑰花饮和把不要钱的苹果搬回家就没干过别的事一样。粥棚里出来的人，一个个撑得腰圆肚胀，几乎连脚都挪不动了。可大家脸上没挂半点开心的笑容，也不见承蒙如此特殊待遇起码应有的感恩之情。但凡有谁看见他们此刻的面孔，想必先前就不会说，这些人从来就不知道什么叫胡吃海喝、纵情享乐，而只会忍辱负重、含辛茹苦地过日子。城里的每个角落都人山人海，你推我挤，熙来攘往，大呼小叫，各种乱子层出不穷，可就是没那种真正开心的欢乐和喜庆气氛可言。当然，在异常炎热的夏季后，那场大约十天前突袭本城及其周边地区的寒流，余威至今尚存，这肯定会有影响。然而，哪怕再大的反季寒潮，也不可能成为兴味索然的唯一理由。

帝国宰相尼札姆·穆尔克站在火盆边，双手烤着火取暖。仆人掀起屋子进口处的门帘时，他飞快地把手缩回来，插进长袍的袖子里，好像生怕被别人看见，随后转过身来，脸朝门口背对身旁的炭盆。来访者进屋时，主人家面向进门处迎客，这原本是正常的礼节习惯。可这次宰相的动作热情有余，激动过分，显得有些毫无必要地做作。以往，他举手投足温文尔雅，说起话来慢条斯理，做什么事情都妥帖得当，专心致志，如痴如醉，而且慢得就像是想让自己那凛然不可冒犯的威严可以延时缓释一般。奉召而来的人里没有谁表现出对宰相的反常举动和因部下办事不力而生的不快有所觉察。他们共事多年，知道他每逢无力解决的问题或不能贯彻的难事，就会两手发凉。这时，他便会将手拢进大氅的袖子里，伸到肘关节处，或者干脆向上捅至腋窝的地方，再抱在面前，一边听别人禀报政务，一边下意识地朝袖筒里哈气送暖。

麻烦和莫名其妙之事多如牛毛。庆祝实施新历法的盛大节日才过去几天，城里便开始流传一则新闻，说马立克·沙赫苏丹心爱的宝马产下了一匹双头驹。这可是凶兆，意味着新纪元不论对世界还是于苏丹的帝国都不会有好处。于是，仿佛发生了裂变反应，从这个荒诞的故事里派生出布道者、先知和智慧大师五花八门的阐释、解析，各种推测猜想纷至沓来，所有的说法，异口同声地把这一让人联想到不祥之兆的事件归咎于刚刚诞生的新历法。最后，这些流言蜚语的制造者得出了结论："时间是不能触碰之物，它不是帝国宰相的私人财产，可以任凭他随心所欲地衡量测算和划分定位。"就好像他们的消息皆出自同一来源，或者是互相串通好了，统一口径，好大家异口同声地散布这一观点。更加过分的是，还有人恶搞谣传，说那天的新历法庆典最后演变为一场粗暴的口角争斗，甚至发展成拳脚相向的全武行。据说，图尔坎·哈通和她那一派的人与帝国宰相针锋相对，捍卫了传统，最后打赢了这场武斗。

　　与会者落座后，宰相看了苏哈拉卜一眼，后者立刻鼓舌如簧，开始了他的长篇大论。大概他起先就心有灵犀，算到大臣的一瞥实际上就是发出信号暗示自己，大家都在等他通报情况。苏哈拉卜证实了确有宫中冲突之传言，也指出苏丹的爱马生出双头驹之说也并非无风起浪，并且还给这些流言蜚语的核心思想和已知的部分增补了一系列刚好在这天新冒出来的疯狂细节，诸如：那匹怪马驹身上还长有第五条腿啦，或者什么部位又生出了畸形异肢啦，等等添油加醋的故事。接着，他话锋一转强调说，所有这一切天方夜谭皆出自流浪汉之口，是那帮假冒苏菲派"德尔维什"或自诩为寻求信仰和真理而托钵苦行传经布道的家伙炮制了这些耸人听闻的谣言。而本地人当中，如果有谁跟他们同流合污、沆瀣一气的话，那只能是些无名之辈和世俗小人。他还举出近两日来发生的诸多实例，证明当地有头有脸的仁人志士纷纷站出来驳斥这些言论，揭露事实的真相，把谣言传播者赶出本地社会，甚至让人当众痛殴这帮乌合之众。他历数了一大串客栈、茶馆、清真寺和其他一些谣言滋生之地，并提醒他的听众们注意，所有这些处所要么坐落在穷人聚居的城郊，要么就是藏污纳垢、供流氓无赖和亡命之徒栖身的贼窝。而这反过来恰恰表明，所提及的这些谣言及其扩散者是何等的微不足道。末了，他又补充了一点内容，介绍自己如何采取措施，用真相揭穿谣言，广为传播真实可信和有利于朝廷的消息，以正视听。

警察局长富兹依勒用一句话总结了苏哈拉卜的汇报，此话既是对其所述的肯定，也是一种点评。他说，流氓无赖不好对付，既无需如临大敌，也不可掉以轻心。然后又加了一句：因为这些人是无赖，地地道道的无赖。大概是对其简单表态的解释吧。

屋里陷入一片沉默。宰相站起身，双手插进袖筒里，走到屋子另一端，那里也放置了一只驱寒的火盆，好暖和间这一部分。他在火盆边伫立良久，盯着炭火发呆，然后长叹一声，转身面向他的属下，往回踱了几步，解释说，真正发生的情况，其实并没那么严重。重要的是，经历此事的人持何种态度，见证此事的人又是什么看法。这一事件已转变成人们心目中各有所见的问题，化为故事传说、情景描述和见证者的情感，对其的评价和理解极大程度上取决于这些见证者自己的观点，而不是事件本身真实的性质。对我们这一代人来说，事件的真实性质尚具有一定的意义，但是对未来，对记忆和以后一个事件或者一个时代的理解而言，只有见证者已经转化为故事传说和情景描述的个人感觉才至关重要的作用。想必大家都很清楚，我们的历法改革是件何等重要的大好事。在帝国宰相的规划中，这将会是维护社会长久和平与福祉的巅峰之作，与其英名紧密相连，不可分割，并随之永留青史。然而，倘若人们对此已经心生厌倦，热衷于将歪曲事实的情景和居心不良的故事作为这一时代的佐证以讹传讹的话，那么和平与福祉也罢，帝国的秩序与新历的法则也罢，创造再美好的事物又有何用?! 况且一叶障目，在妖言惑众之时，谁又看得清真善美?!

又是一阵鸦雀无声。还是宰相的补充打破了沉默。他对手下的一班人马解释道，之所以这么着急把他们召来，并非因为某些傻瓜在城里散布的荒唐的谣言，而是有紧急情况需要大家出谋划策并且立即采取行动。事情的起因是这样的：昨天晚餐时，一名信使连滚带爬地直接闯进帝国宰相的餐室，禀报说几天前什叶派伊斯玛仪系的卡尔马特派⁵激进分子袭击了去麦加朝圣的商旅骆驼队。斋月伊始，几百名商人便从本地启程前往麦加。他们打算在途中过"拉马丹"，到穆斯林的圣殿"克尔白"天房⁶去庆祝开斋节。这虽算不上是一次真正的朝觐之旅，但这批旅行者的虔诚可嘉，理应得到支持，所以朝廷派了士兵全程陪同护卫，并出具符节驿券，敦请沿途官府民间提供免费食宿。骆驼队出发的第三天便在巴士拉遭到了袭击，商队里的士兵和男人统统被杀，妇女和儿童则被掳走为奴。以前卡尔马特分子也干过这类拦路打劫的勾当，不过那时他们袭击的对象，后来都与其达成协议，舍财免灾，留下买路财便可安然过关。所以当时我们可以无动于衷，就跟什么事都没发生一样，或者起码装作对此一无所知。而我们称之为洗劫商旅的行为，在卡尔马特派看来，不过是让所有通过其领地的人合情合理地支付买路钱，这倒反而减轻了我们的压力。可现在听之任之就不行了，此乃卡尔马特分子继对麦加朝圣者实施大屠杀并劫走"天房"黑色圣石之后所犯下的最为严重的暴行，是他们针对信仰、世界和人类，而绝非只针对一小队商人犯下的弥天大罪。所以我们不能坐视不管，置若罔闻。

一百到一百五十年前卡尔马特运动最初现身时，其成员还是追随游方布道者哈姆丹·卡尔马特的一小撮农民和手工业者。哈姆丹能说会道，擅于用其狂妄的思想，特别是通过他那种表达这一思想的方式，煽动民心，挑唆群众。不管是在广场还是街头，在王府还是寺院，在树荫下还是水井旁，只要有讲话的机会，他便口若悬河，滔滔不绝。与人们习惯的普通布道相比，这种说教更像是经过精心准备、蓄意煽风点火的阴谋活动。只见他又跳又叫，连哭带笑，捶胸顿足，走入人群，和他们拥抱、争辩、讨论。他的听众与日俱增，可信徒的数量上升得很慢，相形之下不成比例，也正因为如此，寥寥无几的死党对他简直比对亲生父母还要俯首帖耳，唯命是从。

哈姆丹·卡尔马特竟然当众公开宣称他不信真主。他习惯向听他布道的人发问，说真主除了会观察人家吃完饭后是否漱口，关心人家讲的话是不是他想听的之外，到底还能干些什么？然后，他会走到一个听众跟前，无所谓对方是男是女，问此人，说如果我们俩现在开始相爱，真主凭什么要不高兴？我可以理解，我妻子以及你的妻子或丈夫会感到痛苦，可真主凭什么要痛苦？他老人家既没跟你也没和我结婚。而经师却教导我们，真主会比我们的妻子和丈夫更加痛苦。亲爱的同胞们，这算什么真主呀？！他监视我们大家，就像放羊的看管他的羊群。只不过我能理解这牧羊人，因为他以羊为生。可是真主呢？！他又不靠我们养活，不依赖我们而生存，所以可以不用管我们、监视我们。我们说了脏话，他无需悲伤；我们饭前没洗手，他不必发火。可是经师对我们所讲的真主，却依赖世人而存在，关注他们的一举一动。这完全颠倒了造物主与创造物之间的关系，因为造物主是独立于其创造之物的，而创造物想必才非常依赖于造物主。对真主来说，他与所造之物之间无牵无挂，因而不必在意这些人在想什么、做什么、感觉到什么。他高高在上，不食人间烟火，如果他是造物主的话，就必须如此。

在随后的年月里，哈姆丹的弟子和信徒对其基本教义普及推广，加以深化。一些人举证说明，世界的诞生纯属偶然，也许是一个不经意间的错误所导致，或者是出自某位上天之神的疯狂游戏，不管怎样，正如我们人类所认为的那样，是既无计划也无意图的无心之作。另一些人则宣称，世界是永恒的，它既不是自然形成，也不是人为创造，而是一直就存在于世——无法改变，无法忍受，满身瑕疵。还有些人讲，世界虽然已经形成，但并非万能，绝不是敬爱的真主之主观决定所致，而是物质微粒在无限的时空中盲目碰撞、组合、分裂的结果。不过所有的人都与他们的宗师卡尔马特一样，认为这个真主，如果实有其人而且与我们有关的话，那么他理应对这个世界以及别的非他本人的一切都漠然处之、无动于衷才对。真主的这种漠然意味着，人类想干什么就可以、也应该干什么，没有任何一个理由能改变这天然定律。一切存在的东西均可供人类支配，如同人类本身也可为其他有能力支配人类的造物主之产物效劳一样。一切都摆在那里，要么为我所用，要么为你所用；或者为我享受，或者为你享受。享福是人类生命和存在唯一可想而知的目的，因为生命抵达终点，死亡将接踵而至；存在到了尽头，毁灭便是结局。放眼四周，这种结局比比皆是，所以聪明人享受自己所获得的一切。不会享受的人，虽生犹死，不仅如此，如果真有罪孽一说和真主其人的话，那不懂及时行乐的人还身负大罪，因为他没把世界和敬爱的真主赐予的快乐祝福当回事。理智的人，唯坚固之物是倚，唯可靠之物是信。我们毫无疑问都有自己的躯体，它是我们一生中唯一赖以生存的坚固之物，只要我们活着，就置身其中。其他的一切都靠不住、非理智。宗教老师说，我们今生今世要为来生来世挣得一席之地，必须如此行事，就好比一个人，散尽所有，分赠他人，以便清清静静地去寻觅埋藏在沙漠里什么地方的宝藏。这种人肯定没有谁会说他聪明智慧。

　　哈姆丹·卡尔马特死后很久，至少有三十年，也许是四十来年吧，某个叫艾哈迈德·哈拉夫的人和朋友吉亚斯一道出了一本《醒悟集》，里面纂集收录了哈姆丹及其弟子的学说言论，并配以信仰教义和传教者传承的诗歌、传奇、故事和成语，可供人们对卡尔马特运动的方方面面一览无余。该书的核心内容是有关人与其所在的世界之学说。《醒悟集》中阐释道，人之初，性本善，身自由，心公正。倘若人能够置身于堕落的人类社会之外而生存，本应生如斯，活如斯。然而，内心的物欲以及人世间因财产占有而引发的腐败和不公与日俱增，导致人类丧失了本性，走向堕落。当私有财产因人类的生存恐惧和利己思想浮出水面时，其与生俱来的自由与善良便随之丧失。富人沦为自己财富的仆役，终日为其担惊受怕，总是疑心重重地看待别人，生怕人家夺走或偷去自己的财产。他不再相信任何人，没有能力交朋友、谈恋爱、享受人生和自由，也无法再拥有自己的欢乐。而一无所有的人或身家贫寒者，只为纯粹的活命而挣扎，眼红富人的家财，从而同样也没有自由、欢乐、爱情和原初的人类天性。取而代之的是仅因私有财产而产生的公道沦丧、艳羡嫉妒、怀疑痛苦和恐惧仇恨，与时俱进地成为人类的新本性。必须强调的是，此转变乃弥天大错！人类天生爱欢乐、好享受、相信人、主公道。倘若人能够放弃私有财产，摆脱一切因之而产生的不幸，那这一切都可以改邪归正，重返其本真。其实，要做到这一点再容易不过。人总有一死，其拥有的一切都将遗留后世。既然如此，劝人生前及时返璞归真，找回失去的自由，为何就会那么困难？假使私有财产是人类与生俱来的原始权利，那么私有之物就应在主人离世时被其带走，或者随其亡故而销声匿迹，但不管怎么说，人出生时也是有备而来的。人随身携带了所需要和有权拥有的全套行头来到这个世界，有眼睛、耳朵、腿脚和手臂，知道饥饿、吃喝、冷暖、思慕与情爱，而后来所占之物则不在此列。众所周知，人生来去皆赤条条形单影只，不带任何身外之物。这就说明，我们在世上拥有的一切皆为使用暴力而且非法攫为己有之物。这是一种非理智并极其恶劣的行径。我们携带所需的一切来到这个世界，世界用我们一生中所需的一切迎接我们的到来——水、食物、空气和阳光。无法一饮而尽的水，你是不需要的，因而不必带走，也无需据为己有，因为世界上有足够的水供口渴者饮用。如果人们明白这一道理，就会断绝私有欲望，回归自己的本真，从而重新找回自由、欢乐和公道。只有没有私有、一切皆为公有的社会才是理智的社会，因为唯独在这样的社会里人们才拥有自由和欢乐，才有能力去相信他人，享受人生。

《醒悟集》的面世，使卡尔马特运动的发展慢了下来，甚至陷入了停滞不前的状态。是因为这一说教主要吸引的是奴隶、穷人、流放犯和流浪汉，也就是那些不想看书或者不能看书的乌合之众，还是因为让人口服心服的不是论据和理由而是感觉和个人魅力，所以能使一个运动发展壮大、走向成功的并非书本而是传经布道和口头交谈？是由于某个潜在的原因，还是出于人们没有提及的多种原因？不管怎样，此书一出，激动的现场说教和生动的口口交谈便被迫退居幕后，以致卡尔马特运动的风头被刹住了，随即这一潮流的传统追随者开始纷纷退出脱离。与此同时，从前不在场的那些有名有钱、有文化有社会地位的贵人显士陆续加盟，取而代之。这帮人实力雄厚，没有他们参与，任何一种思潮、学说、政治或宗教的运动都休想有成功的希望。大约在《醒悟集》问世二十年之后，投身卡尔马特运动的穷人比例才又开始增长。

　　那年头冒出了个叫巴贝克·胡拉米的传道士。他生性开朗，奉行快乐布道，讲经传教几乎每次都以大合唱和集体舞结束。这舞蹈极为煽情，兴奋激动中他与几十个倾听者水乳交融，不分彼此，观点统一。巴贝克骂那些不相信真主的人是傻瓜。这些人声称，如果真主真的存在的话，就让他用闪电将他们劈死好了。巴贝克说他们不仅是傻瓜，而且还是罪犯，因为这帮家伙冲击清真寺，狂呼乱叫地扰乱祷告。他号召人们快乐起来，纵情享乐，信誓旦旦地告诉大家，笑声就是真主最喜欢听也是听得最清楚的祈祷，因为欢笑说明人们接受了真主所赐的祝福，对此感恩戴德。"究竟何为欢笑呢？"他问众人，紧接着又自我解答，"欢笑就是向真主致谢，你的笑声就意味着感谢真主让世界给予你充裕富足的物资。何为快乐？快乐就是人能够借以认可真主创造了自己的那种情感。你能够自己在心里制造快乐吗？不能。你们能相互约好，大家一起快乐吗？是的，傻瓜什么事都可以预约。但你们不会预约快乐，因为快乐是从外面进入人们内心的感觉，如同视力和净水一样，是真主给予我们的馈赠。"他还阐述道，悲哀与痛苦是最深重的罪孽，它们将人同世界和真主分离拆散。"兄弟们，你们的老婆就是最好的祈祷垫毯，趴在她们身上比干什么都舒服。"说到这儿，他常常会进入欣喜癫狂的状态，或许是真动了感情地高呼，"没有什么祷告能像趴在自己女人身上一样蒙受真主如此之高贵的恩宠和宽恕了！"

在起义和战争中经过殊死搏斗夺得胜利的人，一般来说没有福气享受胜利的果实，因为他们本性上已经无法适应和平及其所需的条件和环境。暴力的沉重后果可以由激情充沛、忘我无畏的血性之人来承担，而建设国家和政权则需要头脑冷静且特别清醒的人，能待在掩体里耐心地等待合适的时刻。即便行动的有利时机到了，随之而来的也非和谐一致即阴谋诡计。国家和日常生活都是建立在法律、秩序和规矩的基础之上的，这些东西排斥感情用事或将其边缘化，对于巴贝克·胡拉米也不例外。他把卡尔马特派原先的那些信徒又拉了回来，这帮人有的是流浪汉、流放犯、逃犯，有的是奴隶、穷人和形形色色对现状不满的潜在造反者，还有那种属于准备揭竿而起的社会底层，反正他们一无所有，唯有难以忍受的苦难可失去，而任何改变都只会给他们带来好处。等到追随者的队伍发展壮大到一定程度，他便一马当先率众起义，带领着卡尔马特大军南征北战，最终在波斯湾阿拉伯半岛一侧建立了历史上第一个具有共产色彩的国家"卡尔马特国"。在这之后，该运动能隐忍、有涵养、较理智的一众首领抢班夺权，将巴贝克判处死刑，并开始重建一个没有巴贝克的新国家，其面积则缩小到巴林岛和附近的沿海地区，建国时的重要精神支柱之一则是保留对巴贝克及其英勇就义的纪念。刑场上，行刑官问被剁去手脚的巴贝克临死前最后有什么愿望，这个死到临头的乐天派竟要了杯酒，邀请在场围观的人群与其共饮，同享快乐。人们把酒灌进他的喉咙，间歇换气时，巴贝克开怀大笑，放声高唱，直到最后一刀砍向他的脖颈。

自打建国以来，卡尔马特人频繁袭击商旅和村镇，入侵邻国纵深地带，烧杀抢掠，散布恐怖气氛，寻衅滋事，制造冲突，就像是要逼迫一个不容忽视的泱泱大国对他们实施攻击和占领似的。他们犯下的弥天大罪，是其军队统帅阿布·塔希尔在麦加袭击了天房"克尔白"附近手无寸铁的朝觐者，屠戮了几千无辜民众，随后亵渎神圣的黑石并将其掠走。直到后来卡尔马特军队遭受了几次重创，他们才还回黑石，收敛了嚣张的气焰，把袭击的矛头重新对准打算斋月结束后在麦加欢庆开斋节的波斯穆斯林骆驼队。这一出人意料的挑衅行径，让人不敢掉以轻心，可究竟该采取什么措施，如何行事，帝国宰相心里也没谱。如果要对卡尔马特发动战争，那等于把这帮人真的当成了一个正式国家，就好比承认他们与塞尔柱帝国平起平坐的地位，即便是将其贬为敌对一方，那也是一大失策。他们可不配让我们帮这么一个大忙。但如若任其剪径劫道，为非作歹，闹得人心惶惶，玷污圣教和帝国，在其犯下如此滔天罪行的事实面前，熟视无睹，装作平安无事，也是不可能的。

宰相站在炭火旁，几位幕僚围坐在火边，双手插进衣袖里很深，都能摸到另一只胳膊的肘部做按摩了。大家静听宰相的军师出谋划策。此人献计道：可以设法与哈里发沟通一下，让他发兵去打他们。这件事首先与信仰有关，因而应该是这位宗教领袖负责解决的问题。当然谁都清楚，他没有能力保卫自己或进攻别人。不过如果能和他达成协议的话，我们可以给他一支军队供其支配。这样，我们的军队将与卡尔马特作战，但战事运作则由哈里发指挥，一切行动都以其名义进行。我们不会承认卡尔马特分子和他们的国家，与他们保持一种非战非和的关系——因为我们在公开场合下根本不知其存在——以此将这团狗屎扔出地球。我们也可以把他们当做纯粹的刑事罪犯来收拾。再说，反正这帮家伙不是也常喜欢袭击骆驼商队吗，尽管按其说法这叫作"留下买路钱"。总之，帝国不能出兵去跟拦路打劫的江湖强人算账。那样会有辱帝国的尊严及其军队的荣威。但是，如果帝国帮助哈里发维护信仰免遭匪帮的玷污，又只会让他威信倍增，名望更高。

或许还有另外一高招，即在哈里发周围形成一个多国联盟。倘若作为信仰与传统守护者的哈里发能呼吁突厥人的塞尔柱、伽色尼以及其他随便一个什么值得正眼相看的王朝为保卫信仰而战，同时不必让这呼声听上去像是乞怜求助，那么世界上一半知名的王室朝廷也就结成了一个统一同盟。说实话，这一想法有个大问题，因为没有哪个脑子清醒的统治者，会把自己的军队拱手交给哈里发那些统统既无作战经验又没打仗能力的军事首领去统帅，就如同一个有名有望的君王，即便与别的某位统治者义结金兰，歃血为盟，也不会把自己的人马交给他来指挥一样。

难道有必要把卡尔马特派那么当回事吗？他们真的能够损害和威胁我们的信仰吗？像他们这种卑劣无耻的下流行径也会给信仰蒙

羞染污吗？只有和你平起平坐的人，才能伤害羞辱你。如果我们缔结针对这帮乌合之众的同盟，承认他们对信仰构成了威胁，那才是太给他们面子了。年轻气盛的宫廷侍卫长克马里振振有词，话语里火气很大。这帮家伙不过是群可怜的畜牲，我们犯不着把他们太放在心上，还要动用苏丹王室的正规军去讨伐这些散兵游勇。

作为久经沙场的战士和经验丰富的警探，富兹依勒向宰相大人谈了自己对形势的看法。他认为，目前的局面确实不灵，而且事情大都做得非常愚蠢。如果我们还有点理智的话，那就该动脑筋想想，他们手里到底有多少士兵，控制了几座城池，而别去管他们赢得了多少面子。但遗憾的是，卡尔马特人兵强马壮，拥有众多经验丰富的指挥官和用之不竭的狂热分子兵源储备。只有装备精良、训练有素、领导有方的军队才有望将其击败，大获全胜。

克马里则坚持说，帝国绝不可以出兵对付卡尔马特派，否则反倒是承认了他们能和自己平起平坐。他建议，取而代之的是组建一支志愿军。如果关押的犯人都自愿应征的话，为什么不能释放全部囚徒，让他们充军呢？肯定几乎所有的人都会积极响应，这些人大都在蹲监狱，没谁不渴望在法律严控之外，多得到些自由。难道你能比参加一场正义之战获得更多的自由吗？！凭借打家劫舍和云游四方的经验，这些昔日的强盗歹徒和江湖浪人对付狂热的卡尔马特士兵堪称棋逢对手，绝对是他们的克星。而在战斗中，经验丰富远比头脑疯狂有用。这些囚犯将同几座大城市里应征报名的志愿者组成一支真正的强大军队。如果再配备两三千苏丹调拨的有实战经验的指挥官，那么卡尔马特人肯定不是他们的对手。这么一来，他们就不会得到那种不该享有的名分。因为作战的不是我们的正规军，而是广大志愿者为了肃清或者至少击退商道上的匪患而联合组建的志愿军。

克马里的分析思考引起了尖锐的反对意见，与会者一开始就分成两派。年轻的市长阿布·阿里·艾尔-侯赛因尼站在血气方刚的宫廷侍卫长一边，而富兹依勒和伊斯法罕驻军司令菲尔杜斯则与之针锋相对。一方竭力解释，告诉世人卡尔马特分子是何许人也，什么来龙去脉，与其划清界限，何等重要。另一方则拼命证明，战争中最忌讳恼羞成怒，此情绪甚至比敌人还要危险。要把一群匆匆忙忙胡乱拼凑起来的志愿者训练成一支军队，没有一年的时间，不花上大把银子，休想做到。聪明人都清楚，要想打仗的话，只有派出正规像样的部队才行。要是派出的人马是一帮装备低劣、素质极差的乌合之众，那等于增强敌人的实力。两个少壮派激烈反驳道，用思想和信仰武装起来的人绝非乌合之众。两位老兵反唇相讥，说聪明人定做靴子应自己去找皮匠，而不会把脚交给什么用思想和信仰武装起来的人来打理。而打仗可是件远比做鞋子要重要且艰难得多的活儿。其间，帝国宰相一直站在火盆旁一言不发，苏哈拉卜则坐在座位上，不时地做着记录，假使两位默默倾听这场有关卡尔马特之争的旁观者后来没有及时干涉的话，双方越来越激烈的辩论真有失控演变为冲突的危险。

穆尔克宰相终于离开了他的火盆，开始在屋里来回踱步，他的挪身走动打断了两派的争吵。其间，他偶尔会在下属身边停留片刻，随后又默默地继续从房间的一头走到另一头。他嘴里时不时嘀咕着什么，但边走边说的声音小得只剩下零星的词语碎片，弄得人根本听不清楚，所以与其说他在对别人讲话，倒不如说在自言自语。末了，他走回到众人跟前，坐了下来，发表自己对刚才所听之事的看法。

宰相认为，组建同盟的主意肯定是良策，值得认真考虑如何得以实现。不过这过程中的一大麻烦是，开罗的法蒂玛宗哈里发是挡道的障碍。此君肯定不会对以巴格达的阿拔斯王朝哈里发政权为中心形成同盟之举袖手旁观。这些离经叛道的家伙自以为是正统合法的哈里发，肯定觉得巴格达同盟会对其构成威胁。对了，还有拜占庭呢，如何让他们的皇帝相信，这一同盟并不是针对他而缔结的？此外，当然还有些小问题要解决，这刚才也已经有人提到了，比方说鱼龙混杂的数支部队如何指挥？所以必须整编为一支军队，统一领导，否则还没开打我们就不战自溃，从而大涨卡尔马特那帮背信弃义者的威风。然而，如果各个王室都保留对联军中自己部队的指挥权，在其中安插各自的指挥官，那就不可能创建一支统一的大军。其他解决问题的建议就不用考虑了，总不能让我们亲自披挂上阵吧。说实话，即便在没有动乱和冲突的和平安定之地组建和供养一支军队，也得花去用作其他用途的大量金钱。无论某些要人怎样反对，学校是不可放弃的。学校是我们不同民族、不同宗教和不同语言融为一体的地方，是帝国得以建立的基础。而组建军队所需的经费，很可能会吃掉用于兴办学校和医院的拨款，所以他左右为难，不知两者孰重孰轻，何缓何急。

"然后，还得考虑帝国必不可少的计划外非常开支。去过北方的人回来谈到有关鞑靼人和蒙古人的奇迹，讲他们那儿多个部族如何结成一体，相得益彰，同舟共济。一些人还参加过他们的节日庆典，观看了活动中的打仗游戏。据我所知，这些草原上的民族天生喜爱这种游戏，一断奶就摸刀持箭。不过，前不久回来的人讲述的是些新鲜事，诸如新的、更好的武器，新的作战方式，新的风俗，还有节日上更多的打仗游戏。对此，我们得予以跟踪关注，派些人手过去，搜集那里一切活动的情报，随时向我们汇报。假如他们真的联合起来了，几大部族抱成了一团，那我们不能不提防，一夜之间就会弄个帝国出来。他们人口众多，灵活机动，行动迅速，骁勇善战。他们的帝国，可能还没等我们发现其成立，就已经咄咄逼人，虎视眈眈。所以我们得立即设立一个机构，随时观察监视这一动向。法兰肯国家那边所有能搞到的情报都可以传递过来，但还是没有来自北方地区的消息多。或许就是因为去法兰肯的人比去北方的少吧，北边总能找到事做。所以就算我得到的情报中只有一半真实可靠，也值得我们在这些国家安排人手刺探虚实。"

言罢，首席大臣的目光转向驿局兼情报总管苏哈拉卜，似乎他刚才高腔大嗓所说的一切都是讲给这位秘密警探听的。"我们得挑选精英，悉心培训，让他们具备即使远在天涯海角亦可应变自如的能力，混入当地人中间，眼观六路，耳听八方，窥测风向，暗记于心，好如实向我们汇报。这类人必须相貌平平，不显山露水，在哪儿都能融入芸芸众生之中，如同寻常百姓，然后争取信任，赢得好感，平日得注意留心周围发生的一切，又不被人发现。他们必须有可供支配的经费，以便在当地开店经商，款待客户，赠以礼品，博其欢心。有必要时，亦不排除行贿收买。帝国务必保证这些人俸禄丰厚，赏金可观，以免当地官府拿几个小钱就能将其收买，为己所用。所有这一切要花费巨额资金。因此，同卡尔马特这帮叛逆开战根本不在考虑之中，即便有可能联合其他王室共同行动也不行，更别说我们孤军作战。我们必须设法把这些人渣扫出地球，但不能付出大的代价，要没有士兵伤亡……所以我们得想点办法出来。"

"这是帮穷开心的家伙，阁下。"苏哈拉卜开口了，显然他已经推测出那个想办法的人指的就是自己，因为整个过程中宰相一直盯着他看，也冲着他说。苏哈拉卜侃侃而谈："只要为他们创造机会，这帮人准会使用一切必要的手段，无所不用其极地自己毁掉自己。一个穷开心的，眨眼之间就能轻而易举、莫名其妙地把传说中的造富奇才阿迪哥堆积的满城财宝花个一干二净。那么一堆穷开心的呢？成百上千个呢？！"

苏哈拉卜对自己的观点深信不疑，认为支撑卡尔马特存在的因素是恐惧、放纵以及少数家境殷实的富人，后者来不及溜之大吉，只能留下来为那帮穷开心的效劳出力，拿自己的家产财富来维持这个国家的生命。那我们现在该干什么呢？应该直接在卡尔马特旁边，如果有可能的话就靠着边界建立一座城池，好让那些富人有地方可逃。这些人被扣留在他们的国家里，被迫给那些穷开心的、放荡不羁的家伙卖命出力。肯定用不了多久，就会把过去没能挥霍掉的钱财花得一干二净，于是便会开始相互埋怨算账。假如那时候我们再派上十来个精干的人，带上钱混进去，暗中煽风点火，挑拨离间，在高层不断变化的宗派山头之间搬弄是非，制造矛盾，告诉那些领头的，近在眼前的邻国里就有美女佳人敬候其光临，等等。那么他们的国家用不着等到下一个开斋节就会土崩瓦解，不战自灭。而现在当政的那些领袖们不仅会丢掉政权，还会丢掉性命。

"让这帮穷开心的开心去吧，阁下。"苏哈拉卜建议道，"既然他们会更好地自取灭亡，干吗要我们亲自动手呢？"

一瞬间，屋子里鸦雀无声。所有人的目光都投向帝国宰相，他苍白的脸上飞起一朵红云。宰相点了点头，朝苏哈拉卜微笑了一下，清楚地表明这办法正合其意："好的，我们就这么办。"说完站起身，以此示意散会。

君臣之争

　　"他们说不定什么时候、在什么地方就会冒出来。"尼札姆·穆尔克说，"无论在哪个时代里，也不管在何种宗教中，都有他们的影子，就像野草或某种瘟疫，什么地方一不小心放松了警惕，便会让他们趁机卷土重来，四处蔓延。就像头皮生头屑，太阳造温暖一样，自开天辟地以来，信仰在所有地区和所有集体里也滋养出一批背弃教义的叛徒。在正常的事物里，本质的东西应该丰富多彩，占据主导地位，残渣余孽只能形单影只，茕茕孑立，但在信仰这一问题上情形恰恰相反。头屑就是头屑，不管它是从聪明人还是傻瓜蛋，从巨人还是矮子，从男人还是女人的头皮上生出，都没区别。而头皮却有溢脂性或者干性，光滑或粗糙，平整或起皱之分。然而，每种信仰都有五十或一百种不同类型的叛教者。

　　"背弃信仰者中最可恶的就是那些在太平盛世冒出来的坏蛋。他们趁幸福时光里信仰开始疲惫乏力，自私渐占上风，善良为人厌倦之机，现身江湖，欺世盗名。虽然诸位贵人年轻气盛且各有所为，但是大家肯定都清楚，信仰要求每个人不断自我完善，不能满足于与生俱来的现状，必须永无休止地精进。遗憾的是，每当信仰因丰衣足食、生活安定而被削弱时，总会有骗子和该死的家伙出现在光天化日之下，公开同信仰的教义唱反调，当众撒谎说，人如果敢于放纵自己，无所畏惧地任性而为，那才生得完美，活得正确。而信仰告诉人们，他们有精神、有思想，从而能够驾驭自己的天性，完善自己：你们乃世上唯一即便饱了也要吃的动物，因为你们为自己的生存担惊受怕。你们也是唯一堆积财产并拖着一切能得到却不需要的东西走完一生的生灵。但是你们保存了精神，它能解除你们的恐惧，还给你们自由，帮助你们停止已经饱了还要继续吃喝的行径，放弃你们不需要的东西，因为精神可以引导你们走出恐惧的禁锢，进入自由的王国。这就是信仰的真言。可那些叛道者则对我们说，只要还能进食，就应吃喝不止；只要没被压死，就应敛财无限。他们还讲，世间万事万物，无不为自己的生存而搏，所以唯有吃得最多最快者，才能得以继续存活。你周围的一切都对你虎视眈眈，每个人、每株植物、每块石头、每只蜜蜂，所有这一切都必欲将你吞噬或占有而后快。倘若他或它们没有动作，那也只是因为无能为力而已。当心吧，别给他或它们创造毁灭你的机会。所以先下手为强，要么将其斩尽杀绝，要么让其对你俯首称臣。生命是无价之宝，随之而来的享受则使之珍贵无比。诸位不欠任何人和任何事的任何东西，所以，只有当你们为所欲为，你们的所作所为才合情合理，正确无比。你们的禁忌仅限于力不从心之事，伤身害己之事，己所不欲之事。除此之外，其他的一切均可为之。

"在古波斯帝国的辽阔疆土上，这一被正统宗教视为异端邪说的始作俑者乃苏西安纳人班达特之子玛兹达克，此人生活在萨珊王朝皇帝柯巴德一世与其子霍斯劳一世"阿努细尔旺"的时代。父亲死后，玛兹达克继任了琐罗亚斯德教信徒称为"麻培特"的首席或称大祭司职位，这你肯定知道。这一地位非常重要，虽然在实权和威望上不敢奢求与君王平起平坐，但也相当于帝国的二号人物。可他究竟出于何种动机，放弃祖先的信仰，离经叛道，走上散布异端邪说之路，显然用常人的理智无法解释。权力和地位肯定不是原因所在，对世界最大帝国的首席祭司而言，只有伟大的真主在上，而他自己已经权倾朝野，可谓一人之下万人之上。财富也非其所图，因为全世界的珍宝都可供其支配。那么他为何要开始用异端邪说来攻击自己原来的全部信仰和传统呢？而且还要做出那副样子，至少在最初如此，好像他是在纠正那些未入门道和居心不良的前任大祭司们对琐罗亚斯德教圣书《阿维斯陀注释》的误解和谬论？是他得了什么疾病，为之驱使？还是有什么恶魔附体，被其诱惑？或是让成为超人的愿望冲昏了头脑，眼花目眩，不知道自己是谁了？"

"你给我住嘴吧！"马立克·沙赫苏丹叫了起来，他伸出手臂，抬起手掌，一副拒绝接受的样子，"他和我沾亲带故吗？惹过碰过我吗？说到底你究竟为何跟我讲这些？！你又凭什么认为，我就得听你的！？"

"凭我想让你更好地明白，今天我们面临着什么样的局势，凭我想让你更容易地看清，我向你警告的危险。"帝国宰相尼扎姆·穆尔克也不示弱。他利用间隙润了润嗓子。说了这么久的话，其间不乏扯开喉咙、情绪激动的喊叫，他有点口干舌燥，嗓子眼儿快冒烟了。

"如果真有其事的话，那你为何不用手指给我看看，我现在面临的威胁到底在哪儿，好让我有所作为呀。"苏丹依然紧逼不放，不满之情溢于言表，"别把我当小孩子，跟我讲什么古代好汉和坏蛋的故事。"

"你一门心思在做自己的事，根本没听我的话，我从头到尾都在告诉你此刻真正的威胁何在。"帝国宰相依然心平气和。

"一个五百年前的人在威胁我？我得为此忧心忡忡，想办法对付他？我的老臣，我喜欢你，你也对我有用。我心情好、你也听话时，出于敬重，我叫你声叔叔。不过我现在老实告诉你，这种时候恐怕将来会越来越少了。"

"我们必须明白……"帝国宰相张开嘴，想做些解释，可苏丹气呼呼地哼了一声，把他没说出来的话给堵了回去，然后站起身，走到窗前，给了老宰相一个后脑勺。马立克·沙赫在那儿站了很久，长吁短叹，自言自语，嘟囔中只有"牢笼"两个字依稀可辨。随后，他又回到了自己的王座。

"我们不必做什么，没什么是我们必须做的。"他像是在回应宰相试图讲给他听的话，"我们应该做好自己的事情，各尽其职。你该提醒我当心现在面临的威胁才对，我必须有所防卫。不过我也理解……那么现在你提个管这事的人选吧。如果你对此感兴趣的话，我个人完全能够理解，但别把我扯进去，让我烦心。现在来让我听听，你都想告诉我些什么吧！"

尼札姆·穆尔克尽量简洁明了地汇报了信徒前往麦加朝觐途中遭到卡尔马特袭击的情况。但仅这么短的叙述就不得不中断了两次，其间马立克·沙赫苏丹大吼大叫，气得直用拳头狂打枕头靠垫。

"我非得杀他个片甲不留、鸡犬不剩！连娘胎里的婴儿也别想活！让他们房无完墙，遍地废墟！"苏丹放出一连串狠话，仿佛刚刚大梦初醒。

"慈爱的真主对陛下的帝国绝对情有独钟，否则他就不会让我们得天独厚了。"沉默好一会儿，宰相宽慰道，大概是想边说边等待苏丹完全冷静下来。

接着，他详陈己见：卡尔马特人的罪行迫使他马上记起了一个没有实现的想法。这个念头他已经酝酿了很久，没有四五年也有两三年。可是这期间由于总有其他的急事打岔，妨碍了这一想法的落实，使之迄今依然还停留在他脑海里。这是良方上策，会大派用场。而现在他依然在守望这一想法的实现，也算是以此自罚吧。所以他的确也说过，或许这是天意，让那些灾星通过作孽犯罪赃人把柄，好方便我们来收拾他们。

帝国宰相同许多行家交换过意见，后者一致认为，波斯湾沿岸靠近小城班娥安扎里-塔赫雷一带的海湾得天独厚，是最合适修建海港的地点之一。所以他决定在此处建造一座港口，并将该市及其周边地区划为特区对外开放，欢迎各方人士来此定居经商。自由人和被释放的奴隶，流放犯和外国人，本地人和外来移民，波斯人、突厥人和阿拉伯人，穆斯林、基督徒、犹太人和琐罗亚斯德教信徒，所有的人，千真万确的每个人，不管是谁，只要说出他想做什么生意，并证明他力所能及，就可以得到在当地落户的居留许可，修建自己所需的一切设施，享受从商经营的优惠。行家们在如何确定该地区的税收上没有取得一致意见，一些人认为，应该实行低于帝国

266

其他地区的税率；而另一些人则觉得，必须采取帝国现行的统一赋税标准，不过征税的周期可以放宽些，比方说三年一次而不是通常的一年一次。某些人转过来又说，这里可以跟别的地方收一样的税，也一样逐年有所提高，但前五年里免除所有外来移民的一切纳税义务，直到他们收回在此大兴土木的全部投资，商业开始正常运转为止。不过这些细枝末节的小问题，行家里手们半个钟头就能搞定。至于究竟采取什么方案决策，说到底对国家来说都一样。

多少个不眠之夜里宰相都做着这样的美梦：数千个劳工烧制砖瓦，另外数千个劳工再把这些砖瓦化作平地而起的新城广场、城墙和巴扎。成百支骆驼队为劳工和移民送去食品、衣物、工具和他们所需的一切物资，还有成千的人生产骆驼队运送的这些食品、衣物和其他一切物资……一旦开始着手实现这一意图，整个地区将呈现出一片欣欣向荣的景象。那么究竟这项即将在此地进行的浩大工程好处何在呢？！想想看，要生产所需的这一切，得有多少缆绳和油漆要在这里制造，有多少土地要在这里耕耘播种？！码头脚夫、水手和渔民要穿衣鞋，上百名潜水的年轻人同样有此需求，他们要下海去捞珍珠蚌、珊瑚石和富人餐桌上的美味佳肴。一年之内，那里就会涌入大批有钱人，而这些人用他们获取的大量珍珠又会吸引金匠、珠宝商、各种奢侈品的制造者和供应商纷至沓来。从服饰、鞋履到食品、车辇、首饰、腰带和帽子头巾，还有养马卖马的等等，不一而足。

"明天我们就得开工，那些灾星已经用他们的罪恶行径警告我们，再耽搁下去可要误大事的。"宰相结束了激动的高谈阔论，末了又加了一句，"而且这样他们同时也给自己的命运打上了注定失败的烙印。"

"你说的什么灾星啊？"苏丹有些糊涂了。

"就是那帮卡尔马特人呀，他们袭击我们的骆驼队。"宰相回答道。

"他们与你的海港、税收以及刚才所说的一切有何相干？"

"以鄙人之见，我们应该把班娥安扎里-塔赫雷小城的周边地区辟为开放区，就放在他们国家重镇巴林的对面。这样一来，一旦发现这里机会诱人，条件优惠，他们那边凡是有积蓄和一技之长的人都会跑到这边来。就连穷人里头有些家底的，只要得知近在咫尺就能找到活儿干挣到钱，也会投奔我们。而我们的首批工程一启动，消息马上就会传过去。如此下去，他们的卡尔马特国将人口锐减，精英人才、财富和知识会大量流失。这必然削弱他们的国力，致其在极短的时间内土崩瓦解。快的话一个月，最迟两三个月，卡尔马特国将不攻自破，烟消云散，就像它从未在地球上存在过一样。这样，我们与卡尔马特人之间的所有问题便一劳永逸地迎刃而解，即便没有荡涤一切麻烦，起码也排除了绝大部分忧患。"尼札姆·穆尔克越说越激动，兴奋得两眼熠熠闪光。

"成此大业就靠你的海港和其他那些个什么玩意儿？"苏丹依然毫不掩饰自己的疑惑不解。

"是的。"

马立克·沙赫苏丹重新站了起来，开始在屋里大步地走来走去，起先是绕圈子，后来干脆在偌大的王宫接待室里从一头走到另一头地来回踱步。他一言不发，翻来覆去地思考着什么，似乎在同某个难题进行较量。最后，他终于在离宰相几步远的地方停下了脚步，用他那对鼓鼓的金鱼眼紧盯着辅佐自己的左膀右臂，摇了摇头。

"在水上搞建设的人是没有好果子吃的，那比在沙地上造屋还要靠不住。"苏丹坦言道，想必这就是他反复思考后得出的结论。

"何以见得？"这回轮到宰相纳闷了。

"在沙地上建屋，如果你想把自己埋在屋子下面的话，这倒是个不错的主意。有些人就因为在盐地上筑屋，结果遭此厄运，落得个房倒人亡的下场。而以水为地基，恐怕情况会更糟。"苏丹推断道，随即摆了摆手，继续大踏步地在屋里快速转悠，显得很不耐烦，巴不得穆尔克宰相快点结束他的出谋划策，赶紧走人。在两点一线的踱步中，他偶尔只用眼角的余光漫不经心地瞟一眼宰相，最后又挥了挥手说："你的计划将一事无成。"

"不是在水上，港口不会修在水上的。"尼札姆·穆尔克试图扭转苏丹的情绪。

"那修在哪儿呢？空中吗？对脑筋正常的人来说这简直是天方夜谭，你自己想出来的那些计策没有哪一条可行。在水上？我连想到这点都觉得恶心。"

尼札姆·穆尔克只好将他的全盘计划重新解释了一遍，这次说得简明扼要，也清楚了许多。按其设想，帝国应在边界附近拥有一座规模大、实力强的城池，这对确保边境的安全比任何要塞都有用得多，更何况它还有其他用场可派。最初是要投入一点人力物力，但第一年即可收获数倍于全部投资的回报。成千上万的人将有活儿干，能挣钱养家活口，不再依赖国家的施舍救济，荒地会被开垦耕种，收获果实。计划的全部收益可谓不胜枚举，只要算算这笔账，是利是弊再清楚不过了。

"算不算对我来说都一样，可我是不会被算计的。"马立克·沙赫摆手挥斥，"更别说用水或者拿什么水上工程来蒙我。我对此不感兴趣，所有的正人君子也一样无此闲心。"

见苏丹听不进去，穆尔克便举出他觉得更加重要的第二个证据，认为倘若这一计划能够实现，就在边境地区消除了一个讨厌且日益危险的敌人，并且不必打仗，不用花钱，也没有士兵阵亡或伤残。

"怎么会不打仗呢？他们不是已经对我开战了吗？袭击我们的商旅，劫财掠货。你大概不会以为，我可以听之任之，视若无睹吧？！"苏丹发火了。

"当然不会。你为什么要任其犯上作乱呢？为什么雄狮要原谅惹恼它的鬣狗呢？我自己在寻思，是不是太给他们面子了？难道鬣狗有权期待雄狮去跟它角斗吗？换句话说，那帮乌合之众有资格期待你苏丹陛下正儿八经地向他们宣战吗？鄙人的计划不会给他们这份荣耀，不用一兵一卒，即可将其消灭干净。我说的不是战胜他们，而是将其彻底消灭，从地球上抹去，不留半点痕迹。"

"我说不准是不是听懂了你的话，但可以准确地告诉你，我不会采纳你所提的建议。"苏丹忧心忡忡，像是在自言自语，"他们在杀戮我的子民，我却一门心思地大兴商贸，赚钱盈利，而不去动手铲凶除恶？这可行不通，绝对乱了套。那才是真给他们大面子了！我要好好地教训教训他们，让他们疼得下十辈子都刻骨铭心。"

帝国宰相回答时虽然仍旧十分镇静、理智，但此刻看得出来，要保持这种说话的状态，他得设法克制自己了。他向苏丹指出，帝国的边境线太长，监守和维护这漫长的边界责任重大；他提醒说帝国周围的形势动荡不安，分崩离析，搞得人心惶惶，仿佛整个世界已经濒于土崩瓦解。然而这些骚乱和战争之所以没能蔓延扩散到这里，完全归功于陛下帝国无可争议的强大和无人敢于置疑这一强大的事实。他进一步解释说，只要帝国的军队完整如一，常备不懈，那么这种强大就会持之以恒。周围到处都有老牌帝国在解体消失，全新、年轻的国家在诞生，成长，一个国家常常能演变成好几个来。每年都有一个曾经德高望重的旧王朝销声匿迹，每天都会冒出一个做茶炊的工匠或补衣服的裁缝，成为穷人起义的首领，自封苏丹，称王称霸。这些傻瓜都梦想要真的征服全世界，或起码将世界的绝大部分置于自己统治之下。只要找到怀疑我们强大的第一个理由，每个揭竿而起的造反派都会毫不犹豫地进犯我们的边境。而一场原本无需进行的战斗，或者我们部队一点点战斗力疲软虚弱的状态，或者帝国被视为战无不胜的军事力量的哪怕一次微小失利，还有诸如此类其他的情况，都可能成为这一理由。我们必须保护并强化我们的军队，使其随时处于战备状态，不断增强其作战能力，而不是派他们去对付一小撮没用的亡命之徒。为什么要这么做呢？不然的话，他们就得利太多，而我们则受损太大。在这样一场战争中，每一名阵亡的士兵都是我们的损失。更何况，我们一次仗都不打，一滴血都不流，就能克敌制胜，将这帮废物从阳光下面打扫干净。

帝国这位多年伴君的元老最后提示道，老辈人有个说法流传至今：一个聪明男人身上的英雄本色在于，他有七分谨慎，两分理智，一分胆量。

"我们出去骑会儿马吧，我不想再谈了。"苏丹提议，说着便向门口走去。他拍了一下巴掌，一瞬间两幅门帘合缝处便探出一个头来。苏丹冲着那个脑袋喊了声："备马！"

去马厩的途中，苏丹又在为几个问题冥思苦想，弄得他根本没注意到宰相已是在强压心中的愤懑，忍气吞声。等他想到一个自己满意的办法时，两人已经走到了王宫的大院里。苏丹转身面对宰相：

"你说得对，他们的英雄本色是这副模样：谨慎，理智，或许再加上点胆量。那是真正典型的商贾式英雄本色。"

"我们的祖先说过，这是所有聪明人的英雄本色。"尼札姆·穆尔克忍不住顶撞道。

"但不是我苏丹的英雄本色。我的是七分荣誉加上三分胆量。你说的那是商人、税吏和教士的本色。如果你还要继续说下去，继续说服我相信能用经商做生意来对付那些残害我子民的暴徒恶棍的话，那我相信的就是，你说的也是你帝国宰相自己的英雄本色。"

苏丹让狗夫把家犬都调配妥当，好让其中一些跟在他们后面撒欢，然后翻身上马，疾驰而去，显然无论是他本人还是他的坐骑都备受压抑，太需要发泄一下。而且宰相也不反对纵马狂奔，他也得借此释放一下胸中的几乎要发作的郁闷。他必须平静下来，关键是今天得找到一条途径，在某件事上能和苏丹沟通并达成一致。

风迎面扑来，骏马撒开四蹄狂奔，还不时欢快地昂首甩头。后面的狗儿也不示弱，很快就蹿了上来，随即同主人的坐骑赛起了跑，于是马鸣狗吠响成一片，回荡四野。放眼环顾，地阔天宽，荒野苍茫，苏丹和尼札姆一路纵情驰骋，人欢马叫，力量焕发。两人都不由自主甚至违心违愿地张开嘴巴，尽情狂呼大喊，叫声在广袤无垠的旷野上回响震荡。苏丹在马鞍上起身直立，双脚踩在马镫上良久，然后发力狂吼，将手中的狼牙棒扔向看似无穷无尽的空中，好似要把心里积蓄的愉悦酣畅淋漓地宣泄出来。狗儿们大呼小叫，在地上撒欢打滚，相扑嬉戏，假装厮打争斗。而狗夫们跟在后面，乱冲乱撞地穿插其间，自己也忘乎所以，情不自禁地为之陶醉，要么抓住欢蹦乱跳的小家伙，要么被它们绊倒在地，一时间人喊狗吠，好不热闹。就好像被狂放勇猛的狗和狗夫们的追逐所传播扩散，一干人马的欢声笑语，一浪高过一浪地在原野上一泻数里。苏丹随从中的小伙子们也被此气氛所感染，俯身紧贴在马脖子上，用吆喝或低语给奔马加油，催其快跑。一些人竖起身体，紧踩马镫，仰天长啸；另一些人干脆爬上马鞍，站在马背上，任其飞奔；还有的人因为马力不济，赶不上队伍，只好扔掉长矛或箭镞减重，怨声不已。

一行人回到王府时，苏丹笑声爽朗，汗水淋漓。尼札姆·穆尔克毫不掩饰自己的好感，向他的主人喊道："陛下威风凛凛，不愧是名副其实的天下新雄！"此刻，就连宰相总是没有半点血色的苍白面颊上也泛起了红晕，显得神采奕奕。苏丹听后放声大笑，用手拍了两下胸脯，大概是表示此话才合朕意，顺耳中听吧。

两人信马由缰地默默遛弯，舒服地喘着粗气，等到呼吸重新均匀，吞吐节奏恢复正常后，宰相开始提及北方归来的商旅所讲的那些令人担忧之事。据他们描述，鞑靼人和蒙古人已有联合之意，此趋势现在已经不再是可不可能的问题，而是他们什么时候会组成一个大联合体的问题。那边几乎每天都有小部落与较大的部落合并，或者加入那些不是自愿就是强行组成的部落群。明眼人不用费神就能看清，这种局面对马立克·沙赫的帝国有多危险。一旦他们觉得羽翼丰满，便会走出草原。游牧民族必须经常攫取新的领土，陌生的疆域就像母亲呼唤孩子一样向他们召唤。如果他们通过这种合并真的结成大的同盟，那对帝国就不仅仅是一种危险，而且是毁灭性的打击。这些民族骁勇善战，都是精兵良将，可谓自突厥人出世以来最优秀的战士，行动迅速，装备精良，机智勇敢，素质极佳，无出其右。他们无所畏惧，只对掠夺抢劫感兴趣，唯恐天下不乱，就和魔灵撒以旦与他的仆人一样，除了撒谎和否认撒谎之外，不会干任何其他的事情。要想有效地对付他们，十分困难，也许根本就不可能。

不过，只需二十名精干的人手，再破费点钱财，我们就能放慢北方民族大联合的速度，搞得好还可以完全阻止其进程。我们可以向一个首领赠以厚礼，说服他相信，现在与其称兄道弟的盟友，真正的目的在于取其性命，然后再劝另外两个部落头领结成一个根本靠不住的联盟。对那些已成气候的大联盟，就苦口婆心地向其指出，这种以大吃小的组合有失公允，故后患无穷，厄运必降，灾祸难逃。倘若我们能够在他们中间发展一些靠得住的眼线，定期向我们汇报那边的一切风声动向，再安排十到二十名我们的人去和那些头面人物套近乎、拉关系、做生意，那我们就可以掌握情报，及时采取应对措施，阻止任何大到足以威胁帝国的联盟的形成。因此，我们必须留出足够的经费，组建一个运转良好的强大情报系统。缺了这一块，任何地大物博、历史悠久的国家都难以生存。

"这对我们有何用处？"

"我不是刚对陛下讲了，这样的话就可以及时得知他们的一切动向。"宰相再次解释。

"非亲非故的，我干吗要管他们在干什么呢？我堂堂塞尔柱王朝的一国之君，名扬四海，威震八方。他们应该来了解我、搜集我的情报才对。"

"那么他们有朝一日突然出现在我们大门口，也就不足为奇了。"大臣也换了种口吻，极力警告地说出了他的担忧。

"他们真来了的话，我理应开门迎客，以礼相待。我知道应如何接待朋友，也懂得该怎样对付敌人。"

就这样，尼札姆·穆尔克与马立克·沙赫关于组建情报机构的谈话无果而终。同时，宰相这天想借此和苏丹有所沟通并找到共同语言的最后努力也随之付之东流。

静水流深

赛卡伊娜的母亲海达登门造访时，天还没大亮。这位已当外婆的女人解释说，这么一大早赶来是因为天气太热，等太阳一出来人根本无法在户外走动。赛卡伊娜小心翼翼地问，不知妈妈这次登门有何贵干，因为他们没料到她会不请自来。海达摆了摆手，称自己不放心毛手毛脚的孩子们办事，怕他们搞砸了，会给家族丢脸，所以想过来看看，并责问他们从里到外哪有点迎宾待客的样子，其他的礼数就更别提了。海亚姆赶紧解释，说今天不是什么正儿八经的庆祝活动，只不过是他们夫妇想借女儿莱伊拉长出第一颗乳牙之际，和几位私人朋友一起热闹热闹罢了，来的也不是什么名人贵客，就是一些……

"你给我闭嘴。"海达打断了他的辩白。

"干吗要他闭嘴？他可是在自己的家里呀。"赛卡伊娜大声嚷道，声音高得没人听见会觉得这是在提问。

"他嘴里从来就没吐出过什么有分量的话，更别说一言九鼎的决定了。"海达不屑地把手一挥，慢腾腾地站起身，走出房门，指挥用人们干活去了。她就是这么个人，过去也一直这样。平时，她很少到女儿家来，但只要来了，马上就把她治理家政的那一套原封不动地照搬过来。海达自己家里兴的那些老规矩，是她和丈夫米尔宏德年轻时逐渐形成的，儿子费力敦都成家好久了还沿袭未改，一直保持到今天。米尔宏德刚走后的一段日子里，海达很消沉，给人的印象是似乎她也将不久于人世。但是过了几个月，她又活了过来，恢复了昔日的精气神，身边的一切也随之回到了她曾经打整管理的原貌。这种情形并不一定是大宅院里所有成员的福音，也正因为海达的复出，费力敦一直无法真正成为家中的主宰，而他的妻子最多也只能在因为做了点什么事而受到婆婆表扬时被称为"是个漂亮的年轻女人"或者"是个有福气的年轻女人"。岁月蹉跎，光阴荏苒，所有人都按部就班，顺其自然。大家都能定期得到海达认为他们有权得到的一切，同时也必须服从这个在幕后操纵监控的细心老太太所定下的家规。赛卡伊娜总是想方设法避免母亲登门探访，所采取的行动可谓卓有成效。也正是在此过程中，她学会了料理家务，养成了固守家风、不愿让外人打扰的习惯，更不用说让霸道、强硬、凡事说一不二的母亲掺和进来，干涉自己的内政。

海达从外面回来时满意地说，一切都已安排妥当，等太阳稍微落下一点儿，她就可以放心回去了，用不着害怕家庭聚会上会出什么乱子。她心想，正式的庆祝活动反倒不会叫人这么操心，因为大家都是冲着聚会而来，任何鸡毛蒜皮的疏忽和细枝末节的不周都被忽略不计，从而显得无足轻重。而恰恰在不登大雅之堂的小型家宴上，倘若来客根本搞不清为何要凑在一起，再如聚会之原因不是像逢年过节、庆贺生儿育女或喜结良缘那样名正言顺的大喜事，那么哪怕最细微的差错也会变得十分扎眼。

"还有你们的……咳，听听吧，第一颗乳牙，这算个什么事啊！好像别的孩子都不长牙似的。你们兄妹俩都是我带大的，要由着我的性子，我真可以生他十个出来。而且不管大事小事我从未这么大张旗鼓地搞过什么庆典，更别说为了长几颗牙齿。可到底还是没按我的规矩行事，瞧瞧现在，人家连问都不问我一声就这么办了。"海达叹了口气，眼睛看着赛卡伊娜，她这个第二胎也是最后一个孩子出生时，差点没要她的命。女儿一听这话跳了起来，满脸通红，两眼喷火，似乎天晓得要干出什么事情。可她又马上极力克制住自己，没有发火。海达补充道，庆贺第一颗乳牙的主意一听就知道是他想出来的，说着还朝海亚姆那边摆了摆头，而赛卡伊娜也一直对丈夫怒目而视。

海亚姆看得出来，他夹在这两个女人中间里外不是人，再待下去纯属自讨没趣。这母女俩的性格简直像一个模子里倒出来的，实在太相似了，想不心有灵犀都难。两人之间的关系千丝万缕，盘根错节，仿佛谁也离不开谁一样，只能你好我好地相互厮守才行。于是他就含含糊糊地说自己今天的晨礼还没做，所以要去大白寺，然后便走了出去。他希望能遇到阿布·赛义德，这位一头乱发的知己，似乎看透了人类灵魂和人际关系的所有秘密。可他又害怕碰见这个啰嗦的家伙，只想独自躲个大半天的清静，把自己从一开始就和丈母娘结下的梁子好好捋一遍，或许还能找到点答案。

他们相识之初，其实海达对他表现得异常友善，可这种情形随着海亚姆对米尔宏德之死的调查起了变化。事情的进展几乎将海达推到了坟墓的边缘，也让海亚姆陷入一生中史无前例的极度困惑，因为其中的根本问题他至今都无法给自己一个满意的答复。比如，调查中的发现，他究竟该不该告诉别人，如果该的话，那应对谁

278

说。再则，他自己也想管住嘴巴，不愿把这一过程中所查明、思考、预感和确信的一切统统抖搂出来，彻底澄清并悉数公开。海达恢复正常生活后，不只一次试图掩饰对他的反感。她常常表现出对他若有所盼，或者至少是他自己觉得她对他有所期盼。他敢肯定，好几次海达已经下定决心，准备开口讲出自己的所思所想，可每次话到嘴边又打住咽了回去，搞得他迄今也不知道这女人的葫芦里卖的什么药。是因为海亚姆这么一根筋地非要把此案搞个水落石出，从而使米家的名声和荣誉受到质疑，所以女主人对他怀恨在心吗？毫无疑问，海达从不掩饰自己视米家名誉高于一切的观念。但是更加毋庸置疑的是，对调查丈夫之死的愤怒绝非她后来敌视海亚姆的唯一原因所在。

那么其他的原因是什么呢？也许她自己也不知道，心里却暗暗希望，海亚姆能把发现米尔宏德死于她的兔肉酥之后，两人之间作为调查结果而若隐若现的预感、怀疑甚至假设都公之于众。当时海达看他的那一眼就已经透露，她心里十分清楚自己给丈夫做的是什么兔肉酥。而海亚姆也心里有数，那一眼要告诉自己什么。海达明白，对方看懂了她的眼色。然而两人都心照不宣，谁也没有道破天机。海达向来高傲、率直，按她的性格，会屈尊俯就地期待，甚至发自内心地差不多是乞求海亚姆痛快地揭开当时两人私下交谈里心领神会的秘密吗？即便结果令人不快，那至少也结束了隐瞒和掩盖事实的痛苦呀。他心里觉得这种想法太荒唐、太离谱了。可这念头不依不饶地纠缠着他，始终在他的脑海里徘徊不散。他的想法简直不近情理，他在想象中强加给丈母娘的疯狂心愿无异于是说她自寻短见。不过他心里非常清楚，直性子、高傲的海达最瞧不起那种藏着掖着的做法，尤其当事情对其本人不利时，她心里更加憋不住。

海亚姆脑海里思如潮涌。海达在家庭生活中和为人处世上的基本原则是，对亲朋好友和要员贵人，如有批评指责的话，马上直来直去，当面坦诚相告。这是她通常待人接物的准则，同时她希望跟自己走得近的人在相互交往中也能这么对待自己。不管别人怎么认为，至少在海亚姆眼里，率直与坦诚是海达鲜明的个性。可是在这件事上，怎么做才叫率直、坦诚呢？谁又能大声说出她的秘密呢？她期待他来打破沉默，这可能吗？她是个弱女子，而且身染疑点，如果她做不到的话，恐怕就只能由一身清白而且还是个男子汉的他来担此重任了！这真的是她对自己的期望吗？也是她因为未能如愿而对自己产生怨恨的原因吗？难道她真的希望这种事发生，即便是违心悖意也在所不惜，这到底可不可能呢？海亚姆满腹疑虑，一筹莫展。作为女婿，他当然不能够也不可以把这事捅出去，否则的话他和赛卡伊娜的夫妻关系可以肯定就完蛋了。阿布·赛义德倒是个绝无仅有的博古通今之士，可这位无所不知的密友又不愿听他提及此事。要对和自己生活在同一个屋檐下的女人隐瞒这样一个秘密，对他来说是何等困难。这一点只有自己经历过这种事的人才能够理解。可是如果她自己承认的话，那会发生什么呢？想必引发的灾难小不了。倘若她认为，他自以为她会怕他，只要她有那么一次意识到，自己的秘密会成为落入他手中一个拿捏她的把柄，那她百分之百会主动吐口的。此时，心智与理性已经无法控制高傲女人的自尊心，所以只要她认为有什么会损害她的高大形象，那她任何事情都干得出来。可他究竟该如何应付和看待所有这一切呢？答案不在绞尽脑汁思考的海亚姆那里，而只有像阿布·赛义德这样披头散发的江湖豪客才略知一二。

他蓦地反应过来，自己不知不觉地已经朝一个方向走了很长一段路，好似心有所往，又如鬼使神差。而且他还发现，大街上异常清冷空旷，跟他打照面的行人不到十个，而以往在城里不穿过拥挤的人群是别想在大街上行走的。远处传来一阵节奏强劲的鼓声，他终于明白了，自己是被这声音吸引到这条路上来的。其实一出家门，他就被这鼓点所指挥和引导，但当时他的注意力集中在体内五脏六腑的各种反应上，通向外界的听力感官被锁闭了，所以并未意识到这音乐的存在，只是机械地移步循声而去。远处低沉的鼓声，并未经由耳朵传入，而是在腹部、骨骼和肌肉中扩散，进而掌控了四肢。这激越的鼓点，咚咚地敲入人心，其魔力简直超过了被控制者的意识对自身各部的控制。也许因为这声音非同寻常的低沉，使人感觉到它是通过地面或者地底下的什么东西传过来的，先进入脚板，再顺腿而上，然后逐渐占据整个躯体。被这股力量所吸引，海亚姆连这喧嚣的节奏之声是不是存在都没搞清楚，便直奔鼓声激昂之处而去。他不情愿地来到了一座宽阔的广场，这儿就是原先赛马场公园所在之处，一个近来他最不想看见的地方。过去的大公园已被扩建为极尽奢华、花里胡哨的大广场，成了统治者炫耀权力的地标，而不是方便民众生活和造福百姓的公共场所，显得华而不实。

此刻，正有一彪人马从王府方向奔广场而来。喧闹之处，但见旌旗招展，金戈铁马，队伍阵容气派辉煌，为首者正是马立克·沙赫苏丹。这位塞尔柱王朝的一代国君，全身披挂，甲胄华丽，头顶上高耸的貂皮帽使他显得比本身的个头还要魁梧高大，搞得海亚姆这个旁观者不由得直拿眼睛瞟他胯下的坐骑，内心暗暗惊叹这牲口真是神驹一匹，能够驮得起这简直非人的庞大身躯。苏丹这次骑的是他那匹名唤"帝福"的爱驹，此马浑身雪白，唯有额上有颗黑星，所配的笼头和鞍具皆镶金嵌银，缀满宝石。苏丹的周围三面有被称为"无畏勇士"的贴身保镖列队环绕，卫士们头裹白晃晃的头巾，高举着绣有苏丹大名的金字锦旗。这些"无畏勇士"个个体格健壮，装备精良，都是百里挑一的棒小伙子，每人的个头要么和苏丹不相上下，要么与其分毫不差，长得皆英俊潇洒。他们身强力壮，耐力极佳，伸手高举着大旗，站上几个钟头不成问题。这支近卫队的成员通常都是名门望族和效忠王室家族的后代，分别来自霍拉桑和达伊拉姆，两地的子弟各占一百人。作为王室的精兵，他们锦衣华服，兵器精良，坐骑皆为出自王室御马场的名贵骏马。紧跟其后的是拱卫三宫六院的太监队列，而他们又被一千名王府亲兵从三面呈马蹄形紧紧围护。海亚姆知道，城门外还有一千名王府卫兵和四千驻扎在伊斯法罕及其近郊的步兵在恭候苏丹驾到。而在距皇城不到半日马程的地方，帝国大军的主力部队已经安营扎寨，严阵以待。他还清楚，马立克·沙赫苏丹此次举兵出征是要去讨伐卡尔马特。

所以，海亚姆近十日以来一直回避与朋友加恩师尼札姆·穆尔克见面，他实在不忍心看到这位大雅君子内心痛苦纠结的模样。身为权倾一时的两朝元老，帝国宰相自马立克·沙赫的父王阿尔普·阿尔斯兰在位时起就实权在手，把握着王朝何去何从的方向，辅佐了两代君王。这一回可是他有生以来第一次受挫，是他有目共睹的所有失败中的头一个。在此之前的一次会面中，宰相向海亚姆拍着胸脯说，个人荣辱他早已置之度外，自尊受到伤害，得意门生马立克·沙赫的忘恩负义，都不是最让他难受的事。他担心的是帝国乃至整个伊斯兰文明世界的未来，而在这个世界里塞尔柱帝国是力量和稳定的源泉。这个国家几十年来的幸福安康、内部和平与发展进步都同帝国宰相的名字和贡献密不可分。这一点就连他的敌人都毫不怀疑，甚至苏丹的第二任妻子、他的死对头图尔坎·哈通之流和总跟他唱反调的宫保太师塔吉·艾尔-穆尔克也无可否认。然而，现在阴谋家和女人接管了帝国的领导权，老臣呕心沥血的全部努力都遭到质疑。他伤感地对海亚姆说，一个人留在世人心目中的印象还不及留在水面上的痕迹持久，尤其是当他欲通过谆谆教诲和循循善诱引导别人，为其指点迷津，好让人有所改变、有所作为之时，往往就更是不得人心，可谓忠言逆耳，良药苦口。一直以来，大小城镇、帝国上下和朝廷王室都维系于一人身上，所以他尼札姆·穆尔克多年来始终致力于把马立克·沙赫培养成一个真正英明和名副其实的君主，并寄希望于帝国的命运将不以自己的沉浮而改变，也不会因其君主个人的起落而兴衰。王朝的江山应该天长地久，代代相传。"可事与愿违呀，不是吗?！"一席肺腑之言后，老臣怅然若失。无论他的苦口婆心，还是军队统帅的极力劝说，都无法阻止苏丹发兵征讨卡尔马特。就算他这次征战能够取得军事上的胜利，但其后果除了留下生灵涂炭和满目疮痍的惨景之外，可谓百害而无一利，因为战争势必会侵吞本可用于组建情报系统和开工建设班娥安扎里-塔赫雷港口特区急需的资金。

海亚姆喜欢尼札姆·穆尔克，对他的感情有点介于他已经记不起来的慈父和不曾有过的兄长之间，并且有充分的理由相信他说的每一句话。正因为如此，刚才交谈中突然萌发的好几个念头都在继续发展成熟之前，就被他掐灭了。比方说，当大臣接二连三地向他保证，说自己一丁点儿也不在乎个人荣辱时，他就在想，这不太合乎逻辑。因为假如一个人的自尊心真的没有受到触动，那他一般是不会主动提及这一话题的。只要内心风平浪静，谁都不愿以此说事，就像没事谁也不会拿自己的胆和胃当谈资一样。从逻辑上来看，他的自尊心如没有受到伤害，他根本就不会有感觉，因而也不可能提到这点。不过海亚姆不允许自己再想下去了，更不能让这想法清晰、完整地成形。他不愿相信，这些事情和他朋友与恩人的荣誉有什么关系。他海亚姆心里太清楚了，尼札姆·穆尔克绝不会让自身的荣辱感来决定他的判断和行动。实际上这就意味着，他所思所为皆仿若自己的自尊未受伤害。所以倘若他如此声称，那讲的定是实话。另外一个想法，是在大臣谈到害怕其亲手缔造的帝国已濒临分崩离析的危险时，从他大脑一角里冒出来的。那一刻，海亚姆伤心地发觉，他亦师亦友的帝国宰相一反往常那种腰身挺直和慢条斯理的优雅风度，变得老态龙钟，神情呆滞。于是，在思如潮涌之余他随意想到，恩师贵人关于世界将崩溃的担忧，会不会是由于年老体衰、力不从心而引起的。世上之人大都只能看见、认出自己身上存在的东西，所以都喜欢把个人身体上发生的变化看作外界的缩影。在一个每况愈下的老人眼中，旭日东升也总似夕阳西下。"也许这不是世界末日，只不过是你的消化功能衰退了吧。"他的大脑里不知什么地方闪过这一念头，但马上又被推翻。他没有任何理由嘲讽和挖苦呵护提携自己多年的恩人。在他看来，尼札姆·穆尔克现在的这副样子，肯定不是他自己想要的。但他肯定是一个为数不多的诚心诚意要想做到表里如一的人。至于大臣某种程度上针对苏丹的不满言论，海亚姆就更不会去质疑了，因为他自己一点也不喜欢这位塞尔柱王朝的一代君王。"对他来说，"海亚姆曾对妻子赛卡伊娜讲，"一切都如同把整个世界搁在他战刀锋刃上一样简单。"也不能说他就是反对苏丹，况且他对陛下也没有半点愤怒或仇恨，可他一想起此君的头脑如此简单心里的确就不舒服。

海亚姆没兴趣观看苏丹雄赳赳气昂昂地经过广场。这里不久前还是市民喜游乐逛的大公园，伊斯法罕上流社会或者自认为属于上流社会的人士爱在此地扎堆碰头。于是，他便闲庭信步、漫无目的地朝市中心走去，想在半道上或巴苏米基德尽人皆知的咖啡馆里遇上什么熟人，了解一下城里人对马立克·沙赫出兵讨伐卡尔马特的议论。帝国宰相想必会乐于听到这方面的坏话，没准这会跟以前多次发生过的例子一样，可以给他提供反败为胜的转机。广场上的人比想象的要少得多。这个情况，再碰见宰相时一定要提到，但得做得自然巧妙，不能让他感觉到，是想以此来对自己表示安慰。

接近通向咖啡馆的小桥时，突然传来一阵兴高采烈的叫喊和笑声。海亚姆循声望去，发现河中离开岸边几步之遥的地方，有个男人长袍高挽，站在没膝深的河水里。再定睛一看他才认出，那汉子不是别人，正是两年前突然在伊斯法罕冒出来的怪人萨勒姆，那个王室婚车大巡游时曾被费力敦从大牢里带回家来的英雄人物。此人长年从戎，曾是伽色尼帝国军队里一员赫赫有名的骁将，战功卓著，屡获晋升，誉满天下。然而，正当萨勒姆如日中天前途无量之时，他突然解甲归田，退伍后成家立业，广交名流，生活殷实稳定。可随后他的人生又来了个三百六十度的大转弯，英雄毅然抛弃已经拥有的一切，背井离乡，扔掉名利，远离战争，开始浪迹天涯。漫游的脚步把他带到了伊斯法罕，于是他便在这儿落脚暂居。萨勒姆这人与世无争，讨人喜欢，很快就成了城里最受欢迎的奇人怪客之一，属于那种特别博人好感的一族。大家都愿意给他找活儿干，都想送他礼物。稍微富裕一点的甚至主动提出免费让他留宿，不要任何回报。不少人都愿对他施舍救济。可所有这一切都被他坚定不移地加以拒绝。萨勒姆总是一副快活常乐、心平气和的样子，不说大话，也不费口舌去解释他拒绝别人好心的原因。他既不做事，也不让别人在他身上做好人好事，所以谁也搞不清楚他到底靠什么生活，生活得怎样，可他依然坚定不移地活在人世。对路过他身旁驻足停留的人，他总爱说上两句中听好话，讲点有意思的趣事，或者至少给个开怀爽朗的大笑。最近以来他成了伊斯法罕墓园里不可取代的常客，缺了他任何葬礼简直无法想象。这些年里，无论死者是谁，也不管天气怎样，没有哪块墓地上的坟坑不是在他参与下挖就的。即便他不是当时的主角，没有指挥现场的挖掘，那也肯定出了一份力，或起码是搭把手帮了点忙的。

萨勒姆朝偶尔被他称作"内沙布尔老乡"的海亚姆兴奋地招手致意，并张开双臂，开怀大笑。海亚姆下了河堤，径直走到河边，在离萨勒姆几步开外的地方停了下来。

"瞧啊，哈基姆，我的兄弟，瞧这情景，多痛快多美妙啊！"这个与众不同的怪人满脸放光，用手指着河水和浸在水里的双腿喊道。

"凉爽宜人，舒服得很吧？"海亚姆友好地回应。

"水认可了，水认可了！凉一点不碍事，舒服啊，这样太好了！太谢谢河水了！不过重要的是，它认可了，认可了。"

"到底认可什么了？"

"我呀，水认可我了呀！兄弟，瞧这美妙的情景：我站在这儿，河水向我流来，抚摸着我，确认有我这个人站在这儿，认可了我，环绕着我。它告诉我，我在这儿。我太高兴了，也认可水的存在。多好啊！"

英雄萨勒姆重新张开双臂，像是要拥抱什么庞然大物似的，惬意地从胸腔里不断发出欢呼声。他一面"哦——哦——哦"、"啊——啊——啊"地发泄胸中的喜悦，一面舞动两臂似展翅欲飞，好减轻极度兴奋给他胸腔和两肋造成的压力。也不知过了多少时光，他终于出水上岸，朝海亚姆走来，和他亲密拥抱，并提议在这吉祥之河的岸边坐上一会儿。

上午已过大半，时近中午，两人找不到阴凉地儿，只好坐在日头下曝晒。英雄萨勒姆深深吸了一口气，舒服地屏住呼吸，让气长久地停留在肺部，然后再大声、惬意地喷吐出来。他们都没说话，在毒辣日头的炙烤下热得要命。

"唉，我说哈基姆兄弟，瞧这日头对我俩可真够友好热情的。"过了好一会儿，萨勒姆才感叹道，"它认可我们，甚至赐予我们影子，以此向我们明示我们的存在。影子说：可怜的人儿，你们有自己的体重，有自己的身形。能有重量，得到认可，这可是件大事，真的。"

说着说着两人又陷入沉默，呼吸也越来越急促，大概是烈日当空，身体不需要间隔长的深呼吸吧。

"你瞧，我人高马大的，"还是萨勒姆先开口打破沉默，然而这回没了先前那股子过分的高兴劲儿，"有时候个子太高真如同下地狱，简直是活受罪。你得给它营养，还得让它活动。你想想看，要保证我这么一个高大的身躯睡眠充足，让我何等费心劳神啊！"

海亚姆提议去巴苏米基德的咖啡馆坐坐，于是两人便起身朝那边走去。咖啡馆里有帮人正在热烈地讨论苏丹出兵打仗的事。两人很快便发现，虽然这场争论你来我往吵得绝对生动，但参与者没动一点真情实意，而且声音都放得很轻，所以跟他们在一起还能舒舒服服地坐下去。阿布·赛义德没来，海亚姆便也没什么可说的。他很享受这种在人群里一言不发的状态，喜欢听别人讲话，尽管听不懂他们在说什么，让目光巡视过他们的面庞，却没有兴趣和愿望去结识他们。就这样不知过了多久，他起身打道回府，从街上的日影可以看出，下午的时光已经过去了不少。

家里一屋子的人都在等他。宾客中除了应邀前来祝贺莱伊拉出头颗乳牙的朋友和赛卡伊娜的亲戚之外还有位陌生男子，此人自我介绍叫艾尔-哈桑·伊本·穆罕默德·艾尔-萨巴赫。萨巴赫身材粗壮，个头高大，身体有发福的趋势，而且就其年龄而言已经有些过于肥胖。他肤色较浅，脸上闪着健康的红光，颜色淡得近乎发黄的头发稀稀拉拉的，显得脑门直通头顶，占据了半壁江山。海亚姆一进屋，他马上就站起身。海亚姆逐一问候客人时，他一直满脸堆笑地伫立在他待的角落，一动不动。等轮到向主人自我介绍时，他竟又高兴、又激动、又羞赧地涨红了脸。听到他名字时，海亚姆想了一会儿，但记不起来什么，这位生客发觉了，连忙边解释，边一步跨到了他身边："艾尔-查摩谢利是我们共同的老师。"

"嗯，没错，是新到帝国宰相那儿当差的吧。"海亚姆想起来了，新来的差役赶紧鞠躬致意。

"哦，幸亏你提到宰相！"赛卡伊娜插话道，说着穿过右边的门跑了出去，不一会儿又手捧一只精美的珠母螺钿匣子回到屋里，"我差点都忘了，你瞧，这是宰相给莱伊拉送来的首饰盒。"

赛卡伊娜顺手打开首饰盒，从里面拿出一枚杜卡特，解释说盒子送来时里面就放有这块金币。

"宰相大人怎么样？"新当差的抓住机会打听。

"很好，是个君子，我一生中见过的最正派的人。"赛卡伊娜不假思索地回答。

"哦，对了、对了！"海亚姆像是想起了什么似的叫了起来，"衷心地欢迎哪，哈桑！你可以和我们共进晚餐，就在这儿过夜。我们一同庆祝……呃，不对，这本不是什么正式庆祝，也就是找个机会大家一起乐乐而已，所以请了些亲朋好友来，也算暖暖这新居吧。"

客人双手交叉抚胸，躬身致谢，借口旅途劳顿未消，谢绝了主人的邀请，并说他先暂居王府的临时住处，等找到房子后再搬出，所以不想打扰别人。他有些疲劳，想晚饭后就上床就寝，这次登门也是觉得一定要等海亚姆回来，跟他见个面，说声谢谢。

"在下心里一直惦记着，到伊斯法罕后一定要首先拜见大人，诚表敬意。鄙人深信预兆，觉得第一个拜访阁下也定会是个好兆头。"话音一落，他深鞠一躬，还没等发愣的海亚姆反应过来回礼作答，就径直走了出去。门刚在哈桑身后关上，赛卡伊娜便故意拿腔捏调地问海亚姆："大人现在是否可以赏脸同家人和来客一道共进晚餐了？"说罢放声大笑。

赛卡伊娜心情极佳，饭后继续插科打诨地跟大家调侃。她告诉客人，海亚姆煞费苦心地寻找聚会庆贺的理由，经过激烈的思想斗争，好不容易把两种针锋相对却又同样强烈的情感调和在一起，并最终想出了这个主意，把乔迁新居和莱伊拉长牙两桩喜事合二为一，今天一道庆贺。"小家伙简直让他发疯，他恨不得给这心肝宝贝的每次呼吸都搞个庆典，"赛卡伊娜咯咯直笑，"我们在等待这颗牙齿破龈而出的时候，大人都快急死了。所以你们可以想象一下，今天对他来说是个什么样的节日呀！但是一个纯属为自己想出来的私人节日，你怎样去寻找庆祝它的理由呢？！"

"什么，我的好伙计奥马尔还没意识到，他已经是个大人物了吗？除了苏丹之外，他无需对任何人说明做事的理由。"赛卡伊娜的哥哥费力敦跟着起哄。

"不对，他不是去向别人说明理由，而是要给自己一个理由。大人每逢喜事总是忧心忡忡，浑身不自在。不管何时，只要有好事，他就得为此给自己寻找理由。这回是他头一次在这儿开庆祝会，而且是按他自己的心愿。"赛卡伊娜笑着拿丈夫开涮，活跃新居里的气氛，逗客人们开心。

不知什么时候，总之时辰已经相当晚了，帝国宰相派了个年轻仆役来送口信，说想约海亚姆一块儿散步，这迹象表明他情况不妙。本来给莱伊拉送首饰匣时他就说因有急事要处理，不能来参加晚宴了。

海亚姆赶到了相府，两人朝宅院里的大花园走去。海亚姆提起了城里居民给苏丹大军出征时送行的情景，说现场人数寥寥无几，大家都没什么热情，希望以此来安慰安慰朋友，帮他度过这次伤心的挫折。可没想到尼札姆·穆尔克打断了他的话，粗暴地训斥道："够了，别再说了！"然后又跟先前一样缄口不言。他们走的路纵横交错，把整个园林分隔成网格状，两人的步子迈得很快，根本称不上是在散步。他们围着花园绕了整整一圈，默默地走了好长一段路后，又回到宰相宅邸的门口。尼札姆·穆尔克停下了脚步，像是要告别，可他没说再见时的套话，却讲出了他刚才一直在思考的事情："人对世界的见识若是仅限于一个女人叉开两腿时向他展示的那点东西，是成就不了建立世界帝国之伟业的，且不说这女人还是个侏儒……唉。"

忧心如焚

　　抬着死者的男人们把担架放在墓地门前那巨大的停尸石上，累得直喘粗气。那些只抬了一两步路或者连担架都没碰的人，无所谓是自愿而来还是遵礼到场，和抬了死者很长一段路的亲朋好友一样，也在那儿一个劲地擦抹头上脸上的汗水，大口喘息。一阵阵干燥的南风夹带着盐碱沙土，接连不断地扑面而来，刮得人几乎窒息。劲风里人们呼吸困难，每动一下都得使出吃奶的力气。伊玛目转身背对着风，把脸朝向来给胡斯尼·穆萨送葬的人群，稍稍歇了口气，提了提精神，抬头询问众人，按信仰和风俗的规矩，是否每个到场者都能够饶恕死者的任何一项——强调一下，这里讲的确确实实是任何一项——罪过。因为只要死者与人间尚有任何一丝未赎的罪孽相牵连，不管是物质上欠债没偿清，还是精神上损人未弥补，也无论是欺负弱者后不忏悔，或者干了其他什么坏事未经纠正，那是不允许将其遗体抬进墓地这一神圣空间的，那里是两个世界的交界处，是两种不同存在形式的分水岭。良心负罪的人是不可以在墓地入土为安的。纵然敬爱的真主可以赦免其罪，但被解脱的罪责不会给没有赎罪的人发放墓园的准入证。在场的众人皆训练有素且异口同声地回答"哈拉勒"[7]，表示没有反对意见，同意赦免胡

292

斯尼·穆萨对生者的任何一桩罪孽。然而伊玛目随即发觉，如果死者生前真有什么罪孽未了结的话，人们从这一刻起也不得不让它烂在肚子里，绝口不提。伊玛目做了个手势，四个小伙子将担架扛上肩，抬向坟墓。墓坑旁站着从不缺席的大个头萨勒姆，这个下葬的专业户身边还有两个伙伴，墓坑显然是他们一起挖的。

所有能够和愿意参加追悼会的人，离开墓园后都直奔城里的吊唁厅，那是京城一座相当考究的大房子。帝国宰相属于第一拨到达的客人，而刚才在墓地上，他也是首批来宾之一，所以在停放灵柩时就站在第一排，第一个喊出"哈拉勒"，又和几个人第一拨用铲子盛土往墓坑里倾倒。进门后，他按自己的身份和年龄，坐在屋里靠后面较宽敞的一个座位上，同每个后来的客人点头致意，俨然主人一样，接受来宾的哀悼，又似现场的总管，严密监督用人仆役们端茶倒水，分发坚果和蜜饯。一切安排妥当后，四下陷入一片寂静。偌大的屋子里之所以一下子聚集了这么多兴趣各异、地位不同的各方神圣，又皆为有头有脸的名人显士，这都是因为胡斯尼·穆萨乃王朝第一代名门望族之后。前来吊丧的都是熟人，尽管可能心里不情愿，但面子上大家皆不得不相互礼让，而这恰恰带来一个大难题：究竟谁在这一场合下是老大？该让尼札姆·穆尔克第一个致辞吗？还是应由具体主办葬礼的伊玛目或死者的近亲首先发言？在这类京城的豪门之家，人们熟知而且重视秩序和礼仪。每当此类上流社会聚首，秩序和礼仪便成了不容破坏的圣规。但是在死亡的阴影下，还有什么秩序和礼仪可言呢？

搅动茶水、咀嚼坚果之声夹杂着间或的长吁短叹，在室内此起彼伏，使屋里人们的默不作声显得更加深沉，长时间无人说话的气氛也已变得益发压抑难忍。还是穆尔克宰相率先发话，宣称胡斯尼的去世对帝国、对死者的家庭、也对宰相自己，是一沉重的打击，损失不可估量。他失去了自己部下中最优秀的大臣，他将一个极为重要的国家部门管理得井井有条，无可指摘。他谈到与死者良好、成功的合作，而这种成功恰恰在于他们之间并不缺乏坦诚相见的不同观点和矛盾冲突。他赞扬死者生前的爱国热情和忧民意识，一方面竭力为公积攒财富，把好国库大门，另一方面自己却慷慨解囊，扶贫帮困，广惠亲朋。对此，在场的每个人都可以作证。接着他又大夸胡斯尼的人品高尚，话语之间，歌功颂德溢于言表，情真意挚发自肺腑。帝国宰相怀念正人君子胡斯尼·穆萨的悼词讲得越长，他声音里的激情和在场者的面部表情也越发明显、强烈。最后，他实话实说地奉劝大家，无论怎样哀悼已置身于美好天堂的逝者，人间的生活还是得继续，随即又承认，自己现在的生活比起十天前已经乐趣顿减，因为对他的生活来说，没有胡斯尼·穆萨的这个世界，比他在世时少了许多美好与善良。言毕，便结束了他动情的感言。在长篇大论的末了，宰相的话音里啜泣之声已几乎清晰可闻。纵然现场饱经风霜、铁石心肠者大有人在，本该有泪不轻弹，但许多人眼里竟也泪花闪闪。

倘若有谁还能回想起不到一个月前，帝国宰相与现在被其捧上天的同一个胡斯尼·穆萨针锋相对的情景，或许会为他此刻的深切哀悼更加感动。当时在主管国家财政的"大迪万"会议上，尼札姆·穆尔克表明了他的意思，想让几位可靠的富豪购买国债，以此来为班娥安扎里-塔赫雷港的开工和准备组建一个必不可少的正规情报机构筹款。如果把盐税以每十奥克[30]为单位提高一个"达内基"

货币，那么国家六年之内就能收进足够的款子，偿清这笔债务。他已经物色好了对象，这些人都愿意按刚才所说的条件向国家放债。倘若发现这还不够的话，他本人可以在必要时捐款出资，补足空缺。没等在场的大臣中有谁对这一计划发表意见，胡斯尼·穆萨就抢先对此方案予以高度评价并强调说，自己愿意把钱借给国家而且可以等到最后一个收回债款，这是何等伟大和高尚之举。但是一切不必操之过急，凡是现在好办的事，等上一年也不会难办，这一绝妙的计划也不例外。采取这么大的一项举措，而苏丹还在率军作战，恐怕有失体统。这会令其生疑，觉得有人在背着他擅自行动。所有这些都可以在苏丹凯旋时——愿真主保佑如此——再进行也不晚，那时跟现在一样时机成熟，没准比现在还要有利，他胡斯尼·穆萨比谁都清楚国家的财政状况。没准洪福齐天的苏丹还会带回大量的战利品，如果真是这样的话，也就是说战利品丰厚至极，国家也就无需举债借钱了。不过他担心，假如战利品不够可观，就得贷款来支付军费，那其他的大项开支都别提了。再说，还要看苏丹是否以及在多大程度上同意这项大胆的计划。所以，未和苏丹讲好并获得其明确批准之前，如此之大的动作是不能随便着手进行的。

尼札姆·穆尔克说，应该让人人各司其职，不可干等闲坐。至于和苏丹商谈此事，众所周知，那是他帝国宰相义不容辞的职责。但凡有事要征求苏丹的御旨时，诸位也都心知肚明，舍我其谁？而眼下时不我待，这两件事不能长期拖延下去，如果要等苏丹打完仗回来，贵体调养复原后再做，那就太迟了。所以现在必须行动起来，当务之急是要组建情报部门，此事可谓刻不容缓，再说他已事先和苏丹有所沟通。

胡斯尼·穆萨则认为，情报部门的组建并非轻而易举之事，弄得不好反倒会有损帝国和苏丹的利益。而这类事与愿违的情况也的确时有发生，因为现实往往就不尽人意。如果一位君主及其政权能够深思熟虑，举措得当，那么情报系统对其而言则弊大于利。原因很简单，但凡你的挚友，本身为高尚正派、光明磊落之士，则无需故作姿态，刻意讨好你的情报人员。而蓄意大献殷勤者必是奸诈之徒，此类歹人对你本人、你的王权和子民必定心怀叵测，暗藏阴谋。倘若情报人员被假象所蒙骗，报告说这包藏祸心的人是真挚的朋友，因为后者善于讨其欢心，骗取信任，而你真正的朋友却貌似居心不良，因为他不会拉关系套近乎，而且时不时还横挑鼻子竖挑眼地说你的不是，那么后果就毋庸赘述了。所以他觉得，情报这种玩意儿并非有百利而无一害的大好事，因而不管这事看起来有多紧急，都应该先听听苏丹的旨意而后行。

听了这番陈述，帝国宰相可以毫不夸张地说是目瞪口呆。刚才所发生的一切简直令人难以置信！他的这位财政大臣几乎是原封不动地复述了苏丹反驳建立情报部门以及类似建议的一切理由。记不清是一年半还是两年之前，穆尔克宰相趁苏丹心情好的时候，不知多少次向其灌输自己的主张，建议培训人才，精心准备，然后将这些训练有素的特工派往远近各国，让他们为塞尔柱王室效力，定期汇报帝国感兴趣的当地情况。当时苏丹拒绝他的话，正是胡斯尼·穆萨刚刚一字不差所重复的内容。那次谈话是在帝国宰相的私人官邸里进行的，除了他和苏丹没有外人在场，而且都已过去近两年。当时宰相与王妃图尔坎·哈通的矛盾尚未公开化，那个虚伪的宫保太师塔吉·艾尔-穆尔克还没进宫，所以胡斯尼·穆萨也不可能跟他走得很近。所以宫里总的来说还比较太平，无甚明争暗斗的必要，去搞窃听或者间谍活动。是谁在他的房里安插了耳目？目的何在？！而且还把他们如此私密的交谈内容记在脑子里并写了下来？！此人究竟是怎样得手的？现在又都有谁仍在继续偷听或者散布他的谈话？什么人在从中添油加醋？眼下还有哪些从他宅邸泄露出来的谈话正在流传？他突然感觉到，自己的衣服正从身上脱落，只剩下他赤身裸体地暴露在光天化日之下，任凭众人敌视或轻蔑的目光上下打量，随意观看。他脊背上不禁打了个寒战，这一哆嗦想必周围的人都看出来了。接着，他腹部又是一阵发凉，心里暗想，这滋味恐怕只有当老天爷把自己变作一块冰时才会感受得到。

于是，在与会者毫无准备的情况下，帝国宰相一句话便匆匆结束了"大迪万"的内阁会议。傍晚，他同海亚姆和哈桑散了很久的步，后者已经跻身为他身边的红人和亲信。交谈中，宰相激动地让两位幕僚相信，对一个名副其实的庞大帝国来说，情报工作乃至关重要的国家大事，绝对不可少。三人闲庭信步，没多久便来到一块林中空地，这儿附近不见任何可供躲藏的灌木丛和树木，也没有什么能做掩护的大块山石，绝无被人窃听之虞。首席大臣终于吐口承认，即便命中注定不能再见到亲爱的胡斯尼·穆萨那张脸，自己也绝无半点遗憾。

"大人，你可不能这么说，"哈桑轻声提醒上司，"尤其是这话千万不可说三次。"

"为什么是三次？"

"慈爱的真主会满足其臣仆中某些选定的对象一个心愿，所有迹象表明，你必在其中，是真主青睐的人之一。如果被选中的人大声清晰地喊出某事，就表明他所说的无疑是其心愿。"哈桑解释道，"所以要想兑现，他就必须清楚地重复这一愿望三次，比方说要和妻子离婚、复婚之类的要事，或者别的什么涉及情感和理智的大事。"

"你是害怕胡斯尼·穆萨在另一个世界里遭罪吧，要是我……"

"是啊，要是你真有这愿望的话，我害怕他被下咒。"

"有关他我没有任何愿望，"大臣反唇相讥，"甚至连再看见那张脸的愿望都没有。"

"当心啊，大人，你已经是第二次说这句话了。"哈桑警告道，声音里明显流露出没能控制住的紧张。

"即便这真的是第三次了，我也不会撤回我的话。说过了的事情，就是说过了。"

这一幕就发生在不到一个月之前的黄昏，穆尔克宰相谈及胡斯尼·穆萨时几乎咬牙切齿，坦言自己不想再见到此人。然而，这位同僚刚刚咽气入土，他竟能在追悼会上用如此感人肺腑的动人回忆，把一个个饱经风霜、铁石心肠的大老爷们说得眼泪汪汪，肝肠寸断。在悼词的结尾，当他声称"没有胡斯尼·穆萨的这个世界比他在世时少了许多美好与善良"时，喉咙里的哽咽几乎脱口而出，讲话戛然而止，大概是害怕自己会忍不住放声大哭，因为他其间已经好几次吞咽下唾液和啜泣，引得场内跟着响起一片低声细语，其中既包括了对帝国宰相的认同和夸赞，也含有对死者胡斯尼的肯定和褒奖。

"看到我可怜的亲戚不明不白的去世能让这些大人物深感悲

298

痛，我也算有几分安慰了。"宫保太师塔吉·艾尔-穆尔克大为感动，他也坐在屋里靠后面较宽敞的地方，离帝国宰相的座位不远，"看见大臣如此悲痛，听到诸位如此称颂去世的胡斯尼，我就明白了，他生前享有多少敬爱与尊重。他真有福气。"

"他真有福气。"好多人也跟着一起念叨，就像是做祷告。

"是啊，他真有福气。"屋角传来一个声音，"生前受人爱戴和尊敬，又在最佳时机移居美好的天堂，无需经受疾病、衰老和虚弱的痛苦，一个聪明人对其人生最美好的心愿莫过于此了。"

"是个有福之人哪！我是无权评价的，不过这是他应得的福气。"另一个男人从同样的角落里发表了看法，"胡斯尼的确是个少有的正派人。"

"这是大实话。真主保佑我们洁身自好、别去造孽，虽然我们没资格评判他人的灵魂与命运，但我觉得，胡斯尼这人本分、公平、忠实、可靠，是当今之世难得的好人啊！"

"这一点我和宰相大人再清楚不过了。大人和他是同仁，而我是他亲戚。"塔吉·艾尔-穆尔克又发言了，"在此，我可以证明，他对上忠心耿耿，尽职尽力，死而后已。不过鄙人不知，宰相大人对此如何看待。"

"那还用问，当然了，"尼札姆·穆尔克迟疑了片刻，马上点头称是，不过这略微的停顿时间短得让许多没在意的人毫无觉察，可又长得让每个细心的听众都看在眼里，"我是说，归天的胡斯尼当然在许多方面都是独一无二的。"

"只有真主才独一无二，宰相大人，你不能这么说。"操办了下葬仪式的伊玛目跳了起来，此刻他就坐在穆尔克的旁边。

"啊，当然了，说得没错。"帝国宰相眼都没眨一下就表示同意，"我刚才的意思是，他作为人是独一无二的，也就是说，拿人的尺度来衡量，他做到了极致，所以我才说他在多方面独一无二，而不是所有方面。"

"尽管如此，你还是会很快找人取代他的，无论你对这位前任财政大臣有多怀念，你也得找个新的来担任此职，而且会立刻行动，就在今天。"塔吉·艾尔-穆尔克谈锋甚健，以往少言寡语的他，好几天的话加起来也没今天这么多。

"仁慈的真主对本帝国真是宽宏大量，恩泽普照。我们对他真是感恩不尽哪！他恩赐给我们世上有史以来最好的苏丹，又给他送来了智慧、忠诚的臣仆，塔吉·艾尔-穆尔克就是其中之一，他视国为家，倾情奉献。真主还赐给我们众多德才兼备的能人干将，只要国家有求，他们随时都可出来效力。"

"那就是说，你已经物色到替代者了？"塔吉·艾尔-穆尔克赶紧小声追问。

"没有，无人可以替代胡斯尼。"宰相也学塔吉·艾尔-穆尔克的样子，把声音压得很低，"不过我已经看中了一个不错的人选，他能干好这门差事。但方式与胡斯尼不同，他有他的办法，而且办法相当不错。"

"那你说的肯定是我们打理财富的高手扎里夫·扎尔达利啰？"与其说塔吉·艾尔-穆尔克在提问，不如讲他是在提要求。

"扎里夫这人倒是不错，真的很棒。年轻、聪明、能干、多才多艺。如果你问我的意见，那么他的确是个干大事的人才。不过在这件事上我说的不是他，而是另外一个人，跟他一样出色，他叫艾尔-哈桑·伊本·穆罕默德·艾尔-萨巴赫。

"这人是谁?"塔吉·艾尔-穆尔克有些诧异,"哪个荐举的?"

"我。"帝国宰相牙缝里只蹦出了一个字。

"扎里夫掌管了苏丹的私人财产五年之久,已经证明了他这方面的才能无人能比。"塔吉·艾尔-穆尔克仍然固执己见。

"已经干了五年?!"这回轮到帝国宰相诧异了,"光阴似箭啊!"

他向坐在屋子左侧的一个男子发了个暗号,这人的眼睛一刻也没离开过宰相,接到暗示便立刻打开话匣子,鼓舌如簧。他说起当前的形势,认为从未有过像现在这样福祸交织的时局。要说祸嘛,可谓前所未有,放眼四下,战火纷飞,世扰俗乱,瘟疫肆虐,饿殍载道,民不聊生;所谓福嘛,也是史无前例,起码在我们这儿,一片前所未有的安居乐业、丰衣足食的太平盛世。国家治理有方,朝政清明,无人忍饥挨饿,患者有其医治,求知者有其书读,无人流离失所,露宿街头。世上何时见过此情此景?自伊斯兰始祖阿丹开天辟地以来,有哪个国家里的每个穷人不花一个子儿就能上学看病?

一番话引得全场反响激烈,群情振奋,人声鼎沸。附和者有之,赞扬者有之,补充者有之。人们七嘴八舌,有的说,不但学校、医院,还有救济贫民的施粥站,都堪称此间政权发明的奇迹。世界上何曾有过这样饥饿绝迹的地方?!还有人大夸这里的治安良好,说旅游业从未像今天这么兴旺过,拦路抢劫也从未像今天这么少过,大家都从未有过这么多的实惠。

于是，话题瞬间转变成一首奇特的国泰民安颂，大家你一言我一语地纷纷对塞尔柱帝国的幸福时光极尽溢美之词。而差点就恶化为矛盾冲突的有关胡斯尼本人及其接班人之争，则被忘到了九霄云外。趁此机会，帝国宰相神不知鬼不觉地溜出了屋子，离开吊唁大厅。

还没走出十步，他刚刚夸过的后生哈桑就跟了上来。他把自己的步伐调整到和宰相的快慢一致，好和主人并肩而行，嘴里却始终没说一句话。走了很长一段路他才问："我给你添麻烦了？"宰相摇头予以否认，接着两人便默默无语地向前走去。

不知过了多久，尼札姆·穆尔克才问哈桑："你刚才也在里面？"

"在的。"

"没看见吗？他尸骨未寒，那帮人就急于找人接班了！难道这不是我管辖的事吗？到底是谁在召集'大迪万'开会？！"

"你提名我时，我简直高兴、自豪得气都透不过来了。"

"但我不知道这有没有用。按理说他们提名扎里夫·扎尔达利是对的。这人能干，又熟悉苏丹，各方面表现都不错，而且不沾任何流言蜚语和阴谋诡计。我觉得，如果他们把他抬出来和你较劲，我没有胜算。"

"对我来说，你能想到我去担此重任，远胜过我得到这一职位十次却未入你的法眼。即便他们现在任命这个扎尔达利，我既不会唉声叹气，也不会感到一秒钟的遗憾。这绝非戏言。我的内心在欢笑，因为宰相大人你有这份心思，想让我进入你的内阁，在下已经受宠若惊，感激不尽了。"

"不过你别以为，他们这是在和你过不去，其实这些人捣鬼使坏都是冲我来的。"

"他们根本就不认识我，怎么会跟我过不去。而且就凭他们那点儿本事，也无法跟你作对。对他们来说，你可是个大头目呀。"哈桑激动地喊了起来，兴奋得有些忘乎所以了。

"那就更糟了。"宰相笑了起来，"头大目标就大，容易被击中呀。"

"他们是斗不过你的。"哈桑依然十分冲动，"现在我看清塔吉·艾尔-穆尔克了，他是这伙人的头儿。他给我的印象不是个什么伟人。"

"危险人物非得是伟人吗？"宰相又笑了，"阿布·阿里·艾尔-侯赛因尼市长不久前针对他就有过一句名言，说'这人怎么就能做得出来，在图尔坎·哈通面前卑躬屈膝、阿谀奉承，可对我气势汹汹、咄咄逼人？！'这话真是一针见血！塔吉·艾尔-穆尔克的绝活就是能够见风使舵、随机应变地通过默不作声来捧人、压人、贬人和怕人。沉默是他的主要性格和征服别人的手段，他以此所表达的声音远比其他人开口说话要大得多，也清晰得多，真可谓无言胜有言哪！我觉得，他在暗中拉帮结派、编织关系网，王室里所有阴谋诡计的背后都有他的影子，绝不仅限于针对我一个人搞的那些名堂。我甚至认为，就连图尔坎·哈通也是他为己所需而利用的众多人物当中的一个。"

"我认为，到头来这里的赢家还是你，而且只要你愿意，会一胜再胜。"

"你说得不错：只要我愿意。可我这种意愿还能有多久呢？这是个决定许多事情的重要问题。我干吗还要做那么久呢？我家境富裕，德高望重，人也累了，仅此足矣，无需再多一个理由。你瞧，我就像只老鹰，把孩子们都撒出去了，现在他们遍布世界各地，因为直到不久前我都还没有养儿防老的念头，而只想有个人能维护和发扬我的事业。倘若我没把自己关进这王朝的深宫大院里，我向往含饴弄孙、儿女满堂的天伦之乐，过一个普通人的正常生活。可现在呢？我没有自己的生活，只能在这儿准备自己的后事，找个人来接班。"

"千万别这么说！你建树的丰功伟绩，罕有人能企及。"哈桑的嗓门大得有些过分，就好像要试探一下宰相这番表白的真假似的。

"当你开始变老时，所需要的便是那种实在直接的纯粹生活，如哑似盲，无欲无念，无拘无束。唯有这糊里糊涂的日子还能让你真心享受，给你片刻的慰藉，因为它即将离你而去。我感觉到，正在逝去的并非国家的秩序与和平的环境，而是自己的呼吸。所以，倘若现在怀里抱个能呼吸的小家伙，或许有助于改善我的状况。可我又不愿意也不能这么做，过去从未这么做过，之前也根本没有这么想过。"

"可你的奉献换来了千万人幸福而安宁的呼吸。我向你致以崇高的敬意！"

"收起你这套吧。随便怎么样，一切已无法改变。"宰相的话里有些动粗了，丝毫没有掩饰声音中的懊恼之情，"我关心的是，我们现在或许还能做的事情。好了，来看看我们还能干些什么吧。"

"尽管说吧。"哈桑请求道。他站到宰相大人跟前,伸开双臂,掌心朝天,一副跃跃欲试的样子。

"我得找个接班人,他必须懂得,只有保证内部和谐,国家才有幸福可言。这包括宗教信仰与世俗政权之间的和谐,精神寄托与物质享受之间的和谐,穷人与富人之间的和谐。国家既不可让穷人沦为富人发达兴旺的牺牲品,也得保护富人免遭穷人的仇恨与嫉妒。还有老年人与年轻人之间的和谐,鼓励创新与尊重传统之间的和谐,备战与维和之间的和谐,以及博学者与无知者,喜欢出游的与懒得动弹的,大庭广众的公共场所与私家宅院里的居室客厅,路边的客栈与高耸的清真寺等,所有这一切事物之间的和谐都不容忽视。没有这种和谐,一个国家要么不幸,要么短命,或者既不幸又短命。多年来,我一直在物色一个能明白和谐之必要且有能力在国家内部实现和谐的人,自从我意识到马立克·沙赫苏丹并非此君之后,我就苦苦寻觅,望眼欲穿。"

"苏丹并非世上绝无仅有的一个。你就没试着想想其他的人?"

"想到了奥马尔·海亚姆。我和我们的同门恩师莫瓦法克老先生聊过此事,问他能否给我推荐个人才,也告诉了他我的要求,承认了自己与苏丹共事的失败,讲了我所有的担忧与期待。他立刻就想到了奥马尔,跟我兴致勃勃地聊了几个钟头。其实我与奥马尔初次相识时,就对他很动心,所以才叫他到我这儿来。谁知在不到一年的时间里,他沉浸在夜观天象之中,痴迷于万里星空,似乎急不可耐地要远离我的麻烦和需求,逃避到什么与世无争的事情里去。"

"他肯定不是合适的人选。"哈桑不屑一顾地摆了摆手，"不过你也别太责怪他了。人各有志，与生俱来，谁也无法自己作出选择。"

"我一点也不怪他，相反，我喜欢他，就像喜欢一个朋友一样。但是我总觉得他背叛了我，这种心情我始终挥之不去。他让我大失所望。——嗯，是深感失望。"宰相纠正了自己的说法，"这点我无法原谅他。"

"要找到合适的人不容易啊……"

"不过我愿意相信，已经找到了一个。"宰相目不转睛地盯着前方，然后把头转向身边的陪伴者，直视其脸，"那就让我们试试吧。"

神"鸡"妙算

　　帕尔韦兹干完了园子里的活儿，走到内院的中央站住，一个劲儿地喊海亚姆的名字，直到后者终于在窗口探出头来。帕尔韦兹向上指了指天，大概是让海亚姆注意太阳已经爬得很高了，然后朝他招了半天的手，最后还是用困惑的声音说出了他本想用手势表达的问题："我们去吗？还是你又改主意了？"

　　"没改呀，当然去了。"海亚姆回应道，说着就从窗口消失了，不一会儿人就来到院子里。

　　"告诉你，我可是跟人讲好了，说我们要去的。说都说好了的事，不能变卦的。"帕尔韦兹想解释或起码说明一下自己的担心。

　　"说去就去。别着急，我得带上那只神鸡呀。"海亚姆笑容满面地安慰他，喜悦之情溢于言表。

　　说完，海亚姆向园子另一头一块用栅栏圈起来的空地走去，帕尔韦兹则寸步不离地紧随其后，就像生怕被人甩掉一样。海亚姆从地上拾起一只小袋子，挂在腰间，又抓住一只正在围栏里大摇大摆、高视阔步的雄鸡，夹在腋下，然后招呼帕尔韦兹一同启程。

　　话说这帕尔韦兹是个琐罗亚斯德教信徒，在当地以园艺精湛而闻名，长年替伊斯法罕一大串豪门大院打理花园。过去，他也曾给赛卡伊娜的父母打过工，一直做到后来因为要雇用三老婆什丽妮的亲戚才被米尔宏德解雇。米尔宏德死后，海达重返一家总管的地位，再度大权在握，便又招他回府，工复原职。每当被她称作"孩子们"的赛卡伊娜和海亚姆新家里的花园需要修整时，她就派他过去帮忙拾掇拾掇。他已经第三次来这儿了，这回为期三天的活儿是栽种秋冬两季的植物，好让花园经过一年的精心建设和耐心等待，不久就能展露出最终的模样。

那天，见花园的打整已经大功告成，夫妇俩心情特好，于是便邀请帕尔韦兹一道吃午饭。三个人在喷泉旁尽享美食，一边吃喝，一边放眼浏览花园的美景。赛卡伊娜激动万分，兴奋得根本坐不住，不停地站起来，走到花园的另一头，从不同的角度打量园内的景物，高兴得大呼小叫，说这感觉简直是移步换景，变幻无穷。有一两次她拉着海亚姆一起漫步，好让他走到一个独特的地点，起码也能换个视角稍微多看看眼前这美妙的园林景致。忘情的欣喜若狂大概让她自己也觉得有点不好意思了，便在走回喷泉时对丈夫解释说："我现在是个有自己花园的主妇了，你得有点耐心哦。"两人回到帕尔韦兹身边，继续共进午餐。赛卡伊娜自豪地说，自家的花园比母亲的要漂亮，还问花匠同不同意她的看法。

"你得有数，这可是个新花园啊，当然容易让人觉得它漂亮了。"帕尔韦兹沉吟良久回答道，然后回忆起他父亲当年在米家干活时的情景，说赛卡伊娜娘家的那座花园传到她父亲手里已经不知道是第几代了，所以他父亲只能对那个老掉牙的园子做些修修补补的美容和小打小闹的改变。

"你应该到最体面的大户人家去做事，"赛卡伊娜依然热情不减，"你的手艺无人能比呀。我觉得，就是去王宫干活你也是够格的。"

过了一小会儿，显然是经过一番深思熟虑，赛卡伊娜问帕尔韦兹为何不愿皈依正统信仰。要是那样的话，他应聘御用花匠就不会有任何障碍了。如果这世道公平合理的话，就凭其能力，这一职位可谓非他莫属。见对方没有作声，她又重复了一遍自己的提议。

"要我出面吗？"赛卡伊娜问，"奥马尔朝中有人，上面的朋友肯定乐意帮我们忙的。"

"帮什么忙呀？"帕尔韦兹不明其意。

"让你接受正统信仰，以及跟这有关的一切呀。"

"我觉得，没这必要。"帕尔韦兹毫不动心，"这是我的真心话。"

"你是说没必要去求奥马尔的朋友，还是不愿接受正统信仰？"赛卡伊娜想弄明白对方想的到底是什么。

"是你说的第二个原因。"帕尔韦兹点点头。

"可究竟为什么呢？"

"不为什么。"

这当儿，海亚姆插话进来，大声问帕尔韦兹为何不想去那些大户人家做事，他非常愿意为其推荐。

"你无需接受正统信仰，不必改变自己的生活，"海亚姆强调，"也用不着觉得欠我一份人情。我向朋友推荐你，是帮他们的忙。当然，前提是你愿意给他们干活。"

"可我不想。"帕尔韦兹考虑好了后回答说。

"可这会让你挣大钱的呀，而且比挣钱更加重要的是，你就有可能打造你年轻时代的梦中花园了。"海亚姆苦口婆心,"你想象一下,一个比这大四到五倍的园林,你会有那么大的空间发挥自己的才能,获得比在我们这儿多十倍的工钱。这一切你都可以拥有,而我们这儿条件实在有限,真太委屈你了。如果要我推荐的话……"

"说得对,你一定得帮他推荐推荐。"赛卡伊娜也顺势在一旁敲边鼓。

"不用。"帕尔韦兹语气坚定不移。

"可究竟为什么呢?!"

"不为什么。"帕尔韦兹还是那句话。

"如果这是你的意思,我也无话可说了。"海亚姆只好作罢。

"这是我的意思。"

"我挺理解你的。"海亚姆说出了心里话。

接下来,帕尔韦兹用他那特有的、像被剁成一节节的短句陈述了事情的缘故。原来他早就意识到,拜火教气数将尽,他和教友们前途渺茫。自现朝廷当权者坐稳江山以来,虽然圣火神庙得以保留,但即便在礼拜奉祭之时,也香火惨淡,人烟稀少。今天虽然再无人去触犯供天葬之用的"寂静之塔",但死后能够被光荣地抬上塔顶,任尸体腐烂、让秃鹫啄食者,也越来越少。在许多像他一样还活着且忠于教义的信徒看来,那种神圣的情感已经渐行渐远,仿佛那圣地和永恒之火正在失去其照亮人们内心的力量与功能。所以,大约一年前,帕尔韦兹只身前往圣地纳卡什-伊-鲁斯塔姆,参拜了那儿修葺一新的圣火祭坛,走到每座圣像面前,虔诚地下跪,顶礼膜拜。完成了这套程式,他就跟做了一趟郊游或参加了一次朋友聚会似的赶回了家。然而,期待中的神圣情感并未向他开启,充满其内心。这就是原因所在！他无法得知，是世上一切神圣的东西都已抽身隐退，销声匿迹，还是只有琐罗亚斯德的圣火已经熄灭。其实这对他来说已经并非什么重中之重的大事。不过他心里明白，这一切犹如天启向其预示，而且他本人也心领神会。当自己和同胞的历史已步入穷途末路之时，他感到了一种无以言表的轻松。不对，更应该说是他切身体会到，自己内心的一切已经苟同了这一结局。听天由命，顺其自然，是一莫大的释然。能得知并欣然接受命运的安排，何尝不是人生的一大幸事。即便现在有可能为自己和同胞而战，去争取信仰的持久和永恒，帕尔韦兹也没有把握，自己会不会利用这样的机会去为之奋斗。倘若让他放弃这种已经享受了一段时间的恬淡，他绝对不干。对一个已经体验过这种轻松的人来说，生活是一个太沉重的包袱。而同继续忍辱负重相比，放弃抗争可谓不可多得的一大乐事。

如果没理解错的话，海亚姆把花匠的自白当作对制约与自由相互关系的有趣的思考。于是，他尝试指出帕尔韦兹阐述中那些从逻辑上讲并非无懈可击的地方，想与其理论一番。然而后者没这个兴致，交谈只好不了了之。

这是三天前发生的事了。帕尔韦兹这次来要干几天的活儿，好让园子能够顺利过冬。可第二天他就躲躲闪闪地回避和海亚姆打照面，即便两人面对面相遇，他也不敢正视对方，更别提搭讪说话什么的，就好像犯了错误感到难为情似的，或者因为什么事心里有愧。不过前天，也就是那次谈话后的第三天，他欣然接受了主人品茗的邀请，和他愉快地喝了两道茶。

花匠感兴趣的是，海亚姆是大学问家和伟人的传闻究竟有多少是真的。也就是说，他想知道，这伟人到底在干什么，能干什么。为了弄清这个问题，他豁出去和雇主喝了第一道茶。尔后休息了片刻，又上了一道新茶，第二轮茶话开始，他便小心翼翼地问海亚姆，他的学问在人类的生活中究竟能有什么实际用处。见海亚姆对此表现出兴趣，他便鼓起勇气，说出了自己提问的原因。

事情是这样的：帕尔韦兹替有钱的亚美尼亚人阿尔塔贝迪安料理维护花园，此人是个钟表和首饰制造商。大约十天前，为了打理园子过冬，他常在那儿逗留，恰好这期间富商老婆的一条项链不见了。家里人和附近的邻居都没看见最近有陌生的面孔和可疑的人在周围出没，而门旁窗边也无入室盗窃的痕迹。所有迹象都表明，是内贼作的案。鉴于无法想象阿尔塔贝迪安本人、他妻子自己或是尚年幼的孩子们当中会有人去偷这件首饰，疑点必然指向了家里的用人和帕尔韦兹，后者倒霉地在项链丢失的那天正巧在这户人家干活。主人对用人，花园，他们干活、居住和长时间停留的地方进行了泛泛的搜查，结果一无所获。于是阿尔塔贝迪安将所有人召集到一起，请他们交出那条项链，并许诺说，如果项链能够重新出现在餐室的饭桌上，他就忘掉此事，绝不再追究责任。但是倘若偷盗者不愿自动交出赃物，那他就会要求所有员工都来查找和揭发此人，这么做对他们来说比让主人或从外面请来的警探亲自动手要容易些，否则问题就不那么简单了。倘若他们检举揭发了这个小偷，找回了失窃的项链，那么此人将被开除并移交给警局，检举揭发者将受到奖励。然而假如十四天后偷窃者和项链均未找到，阿尔塔贝迪安就不得不做出决定，认为他们全都与此案有牵连，将其全部开除，且不给任何求职推荐。这也意味着，他们是因偷盗而被解雇的，那他们当中就绝对无人还能在伊斯法罕混下去了。

对帕尔韦兹来说，被阿尔塔贝迪安解雇并非什么大问题。即使到别的地方干活，挣的钱也足以维持他的正常生活。而且就连那张"因偷窃而被解雇"的标签对他也没什么负面影响。因为他在此地已经干了二十多年，老主顾们都了解他的为人，不会怀疑他的品行。而让他受不了的是，都这把年纪了竟还被当作小偷，遭到搜身检查，这好比身上划开了一道伤口，又难看又疼痛。他明白，没有谁直接指责自己，倒霉就倒在他鬼使神差地恰好在项链丢失的那天也在阿尔塔贝迪安家干活。不过这一理解无助于他接受所发生的一切。他觉得，对自己的搜查更让列祖列宗的在天之灵蒙羞受辱。他担心已在另一个世界的先人不知此间的情况，从而不明真相。他自己当然问心无愧，不做亏心事，不怕鬼敲门，可以把一切看在眼里，压在心中。可是不知道这情况的先人们又会作何感想呢？所以即便为了他们，即为了九泉之下的祖先，他也得不惜一切代价，揭开这一窃案的谜底，证明自己的清白，给死去的亲人们一个交代。只要能把窃贼带到雇主面前，或者找回丢失的项链，也许两者一并办成，以便当众宣布辞掉剩下的活计，昂首挺胸地扬长而去，他没有什么不可放弃的。所以他想知道，海亚姆的学问能否在这件事上帮到他的忙。

海亚姆长叹一口气，请他给自己一点时间考虑。他承认，所谓学问更多是通过书本而不是通过现实生活来发现问题，明察事物。但是他想，自己的学问还是和现实生活息息相关的，不过这件事情显然极其复杂。傍晚，帕尔韦兹正要动身回家时，海亚姆拦住了他，告诉他说自己也许能帮他解决这个问题，不管怎样他可以试试看。于是，回家前帕尔韦兹先去了阿尔塔贝迪安那儿送了个口信，说自己约了一位侦探，明天登门拜访，调查窃案的具体情况。回家的路上，想必帕尔韦兹一直在纳闷，海亚姆答应帮他忙时脸上那一丝诡谲的微笑，是否暗藏什么特别的意思。

两人来到了阿尔塔贝迪安家。海亚姆请求给他安排一个小房间，越小越好，不需要窗户和任何光线。于是主人就把他带进地窖，指给他一间紧靠着干果储藏室的屋子。海亚姆挺满意，随即让人给他在这间斗室里摆一张小桌或其他什么差不多高的家什。等所需的东西都备齐后，他又钻进屋里，关上门。须臾，他走出屋子，手上拎着那只公鸡，而没像先前来时那样把鸡夹在左腋下。然后他请宅内所有的人都到院子里集合，好对他们说明自己的用意何在。

见众人集合完毕，海亚姆便对大家解释说，就此案的调查而言，这只公鸡的作用远比他这个侦探更为重要。他自己唯一的能耐仅在于发现、喂养了这只神鸡，并教会了它看懂自己的手势。这是只有特异功能的神鸡，能够准确无误地区别一个人可见和暗藏、公开与隐秘的不同面孔。所以他必须请在场的各位对着光线，当着众人的面，把脸冲着公鸡，与其对视片刻，再将神鸡放在手里抱抱，直到把自己必须坦白的一切全都悄然无声地传递给它为止。接着他将把神鸡带回地窖里那间没有外人的小黑屋，以便在场的每一位可以在那儿向其暗示各自内心深处隐藏的秘密。每个人都要走进这间小屋，关上门，从桌上抱起公鸡，捧在手里，直到人鸡对视完毕，公鸡对受试者也许连自己都不了解的内心世界了如指掌为止，然后再将公鸡放回到桌上，走出屋子，重见天日，回到人群中去。海亚姆强调说，对所有的秘密当然依旧还要保密。等他把公鸡带出来，它也只会向他指明，他们当中是谁做贼心虚。紧接着他便抱着公鸡挨个走到每人的面前，让人鸡直接对视，然后抱一下公鸡，再把鸡拿回来，用手掌仔细抚摸，侧耳倾听，并频频点头，做出一副获取了什么消息的样子，然后走向下一个用人，重复刚才的动作。

"接下来我们去地窖吧。"所有人都和公鸡见面接触之后，海亚姆宣布，"在黑暗与孤独中，这只智慧之禽将揭开诸位内心隐藏的秘密。"他请大家稍等，像驯养猎鹰的人那样给公鸡套上个头罩，然后带着那只发呆的神鸡先走了。过了好一会儿，他又回到了集合的院子里，告诉站在那儿等候测试的人，神鸡已在小黑屋里的桌子上恭候他们光临了，同时为了以防万一，又把每人要做的事重复了一遍：下到地窖，走进小房间，随手关好门，抱起桌上的鸡，抚摸摇晃或仅在手里捧一会儿，再把鸡放回到桌上，打开门，回到院子里去。一个出来了，就表示下一个可以接着进去。等确信所有人都清楚了之后，海亚姆自己也走进了地窖，站到进门处的左侧，以便将那鸡屋的房门控制在视野之内，随即便准备实施他跟踪观察的调查计划。

海亚姆目送阿尔塔贝迪安家最后一个接受调查的员工回到院里，然后走进小屋，抱起公鸡，又回到了院里，外面的人已经等得有些不耐烦了。他请大家排成一行，把手掌朝上翻过来，抬到齐腰高的地方。接着他摘下公鸡头上的罩子，从众嫌疑人面前挨个走过去，每到一个人跟前就将鸡头对准其脸凑过去，在他面前来回晃动，而海亚姆自己的眼睛却始终保持下垂。当他走到宅子里专门负责收拾整理阿尔塔贝迪安老婆衣服和床上用品的贴身侍女跟前时，公鸡先是变得焦躁不安，接着便开始大声"喔喔喔——"地打起鸣来。

"好了，把项链交出来吧。"海亚姆边说边往一旁挪了几步。小姑娘顿时放声大哭，一把鼻涕一把泪地声辩，说她从没起过贼心，更没偷过东西。

这侍女泣不成声，哭得浑身发抖，从她夹杂在抽泣之间结结巴巴的讲述中，依稀能听出事情的来龙去脉。原来她有一天趁女主人不在家时偷偷戴上了她的项链，本无半点邪念，只是想臭美一下，想象自己戴着它在巴扎招摇过市，吸引众人爱慕的眼光，招来无数惊艳的赞叹。这天她不知怎么的春心荡漾，胸脯胀鼓鼓地充满愉悦的快感，周身热乎乎地奔涌着幸福的激动，搞得她呼吸急促，不能自已。所以她需要这种感觉，其实也已经体验到了这种感觉，而这条项链不过是锦上添花之物，戴上它纯粹为了让自己更容易想象穿过集市时引来各方赞美的轰动情景。可倒霉的是，还没等她想入非非地踏上通向巴扎布庄的道路，女主人就回家来了。她听见女主人的脚步声已经到了自己所在的房间门口，只好慌不择路地跳窗而逃，以免被发现脖子上戴着夫人的项链。她悄悄地溜进地窖，把项链藏在装核桃的箱子背后，然后若无其事地回到家中。她原本盘算着，一旦有合适的机会，就取回项链，放回首饰匣里。可祸不单行，更加倒霉的是，女主人偏偏当晚就要用这条项链，这下项链失窃之事第二天便在府内传得沸沸扬扬。窘困之中，侍女被吓得不知如何是好。她方寸大乱，脑袋里一团浆糊，连呼吸都没法正常进行，更别提去寻找有利时机，让这该死的项链物归原主。这些日子里，她怎么也鼓不起勇气到地窖里的果品库去。女主人前天想吃桃干，她不得不求厨子到储藏室里帮她去拿，就像害怕核桃箱后面那条害人的项链会突然蹦出来，对她的腿脚、心脏就是一口，或者给她造成别的什么更严重的伤害。

"唉，我很遗憾，真的没料到会给你的痛苦雪上加霜。"海亚姆叹了口气，先前和帕尔韦兹一道来这儿时的好心情已经荡然无存。

"啊，你可别这么说。只要你能明白事情真相，我就可以松一口气了。"刚才抽泣得浑身打颤的小姑娘这才如释重负，"让他们开除我好了，让他们吊死我好了，要杀要剐随他们便。只要这事能赶快过去就行。"

丢下这可怜的侍女，随主人怎么处置，也不管命运如何安排，海亚姆胳膊下夹着他的神鸡，打道回府了。一脸喜色、乐不可支的花匠紧跟在他身后，一面感恩戴德地看着海亚姆，一面简直是肃然起敬地打量起这只公鸡来，决意现在而且是马上就要给这鸡以及让他洗刷嫌疑的鸡主人予以酬谢。他寻思，明年替海亚姆免费打理维护一年的花园，应该是不用多说的。但他认为还得好好想想，看有什么别的办法来犒劳神鸡和它的主人。海亚姆一声不吭，看都不看身边对他千恩万谢的人一眼，对路上所遇见的一切皆视若无睹，只是紧盯着脚下的路面，一个劲儿地往家赶，仿佛身后有追兵将至似的，弄得正当年的帕尔韦兹尽管身强体壮，也难以跟上他的脚步。

赛卡伊娜很感兴趣地倾听了帕尔韦兹激动万分的讲述，甚至还详细了解丈夫和神鸡大破奇案的细节，其间不时朝闷声不响的博学家瞟上一眼，丈夫完成这样一件显然是了不起的成功游戏后却如此低调，这让她大惑不解。她向帕尔韦兹保证，非常理解他现在的轻松和此前对遭到搜查的愤怒，不过她还想多知道点他那次谈话中附带提及的一件事，即死去的祖先与其活着的后代以及他们的遭遇之间有什么关系。她问帕尔韦兹，如她信奉的圣书里所写，倘若活着的亲属蒙受有损名誉的不白之冤，去世的祖先就会不安，这一说法对不对。可她没得到回答，因为看来帕尔韦兹没明白她到底想问什么，而只是一个劲儿地说，他们现在平静了，得到了安慰，踏实了，跟他现在一样，比他还平静，还踏实。以此，就是说用这种重复的语音语调，帕尔韦兹关上了继续谈论这一话题的大门。而另一方面，赛卡伊娜又不愿意接他以免费打工来报答的话茬，听他再三强调是海亚姆给了他"无法用金钱来回报的心灵安慰"，便顺水推舟道："你这么说，已经自我解释了呀。既然无法用钱来回报，那就更别提拿免费打工来报答了，因为无法为此支付工钱。"说完她就让海亚姆给花匠支付工钱，然后送他出门。

"好了，现在给我讲讲你的精彩表演吧。"两人坐下来吃饭时，赛卡伊娜盯着丈夫说。

"你不都听见了吗？"海亚姆回答，自己都对这无动于衷的话语感到吃惊。

"听是听见了，但没听懂。"

"很简单，我随身带了一小包灰去。第二次和公鸡单独待在小屋里时，我给它浑身的羽毛上都涂抹上了灰。这鸡戴着我给它套上的头罩，所以无法反抗，也叫不出来，整个都傻掉了。我宣布了规定，让所有的人都得把公鸡抱到手里，最后又让大家都将手心朝上翻开。当我把鸡凑到他们面前晃来晃去时，是为了分散他们的注意力，而其实是在观察受试者的手心里有没有留下灰土的痕迹。我很清楚，心里有鬼的那人肯定不敢在小黑屋里碰那只公鸡，因为我事先对他们讲明了，那个小偷第二次把鸡抱到手里时，这鸡能认出他来。在黑暗里，又没有外人在场，所以当事人从中得出结论：如果不碰这只鸡，也就不会被认出来。这一点无需理智也不必思考就可得知，于是这个想法便不由自主地在其身上付诸实施了。后来发生的事情正如我所预料，小姑娘手掌上没有沾灰，因为她没把那只有特异功能的神鸡抱在手里。"

赛卡伊娜放声大笑，陶醉不已地重复了好多遍"现在我终于明白了，为什么你和莱伊拉那么心心相印，两人总是想得到一块儿去。你们一老一小同样幼稚可笑，总爱想出些荒唐的事来干。不过这次你可是超越自我了，令人刮目相看，真不知除了你还有谁能想得出来。"

"这不是我自己想出来的，是从一个印度作家写的书里读到的。哪个作家我忘了，也忘了具体的上下文，是属于一个逻辑谜语的组成部分，还是作为无意识逻辑思维的一个范例，或者某个故事里的一段。我一会儿觉得好像是出自讲述古罗马皇帝托孤的《七位智慧大师》，一会儿又坚信它是一篇逻辑论文里的内容。"

年轻的妻子用异样的眼光察言观色。她本以为丈夫会跟往常一样，咯咯地坏笑，神气活现地装腔作势，把他自己和家人都逗得开心大笑。可这回他一反常态，陷入了深沉的反思，努力追忆这则故事的出处和阅读该书的原因，言谈之间毫不掩饰内心的压抑和郁闷。整个过程他都像在谈论一件被迫去做的事，语调是那样冷漠无情，甚至夹带着一丝懊恼。

"你心里替那个侍女难过了吧，"她想到了一个可能的原因，"可你并没伤害她呀。听我说，如果不是你的话，她会更倒霉的。"

"她也是这么对我说的，但一切还是让人心里挺难受的。"

　　"那现在我也对你这么说。我知道，你会听我的话的。其实你已经帮了她，没有你的话，她肯定连小命都得丢掉，或者非发疯不可。你应该心安理得，感到高兴才对。你有权感到欣慰呀！不过即便你不愿这样，或是做不到，那也没必要愁眉苦脸的。没这个必要啊！尤其别自责，你没做错什么，也没对任何人干什么坏事。"

　　"这不关她的事，不只关她的事。"海亚姆苦苦思索，完全走神，"让我心里添堵的是，我们人类的慰藉方式是如此无能为力，可怜寒碜。我常扪心自问，难道这是唯一的途径吗？就再没有别的办法可供使用吗？"

　　"哦，我可怜的奥马尔呀！"赛卡伊娜微笑地看着丈夫，眼睛里和声音中却流露出几分忧郁的伤感。

无家可归

艾尔-穆萨维回来了！这位出身伊斯法罕名门望族的富商，熟人圈里备受欢迎的聊伴，自打大约十年前去麦加朝觐后，便失去了联系。同去的人回来只是说，在麦加他就离群单独行动了，但没讲是他自愿的，还是被迫而为。所以家人只能从中判断，他是完成了整个朝觐程序的。其实真相是这样：艾尔-穆萨维返程途经巴士拉时歇了歇脚，这期间遇到了个机会，可以廉价、舒服地乘船去印度。一帮从麦加与其同路返回的朝觐者也一起去。由于朝觐的路途比预计的短，花的钱也比计划的要少，所以就给他省出了这趟额外旅行的时间和盘缠。他心里算了笔账，觉得此行有望给他带来一笔意外的横财。印度之行从各方面来说都是物有所值，艾尔-穆萨维的生意盈利丰厚，赚的钱比他估计的还要多，而且没费什么劲，也无麻烦之事，简直轻而易举。所以回程再度经过巴士拉时，他便好好地休息了一段时间，然后满心欢喜地跟着骆驼队踏上了回家的路。然而，他后来发现，这支骆驼队里的成员，根本不像别人对他说的那样，都是来自卡尔巴拉的波斯商贩和香客，而是卡尔马特分子。他的财物被洗劫一空，人也被劫持，因而在卡尔马特政权灭亡前为他们做了差不多十年最后的仆人，后来甚至还当牛做马地沦为奴隶。

但是对这些来龙去脉，伊斯法罕的人一无所知。跟他一起前去朝觐的人回来后，没有带来半点有关他行踪的消息，仿佛此人从地球上消失了一样，直到大约一个月前，就像从地底下冒出来似的，他又突然出现在自己的家中。当时，艾尔-穆萨维径直走进大门，如同刚刚出去了一趟，才从外面回来，只不过年纪增加了十岁而已。撞见家人时正值晚餐，一家老小全都坐得整整齐齐地在吃饭。他那张大饭桌旁坐着妻子、儿子、小女儿和一个陌生的年轻女人，挨着妻子左侧较高的座位上还有个四岁大的男孩。他自己的位置则已被巴吉尔占据，此人过去是个精明强干、勤恳耐劳的后生，原先在巴扎市场上打杂，专门为较大的商户解决各种难题，所提供的服务从承接诸如许多客商极力避免的危险、费力的商旅，到递送客户订购的货物，可谓种类繁多，无所不包。由于吃苦耐劳、勤俭节约，他很快就积攒起一笔可观的财富，在艾尔-穆萨维出发朝觐之前就已放出话，宣称想自立门户，也要在巴扎开店经商。不过当时他还是答应艾尔-穆萨维，在他从麦加回来之前帮他照料商铺，打理生意。艾尔-穆萨维进屋第一眼就明白了，巴吉尔至今仍未食言，不仅继续代理他的生意，而且还取代了他一家之主的位置。妻子身边的小家伙想必是他们共同生活的结晶，而那个陌生的少妇看样子很可能就是自己的儿媳妇了。

大家马上就认出了他，十年来他没怎么变，只是年龄上起码老了一倍。猛一抬头看见他走进来时，大家全都像见了鬼似的跳了起来，这个嘴里的东西刚吃到一半，那个手里正拿着个馕或叉着块奶酪，还有人食物已经咽到嗓子眼里，可能就被噎在那儿了。这情景虽说没有多么恐怖惊人，尴尬和别扭却让在场的每一个人都切身感受到一种无以言表的滋味。最为难堪的一刹那，是当他进屋关上门后，一家人都围着桌子站成一排，盯着他发愣，谁也不知该如何是好。就连他离家时估计已经年满或者将近四岁的小女儿，也记不起他是谁了，只是泥塑木雕般地站在那儿，手里捏着饭团，往嘴里送了一半就僵在空中，不知是该把食物继续塞进口中，还是放回到碗里为佳。天晓得这种状况持续了多久，从在场者的脸上可以看出，大家都痛苦不堪，很可能下一秒钟就会有人发出尖叫，或者放声大哭，也许这位重归故里的不速之客会转身离去，管他是逃回卡尔马特，还是投奔别的什么地方。不过幸好艾尔-穆萨维的妻子从惊愕中恢复了镇静，连忙招呼十年不见的丈夫入席，让他挨着巴吉尔坐在餐桌顶头的上座，那儿是他过去吃饭时的老位置。于是，一家人默不作声地共进晚餐。

所有的一切都和原来一样。座位的顺序一样，吃饭人的面孔一样，饭菜的味道一样。还有餐具也都一样，餐刀一样，饭碗一样。唯独不一样的只是，主人的专座上现在坐了两个人。晚饭一结束，其他人都作鸟兽散，溜回自己的房间。大房间里只剩下了艾尔-穆萨维、巴吉尔和两个男人共同的妻子菲尔赫。其实，倘若他们知道怎样和往哪儿逃避的话，肯定也都各自开溜了。他们之所以还坐在一起，是不知道该如何分配睡觉的地方。艾尔-穆萨维还有权睡在菲尔赫的身边吗？菲尔赫有权让他放弃这一位置并把它让给巴吉尔吗？尽管如此，巴吉尔有权发言、建议、提要求吗？三个人坐在那儿，一言不发，尴尬地相互对视，或盯着前面发呆，气氛越来越令人难堪。菲尔赫先站了起来，像是要去干什么，可能是撤掉饭桌吧，可看见大家都没动静，便又重新坐回了原位。幸亏先前坐在菲尔赫左边的小儿子不知什么时候哭了起来，巴吉尔安了弹簧似的跳了起来，奔出屋子去哄孩子重新入睡。屋里的人马上心领神会，他不会再回来了。在他走出去的那一刻就已经很清楚，这屋里的难堪或者压抑或者别的什么让他们郁闷的情绪早已一分为三，各有其主了。三个人刚才压抑和狼狈的同感，现在已经分别化为巴吉尔的愤怒、艾尔-穆萨维的羞惭和菲尔赫的痛苦。

等屋里只剩下他们俩时，妻子冷不丁打开了话匣子。她语句简短干脆，断断续续的讲述，完全出人意料，也暂时打破了屋里的寂静。艾尔-穆萨维得知，大女儿早已出嫁，婆家还不错，日子至今过得幸福美满。大约两个月前，儿子也结婚了。总之，家务和生意里里外外运作得都挺好。说完她突然站起身，就跟她刚才毫无前兆突然开始说话一样，又出乎意料地离开了大房间。回来时，她拿来了被褥，在炉边搭好了地铺，然后就进卧室去她丈夫那儿了。所以，多亏了刚才小儿子的哭声，才让菲尔赫此刻捞到一根救命稻草，暂时摆脱了眼前的尴尬困境。

在接下来的日子里，艾尔-穆萨维成天在巴扎转悠，端详集市摊档上琳琅满目的各种货品，一会儿若有所思，一会儿又愁眉紧锁，其实是在期待被老熟人认出，好跟人家搭讪唠嗑。他从不主动和人搭腔，也绝不拒绝别人主动找他说话。认出他的老熟人，纷纷请他到自己的店里来坐一会儿，拿出手头现有的好东西来招待他。他也有请必应，到人家店里喝喝茶什么的，讲讲他在外国旅行的经历。不过相比之下，他更愿意听别人天南地北地侃大山。至于他本人在卡尔马特国的遭遇以及目前的处境，他却守口如瓶，只字不提。同样执着的是，他从来不进自己原来的店铺，那儿现在的掌柜是他儿子和巴吉尔。两人正全力以赴地埋头苦干，目的是让小伙子早日独立经营。如果有人硬要他谈谈现在的状况，那他就会讲述返家做回自己后的惊奇感受：一切都依然如故，完全和他十年来脑子里承载和保存的记忆一模一样，就连人也没有变化，甚至可以说连年龄都没变老，起码那些他还想得起的、对他重要的人物是这样。尤其令他奇怪的是，似乎此间的万物，甚至包括人在内，都不知道他整整十年没有待在这儿了！不过这种感觉他也表达得极其含蓄、费劲，但言辞间还是未能掩盖住内心的羞惭。

日复一日，这种情况直到苏菲派信徒阿布·赛义德的出现才起了变化。人们叫他赛铎王子，因为他经常如此自称，可能也如此感觉吧。一次，他们俩在一起聊天，艾尔-穆萨维表露出对自己的发现感到惊奇。两人所在店铺的老板听后便对他说，他这种情形想必同从亡灵那儿回来的人所处的状况相似。对此，艾尔-穆萨维想都没想就点头称是："所不同只是，亡灵不知道，人间的一切早已将其忘得一干二净，这里已经没有他们的半点痕迹了。"艾尔-穆萨维长叹一口气，话里多少带有几分自恋情结和刻意外露的顾影自怜。

"我爱人类，真的一直非常地爱。因为人都爱口若悬河，也因而信口开河。"这时，一直静如处子的阿布·赛义德接过话茬，开始发表意见了，"正因为如此，我才有活儿好干。如果人类不是傻瓜的话，还要我干什么呢？而没有我的话，世界又会成何体统呢？"

所有的目光顿时全都聚焦在他身上。除了艾尔-穆萨维之外，在场的人都认识他。根据以往的经验，大家知道这位赛铎王子又要高谈阔论了，虽然人们听不懂他讲的啥，却能津津有味地听他讲话。

阿布·赛义德首先向这位失联十年的回乡者指出，他刚才一直在历数自己的足迹，而同时又声称这些足迹无处可寻。那么现在他请这位一度失踪的游子在两者之间做个选择，因为两种说法相互矛盾，只有一种可以成立。荒谬便由此而生，但荒谬使正派人头疼，让他们内心恐惧。艾尔-穆萨维谈他的家、他的桌子、他的孩子和他的餐刀，还有他的店铺和他的花园，然后却对别人说，在他生活了一辈子的这个地方，已经找不到他的任何痕迹了。

"这不就是你的痕迹嘛！愿真主之光让你茅塞顿开，你所讲的这一切不正是你留下的印痕吗？所有这一切都证明你曾经在这里逗留过，没有你曾经的存在，就不会有它们现在的存在。"阿布·赛义德用他那低沉的声音侃侃而谈，在场的人你看看我，我看看你，认同地点点头，就好像他们一直预感甚至思考到的问题，这下得到了证实一样。

"另一个问题是记忆，"阿布·赛义德继续打开他的思路，"敬爱的真主为什么要把人安插到世界上来呢？肯定不是为了打扮这个世界。真主创造了远比人漂亮得多的东西。大概也不是为了利用人，因为世界上比人有用的东西也可谓不胜枚举，但恐怕我们不在此列。让我们在这儿维持环境卫生？绝对也并非出于此因。我们做的反而更多是污染环境，让别的生物来打扫干净，治理修复我们破坏的东西。那么真主到底为什么要创造我们人呢？"他总有什么目的吧。真主不会做毫无意义之事，闲着没事造人玩儿。所以赛铎王子想，创造人类是为了记忆，好让人成为世界的记忆，阿布·赛义德在满怀期望地停顿良久后，发出了胜利的狂呼。任何有理智的人都不应抱怨，说河流或者桌子没有将他记住，因为人之所以存在，就是为了记住别的东西，而不是让别的东西记住他。如果一棵榏椟果树记住了去年的果实，今年就会结果吗？倘若它想为去年的树叶留出位置，今年就会在那儿长出新叶来吗？

"我无言以对。瞧，你们赢了，终于让赛铎王子狼狈不堪了！"阿布·赛义德抱怨道，"在我们看来，榏椟果树是没有记忆的，但它或许也有记忆，只不过有它独特的记忆方式，那是榏椟果树的方式。或许它会一直结出新果，总能长出新叶，难道恰恰是因为它记住了去年、前年的果实和叶子，所不同的只是用了自己的方式行事？在我们看来，这种方式不是记忆。或者说这只是我们的感觉，因为榏椟果没有将我们保存在它的记忆之中？它忘掉了果实，忘掉了所有的树叶，忘掉了所有的蜜蜂和黄蜂，这是我要称赞它的地方，但有一点不能忘，那就是它应该记住我！可是天地良心，兄弟，它为什么就偏偏要记住你呢？！你跟它是亲戚？还是你对它有用处？不过我们别再谈榏椟果了，我不想拿它说事。也没研究过它。那就以水为例吧，水肯定没有记忆，但是河有。河道有形状、有河床，是一个看得见摸得着的地方，但也是个空洞、无生命的地方。水潺潺流逝，所以没有记忆。它本身充盈丰满，捐献出生命，干吗非要它拥有记忆？！"

末了，他转向艾尔-穆萨维，建议他别再纠缠什么痕迹呀、记忆呀和其他类似的事情，在这上面花功夫实在太傻了，就算他对此有些研究和领悟，也不值得。他更应该和自己的家人好好谈谈。他们肯定会帮他搞到一处住房，没准还能给他说个小媳妇，找份活儿干干。这样，他可以让自己的生活重新融入人生的河流。重要的是，生命必须流动，不可停滞不前。血液凝固，则发脓疮；流水阻塞，

327

则生淤泥。

艾尔-穆萨维的归来在全城引起了轰动。无论在广场上、老城区、王宫和巴扎附近的高档茶肆里，还是街头巷尾、只有下等人出没的郊区贫民窟、公园以及伊斯法罕河滨精心修整的亲水地带，的的确确但凡有人聚集的地方，到处都可以听到有关这件奇闻怪事的谈论。这类议论和这儿的其他街谈巷议一样，与其说是在讲谈论的对象，倒不如说是在议论谈论人本身，于是人们只要竖起两耳，便可获悉伊斯法罕人的许多秘密，而对本来议论的中心人物艾尔-穆萨维及其突如其来的回归却所涉甚微。如此这般，引起哄堂大笑的海侃神聊，离不开一个女人和她前男人以及现男人同处一室该如何过夜的问题，而另一个在偏僻之地的交头接耳中关心的则是，艾尔-穆萨维会不会替他的小女儿找个男人，或者巴吉尔给这家大女儿办的嫁妆是否比别的父亲准备的更上档次、更漂亮。一切取决于，是什么人凑在一起聊天，而凑在一起的人生性就爱七嘴八舌。他们谈这一"恍若弃阴还阳"的奇迹，谈家庭的神圣以及如何维护这种神圣，即便要向丑恶的事态（"一女两男"）妥协也在所不惜，谈劳动与财产（"巴吉尔用艾尔-穆萨维的钱通过勤奋致富所获，应该归谁所有？"），谈没有生父祝福的婚姻是否有效（"巴吉尔操办了两个非亲生孩子的婚事，而他们的生父尚在人世"），谈男女处事原则与世界和现实的关系（"为何一男两女的婚姻天经地义，而一女两男的婚姻显然而且肯定会导致婚姻、家庭，或许这个世界走向毁灭"），还谈诚信正派与品味高尚（"一个被人认为已经死去多年的人，又活蹦乱跳、四肢健全地出现在人们面前，这在多大程度上能说是不道德和无良知，或者起码算得上格调低下"）。

有关这件事的消息自然也传到了帝国宰相尼札姆·穆尔克的耳朵里,引起了他的强烈兴趣,原因之一是这事直接与其职权范围有关。在他管辖的城市里,有老实人无辜地陷入了左右为难的困境,而且靠自己的力量无法找到出路,所以就得动用权力,找到一个既符合传统、又不违风俗、且维护声誉的公正解决办法。他把城里最有名望智慧的人召集到一起,其中包括所有的圣教审判长和法官,希望他们的目光能穿过法律法规的密网,直达现实生活。他讲解了问题的各个方面,请各位对他的阐述进行补充,指出他不够全面的疏漏之处。最后,他号召大家人人动脑,各自为政,都来关心此事,提出合理的建议。这之前,他已经差遣信使分别前往巴格达和内沙布尔,给伊斯兰世界两大顶级权威艾尔-莫瓦法克和穆罕默德·安萨里送去了亲笔信函,详尽描述了此事的来龙去脉,以征求两位顶级伊玛目的意见。几天来,大臣一直在研读这期间收到的来自各位伊玛目、圣教审判长、法官、智慧大师以及商界名流和部落长老的回函,总之,在反复琢磨来自所有知名人士的建议反馈,希望能从中有所收获。他专门用纸记下所有的建议,再寻找出不同建议之间的一致之处,然后另纸总结了多个建议提出的共同意见,最后跟哈桑一起对每个良方佳策进行探讨。后者现在已是大臣身边备受宠信的入幕之宾,成了堪比师爷的首席顾问。两人情绪甚佳,心中满怀希望,一切迹象表明,完全可以找到一个皆大欢喜的方案,既对当事人公平合理,又能让所有名流和法律界人士满意。

艾尔-安萨里的回复是四天前到的,所给的结论寥寥数语,可后附的诠释则洋洋大观,体现了他毕生的渊博知识、伟大的心胸和善解人意且平易近人的精神。前天,信差也带来了内沙布尔的回信。

宰相恩师艾尔-莫瓦法克所提的建议没附任何解释，但邮件里夹了一封加有双重封印的私人密信，注明宰相亲启，内容如下：

伊斯法罕

帝国宰相阿布-哈桑

尊贵的尼札姆·穆尔克阁下

恭祝安好！

我听说，你没有疏远我曾力阻入官的弟子艾尔-哈桑·伊本·穆罕默德·艾尔-萨巴赫，反倒将其擢升为你的首席顾问，提拔成你的亲信。

你得当心此人！他能耐极大，能从睁着眼睛的狼肚子底下偷走鸡蛋。怎么偷的我不得而知。而且狼也一无所知。但是哈桑他知道。这鸡蛋怎么会跑到狼肚子底下去的，我也不知道，而且不管是狼还是鸡蛋，均无所知。但是哈桑知道。如果他需要这蛋，就会下手去偷。

务必小心！

伊玛目希巴特·阿拉·艾尔-莫瓦法克，于内沙布尔

起初，刚读完此信后，帝国宰相惊愕不已，因为他再怎么推敲琢磨，依然觉得不管说话的语气、言词的尖锐，还是那荒诞的狼与鸡蛋的故事，都无法和自己当年的恩师、伟大的智者艾尔-莫瓦法克

联系到一起。但他马上恢复了平静，因为回想当年的情景，他对这一切的怀疑也就自动涣然冰释了。记得他年轻求学时，老师每每遇到不公之事，或察觉到有损颜面之举，便会愤懑不已，因而出言不逊，口无遮拦。不过就是那时候，他们也不太清楚，在老师的眼里究竟何为不公之事和有损颜面之举。随着年龄的增长，我们的缺点和脾气也与日俱增。上了年纪后，所有的性格特点里大多也就只剩下这么点率真和本性了。老师现在年事已高，岁数大得连轿子都上不去了，更遑论骑马和骆驼。这番自我解疑使大臣心里宽慰不少，也让他哑然失笑，因而联想到，以前老师是怎样为了哈桑的滑头花招和因年少无知所干的蠢事而暴跳如雷的。当时，认识老师的人都管他叫"青天大老爷"来着，虽然这绰号不无挖苦之意。内沙布尔人什么方面都不错，但堪称天下第一的要属无与伦比的冷嘲热讽之本领。当然，他们在追求安逸和慵懒上也不落后，大家都能各显神通，避免和老师以及与其一样尖嘴利舌的同类打交道，唯望活得轻松自在。再说，艾尔-莫瓦法克纵然满腹经纶、德高望重、享誉世界，不也正是因为留恋故乡悠闲恬淡的日子才一辈子都待在内沙布尔、安土重迁吗？

打消了心中的疑虑，帝国宰相得以集中精力研读艾尔-莫瓦法克对艾尔-穆萨维的不幸遭遇及其家庭困境的建议。当他读到其中与艾尔-安萨里几乎相同的观点时，高兴得跳了起来。两者的见解极为接近，大臣自己也觉得公平合理。于是，他立刻派了一名手下去当事人家里报信，说自己今天会登门拜访。他要让自己在此所做的一切，都产生关爱知己、心系其命运的效果，或者起码的给人以类似的印象，这对他至关重要。因为这样一来才能清楚地体现出，朝廷如何明智、周全地化解了一团乱麻似的棘手难题。倘若下令召艾尔-穆萨维、巴吉尔和他妻子进宫，从权位上居高临下地把哪怕是最聪明的决定作为解决问题的办法向其宣布，也会在城里和王室引起所有的人啧有烦言，怪他现在连名人的家庭私事都插手干涉了。相反，即使他提出一个几乎无法接受的建议，但用看似友善体贴的方式，而并非一副公事公办的架势，大家都会异口同声地夸赞，强调他的做法百分之百地符合一个头脑清醒的朝廷明相所为。所以他决定，带几名贴身随从，亲临当事人家里，告诉他们当代最权威的智慧大师所说的解决方案。

大家都聚集在艾尔-穆萨维家的堂屋里，自打回来后他就一直睡在这大房子的中间。屋里除了当事人和家属之外，有帝国宰相和已经与其心意相通的哈桑，随同到场的还有奥马尔·海亚姆、整天乐呵呵的苏菲派阿布·赛义德、市长阿布·阿里·艾尔-侯赛因尼和商界名流穆维吉特，后者虽是本城最有影响力的生意人，却没有在当地商会里担任任何职务，这种民间身份正合宰相大人之意。

来客向主人家分发了礼品。除了茶水和少许坚果之外，宰相谢绝了主人的其他一切招待。一番寒暄过后，宾主各自落座，大家都陷入了令人难受的沉默。还是市长艾尔-侯赛因尼第一个找到话头，先祝贺艾尔-穆萨维幸运地重归故里，福大命大，"能逃出那些祸国殃民的恶人之魔掌"，真是不幸中的万幸。这的确是件罕见的大事，能有此福气让好运忠实相伴的人，这世界上可不多呀。"向真主发誓，这好比起死回生哪，你可真的很走运。"

"是啊，我是很走运。只不过不知道，这运气是不是现在还与我同在，也不知道，它还能不能继续与我同行。"艾尔-穆萨维心不在焉地点点头。

"瞧你说的，难道你丢掉运气了吗？！你多幸运呀！真是身在福中不知福啊！我说亲爱的诸位，瞧瞧这位大幸运儿吧！"阿布·赛义德激动了，把脸一会儿转向艾尔-穆萨维，一会儿转向其他人，"失去自我乃人生一大幸事，这是很厉害的诅咒，会带来巨大的痛苦，是真主给予我们虚荣之心的责罚，也因此将我们从生命之海中分离。只要你还是你的'自我'，无所谓是什么样的、哪种的'自我'，那就同任何一种人和动物，同任何一种植物与鱼类，同沃土良田以及其中的小虫完全分离。如果你被禁锢在自我之中，就只能从外表观赏这些美丽的东西，对其心驰神往。假如你能成功地向他们开放自己，或许能争取到其中的一些为你所用。不过要想开放自己，起码就得稍稍放下你的'自我'片刻，因为这种'自我'常常把你同生活隔离，切断了你同一切能够让你充满活力之物的联系。"

在场的人纷纷夸赞阿布·赛义德特立独行的性格，轮番向他抛去溢美之词：这个说他思维敏锐，能够用与众不同的眼睛发现潜在的真理；那个讲他信仰坚定不移，使他能在常人避犹不及的事物上看到善美的一面，比方死亡或者失去"自我"等等；还有些人称赞其勇气可嘉，能够把我们通常想都不敢想、更别说愿意去听的东西清晰明确地表达出来。七嘴八舌过后，又是一片令人难堪的静默。

"一切可能发生的事情都会发生，利与弊，悲与喜。"帝国宰相终于发言了，"我们对发生的事情施加不了任何影响，一般说来我们无法做到让所愿之事发生，也几乎从来不能阻止让所恶之事不发生。但是我们可以尽力而为，把事端带给我们的利与弊均匀地或起码大半公平地分摊在每个人的身上。弊的坏处如果平摊在众人的肩膀之上，则轻而易举；而利之喜悦若能共享，则欢乐倍增。这是我的经验之谈，也是我们今天到这儿来的原因，用友善的方式，找到一个合适的尺度和途径，来将你们所遇到的难题之利弊平均地分摊在你们之间。"

"你讲得太好了，主人，"哈桑连忙恭维上司，"就算不那么公平，为了便于承担重负，也必须平均分配。所有的人也都应享受利的好处，包括那些有可能不配得到这些好处的人在内。"

所有目光都盯着宰相大人，大家心里都在打鼓，不知道他会如何行事。哈桑刚才的点评紧接着宰相的陈述，几乎是无缝衔接，给人以打断了前者讲话的感觉。在场的人谁也不习惯以这种方式交谈。他们通常愿意等对方的话音在传播的空气中逐渐消失，一切慢慢趋于平静，好让听话的人起码有点时间来思考如何回应。可是哈桑不遵守这社交礼貌，相反，就好像在试探自己究竟能够得寸进尺地走多远，他转身面对巴吉尔，基本上反驳了宰相刚才提出的调停和解之良策。

"比方说我认为，你更应该得到的是惩罚而不是奖赏。在拿到法律认可的离婚证书之前，你不可以娶他人之妇为妻，除非已经确定此人从前的丈夫命丧黄泉。"哈桑义正辞严地教训巴吉尔，后者面色发白，两眼眨巴个不停，"要是有人征求我的意见，那就该对你进行惩罚，以儆效尤。因为一个人将尚未离婚的女人在其丈夫还在世时娶为己妻，就说明他什么事都敢干，而一个什么事都敢干的男人应该事先就受到惩罚。现在惩罚他是为了他五年后要干的事。这种人肯定会以身试法，他们就这德行，本性难移。但我们睿智的主人恰恰要奖赏你，并且也找到了奖赏你的方法。因为他心系和谐，而如果善恶赏罚不均的话，世界上就不得和谐。这就是为什么他能身居高位、当权做主，而我只是个破坏气氛的傻瓜的原因。"

这一结论让在场的人全都哄堂大笑，紧张的气氛顿时转危为安。帝国宰相郑重宣布，他们此行纯粹出于好意。他本人已向当今帝国和世界的精神领袖请教过，询问如何能够公正合理且无损于任何人地解开这一迷局。最高伊玛目、圣教审判长和法官们一致认为，在这个问题上最公正的解决办法就是，让巴吉尔和这个女人留在这里，帮艾尔-穆萨维另建一所新房并另找个新娘。对商店和在巴扎的铺位也同样这样处理：巴吉尔原地不动，老店归他；但大家都得齐心协力，帮助艾尔-穆萨维开一家新店，找一份新活儿。宰相费了不少口舌，来解释这一建议的原因何在。

他先指出，这房子和房子里的一切东西都属于艾尔-穆萨维。但是凭良心好好想想，我们不能说，这一切就不可以也属于巴吉尔。虽然巴吉尔利用了艾尔-穆萨维的财产，但使财产得到了扩大和增值，所以现在这也是巴吉尔的财产了。菲尔赫肯定是艾尔-穆萨维的老婆，可她现在有了巴吉尔，而且在符合法律与习俗的前提下生下了他们自己的孩子，所以她无疑也是巴吉尔的妻子了。谢天谢地！艾尔-穆萨维回来了，虽然大家都认为他早已不在人世。但是眼前的这位不一定就还是当年离家而去的那个艾尔-穆萨维。他一一列举正反两方面的论据，平静、公正、无可辩驳地证明了他的建议与法律和传统的吻合一致。宰相指出，现在的艾尔-穆萨维已不再也不仅是当年的那个他了，倘若拆散巴吉尔现在的家，让已变样的艾尔-穆萨维回归原位，将是何等的残酷无情和没有人性。他说这话时，大家都能感觉到这是肺腑之言。这家人本已熬过失去艾尔-穆萨维的痛苦，跟他做了永别。倘若现在有谁再把巴吉尔从家中夺走，那就好比第二次杀死了这户人的一家之主。"所以我们一致认为，巴吉尔应该留下，艾尔-穆萨维则须哪儿跌倒了哪儿爬起来，在其人生暂停之处重新开始。而且这也不是完全从零开始，别担心，其实这次你在起点上就已经领先别人很远了。"宰相鼓励这位从前的一家之主。

"事已如此，这都明摆着：你从什么地方回家来，发现你已经一无所有，孤立无援。"艾尔-穆萨维沉思良久后说，声音在宰相大段解释说明后出现的轻松缓和的宁静里显得格外清晰，"我认了，自己还是知趣些吧！"

大家都高兴地发现，艾尔-穆萨维这次、也许是自从回来以后首次没有心不在焉地说话，而是由衷地表达自己内心的想法。这表明，他这才真的回来了，而帝国宰相的建议能够让他在此地容身。所有的人都深感欣慰，也衷心感谢宰相做了件好事。

"到头来所有好处都让你给捞了，好得不能再好了。"哈桑忍不住再次奚落巴吉尔，就好像跟他有仇似的。

"是好呀！"巴吉尔发火了，抬起手臂，把掌心直对着哈桑，一副既要保护自己、又要警告对方的样子。然而这反应没起作用，一切都太迟了。祥和融洽的美好气氛，做了件实实在在好人好事的感觉，已经到了尽头，取而代之的依然是先前的尴尬与难堪。这当儿，阿布·赛义德心平气和、若有所思的哲理说教楔子般地插了进来：

"我不知道你们当中是否有人还记得起七八年前的那个冬天。

那年仅巴尔赫一地就死了一百多人。我记得很清楚，这种事是不会忘的。当时我就在巴尔赫，住在一所千疮百孔的老房子里，墙上的窟窿多得没法数，更别说去堵了。这破房子的对面有一家小客栈，里面住的房客主要来自周围近郊。我认为，远道而来的商旅是不可能找到这家鸡毛店的，再说他们也没有理由跑到城中心来投宿。

“有一回，我蜷缩在家里，把所有能御寒保暖的东西都裹在身上，观察到对面客栈门前的挑檐下，有只麻雀在寒冷中受冻。我发现时，它还活蹦乱跳的，一会儿从屋檐下飞出来，绕着大街和附近的院子盘旋，看来是想找点吃的东西，然后又踅回栖身的挑檐下。想必它是白费力气，无功而返，因为这鸟儿的活力渐飞渐弱，飞行的距离也越来越短，在屋檐下停留的时间却越来越长。没过多久，它便只能刚一飞出去就马上折回来恢复元气。饥寒交迫耗尽了它的能量，使它精疲力竭。可怜的小家伙无力回天，休息的次数越来越多，眼看着必死无疑。后来，它再也扇不动翅膀了，只好在屋檐下原地蹦蹦跳跳，仿佛要以此来抵御寒冷，又像在探究，为什么要这样蹦来跳去。最终，它安静下来，就蹲在那儿，蹲着蹲着就掉了下来……

“差不多就在这同一时刻，来了辆牛车停在客栈门口，位置刚好在麻雀坠落的地点。车夫去办事的时候，拉车的牛拉了泡屎，无意中恰好落在地上冻僵了的麻雀身上，其实前者并没想玷污这可怜的小生灵，当然也全无做件好事的善心。

“车夫很快回来了，随即驾车扬长而去。不一会儿，这麻雀竟动弹起来，肯定是被这泡热粪焐暖和了，并渐渐地复苏。动着动着它居然活了过来，而且站起身。看来它还在牛粪里找到了什么可吃的谷粒，所以又恢复了蹦跳的精力，开始叽叽喳喳地叫上了。这么一来，它的动静引起了一只公猫的注意。老猫走过来，把麻雀从粪堆里扒出来，在雪地里翻滚拖拽，逗它玩了一阵，最后一口吃掉了。

"我目睹了这件事的全过程，心里迷惘、愤怒，还有点作呕，无论如何也搞不明白，这一切怎么会发生。直到那天晚上，我已经上了床，却睡不着，在铺上长吁短叹，这时我瞬间恍然大悟，顿觉其中的道理发人深省：不到事情得出最终的结果，切莫对与你共事的人作出评价。因为拉你一身粪便的人，并非总想加害于你；而你的贵人也不一定就是把你从粪便中扒出来的人。我当时认为，这就是那只麻雀给我的教训。可它为了现身说法地提供这一教训，为我而死于非命。但是这一切对我来说还嫌不足为训。麻雀为两条在我眼里已经不算新鲜的教训而献身，太不值得了。然而，数月之后我才如获天启似的大梦初醒，原来可怜的小生灵并不是为了这两条教训而捐躯的。它的死是要告诉我另外一个潜在的、我绝对需要的哲理，而这一道理我根本没能心领神会。那就是：只要你还在大粪里待着，就不要出声！"

"火"起萧墙

天尚未破晓，便传来了朝廷出征的捷报，城里胜利的欢呼声此起彼伏，响成一片。胜利者、名扬天下的马立克·沙赫苏丹又一次用兵如神，承天之佑，大获全胜，给了卡尔马特国以毁灭性的打击。这天下午晌礼过后，倘若一切如愿，战无不胜的苏丹将率领部下随从，押解战俘，携带战利品，经城南门凯旋而归。届时，凡是诚心实意欢欣鼓舞者，皆可走上街头，夹道欢迎苏丹和帝国大军班师回朝。

奥马尔听到欢呼声时，已经在大街上了。天亮前他就出发去肥皂作坊集中的城区，想和阿布·赛义德在那儿的小清真寺里一块儿行晨礼。他务必和老朋友私下谈谈，事情还挺急。原因是，昨天他和赛卡伊娜发生了婚后的第一次正式龃龉，两人吵得很凶，双方都闹翻脸了，气得赛卡伊娜最后只会跺脚大叫，就像岔了气似的。也就是说，她大喊大叫是为了不被胸中沸腾汹涌、急待爆发的愤怒给憋死，因为这股怒气如不通过口腔得以发泄，势必会积郁在皮肤或某个关节部位，形成疾患。

中午刚过，哈桑就登门拜访。他们打算一起待上大半天。帝国宰相出宫前去迎接苏丹的凯旋了，所以哈桑今天无事可干。一开始气氛挺好的，茶过一道，哈桑聊起了奥马尔用那只神鸡帮亚美尼亚人阿尔塔贝迪安破案的故事，笑他这位神探现在可是家喻户晓了。这新闻早已不可思议地在城里疯传，诸多细节被说得有鼻子有眼，更使事件的真实性显得活灵活现，再加上转述过程中的添油加醋，简直让海亚姆的名气陡增，远超他研制新历法和著书立说所获得的荣耀，甚至连他精准的天气预报也为之逊色。但是，伴随名气而来的几乎总是担惊受怕，或者起码是内心的抵触和反感。奥马尔很快就厌恶了这一切，并开始向阿布·赛义德以及其他朋友咨询求教，希望他们能指点迷津，帮他摆脱为声名所累的困境，重新做回普通人。不错，他现在备受关注，如果这关注里所包含的社交或工作乐趣要远大于那只神鸡所带来的惶恐的话，或许他也很享受这种被人关注的感觉。那些一无所知和所知甚微又知之且惑的人，面对他们的顶礼膜拜，你敢受宠若惊地引以为豪吗？再说，他又不是大名鼎鼎的医圣伊本·西拿，别人总不能像对待时代公认的伟人那样来敬仰他吧，而且可以肯定，伊本·西拿本人在其有生之年，也不会容忍人们在他面前表现这种盲目生硬的崇拜。现在倒是无人再向他问这问那的了。可这些朋友非但没有帮他排忧解难，反倒拿他的尴尬开起玩笑来。同时，城里人对他的盲目崇拜依然与日俱增，让可怜的奥马尔不胜其烦，倍感如坐针毡。

比方说，有一回在巴苏米基德的咖啡馆里，他耐着性子听别人没完没了地对他歌功颂德，称赞他勤奋努力，为了提高思维能力，丰富知识，可以在所不惜。馆子里有三个男人，有事没事都泡在那儿，比桌椅板凳和伙计烤制咖啡豆的长明火还更像此处的固定摆设。三人决定要好好探讨一下，看看人若想成为智者和有识之士，得做出多大努力和牺牲才行。很难说他们原先是否想谈这个话题，看来是因为凑巧和海亚姆坐在了一起，要不然就是他们打发时间的谈资都聊光了。不管什么原因，反正他们此刻专心致志地热议每位学者和智者所要历经的艰辛和磨难。三个人不无担忧地回忆起，当普通人早已进入梦乡时，他们的同胞、也可以说是朋友的奥马尔·海亚姆却经常通宵达旦地待在天文台里，望着黑咕隆咚的夜空发呆，而且第二天还得像也睡了一夜好觉似的正常生活工作。除了不能睡觉，这类献身学习研究的人还得勤奋读书，可是众所周知，书看得太多有伤身心，且不说还会损害视力。接着话锋一转，他们马上又回到了天文台里的那些不眠之夜，或许是关于读书没什么可说的了吧，但也可能是此话题不够刺激，于是，他们便反复地相互询问，一个人如何能够彻夜不眠地盯着夜空看。由这一问题引出下一个疑问：这种夜复一夜的仰望星空是否就是其无所不能、无所不解的聪明才智之源泉所在？比方预报天气，驯养神鸡，划分天上和历法书里的日月星辰。如果一个人整夜整夜地眺望空旷的苍穹，那他还有什么东西想不出来的？！倘若这一切仅限于驯驯公鸡、编编历法，那还算好的。可鼓捣这些玩意儿到底有何用处呢？！不管他花多大力气去探索钻研、阐述表白，普通人依然不会开窍，弄不懂一个原本可以安居乐业的人为何要去琢磨这些东西。是因为乐此不疲者精神有问题，还是因为精神有问题者乐此不疲？

奥马尔的目光扫过周围人的脸，越来越久地停留在店主巴苏米基德这个大块头的身上。鉴于同桌的三个人既好奇、又担忧、最终佩服无比的情感交织在一起，不断增长且益发浓厚，他诚心希望，老板触碰到他迷惘的眼光、看见他悲哀的面容时，能站出来帮他说句话。他必须逃出这被人景仰的怪圈，给大家一个明明白白的交代。于是他灵机一动，脑袋里冒出个主意，便瞎编了一个理由，说一个男人若想逃避家里那口子烦人的唠叨和牢骚，尤其是当她的抱怨不无道理时，有几种方法可供考虑：他可以钟情于户外垂钓之乐，热衷社交聚会，还可以去泡茶馆，或者到天文台去勤学苦读，沉浸于学术钻研，学做精美绝伦的鞍具也不失为一种选择。此消息在城里不胫而走，到处疯传，透露了海亚姆作为俗人的家庭隐私，改变了他被奉若神明的伟大形象，从而避免了今后被人盲目崇拜，使他重返神鸡事件之前在社会上享有的正常位置。

听了他的讲述，哈桑大笑不已。海亚姆嘴里含混不清地嘟嘟囔囔，说他觉得个人迷信实在太可怕了，因为这种崇拜建立在愚昧无知的基础之上。丈夫说话时，赛卡伊娜的目光似乎像利箭一样要将他看穿。她问他，自己是不是真的是个爱唠叨的饶舌妇，惹人讨厌。

"当然不是，怎么会呢！"海亚姆赌咒发誓，"我这么说，只是为了抹去头顶上的光环呀。你心里非常清楚，自己不是那样的人。但这样下去不行啊，这种崇拜太可悲了，一旦我们明白了其中的误解，它就荡然无存。可是你又能拿对你一无所知的盲目崇拜怎么样呢！"

赛卡伊娜紧盯着丈夫的目光依然严峻，嘴里发出的笑声却爽朗亲热。她觉得，这种傻事一看就像是她的奥马尔干的，所以挺可爱的。

喝过茶后，他们带客人参观了花园，也顺便谈到了布置打理花园的帕尔韦兹。这引出了哈桑一大段关于波斯人的说教，这通长篇大论说得含混不清，以致海亚姆或多或少没怎么听懂，所以现在只能支离破碎地复述给阿布·赛义德听。

哈桑声称，他对波斯人可以说是一见生怒，而且这股无名怒火首先是冲自己而发，不过二见时就明白其中原因所在了。波斯人从娘胎里一出来，天生就麻烦不断。而这些问题其他人就从未有过，甚至连知都不知道。波斯人曾一度占据了庞大的世界帝国，后来又成功地将其失去，但这种结局并非是遭受某个实力在它之上的强国之毁灭性打击所致。现在，波斯人对这一损失十分痛心，就像一个伤残者痛惜自己早已失去的腿脚或手臂一样。回想起自己的祖先曾经呼风唤雨，坐的是王朝第一把交椅，波斯人就不甘屈尊俯就地沦为仆役。但是他们看得清楚也心里明白，知道这年头就是交好运的话最多也只能混成个有点名气和发点小财的下人。我们中间的佼佼者，比如伯尔麦克·哲耳法尔和我们的帝国宰相尼札姆·穆尔克，也不过才跻身第二把交椅，给哈里发哈伦·艾尔-拉希德或者马立克·沙赫苏丹做个统管行政事务的宰相。尽管这两位是才能无与伦比的时代英杰，可也当不了帝国的老大。今天的波斯人，天生就诅咒缠身，厄运相随，命中注定现在不是而且将来也成不了天下的主宰，不得不在这霉运中成长，头顶着这不幸走进生活，随时牢记自己的悲哀，倘若能成为时代的骄子和宠儿，或许可以屈居阿拉伯人或突厥人之后，弄个老二干干。如果波斯人不去回顾曾经一度称霸世界的历史，也没觉得自己与生俱来就有重温昔日辉煌的需要，或许也就没什么问题。其实，做一个好仆人，也不是什么见不得人的丑事。只要我们愿意，大家就都是为人效力之人。这对从未当过主人的人来说，没有任何问题，而那些昔日为主的人却难以接受今天为仆的现实。可这就是我们的命。我们无辜地怀着历史的创痛长大成人，又从一开始就拒绝无法逃避的现实。因此，我们不会自恋，也做不到对这个我们被迫逗留的世界予以肯定。对此，我们感到的不是悲哀，而是愤怒。这也是我们的命。其他民族，如果与生俱来便厄运相伴，既做不到最好，又不能强大到出人头地，他们便会对命运感到悲哀并充满仇恨。就像一个人仇恨——比方说——自己的出身，因为这种无法更改的归属，让他命中注定这辈子只能扮演老三或老五的角色。但他不乏自恋，而且自视甚高。可波斯人不会悲哀，也不会仇恨，他们有的只是愤怒，对波斯人自己的愤怒，对每一个波斯人也对所有的波斯人一起的愤怒，因为他们未经重大失败就丢掉了一个世界帝国，却依然珍藏着这份对昔日雄风的回忆，保留着再现当年辉煌的渴求，强加给自己一个明知是梦的重新崛起之宏图伟愿。波斯人对自己充满愤怒，怨恨自己仍然听任自己继续保留这种对创伤的记忆，忍受这一自己毫无责任的痛苦。波斯人还对这个肯定有失体统、动荡不安的乱世满腔愤怒，不过这种愤世嫉俗没有他们对自己、对命运和笼统地对所有波斯人的愤怒强烈。尽管有上述的种种原因，但波斯人也真的只想改变他们不能苟同而且一成不变的世界。所有让他们愤怒之事，一切毁了他们生活的东西，他们全都予以默认，照单接受，依旧愤怒在心，继续忍辱负重，没有牢骚，也不抱怨，更不会去动那个脑筋，琢磨有哪些事情是可以改变的。

"你同意他的观点吗？"还没等哈桑结束他的长篇大论，赛卡伊娜就迫不及待地问海亚姆。

"不一定同意。"海亚姆回答，"这些都不属实，我怎么个同意法呢？一个波斯人只要胸有大志，努力奋斗，加上运道好，完全可以做到最好。波斯名医伊本·西拿不就是他那个时代首屈一指的大师吗？他不就伟大得毋庸置疑吗？"

"说得不错，你也是你这个时代首屈一指的数学大师。"哈桑表示同意，"但你的看法并不和我的相抵触。你和伊本·西拿所在的是特殊领域，从事的是个别研究，相关的一切都取决于个人因素。可我说的是国家，它将所有的力量和一切以共同体形式实现的功能和取得的成果凝聚于一体。我说的共同体形式就是国家，或者不是作为共同体而体现。长期以来，愤怒阻碍了我们创建一个大国。在这个国度里，我们会形成一个人人都有其价值和尊严的集体，有我们的苏丹或者哈里发，并逐渐发展成为我们第一个统一的民族。但是阻碍我们行动的愤怒情绪与日俱增，变得越来越糟，因为我们每个人，每个想干大事的和觉得自己天生就是干大事的波斯人，从青年时代起就不得不心甘情愿地接受一个事实，即波斯人不能位居第一。所以我们从那时开始就陷入了波斯人的愤怒。这情绪撕碎了我们，让我们的集体远离了世界，和在这个世界上干成某些大事的可能。如果你身陷这种愤怒，在其压抑之下就无法发挥自己的力量，从而一事无成。"

"大概这就是你为什么总是口若悬河，一说起来就没完没了的原因吧？"赛卡伊娜问，语气里毫不掩饰嘲讽的口吻，"你明白，自己生来就是要干大事的，但也知道，充其量只能做到老二。"

"你的意思是，我说的话不太对吗？还是觉得我说话的方式不对？"

"不是，如果你真想听我说下去，那可以告诉你，我指的既不是你说的话，也不是你说话的方式。"赛卡伊娜不等哈桑表明意愿，便接着讲，"我想请你告诉我，眼前是谁在面对我们说话：是塞尔柱王朝行政部门的官员，还是个梦回故国并在梦中让早已失落的帝国复活的波斯遗老？我不知道倘若你的帝国宰相听了这番话会有多高兴，但我知道，我没在他身上发现半点你所说的波斯人的愤怒。"

"你注意观察过吗？如果观察过的话，又看见了什么吗？"

"我不敢发誓说看见了什么，但我肯定有过机会亲眼看见、亲耳聆听他讲话。我真的没有感觉到，他身上有你说的那种怒气。我见到他、听他说话的次数不算少，闻其言，观其行，觉得他不是那种人。当然，他演说的声音本也可以不用这么大。"

"你是说，不用像我这样？"

"没错，不用像你这么大声、这么满腔愤怒。他对一切了如指掌，思路井井有条，说话稳重优雅，看他、听他讲话，简直就是一种享受。比方说，他知道自己是塞尔柱帝国的首席大臣、宰相，清楚自己享有何种待遇，身负什么责任和义务，所以待人接物面面俱到。他身上可见不到你的高腔大嗓、你的愤怒和这种迷惘混乱。"

尽管赛卡伊娜内心是想尽力克制自己，但还是未能掩饰住对哈桑一见就恶心的反感。恰恰这一点，让哈桑这个能言善辩、会抓人心的大师难以忍受。你要是跟他争辩，他倒不在乎。相反，这会激发他的斗志，让他兴奋不已。然而，倘若已经有几分熟悉的人不把他当回事，对他不耐烦，那会真的让他陷入疯狂，走向极端。他志在征服别人，擅长说教劝告，笼络人心。他需要被人接受，为人爱戴，就如同需要空气和水一样，以此维生。如果他本想争取的人表露出不领情或对他不感兴趣的意思，那对他的打击要比任何人身侮辱还沉重。于是，和蔼可亲、理智谦恭，他通常用来争取和迷惑他人的一切手段，所有这一切，在他发现别人有抵触和拒绝苗头的第一时间，便会转化为难以控制和驾驭的无名怒火。

昨天的情形也是这样。三个人本来已经上桌吃饭了，当赛卡伊娜流露出哈桑想争取她支持的一切努力只招致了她的反感时，当他的思想、对女主人或其丈夫的好心恭维、他渊博的知识以及识人断物的鉴别能力，非但没能博得好感，反倒刺激了对方的神经时，仿佛两三句交谈的话不投机就唤醒了哈桑心里的恶魔。他原本明亮发红、形如满月的脸庞完全曲扭失常，变得阴森可怖，讲话的腔调也更加亢奋尖利，声音又高又细，让人听得极不舒服。

"是啊，一切都干干净净，整整齐齐，规规矩矩，简简单单——原来你喜欢的是这种一尘不染的纯朴，对吧？"哈桑发出近乎刺耳的尖叫，"这样的话你就不必动脑子了，也用不着费心思考，轻松自在，反正一切都清楚明白，毋庸置疑。人们知道哪儿是左哪儿是右，什么是好什么是坏，何为可行何为禁止，还有干净与肮脏也一目了然。世界与你从家庭教育中所得知的分毫不差。可现实不是这样天真无邪地美好，乖妹妹！世道兵荒马乱，生活动荡不安，这比一个普通妇道人家脑袋里的那团乱麻要乱得多了。"

哈桑露出了他尖酸刻薄的一面。他继续对赛卡伊娜反唇相讥："你丈夫刚才跟我解释，说每个有生命的身体必须含有四大要素，其中每个要素孤立地来看都是极为凶险的毒素。这听起来多么不合情理，多让人那可怜的理智迷惘混乱，是吧？！倘若能清楚地划分有益的和有害的元素、毒素和养料、给与或获得生命的和杀死或灭绝生命的东西，将其严格区分，当然是件好事。可是生活不允许我们做到这一点，因为，你想想看，一个生命体竟然是由几种毒素以某种方式，比方说，是以正确的方式相互混合而成。向你发誓，我也很希望自己能够相信，男女、明暗、善恶、生死之间可以截然分清，而且相互对立。但是无论我的理智，还是我的所见所闻，都不允许我相信这些。我凭什么要相信，生是美好的，而死则完全与之相反？难道我们不是在血汗中降生，让生我们的女人忍受着可怕的疼痛，被生的男人承受着巨大的不幸？难道我们不是从母腹里一探头就开始哭泣的吗？这哭声不是我们发出的第一次喊叫吗？大人不是从这哭声才判断出我们活着吗？自从我们开始学会走路以后，所看到的一切都是在棍棒教育下学会的，让我们痛苦不已，可我们却称之为成长和走进生活。遗憾的是事实的确如此，我们就是这样走进生活并且这样活在其中的。

"而这种生活……是上天赐给我们的，好让我们用眼泪、血液和痛苦供养的时间能够往前发展。这前进的动力发源于我们的生活，来自我们人生道路上的蹒跚和踉跄。一旦起步运转，就得继续前行，以便眼下的这个世界能存在下去。我们以自己被时间吞噬的生命和躯体，用我们生活中经历的磨难，拿我们忍受的痛苦，来维持时间的运动，不让它停下脚步。是谁、什么时候、为什么要让时间活动起来的呢？根据我们现在所知来判断，时间曾经是美丽、永恒、不变的，这完全符合其天然属性。可是曾几何时，发生了些事，从永恒之海里引导出一条支流，使之流动起来，这便是时间的河流。我们所处的世界，连同世界上存在的一切事物，统统都沉浸在这条河流之中。可到底发生了什么事？什么时候发生的？究竟是谁推动了时间的长河，让它向前流动？为什么？你想说，是伟大的真主，对吗？可真主为什么要这样做呢？为何偏偏要在时间之河开始流动之际，而不是稍微早一点或者再晚些时候动手呢？我们到底是否有权相信，这可能是真主所为？真主内心及其永恒的神性里发生的事件又是从何而来的呢？

"要回答这些问题，就必须阅读天启，但得看它的内涵，看它内在的、隐含的、深层的东西和内容，并且理解其精神实质。如果你这样阅读，相信自己的理解力——你必须拥有这份自信，因为要是你相信别的什么，就是疯了——那答案就显而易见：造成上述现象的头号原因就是恶魔伊比利斯的犯上作乱，是这个该死的魔鬼及其忤逆背叛把时间推进了运动的轨道。于是，在由伊比利斯的眼泪和痛苦组成的时间里形成了世界。这世界得以存在要归功于伊比利斯和我们的痛苦以及绝望，归功于对救赎和原谅的渴望，归功于压低声音的哭喊和抽泣，这哭声告诉人们，那恶魔已经深知，他没有回头路可走，也得不到别人的谅解。而我们人类用生命和绝望保持着时间的运转，以此来维系世界的存在。所以别让我在安全可靠的秩序和明确清楚的划分这点上撒谎骗人了。"最后，哈桑差不多是在哀求了，"看在你妇人之见的分上，为了维护我朋友家中的安定和谐，我很愿意隐瞒一些真相。不过我不会为了一己之利，也不会为了讨你和你丈夫的欢心，去编织甜蜜的谎言。"

"如果我的妇人之见能遮挡掉你所谓的真相，让我眼不见心不烦，那我可真是求之不得！"赛卡伊娜愤怒了，"真羡慕没脑子的傻瓜和痴呆，他们无缘见识你和你的那些真相，可以免受其害，真幸福！"

"这可不是什么我的真相，别老把我扯进去，这就是实实在在的真相。"

"但我不想知道这真相！！！"

"它问过你想不想了吗？！"

"难道我生我的女儿莱伊拉是为了让她来供养你的时间吗？！我看你是精神不大正常吧，举世无双的哈桑先生！你可能知道点什么，可是你什么都不明白。"

"难道你生女儿不跟其他人一样，也血汗并流，疼痛相伴吗？难道哭声不是她发出的第一声叫喊吗？为什么呢？是为了表示对接待她的这个世界和面临的生活满怀喜悦吗？"

"你要是能够知道这疼痛中包含了多少快乐和母爱就好了！为了女儿，我是经受了不少痛苦与惊吓，可你能够想象得到，对此我感恩不尽吗？不过倒也是，一个傻瓜怎能知道做母亲的爱和心呢？！"

"但这个傻瓜能够知道也可以告诉你，等候你的莱伊拉是什么。是折磨，是痛苦，是悲惨直至美丽的死亡，而且这一切等候的不仅仅是她，还包括你。"

"这么说你到我家来，就为了告诉我这个？你坐在我们的饭桌旁，吃着我端给你的饭菜，嘴里却对我讲，死神在等候我和我的孩子。他不等你，因为你什么都明白，看破红尘，是吧？真主啊，瞧瞧这个可怜虫有多邪恶！"

"如果要我用甜蜜的谎言作为代价的话，那我会马上离开你的饭桌，走出这个家！"饭正吃到一半，哈桑勃然大怒，起身离席，扬长而去，连声起码的"再见"都没说。

对主人来说，这顿饭也就以此告终了。气愤中，赛卡伊娜想必被正要咽下去的食物给噎住，所以吃不下去了；海亚姆则被刚才发生的一切搞得晕头转向，也没了胃口。赛卡伊娜气得大骂丈夫，怪他在争吵中不站到她一边来，帮她说话，并尖叫道，只有傻瓜才能眼看妻子在自己家中受人污蔑而无动于衷。她气得瞬间岔了气，的确被喷涌而出的话语和情感给噎住了，弄得她有点张口结舌，只是反复责备海亚姆没有履行维护妻子尊严的义务："你是我的男人，男人就该保护自己的女人。"海亚姆想替自己辩解，可每一次尝试引来的只是新的误解，导致赛卡伊娜的火气爆发得更加猛烈，搞得她最后只会跺脚大叫，好像不这样就会窒息似的。

"这不只是愤怒，"海亚姆做完了他忧心忡忡的长篇忏悔，"半夜醒来，我听见她哭得很伤心无助，像个小孩似的。她哭的时候有意压低抽泣的声音，大概害怕把我吵醒，全身都像打摆子似的被吞咽下去的抽泣憋得发抖。这种哭法不是出于愤怒，我担心，她已被毒苗侵袭，而半夜三更的哭泣正是由此而来。"

和往常一样，每次遇到愁事大事需要讨论，他们就会来到贯穿伊斯法罕城区的查扬德河边散步。海亚姆走得很快，就像在追赶什么似的。阿布·赛义德则慢悠悠的，走走停停，缓步而行。两人都没说话，边走边相互协调步伐，以便距离不要拉得太开。

"喏，情况你都清楚了。"沉默良久后，海亚姆终于开口了。

"你比我更清楚呀。"阿布·赛义德又把球踢了回来。

"有什么话要说吗？"

"没有，这有什么可说的呢。"

"我该怎么办？"

"拥抱她，你所能做的就是这个，多抱抱她，紧紧地拥抱，别无他法。"阿布·赛义德若有所思地说，"不过你妻子说得对，他的确是个大傻瓜。但我一点也不可怜他，绝对不！每次一想到他，我内心就有个声音在说：见鬼去吧！"

"你们俩究竟都对哈桑有什么不满的？！我早就注意到，你跟他格格不入。赛卡伊娜也不买他的账。但我不清楚到底为什么。"

"我也不知道。但是从第一眼见到他起，我就受不了他，总觉得这个真主的仆人有哪点不对劲。"

"哪点呢？"

"不清楚，好像本质上有点问题。他看不见也辨别不了世上存在的爱，从而缺乏一颗爱心。你是听见过他怎么讲话的。这小子虽然眼睛没瞎，脑子却失明了，无视世间的一切真善美，就跟躲在地洞里的鼹鼠一样，只喜欢黑暗。可同时他又老练油滑，鬼精鬼精的。你没发现，他这么快就把你从帝国宰相身边排挤开了吗？！我有三次看到他和塔吉·艾尔-穆尔克混在一起，那个宫保太师可是专门喜欢听别人讲宰相坏话的。"

"这说明不了什么。"

"我也不想说明什么。"阿布·赛义德笑了起来，"更不想向你说明什么。可这家伙来自何方？据说是你把他弄到宰相身边当差的。"

"是我的老师艾尔·查摩谢利向我推荐的他，请我帮他引荐一下。我们俩都曾经师从他，除此之外，还和我们的帝国宰相尼札姆·穆尔克一样，都曾经是老夫子艾尔-莫瓦法克的学生，所以哈桑也对外人说，我们三个是师出同门的校友。"

"你的老师把他推荐给你，你就马上把他介绍给宰相了？"

"那你叫我怎么办，我总得帮人一把吧。"

"别帮，求你了。要帮也不是你去帮。还是看你的星星去吧，哈基姆。你一掺和进现实生活，就注定会倒霉。所以还是观察你的日月星辰去吧。"

海亚姆没吱声，可能是无言以对，但也可能是那整整半个小时之前就隐约可闻的音乐声，由远而近地越来越响，吵得他没法讲话了。他们最先听见定音鼓和唢呐的声音，那是几十只或者上百只定音鼓震耳欲聋和无数支唢呐穿云裂石般高亢嘹亮的大合唱，再有理性的人听了也都不能自已，难以平静。接着进入耳膜的是军鼓和乃依竖笛的齐奏共鸣，于是定音鼓、唢呐与军鼓、乃依竖笛便轮番上阵，此起彼伏。沉闷的军鼓有力而稳重，乍听上去像是从地底下涌出，可接下去这隆隆之声又到处回响，声震四方，从地下、从东南西北铺天盖地滚来，以至于你最后不得不相信，这声音整齐划一，如同只有一鼓发声。与之相配的乃依，其音悠扬婉转，恰似人声，只是音质更加纯净、高亮。四面八方传来的鼓乐节奏之声越来越大，越来越强，越来越猛，逐渐攫住、驾驭了人心，令人不由自主地循声而去。趋之若鹜者可以说是既无主动意愿，也没抗拒的心理，纯属着魔中邪似的心驰神往。此刻，马立克·沙赫苏丹的凯旋大军正穿城而过。

队伍迈着接受检阅的步伐，行进得很慢，苏丹骑马走在队列的最前面，周围有比他矮一头的"无畏勇士"卫队护驾。队伍的两侧，苏丹前后离开他一段距离的地方，是乐队的位置，鼓乐齐鸣老远就预告了大队人马的来临，同时也像展开了一块无形的面纱，分散了人们的注意力，笼罩了整个队伍。苏丹那张本就已经令人望而生畏的脸上，新添了一道未愈合的伤口，肯定到死都不会消失了。他周围的第一层保护圈由二十名"无畏勇士"的骑兵精英组成，这组贴身保镖手持雕琢华丽的盾牌，前面披挂饰满黄金的胸甲，个个拿着缀满宝石的兵器。第二防卫圈是剩下的一百八十名"无畏勇士"，所配的装备则为银质而不是金质。军容如此井井有条，可见三四天之前王宫就已派出驼队，载着"无畏勇士"平日存放在兵器库里的节日礼服和仪仗器械，提前在半道上迎候苏丹大军班师回朝了。

　　"无畏勇士"的后面跟着辆牛车，车上有个铁笼，里面关押着卡尔马特国臭名昭著的军队统帅阿姆鲁尔·穆萨。此人长相粗野，但个头很小，让人第一眼瞧见就忍俊不禁，不由自主地联想到一切有关他的滑稽传闻。这家伙脸上布满伤疤和皱纹，差不多是各占一半，因而曲扭得面目狰狞。谁也不知道，到底是什么样的愤怒驱使这个老家伙，从一场战争杀向另一场战争，从一次复仇打到另一次复仇，从一次疯狂的行动转入另一次疯狂的行动。现在给他上了手铐脚镣的全套行头，想必是为了羞辱他，杀杀他的威风，因为无论他有多么强壮和危险，也不可能掰断这铁栅栏，逃出牢笼。囚车后面是战俘和奴隶，显然他们是进城时才被迫下来步行的，所以看上去都还身强力壮，相当精神。跟在他们屁股后头的则是一眼望不到尽头的车队和驼队，上面满载缴获的战利品。一切迹象向人们宣告，洪福齐天的苏丹又打了一场大胜仗。只有那些冷眼旁观、不愿激动或激动不起来的有心人才觉察到，运载战利品的车队和驼队后面，也就是队伍的末尾，竟然没有看见打赢这场卡尔马特之战得胜回朝的威武之师。他们的缺席意味着，这场战争的代价十分高昂，高得甚至不能公开展示，也不可以给民众半点机会，让其有可能对之进行猜想推测，否则将会是极不明智的失策。

这期间，凯旋大军已经走过去老远，喧闹之声也渐行渐小，两人的谈话又能够不必扯开嗓子、声嘶力竭了。"那伤疤倒是不会影响他的尊容。"海亚姆转身对阿布·赛义德说。

"倘若他说，这伤疤反倒会为他增光添彩，你可不要奇怪。"阿布·赛义德马上反应过来，海亚姆说的是苏丹，"你没发现，他是多么自豪地把那块光荣的伤疤亮给大家看？！这一点他可跟那位锁在笼子里的战友没什么两样。"

牛皮酷刑

工匠在大广场上搭建了一座大致齐胸高的平台，这样一来，人们从广场的各个角度和任何地点都能对台上发生的一切一览无余。在朝向大清真寺的那一面，大平台上又修了个小平台，有一肘或一肘半那么高，王宫的仆人们在上面摆上了苏丹的宝座。以往，每当苏丹倾听百姓诉求、了解民情民愿时，王座就会被搬到宫外，放在国王接待上访者的广场上或露天下。大平台的另一头，正对着王座的地方，同时还竖起了一个绞刑架。

苏丹没坐轿子，自己骑马来到广场上。他解释说，之所以这么做是因为觉得自己"首先是英雄和斗士，其次才是别的什么"。随后，他便一个漂亮的马术动作，身手矫健地翻身下马，三步并作两步跳上了平台，走向自己的专座。在他骑着爱驹宝马现身广场时，聚集的人群就开始涌动沸腾。百姓们向他欢呼致意，敬祝陛下贵体健康，万寿无疆，大权永握，王道长盛。大片人群的激动欢呼，整齐划一得如同一场训练有素的大合唱，这声音与散布在广场的不同角落，和附近街巷里小堆观众的呼喊遥相呼应，此起彼伏，汇成了一片沸腾的海洋。塞尔柱帝国的苏丹在宝座上坐下，像所有英雄和斗士必须做的那样，神色严峻地环顾四周，但脸上也不时挂点微

356

笑，表示自己对臣民的欢迎和爱戴深感欣慰。过了一会儿，苏丹对隐身在台边人丛中的侍从做了一个手势，激动人心的高潮渐渐平息。随后，国家最高管理机构"大迪万"的各位成员和苏丹议事会的议员参事们，从王宫里鱼贯而出。他们皆徒步而行，低头颔首，两眼紧盯脚下的路面，登上大平台后，先向苏丹深鞠一躬，然后在其身后按各自身份职位的高低列队而立。

大家都就位后，苏丹又对台边那些旁人看不出来的传令侍从发了一个信号，由七辆大车组成的一列车队随即缓缓驶出了染工聚居区，不一会儿便抵达广场，车上拉的是砍下来的人头。早上在染工聚居区外边处决了一批被俘的卡尔马特士兵，现在王室要让那些出于各种原因错过了行刑场面的市民见识一下帝国的辉煌战果。

几天前，在如何处置卡尔马特战俘一事上，苏丹和帝国宰相尼札姆·穆尔克吵了一架。马立克·沙赫要把他押回来的所有战俘都处死，而且行刑地点就放在这大广场上，这么做是为了一举多得：既惩罚那些胆敢太岁头上动土的狂妄分子，杀一儆百，让全世界都看到这些人的下场；又借此出口闷气，胸中的复仇怒火起码平息了一半；同时还给城里的市民提供一个看热闹和接受教育的机会，明智的当权者毕竟应该设法为子民创造尽可能多的娱乐活动。但穆尔克的意见和他不同，极力劝他只处决高级军官，而饶其他俘虏一命，将其变为帝国的臣民。有家眷的可以发配到边境地区霍拉桑北部和马赞德兰去，根据时间和条件的可能性，让他们在那儿安家落户。那两个省份还没从疯子金匠雅各布的骚扰侵袭中恢复过来。当然，在分配卡尔马特人时要动些脑筋，不能让他们在要去的地方抱团，成为当地的多数派。还要注意使他们分散后组成的各个小集体相互之间保持足够的距离，以免他们悄悄地暗中拉帮结派。对单身战俘的安排也要谨慎小心，可以将他们收编进在对卡尔马特的战争中遭受重创的部队，那儿急需新兵、修整、装备和任何恢复元气的实力补充。拥有优秀指挥官的可靠大部队，每个都可以接收两到三人，将其自然安插进所去的单位，与其融为一体，应该没有问题，而且这样他们也没有机会带坏和蛊惑原来的士兵。虽然俗话说：一个烂苹果能毁掉一整筐好的，但也不一定所有的成语都可信实用。

"你大概不会以为，我要把他们全都放生吧？！"苏丹有些惊愕，"他们可是曾经拿着兵器对准我的敌人。"

接下来，帝国宰相又重新开始口若悬河地劝说解释。他指出："宽恕乃伟人的特权之一，真主的使者穆罕默德就宽宏大量、仁慈为怀，即便对图谋害其性命者也同样高抬贵手。苏丹身居高位，权倾天下，雄韬伟略，故须以胸襟宽阔，走马撑船，恕人罪过为上策。最后他向国王保证，他抓住的大多数俘虏并非十恶不赦的惯匪凶徒，蓄意将武器对准苏丹本人，而只是误入迷途的倒霉鬼，自己也不一定清楚何去何从。

"只有在一个稳定的世界里，人们才可能通过切身经历确信，尊重法律、秩序、礼俗和规矩，是于己有利的良好风尚。一个秩序井然的国度，其政权的外表和基础皆不易生变，故重礼尚德会使人名利双收，得人夸赞，备感自己生得其所，活得诚实善良，或者起码是在积德行善。这样的人将忌前人所忌，扬传统所扬，知善恶，辨是非，明对错。因此，他们懂得什么时候应该如何为人处世，并对自己的所知胸有成竹。但是当今之世，人们究竟能够知道什么呢？！你的帝国在已知的世界里是唯一的秩序与和平之绿洲。仅在此地，人们还知道哪边是左，哪边是右，什么是善，什么是恶，谁是正人君子以及怎样能够成为正人君子，谁是流氓骗子而且如不改弦易辙势必继续还做流氓骗子。然而看看我们的周围吧，到处都动荡不安，一片兵荒马乱，潦倒颓败。每隔十年，我们周围的省份里就会冒出个裁缝或者金匠突发奇想，觉得自己就是苏丹、哈里发甚至真主的使者，于是三下五除二地拉起一支藏污纳垢的队伍，其成员跟他们一样，不外乎是些堕落的裁缝、金匠、骗子和扒手，然后率领这帮乌合之众去打天下。运气好的话，他们也能占领一两块地盘，可以自封苏丹，强迫当地人俯首称臣，以其为榜样，将其视为衡量真善美的范例和标准。十到十五年之后，他们的统治自然会失去一切，因为又冒出来新的金匠，也想过把称王称帝的瘾。而且当年拉起来的被称作军队的那帮草莽枭雄，早已锐气丧尽，雄心不再，沦为一群胆小如鼠的废物。说句老实话，他们原本就是群乌合之众。当年，这帮家伙凭借一时的狂热连连取胜，因而让人以为他们是真正的不可战胜的军队。而真正的军队会按部就班地行动，绝不会轻易盲目地乱来。他们不是军队，也不可能成为真正的军队。总之，想当初一腔热血英雄气概，看如今潦倒衰败风光不再，当年南征北战所抢占的一切，如今丢失得也似落花流水，转瞬即逝。想想辛巴达、优素福和哈姆扎·艾尔-阿特拉克这些胡作非为的家伙吧，还有那个该死的哈希姆·伊本·哈基姆，竟大言不惭地偏偏宣称自己是真主的使者。想想他们你就会明白我在说什么，明白我们生活在一个什么样的世界上。你再想想吧，类似的或更坏的歹人和篡权夺位者我还可以举出几十个来，饭桶帕佩克和他兄弟阿卜杜拉，阿夫欣和雅各布·伊本·莱特，裁缝伊斯玛仪和优素福·伊本·萨迪，后者的兄弟素卜克和卡迪尔·伊本·阿赫马德。别忘了，稍微年长的人，比方说像我这般年纪的，都目睹了十多个朝代、帝国、救世主和信仰拯救者、真主的新使者以及诸如此类一切可能的政权和人物之兴衰沉浮。在这走马灯似的政权更迭中，我们每次都不得不袖手旁观，看那些新的篡权者跟他们的前任对待其前任一样，如何蔑视、折磨和侮辱现在轮到自己倒霉的下台者。人们看见，昨日还是受人顶礼膜拜的至尊，今天就沦为被扔进污泥浊水的贱人；人们听见，昨日还为之起誓发愿的圣经，今天却被诅咒谩骂成破烂；人们观察到，昨日与今天之间的黑白颠倒，是非混淆。

　　"如果大家眼睁睁地看着别人朝他们的苏丹吐口水，蔑视他，那他们自身拥有的会是怎样一种安全感？对自己的知识还有多少信任？老辈人都记得，这个现在倒霉的苏丹曾经也这样吐过他的前任、另外一个跟他相似的苏丹口水，羞辱他，两人简直就是天生的一对难兄难弟。他们怎么会遭此不幸？为何要相互加害同时也贻害自己？是什么把他们捧上权力的宝座，又是什么将他们赶下历史的舞台？既然潦倒失落者与飞黄腾达者之间没有半点区别，那为什么会有兴衰存亡，升降沉浮？既然此人至今的状况与其当年发迹时毫无二致，那又为何今朝会一落千丈？难道这一切真的与真善、理智、精神、能力一丁点儿关系都没有吗？目睹这世态炎凉与沧海桑田，人们还能判断好坏、区别正邪吗？还能信任秩序和法律吗？他们的荣誉、秩序和礼俗观将被打上何种烙印？而带有如此思想烙印的人，会有多少为自己荣誉而战的意愿？其道义感又会有多强？若要想蛊惑这样一个迷惘茫然、浑浑噩噩的可怜人，让其误入歧途，是再简单不过的事情了。

"所以，望陛下能在你的国家给这帮群氓一条生路，让他们认识秩序，尊重传统，明白荣誉高于实用、信仰和廉价的物质享受。我敢说，只要让他们在你的统治下过上几年，你就会看到他们将变成什么样的人。我不能保证，他们会成为你最好的仆从。说实话，把一群流氓改造成良民需要几代人的时间。但我可以拍着胸脯地告诉你，他们一定会对你满怀敬意，感恩戴德。你干吗不放弃扩散恐怖的手段，代之以享受别人的感恩呢？为什么不能教这些山野村夫学好，让他们过上真实的人的生活呢？以德报怨之美名远超报复严惩之威名。陛下本高瞻远瞩，皇恩浩荡，令我百思不得其解的是，你怎么会不清楚这一点呢？做个容人改过自新的君王，别当置人于死地的暴君。这样，你在人们心中唤起的是谢恩之情，而不是恐惧之感。让那些软弱无能的昏君去靠恐吓威胁掌权执政吧，真正英明伟大、孔武有力、天下无敌的明主，应以实力和懿德服人施政，天下方可归心。"

帝国宰相的这番考虑挺合马立克·沙赫苏丹的心意，他觉得里面包含了诸多真理和智慧，于是便下令，按宰相的建议来处理卡尔马特战俘，但不是所有人一律不杀。对一部分俘虏必须处以死刑，因为他已经答应妻子图尔坎·哈通，要让俘虏得到应有惩罚，以儆效尤，让世人都看到，把刀剑对准他马立克·沙赫苏丹的人是何下场。对他来说，牺牲一部分俘虏，比整天听图尔坎·哈通骂骂咧咧，指责他向老臣俯首低头要好得多。所以，那用来堵王妃的口、让她消气的几车人头就这样招摇过市地驶过广场，向世人展示了苏丹陛下应有的严厉。

最后一车人头离去后，卡尔马特的军队统帅阿姆鲁尔·穆萨被押进了广场，他是在福将马立克·沙赫发起的最后决战中被俘的。此人个头极矮，跟侏儒似的，身材干瘦，却十分精壮，看上去就好像整个人只有骨头和肌肉。他有张很窄的脸，上面横七竖八地布满了疤痕，一双硕大的眼睛微微有些凸出。脚上的镣铐使他无法正常行走，只能拖着步子艰难缓慢地挪动，每走一步，全身都得跟着抖动。当他要迈动右腿时，先得把上身向左面侧转，抬起右肘和右臂，就像是需要其助推似的，然后再从髋部抬起右腿，将其向前、向左移出。具体步骤是，他首先挺起肩膀，肩膀又带动胸膛，胸膛再牵连腹部，脑袋也随之仰起，接着抬手并趁这大幅度摆动之机顺势将身体一切部位都稍向左转，好最终借这股劲把戴着脚镣、已经麻木的右腿挪动，向前推进小小的一步，差不多跟儿童步伐的一半那么大。当他迈左腿时，自然就得把刚才的动作全部重复一遍，只不过方向刚好相反。这一繁复的行进过程，缓慢、艰难，节奏机械地循环往复，先右边，再左边，身体有规律地左右交换摆动，为了向前移动，阿姆鲁尔·穆萨这种毫无尊严的全身投入，一步一停的踉跄步履，众目睽睽之下艰难拼力的肃穆庄严，以及囚犯现身时场上出现的凝重与安静，所有这一切都给走向刑场的痛苦过程笼罩上一层宗教典礼的庄重。

戴着镣铐的穆萨没法自己登上平台，所以他被抬了上去，竖在苏丹的对面，那儿矗立一座高大的木板装置，不难看出是个绞架，只是绞索的一头系的不是绳套而是一把铁钩。他拒绝给苏丹鞠躬，怎么警告和规劝都没用，就是摁住脊背强迫他弯腰也无法使他就范，逼得卫士们最后只好将其抬起，脸朝下平放在地面上，用手死命把他的头和双肩按在地上。侍卫就这样压着他，直到苏丹示意将其松开，才把他拎起来推到底端挂着铁钩的绞索下面，让他坐下。好一阵子他与塞尔柱帝国至高无上的君主对视无言，随后突然开始咧嘴龇牙，或许是忍受不了这种沉默的目光较量，也可能是在嘲弄面前的这位死对头。仿佛收到了约定的暗号，苏丹抬起右手，举到齐胸的高度。就像是应这一动作的召唤，三个彪形大汉跳上了平台。第一个手里提着个浅浅的宽木盆，第二个拿了把比普通战刀要大的弯刀，第三人抓住阿姆鲁尔·穆萨的右臂，举向空中，拿盆的那个汉子随即将手里的家伙放到犯人臂膀下方的地上。持刀的那个一看就是刽子手，只见他大手一挥，就把犯人的右臂从肩膀根处整个砍了下来，鲜血立刻喷涌而出，溅了第三个汉子一脸一身，他手里还高擎着那条已脱离身体的断臂。同时，在阿姆鲁尔·穆萨身边放盆的那人，赶忙接过平台旁站着的人递来的一碗滚油，浇到伤口处止血。血倒是止住了，不过地上的木盆里已经接了半盆血水，于是第三个人便把像宝贝一样在手里捧了老半天的断臂也放进血水里。

阿姆鲁尔·穆萨出人意料地行动了，没等周围的人反应过来发生了什么，便飞快地用左手从木盆里掬了一把血水涂抹在脸上。苏丹摆了摆手，制止了刽子手想阻止他的行动，问犯人为何这么做。

"人失血过多会脸色发白，我也会的。"阿姆鲁尔·穆萨回答，说着又跟先前一样做了个龇牙咧嘴的动作，"你尽可以用你愚蠢的大脑去想象，认为我是害怕你才这么做的。"

一眼看去便可知，他那张暗红色的脸，饱经日晒风霜，早已打磨得粗糙坚硬，根本不可能发白。所以他自称往脸上抹血是为了掩盖脸色苍白，只不过是在拿折磨他的人开涮。苏丹也立刻明白了，这个死到临头的囚犯在嘲弄自己，但他也清楚，面对这种嘲弄自己无能为力。如果一个人视死如归的话，别人也就拿他没办法了。这一点已经明摆在苏丹的面前，让他极为狼狈。大概是为了掩饰尴尬，或者抛开这种认识，他一下跳了起来，大喝一声，下令刽子手迅速完成已经开始的行刑过程，然后匆匆离开了广场，跌跌撞撞地朝王宫的方向奔去。他边走边点着头，好像是在对什么事情深感惊奇，又似在抵制内心呼之欲出的大声叫喊。他没有去思考别人是否看得出，他的离场其实是在逃避阿姆鲁尔·穆萨的讽刺挖苦，不过这无损他半根毫毛，只要他自己心里有数就足够了。

　　刽子手重复刚才的步骤又砍掉了犯人的左臂，于是一度叱咤风云的卡尔马特军中主帅瞬间便成了无臂勇士，坐在绞刑架的铁钩下面。行刑者扛来一张刚剥下的新鲜牛皮，在上面撒上盐，均匀地按抹揉搓，使牛皮柔韧筋道，以防被扯破撕烂。然后他们将阿姆鲁尔·穆萨残缺的身体放在牛皮的一头，向上弯起牛皮，让它贴紧犯人的身体，接着朝摊开的皮面的另一端卷过去，使之被紧紧裹住。这么一来，阿姆鲁尔·穆萨全身都陷入三层牛皮的包裹之中，只剩下脑袋露在外面，因为苏丹非要看到死囚的脸不可。刽子手在边角简单缝了几针，以免卷着人体的皮套松散脱落。完工后，他们便将裹在皮套里的犯人竖了起来。此刻的阿姆鲁尔·穆萨虽说还是个活人，但更像个木偶，不过尚有人的感知能力。刽子手将一张粗绳网罩在上面，四面扎紧兜住，再挂在绞索下端的钩子上，用力拉了上去，吊在空中。在这一刻，每个在场的人都明白了是怎么回事，知道等待着卡尔马特军队统帅的是什么酷刑。

这牛皮经日晒风干会缩水，面积可以比原来收紧三分之一，甚至更多。如果把一个人的身体卷进一块新剥下来的牛皮里，七八个钟头以后它就会对人体的每个部位同时产生相等的压力。最初，不会使人感到特别疼，甚至有种浑身舒服的感觉。所以，傍晚昏礼过后，阿姆鲁尔·穆萨冲着来看热闹的人喊道，说苏丹真照顾他，把他裹在牛皮里，吊在这儿，可是帮了他一个大忙，他这辈子还从未有过这么好的感觉和体验。一个多钟头里，他的体验舒服得就跟和他从前有过的女人在一起一样，只不过这次的感觉更加深刻、更加强烈，无与伦比的深刻和强烈！因为过去他仅用那一个部位体验过女人，可现在是用全身从里到外地体验他自己！他高声大叫，说他和自己做了时间很长、长得都受不了的爱，同自己的肉体和骨头，同自己的下身与灵魂缠绵亲热，这是他迄今为止所品尝过的最舒服、最深刻、最痛苦的爱。

其间，随着包裹犯人的牛皮不断缩水风干，它对人体各部位的压力会逐渐增大，疼痛感也越来越强。比方说，牛皮会越来越紧地将肌肉挤向骨骼，等挤压到一定程度时，骨骼便开始撕裂或顶穿覆盖在它上面的肌肉，也就是说，肌肉开始被来自两面的双重压力挤爆，一面是身体内的骨头，另一面是外边不断收紧的挤压骨骼的牛皮。而没有骨头的地方，比如肚子部位，牛皮的收缩力便直接压迫在内脏上，压力大到一定程度，先会把内脏里面的东西，最后则是将器官本身全都挤压到嘴里吐出。所以苏丹第二天下午就明白了，那些应其要求到场监督酷刑执行，并按其吩咐尽量让受刑者多活些时辰的大夫们，为什么建议不要给犯人吃任何东西，只开了番泻叶让其服用，为的是三天之内给他彻底清肠洗胃。不出意外，第二天夜幕降临前，受刑者就会口吐白沫，接着喷涌而出的是气味让人联想起鲜奶酪的某种酸液。等到了夜里，白沫中已经渗有血丝，想必是器官受压所致。试想一下，如果这些天犯人正儿八经地吃了饭，而且那番泻叶没能彻底清空他的内脏的话，那从他嘴里吐出来的东西会是个什么样？！那情景想起来就令人不寒而栗，浑身直起鸡皮疙瘩。

第三天，阿姆鲁尔·穆萨看上去已经神志不清，但人还有意识和感觉，嘴里在说着什么、喊着什么、唱着什么，可一切又都不清不楚，听起来只是一种胡乱喊叫。一大早，就是这样的晨曲迎接了前来大广场旁巴扎开门营业的店主们。有些人被吓跑了，宁可歇业一天不做生意也不愿听这瘆人的叫喊，因为这简直不像或者至少不应该是从人体里发出来的声音。不过到了后半晌，这种自我哼吟和嘟嘟囔囔，间或会被一种奇怪的语音打断，这声音有点像咻咻的笑声，每每喊叫过后便隐约可闻。有人壮着胆子走到离绞架够远的地方，想听听这从被叫喊撕破了的、充满血沫的喉咙里发出来的到底是什么东西。大家最后的一致看法仅仅是，这声音听起来比那自言自语更加令人难以忍受。下午，苏丹的人来广场查看情况，他们确信在这哼吟中分辨出了《古兰经》的句子，听了这消息马立克·沙赫苏丹差点没昏过去。"这只恶狗在干了这么多伤天害理之事后，哪儿来的权利念诵神圣的《古兰经》，况且在目前这种神志不清、基本上已非活人的情况下？！"他自言自语地大声吼道，又似在喝问回来汇报的差役，"就让他这么去吗？还是应该制止他？如果要制止的话，怎么个制止法？难道神圣的天启也可以安慰曾经反对信仰的邪恶之徒吗？它也向那些丧失理智和人类本性的坏蛋敞开大门吗？它的真言至理也属于他们？"不管怎样，即便图尔坎·哈通一再指责他心慈手软，提醒他别忘了那个年老体弱的帝国老臣，苏丹还是继续往后推延了前去绞刑架观看敌人活受罪的打算。他心想，她爱怎么想怎么说，随她去吧。不过要是那狗东西，比方说，朝他吐口水的话，该如何是好？干脆下令解决他算了，一了百了地让他少遭点罪？还是把脸一擦，就当什么事都没发生？这他可做不到。如果脸上被吐了口水，那脸就不再是苏丹的脸了。可他到底还能做什么，好给这个十恶不赦的混蛋一点颜色看看？

到了第五天，阿姆鲁尔·穆萨没声音了。一切迹象表明，他已经处于丧失意识的状态，但身体还能感知疼痛和难受。因为只要生命尚未离去，躯体便存痛感。即便他已不知道自己是谁，但肉体依然在受罪。再往后，他一切意识丧失殆尽；再往后，他大概就什么人也不是了。在穆萨绞刑架旁围观的人们一致认为，他的身体一直还有知觉，还在受罪，以往多次亲眼目睹的事实让他们对此深信不疑。

吊在半空中的穆萨，从一开始就引起了孩子们的极大兴趣。行刑的第一天便有几十个半大小子和成年人一起挤在人群中，围着绞架看热闹。为了证明自己胆大，他们用手去触摸吊着的牛皮包，要不就拿根杆子捅来捅去。渐渐的，许多人胆子越来越大，他们竟然敢光着手抓住绞索，使劲旋扭，让吊着的人悬空打转，再将其像打秋千似的摇来晃去，转到谁跟他四目相对，谁就冲着他的脸大骂脏话。等到第五天即将过去时，这张脸已经变得面目狰狞，看上去十分恐怖。那对眼睛肯定是因为受到内力的挤压，已经目眦尽裂，眼球凸出眼眶一大截，搞得眼皮已无法闭合，这情景表明，用不了几个钟头，最迟一天以后，这对眼睛就会顺着脸庞滚落。而那敞开的嘴里，已经吐出了长长的舌头，通过这狭小的空隙，可以看见由于干牛皮的压力弄碎了的肋骨，挤烂了的消化器官，被撕裂的肺泡或可能其他什么内脏的碎块，被推顶上来，挤成一团堵在嗓子眼里。这时，犯人恐怖的样子令胆子最大的男孩子也不敢再上前去用手触摸和旋转吊挂的人体，而只能用长杆捅戳，以示自己的勇气。同时，另外一些性格近乎狂暴的孩子，则拿杆子或长矛去戳刺犯人的面部。现场的围观者异口同声地说，那悬空的人体每戳一下就颤抖一下，那张脸还会下意识躲避刺过去的长杆和矛枪，或起码也跟着颤抖哆嗦了。他们都信誓旦旦，声称这确定无疑。然而，总是会一再冒出什么人来对此说法表示质疑，强调这不过是一些人的感觉而已，因为心里期盼着这一幕，便觉得好像真的就看到了似的。那身体真的发抖了？那脸真的有意去躲避长矛的戳刺了？连当事人身体和脸庞都感觉不到的事，那些置身局外的旁观者，更无半点证实其结论的可能，又从何得知？

傍晚昏礼之前，马立克·沙赫苏丹终于也来到了刑场。那些做父亲的一见国王驾到，赶紧让自己勇敢无畏的孩子们给苏丹陛下表演一下，看他们是怎样拿敌人取乐开心的。所以孩子们又开始捅戳空中那裹在牛皮里的人体，把它推来荡去。苏丹默默地看着眼前的游戏，一言不发，脸上既无兴奋的表情，也没有明显的厌恶或愤怒，只是随后深深地叹了口气，摆了摆手示意停止。

"咳，人就是爱慕虚荣啊！"这话与其说是对别人讲的，不如说是讲给他自己听的。最后，他朝一个随从瞟了一眼，扔过去一句话："结果他算了。"

苹果毒计

伽色尼王朝的一代天骄马哈茂德没花什么大力气就拿下了巴格达。在班师回朝的路上，这位伊斯兰国家历史上第一个被冠以"苏丹"称号的君王决定要顺道体察一下民情民意，以便了解当地穷人的内心想法和生活状况。他颁旨宣布，让有话要说、有怨要抱、有愿要请的所有百姓，均可以直接前来觐见，一对一和他畅所欲言，倾吐心事，无需经他手下官吏的传达转告，因为后者在转达穷苦人的原话时常常会无意中走样失真，所以要做一个明君一定得事必躬亲，正如一句古老的阿拉伯谚语所说："狼不吃别人送来的肉。"于是，苏丹下令在边境地区的一座小城临时安营扎寨，专门抽出十天时间来接待想跟他说话的穷人。马哈茂德从早到晚坐在帐篷前面，倾听来自整个动荡地区穷苦百姓诉说他们的心思、冤屈、愿望和请求。国王的随从和卫士都接到了严厉的命令，对每个而且的的确确是对任何一个想见苏丹的人都必须放行，尤其那些看上去穷酸寒碜的人，更不能阻拦。苏丹心里清楚，朝廷的公职人员大都不愿让这些有碍观瞻的人出现在他眼前。所以他不愿像以往那样，强者、富人、门槛精的家伙在朝见统治者的路上总是抢在穷人和弱者的前头，或者干脆把他们挤出局，搞得最后听到的又是这帮人告诉他，穷人和弱者在想什么、有何愿望和需求。

接待访民的第八天，他又看见了一位老太太。这妇人早就引起了他的注意，她每天都来，总排在队伍的末尾，也不知道是因为年纪轻的和力气大的把她挤到后面去了，还是她自己狐疑不决、心中没底，所以老往后面缩。苏丹让手下把老太太叫到跟前，问她为什么老是来这儿却又总排在最后面，弄得根本没机会向他上访陈述。老妇人回答说，自己之所以犹豫不定，是总觉得她的问题与别人的相比实在不值一提，拿来打扰君王，感到有些难为情，所以就一直一个接一个地给那些困难大、事情急的人让位，到头来便老也轮不到自己上前说话了。苏丹又问，那她为何还要锲而不舍地一次次来这儿排队。老妇人说，她不来不行，如果就这么白白吃了苦头遭了罪而又闷在心里不说，她会很难受的。苏丹要她讲讲究竟是怎么回事，她才说自己不久前在附近的地区进城时，在黛尔-噶沁驿站兼沙漠商务客栈遇到了强盗的袭击。

"那你到底为什么进城呢？"见老妇人只说了遭袭就缄口不言，苏丹便接着问道。很可能她以为，苏丹自然会从她的话里找到能够找到的答案。

"请真主说说，我要它干吗呢，这可是只小公羊哪？！"老妇人的回答是个问题，"要是只小母羊的话，我就留下来

370

了。我有三只小羊和一只公羊，如果来只母的倒正合我意。可我已经有了只公羊，再要只公的有何用？所以我才进城，除了牵到城里去，还能拿它怎么办？"

"你是说，牵了只小公羊进城去卖吗？"苏丹耐着性子。

"是啊，不过我还顺便带了一条羊毛毯和一块奶酪，那种大的、圆的。"

"然后在驿站遇到了劫匪的袭击，东西都被抢走了？"

"那可不。"

"为什么没人拔刀相助呢？那儿不是一直有人守卫吗？"

"谁敢去跟那帮家伙斗呀？"

"知道那帮强盗是什么人，从何而来吗？"

"你是大官儿，肯定比我清楚。听口音他们像是从古支和俾路支那边来的，过去遇到这事大家也这么想来着。"

苏丹命令手下补偿了老太太遭遇抢劫所受的损失，然后继续倾听穷苦百姓的各种请愿、诉求和想法。可那老人的身影总是浮现在眼前，挥之不去。所以晚餐时，他便在饭桌上和当地的官员聊起了老妇人和她的遭遇。别人告诉他，古支和俾路支与克尔曼交界，是个酋长国，离这儿不到两个钟头的骑程。那儿贫瘠、多山，是道路难行、人迹罕至的不毛之地，没有财富资源和可耕的良田。所以当地人只要有点能耐的，全都干上了强盗打劫的营生，这也成了他们唯一养家活口的正道。

"可这些地区没有一个隶属我朝管辖范围，"苏丹颇觉奇怪，"老太太找我干什么？"

"因为苦难没有划分疆界和管辖呀！"苏丹的大臣笑了起来，"她只能来找陛下，也只有陛下权势显赫，能够帮助她。"

直到第二天，马哈茂德苏丹还在想老妇人这事，连他自己都感到奇怪。第三天他给克尔曼的埃米尔伊利亚斯·阿布·阿里写了封信，提醒这位酋长别忘了，他马哈茂德苏丹在印度斯坦攻城略池，拓展疆土，军威大振，并欲继续扩大战果，赢得更多的领土，这些本已如愿以偿，其结果用满意一词来评价都嫌不够。可他为何还要挥师巴格达，去打这场明摆着是事倍功半的亏本战争呢？这是因为百姓对世道不公、暴力横行、盗匪猖獗怨声载道，五花八门的叛教者和形形色色的强盗欺压人民，为害一方，以至他无法再视若无睹，充耳不闻。当他恍然大悟，明白若继续对这些罪行袖手旁观而无所作为的话，自己也是犯罪，便发兵剑指暴君歹徒横行霸道之地。数日前，他获悉在伊利亚斯埃米尔那儿——即克尔曼地区——的穷人和弱者亦被类似问题所扰，虽说没有叛教者篡权窃国，却有盗匪在民间剪径劫道，图财害命，搞得百姓不得安宁。这些家伙甚至连一个孤老太婆的最后那点家底都不放过，必欲抢光夺尽而后快。酋长大人务必充分认清，倘若世上的统治者对此无动于衷，坐视不救，无异于同流合污，就跟盗匪一样良心负罪。所以他马哈茂德苏丹希望，伊利亚斯·阿布·阿里埃米尔能举兵进军古支和俾路支，剿灭当地的匪帮团伙。根据苏丹所获的消息，一切迹象表明，这些祸害百姓的歹徒就来自那里。如果他按兵不动的话，那苏丹只好亲率大军前去剿匪，因为他不愿意面对异族人的无法无天，在良心上背上不作为的罪名。

两天后，他就接到了伊利亚斯·阿布·阿里埃米尔的回信，其中想法颇多。酋长首先感谢苏丹的来函，表示对伟大的苏丹所给予的信任深感荣幸，并承认阅后受益匪浅，所获颇丰，且发誓说，他比其他任何人都更愿意按苏丹的旨意行事，事实上却无法做到。埃米尔解释说，古支和俾路支是独立地区，与克尔曼隔山隔水，并不接壤。该区域兵强马壮，人多势众，兵源与作战经验丰富，差不多每个壮年的男子都作过一阵子强盗，随时可以上阵，可谓全民皆兵。如大军压境，匪帮势必撤退逃跑，藏进人迹罕至、道路艰险的深山峡谷。你纵有千军万马，也奈何不了他们。就算埃米尔能凑成个几千人的队伍，派他们去攻打古支和俾路支，恐怕人还没走到山脚下，第一仗就给打得七零八落了。他之所以容忍这些强人在他的领地里抢掠施暴、胡作非为，并非是对此无动于衷，而是因为除了一忍再忍别无他法。如果他要出手制止，同盗匪作对，那无论是他酋长本人还是其子民，包括整个酋长国在内，都存活不了多久。所以，他向苏丹保证，倘若马哈茂德能帮他和他的臣民摆脱盗匪的侵袭，他必定感恩不尽。但现在没有理由让苏丹的大队人马开进克尔曼，进行军事干预，而且只要他伊利亚斯·阿布·阿里还在这个无足轻重的弹丸之地做埃米尔当政，那将来也不会有这个理由。

苏丹友好地接见了克尔曼来的信使，高兴地收下了他带来的礼物和埃米尔的回信。数日后，他又让信使带了封信回去。在信里，他要求伊利亚斯·阿布·阿里让他的军队三月底做好出发准备。这期间将会有信使带着苏丹的御印前来克尔曼，并当向导带埃米尔的部队去与苏丹的大军会合，以便组成联军共同对古支和俾路支发动进攻。苏丹还明确提出，行动时不可心慈手软，除恶务尽，确保今后至少五十年不受该地强盗的袭扰，无匪患之忧。"为达此目的，即便对妇女和儿童也无需手下留情——反正每个人一旦被赋予生命，迟早都得到死神那儿去报到。"

　　送走埃米尔派来的信使后，马哈茂德苏丹立即差遣手下的驿卒分别到该地区各城发布通告，说要马上组织一支安全可靠的商旅驼队前往亚兹德和克尔曼。"所有拟去该地区旅行的人，务必做好准备，三月十日之前在古城拉伊集合。"所到之处，驿卒皆如此广而告之，并特别强调，商队将由苏丹派兵护送，而且陛下亲自为大家担保，如遇盗匪袭击，所受损失盖由苏丹赔偿。与此同时，苏丹找来一位亲信，命其亲率一支一百五十人的骑兵，为商旅驼队保驾护航。这亲信听后放声大笑，大概还以为苏丹是跟他开玩笑吧。可苏丹满脸严肃，递给他一个瓶子，叮嘱说里面装着世上已知的最毒的毒药，让他务必好生保管，然后向他面授机宜：等他带人到了伊斯法罕后，到市面上去找最好的苹果，买十驮带上。若接到探子报告，驼队距离盗匪所设埋伏约有半日徒步行程之遥，便可停止前进，就地露营，将苹果搬入帐篷，晚上趁同路的客商甚至士兵不注意时偷偷做点手脚，具体方法是，用根较粗的针在每个苹果上面扎一小孔，然后拿一根削尖的木条蘸一滴所带的毒液放入其中。这苹果上的小孔须大得可以滴入毒液，又得小到不留心看不出来。毒不能放得太早，否则烈性毒药一旦浸蚀果肉，苹果第二天就腐烂了；但也不能下得太晚，因为苹果里循环的水分需要一定的时间来把毒液扩散到整个果实。做了手脚的苹果要重新包装好，早晨动身出发前再放到骆驼背上，同时将驮苹果的骆驼分散插进驼队，使每一节队伍都能有一驮苹果，比方说，每隔十五匹骆驼就有一匹是驮着苹果的。苏丹让这名亲信千万不要同强盗直接交战，一旦发现敌情，应立即带领全部护队武装望风而逃，但在逃跑之前要偷偷剪断至少两驮捆绑苹果的绳索和网兜。然后全队撤到安全距离，等候两个钟头。随后再杀个回马枪，具体如何行动则视现场情况而定。

商队行程的第十一天遭到了盗匪袭击。驼队的所有商贩和全部武装护卫都一致放弃抵抗，按苏丹事先的指令往后撤退，并遵旨给两驮苹果和一驮布匹松绑，让其故意散落在路上，就像人们惊慌失措时手忙脚乱造成的那样。他们后撤了一个半钟头左右的徒步距离，停下来喘口气，休息休息。尔后，返回到一座山岗上，从那儿眺望驼队和劫道匪徒的情况。其间目之所及，强盗倒下一大片。刚才袭击商旅的强大匪帮，现在只剩下了零星的几小撮，数量还不到一百，大概是那些运气不好，一个苹果也没分到的人。

于是，苏丹指派的这位亲信一声令下，所带领的人马和有武器的驼队商贩一跃而起，飞身上马，杀回盗匪的伏击圈。冲锋途中，指挥员精心分组编队，确定各组进攻方向，因为决不能放走一个活口，以免这里发生的一切传到古支和俾路支那边去。他们没遇到多大抵抗，很快解决了剩下的残兵散勇。战斗结束后，苏丹的特别分队陪护商队前往下一个大本营，好从那儿在少量武装的陪同下平安无事地继续前往亚兹德。与此同时，苏丹的信使也怀揣御印御旨从这个大本营出发，奔向他为克尔曼埃米尔及其军队带路的地方。

苏丹和酋长的军队长驱直入，杀进了古支和俾路支，对长年以来的邪恶暴力之源予以报复和惩罚。拳打脚踢，剑刺刀砍，联军大开杀戒，疯狂报仇雪恨。一万多强盗命丧刀剑之下，无数妇女和儿童被掳走为奴。从屋子和洞窟里起获了几十万金第纳尔和大批财宝，各种其他货物堆得像小山一样。马哈茂德苏丹当即宣布，凡是自从他远征伊拉克以来因盗匪洗劫而遭受损失的人，皆可到指定地点报名登记，如果他们在缴获的赃物里没有找回自己被强盗抢走的东西，国库将予以补偿。此事过后，马哈茂德苏丹下令组建内部情报系统，在帝国的每个地方都要有他的眼线，任何一座城市，就连任何一个村庄也不能疏漏。必要的话，"苏丹必须在其帝国的每所房子、每座城市、每个荒芜干涸的山谷里都安插上耳目。如果其臣民有人被偷了一只鸡，或者无缘无故地挨了一耳光，尤其是，倘若弱者和无权无势的平民百姓受人欺负，他都必须知道。"苏丹如此解释他的决定。他对贴心幕僚说，是那位老妇人让他睁开了眼睛，深刻地看清了一点，如果一位君主未能保护他的子民免受暴力伤害，那么对寡妇的每一滴眼泪，孤儿的每一声叹息，他良心上都责无旁贷。因为既然你当权执政，就得承担责任，两者密切相关，缺一不可。

宫廷史官朗读完了，口干舌燥地端起面前的瓦罐，把里头剩下的玫瑰露一饮而尽。

"就这些了？"马立克·沙赫苏丹问，史官点点头，苏丹挥挥手让他离去，屋里便只剩下他和帝国宰相两人，"你的故事他们记录得对不对？有没有漏掉什么或者添加了什么？"

"这可不是什么故事，帕迪沙[9]、我的大王，而是醒世明鉴哪。"宰相发脾气了，"马哈茂德苏丹是少数在功绩、品德和名声上能够与你相比的君王之一，但同时也是为数不多的你可以学习的榜样之一。"

"你要我从这故事里学什么？"苏丹似乎不太明白，一见宰相不耐烦的手势，便又马上改口道，"好吧，要我从这明鉴里学什么！"

大臣解释说，马哈茂德苏丹大部分南征北战的胜利都得归功于他设立的对外情报系统，这也许是世界上迄今所见到的最佳情报组织。他在所有力所能及范围之内的国家和地区都安排了耳目，所以能够迅速了解当地底层贫民的一切民情民意，知悉随便哪个远邦近邻里的不满情绪，而且只要需要，亦可随时煽动挑起这种情绪。无论何时，只要苏丹觉得拿下某个国家的时机成熟，他的那些耳目便会行动起来，想方设法激化、鼓动当地贫民和弱势群体的不满情绪，为苏丹的军事占领创造有利条件。凡是没有苏丹所需的弱势群体和不满情绪的地方，可唆使精干人才，利用金钱财物和巧妙分赠礼品来收获奇效。特别是有一点，马哈茂德苏丹体会尤为深刻，他也多次在知己亲信面前提及：要想建立你的世界霸权，关键不是你自己有多强大，而在于别人是否比你虚弱。只要所有人都足够虚弱，你就根本无需强大。

"这老兄看来不像是个正人君子和名副其实的英雄啊！"苏丹发表己见，"你好好想想：即便你不强大，别人就该虚弱吗？这与英雄本色和真诚做人风马牛不相及。你若认为他是榜样，值得效法，那是你的事，可我是不会去向他学习的。我凭什么要学习如何玩弄阴谋诡计，祸害别人呢？我们大家承受的祸害还少吗？"

"我是想告诉你，他明白了情报的重要性，为己所用，以便巩固其政权，并且扩张其势力范围。"

"亲爱的，我的确已经尽了最大努力来克制自己，真的不愿伤你的面子。"苏丹沉吟良久，显然内心极不高兴，"可是你的固执迫使我现在不得不直言相告了。你是个聪明人，有大智慧。我的绝大部分知识都是从你那儿学的。可是兄弟，你的才智并没有达到登峰造极的神明境界，还远未升华为至高无上的远见卓识。这样的高度恐怕你永远无法企及。所以你身上肯定缺乏那种英雄的大气、真善的本质、荣誉诚实之心，以及别的什么天赋。"

"你说的是什么远见卓识？"

"是抬眼能看到千山万水之遥，举目可预见三十年后之变的那种洞察力。来找我之前，你肯定仔细研究过自己建立情报组织的设想，好缠住我不放。你绝对还了解过有关情况，并且已经得知过去的那些伟大统治者在这方面说过的话和做过的事。毫无疑问，你对情报组织的所想所知是一个普通人的智慧力所能及的。比如说，你能看到而且知道，它对我现在以及今后十年之内可能大有用处。但是你没有能力看到而且知道，三十年后我将陷入其掌控，对其唯命是从。而这一点，即便我有最忠诚、最本分的人在这一组织中坐镇也在所难免。因为如果这些情报人员代替了我的耳朵和眼睛——耳目，你不就这么称呼他们来着——那事实上就是他们在决定我该琢磨什么人、怎么去琢磨，告诉我谁是朋友、谁是敌人，命令我该打哪儿、不该打哪儿，因为他们隔在我和其他人之间，影响我的思维，操控我的一切。可以肯定，如果他们干得很出色，那这一切就必然会发生，我的老兄！不过倘若他们干得不好，那情况会更加糟糕。所以这么做不行，我不能同意你的建议！若要让我沦为探子细作们的奴仆，受制或依赖于他们的情报，那我宁愿做我的一家之主、一屋之主，也不当这个世界的主宰！”

“如果你不生气的话，我想问你个问题。”宰相停顿了一会儿回应道，他对苏丹今天说话的态度大为惊讶。以往从苏丹嘴里冒出来的话不会超过两句，即便是这两句听上去也像被刀劈斧剁了似的简短干脆，犹如出自赞颂英雄的史诗。而今天他却滔滔不绝地说了这么多，旁征博引，纵横捭阖，简直像他身体里有另外一个人在讲话，或者是他在鹦鹉学舌地背诵别人的台词。

“问吧。”

“你最近和谁谈过这些事吗？”

"如果谈过，那又如何？"

"没什么。集思广益，多听建议，是你的事情，应该的。"宰相连忙找了个让苏丹满意的答复，搪塞过去。同时他眼前浮现出宫保太师塔吉·艾尔-穆尔克的身影，心想这家伙不一定会像看上去那么老实吧。苏丹刚才的阐述百分之百是学来的，同样的话那位伟大的少言寡语者恰恰不久前就对宰相讲过，和今天听到的几乎一字不差，"作为一国之君，在对一件事情形成自己的看法、做出有关决定之前，当然应该广泛听取所有人的意见啦，兼听则明嘛。"

"正是如此，这点你说得挺对。"苏丹表示赞同。

"我敢说，没有谁能够聪明到敢于戏弄你的程度，就算当十回暗探、堕落十次也没这个能力和胆量。所以只要你像现在这样执政行事，就无人能够欺骗你。"宰相自言自语地说，"无论这耳目是个多么狡猾的骗子和坏蛋，你都有能力对他提供的情报进行筛选分析，分出良莠，因为你听取并重视了各种意见，已经胸有成竹，心里有底。我发现，和你谈过话的人跟我想得不一样。他担心你受到自己耳目的影响，以致最后不是他们为你效劳，反倒是你成了为其所用的工具。此君表达了他的担忧，提醒你当心这一危险，这说明他是一番好意，为人真诚正派。但我不担心这种危险，所以才劝你组建情报系统。我和他谁对？你来决定。有一点可以肯定，我们两个都听命于你，都是出于善意，只为你好。我很清楚，作为一种手段，许多伟大君主掌握的情报组织，都在巩固政权和扩大疆土上为其主人立下了汗马功劳，可谓业绩斐然。我看不出有任何理由，它就不能在你的掌控下一展身手。当然，决定权在你手里。"

随后帝国首相告辞离去。但是几天后他们再次聊起此事，苏丹却承认，有效的情报部门的确能够带来诸多益处，然而现在成立这种组织的时机尚不成熟，他还想再等等。对卡尔马特的征战入不敷出，随后连年不合时宜的低温天气也使土地减产，兵荒马乱以及普遍的人心惶惶又搞得商贸疲软不振，总之一切不利因素全都凑在一起，可谓雪上加霜，弄得国库空虚，哪还有钱来实施这样一项艰巨而又不无风险的计划呢？穆尔克宰相建议，他们俩可以借钱给国家，或者其中一人出面，动员几位愿意出钱并且等得起还债的共同朋友，拿出钱来投资。再说，一开始根本不用花什么钱。首先要做的是寻找适合做这行的人选和能教他们干活的培训师。接下来就是搞培训，这也没多大开销。这两项任务都不会一蹴而就，所以不必操之过急，可以慢慢来。头等要紧的是，必须尽快派人潜入北方的鞑靼人和蒙古人当中，摸清楚他们的动向。帝国宰相获悉的所有消息都说明，突厥人领地对面的那些部落正在集结合并，形成越来越大的部族。对此必须及时加以制止，否则一旦他们成了气候，建立起一两个实力强大的联合部落，明天就可能，甚至势必会向南出征，杀到这里来。所以当务之急是，先物色到第一组精干人选，立刻开始培训，配备必要的专用器物，尽快派往北方。这一切的花费只是小菜一碟。其他事可以往后推推，待年景好转，经济恢复，或者必要时放债筹资，再作计议。

在逐条叙述自己设想、计划的内容和步骤时，帝国宰相那永远苍白的面容渐渐开始舒展明朗，并微微泛起了红晕。由此可见，他对建立情报组织这事有多上心。他和苏丹已就此事进行了长期的谈判，而他一次又一次地重申，这一体系确有消除和减少北方威胁的作用。他设想，首先应该去学校，挑选三十名合适的人才，入选者必须是体健貌端的小伙子，机智灵活，善于交际，能博人信任，会获得好感，给人以纯真无邪的印象。先给他们点钱，不要太多，够在北边开个小店就行。间或再在当地物色个靠得住的人，用礼品跟他拉关系，交朋友，把他套牢。他们一开始要做的就是这些。一旦开了头进入正轨，这一体系就会自动成长壮大，因为昨天的一代情报员可以训练今天的一代，而今天的一代又可以训练明天的一代。"等到将来无论在我们边界的附近，还是在远离边界的地方，都没有了幅员和实力能与我们相匹敌的大部落联合体，等到我们周围环绕的都是些小国家小部落，他们必须靠我们才有立足之地，得以幸存于世，那时我们就真正成为一个名副其实的世界帝国了，这江山将会固若金汤，地久天长，那我们便可高枕无忧了。"帝国宰相说得两眼放光，精神焕发，"王朝的天下不能随着我们的离去而衰败，如果它的寿命还没有我们长，我们又何必创建它。"

仿佛被宰相亢奋的激情所感染，苏丹拍了一下膝盖，兴高采烈地叫道："你就这么干吧！我相信你说得对，必须这么做。这回我信你了！"

可能是苏丹的情绪反过来又刺激了尼札姆·穆尔克，于是他毫无保留地摊开了自己为塞尔柱王朝国泰民安的未来所设计的宏图伟愿，其内容辉煌灿烂，霸气十足，放眼世界。他透露，自己看中了一个人，他完全符合各项要求，而且基本上已经随时待命，可接手组建帝国的情报系统。此人年轻，博览群书，受过良好教育，素质极高，有帝国一流大师为其作保，而且人缘极佳。他遍游帝国大地，因而人际关系极广，说每个人都跟他称兄道弟是有些夸张，但说他海角天涯起码熟人遍布则一点也不过分。此外，他擅长煽风点火，笼络人心，发展内线，争取群众，表面上风平浪静，内心里激情似火，再聪明刚强的人也难免不被他感染。如果再熟悉他一些，你会觉得，此人根本没有追求的目标，只是热衷于拉拢和挑动民众，因为他有这需要，就好像他奉诏降生此世就是为了煽动人们去为某一目标甚至是同时为了两个完全相反的目标而奋斗。而且所有人都相信他！他长着一张红润的圆脸，有一双明亮的大眼睛，看上去活像那个机灵聪明也被叫做阿凡提的纳斯尔丁·霍加。所以，人们从第一眼见到他起就被其征服，什么都相信了：不用讲，这么一个纯朴无邪、温柔和善的好男人，就是他想撒谎骗人自己都做不到。可事实上此人机智灵活，行动迅速，精明强干，是我所遇到的最有脑子、最聪明的人才之一。如果他现在对你讲，说我们周围所有的地方都是冬天，那么一个小时后你就会对此深信不疑。他的说服力和精神力量太强大了。他已经物色到近百名年轻人，都是他近年来在走访学校时认识的。只要他一声召唤，所有人都可以在一到一个半月之内在这里或者在我们马上约定的地点汇合集中。

帝国宰相对他青睐的人说得越多，苏丹脸上的热情消失得就越快，毫不夸张地说，到最后眼里竟闪射出怀疑的目光来。

"你说的该不会是那个你想拉进"迪万"议事会的年轻人吧！就是财政大臣胡斯尼·穆萨离我们而去的那个时候？"苏丹满腹狐疑，神情紧张。

"就是他，名叫艾尔-哈桑·伊本·穆罕默德·艾尔-萨巴赫。"

"你信不信，除了你我就没听别人说过他一句好话？"

"是他老师推荐的，那位伟大的艾尔·查摩谢利。还是你觉得写推荐信不再算替人说好话了？"

"太师塔吉·艾尔-穆尔克手里有一封你们共同的老师艾尔-莫瓦法克的亲笔信，太师专门询问了他对哈桑的看法。你不信吗，回函里没有说你眼里的这位红人一句好话？"

"莫瓦法克先生年老体衰，脑子不太好使了。奥马尔·海亚姆跟他当学生那会儿，老先生已经喜怒无常，总会无缘无故地要么把人视为仇敌一脚踢开，要么当作亲儿子搂在怀里。两种现象并行不悖，都同样无法解释，也同样激动疯狂。你很清楚，艾尔-莫瓦法克对我有多重要，以至于今天我一听到他的大名就会情不自禁地以手抚胸。但是在判断一个人的好坏时，我早已不再受其看法的影响了。我必须这么做，否则就有失公允，会误大事。然而如果是他的弟子、接班人和亦徒亦友的艾尔·查摩谢利荐举的人，即便被艾尔-莫瓦法克说得一无是处，可我怎么样也得考查一下。所以我试过他了，而且印象良好。"

"不过你也知道，你们的老师是如何评价他的吧？"苏丹问。

"上了年纪的人都谨慎有余，爱怀疑一切，而我也开始步入这个年龄段了。"穆尔克宰相笑了起来，"在遇到的任何一件大事上，我都会求教于自己一生中最重要最敬爱的恩师，年轻时就养成了这一习惯，所以怎么可能在这事上不征求他的意见呢？！"

帝国宰相派人去取恩师莫瓦法克对那宗富商穆萨维一妻两夫案看法的回信。信拿来后，他把信纸展开，递给苏丹看，然后又将信重新卷起，说："我以你为榜样，在做决定之前，尽力集思广益，兼听则明。"

"可是你后来又放弃让他进入'迪万'的想法了。"苏丹补充了一句，"再说别忘了，你当初有这个想法时，他可是初来乍到，你对他还一无所知，尚不能对他做出自己的判断。"

"我是曾考虑过，在'迪万'里给他安排个位置，"宰相纠正道，"这么做我起码有两个理由。一是我认为他年轻有为，多才多艺，所以想把他留住，拴在这儿。第二个原因一直都没对你说，因为你当时不在场，不了解真实情形。主管财政的胡斯尼·穆萨撒手人寰后，'大迪万'空出了一个重要职位，必须尽快找到人选填补，或者至少临时顶替。众多可靠人士向我推荐了哈桑，当我还在考虑他的时候，一些脑子转得快的人提起了苏丹你的私人财物管家扎里夫·扎尔达利。当然，他更适合担当此职了。"

"他可不是宫中唯一讨厌你那位什么才子的人。"

"说实话，我倒不认为塔吉·艾尔-穆尔克会讨厌什么人，他只是有些过于谨慎小心，所以有时让人觉得他胆小怕事，或者神经过敏。"宰相大声说出了自己的看法，"我敢保证，如果他们能够再互相熟悉一点儿，哈桑肯定也会赢得他的信任。"

"他不是伊斯玛仪派吗？"

"你说谁啊？"

"你的那位才子呀，还能说谁？"

"这我不知道，还没有……"

"你不是也开始步入过分谨慎、事事小心的年龄段了吗？"苏丹挖苦道，"你对他从头到脚上上下下地考查了个遍，却连他的信仰是否正宗都不清楚，深表祝贺啊！！"

"我觉得这并不特别重要。"老臣发火了，"是伊斯玛仪派又怎么样呢？反正他是穆斯林。信不过我的话，你就去问问艾尔-安萨里大师吧！"

"如果你不清楚他是不是的话，那他当然就是伊斯玛仪派了。你的一句'不管怎样他是穆斯林'，就替他竖起了一块万能的挡箭牌。"苏丹的话很不客气，"对我而言，他爱是不是，无所谓。反正我不会用他。就算艾尔-安萨里也能证实，你的爱将是个好穆斯林，即便穆罕默德的使者也会认可他、赞同他们的说教，可我不认他。就连圈里最差的马我都不会交给他照料，把他送给我当奴隶我都不要，给他当狗都嫌龌龊。你好好想想吧，亲爱的。"说完，苏丹中断了这次谈话。

在回家的路上，尼札姆·穆尔克伤心地得出了一个结论：王妃图尔坎·哈通和宫保太师塔吉·艾尔-穆尔克身边形成的帮派已经势大力强，无论在哪儿，只要他们凑到一起，就敢于公开跟他找茬较劲，挑起矛盾。就连他的老师也被其利用，来给他挖坑使绊。现在轮到他不得不掩饰他们之间的矛盾，而一两年前，还是他们想方设法地要掩盖和否认与自己之间的龃龉。他们人多势众，阵营分布均匀；而他孤家寡人，形单影只，暴露在众目睽睽之下，任人品头评足，难免日渐疲惫孤独。站在他这边的人，诸如天文学家海亚姆和警察局长富兹依勒这样喜欢他的以及他喜欢的，其数量又寥寥无几。还不说他今天对帮手所期待的，远比那个英雄斗士的简单头脑所能思考的要复杂得多。没有人抛弃他，可他茕茕孑立。因为他权势显赫、一呼百诺时围在身边的那群人，不能陪伴他去追求今日之职责所要求他达到的目标。而现在他的对手攻击他，扰乱他的计划，他们虽然表面上无权无责，相形之下却拥有无数的可能。他能和谁来一起对付他们呢？准确点儿说，他应该对付谁又对付什么事呢？他们的所作所为如同编织了一张大网，就像蜘蛛一样，只是无法看见。

已经好一会儿了，帝国宰相心里波动着某种异样的感觉，虽然听不见什么动静，可总觉得有人和他步伐一致地尾随其后，但他不想转身查看是怎么回事。被人暗中调查监视，步步跟踪，句句窃听，甚至连稍微明确点儿的想法都会被听出来给人做文章，这种感觉早已在他心里根深蒂固。他必须奋起反抗，不能因害怕而退却，在任何真正害怕的底线上都潜伏着伺机而动的疯狂，而他现在的害怕就是真的害怕。随着这不舒服的异样感觉越来越强烈，他终于回过头去，发现跟在他身后、和他保持半步距离的竟然是哈桑。他面色白得发灰，嘴唇痉挛紧抿，闭合成了一条线，两眼湿润，好像随时都会掉出眼泪来似的。

"你什么时候开始跟在我后面的？！"帝国宰相气不打一处来，刚才的提心吊胆搞得他很不舒服，有些晕头转向，就像遇见了鬼一样。

"从王宫开始。"哈桑回答。

"怎么可能？你该不会是偷听了我们的谈话吧？"

"是的，我听了。"

"天哪！你怎么偷听的？"

"我有我的路子。"哈桑含糊其辞。两人协调了步伐，默默地并排向前走去。

"既然你都听见了，我还有什么好对你讲的呢？！"尽管两人一言不发地走了好长一段路，宰相话里的火气还未全消。

"对一个连狗都不如的人会有什么好讲的呢？"

"你不会把这话当真吧？！别把它放在心上，如果你像我一样了解苏丹的话，就不会为他的话生气了。"

"让我忘掉这件事吧，"哈桑请求道，"以后他们说什么，我也就不再会生气了。"

"我不敢说，是不是真听懂了你的话。"

"现在我们一切都清楚了，谁的位置在什么地方，谁和谁的关系怎样。他们不愿让我为你效力，就连当条狗都不能容忍，要逼我到外面阳光下的大千世界上去寻找自己的立足之地。那好，我就去找，也许会找到。不过到那时候，如果我的所作所为不讨他们喜欢的话，就别怪我不仁不义了。"

"咳咳，你别太过分了。我不是说了吗，如果你了解苏丹，就不会为那些话生气了。语言表达可不是他的拿手好戏。"

"是啊，他们还会请你帮他们组建情报系统，还会对没让你干你想干的事情表示后悔。"哈桑情绪依旧十分激动，"我会给他们提供理由的，很多理由，好让他们为没听你的话而感到遗憾。"

"你这话什么意思？"

"我不知道，现在还没什么意思，只是一种预感而已。但是过几天，等我能够思考问题了，我会给你做一个计划的。"

人心叵测

　　从礼拜五主麻日聚礼回来后，海亚姆一直关在屋里又写又算，埋头钻研，偶尔也会停下来在屋子里走动走动，或者直接站到屋角处冲着墙，面壁忆想，捋清先前的思路，那样子看上去仿佛在寻找角落里隐藏的什么东西，或是辨认墙上的某种神秘文字。他很肯定，自己的路子是对的。他不费吹灰之力就列了一个包含三个未知数的方程式，并且相当轻松地解开了，这就意味着，几年前撰写专著《代数学》时，使他陷入困境而且直到数月前还让他一筹莫展的难题，其最终的解答已经近在咫尺。一时间他激动不已，几乎胸有成竹地认为，证明一个方程式中未知数的数量与可能的已知数的数量成比例这一定律，只是个时间问题。这样的话，未知数的数量可以一直增长到已知数的三倍。如果能够达到或者超过这一比例，那么运算结果的绝对正确性，以及可靠、恒定、预计好的运算程序必将不复存在。预感到问题的玄机可能就在其中，而自己有可能成功地证明其存在，海亚姆心潮澎湃，难以平静，坐立不安。他不时中断运算，站起来在屋里踱来踱去，老盯着同一个角落发呆，喜不自胜地寻思，这 1：3 是个相当不错的比例，如果他能成功地证明这一点，那这一比例将表明，人们能获取的知识容量真的无比巨大。一想到这一巨大的公认知识领域，他心中就充满了按捺不住的喜悦，激动地根本坐不下来。不过同时他也明白，这种可靠的知识只能够在一个虚构出来的体系中拥有，所以在现实生活里和现实世界中，无论是对他还是对别的什么人，它都无济于事，并不能教他们如何为人处世。然而这一认识并未使海亚姆感到特别悲哀，作为怀疑论者，他早已习惯了喜悦之情以这种方式和自己唱对台戏。迄今为止，他的每一次惊喜和发现，又都同时伴随着至少两种负面的理由，使其要么对惊喜要么对发现，或者最好同时对两者都产生疑问。至于可靠的知识有其局限，这虽然不尽人意，而且在这节骨眼上向他昭示欠缺之处，确实十分遗憾，但尽管如此，他依然满心欢喜。

能够撰写《代数学》，谁会不高兴呢？！在同一间屋子里，赛卡伊娜给女儿莱伊拉讲字母的故事，教她哪个字母该怎样写。能享有这种天伦之乐和这么多家庭生活的美好，换了谁都会有理由和权利心里乐滋滋的。

下午，大概晡礼过后一两个钟头，哈桑事先没打任何招呼就一头冲进了海亚姆家，上气不接下气地请这房子的主人把他藏起来。

"他们就跟在我后面，快，快点！随便藏哪儿都可以，只要他们绝对找不到我就行。"哈桑尖叫着，拉住一头雾水的海亚姆的衣袖。还没等主人反应过来，带他进去躲藏，哈桑就窜进了住宅的穆斯林闺房，钻进了赛卡伊娜的嫁妆箱，并向海亚姆做了个手势，让他关上箱盖。

海亚姆刚回到堂屋，屁股还没坐稳，就冲进来两个王室侍卫。他们比划着问，刚才是不是有这么个人跑进来过，并声称他们不相信没有，因为虽然隔着老远，但他们亲眼看见那人进了这所房子。赛卡伊娜借口警卫人员来访女人家不便在场，便牵着莱伊拉的手回里屋去了。但一个侍卫赶在她前面，抢先一步进了闺房，想搜查一下房间。这人显然是个客气的主儿，可能在陌生人家的闺房里觉得不自在，所以就匆匆地扫视了一下房间，探头看了看墙角旮旯，又打开壁柜，往里面张望了一番，用手摸摸里面堆放东西的地方，然后就关上了柜门。随后，他又环视了一遍屋子，断定逃犯肯定不在屋里，便走了出来。海亚姆一直站在和侍卫相遇的地方，既摸不着头脑，也不敢挪窝，犹如泥塑木雕般一动不动。过后他开玩笑说，要不是那两个侍卫让他陪同一起把住宅里的屋子一间一间地巡查了一遍，他可能就站在那儿变成石头了。房子搜查完后，两个卫士面面相觑，惊诧不已，不禁疑惑地互问，自己怎么会看错了房门，可他们原本与逃犯之间的距离并不很远，所以只好用"活人常会遇到怪事"来自我解嘲。接着，他们便去旁边的住家搜查，虽然心里也明白，这么做等于竹篮打水，因为白白在海亚姆家里浪费了这么多时间，有这工夫，追捕的对象早就逃之夭夭了，谁还会等在那儿束手就擒呢？无奈职责所在，两人不得不履行义务罢了。

房门刚一关上，赛卡伊娜就跑了出来，身边没带莱伊拉，目光逼视着丈夫，满面怒容。

"你的宝贝究竟在演什么戏，你给我说说清楚！"她气得发抖，"他到底想干吗？"

"我怎么知道。你刚才不都看到了，对这意外事件我比你还糊涂。"

"你肯定知道，他可是你的朋友啊。"

"你瞎说。"海亚姆耸了耸肩膀，"近来他是有些奇怪，忘乎所以，口出狂言，尽说大话，什么宏图伟愿啦，危言耸听而又梦想连篇……"

　　"哦是吗？只是最近以来？"赛卡伊娜语气里不乏讽刺，"我倒觉得，他生下来就爱高谈阔论，说话的调门比他本人的身材还高。"

　　"我担心的是，他现在动真格的了。"海亚姆若有所思，"他已经有段时间明显不那么安分了，有时候很粗鲁，过去可从来没这样过。最近十天里，他起码在我面前说过三次要推翻这个世界，因为它头朝下脚朝上，乾坤颠倒，是非混淆，黑白不分。"

　　"说得可太好了！"赛卡伊娜嚷了起来，鼓掌大笑，"等他从我的箱子里爬出来，抖落掉身上女人的衣物，看他怎样一跃而起，腾到空中，把这世界顶在头上推翻扶正吧，我亲爱的傻天鹅、书呆子。"

　　就在赛卡伊娜出言不逊，极尽讽刺挖苦之能事时，哈桑已经站在房门口了。海亚姆清楚地看见，他脸上的血色一点点地退尽，最后痉挛成一张灰色的面壳。

　　"你给我听好了，他一定会推翻这个世界的。"哈桑声音很低，他径直走到赛卡伊娜面前，贴近她说，呼出的气直喷在她脸上。然后，就好像他没有不请自来地私闯民宅似的，既不打招呼也无任何解释，便往外走去。不过走到门口时他转过身来，又低声重复了一遍："只要五个可靠的人，就五个，他就能推翻世界。这是世界应得的惩罚。如果你不是个蠢婆娘的话，应该为此感到高兴。"

哈桑刚一离开，海亚姆便惊跳起来，连忙把整个家里里外外检查了一遍，看看有没有哪儿不对，不但巡视了一圈房子，还去看了看莱伊拉，然后才回到堂屋，在赛卡伊娜身边坐下。可他心里七上八下的，根本坐不住。不速之客哈桑的闯入在他心里掀起了轩然大波，让他极度不安，迫使他不停地走动，总想找点事来做。

　　"你不会有什么事吧？"他问。

　　"这还不是事吗？"

　　"是，当然是了。"

　　"那你还问什么？"

　　"我是说，我现在得出去一下，你不会有事吧？"海亚姆赶忙解释。"我总得去打探一下，对吧。"

　　"你走你的！去搬救兵吧！"

　　海亚姆站起身，快步走了出去，没去管妻子让他去求救的话是跟他开玩笑，还是在讽刺他。只有一点可以肯定，她的话不是当真的，而且他也没想一定要弄个明白。他以最快的速度奔向帝国宰相尼札姆·穆尔克的府邸，如果说有谁能帮帮哈桑，而且不但能够还愿意帮的话，那非他莫属。"只要他在家就好了。"他在路上想，"刻不容缓，必须抓紧时间，但愿还来得及，能赶在节骨眼上。"

　　与宰相共事、交友这么多年，海亚姆还从未见到过他现在这副状态：表面上一切正常，依旧精力集中，专注细心；但明眼人一看便知，他明显情绪不安，忧心忡忡，或者起码是心里有事又不愿意说出来。对海亚姆来访他表示高兴，但其热情的程度平淡无奇，就像接待随便哪个能分散他的注意力，从而暂时忘却心头秘密的来客一样。今天，他肯定对每个来访者都是这样，千真万确地毫无例外，不管来者是何人，一视同仁。海亚姆向穆尔克报告了下午家里发生的事情，然后催促他和自己一起赶快采取行动，让哈桑脱离险境，避开危难。他承认，自己发现哈桑不对劲已经有段时间了，却保持了沉默，因为不想拿这种事情来增加宰相的负担。直到今天他才明白，自己决定缄口不言的做法，真是太傻了。哈桑这人，从不做微不足道的小事，也不屑干小打小闹的蠢事。但如果他认准了什么事倾心投入，那准是极度危险的惊天大案。

帝国宰相觉得没有必要出面干涉此事或为此感到不安，认为哈桑是个成年人，知道自己在干什么，懂得好自为之。不过，就是他说的这些话，也就是他说话的腔调和方式，也怪兮兮的，与以往那个真实的尼札姆·穆尔克大不相同。尽管他竭力想使自己的话听起来理性冷静，可事实上适得其反，他的话听上去既不理性也不冷静，而让人觉得是一种装出来的虚情假意。他所讲非所思，情感更是另有所系，整个人完全是心不在焉、神不守舍。那副样子，就好像坐在海亚姆面前的不是其曾经的老朋友和靠山，而是个形同陌路的外人，恰似真的尼札姆·穆尔克此刻正在别的什么地方感受海亚姆的焦虑，而眼前的这一位似乎对海亚姆的担心毫无感觉，也不想知道。

"人是成年了，但头脑还太天真，"海亚姆说得十分肯定，"他总是自以为是，觉得来到这个世界上就是为了跳进不幸的深渊。对这种人来说灾难如影随形，时常伴其左右。他自己看不见，但不幸随时都会降临。"

"这样的话，你就更应该别去考虑保护他呀。"宰相想试着笑笑，可这笑声听起来相当郁闷，又像是装出来的，就跟他今天所讲所做的一切一样。

"王室的卫兵在追他，如果不是身陷危境，谁会落到这种地步。"海亚姆认定哈桑碰到了困难，"他肯定需要我们的帮助，这时候我们不帮他的话，谁还能帮？在这地方，他只有我们，很可能我们就是他在这儿的唯一朋友了。"

"我连他在哪儿都不知道，你叫我怎么帮他？！"宰相恼怒了，但还没发火，这点海亚姆能清楚地感觉到，"我凭什么要帮他呢？如果他触犯我所颁布而且必须捍卫的法律，我哪儿来的权利去帮他？"

"因为他是你的朋友，以人为本，人高于法律。"

"错！"宰相高声叫道，这是海亚姆今天第一次听见他朋友的真实声音，"只有罪犯和傻瓜才会自以为能够凌驾于法律之上，而正派人即便可以犯法而不受惩罚，也会服从法律。因为他们知道，是法律使我们人类超越兽类，使我们的社会超越兽群。因此，讨论法律是在我们头上还是脚下，这是错误的！如果你很关心这一点的话，那么我可以告诉你，法律在你的四周，它像一袭长袍包裹着我们，保护我们免遭藏匿于我们和其他人当中的禽兽的侵袭。如何对待法律是正派人与其他另类之间的主要区别，剩下的所有区别皆由此产生。一个傻瓜触犯法律，即便知道自己会倒霉，他也要犯法，因为他不犯不行，他之所以不犯不行，是因为他是傻瓜。而一个罪犯犯法，是因为他以为自己可以不受惩罚，否则他就会有所顾忌。然而一个正派人尊重法律，尽管他完全清楚，即便自己触犯了法律也可以免受制裁，脱身而去。"

"这就是说，你不愿帮自己的朋友啰？"海亚姆问，同时心里在打鼓，觉得宰相现在终于恢复了真诚的面孔，又用原本的声音在说话，但似乎情况显得更加不妙。

"这就是说，我不知道他在哪儿，不知道我为什么应该帮助他，也不知道你为什么在这儿制造紧张空气。也许他现在根本还没出事，也许他在什么地方躲得好好的，伺机来拜访你我，也许一切都已恢复正常，平安无事了。"

"我制造紧张空气，是因为他是我的朋友，如果允许我对你实话实说的话，我这人是很讲义气的。"海亚姆的失望之情溢于言表，"不管这事会给你带来多少烦恼，我也要制造这紧张空气，这可是为你好。我曾以为，在这点上咱们是一路人，或者起码能够相互理解吧。"

对海亚姆来说，尼札姆·穆尔克不只是靠山和雇主，也不仅是朋友和同仁，而且是他早已记不起来的父亲的化身。大概正是因此，每当自己有难处时，他才期待这位慈父般的长者能出手相助，给他无微不至的关怀，帮他化险为夷，保他安然无恙，所以想必他对老臣今天的言谈举止大失所望。难道当自己的亲人或呵护的门生遇到麻烦时，一个做父亲的能这样冷漠无情吗？那要是哪天他海亚姆，真主保佑不会这样，遭遇不测的话，他也会这样无动于衷吗？他喉咙一阵发紧，痛苦得说不出话来，害怕会忍不住放声大哭，泪如雨下。一种怅然若失而且失不复得的伤感，袭遍他的全身。当年失去生父时，倘若他在场的话，那情景会不会就像今天这样？这他无法知道，但他知道的是，他刚刚失去了尼札姆·穆尔克这个父亲，这让他痛苦不已。可过去恩师是通情达理的，愿意给法律和国家权益至高无上的原则赋予一些人性、个性和特性化的色彩，而且这也正是他与众不同的特立独行之处。从前宰相谈及每年只征一次税的必要性时，听众都觉得他就像是在跟他们唠家常一样和蔼可亲，仿佛他的话都是说给他们听的，而且也只是冲他们讲的，是为了他们好。可现在呢？比方大家都曾以为，哈桑是他眼里的红人，和他走得比海亚姆还近，但他现在说起此人来，就如同在讲边远地区来的一介村夫。

"行，我该走了。"海亚姆起身告辞。

"等等，你先坐下。"首席大臣想挽留朋友，其实又并非真的有什么事。如果他是真想让海亚姆多待一会儿的话，那也纯粹是希望有个人在身边，能分散一下此刻内心的不安，让自己好受一些。其实，谁在身边，为何而在，他根本无所谓，只要有个人多少能把他的注意力吸引过去就行。看见一个曾经很有主见、运筹帷幄的老臣落到这步田地，让人不由得一阵心酸。

"我去找找苏哈拉卜，你觉得有用吗？"海亚姆边走边说。

"不管什么事，找这个脑子好使的家伙总会有用的，呵呵。"大臣又恢复了强颜欢笑，"即便用处不大，至少也可以听到点有益的启示吧。"

海亚姆极为冷淡地和帝国宰相告了别，有意把自己的郁闷与失望表现得淋漓尽致。他走出屋子，小心翼翼地关上身后的房门，大概也是想借此表明，他的心情有多沉重。

还没等他走出三步开外，房门又豁然敞开，宰相从里面探出头来张望。

"奥马尔，"他叫了一声，一摆头让他回来，"苏哈拉卜肯定帮得上忙。他对你印象一直很好，而且也是哈桑的朋友。就去找他吧，请他帮帮忙。如果没碰到的话，你也别太着急。我来设法通知他，并以你的名义向他求助。放心吧，不管你找不找得到他，最迟傍晚昏礼之前他就会知道一切。"

秘密警察的首脑苏哈拉卜没有接见他。也许他真的不在家，也没在办公室。不过深感失望的海亚姆，脑子里总是把自己找不到苏哈拉卜的这一事实，同帝国宰相两次说他将找不到其人的推测联系在一起。想到这，他干脆打道回府，尽力用宰相最后的解释和承诺在家里聊以自慰。穆尔克许诺要通知苏哈拉卜，这才是当年那个能帮奥马尔排忧解难、保护他免受惊吓的真实的尼札姆·穆尔克。可之前又是谁说的那番话呢？宰相大人到底怎么了？长期以来他一直在同宫廷里那股敌对势力斗争，是不是现在败局已定？还是他已经满盘皆输而且不得不苟且偷安了？只有那种认输服软的人，才会这样心甘情愿地同自己人、同僚，也许甚至是亲朋好友撇清关系、拉开距离。这倒可以解释大臣的奇怪行为。但这烦恼不安又从何而来？他从头到尾一直紧张不安，似乎内心有所期盼，可又没能掩饰住这种期盼，而失败且认输的人是不会有这种不安与紧张的。

"你们两个真是天生的一对，让人看不透啊。"赛卡伊娜显得相当快活，但嘴巴还是不饶人，"这我早就说过，那时他才在这儿冒出来。"

"谁呀？"

"当然是从我嫁妆箱里爬出来的那位啦。我在想啊，只是有些事和他对不上号，比如要说他爱上你了。不过今天……"

"你胡扯什么！！！"

"我是说真的呀，哈哈哈！"赛卡伊娜更开心了，继续酸不溜秋地说，"瞧他那双眼睛，一看见你就热泪盈眶，那种火辣辣的目光，心里没什么想法和秘密的人是不会有的。不过今天你对这位不速之客的表现……"

"什么表现?！我把一个后有追兵的人藏起来，你觉得不对吗?！我想帮自己的朋友，这奇怪吗?"

"你说得可不对呀，亲爱的。首先是他自己躲起来的，他根本没指望你把他藏起来。其次他是藏在你老婆的衣服里，是不是你觉得这挺正常或者挺开心? 我不知道这意味着什么……"赛卡伊娜嘴里喋喋不休，好像既拿人开涮，又想找茬挑衅的样子，可她蓦地话锋一转，满脸严肃，"我跟你说真的，奥马尔，当心点儿! 他这人不正常，别再跟他来往了，离他远点儿，提防点儿他。"

"你也不正常，无缘无故地伤害人家。"海亚姆反唇相讥，自己也搞不清，这么做是说俏皮话还是吵架，或是只想把交谈继续下去，好借机排遣和驾驭心中的惆怅。

"你是指我说他想从我的衣服箱子里推翻世界那事?"赛卡伊娜捧腹大笑。

"对，我指的就是这事。我害怕你给自己树了一个顽敌。他这人骨子里自命不凡，管不住那颗虚荣心。所以你没必要去惹他，这么做很傻。"

"哎呀，听你这么一说，要是他再溜进我的衣箱里，该不会偷我的腰带或者胸衣什么的吧?！"

"你就继续冷嘲热讽吧，想说多少随你便，不过这真的很傻。"海亚姆坚持他的观点。

"可我不是有意要伤害他的呀。天哪! 你都看见了，我故意把丫头带出去了，就是怕她说漏了嘴，而且让她回我的房间，也是好让那个当兵的没法太过分地翻箱倒柜。除了这些我还能干什么呢？”

“你干得很漂亮，深表敬意！后来我才明白，你都做了什么，用意何在。说实话，我可真没料到你还有这两下子。”

“哦是吗？你也没料到我会伤害你的朋友吧？可我就这么做了。”赛卡伊娜又笑了。

“没有，这我也没料到。”

“是我逼他站在门口听我们讲话的吗？！他身上裹着我的衣服，在那儿叫嚣要推翻世界，这不滑稽吗？我能不笑吗？我帮了你的朋友，尽力而为了。但我不会为了讨好他去变成个虚情假意的女人。”

“你只需讨好你自己就行了，亲爱的，你对我太重要了。我不愿别人恨我。他自己也知道，你不是有意要伤害他的，但是这能满足他的自恋吗？”

“这关我什么事，我只要他离你远点儿。”赛卡伊娜摆了摆手，让丈夫跟她一起去吃晚饭。

吃完饭后，赛卡伊娜带着莱伊拉回她的闺房里去了。海亚姆则想试着继续写他的《代数学》，同时也重温一下今天下午的好心情。可两者均未如愿以偿。幸好阿布·赛义德和怪人雷克·萨勒姆来串门，才免得他又形单影只地独守书房。

客人坐了下来，萨勒姆深吸了一口气，舒服地把腿拉抻伸直。

“嘿，人有这么长的腿，多好啊！”萨勒姆舒心惬意，用手抚摸着自己的大腿，“要是你跟我一样走了这么长的路，现在把它拉抻伸直，顺着往下看去，心里真有一种极乐的幸福感。"

"人是一种被赋予了智慧的东西，"阿布·赛义德表示同意，"但是人常常对自己掩盖其活着、存在的事实，而且做得极为有效，只不过我们没有予以关注，引起重视罢了。然而这一点是极其重要的，对吗？"

"那还用说。世上有你这个人，就是件非同小可的大事。让我惊奇不已的是，比方说世上有我这个人，"萨勒姆的看法一致，"为什么会这样呢？为什么会有我呢？但是为什么，比方说，就没有你姐姐呢？即便我曾有过父亲，可我并不认识他。但假如我有姐姐的话，她会拥有一切，能得到嫁妆，还会帮她找个男人。但怎么个找法呢？如果她人都不存在，拿那套嫁妆又有何用？我十五岁开始就投军从戎，久战沙场，足可以阵亡三百次了，可我没死。这是父亲冥冥之中的护佑？我不知道，可以肯定的是，此乃真主保佑，让我感恩不尽。如果是父亲暗中的庇佑，我也感谢他老人家。"

茶上来了，闲聊暂时中断了一会儿。交谈再起时，在座的人得悉，雷克·萨勒姆有个习惯，喜欢捉两三只大蚂蚁放到膀子内侧最柔软的地方，让它们噬咬自己，好通过那种麻酥酥的疼痛来切身感觉手臂的存在，以便确认自己真的拥有这一肢体。他们也了解到萨勒姆的生活经历和坊间流传的不同版本的故事和传奇。他年仅四五岁时，母亲就撒手人寰。有时候，他自己以为还记得起她来，而这恰恰暴露了事实真相，那就是他已经记不起母亲了，而只是在想象她的音容笑貌。街坊邻居收留了他，把他跟他们自己的孩子一起养活，让他吃百家饭长大，就跟那句民谚说的一样：够五张嘴吃饭的地方，也不缺第六张嘴那一口。收养他的大人们对他越好，这些人的小孩就对他越坏，甚至是歧视加敌视。所以他童年的记忆里除了争抢东西，就是和犹如兄弟的男孩子们打架斗殴。他人高马大，身强力壮，甚至同比他大五六岁的孩子干架也不示弱。靠这得天独厚的体魄，他度过了这段刻骨铭心的岁月，而且本人还毫发无损，没受过什么罪。十五岁时，他当兵入伍，投身军旅，很快就晋升为部队的小头头，但再往上提拔就不是单凭英勇无畏和武艺高超能做到的了。不过他财也发得挺快，挣的钱足够成家造房，娶妻生子。跟孤儿通常特有的心理一样，他也是养多少孩子都嫌不够，每隔一两年就生一个，而且对每一个孩子的出世都好像是生头一胎似的欢天喜地。

一次征战中，他冲进了一户人家，家中的男主人因害怕自己的妻女遭受敌兵侮辱，亲手杀死了她们。这件事让他心里的某种东西崩溃了。他戎马一生，腥风血雨的事见得多了，比这更残酷的场景没少经历，可对他来说那些都是过眼云烟。唯独这一幕好比一支瞄准了目标的利箭，直接射中心灵深处。起初他只感到是这世界乱了套，对他本人影响不大。这种内心的崩溃只是向他昭示了，这个世界并非理想的世界。可随着时间的推移，这一崩溃逐渐转化为一种对他本人的干扰，因为世界依然如故，而他却一月之间判若两人。

一开始他感到羞愧，因为他是人，他既为自己，又为那位父亲，同时还为自己的战友感到羞愧，也为他自己所做的一切和没能做到的一切感到羞愧。随后，他便陷入了一种与世无争、清心寡欲、冷漠麻木的状态，几乎天天都会发现他所不需要的一切，直到他最后发现自己既不需要内沙布尔，也不需要自己的房子和自己的家庭……这一切过去后，快乐和好奇便接踵而至，支撑着他的人生。后来，他决意出门云游四方，好欣赏和玩味世间的一切。

客人来了之后，除了主人这一角色所必须说的客套话之外，诸如询问客人想吃什么坚果啦，喝茶是多放糖还是少放糖啦，等等，海亚姆几乎一言不发。不知是这些叙述让阿布·赛义德不太舒服，还是他自己问东问西地有意挑起雷克·萨勒姆大谈个人身世，最后聊得有些累了，反正他打断了后者的回忆与思考，插了一句话，说靠谱的人是不能一下子和聪明人聊个没完的，搞得萨勒姆立即打住了话头，目瞪口呆地盯着他发愣。

"你发什么愣？"赛义德毫不客气，"你承不承认，这辈子恐怕还没有谁听你讲过这么久的话吧。而此刻赛铎王子在听你倾诉衷肠，哦天哪，知道这意味着什么吗？！我赛铎王子是对那些头脑最发达的精英人士发表演讲的人，别人只有听我讲话的份儿，恨不得把每个词都吞下。可你呢？"他又转向海亚姆，"而你就像块石头，一言不发，一副人在心不在、丢了魂的样子。"

就像好不容易盼来了这个机会，能将心事一吐为快，海亚姆迫不及待地开口描述了当天发生的一切。末了，他很肯定地认为，图尔坎·哈通和塔吉·艾尔-穆尔克一伙已决定动手削弱帝国宰相的实力了。他们先一个个地除掉这位两朝元老的亲信，当然弱点最多的哈桑首当其冲，因为他最年轻、最张扬、最惹眼，自然枪打出头鸟了。然而让他百思不得其解的是，尼札姆·穆尔克为何毫不抵抗地就撇清了与哈桑的关系。而事实上所有的迹象都表明，哈桑自从来这儿发展以后，这几年里已经成了宰相的心腹，此乃尽人皆知之事。难道这是穆尔克大势已去的信号？还是他老谋深算，背后暗藏对策（现在的老臣已是今非昔比，对宫廷里的勾心斗角和官场上的排除异己，早已了如指掌）？或者交出哈桑是因为这主仆之间出了什么状况？他牺牲自己的亲信是为了要争取准备防守反击的时间？好演员为了提高自己在舞台上的地位，会放弃强大和重要的角色，不是吗？"难道真像今天我看到的这样，对方已经声势显赫，宰相则精疲力竭了吗？"

"那你的回答呢？"阿布·赛义德问。

"我不知道。"海亚姆摊开双手承认。

"是心里话吗？！"老朋友很吃惊，"连你都不知道？！那他妈的还有谁会知道？！"

"你是在拿我寻开心。"

"你觉得是吗？"

"我觉得是。"

"你知道我的意图和想法，却不知道什么是自己的任务什么不是，我的哈基姆老弟？！"

"那你倒举个例子说说，我的任务是什么？"

"例如你整天琢磨的那些玩意儿，就是你该做的。而去维护同那个白眼狼野心家哈桑的友谊，那不是你分内的任务。你的任务不是给帝国宰相举贤荐能，卷进权力斗争，更不要说把自己夹在宫廷阴谋的两大对立派别之间。"

"当今之世，这一切都是一个正直之士所应承担的任务，因为世上的一切都是互为依赖、相辅相成的。"海亚姆被刺痛了。

"只有傻瓜才会包揽一切，把所有的事都扛在自己的肩膀上，今天去牧场放羊，明天上战场打仗。哈基姆，每人都有自己的园地，每块园地上都拉着绳索，把这园子以及园子的主人和世界联系在一起，这一点无可争辩。可只有傻瓜才既拉自家的绳子又拉人家的绳子。而且事实证明，人们往往对别人家的绳子要拉得多些。而聪明、正直的人只会去抓自家园地上的绳索，留在自己所熟悉的园地里。奥马尔，还是待在你自己的园子里，干你所熟悉的事情吧！"

"那恐怕尼札姆·穆尔克是对的。他说过，世事无论大小，当今人人有责。唯有好人齐心协力，才能延缓世界的普遍崩溃。而世界的崩溃这一事实，你大概不会否认吧。"

"这么说，你下定决心要保住这个世界、拯救乾坤啰？！"阿布·赛义德吼起来了，"罗马人说'乌鸦不啄同类的眼睛'。可乌鸦打架时即便互啄对方的眼睛，也不足为奇，因为它们属于恶鸟，同类相煎，习以为常，大家都懂的。可如果鸽子在其中间插一杠子，那倒霉的可就是它了，我的哈基姆！乌鸦首先会齐心合力来共同对付它，等解决了这只异类再继续它们之间的厮杀。而且乌鸦既不肯原谅这鸟是只原本与世无争的鸽子，也不会容忍它夹在自己的同类中间。"

"那我们对世界所承担的义务呢？"奥马尔仍不服气，"我们怎能眼看着世界土崩瓦解而无动于衷，如同任其自然消亡一样呢？"

"那你比方说就这样想吧，连你自己都已经开始崩溃完蛋了，而且你肯定比这世界至少提前两天先崩溃完蛋。"

"但如果这事关朋友呢？！"海亚姆亮出了最后一张感情牌。

"唉，我很不情愿向别人证明，他们是如何傻得无可救药。可有时候也迫不得已而为之，尤其是这么做实为行善积德的话。"阿布·赛义德叹了口气，"你的朋友哈桑，本应是塔吉·艾尔-穆尔克那帮人搞宫斗的牺牲品，对吧？知道他礼拜四在和同一个塔吉·艾尔-穆尔克干什么吗？我亲眼看见他们俩在查扬德河边散步聊天，可谓谈笑风生，亲密无间，整整两个钟头。"

"我不知道，这我怎么可能知道呢。"海亚姆的声音里流露出不快，"不过我并不认为这是什么坏事。很可能他们是想试试消除某个误会，从而避免更大的矛盾冲突……肯定就是这么回事。"

"哈哈，照这么说，是因为这倒霉鬼没能消除那个误会，所以作为惩罚，人家今天就要把他清除掉？"阿布·赛义德笑了起来，"噢，不，不，妈的！就连我亲爱的哈基姆都不会傻到这种地步。当然不管是你还是我，都无法知道他们在干什么、讲什么，也不清楚他们脑袋里打的什么主意。因为鸽子无法知道乌鸦私下说的悄悄话。但你我都清楚，那肯定不会是什么无关痛痒的话，不会是好话，否则他们就不会悄悄地说了。"

"那也未必就都是坏话。"海亚姆还不愿让步。

"他今天在大广场发表演说，号召大家起来造反，拿一桩愚蠢事故做文章，想趁昏礼祷告散场后布道传教。事情的起因是，一名卫兵逮住了一个在巴扎偷东西的家伙，想拘留他。可这小偷拒捕反抗，和卫兵动起了手。打斗中小偷摔倒了，头部触地，当场身亡。死者是个波斯人，而那卫兵是突厥人。你的朋友哈桑在大广场上的布道中多次强调这点，而且不失时机地指出，警察局长也是突厥人，还尖声高叫，说突厥人占领了我们的国家，对我们杀戮抢掠，强加给我们一切所能想象的罪名，迫使我们没完没了地替自己开脱辩解。他还叫嚷什么，我们曾统治世界，现在却沦为奴隶。你们知道吗，我的兄弟们，谁才是不折不扣的奴隶？是那种夺过主人的鞭子抽打自己的人，还不能发出声音，以免自己痛苦的呻吟打搅了主人的好心情。他一边鞭笞自己，一边请主人原谅自己打得不够狠。最糟糕的是，他自始至终都深感负疚，因为没能受到他应得的惩罚。你的朋友在大广场上就是这样狂呼乱喊的，直到卫兵赶来，他才仓皇而逃。"

"天知道他是怎么回事。"海亚姆长叹一口气，"他一直就有点胡思乱想的，不过这次……"

"这是要受双重惩罚的，其一是犯了煽动民心、聚众闹事之罪；其二是自己犯傻。这第二条罪所得到的惩罚很可能一点也不比第一条轻。不过这仅仅是表面现象，这是一场我们搞不懂的游戏，所以奉劝你敬而远之，保持距离。奥马尔，静下心来，遥望你的夜空吧，那儿才是你熟悉的家园。"

红颜薄命

　　胡丽叶特的父亲在巴祖尔古米德家做工，主人和米尔宏德一样是那种身为老派乡绅的"德侃"，一个身负维护与重振波斯传统重任，可又无力回天的土豪。巴祖尔古米德家境殷实，在当地也是名门大户。随这家人迁往北边的巴尔赫时，胡丽叶特还是个三四岁的小姑娘。到巴尔赫城不久，她便同主人家的大儿子阿齐兹建立了一种奇特的友谊。阿齐兹整整比她大十岁，个头起码有她两个那么高。所以两个人凑在一起时显得不一般地奇怪可笑。此外，胡丽叶特虽然少言寡语，但生性开放胆大，做事执着，很有主见，知道自己想要什么，如何得到。相反，大哥哥阿齐兹发育较早，十三四岁就像个大小伙子了。他遇事喜欢左思右想，性格非常内向，看上去总是郁郁寡欢，好像不知道自己该干什么，怎么去生活。或许恰恰因此，这极不般配的一对不论走到哪儿，马上就会引起一片笑声和同情，而他们通常也总给身边的人带去不少插科打诨的机会，自然也给恶意的玩笑提供了素材。

　　不管别人怎么嘲笑和讽刺，只要高大的男友在家或是待在离她不远的什么地方，胡丽叶特便会跟踪而至，总是那样默默地朝他走去，在他身边坐下，痴情地看着他，为自己能在他身旁而无比欣慰。如果当时没有他能够和愿意与之交谈的人在场，她就会跟他说话，想起什么就说什么，尽量让他开心，好把他留在身边。而阿齐兹永远都是那样，静如处子，若有所思，大多默不作声地听着，搞得无论是胡丽叶特或者别的什么人都看不出来，他貌似认真倾听的东西，究竟是不是真地听进去并且理解了。所有人都不奇怪，他们俩在来到巴尔赫十年后成了亲，尽管这桩婚姻是一种相差悬殊、极不对等的结合。

也许是想故意嘲弄那些好心人的苦口婆心和品头评足，阿齐兹在大婚前后逢人便讲，说这场婚姻对胡丽叶特来说，同时也意味着她从乡野踏入了城市，从草原来到了花园，从露天下的帐篷搬进了高墙深院的府邸。能把自己迷人的妻子从野性的天地领进这个文明的世界，他深感幸福和骄傲。同往常和他在一起时一样，胡丽叶特忽闪着一对黑白分明的大眼睛，偷偷地注视着自己的男人，乌黑的眸子里满是喜悦的深情。可没过多久她就发现，不是他带领她走进了新世界，而是她陪伴他开始了新生活。因为婚后丈夫对狩猎产生了兴趣，会连续几天，有时候甚至是数月都生活在草原上或者深山里。每次，胡丽叶特都陪同前往，伴其左右。在后来的日子里，她也和他形影不离。即便在当地爆发流血冲突，丈夫不得不披挂上阵时，她也始终和他在一起。所以，他们夫妻十年，绝大部分时光都是在草原上的帐篷里，而不是在城里高墙深院的豪宅中度过的。

不到一年前，身经百战的阿齐兹在一次战斗中不幸阵亡，按理当属命该如此，蒙召归天。胡丽叶特一直寸步不离，更不用说在疆场的厮杀中，所以她记住了杀夫的仇敌，便在剩下的战斗中，一门心思地寻找此人报仇雪恨。她单枪匹马，冲入敌营，杀开一条血路，直取仇人的性命。然后，她翻身下马，解开死者的甲胄，用战刀破开其胸膛，掏出其心脏，生吃了下去。随后她便昏了过去，在敌人的身边倒下。在她英雄气概的鼓舞下，战士们冲向对方阵营，击退并全歼了来犯之敌。战斗结束后，士兵们回到她一动不动的身体旁边，把女英雄放到一副担架上，抬回了大本营，并且第二天就送回了她的庄园。回家后她一直昏迷不醒，但尚存生命体征，有呼吸，偶尔会说胡话，所以大家知道她还没死。两天以后她终于醒了过来，只是还不能动弹和说话。

她在死亡线上徘徊了一月之久，自己都不想再活下去了，可死神不愿把她接走。她既不能动弹，也不能说话，既不能吃东西，也不能独自出去方便。幸好家中有两位年长的女佣，很早就喜欢上了女主人。这期间全靠她俩像照料小孩一样地伺候她饮食起居，给她炖大补的浓汤，一口一口不厌其烦地喂她。她想要出去时，她们就背着她，搀扶着她，还拿湿毛巾给她洗脸擦身，用香油做按摩，帮她换衣服，并在她们的权限范围之内尽可能地哄她高兴，逗她开心。这样大概过了一个半月，尽管违背她本人意愿，可毕竟生命战胜了死亡。她开始能够自己活动，自己进食，甚至可以稍微做点事情。

然而，胡丽叶特很快就明白，没了阿齐兹，单靠自己那点跟丈夫密不可分的家业是活不下去的。于是，她把房子、花园以及与之相关的一切事宜都托付给老管家来打理，自己离家出走，去寻找一个能养活自己的地方。就这样，大约四个月之前，她来到了伊斯法罕，便在此落脚暂栖。

头顶着巾帼英雄和沙场斗士的光环，年轻貌美的富家寡妇顿时吸引了众人的关注，成了这座逍遥之都大量游手好闲和猎奇逐新者津津乐道的话题。城里的绅士君子们，不管年老年少，人人趋之若鹜，阿谀奉承和礼品馈赠，同情怜悯与求婚情书，铺天盖地飞向女中豪杰。而胡丽叶特就像什么都没看见，或至少是什么都没看懂一样，无动于衷。后来这样不行了，因为那些单相思和受伤害的男人们公开了他们求婚的情书，要他们心仪的女人给个明确的答复。于是她就推说，自己和丈夫相濡以沫，情深似海，所以还没从其阵亡的阴影里走出来，但她已经准备听天由命，随俗遵法地正式再婚。不过她要嫁的人必须和她比试射箭，并至少在固定目标这一项上能够赢她。结果事实表明，这一条件无异于当众宣布自己永不再嫁。因为看来要想赢她根本没有可能。她的追求者中，不乏具有丰富经验的军人和备受欢迎的射手，可里面哪怕仅仅是接近她成绩的人也一个都找不到。美女射术无出其右，打仗英勇无畏，这消息想必传到了苏丹的耳朵里，引起了他对这女人的兴趣。他谈起她的次数越来越多，有事没事地老把话题往她身上引，对她的情况也问得越来越详细，还专门派人去跟她套近乎，好回来向他汇报。那些拍马屁的告诉他，说这人的形象简直就是跟他正好对应的一个女版王者。一听这话，苏丹装出一副害怕的样子，发誓说连见都不想见她了，并声称这么丑的女人绝不会有谁愿意迎娶。马屁精们赶紧纠正自己的措辞，说这女子还是有很多方面跟他很像。但就相貌而论，谢天谢地，的确是他不折不扣的反面。所有人都大笑不已。苏丹又听了有关她的一些逸闻趣事，对这女子的好奇心越来越大，已几次说过得去拜访她，跟她比试射箭，也可以赛赛一切其他方面的技能，这可弄得图尔坎·哈通王妃醋意大发。

胡丽叶特喜欢热闹，所以总爱邀请别人来做客，家里总是高朋满座，智者荟萃。她忙着端茶倒水，款待来客，然后像自己五岁那年看阿齐兹接待朋友那样，在一旁倾听人家的高谈阔论，这期间她同阿布·赛义德混得很熟，两人相处得亲如兄妹。一天晚上，海亚姆也成了这位传奇女子的座上宾。同来的还有他的同行兼朋友撒马尔罕人穆萨菲尔、老朋友阿布·赛义德和一个年轻的语法学家。此人来自旁遮普地区一个叫艾尔-卡赫里的地方，在那儿认识了哈桑，并很有把握地说，哈桑在那儿前景可观，现在已经深得法蒂玛宗哈里发的赏识，可谓春风得意，甚至不用邀请便可进入王宫。除了他们之外，还有个四十来岁气度不凡的男子在场。此人自我介绍叫本·塔希尔，长得气宇轩昂，一眼看上去即便称不上是富翁，也像是个有钱的主儿。他才从麦加朝圣回来，人还沉浸在兴奋之中，老是提起此行的所见所闻。看那架势，他是真对胡丽叶特有了意思，所以还带了一帮头脑灵光兼有品味的说客来，毫不掩饰地为他唱赞歌，夸他处事沉着冷静，生活上堪称表率，既能挣钱又愿花钱，有头有脸，有勇有谋，敢想敢说，可谓人中翘楚，当世豪杰。

　　一番涂脂抹粉和歌功颂德，让才经朝觐洗礼甫出浴的塔希尔光彩照人，却将朋友们之间原本轻松的交谈气氛破坏殆尽，弄得大家不想知道也得知道，他本·塔希尔无论何时何地，只要有机会遇见这位传奇美女，都会艳羡不已，欣喜至极，但又能时常保持清醒，自持理智，不失礼节。正因为如此，他成了一个有经验的熟男，懂得欣赏女人，能够为她们慷慨付出，但同时又可以说从不会为贪恋女色而走火入魔。他绝非好色之徒，没有为了哪个女人干过蠢事、坏事，不管她有多么妩媚迷人。没谁怀疑他是个虔诚的人，可所有的人都知道，肯定没有哪块清真寺的地毯是他踩旧的。人们同样清楚，本·塔希尔是个严肃的人，很多事情都可以跟他恳谈交心，但他同样又会消遣娱乐，笑口常开。他品酒却不喝醉，出游但不远行，永远牢记自己的家在哪儿，如何返回。如有必要，他可以跟孩子们一块玩耍，但不失尊严，永远保持不温不火的庄重。他是一个当下为数不多的可靠、忠实的朋友，但即便是挚友他也不会受其愚弄哄骗，被其当作傻瓜。他出手大方阔绰，但节制有度的勤俭习惯又将他的挥霍浪费与慷慨大方严控于理性之中。

"我会在他葬礼上致悼词的。"阿布·赛义德的声音不高不低，说这话时本·塔希尔正假惺惺地制止那帮吹捧者的颂歌大合唱，劝阻貌似没能生效，便故作一副无可奈何的模样。说客们惊得面面相觑，不过很快就通过眼神达成了默契，该由谁来出面回应。赛义德接着说："缘分哪，我命中注定要在他的葬礼上致辞的，命运总是给我分配这类角色。大家都千方百计地溜走了，把这种人扔给我来负责。他们大概以为，我赛铎王子就连对这样的幸运儿也会说点既不撒谎也不胡扯的好话吧。"

"没准他会在你的葬礼上致悼词呢。你怎么就这么有把握，他会走在你前头？"一个吹牛拍马的从惊讶中恢复了镇静。

"这还用说吗?! 如此尽善尽美的完人不是为这个世界造就的，人活到完美无瑕也就黄泉路近了。"

"那么你准备在我的葬礼上讲些什么呢？"本·塔希尔强颜调侃，脸上被迫挤出一丝曲扭的微笑。

"我不知道。所以才说自己也要准备呀，得找点话来说。可找什么话呢，兄弟？"阿布·赛义德一副有苦难言的样子，"该说点什么呢？'逝者按规矩、理智地死去，而人们并不知道，他是否在世上活过。'这就是我首先所能说的全部。但不知怎么的，我总觉得对可怜的死者来说，这有点太少了。"

显然是觉得受到了侮辱，本·塔希尔站起身来，准备告辞了。很可能他意识到，这种有冷嘲热讽、诽谤污蔑者藏身其中的圈子，不是自己该来的地方。但尽管受到了伤害，他还是保持着荣辱不惊的优雅，不失身份的尊严，即便在向女主人和其他客人告别时，还让他的说客们都留下来，不要在意他的离去和别人对他的无礼。在坐的人都没料到，他三言两语之后便那么冷静地匆匆离去，不过一切做得彬彬有礼，可谓恰到好处。

"关于我吗，有人能够说得更多，也说得更好。"走到门口时，本·塔希尔转身扔回来一句话。

"那就请他们在你的葬礼上致悼词吧。"阿布·赛义德反唇相讥。

"我向你保证，有这样的人，而且还为数不少。"

"你别见怪，亲爱的兄弟。我不过是拾起你朋友的话头说说而已。"阿布·赛义德想打圆场，试图消除误解。可是本·塔希尔说完最后一句话就走了出去，门被他"哐"的一声狠狠地带上。赛义德的话有多少传进了他的耳朵，就不得而知了。

"你什么意思，自己无耻放肆，还想嫁祸给我们吗？"本·塔希尔的一个朋友责问道。

"如果这能算是无耻放肆的话。"阿布·赛义德也不示弱。

"不是无耻放肆，那请你说说是什么？"

"是教训、启蒙这类逆耳忠言。"阿布·赛义德拉开了说教的架势，"你们不是赞扬他有理智吗，说了一遍又一遍，而且只提他的理智，好像他除此之外就别无他物。可是生命，兄弟们，生命是一种非理智的现象。它诞生于兴奋和抽搐之中。当人类或者真主的其他牲畜走出自己，不再拘谨，生命就呈现并形成，而这一过程贯穿着兴奋、痛苦、欢乐或者别的什么情感。一个有理智的人，哪怕他稍微有一丁点儿知书达理的常识，谁会让孩子降临到这个世界上？所以我刚刚才问，他是否真的来到过这个世界。如果他真像你们所称赞的那样理性丰富又有头脑的话，那么他心目中就没有生命的一席之地。"

"你这套东西是讲给德尔维什寺院里的苏菲派苦行僧和傻瓜们听的，收起你的说教吧，打住！"本·塔希尔的朋友打断了他的话，"我们现在还是谈点别的什么吧。"

"我们在谈的是永恒不变的东西，亲爱的，我们在谈理性与生命啊。"阿布·赛义德提醒这老兄，"我来解释一下，为什么我认为理性无限占据主导地位之处，就没有生命的一席之地了。你们刚才所言正是这样，把那位朋友描述成一个完全被理性捆绑束缚的可怜鬼。他喜欢女人，但保持理性；他爱喝酒，但保持理性；他消遣娱乐，但保持理性。这就意味着，他根本没有得到他所作所为中的任何乐趣，我亲爱的伙计们！他既没享受到爱，也无畅饮之爽，更谈不上玩得尽兴，等于什么都没做。知道吗，倘若生命产生于理性的话，将会是何景象？那我的朋友奥马尔的脑袋里就会蹦出成群结队的小孩来，如同水淹地窖时一窝蜂跑出来的老鼠一样，是啊，他就有这么多理性和智力。可是什么也没蹦出来，他脑袋里除了理性与知识还是理性与知识，别无他物。我认识他好多年了，他那儿没生出来过任何东西。如果一棵苹果树也向理性看齐的话，那它有何理由要年年结果？为了维护它在其他苹果树中间的威望，聪明地把自己嫁出去？拜托了，各位！"

"你脑袋里可是什么都蹦得出来呀。"艾尔-卡赫里那个搞语法的不禁脱口而出。

"千万别这么说，伙计。这一切可不是我凭空想出来的。你自己也都看到了，事情就是这样。理性是为分门别类服务的，这是它的任务，也是它的主要营生。一切生存之物，都湮没于一条绝无仅有的生命之河，或者消失在河水的某个部分里、某股激流中，归属为植物、兽类、禽类、人类和水生物。我不知道天使和精灵是否也在其中。我认为不在，所以没有列举它们。我们大家都在这条河里，但是我们全都被赋予了将我们分开的理性。植物以其理性昭示，它们既非兽类也非人类。而我们则以自己的理性得知，我们是人类。苹果树用它的理性明白了，自己不能结榅桲果。我则以我的理性懂得，自己不是奥马尔·海亚姆。"

谈话被一位不速之客打断。一切迹象表明，除了胡丽叶特，谁也没有预料到他会来访，来者不是别人，正是宫廷太师塔吉·艾尔-穆尔克。他的到来首先让人吃惊的是其来访这件事本身；其次，也许更加令人惊奇的是，他在这么晚的时间登门拜访，而这种时候孤家寡人只适合到熟得不能再熟的人家去串门。他进来时，大家都一言不发地看着他，好似期待他给个解释。唯独女主人非但不觉得意外，反而格外高兴。一瞥见新来的客人，她顿时满脸堆笑，整个身体都跟着动起来，就像是要起身相迎似的。不过这一举动还未等她真的站起来，就打住了，胡丽叶特瞬间恢复了先前的姿态，可即便

416

她现在又处在平静的状态，身体里那种蠢蠢欲动的激情依然显而易见。塔吉·艾尔-穆尔克分别向每个在座的客人躬身致意，然后不等人请，便径直走到屋子顶头的上座坐下。见此情景，对其至少耳有所闻的在场者无不感到诧异，因为都说此君素以过分客气而闻名，今得亲眼一见，方知耳听为虚。不过很快就真相大白，不一会儿，侍女便给这位贵客端来了此前没给任何人上过的新茶、干果和糕饼，而且不用女主人事先吩咐叮嘱或者问问客人想要点什么。不言而喻，这足以说明来者是这所房子的常客。

如同社交聚会上一帮互不相识的人客客气气地凑在一起时，必然会产生一种别扭的感觉那样，屋子里出现了令人尴尬难堪的气氛。本·塔希尔带来捧场的朋友得留下来，因为现在就走有点太早，刚来的贵客没准会起疑心，觉得他们是有意回避自己。艾尔-卡赫里的语法学家也没挪窝，大概是没有走的理由，也不知道该上哪儿去。海亚姆坐着没动，为的是要近距离地观察一下这个严重威胁到他朋友尼扎姆·穆尔克地位的神秘人物，有关此人的传说他已经形形色色地听得够多了。在宫廷里他从未正儿八经地看过他，因为两人公务上没有交集，而在宫外又几乎不会撞见，所以他不想错过这一期而遇的机会。阿布·赛义德没走的理由只有他自己清楚，而塔吉·艾尔-穆尔克待在这儿原因大家都心知肚明。于是，一大屋子完全或者差不多互不相识的人围坐在一起，本该海阔天空地神聊一番，却大眼瞪小眼地不知从何谈起。饶舌者或没礼貌的人大多没这个问题，反正他们是为了说话而说话。可懂礼貌的人说话都要考虑到对方也感兴趣，所以在此情况下就会装哑巴，因为他们不了解其他人对什么感兴趣。唯有女主人坐在那儿泰然自若，和颜悦色，用她那特有的目光，低下头，睁大眼睛，慢慢把目光抬向她想看的那张脸上，就这样从下往上地轮流打量在座的每位客人。难道她就一点没有感觉到客人中间弥漫开来的那股子别扭劲儿吗？

幸好，本·塔希尔的人很快就找到了感觉，开始诅咒刮个不停或者起码是势头不减的大风。这一话题也引得其他人纷纷加入，于是在塔吉·艾尔-穆尔克来到后不久，交谈聊天又开始恢复了常态，但其内容与谈话者本人的痛痒无关，也非他们真正的兴趣所在，不过是单词和句子从一个人嘴里传到另一个人嘴里而已。唯独海亚姆默不作声，认真地观察塔吉·艾尔-穆尔克的言谈举止，不放过他脸上哪怕是最细微的颤动，或者声音里任何一个变化。

塔吉·艾尔-穆尔克是个身材很高、有发福趋势的大块头，不过相貌还一直保养得相当滋润。唯一不同寻常的、或者甚至可以说是令人不舒服的就是那两片肥大湿润的嘴唇，又大又厚，实在是太夸张了点，就是生在女人的脸上也不会产生任何性感的吸引力。除此之外，他脸上以及整个身体的其他部件，从那对始终安详、直率、认真地盯着对方的眼睛，那头浓密、精心梳理的头发，那身华丽名贵的服装，到那指头异常修长的漂亮双手，可谓仪表堂堂，衣冠楚楚，魅力十足。这一切无不显露出王侯阶层四体不勤和骄奢淫逸的做派，也是达官贵人取悦大家和塑造形象所必做的功课。

正因为如此，海亚姆就更不理解塔吉·艾尔-穆尔克那一脸琢磨不透的悲情从何而来。那样子，就好像他长久以来，甚至有可能在尚未出世之前，就丢失了什么无可挽回的东西，而现在依然对其恋恋不舍，难以忘怀。或者就是他觉得，活在世上对他来说是一种痛苦。这种表情也可在他眼里看到。那双常常大睁的眼睛总是警惕地冲着面前的人，里面老是汪着两三滴逃不过别人眼睛的泪水，天晓得是什么时候从内心深处涌上来又被蕴含在那儿的，均匀地布满眼眶，让他的美目染上一层无法抑制的湿润的忧郁。或许这眼睛里和嘴唇上饱含的盈盈水分，与其修长、俊美、略微有点过于圆润的躯体配在一起，真称得上是谦谦君子，温润如玉，使得大家都觉得塔吉·艾尔-穆尔克这人有些女气。

关键是他一言不发，只是倾听别人讲话，用眼睛、表情或者几乎难以察觉到的头部动作来对所听见的话语做出反应。他喜欢用点头表示同意和支持别人的意见，自己却连嘴巴都很少张开，更别提说点什么出来了。即便说了，也都是人人爱听的好话，不会让任何人有什么压力，诸如"是啊，是啊"或者"是这样啊，原来如此"等等。这一点，那些有机会认识此君并与其接触较多的人早就告诉过海亚姆："他不爱说话，少言寡语并且乐于侧耳倾听，或者作出倾听的样子。起初别人还挺高兴的，毕竟觉得自己有机会畅所欲言，可以将所思所想和不讲就憋得发慌的一切娓娓道来，一吐为快。可是随着时间的推移，人们慢慢地感觉到这有些不舒服，再往后简直有点瘆得慌了，直到最后仿佛在其沉默无语之中一点点陷进了流沙，如遭灭顶之灾。不过他沉默还好，倘若他开口说话，那可更加糟糕。因为他说出来的仅仅是你听见的一个语音，一种无言之声。他发出几个音节，可这语音别人听起来毫无意思，但又不得不把它当做什么人或者不知从什么地方传出的声音来接受，所以弄得简直不像是在听人讲话。"

海亚姆花了不短的工夫近距离观察塔吉·艾尔-穆尔克，还不到半个钟头，就有两个问题涌上他的心间，呼之欲出。第一个是当他在脑子里重温有关此君沉默寡言之说时产生的，其疑问在于，既然塔吉·艾尔-穆尔克不爱说话，怎么会有这么多人那样讨厌他呢？可能有十来个人给海亚姆讲过他的事，但肯定其中有一大半人都觉得跟这人打交道是种特别让人腻味的经历。这第二个困扰他的问题，帝国宰相尼札姆·穆尔克很久以前就提出过。当时大臣非常纳闷，像这样一个外表斯文儒雅的美男子，竟然会是个让活人看不透摸不清，到头来没准连他自己都要整的阴谋家。

时间到了可以礼貌告辞的时候，客人们纷纷起立告别，准备回家。所以海亚姆和阿布·赛义德也向女主人道别后离去。

"你都看见了吧？"到了街上后阿布·赛义德问，"这俩人好上了，像对小鸽子似的。"

"这事你是应该能预感到的呀，你不常在这儿出出进进的吗？"

"是啊，你瞧，就连我都没有看出来。可能是这女人还有点害羞吧，在伊斯法罕这大地方还摸不清方向，不是吗？她还真有两下子，把我都蒙在鼓里。"

"我发现你好像很吃惊。"海亚姆说。

"吃惊倒不一定，只是有些奇怪，不明白她干吗要瞒着我。我知道，他来过这儿两三次，这足以让他达到目的了。这种人总能在女人那儿如愿以偿。而女人嘛，你知道的，她们总觉得自己身负重任，要把世界从悲伤中拯救出来。所以每个一脸忧伤、满面悲情的家伙，都能让绝色佳人和旷世才女大动恻隐之心，爱怜萌生。关键问题就在于，她们的周围不能有个嘴脸更加忧郁悲伤的家伙存在。"

"不得不说，他的确很有魅力。"海亚姆表示同意。

"不是有没有魅力的问题，在这方面忧郁的面容起了关键的作用。"阿布·赛义德十分肯定，沉默了好一会后他十分纳闷地说，"他这么做到底想干吗呢？我真的看不透。"

问题的答案将近一个月后浮出了水面。那天一大早一个后生急匆匆跑来找阿布·赛义德，请他马上跟自己一起到胡丽叶特那儿去，说她好像有点不对劲。他来到胡丽叶特家，见没人出来招呼，便走进了她的卧房，发现她已经死在床上。阿布·赛义德赶紧派人去请海亚姆，人一到便领他进了卧房。胡丽叶特躺在那儿，仍然保持着早上赛义德见到的姿势，肤色惨白，枕头上残留着呕吐物的痕迹。

"她是中毒了。"海亚姆闻了闻现场呕吐的残留物后大惊失色。

"我也这么想，所以才叫你来证实一下我的判断。好端端一个健美的妇人，昨日如花似玉，今天香消玉殒！"

他们还没来得及想想该怎么办，王室的人就带着女祭司和大伊玛目赶来了，他们着手料理后事，准备丧葬。两人马上明白，他们继续待在这儿是多余的，便离开案发现场，朝大街走去。

"还记不记得，不久前我不是对你说过吗，问题就出在这忧郁悲情上？"等站到街上后，阿布·赛义德说，"我曾经问过胡丽叶特，她说，塔吉·艾尔-穆尔克让她想起了阿齐兹，是他那忧郁悲情的面容打动了这位烈女的心，使她敞开胸怀，接纳了他。她说，阿齐兹脸上也能看到这样的忧郁和悲伤。那是一种经久不消、摄人魂魄的凄美啊。"

触目惊心

"他们从难以想象的草原纵深杀将过来，也许可以算是人类吧，光头无发，顶长犄角，大举进犯，铁骑长驱直入，地面上凡直立之物，人类、树木、围墙、塔楼，无不惨遭屠戮、破坏、摧毁、践踏。大军过处，一切皆被夷为平地，化作灰烬。将所有建筑变成尘土齑粉，使人畜沦为刀下之鬼，目之所及，尸横遍野，废墟满地，一片人间地狱的惨状。大地在铁骑的践踏下颤抖，疆土在刀光剑影中呻吟，苍天在哭泣。沙场上人喧马嘶，杀声震天，金雕不堪其扰从空中坠地而亡，牲畜备受惊吓呆若泥塑木雕，站在那儿等候命运的宰割。宏伟的城邑，顷刻之间无影无踪，沦为泥尘；富庶的村庄，奇珍异宝，瞬时变成触目惊心的物证和骇人听闻的警示。

"如同发疯了的海洋，波翻浪卷，惊涛拍岸，直到将一切摧毁；又似时间与命运，为一切备好了末日丧钟，草原的武士们一波接一波地向世界发起进攻，所到之处，暴殄天物，寸草不留。雄兵猛将勇往直前，风雨无阻，山水难挡，高墙不敌。唯有真主之意念和我们英雄的军队能将其堵截。他们就像一道精灵们自己修筑的长城，又似一座无法逾越没有尽头的高山，我们的军队在敌人面前摆开阵势，同他们战斗。两兵相交，恰似两片大海互相拍击，又如天与地彼此碰撞，就像混沌初开，新世界即将诞生。最终，我们神勇的士兵抵挡住了敌人，粉碎了他们的进攻。他们的速度派不上用场，他们的冲锋破不了我们的阵营。敌军受到阻击，停滞不前。我们的勇士挡住并击退了他们的进攻。倘若不是我军右翼发生临阵脱逃事件，我们的人完全可以对其进行反击，将其驱逐出境，并跟踪追击，直到最后彻底打败。在我军胜利在望，敌人穷途末路、丧钟敲响之时，右翼部队指挥官阿卜杜勒瓦哈卜·西西竟然率军转身逃窜。叛徒阿卜杜勒瓦哈卜·西西此举，挽救敌人于垂危之际，险些导致我部全军一败涂地，此罪堪比叛国，罪人之名将被永远钉在耻辱柱上，为人所不齿。"

"行了，够了。谢谢，奥马尔。"帝国宰相打断了来自上霍拉桑地区战报的诵读，转身问霍拉桑省的军事长官阿贾兹埃米尔，"一切真像报告中所说的那样吗？"

"是的，大人，千真万确。"埃米尔不假思索，"也可能这小子兴之所至，情不自禁地有所添油加醋或夸大其词，但大体情况完全属实。事情就是这样，而且肯定如此，这必须承认。"

"整整七个月？"

"为什么是七个月？"

"草原上来的侵略者不是在上霍拉桑烧杀抢掠地闹腾了七个月吗，还是我得到的情报有误？"

"他们跑了，我们打败了他们，并已将其驱逐出境。"

"经过了七个月的艰苦战斗，付出了惨痛的牺牲之后？"

"是进行了激烈的战斗，这没错。但现在一切都过去了。"

"可我得到的情报说，你的军队在一开始的几仗中就已溃不成军，人马现在所剩无几，对吗？"宰相穷追不舍。

"嗯，这个嘛，也不能说不是真的，大概一半属实吧。但我和身边的近卫部队是打赢了的，那都是我军的核心力量，属于精英……"

"你是指来自巴尔赫的部队，直接由你管辖指挥的？"

"是的。"

"你刚才说，他们打败了侵略者？"宰相想进一步核实。

"是的，侵略者已经逃得一干二净，踪影全无。"

"哼，是吗，你这个可怜的蠢货！据我所知，上霍拉桑那边现在除了来犯者的踪影之外，其他的一切倒是被毁坏得一干二净！"宰相气不打一处来。

"呃，就算是吧。我是想说，在那儿他们已经销声匿迹了。"阿贾兹埃米尔想抵赖。

"我每年给你发放两万五千金第纳尔，用于改善军备，供养部队。苏丹也输送了大量物资供你支配并委以全权。所有这一切都是为了能在霍拉桑拥有一支装备正规的军队，可以保卫那儿的国土和臣民。可我们得到了什么？一群不堪一击的乌合之众！面对几个小小的草原部落，仅初次交锋就土崩瓦解，作鸟兽散。还有这份荒唐可笑的玩意儿，你手下的人连份像样的战报怎么写都不懂，更别说去打仗。如果是面对正儿八经的大部族入侵作战，倒还情有可原，可这仅仅是几个毛贼草寇啊！"

"事情也不都是这样，"阿贾兹埃米尔还想狡辩，"我想，这也不一定是全部事实吧。"

"说得对，当然还不是全部。我们还得到了一位捞得盆满钵满却连东南西北都分不清的埃米尔长官！"首席大臣把左手小拇指伸出向下一戳，朝警察局长富兹依勒做了个旁人难以察觉的暗示，一眨眼的工夫，他那身材高大的助手梅尔赛德已将匕首插进了阿贾兹埃米尔的后胸。"位置精准地在第三和第四根肋骨之间"，海亚姆脑子里闪过这一念头，其中职业的特有钦佩与某种莫名的妒忌交织参半。梅尔赛德刚才站在他们背后，离他们就座的桌子有两三步远。前面是其上司富兹依勒，也就是说他坐在阿贾兹埃米尔左边两个座位开外之处。一看到头儿的暗示，他向前一蹿，三步并作两步就到了桌边，紧接着迅速朝右一闪，又两三步就站到了埃米尔的身后，随即迅雷不及掩耳地将匕首插入其胸腔，直接刺进心脏，丝毫没有碰断一根肋骨，也没划烂一点胸部的皮肤，可谓精准到位，以至埃米尔还未反应过来发生了什么事，就已一命呜呼。

　　"那么你怎么看呢，奥马尔？认为这战报写得好吗？你不觉得，如今这样写汇报，简直是厚颜无耻吗？"帝国宰相问，但海亚姆没出声，以摇头和摆手作答。眼前发生的一切让他脑子里一片迷惘，而更让他迷惘的是自己刚才产生的念头和所作出的反应。他不知所措，六神无主，心里一片空白。这时，仆役进来擦去了血迹，卫士则抬走了前埃米尔的尸体。

　　布兹甘是霍拉桑省北部的一座小城，坐落在紧靠兵燹肆虐的地区。此刻，宰相一行人坐在布兹甘官府的屋子里，跟市长莱斯·巴赫拉姆座谈。市长热情邀请帝国宰相及其贴身随从到他家里下榻，但被宰相婉言谢绝。此次巡视战乱频仍的边疆，他想微服私访，不愿搞得动静很大，以免被人认出或走漏风声。他打算在上霍拉桑的

425

边境地带尽量多了解一下近半年来这一屡遭战火涂炭的地区处境如何，然后再到四周走走，亲眼看看这里目前的真实状况，以便回伊斯法罕后仔细研究考虑，看采取什么对策为佳，好让灾区尽快恢复正常生活。

帝国宰相在这儿待了十二天，所见所闻都证明，上霍拉桑地区的不幸遭遇主要由于多种不利因素凑到一块才发展到如此令人恐怖的规模，可谓祸不单行。阿贾兹埃米尔是全省的军事统帅。这人很聪明也很实际，心里十分清楚，只要伽色尼人和花剌子模的沙赫对塞尔柱帝国示好，他的辖区就可以高枕无忧，没有真正的危险。而只要这两个国度实力还不够强大，就肯定会保持友好的姿态。所以他们既不会自己主动发起进攻，在有能力抗衡的情况下，也不会允许别人通过其国土去进犯塞尔柱王朝的疆域。即便冒出个凶悍的侵略者，逼迫他们让路借道，霍拉桑也有充足的时间做好保家卫国的准备。因此，他便将所得军费的大部分揣进了自己的腰包，中饱私囊。他觉得，军队的状况或许会因此受到损害，但不存在致命危险。最后，事实证明他是对的。从北方杀进霍拉桑的来犯者，并非装备精良的正规军，就连需要认真对待的部落都不是，而仅为比较大的强盗团伙，联合起来行凶作恶，进犯他国疆界。恰恰因为他们行动目标小，平日又不太惹眼，所以能够神不知鬼不觉地从花剌子模和伽色尼两国的领土之间溜了过去。于是，让百姓遭罪生灵涂炭的刀兵之灾便拉开了序幕：一群乌合之众向一支濒于涣散的军队发动了进攻。两股都不强大的敌对势力展开了一次又一次的拉锯战，你来我往地互相攻击厮杀，但是打来打去谁也无望最终占据上风，从而结束这场旷日持久的破坏、屠杀和焚烧。所以，对饱经战乱的灾民及其生活来说，这种局面是最为悲惨的，远比本应保卫他们的军队速战速败要痛苦得多，因为军队是靠老百姓养活的，无论是防卫还是进攻，他们花的都是百姓的血汗钱。这样一来，强盗和士兵轮番逼迫当地人民向他们提供帮助，抢走他们手里仅存的最后一点东西，如果他们胆敢为敌方做事，便会遭到杀戮和惩罚。但一般说来，究竟哪一方更暴力更凶残，就不得而知了。

启程之前，帝国宰相就派信使向该省的所有要员传达命令，让他们把有关当地战事经过以及目前状况的汇报寄送给他，并且整装待命，随时听候他的传唤，奉诏进京。尼札姆·穆尔克一行抵达布兹甘时，所有汇报都已备好，静候他的审阅，唯独缺了最重要的一份——埃米尔自己的那份。更糟糕的是，尽管宰相事先已差信使转告，说他等埃米尔前来汇报情况，可他本人竟然没有到场。

仆役们擦掉残留的血迹，移去前阿贾兹埃米尔的尸体，伊斯法罕的来客又可以安心办公和谈话了。这时，尼札姆·穆尔克递给富兹依勒一卷密封的文书和一枚印章。

"或许你明后天可以动身。"帝国宰相对他说，"我希望，这儿用不着你了。"

"能不能给我解释一下，你这是什么意思，我的主人……"富兹依勒有些尴尬。

"从现在起你就是霍拉桑的新任军事长官，得立刻赶到巴尔赫去走马上任，好好把那儿的军队整治一下，准备迎战。这卷轴里面是你的委任状。"宰相掂了掂手里的东西，"我此行前就推荐了你，可以告诉你，苏丹的军事顾问、那位议员，连想都没想就同意了，苏丹也没意见。我觉得，这可是件大事。"

"一件大事，当然是件大事，我的主人，"富兹依勒有苦难言，"但是我没把握能不能做得了啊。我已经很久没在军队干过了，而且现在年纪也大了。"

"我没有别的人选了。"宰相显得很无奈，"你不是最好的，但是唯一合适的。得有一个可靠、正派的人，去重建我们的军队。一个有作战经验和军事知识的人，一个会关爱和体谅士兵的人。如果除了你自己之外，你还能再给我推荐一个符合上述所有条件的人来，我很愿意重新考虑。"

"可我的家庭呢，主人，我已经不是无后顾之忧的年轻人了，而是有家有口的一家之主。"

"这你不用担心，他们留在伊斯法罕。万一你有什么事的话，国家会出钱照管他们的。"宰相安慰道，"但你什么事都不会出的。你只需要重组那儿的军队，让他们士气饱满、蓄势待发，再拉个人来接你的班，就可以返回伊斯法罕了，那儿也需要你。你可别以为，警察局不在你手里的话，我会高枕无忧。"

稍微过了一会，富兹依勒便抽身回房，写信和制订新职位的行动计划去了。宰相和海亚姆则走出屋子，想在就寝前活动活动腿脚。外面虽然寒冷，但十分舒服，这天气促进了血液流通循环，也刺激了运动神经的兴奋。然而，大自然的所有芬芳都已被寒气逼走，或者甚至可以说斩尽杀绝，所以两人的散步便少了一项重要的温馨享受。

"哈桑的话有道理，说得一点没错呀。"穆尔克宰相沉默良久后感慨万千，听得出来，他这句话是经过长时间的深思熟虑和激烈的思想斗争后得出的结论，"倘若我们早就建立了良好的情报系统，这一切都不会发生。如果有人及时向我们报告了这里的真实状况，那么阿贾兹最晚也在七年前就掉脑袋了，或者最起码会被撤职查办。当草寇们像现在这样对我们大举进犯之时，军队肯定应该处于兵强马壮的良好状态。凭他们的战斗力，那些乌合之众原本不会是他们的对手。"

"这跟哈桑有何关系？"海亚姆感到奇怪。

"直接的关系一点没有，不过……"宰相话到嘴边却欲言又止，"这话可不是谁都能听的，但对你可以讲。"

"这你可以放心。"海亚姆向恩师保证。

"哈桑失踪之前交给我一份计划，乍一看让人心惊肉跳。如何能让苏丹相信，我们的确需要建立情报系统呢？只能制造某种状况，让他置身其中时会因为缺乏这样的系统而深感遗憾。'他不是说过，觉得伊斯玛仪派比不信真主的人更加可恶吗？这样他不就预先为我们的行动提供了辩解的理由吗？'哈桑对我说，'我们可以为此专门召集一帮伊斯玛仪分子，然后开始用言行来挖苏丹帝国的墙脚，搞破坏。至于言论嘛，我们可以鼓吹伊斯玛仪分子们所梦想的一种隐形的国家；而行动呢，我们可以干掉一些人，占据帝国这里或那里的部分领土，直到他停止用武力驱赶我们为止，并且在一些人当中散布恐怖气氛，争取另一些人为我所用。'当时哈桑就这么对我说的。一开始，我以为他在开玩笑，不过是说说气话而已，因为苏丹对伊斯玛仪派的言论伤了他的自尊。然而他马上就让我相信了，他这么说是当真的，绝非只是气话。'你该不会让我搞一场反对自己国家的运动吧？！'我当时问他。'为什么不可以呢？'他反问我，'为了给你的国家施压，好让这种威胁将它引向你所希望的发展方向，这场运动闹得再大也嫌不够。国家也是具躯体，难道为了治病救人，偶尔给身体放放血不值得吗？大夫们不是随时随地都在自己的病人身上这么干吗？砍掉一个人的手，放掉一点血，不比保全一只完手而甘冒坏血涌入大脑的风险更好吗？'这就是我们谈话的简单总结。而现在看来，他说得确实有道理。如果我们及时地今天在这儿干掉十个，明天在那儿解决二十个，摧毁一两个要塞，再制造些恐怖气氛，那么我们早就拥有了自己的情报系统，而且也借助其情报阻止了比我们现在所遭遇的更大的灾难。高明的棋手偶尔也会牺牲一枚重要的棋子，来赢得全局。"

海亚姆对刚才听到的内幕无话可说，便加快了步伐。天寒地冻时这么做，倒也合情合理，走得快点儿，身子暖和，人也舒服些，这么一来呼吸也急促了，气喘吁吁也自然为他的默不作声打了掩护。

"你知道吗，哈桑眼下在开罗法蒂玛宗哈里发手下做事？"海亚姆停了一下后问，"据说在那边很受器重。"

"是吗？这我可不知道。"宰相故作惊讶，但他的声音和表情明显透露出，其实他早已心知肚明，"我们再去做点什么吧，然后就睡觉。"

帝国宰相此次巡视遭受战乱蹂躏的地区，一开始就不愿大肆声张，搞得满城风雨，人人皆知。他只想不受干扰地观察，暗访调查一下各方面的情况，亲自从受害者口中了解事情的真相。所以他决定只带海亚姆随行，当地陪同的官员也就是霍拉桑的民事主管、埃米尔易卜拉欣一人。不过出于旅途安全的考虑，也为了行程能够走得顺当一点儿，富兹依勒还是派了一支卫队保驾护航，并把人马分成了三拨。宰相的前后各有一拨，两队人与大臣所保持的距离标准是：要远得足以让人第一眼看不出是其随从，同时又须近得如遇突发事件可以即刻提供有效的保护。第三拨人数最少，作为先遣队，他们得先行一大截路，提前在宰相一行将要经过的区域仔细侦察搜索，摸清情况，确保没有潜在的危险。在这样的安排布置下，宫廷随行的仆役们就被分散安插在第一和第二队人马里，如同随军的后勤辎重人员。

他们从布兹甘启程时已经相当晚了，不过这一天整日都昏天黑地的，恐怕不能说有过真正的白昼。虽然出发时天色已不再像破晓前那么朦胧阴暗，光线也稍微亮了一些，但随后的一整天都跟暮霭黄昏降临了似的，一片灰蒙蒙白惨惨的迷茫。风直接扑打在脸上，弄得人人泪水汪汪，眼前只能看见东西的模糊轮廓。大家都没了半点聊天的心，只在死一般的寂静中默默骑行，而均匀的马蹄声更衬托出这种静默的深沉。四周也同样静如坟场，穿行其间犹如经过一个没有动静、没有生命的死亡世界。不一会儿，这寂静便像一袭沉重的黑袍，披盖在众人身上，既舒服又难受，既轻松也压抑。因为它虽然帮大家摆脱了无话可说时还得交谈的尴尬，使人人都可以心安理得地闭上嘴巴赶路，但同时也扼杀了这帮特殊旅行者思维、感觉、观察以及浏览沿途景色的一切欲望和能力。

然而，旅途中他们却不得不与一群不知从什么地方冒出来的野狗为伴。这群狗的数量异常多，个个膘肥体壮，一看便知吃得不错，自傍晚时分冒出来后，便一路紧跟着队伍，在其前后左右奔跑，不离不弃，不吼不叫。骑在马上的人甩着响鞭，甚至直接抽打在狗身上，或者用马去冲撞它们，以及采取一切通常能使狗儿望风而逃的手段，也只能暂时吓跑它们。可还没走到三十步，它们便又杀个回马枪，重新聚集在队伍的周围。而且最可怕的是，这些狗也一声不吭，哪怕是鞭子落到身上也只是哀嚎一声，落荒而去，但无论被打的狗还是其同伴都绝不嗥吠。而且即便这只挨鞭子的狗哼唧一声掉头默默跑开了，也会待在不远处静观动向，以便伺机默不作声地重新跟上来。

"这些狗都是从没有埋葬的死人那边跑来的，"易卜拉欣埃米尔说，"右边本来有几个很美的大村子，现在都消失得无影无踪了，连个埋尸体的都找不到。你瞧，这些狗已经不习惯和人相处了，要么是生下来就没见过人，要么就是见过后已经忘了。肯定原来都是村里人的狗，只有它们侥幸活了下来。没有人摸过它们，现在它们只为自己活着，既不爱人类也不恨人类，不怕人类也不喜欢人类，只是对人类感到好奇。"

"可它们为什么这样安静？"海亚姆百思不得其解，"狗一般都是很吵的，当然这是其最坏的恶习，但这些狗似乎连叫都不会。"

"我也无法回答这个问题。"易卜拉欣张开两手承认，"也许它们也习惯并适应了这种寂静的环境，没有人烟，没有牲畜，没有野兽，甚至就连个声响都听不见。整个世界都鸦雀无声，所以狗儿们也都学会沉默不吠了。"易卜拉欣自言自语，随即陷入了无语的沉思，可过了一会儿又总结道，"人类任何事情都能够适应，真的什么都能适应，这就是人类。"

"可这是狗啊，愿真主帮帮你！"帝国宰相提醒他。

"哦，对不起，"易卜拉欣如梦初醒，"对啊，是狗。没准它们也有适应能力，跟人在一起时间待长了，也继承了人的本性。"

下午，一行人马来到镇子上，准确地说是这座小镇历经劫难后幸存下来的部分。大家准备吃点东西，歇歇脚，也看看有无在这儿过夜的可能。在紧靠镇中心的地方，他们找到了一家保存完好看上去还能落脚的客栈，于是决定在这儿留宿。易卜拉欣埃米尔去会朋友了，帝国宰相和海亚姆回各自的房间休息一会儿。不久，仆人们便进来做饭，午餐和晚餐也就并在一起凑合吃了。饭后仆人很快收拾了餐具，客栈底楼的大厅里立刻显得空空荡荡。他们是今天唯一的房客，屋子里只剩下宰相和他的陪同海亚姆，两人继续默默无语地坐着。今天早上像件长袍一样从天而降的静默，依然覆盖在他们身上，剥夺了他们任何一点交谈的兴趣，更不用说去表达什么愿望了。两人慢慢地喝着酸奶，无滋无味，动作机械，神情漠然，根本没有意识到自己在干什么，继续深陷在无边无际的沉寂无言之中。夜色渐浓，不知什么时候跑来了个男人，大概是客栈的老板吧，他从后面靠近帝国宰相，弯下腰神秘地在其右耳边嘀咕了几句，问他要不要来点"猛料"。

"你是说酒吗？"宰相问。

"是酒，不过别的也应有尽有。"老板悄悄地耳语，暧昧地闭上眼睛，深鞠了一躬。

客人没有反应，男子和他的服务项目便都被晾在一边，于是他又俯下身来，这回是面对两位客人，小声耳语道：

"我这儿还有姑娘，牛奶般的白嫩，十个迪拉姆银币就够了。"

见客人依旧沉默不语，男子无论如何都想得到一个明确的答复，便再次向他们躬身行礼，求个回话，连嘴里潮乎乎的热气都直喷到两人的脸上了。

"啊，我明白了。"他似乎恍然大悟，脸上掠过一丝微笑，又闭上了眼睛，"真正的男子汉一定需要些特殊的服务。我这儿也有娈童，新月般的鲜纯，只要八个迪拉姆。"

"你给我滚蛋！"帝国宰相大声呵斥，看都不看他一眼。

那人连滚带爬地跑了，他们俩继续默默地坐着。

"不该把他抓起来吗？"海亚姆问。

"抓起来又能怎样？"

"为了孩子呀。"

"那些孩子要么是孤儿，要么就是被父母送到他那儿去的。你不是听易卜拉欣说了吗，附近所有村子的难民都逃到这小镇残存的城区里来了，村里一切幸存之物都涌了进来。他们靠什么生存？他们要活下去呀，得维持到下个收获季节的到来，或者新的一批牲畜能出栏上市销售。可什么时候才能等到那一天呢？要他们如何熬过这段日子呢？"宰相问他们自己，问不在场的第三者，也问苍天。

"我去睡觉了。"海亚姆撒了个谎，想开溜了。

其实他心里很清楚，自己是睡不着的，但他需要单独待会儿。他没有责成自己务必履行的义务，也没有过分强烈的情感让良心备受谴责，只是无法再承受生活的重负，也不想再与人交谈。想必他迫切地盼望，无言的沉默将他紧紧地包裹，让他免受情与理的影响和干扰，逃避这残忍的现实。所以他要躲到床榻上去，努力执着地去想象那繁星璀璨的夜空。那里广袤无垠，一切都无限缓慢、按部就班地匀速运动，没有突发事件，不存在阴谋诡计，远离尔虞我诈。浩瀚的夜空不会撒谎，不会欺骗，绝对值得一切认识这万里星空的人所给予它的信任。可是在这个夜晚，海亚姆连这点也没能做到。于是他扪心自问，含有三个以上未知数的方程式是否还依旧能够在他所认知的代数范畴之内得以解开。然而，即便在这一思考中，宰相所说的话也不断萦绕在耳畔，这几日亲眼所见的情景也总是历历在目，素不相识的客栈老板的面孔和他湿乎乎的气息犹如近在咫尺，那个和这里八杆子打不着的奇葩英雄雷克·萨勒姆的身影也出于某种原因跳了出来。不知什么时候，海亚姆昏昏沉沉地坠入了一场很恶心却无画面的噩梦，梦魇一整夜都压抑着他，折磨着他。

次日，天还是冷飕飕的，可是光线亮了不少。太阳顽固地守在地平线上，拒不上升到空中，去天幕上游荡，而是紧贴在天与地的结合处，沿着天边滚过去，洒下柔和的黄色光芒。这景象本应让人产生错觉，使人感到迷惘，因为以往只会在冬季白昼最短的那十天里才有这种现象。可眼下还是秋季，而且还是那种白昼相当长、年景很不错的熟秋。但如果他们真的觉察到了太阳的这种奇观，那看来他们并没有产生错觉和迷惘。

他们骑得相当快，想趁着白天光线好，尽量当天赶到霍拉桑地区东北部的萨拉赫斯，即便是在昼长夜短的夏日这也是相当长的一大段路。

中午刚过，他们看见了黑压压一大片似云似雾的东西，走近一瞧才知道是一群群密密麻麻的深褐色大蝴蝶，外形粗野丑陋得让人不想再看第二眼。紧接着映入眼帘的就是已经腐烂的尸体。他们大有额手称庆之感，因为天寒地冻对尸体起到了冷藏作用，虽然横七竖八地挡了道，但若是在大热天的话，这么多死人的尸臭还不知道会飘出去多远，那气味别提会有多难闻多恶心。继续前行一截路，但见这蝴蝶云里开始混入苍蝇，于是又形成了密集的大型甚至巨型苍蝇群的云雾，四下响起一片震耳欲聋的"嗡嗡"声。这是他们从布兹甘出发后，除了自己本身产生的声音之外，听到的第一种外界传来的声音吗？

大路两旁有夹道而生的小树林绵延伸展，树枝上挂着撕裂的人体碎块。宰相一行人驻足停步，翻身下马，想弄明白是怎么回事，搞清楚人体的断臂残肢为何会跑到树上去。再就是，这地方怎么会没有兀鹫、老雕之类的猛禽出没？！这些大鸟都到哪儿去了？

他们刚一下马，蝴蝶和苍蝇便铺天盖地扑了过来，让人猝不及防，束手无策。从眼前的景象来看，不难想象这里曾经发生了什么。显然是有人把几棵树的树梢掰弯之后用绳索绑到了一起，好让它们绷在一块儿，或者起码尽量靠近并列而立，然后再将受害者的身体弄到树冠上去，手脚分别捆在不同的树梢上。接下来只需把绳子割断，树梢必定会猛一下弹直，同时让人体四分五裂，原理与五马分尸的车裂之刑如出一辙。可是不清楚的是，究竟是何人能下此狠手，原因又何在。谁会愿意费这么大的劲，仅让素不相识的牺牲品就受这么一眨眼工夫的罪？易卜拉欣埃米尔对他们指了指一座村庄的废墟，这个曾经人丁兴旺的富庶之地，在强盗与官兵的恶战中被彻底摧毁，夷为平地。可他不知道，何人为之，原由何在。因此，他也搞不清楚是谁把人绑在树梢上的，也不知道现在仍挂在树上的这些冤魂是村民还是别的什么人。

一行人重新上马，继续前进，希望以此摆脱那些蝴蝶和苍蝇的围攻。废墟周围散布的残垣断壁脚下，胡同小巷的路当中，残存的零星果树下，目之所及，到处尸体横陈。这次可以肯定，死者皆为以前的村民。可所有的尸体全都残缺不全，不是没有脑袋就是少了胳膊，要么被切成几节，要么被砍成碎块。胡乱地散落在各处。显然，碎尸的行径发生在受害者已经死亡之后，因为看得出来，肢解尸体时，各个部位的创面滴血未流，而且抛尸的地方也同样未见任何血迹。不言而喻，如果没人能做安葬这活的话，死人根本无法入土为安，而只有活人才能掩埋死人，可见此地一个活人也没了。可究竟是什么人会作下这种惨无人道的辱尸之孽呢？又是为什么呢？

他们迅速离开了村子，也逃出了苍蝇、蝴蝶群的袭扰，终于又可以自由地呼吸。只要周围有苍蝇在发出"嗡嗡"的声音，世界就显得益发静谧。刚才的这一发现使他们有些神思恍惚，萌生错觉，现在什么也听不见了，连苍蝇的"嗡嗡"声也没了，以至他们恍惚觉得那有"嗡嗡"声响衬托的世界，比现在这纯净的安宁更显得悄然无声。他们喘了口气，痛痛快快地敞开了呼吸，同时也放慢了行进的速度，好让马儿也歇歇，别疲劳过度。太阳低低地悬在地平线上，懒洋洋的光线肆意将人物的形状曲扭得十分古怪，使影子变得又细又长，搞得他们连现在的时辰都弄不清了。

昨天就憋在海亚姆心里的疑问，不禁脱口而出，他自言自语地低吟道：

陶工即使烂醉，也难容自己的瓦罐被砸碎，
那是他心血的结晶，凝聚着他的理想和智慧，
可是真主啊，你满怀爱心
创造出头脚健全的人类，

怎会又满怀仇恨

亲手将其摧毁，

这一切究竟是为谁？

　　"奥马尔！"帝国宰相的叫声里带有教训的口吻，"你不是唯一心里难受的人，却是唯一说这种傻话的人！难道这样会使你心里好受些吗？"

　　"请你原谅……"

　　"我倒是很想原谅你，可惜的是没这资格。"

　　对宰相的责怪，海亚姆保持了沉默。如果现在跟他解释说，这话并不是对他讲的，海亚姆觉得毫无意义。此刻，他的脑子里仍在违心地继续构思刚才脱口而出的诗句："真主啊，请允许我理解圣明的你，哦不，请你原谅，我深知，自己既不能理解也无法明白至高无上的你，但至少请让我相信，你赐予我们的一切，皆出于好心善意。我知道，你的世界十分美丽，因为那儿是你的天地。但我无法说服自己，对此深信不疑。我的心里深藏难言之隐，我惭愧，我负罪，因为我既不能阻止，也不能解释，更无法明白现实的意义……真主啊，我只能将痛苦埋藏于心底，让这可怕的噩梦永远折磨自己。"

　　来到城边时，他们还清楚地看见，从被毁房屋的地窖里，从残垣断壁的废墟中，从地洞口，从叫不出名来的避难之处和藏身之地，冒出来老老少少的妇女，拿着五花八门的物品开始兜售。这个手捧一把不知哪儿弄来的坚果，那个拎着一件宽大的旧长袍，有的抬出来一扇完整无缺的窗户，有的摆上一只保护完好的木桶。此外，还有卖铲子的、卖破鞍具的和卖原毛的，不一而足。所有这一切以及更多别的东西，都是由这些当牛做马、担惊受怕的妇女们在当街叫卖。见此情景，帝国宰相的脸色开朗起来，但他并没下马去买点什么，只是穿街而过。等他们走远了之后，一个妇女哼起了一首歌，跟着又有几人加入了进来，大概是指望用歌声来暂且减轻一下苦难生活的压力。海亚姆十分肯定，从歌声中听出了唱歌人食不果腹、饥肠辘辘，便觉得很奇怪，不明白这饥饿怎么也会改变人的声音。

"所有这一切都会重建恢复的，我们只需派几百个男人过来就行了。"帝国宰相依然面带喜色地对海亚姆说，"你记下来，回去后我们要到监狱去找找，还有那些整天围着施粥棚和救济站转悠的人，加上偷鸡摸狗的小贼、掏包划包的少年，坑蒙拐骗的初犯，所有这些人都要送到这儿来。他们的女人会比国家更好地看管他们。"

"你的意思是，把这些人派来给这儿的女人做丈夫？"海亚姆问。对宰相肯定的回答他又补充道："那你可是让她们享福了！她们刚刚横遭不幸，你现在还想让她们雪上加霜，再给她们带来有可能会是更大的不幸，而这一举措的恶果将会伴其终生。"

"亲爱的真主把生命的繁衍遗赠给女人，"宰相回应道，"只要女人能让生命之火常燃，人类就会生生不息。真主保佑她们没有困顿潦倒、自暴自弃！所以，正常的女人宁可和一个小偷或懒汉生个孩子，委屈自己苦一辈子，也不愿醉生梦死地生活。女人生来就忍辱负重，她们常常不得不拖着自己的男人过日子，就像拖儿带女一样。但完成真主遗愿的信念，则永远让她们的内心充满光明和欣慰。"

他们路过一座看上去曾经很气派的大宅院，透过损毁的院墙可以看见房屋的内部结构和里面的房间，有些还配有家具。宅子的纵深处还能看出是个花园。宅院被摧毁的同时，其中众多局部结构又以某种形式保留了下来，好似有意要向人们展示这里曾经有过的生活，将其深深铭刻进观者的记忆。这一犹如毁灭与幸存交织而成的任性游戏，吸引了海亚姆的目光。他觉得，像这样保持大部分东西完好无损的破坏方式，其实是对建筑最残酷的摧毁，比那种一堆瓦砾、满地废墟的状况还要让人触目惊心。因为残存的原样与毁坏后的现状形成了更为强烈的对比。凡是看到这类半残房屋的人，都亲眼见到了其被摧毁的程度，从而会产生切肤之痛，感同身受，镂骨铭心。而眼见一堆废墟的人，只会以此推断和想象，那里的一切已经化为灰烬，荡然无存。海亚姆的目光随即深入到宅院内部，最后停留在后面的花园里，发现一丛灌木旁倒卧着一具尸体，姿势奇特异常。花园的大门竟然完好无损，相形之下，就像是在嘲弄被破坏的房屋主体建筑。于是，海亚姆翻身下马，穿门而入。

茉莉花丛旁的那具男尸，姿势从大街上看过来，与一般倒地而亡的死人相比显得极不自然。他向右侧卧，身体蜷曲在什么东西的上面，缩成了一团。等走到跟前海亚姆才发现，这个男人被从后背刺穿，临死前却用自己的身体保护着一个小姑娘。孩子紧贴在他胸前，双手死死搂抱着他的脖子。海亚姆在他们身边坐下，准确地说是瘫软了下来，只觉得一股寒气浸入骨髓，眼前一阵发黑。他知道，当一个小女孩贴在男人的胸前，用手搂着他脖子时，是一种什么样的感觉。几年来，这种时刻曾给他带来了此生此世所意想不到的幸福和快乐。他也知道，这小姑娘会有什么样的感觉。作为一个父亲，他太熟悉这种情感了，那是小女孩寄托在慈父身上的无法估量和绝对的信赖。而且他更知道，这一瞬间，做父亲的也突然领悟到只能在此刻才得以领悟的东西。他清清楚楚、明明白白地懂得了除了这一刻，以前从未也永远不会懂得的真谛，那就是：活着多好啊！

就这样，无意中父亲用自己的身体把小女儿给闷死了，但使她未遭刀剑的屠戮。这小姑娘没觉得奇怪吗？就没想到要把手从爸爸的脖子上抽出来，从那护住自己的身躯下溜出来吗？

海亚姆从胸腔里发出一声尖叫，接着躺倒在地，蜷缩成一团，像个尚未出生的胎儿。他腹部和口腔一阵剧痛，抽噎将喉咙和舌头猛烈地向上挤压，刀割般的寒冷把他的五脏六腑变作了冰块。哪怕稍微动一动，他都觉得整个人会像屋檐下的冰溜一样断裂破碎。但他必须双膝着地跪立起来，以免舌头在猛烈抽噎的作用下把自己给憋死。

"真主啊，既然我一无所能，你为什么要赐予我当父亲的责任？为什么赐予女儿对我盲目的信任？为什么要赐予我这一天伦之乐？为什么要赐予我为自己的人性、为自己的同胞、为你的世界感到羞耻的能力，却不赐予我有所作为的力量？！至少让我能阻止这一切，能理解这一切吧！如果你不给予我认可此乃善行懿德的信念，那就请你开恩，让我一无所知、一无所见吧。可你为什么不给我呢？"天晓得有多少类似的念头穿过他的脑海，就像切开了他的大脑，让他痛苦万分。这仅仅就是内心的想法或发自胸中的呐喊吗？其中有什么已经诉诸言表了吗？还是以后会像祷告一样诉诸言表？

白昼已经过去，还是黑暗已将其吞没？

"你到底怎么了，脸全都肿了。"晚上尼扎姆·穆尔克和海亚姆一道用餐时，十分吃惊。

"在我刚才去过的那所宅院的花园里，有具男尸，怀里还、还抱着个小、小女孩，都、都这么高了。"海亚姆结结巴巴，边说边害怕同时又希望自己会放声大哭。因为他太清楚了，这时候大哭一场能让自己心里好受一些。

"是啊，好奇心太强总是没有好果子吃的，"帝国宰相得出了结论，"越是召唤你的地方，越是连瞟都不要去瞟一下眼，更没必要去关注那些根本没有召唤你的地方。"

夜渐渐深了，晚饭海亚姆一点都没动（哪怕是塞一小口吃的进嘴里，他都会觉得是要了他的命）。他努力想加入大家的交谈，却未能成功。神思恍惚的哈基姆，一会儿像个夜游症患者似的胡乱插话，一会儿又问已经说过三次的问题，要不就是话说了一半，却忘了自己在讲什么，整个人完全迷糊了。

"回家去吧，奥马尔。"也不知过了多久，宰相终于发话了，"发一道我的命令，让沿途各个驿站为你们备好送信的快马，你再挑上三个可靠、能干的人，明早一起床，就启程回伊斯法罕去吧。到家后，替我亲亲你的宝贝女儿。真主保佑你们。"

"那你呢？我们不是说好了要……"

"放心走吧，没你我也不会迷路的。"

阿拉穆特

海亚姆悲愤交加地回到了家里。他当着赛卡伊娜的面大声抱怨，说自己跟阿布·赛义德的交情这回算是彻底完蛋了。起因是两人争辩时，双方都发了脾气，赛义德竟然像个后爸教训儿子一样臭骂了老朋友一顿，还拿些听上去就叫人恶心的话劈头盖脸地朝他砸来，而且还是当着众人的面。

"要么他把我当成了弱智，要么就是觉得我幼稚，或者是既弱智又幼稚。"海亚姆懊恼地总结道，"这么下去可不行。"

"你别冤枉别人了，奥马尔。我还没见谁敢把你当弱智，没发现有哪个人能像阿布·赛义德这么理解你、喜欢你呢。"赛卡伊娜马上反对，并让丈夫说说到底是怎么回事。

原来，先前海亚姆和阿布·赛义德一块在巴苏米基德那儿泡咖啡馆，也是闲来无事，就海阔天空、漫无目的地神侃瞎聊。和他们一样，馆子里那些平日相互有来往，时常喜欢往一块儿凑的三教九流，也都爱在这儿扎堆聚会。大家在一起无非就是休闲放松一下，没什么事情要正儿八经地互相承诺缔约。闲聊中，话语间无意谈到了哈桑，谣传此君现在又返回国内了。哈桑的名字刚一被提到，邻桌就有两个男人咧开大嘴，开始一个不服一个地竞相对这个传奇人物胡吹乱侃（要不是恰恰碰上这两位把话题引到哈桑身上的人该多好啊）。两个家伙争先恐后地卖弄自己消息灵通，根据他们所说，哈桑在当时还叫开赫里的开罗已经身居高位。他刚一到那儿就博得了法蒂玛宗哈里发的青睐，深受器重，可后来又与之发生龃龉，在哈里发钦定其小儿子为继承人一事上双方甚至各执己见，争论不休，因为按照法律和传统理应由哈里发子嗣里的老大子承父位。两人之间的矛盾不断激化，导致哈桑在权位的金字塔上一下从巅峰跌入谷底，失宠落魄，最后竟和他为之打抱不平的哈里发长子一道被扔进了大牢。然而，即使身陷囹圄，哈桑依然善于从狱中向外煽风点火，蛊惑人心，拉拢同情者。见受骗长子的追随者人数渐增，哈里发担心夜长梦多，遂决定处死两人。可不料计划却未能成功实施，预定行刑日的前几天，关押死刑犯的塔楼突然垮塌了，哈桑因而死里逃生。捡了一条命的他也没打听一下自己过去的靠山是否回心转意，继续倾心于他，哈里发有没有恢复理智，愿意重新尊重法律和传统，就马不停蹄地直奔现称亚历山大港的埃尔伊斯坎达里亚而去。

数月后，更大的奇迹发生了！那是在哈桑乘船从埃尔伊斯坎达里亚前往塞得港的途中。航船行驶到第三天时遭遇了可怕的恶劣天气，狂风像个孩子似的手摇着拨浪鼓和轮船嬉戏，掀起的浪头比人们肉眼见过的任何山峰都高，把船甩来摆去玩得团团转，就像只猫开始了一场玩线球或者果盘的游戏，折腾得船长和舵手精疲力竭，最后不得不放弃了控制轮船和拯救自己与乘客性命的努力。船上的乘客吐的吐，哭的哭，大家都想抓住点什么牢固的东西，好保持身体平衡。可是船如同发了疯一样，把脚踏甲板的乘客颠来颠去，仿佛海浪把船摇来晃去，是在为自己命运的不公向可怜的乘客实施报复。反弹回来的一瞬间，似乎船体就要断裂散架，可它接着又被推上波峰，随即再跌进浪谷，蹦跳摇摆，忽隐忽现，搞得船上每个人都能切身感受到那飘零在空中任风摆布的一片孤叶是个什么滋味。此时此刻，唯独哈桑安静地挺立于船头，身倚船舷默默祈祷。船长发现他后，赶忙大声喊叫，要把他赶进船舱里面，否则一阵大风刮来、一个大浪打来，就能将他卷走去喂鱼。可哈桑摆手谢绝，回答说这次他自己和船都不会有事，然后便又仰望天空，继续念念有词。"你就这么有把握？！"船长怒气冲冲，但又心怀一线希望。哈桑回答说，这是他祈祷时得到的心灵感应，因为他感觉到自己的恳求已为上苍倾听。奇迹真的发生了，哈桑的祷告应验了！风暴渐行渐远，天气恢复了平静，船又可以继续朝目的地航行了。在检查船体受损情况时，船长无比惊奇地发现，轮船连一点伤筋动骨的破损都没有。两天后，他们在塞得港靠了岸，哈桑挥手跟全体船员和乘客告别，那一刻他简直成了人们心目中的圣人。

海亚姆听得满脸放光，开怀大笑。

"这可太绝了。"他对坐在自己周围的人说，"我早就知道，他是个好人，不过这件事的确出乎意料，完全超出了我对他的期望。"

"你在说什么？是什么事情？"邻桌的一个客人，可能正好就是刚才讲述海上历险故事的那位，有点好奇地问。

"我不知道在说什么事情，都忘记了。"海亚姆绞尽脑汁，一副努力回忆的样子，"逻辑学上有位名人，可我现在怎么也想不起他的名字来了。知道吗，其实事情是这样的：如果没有途径能证实或者反驳你的说法，你就有权想说什么就说什么。懂了吗？如果别人不能证明你做得不对，那你就有权好像自己做得对似的那样行事。此乃逻辑学上的一个高招，遗憾的是很少有人去尝试运用。这并非易事，而且也需要合适的时机。"

"你他妈的在胡说些什么玩意儿！？"

"在说哈桑呀！难道他不是个奇迹吗？"海亚姆十分自豪，"当然也是时势造英雄吧。当一切迹象表明灾难不可避免时，他却敢断定一切都会好起来。所有人都认为他是个疯子，可他只是个优秀的逻辑学家，因为他知道，别人没法反驳他。如果事实上一船人真的得救了的话，那他就是对的。如果事实证明了他说的不对，那也就无人可以告诉他这一点了。因为没有见证人能够活着站出来，指出他说错了什么。"

"这人在那儿说些什么？"另外一个人也凑上来了。

"尽是傻话。"这一个回答。

"别激动了，哈基姆，这不是我们谈的话题。"阿布·赛义德插了进来，开始像对孩子那样用指尖连连点击朋友的右臂，想安抚他一下。

"我很冷静，如果这是件真事的话，我只为哈桑感到高兴。"海亚姆予以回应。

"你以为这故事是我编的吗？"

"我不认为这是你编的，这故事我都读过上百遍了，众所周知的东西，干吗还要你去编呢？"

"你是不是想说，我是个骗子？！"

"不是，天哪！我只是说，可能有人在什么地方读到过这个故事，而你又从他那儿把这当成新闻听来了。也许不是这样的，这我不感兴趣，随你们怎么说。"海亚姆不为所动，依然坚持自己的说法，"但我爱听这个故事，觉得它挺有意思的。如果真有这么回事的话，我为哈桑拯救了自己而高兴；如果没有这回事的话，一切都是编造的，那我为他在逻辑学上取得如此之大的进步而感到高兴；如果他本人不是这一传奇的开创者，而原创是另外一个人的话，我仍然为此感到高兴，因为这世界上好故事再多也不嫌过分。可以告诉你，我随便。"

"这儿没有'我随便'。如果你认为，这儿有人编故事，那就得说出来，是谁在编，为什么编！"邻桌的人大叫了起来。

"我没说你讲的海上奇遇是编的呀，"海亚姆强迫自己保持耐心，"也许真有这么回事。就连第一个故事，监狱塔楼垮塌的那事，虽然肯定没那么回事，我也没说它是编的呀。"

"你能不能用脑子去想事，别用舌头，哈基姆！给我住嘴吧！"阿布·赛义德大声喊道。

"什么叫作没那么回事？！你从何而知？！你在场吗？"

"这无需在场就可得知。一座塔楼的坍塌，从逻辑上讲有三种可能的原因。"海亚姆仍旧不惜大费口舌地与激动的邻桌沟通，"其一是地震，可是这一原因在此案例上可以排除，因为埃及没有地震，那儿至今依然完好无损地屹立着圣教天启年前一千零一年修造的建筑。第二个可能的因素是建筑的老化，但这一点也不靠谱，整个开罗新得不能再新，一切都是法蒂玛宗哈里发们可谓昨日才建成的。这第三个原因是豆腐渣工程，比方说造楼的工匠们偷工减料，或者以次充好，导致建筑无法承受本身的重量，造成垮塌。不过这最后一点也不沾边。没有哪个政权会在修建监狱和牢房上面勤俭节约或者暗做手脚，在这方面有专人监督管理，随时查看，而且不惜用钱。综上所述，你们故事里讲的情节不可能或者几乎不可能发生。但我没说你们编造了这个故事，甚至没说这故事本身就是编造的，更别提说你们撒谎骗人。我不过是说，这不是……当然，你们讲故事并不妨碍我什么。有哪个正常人会拒绝传播一个神奇的死里逃生的故事呢？大家都喜欢听这种故事，也需要这种故事。现在你们明白我说的是什么了吗？真不知道该怎么对你们讲了……"

"整个一大傻帽，却学识渊博！你可真是绝无仅有、天下无双啊，奥马尔！"阿布·赛义德担心地瞟着邻桌那两张发青的面孔，悄悄拉了拉朋友的衣袖，示意他赶快跟自己走。

他所做的一切对海亚姆有那么点儿过分了。后者没兴趣对那些显然不愿理解他的人再白费口舌，去为自己既没说过也没做过的事情而辩解了。所以这个文质彬彬的大才子猛然火山爆发，对着他的挚友吼了起来，使出全身的力气，要把多年友谊里压抑在心底的话全都发泄出来，一吐为快。而这些年来，他的确积蓄了一些欲言又止的苦闷。

赛卡伊娜倾听了丈夫的陈述，却一反往常地一声不吭。海亚姆不由得抬起头来朝她望去，发现妻子一脸震惊。

"居然会有这种可能？！"赛卡伊娜终于发出了一声哀叹，"这都是他们在巴苏米基德的馆子里说的？"

"是的。"海亚姆首先予以肯定，好接着再进一步试探妻子的口气，"怎么了？你在想什么？"

"在想那座塔楼和那条船，这都是你今天听到的？"

"是呀，不过相信我，这都是天方夜谭。人们需要奇迹，所以才编造这些傻了吧唧的事情来说。放心吧，这肯定不会成为导致真正友谊破裂的原因。"

"先前听你讲述时，我就觉得这两件事似乎在哪儿有所耳闻。不过刚刚我一下子想起来是何时何地第一次听见这故事了，简直太可怕了。"

那是去年冬天，赛卡伊娜在帝国宰相尼札姆·穆尔克的妻子法学家泽嫒芭夫人那儿串门。两人正聊着，宰相也没事先打个招呼就突然和一个男人进来了，于是两个女人便退避到屏风后面，继续说话。大臣和那个陌生人交谈了很久，制订计划，约定事宜。不过当谈话中提到海亚姆的朋友哈桑的名字时，赛卡伊娜开始竖起耳朵留意了，于是便听到其中说起过哈桑的这两件英雄事迹。陌生人认为这是好消息，说这事就交给他去办好了。她百思不得其解，搞不懂穆尔克宰相怎么会如此亲切地讲述一个他追踪并应该逮捕的罪犯的英雄事迹，而且还是在此人身处国外，正和宰相的朝廷对着干的情况下，这样如数家珍地来说他的故事。不一会儿，两个男人就走了。但两个女人继续待在屏风后面没出来，因为她们觉得在那儿聊天挺好的。泽嫒芭告诉她，可怜的宰相大人近来经常，而且是不太正常地在她的房间里与人商谈要事，其实只要遇到天气不好，不能在花园里谈话时，基本上就都把她的闺房当作密室。因为他深信，除了这里，整幢房子都已被监视和窃听了。鉴于他和苏哈拉卜这个驿局主管兼多个部门的头目经常在此密谋，所以闺房里所谈的事肯定非同小可。

赛卡伊娜和丈夫谈了很久有关宰相家里奇怪会晤的事，无奈还是猜不透其中暗藏着什么玄机。可是帝国宰相和苏哈拉卜去年冬天私下讲的故事，怎么会传到巴苏米基德的咖啡馆里去的？而且为何要传到那里去？此前还传到过什么地方？清楚的只有一点，那就是此事绝不简单。还有一点也很清楚，那就是阿布·赛义德已经意识到其中有鬼，所以三番五次地要海亚姆闭嘴，生怕会惹出更大的麻烦来。因为他发现，这恐怕是有人做的一个局，而老朋友已经被套进去了，显得自己长期以来就热衷于惹是生非并且幸灾乐祸似的，唯恐天下不乱。要不是阿布·赛义德及时故意激他、气他，硬把他从咖啡馆里拉了出来，从而救了他一命，他早就大祸临头了。有权势的男人从不为了与人消遣开心而去编造故事。再说，这两个带来哈桑英雄事迹的匆匆过客究竟何许人也？

"不管怎么说，你现在是脱身了。"赛卡伊娜松了口气，脸上有了些笑意，"多亏赛铎王子给你解了围，他都帮过你好多回了。我郑重地告诉你，希望你的哈桑再也别出现在我们的生活里，为此我诚心向真主祷告。"

话音里流露出的担忧再明显不过。

有关哈桑的故事和英雄事迹继续不胫而走。海亚姆同阿布·赛义德发生激烈争吵大约一个月后，有消息说哈桑在身边招募了一队人马，想把他们训练成专门的刺客，其成员皆为胆大机灵的后生，清一色的伊斯玛仪派。他已经物色到伊斯兰神秘主义的德尔维什分子和印度神功大师，请他们向这帮年青人传授控制体内经络和器官的内功。如这话属实的话，这些后生已经掌握或者马上就能学会如何掌控呼吸、封闭痛感，随心所欲地操控自己的身体，要睡就睡，要醒就醒，可以随时进入休克，也能随时从中苏醒，一切皆随个人意志。类似的消息从各地纷至沓来，许多人都亲眼见证了哈桑的小伙子们赤足踏火面不改色的奇迹、刀捅剑刺不见疼痛流血的神功。有的可以屏气凝神，停止呼吸，进入龟息状态，还有的可以平地而起，悬浮在半米高的空中。可以想象，倘若训练结束，这帮身怀绝技的奇人将会成为什么样的秘密武器！何人能够阻止他们，又如何去阻止？哈桑曾对其中一位目击者透露了其特种训练的两条基本纲领。其一为：世界诞生于精神，所以一个人如果培育并认识了自己的精神，便可以完全控制自己从属于精神的身体，并将其变为一种完美无瑕的实现意志的工具，因为身体比精神年轻，而且源于精神。其二是：精神仅对自由人开放自己，人只能在自由中培育和认识精神。然而人若是不能克服对死亡的恐惧，就无法获得自由。因此，哈桑首先给其敢死队员灌输的就是，他们不必畏惧任何事情，因为所谓的死亡仅仅是让其囚禁于身体这一监狱里的灵魂获得解放。如果他们相信了这一点、明白了这一点，将其奉为真理，那就可以成为刀枪不入、百毒不侵的自由人。

尤其受人追捧的一则消息是，哈桑为他的徒弟们专辟了一处训练营地。因为即便是自由人，无论他对身体的控制达到了什么程度，也必须让它学会如何将主人的意志付诸实施。鉴于德尔维什分子和印度大师们已经解放了哈桑手下人的精神，训练计划上又添加了摔跤、击剑、射箭、匕首搏击、投枪和抛掷抓捕网等技击项目。但是要组织这些活动，仅有一幢房屋或一家客栈里的一个单间是不够的，所以哈桑决定拿下厄尔布尔士山脉中名为阿拉穆特的鹰巢城堡。这可是座真正的鹰巢，位于孤零零的险峰之上，四面皆悬崖峭壁，易守难攻，可以为哈桑的刺客训练提供学习各种搏击技术的训练场地和自然环境，包括徒手攀岩、征服野河，借自然之力保存自己的体力，观察飞鸟的姿态，从中预测天气的变化，判断远处的动静，以及识别其他事情的征兆。可聪明的哈桑究竟是怎样把阿拉穆特这座鹰巢要塞搞到手的呢？！

在一次非正式的谈话中，哈桑随口对要塞司令说，愿意出三千金第纳尔买下用一块牛皮能标记下的土地。司令一听大喜，觉得这简直是件无本万利的买卖，便急不可耐地催着拟定文书，赶紧画押签字。可话一出口，哈桑却开始犹豫不决，搪塞推脱，做出一副才反应过来自己干了件大蠢事的样子。最后，他见绕不过去，除非反悔食言，否则脱不了身，便叫来证人，当众立下字据。接着哈桑让人取来一张牛皮，将其切成极细的薄片，再一片片串在一起，连成一个大卷，随即把牛皮卷的一头固定在要塞城墙的一个地方，然后手持牛皮卷，开始贴着城墙行走，边走边把皮卷展开敷在墙上，直到绕回固定牛皮卷出发地点为止，从而将整个要塞都圈了进去。要塞司令被眼前的情景惊得目瞪口呆，但无法容忍曾被看为一生中最划算的这笔买卖，给自己带来如此毁灭性的损失和耻辱，不由得勃然大怒，拒不交出要塞和指挥官的权位。哈桑不慌不忙地指着字据对完全傻掉了的要塞司令说，这上面清清楚楚写的是"标记"两个字，而不是"覆盖"。他拿薄片串起来的牛皮卷绕城堡一周，已经把整个要塞都打上了标记，因此这里现在已经是他的领地了。

大概是吸取了上回在巴苏米基德咖啡馆里的教训，虽然海亚姆在不同的圈子里多次听到过哈桑智取阿拉穆特要塞的故事，还是竭力管住了自己的嘴，绝不先向任何人指出，这不过是则古老的民间传说，与真人真事没有任何关系。这回他做对了，没过多久他本人就得以确信，这个传说中的故事，虽说细节上与现实不能说吻合得一点不差，却是实实在在的真事。一日，帝国宰相约见海亚姆，想问问他后面几天的天气如何，因为苏丹要外出狩猎。海亚姆向朋友详细解释怎样通过观察星象来预测今后几日的风云变幻。正在此时，进来一个仆人禀报，说阿里·马赫迪求见。宰相迟疑了一下，看看海亚姆，还是让客人进来了。来者肤色黝黑，身材高大，体格健壮，满脸憔悴。他拙笨地鞠了一躬，接下来就一动不动地直挺挺站在那儿，不知如何是好。

"有话就说，马赫迪。"宰相催促他，因为客人显然没准备首先打破沉默。

"没什么事，大人。"

"什么叫没什么事？一切都顺利吗？你大概是来告诉我，已经完成了任务，要不然就是还没完成任务，因为碰到了节外生枝的问题吧。"

"你交代的事我全都做完了。团队里有几个头脑易热的小子，我是在要塞外面给他们下达的任务，起先主要是害怕他们激动起来会惹是生非。他来了后，说了一切能证明他身份所必要的事情，然后我把要塞交给了他。但尽管如此，我还是不知道，一切是不是都没问题。所以才来你这儿听候发落。愿真主保佑。"

"怎么会这样？"宰相已经不太高兴了。

"我动身时，他交给我这件东西，还说我是拖家带口的，肯定也想赚点小钱。"马赫迪说着便递给宰相一张折起来的小纸片，上面歪歪斜斜地写着几行字：

伊斯法罕

扎里夫·扎尔达利　敬启

恭祝安好

　　见此信请向送信者阿里·马赫迪支付三千金第纳尔，
以奖赏其善举懿德。

　　在下深信，世间唯真主为至圣，其他别无上帝，其使
者非穆罕默德莫属。

艾尔-哈桑·伊本·穆罕默德·艾尔-萨巴赫

　　帝国宰相先是小声读着纸条上的字句，继而提高了嗓门，仿佛
要验证一下自己是否真的在读字条似的。这几句话写在随便从一张
大纸上撕下来的碎纸片上，宰相一眼就认出是哈桑的笔迹。

　　“这到底是什么玩意儿？”宰相十分惊诧。

　　“我怎么会知道呢？！他只告诉我说这个扎尔达利是宫廷里的
人，我去找他时不用害怕会丢性命。”

　　“那就去问他吧，问了再回到我这儿来。这是唯一能够搞清楚
事情的途径。”穆尔克稍微思索了一下后决定。

　　于是，仆人便带稀里糊涂的阿里·马赫迪去见扎里夫·扎尔达
利，不一会儿客人就回来了，这时的他身上已多了扎尔达利二话没
说就支付的三千金第纳尔，就好像他收到的字条是苏丹的御旨，而
并非一个在逃通缉犯的涂鸦之笔。帝国宰相难以掩饰自己的迷惘和

担忧，想听听海亚姆对此事的看法，便向他简单透露了此事。阿里·马赫迪是阿拉穆特要塞的司令，他按事先的约定把要塞交给了哈桑。哈桑的死敌，也就是把他从宫里赶走的那伙人，都是扎里夫·扎尔达利所属帮派的头头，两者可谓水火不容。所以宰相纳闷，哈桑怎么能如此发号施令让人交钱，而后者竟将其奉若圣旨呢？

海亚姆认为，哈桑是想用这个游戏向帝国宰相发出暗示，如果他能够悟出其中的意思，那眼前的一切疑团也就不攻自破了。不过他老毛病又犯了，在好奇之心的驱使下竟借机询问马赫迪，那个牛皮与要塞的故事究竟有多少真实的成分。

"我是当兵的，你是真主的仆人，游戏和无聊的东西我从来不玩。"马赫迪十分惊愕地看着他，用手指着自己说，仿佛要让这个初次见面的人明白，他马赫迪司令不可能和那些游戏与无聊的玩意儿有任何瓜葛。

"你可真会帮我的忙呀！"宰相狠狠瞪了海亚姆一眼，随后打发走了马赫迪，并派人去密探苏哈拉卜那儿传信，说有急事马上想和他在花园里碰头。

"你长没长脑子，去问一个老兵什么传说的故事是真是假？！"宰相还在生气，两人慢步向宅邸花园里的喷泉走去。

"人家说……"

"人家说人家的，关你什么事！"宰相打断了他的话，不过一切都清楚地表明，不是他在发火训人，躁动不安的是他内心的担忧和脑子里的迷乱，"你说得有道理，他是在向我暗示，可究竟暗示什么，又为何要暗示？"

同帝国宰相在花园里会面，肯定是苏哈拉卜最不愿意做的事情。他从来不掩饰自己对这种不得不走来走去绕圈子说话的反感，可这一次大臣没容他发表关于散步有损正派人身体，尤其是精神健康的见解，开门见山地讲述了刚刚发生的事情。他提醒这位秘密警探注意哈桑与苏丹私人司库扎尔达利之间的关系，还有聚集在王妃图尔坎身边跟他唱对台戏的那帮势力，也介绍了海亚姆的猜测，说他觉得哈桑预料到马赫迪肯定会来找自己，所以欲借那一纸草书向他传递某种暗示。最后，穆尔克宰相咬牙切齿地跺着脚，激动地嚷道，自己的忍耐已经到了极限，可又不得不继续忍耐。

"有一点可以肯定，主人，"苏哈拉卜叹了口气，"三千金第纳尔对一个穷当兵的来说可是一大笔钱哪，做这笔买卖马赫迪赚了。"

"我不想听你的笑话。"宰相训斥道。

"我不是在开玩笑，是当真的。哈桑如此照顾这当兵的，消息若传到老百姓的耳朵里，那就等于告诉他们，他哈桑才是他们心目中的男子汉和领路人。这些都是不言而喻的。只要这个谜还没有破解，那剩下的就只能靠猜了。"

他们俩的脚步慢得不能再慢，以免不爱散步的苏哈拉卜喘不过气来，而宰相简直无法掩饰，自己的耐心已经到头了。

"你的爱将已经创造过许多奇迹，所以如果他再创造个出卖诚信的奇迹来，我们也不必大惊小怪。"苏哈拉卜沉默良久后像是有心无意地说了出来，接着又翻来覆去地思考了不同的可能性，"我们都是人，主人。人无所不能，更何况他还不是一般的人，这你我心里早就有数了。"

"可为什么?! 他们不都想要他的命吗?"

"比方说有这样一种可能。"苏哈拉卜显得极为平静,"既然他们暗中都串通好了,已经狼狈为奸,那他干吗还要争取你的支持呢?也许他派那个可怜的老兵来这儿,就是为了向你传达一个信息:他现在对你们所有的人都一视同仁了,因为他要开始为自己干活了?"

两人再次步入了无言的寂静。

"无论如何这简直是个弥天骗局……我真的搞不懂。"宰相自言自语道,"这么做的话,没准他连自己都欺骗了,这他可得想清楚。"

他们在一丛灌木前停住脚步,打量起这片植物来。

"为什么我就说服不了自己,相信你的话呢?"宰相还在扪心自问。

"大人,人的四面八方都是敞开的,所以他们才具有无限的可能性,也因而总是会出卖他们无所谓什么样的一切所作所为。如果我向右拐,就出卖了我的左侧;如果我同女性有染,就出卖了我是男性的秘密。请别忘了,人本身就兼有出卖与被出卖这一行为的双重角色,在这点上可谓既为父亦为子。你的红人坚信,我们出生时就出卖了精神和光明,而我们的哈基姆奥马尔则为了知识,不论到哪儿都会出卖自己的人生。这大概就是我们作为人的命运吧。"

天灾人祸

　　湿润的暖冬刚过，寒春便夹带着间歇的霜冻接踵而至，对刚开始复苏返青的植物造成了大面积的损害。冰冷的风刮个不停，空中不时飘洒着细密的雨滴，不过还没等落地就化作雪花或冰霰。阳光照不到的地方，很快就结上了冰，终日坚硬不化，对人畜的骨头构成一大威胁。

　　赛卡伊娜和海亚姆带着莱伊拉去花匠帕尔韦兹家串门，想让女儿在那儿学学骑术和跟马打交道的窍门。这姑娘自从第一次看见匹小马驹，就一发不可收拾地着了迷。帕尔韦兹是香料铺老板素弗彦的小儿子，也是赛卡伊娜嫂子的哥哥。他通过婚姻入赘豪门，在伊斯法罕离城区极近的地方拥有了一大片壮观的家园，可谓名副其实地成家立业了。他也养马，高的矮的都有，所以近一年来，迷恋上骑马的小莱伊拉最大最多的心愿就是到"帕尔韦兹叔叔"家去玩儿。她的父母也都觉得在帕家做客挺开心的，久而久之两家人便有了交情，大家相互也都很谈得来。

　　在帕尔韦兹庄园逗留的第二天，莱伊拉想试着自己给一匹小马备鞍，然后骑出去转转，好检验一下她独立备马和骑行的技能掌握得如何。马夫也站在一旁，必要时搭把手帮她一帮。谁知她刚一骑到外面，跟这年春季时有发生的反常天气一样，突然冷雨倾盆而下，又瞬间化作纷飞的大雪，将野外的一切速冻成冰。一见变了天，马夫赶紧备好鞍具，骑上另外一匹马追了出去。赶上莱伊拉后，他连忙给她披上牧人的羊毛斗篷，以便抵挡风雪，保暖御寒。可尽管这样，莱伊拉回到家时还是上下牙齿打架，浑身湿透，一个劲地抱怨，说自己被那冰入骨髓的寒风吹了个透心凉。

赛卡伊娜赶紧给小家伙从里到外换了身衣服，再把她裹进暖和的毛毯里，然后催她快喝加了蜂蜜的蔷薇果茶驱寒，还要在睡觉前给她洗个热水澡。浴盆里的水加热后，她把女儿抱了进去，用很烫的水洗了很久，好将她体内的寒气排出。洗完澡后，莱伊拉重新被裹进暖和的毛毯中，又继续喝了不少蔷薇果茶。可是半夜里，赛卡伊娜被吵醒了，女儿大声地说胡话，直喘粗气，全身像着了火一般滚烫。于是，夫妇俩便尽量放轻声音，怕吵醒在休息的主人家，悄悄从房间的各处找来了麻油、醋和毛巾，然后用调和了麻油的醋给莱伊拉按摩了很久，再拿亚麻床单把她包紧，裹进毛毯里。赛卡伊娜又烧了新茶，茶温高到再烫就下不了口为止。不一会儿，莱伊拉发汗了，跟着烧也退了，人不再胡言乱语，呼吸恢复了正常。两人给她重新换了衣服，盖好毯子，这次没盖得那么厚，只要她不觉得冷就行。没过多久，莱伊拉便完全平静下来，进入了梦乡。

第二天，他们向帕尔韦兹借了一辆四面封闭的轿式马车，送莱伊拉回家。她已经好多了，几乎没有再上升的体温也只从微微发红的脸颊上有所表现，要不就是别人触碰到她身体时还稍稍有所感觉。现在，她呼吸顺畅，也不咳嗽，只不过看上去还带着前一天夜里被病魔折腾的痕迹，整个人显得萎靡不振，差不多一直处在昏昏欲睡的状态。海亚姆赶紧去巴扎买了樱桃枝、香芹籽、山羊脂、牛奶和白蔷薇玫瑰果酱，以及一切有助于治疗伤风感冒和保护、补养呼吸器官的东西。看来他做得挺对，莱伊拉的病情下午就转移到了腹部，不到半个钟头肚皮就气胀得快要爆了，明显是受凉所致。于是，他们赶紧给她喝香芹籽茶，同时用混合了樟脑和油的烧酒按摩腹部，接着又把人裹进麻毛毯子。莱伊拉的肚子很快不闹腾了，脸色也基本恢复了正常，就是有些苍白，人还是比往常虚弱。她先喝了点热鸡汤，稍微休息恢复了一下之后，为了宽慰父母又像正常人一样吃了鸡肉烩饭。饭后，她不知什么时候睡着了，睡得很沉、很安静，没有咳嗽，不再发烧，胸腔里发出的呼噜声消失了，四肢的酸痛感也不复存在。赛卡伊娜和海亚姆坐在莱伊拉的床边，先是看着熟睡的女儿，随后四目对视，凝望着对方。他们还从未这样毫无间距如胶似漆地缠绵交织在一起过，就像是共同的担忧和害怕将他们紧紧贴在了一起，让两人你中有我、我中有你，合为一体，从而于翻云覆雨中生成出包含他们两人在内而又并非两人之和的第三者。通过这一全身心的结合，两人都享受到从未有过的愉悦，同时也略微感到有些难为情。有时患难与共，也会使人情不自禁。倘若两个人之间的界线没有了，就会让人觉得不正常了。诚实本分的人，不管什么时候超越身体的界线，都应该感到害羞。即便此人的界线已消失得无影无踪，内心亦势必暗藏着这难以启齿的感觉，不管越界者是男还是女，均无例外。

看着睡梦中的女儿，两人的内心充满了幸福。莱伊拉已经差不多痊愈了，饭吃得香，觉睡得好。她本来长得就漂亮，现在脸上多了点大病初愈后的白皙，使她显得比健康时愈发美丽。不，不应该说是美丽，而是愈发温柔、可爱。

两人小声说着话，生怕把孩子给吵醒，而这耳语更加深了他们之间的亲近。只要他们守在女儿的床边，就得低声耳语，但他们从未想过要走开，去正常地交谈或者上床睡觉。两人都感觉待在莱伊拉身边是一种需要，但话题自然而然慢慢地离开了女儿，过渡到平日生活中的忧患和希冀，随后也谈及周围的人与事。于是，当时伊斯法罕街头巷尾尽人皆知的传闻，即哈桑归来的无稽之谈——虽然尚属捕风捉影，也正因为如此一有机会便众说纷纭——也成了他们谈话的重要内容。赛卡伊娜明确表示，希望他们俩谁也不要再跟哈桑打交道，此人此名再也不要又在他们的生活中出现。

"我害怕，奥马尔，真的非常害怕。"赛卡伊娜嗫嚅道。此刻，和丈夫面对面挨得这么近，平常绝对不可能说出口的心里话，也可以一吐为快了。以往她一直默守"沉默是金"的信条，为了保护自己或自己的丈夫，避免互相伤害感情，搞得夫妻反目、家庭不和，同时也想维护自己在丈夫眼里的一贯形象，这点她很在乎，或许还有第三种原因，她把许多想法都压在了心底。

"我觉得你过虑了。相信我，他对你的害怕一点也不比你对他的恐惧少。"海亚姆想宽慰妻子。

"其实我怕的并不是他本人，绝对不是。他能拿我怎么样呢？！但我害怕他接近我们，他和我们不是一路人，水火不容。好吧，也许'害怕'一词表达不对，可能该用别的什么词。可不管怎么说，我就是不愿让他在我们身边出现。"

"他人并不坏呀，甚至连有坏心眼儿都谈不上，这我敢保证，至少这点看人的本事我还是有的。"海亚姆一个劲儿地劝说赛卡伊娜，并想方设法地转换话题。不管怎么说，哈桑还是他朋友啊。

"我不说他坏还是不坏，我说的是他跟我们不是同类。"赛卡伊娜回应道，"世上有种人，他们从来不会考虑和顾忌别人，因为没这能力，哈桑就属于这类人。我不知道这是不是一种极端自私自利的表现，要不然就是想象力贫乏，对外界麻木不仁，或许缺少了某个正常人该有的器官。总之，这类人没有能力真正意识到别人的存在，不会考虑他人的需要、兴趣和理由，就像瞎子看不见东西一样，他们无法真正地理解和顾忌别人。想想我过世的父亲吧，你是认识他的。"

"多亏了他，我也认识了你，亲爱的。"海亚姆打断了妻子的话，触碰她精致的纤纤玉指，她也回以温柔的抚摸，"所以我至今仍对他老人家感恩不尽。"

"你还记得起他？"赛卡伊娜停顿了一下问，"在外人眼里，他是个好人，德高望重，受人爱戴，这么讲不是没理由的。父亲为人处世，的确没什么可说的。可是当他内心萌发出再娶娇妻的愿望时，却毫不考虑我们，不想想家里任何一个人的感受。他压根儿没去思考，是不是该扪心自问一下，如果把新欢带回家来，而家里已经有了两个女人和两个比这新来的后妈还年长的孩子，那会是怎样一种情景，我们全家人合在一起以及家里的每一个人会怎么样，而这个看来老头子已经离不开的女人又会怎么样，大院里其他随便哪个人又会怎么样。不，这一切他丝毫没有想过，他心里只有他自己。我无数次想过这个问题，而且可以肯定，他不可能这样扪心自问，犹如一个聋子根本无法去考虑为什么有人唱歌会跑调一样。他人真的不坏，你是知道他的，可他就是不会去关心别人，因为他没

462

长那个让他能看见别人的器官。他的世界与他本人完全一致，他的所有器官、全部知识、所想的和所能够想的一切，其存在的作用仅仅在于告诉他，他的世界有何需求。他在世时，只要能给他带来享受或对他有用，他可以心安理得地把我们卖给人家去做奴隶；如果能让他获得片刻的快乐，将整幢房子或全世界都点着了他也在所不惜。这一切，他做起来都会觉得问心无愧，因为他感觉不到自己给其他人造成的伤害和痛苦。事实上，除了自己，他在这世界上目中无人，周围的一切不过都是他的影子而已。"

"你可从来没有这样说过你父亲呀。"海亚姆插了一句，话一出口他就反应过来，其实赛卡伊娜此前就根本没有谈起过自己的父亲。

"我没法说。如果不是一切都发生了变化的话，我现在也不会说。"

"你的话耐人寻味，可我从来没这么想过。"

"遗憾的是，这都是实话，这点我可以肯定。最糟糕的是，这种人还不在少数，包括你的哈桑在内。他的情况更恶劣，因为他不珍爱生命。我死去的老爸生前至少还会享受生活，懂得珍惜自己的身体，将其视为人生在世绝无仅有的珍宝来爱护，这起码还有那么点意思吧。但哈桑不这样，他是个另类，不懂得享受，不会爱，没有欢乐，既不知道怎么对待自己，也不知道怎么对待别人。除了要按照自己的设想实施改造和修正外，他也不知道怎么对待这个世界。这些人十分危险，我不相信他会干出什么好事来。"

海亚姆不明白究竟发生了什么事情。但他同妻子相处的方式在这次交谈中毋庸置疑地发生了变化，犹如将他们分隔开的最后那道界线终于分崩离析了，两人的心灵合二为一，就像是两汪清泉汇成一池碧水。他自己也不清楚这到底是怎么回事。妻子关于岳父的这番评价，他并没有放在心上。但他可以肯定，如果一个像赛卡伊娜这样看重家庭的人如此数落自己的父亲，那她对海亚姆也就没有什么秘密需要保守，没有什么心事需要隐瞒。她把自己在家里积蓄的一肚子苦水，全都当着他的面倾倒了出来！海亚姆不想对此说什么，他根本就不想开口说话，于是便这么干坐着，沉醉在那种被人信赖的幸福中。这种感觉，自从两人守在莱伊拉床头窃窃私语起，就将他们紧紧地拴在了一起。他不愿去想这次谈话带出了什么新鲜事，他什么都不愿想。就这样，他坐着睡着了。后来，他一直也未能得知，当时两人到底是谁先睡着的。

接下来的几天里，莱伊拉的情况时好时坏，变幻莫测，如同儿戏般喜怒无常。有时，她的身体状况好转得就像完全恢复了健康一样，一觉醒来似乎已经痊愈在望。可是一天以后，病情又急转直下，在看不出明显原因的情况下突然恶化，连先前没被感染的部位也遭侵袭。这大起大落的情形，搞得赛卡伊娜和海亚姆的心也跟着跌宕起伏、七上八下的。他们一度认为，经过全力救治，运用了所有的知识，已经让女儿转危为安。他们拿掺入胡椒和樟脑的羊脂涂抹擦拭女儿的前胸后背，然后用丝麻毛巾裹紧她的上身，又劝说她喝下一大碗鸡汤，再加一杯放了蜂蜜的甜羊奶，把能想到的土办法用了个遍。这以后，她人的确有精神了，差不多已经都好了。说真的，自从那天倒霉地淋雨生病之后，她的病情肯定没像现在这样好转过。想到这儿，两人又振作起来，打起精神，充满希望，坚信截至目前莱伊拉病情反复给他们带来的失望，只不过是无足轻重的短暂危机而已。然而，就在他们满怀信心时，仅仅第二天莱伊拉的病情就又出现了极度的恶化，虽说呼吸未受影响，但四肢疼痛不已，而且肚子胀得鼓鼓的，一个劲儿地拉稀，状况比什么时候都要糟糕。

后来，一切都清楚了。正是那场冰雨唤醒了莱伊拉的死神，使女儿明显地日渐虚弱，身体萎缩成一团，仿佛是死神正将其吸入腹中，或者是在吞噬她的躯体和生命。即便在脸色尚可的那些日子里，虽然她跟常人一样能吃能睡，呼吸顺畅，面带微笑，体质却每况愈下，人也愈发萎靡，这已显而易见、无法掩饰。赛卡伊娜和海亚姆看在眼里，但都不愿这么去想，更别提说出口，自然只能继续想方设法地对女儿进行治疗。夫妇俩毫不动摇地坚称看到了好转的迹象，相互鼓励说病情一定有望进入稳定的恢复期。可是虽然如此，其实两人心知肚明，在这种拼命的忙乱抓狂中，本能的习惯多于坚定的信念，避免受到良心谴责的机械操作多于真正的希望。不早不晚，恰恰在此关头，阿布·赛义德来到了大难临头的朋友家。他径直走进屋子，坐在主人身旁，什么也不问，什么也不说，也不让别人问他问题、跟他说话，只是一动不动地坐着，以示其人在现场，身在朋友的近旁，但一言不发。其间他站起来，给孩子擦了擦脸，在她嘴上滴了点茶水，润了润唇，然后又坐下，和主人一样缄默无语。后来，他终于开口劝说赛卡伊娜和海亚姆上床去稍微睡会儿，两口子当然不听，但他扯开一条毯子，盖在两人的身上，让他们就这么坐在莱伊拉的床边打个盹。就在夫妇俩睡着的时候，女儿撒手人寰，魂归天堂。

阿布·赛义德忙前忙后地帮着料理后事，还是一如既往地平静，半句话都没有。遗体下葬后，他甚至站在门口，鞍前马后地招呼接待前来致哀的客人。倒是作为遗属的海亚姆夫妇麻木地立在那儿，神情呆若木鸡，形似惊弓之鸟，脑子里一片空白，似乎一夜间丧失了所有思考、理解、做事和说话的能力。堂屋都快被挤爆了，莱伊拉的死惊动了全城，听到消息的人都备感震惊，唏嘘不已。前来参加葬礼的人，均表现出真心实意的友好同情。大家基本上都静悄悄地坐着，偶尔有人呷一口茶，拿起一颗坚果来嚼，但没谁想和别人交谈。屋外又冷又湿，里面烧得很旺的火盆也没让海亚姆感到温暖。他站在红红的炭火旁边，浑身却在打颤，这并非室内的寒冷所致，而是他心里一片荒凉。又有人想挑起话头，开始在那儿自言自语地唠叨，说今年肯定流年不利。这不，新岁才开头，可以说伊斯兰春节纳吾肉孜节做的美食哈瓦糕泥还没凉，他就已经参加了第七个葬礼。年景也不乐观，即便还有收成可言，到头来也绝对是个悲惨的歉年。屋外去年暖冬里抽出的新芽，全都被寒流扼杀在摇篮里。倘若还剩下点什么能够存活下来开花结果，在收获前也必然会遭虫害，因为这些作物肯定发芽迟，生长的过程中日照不足……然而说话的人纯属白费口舌，没有一个人接茬应声，不过也没有一个人起身离去。

交谈尝试失败后，屋里陷入死一般的寂静。这时海亚姆伸开手，抓起一块烧红的木炭，用力捏在掌心中。一股肉烤焦时散发出的腥甜气味，顿时弥漫了整个屋子。

"呸，见鬼！"阿布·赛义德啐了一口，然后朝老朋友走去，把手搭在他肩上，扶着他进了另一间屋子。

随着时间的推移，仿佛客人们先前感到的拘谨和当着主人面说话的难为情已经烟消云散，或者起码得到了某种程度上的缓释和放松，堂屋里终于响起了交谈的声音。话匣子一旦打开，内容自然就围绕着近日来城里众说纷纭的热门话题展开。驿局主管苏哈拉卜好几次公开历数哈桑的不是，指责他为达目的不择手段，什么都可以背叛，称其为叛卖大师，只要有可能，最后连自己的叛卖行径都会被他拿去做交易。自打他智取阿拉穆特要塞的谣言不胫而走以来，哈桑就成了伊斯法罕游手好闲者茶余饭后热议的谈资，被视为奸雄，或者更确切地说是具有英雄气概的一介败寇。每一个心怀不满、唯恐天下不乱之徒，都可以从中看到自己潜在野心和非分之想的影子，将本人暗中希望拥有而又不愿公开承认的一切特质，全部寄托在这个乱世枭雄的身上。在这些交谈中，在进行这些交谈的人们眼里，哈桑是被法律通缉的一名逃犯，是个把社会舆论当作垃圾一样不屑一顾的另类，是个得以摆脱一切束缚、我行我素、无法无天的奇人。他一度在本国的竞争对手法蒂玛王室深得赏识，身居顶级高位，可为了自己的正义感，转眼间他又失去了这一切，落得个一无所有。即使在幸福美好的岁月，在年轻气盛、充满活力的社会，大家也喜欢谈论那些舍生取义、忍辱负重的英雄人物，并且总是对其津津乐道、无比崇拜。眼下，在伊斯法罕的街谈巷议中，哈桑就是这样一位几起几落、命运坎坷的英雄典型。他在这儿本已跻身高位，深得上层赏识，随后却因永远无法公之于众的过失而出走潜逃。他当时究竟为何要逃走？是为了逃避何人？现在为何又卷土重来？他在阿拉穆特要塞上都做了些什么美梦？或许是在想如何实施报复？自从他占据这鹰巢之后，伊斯法罕都有些什么人开始寝食难安、坐卧不宁？

无论何时，只要置身于那些把哈桑误解为复仇者或渲染成大英雄的圈子里，耳闻哈桑甘为正义蒙冤受难，得而复失又失而复得的曲折人生，跌倒了再爬起来的宦海沉浮，不屈不挠且永不低头的英雄事迹，苏哈拉卜总是一言不发，保持沉默，以此表明自己对这类言论以及整件事情无动于衷，不感兴趣。不过每次到最后，他都会失去控制，说出自己对哈桑不得不说的看法。可这么一来，他很快就失去了自己到伊斯法罕后在城里所赢得和享有的许多好感。他的激情独白，通常都大煞风景。这些交谈之所以特别让人享受，是因为他们在其中放入了各自不可告人的心愿和青年时代的梦想，加载了如此这般的奇珍异宝，所以这种交谈可以被无限地拓展、延伸。而苏哈拉卜的发言，每次一开头就会提醒大家不要忘了，他们心目中的英雄曾经也是塞尔柱帝国的朝廷重臣，在宫中同样身居要职，深得赏识。自从踏上伊斯法罕的地面后，他就跻身高位，也许对他这样一个乳臭未干的愣头青来说，这些权位高得太过分了。可这一切瞬间消失殆尽，因为他想要更多的东西，也就是说欲壑难填，想要一切，并开始聚众闹事，煽动起义，向人灌输他们生活悲惨的原因在于他们是波斯人。他唾弃自己在这儿所得到和享有的一切，投奔帝国的竞争对手，在那边跻身高位，深受器重，然后又一次干下了叛卖的勾当。现在他终于如愿以偿，置身于阿拉穆特，高高在上，在鹰鹫的簇拥中成为自己的主人。记挂他的人会担忧地扪心自问，下一个被他叛卖的将会是谁——是他自己，还是那些苍鹰秃鹫？或者是对自己的叛卖进行叛卖？不可能还有第三个对象，因为他周围已不再有谁可供叛卖。

　　他的聊伴们群起而攻之，对他的评价表示抗议，并提醒苏哈拉卜，尽管他言之凿凿，但哈桑仍然是个好人，他心系穷人，同情弱者，仅这一点在当今之世就属凤毛麟角、难能可贵（每当此时，有一事必被提及，那就是哈桑付给前阿拉穆特要塞司令三千金第纳尔，是因为他知道，后者家庭负担过重，故善心大发，以此接济）。他们还经常强调，就其所知，哈桑还是个聪明人，没准还是个伟人。对此，苏哈拉卜总是用警告予以回应："越是好人，一旦坏起来比谁都坏。"或者说，"人越伟大，他当的坏蛋亦越大。小人物永远当不了值得我们七嘴八舌的大坏蛋。"

大家都知道，哈桑曾警告过苏哈拉卜，一次是口头，一次用书面，可还是无法绑住这位密探的舌头，封住他的嘴。几天前，他办完公事回到家里时，发现床垫上插着一把匕首，刀尖上戳着一张字条，上书："这种现象在你躺在上面睡觉时也完全可能发生。"不用猜就知道此信出自何人之手。也无需费什么脑筋便可明白，他们怎么能够随心所欲地潜入苏哈拉卜的家中，找到其下榻的床铺。

阿布·赛义德和海亚姆刚一走出屋子，就有位上了年纪的客人询问苏哈拉卜，是不是真的在自己床上发现过匕首和恐吓信。苏哈拉卜点头称是，话音未落，另外一位就迫不及待地想知道，他对此有何想法。

"我想，用这么'刺击'的方式表达问候，的确让人心服口服。"苏哈拉卜一语双关，"而且我还想，你同意我的看法，对吧，亲爱的。还是你不这么看？"

在场的人面面相觑，有些拿眼睛瞄着苏哈拉卜，有些则用手捂住嘴，忍住不笑。询问苏哈拉卜有何想法的那位，觉得受到了侮辱，或是被人误解了，显得手足无措，只是一个劲地耸肩膀，但又不甘心，便决定还是用语言来打圆场：

"你别生气，我的意思是……"没等他把话说完，苏哈拉卜就打断了他：

"你的感情可实在太细腻了，多虑了，亲爱的！我干吗要生气呢？干吗要平白无故地生气，尤其是要生你的气呢？"

"我只是想，只是想问，你现在准备怎么办来着。他们可不是开玩笑的，就是要给你点颜色看看，表明他们有能力这么干。所以我想知道，你准备怎么办。"

"我们得干我们的活儿，亲爱的，这就是我准备要做的事。我要关注他们，因为他们的事属于我的管辖范围；他们也得关注我，因为我挡了他们的道。这世界上本来还有更有意思、更美好的事情可以关注，可遗憾的是，这一回我摊上他们了。"

"可你不害怕吗？"

"当然害怕，向真主发誓！我是个有理智的人，理智和害怕是一对亲姐妹。就算没有受到任何威胁，一个有理智的人也会害怕，因为他深知，一切存在的事物都会对他构成威胁，可谓防不胜防。这世上有水、火潜伏在暗处，伺机对他发动袭击；有树木隐身密林，随时准备将他压倒在地；蛇蝎毒虫藏于丛林，静候噬咬他的良机，连每条狗都趴在那儿，好一跃而起，扑向他狂咬。唯有傻瓜才不害怕，因为他不知道，仁慈的真主所创造的一切，可能会给他带来不幸，而且这一切也许恰恰就是真主专门为他和他的不幸定制打造的。"

"可看不出来你会害怕。"

"正人君子不露惧色，会将害怕同屁股一样隐藏起来，把两者均置于身后。"

　　差不多一个月以后，事实证明，苏哈拉卜的害怕是有充分理由的，他听似诙谐的表达绝非戏言。换言之，倘若他当时能够知道，那"刺击"的问候命中注定要成为刺客夺走自己性命的方式，那他的害怕肯定有增无减。有关"刺激的问候方式实为'刺击'"之说，流传的版本五花八门，各种添油加醋的成分不一而足，其中最常听到的说法是，苏哈拉卜当时还补充了一句："匕首是刺客从哈桑那儿得到的唯一行动理由"，不料一语成谶。这一表达的不同翻版不断被人复述、传播和评论，搞得就像苏哈拉卜拿哈桑手下的伊斯玛仪派恐怖分子来调侃的一则笑话，逐渐传遍了全城，可谓家喻户晓，妇孺皆知。一日，他办完公事后回家，刚走到住宅门前的空场上，冷不防斜刺里跳出个白衣白裤、足蹬筒靴、系着红皮腰带和胸带的后生，向他猛扑过去，将一把锋利的匕首刺进了他的胸腔。卫兵们把刺客剁成了肉泥，但没能挽救苏哈拉卜的性命。而且他们自己也难逃厄运，打那天起，死在乱刀之下被大卸八块的凶手那一脸幸福的表情就像是魔咒一样，寸步不离地缠绕着他们。

恐怖气息

一大清早，大广场上突然冒出许多从马赞德兰地区逃出来的难民。去做晨礼的伊斯法罕人，在大白寺前面就遇到了这么一群。这帮人大约有五十来个，浑身上下、满头满脸都沾了一层厚厚的灰尘。其中一些人坐在广场上，另一些横七竖八地躺在地上睡觉，但大多数人都背靠着大白寺所属墓园的墙壁站着。不管是用什么姿势，所有的人都盼望着天色大亮，大家一样显得劳累不堪，精疲力竭。

难民们讲，是哈桑的人把他们赶出来的。实际上，哈桑已经接管了马赞德兰的政权。起初，他控制的地盘还仅限于阿拉穆特要塞周围的地区，但现在的势力范围与日俱增，不断扩张。大概一个月前，可能还要早一点吧，哈桑的人宣布，从即日起，在清真寺主麻日祷告后的讲经布道中，务必首先提到哈桑的大名。各寺的伊玛目们可以在本寺的祷告中提及苏丹和巴格达哈里发的名字，这一点虽不予以禁止，但也不是必须而为，可能不提更好，以免迷惑信众。不过，每次主麻日祷告后都必须祈祷哈桑的保佑与赐福。如有违抗命令者，将被身着白衣、足蹬筒靴、胸配红色皮带的青年武士就地乱刀砍死。而顺从此令者，则可以平安待在家中，就当什么也没有发生。同时，自命令颁发之日起，所有人都有义务向阿拉穆特现任政权缴纳税赋，每家每户还得至少出一男丁，前往要塞接受训练。除此之外，一切照旧。有不从者，可以自行离开，凡能装入袋中的家财，尽可带走。

　　起初，几乎无人愿意就这么一走了之，大家都心存侥幸，希望能和这帮强人软磨硬泡地兜兜圈子，好找到一个折中的办法，用计取胜。因为没有哪个心智正常的人会愿意背井离乡，丢下阿拉穆特山谷里风调雨顺的沃土良田，去流落他乡，寄人篱下。说句实话，自打真主在上、尘世在下以来，人类就被迫跟统治者玩捉迷藏，以便寻觅能够与其和平共处、相安无事的途径，而且拐弯抹角地总找得到。必要时，他们也要点小聪明，送点钱，演演戏，装疯卖傻，故作糊涂，只要觉得这么做有助于问题的解决，便无所不可尝试。另一方面，当局一旦站稳了脚跟，马上就会表现出妥协宽松的姿态，一副凡事好商量的样子，什么都可以睁一只眼闭一只眼。这样的话，老百姓就可以找到乡下人自古以来一直寻求并在智斗当局的游戏中发现的那条中庸之道。它既可以让庶民保住性命，继续过他们的小日子，又可以让当局施展自己的宏图大略。所以，阿拉穆特的山民们都设想，这一回同新的当权者亦可故伎重演。于是，几乎所有的人都愿留下来，想在家里琢磨出一个两全其美的解决办法。这样，在阿拉穆特要塞的人弄清头绪并将各家人口及财产登记造册之前，不等他们对城镇乡村的情况了如指掌，没准大家就能找到一条途径，可以不必担心儿子的安全，与当局的代表达成一种替代、补偿或者随便其他什么方式的谅解和协议。可这次不同了，跟以往相比，连沾点边的相似情形都不存在。阿拉穆特当局竟然已经掌握了所有家庭户口和财产的明细，这显然是从某位前掌权者手里拿到的，所以可以胸有成竹地为所欲为，想进谁家就进谁家，想抓什么人就抓什么人，而且没有半点会妥协退让、降低要求的意思。与山民们的设想相反，新政权的口气一天比一天强硬，与民众的关系也越闹越僵。他们派遣专人挨家挨户地找上门，指名道姓地要将每户符合规定的壮丁带到要塞去接受训练，同时还分毫不差地清楚该从各家征收多少赋税。倘若要带走的年轻人不在家，而家人又不知道他目前在哪里，何时能够返回，那哈桑的白衣卫士将会依次诛杀全家，因为有这一行为的家庭涉嫌违抗政令，须科以极刑。每逢礼拜五主麻日聚礼之后，阿拉穆特政权都要当众宣布因违抗政令或叛卖行为被处决者的姓名，同时还反复强调，凡是不愿在此居住者，尽可远走他乡。

随着被灭门户数量的增加，准备出逃的人也越来越多，尽管这是新政强制推行的一项恐怖政策，人们还是跃跃欲试。可是去哪儿？怎么去？最后，人们在极度惊恐之中顾不得再去思考这些问题，只想尽量塞满自己的布袋，然后赶紧逃离这恐怖之地，踏上前无目的、后无归途的漫漫逃难之路。比方说，在伊斯法罕出现的这群人大约有一百来户。此前，他们想方设法，不管在什么地方，只要有可能，就把孩子和老人安顿在亲朋好友那儿暂时落脚，其余体力还行的男人和成年妇女则来到了这里，寻求苏丹垂恩予以救济和庇护。

帝国宰相尼札姆·穆尔克从难民中挑选了几个比较稳重的男子，请他们到自己府上来聊聊，剩下的人就交给伊斯法罕的市长侯赛因尼去关照了。

过了三四天，宰相把海亚姆叫到自己这儿来。见到穆尔克的那一刻，不善流露感情的海亚姆，怎么也没能掩饰住自己内心的吃惊和担忧。大概是因为同难民代表的谈话冗长且劳神，他显得疲惫不堪，面色苍白，忧心忡忡。看得出来，他每想好一句话再说出口都十分吃力。其实问题不在于此，即便没有这次会面，海亚姆之前也已觉察到宰相憔悴了许多，然而这回的状况并非操劳过度和身心疲惫所致，一切另有更加深刻的隐情。这是体现在他突现的脸色蜡黄上吗——以前即使累得精疲力竭，也从未有过这种现象——还是在于自上次碰头以来他显得全身萎缩，从而给人以身心崩溃的印象？或者是从他瓮声瓮气的话音里透出的空洞中可以听出？这一切都有内在联系吗？还是暗中潜藏着别的什么看不见的东西？海亚姆脚跟还没站稳，两人就一起朝花园走去。老臣起身的艰难、行动的僵硬，更让海亚姆感觉到，这位老朋友肯定有哪儿不对劲。

"这个愚蠢的家伙在那边搞起恐怖活动来了。"帝国宰相变了调的声音直发颤，沉闷地嗡嗡作响，"他滥杀无辜，驱赶百姓，掠夺财物，把那些人祖祖辈辈积攒的家业席卷一空。"

"你说哪个愚蠢的家伙？"海亚姆嘴上这么问，可心里十分清楚他亦师亦友的宰相大人说的是谁。

"一切迹象表明，这家伙在我面前说的那些疯话，绝非信口开河，他全都付诸实施了。"大臣继续说道，故作没有听见海亚姆的问题，好显示自己依然还比爱徒更懂得跟人打交道。

"比方说他都具体干了些什么呢？"

"例如建立一个隐形国家，或者按他的说法叫做网络国家。他宣称，只需十万好汉（无需再多！），即可创建一个按蛛网结构设

475

立的不败之国。具体设想是，在蜘蛛所在的网心位置上建造一座坚不可摧的要塞，就像阿拉穆特城堡那样固若金汤，使之成为指挥中心，从而辐射全国。隐形国家的政权只要几千人来担负国防和特别任务，其余的人全都派往世界各地，让他们广敛钱财，招募富人，为该组织及其隐形国家效力。这些特遣人员将偕同被发展的同情者，在全世界各个城市成立秘密小组，并逐步扩展为由隐形国家信徒和臣民所组成的殖民地。哈桑在谈及这一梦想时承诺在计划中给我安排一个重要位置，他说，这些殖民地就相当于蜘蛛网上的网结，其成员主要为富人、商贩、钱庄老板和金匠。这帮人和当地的权力机构都保持良好的关系，有可能的话，还结下了友情，并且极力向其放债。这样一来，过不了多久，所有城市的政权全都身陷对哈桑门徒组织的依赖。但哈桑的人无论在何地，从不去接管政权，只是一个劲儿地以越来越苛刻的条件出借金钱，数量也越来越大，好让当地的权贵们越陷越深，难以自拔。哈桑坦言，这样一个国度是无敌于天下的，更不用说能将其消灭。它没有领土，没有军队，没有可以攻克的城墙，也没有能够摧毁的城市。他无处不在，存在于每座城市、每个帝国之中，同时又无处可寻，因为它既无疆域国土，也没有完整的实体可被攻打。他将会是个隐身无形的国家，恰似一张铺开的巨大蜘蛛网，无法摧毁。只要它的精神领袖活着并能思考，就无人能够真正地破坏它，因为其真正的根基存在于精神之中，就如同只要作为这张网发源和根基之母体的蜘蛛一息尚存，就无人能质疑蜘蛛网的存在。这个虚拟的国家在形式上同真实的国家极其相似，它逼真地模仿或起码忠实地反映了真主与世界的相互关系，因为真主之于其创造的世界，恰似蜘蛛之于其编织的罗网，你中有我，我中有你，相互包含，相互拥有。蜘蛛既是蛛网不可分割的一部分，又完全不同于蛛网本身。它无疑是网的创造者，但同时又与其紧密相连，脱不了干系。从技术上来看，蜘蛛肯定不是蛛网的一部分，可离开了蛛网它则无法想象、无法辨认。为了生存，蜘蛛必须织网，虽然是它创造了这一奇迹，但也正是这张巨网才证明并维持了蜘蛛的存在。哈桑坚信，真主和世界之间的相互关系在某种意义上便与此如出一辙。"

"这一国家之说没错，逻辑上无懈可击。"海亚姆沉默良久后开口说道，"我把你刚才对我讲的一切仔仔细细地思考了一遍，发现这一设想的确天衣无缝。当然我不知道，现实中的情形将会是怎样，但在想象里这一切符合逻辑且令人信服。"

"希望我们不会看到它在现实中的模样，让我们祈求真主，别让他打造这个王国的梦想成真。"帝国宰相的想法有所不同，"假如他真的——愿真主别让他得逞——但他真的如愿以偿，能把他的王国建立起来，想必我也等不到在里面生活的那一天了，上年纪的人也有上了年纪的好处呀。"

两人又陷入沉默，一言不发地并肩向前走着，步履比平时慢了许多。宰相走路时的那副样子，就像只是为了把一只脚移动到另一只脚的前面，自己每挪动一步都得努力回想一下，接下来要干什么似的。

"但如果这是真主的旨意，要他利用和我达成的默契，跑到阿拉穆特那边去建立他的无形国家，我们拿他也没办法——唉"穆尔克一声长叹，"不过我叫你来是为了另外一件事。"

沉默再度笼罩，两人举步维艰，缓慢行进。

"你肯定也已经注意到了这些事情，在这方面你最有发言权。"宰相继续若有所思地说，"如果他的确是对的，也就是说他们是对的，因为哈桑曾经夸口，有很多人都跟他想的一样，所以如果他们是对的，如果世界与其创造者之间的关系，如同蜘蛛与其编织的罗网一样，那就意味着，仁慈的真主创造的世界以及世界上存在的一切对他来说根本无关紧要。但这是不可能的，一切都可以向你证明，这是不可能的。或许对蜘蛛来讲这也不是无所谓的，但这一点我不得而知，因为我没当过蜘蛛。不过比方说，假如蜘蛛也对此无所谓的话，这完全可以对它无足轻重：你撕破一张网，它可以重新编织一张，想什么时候织就什么时候织。因此它编织的网全都一模一样，也全都短命。然而伟大真主所创造的世界林林总总，不一而足，各个世界之间千差万别，根本无法相比，而且皆永恒不变。如果它们真的对真主无关紧要的话，真主还会维护它们吗？我主悲天悯人，我主仁慈无限！"

仍然是一阵沉默，但大臣的喘息更加粗重和激动，每一次呼吸都清晰可闻。

"到底为什么叫我来你这儿？"等朋友看上去稍稍平息些后，海亚姆问。

"就是为了刚才所说的一切，必须对此予以反驳。现在他在阿拉穆特要塞里将思想付诸笔端，详尽阐述，形成自己的学说，加以论证，然后让他的使徒四处散布，为他的无形国家博取人心。我们不能让他那种指责造物主冷漠无情的思想在世界上流传扩散。我根本不敢去想，也根本无法想象，倘若这种人为了在被真主冷落的世界上苟且偷安而必须如此做自己的话，到头来会变成什么模样。谢

478

天谢地，也幸亏我想象不出来！只有你能够理智地反驳这些异端邪说，除了你，恐怕就连伟大的伊斯兰教权威教义学家、哲学家、法学家艾尔-安萨里都不能这样理智、这样有理有据和令人口服心服地做到这一点。"

接踵而至的是双方的无语，长时间的沉默里充满着紧张。宰相已经说出了自己的请求，此时此刻，他个人迫切需要年轻有为、博学多才的朋友能向他证明，自己的这种害怕纯属庸人自扰，毫无根据。毋庸置疑，哈桑现在是他的心腹大患。但从他要求海亚姆对哈桑的说教予以反驳的调门上可以清楚地听出，对他来说，更大的问题在于其自身的恐惧。首先，他本人并没有设法掩饰，是他自己主动想到有关造物主之冷漠无情这一问题的，也许是在他思考哈桑的梦想和说教时萌生出的想法。现在他想请朋友证明，自己的这些疑问皆为无稽之谈，感到的害怕亦属庸人自扰，一切具有指向性的结论全都大错特错。海亚姆明白了，他也和帝国宰相同样感到郁闷。一个从未求过人的朝廷重臣，大概也因此原来根本不会如何求人的帝国高官，现在屈尊俯就地来求自己，这让他心里十分难受。可更叫他难受的是，这人还是他一向高傲自负的挚友和恩师（用赛卡伊娜的话来说，是"我所见到的最真挚坦诚的男人"）。而最糟糕的是，他无法答应朋友的请求，甚至连假装答应去试试看的样子都做不出来。

"在这个问题上，就连大医学家、哲学家伊本·西拿也满心困惑，为什么可怜的哈桑就不能有自己的疑虑呢？"

"你认为他可怜，我倒觉得他不配被称为可怜。"对海亚姆的表达，宰相颇感意外。

"为什么不配！"海亚姆的语气十分自信，"他对真理根本不感兴趣，所关心的只是煽动人心，博人好感，出人头地，充当领袖。假如他有朝一日也会扪心自问的话，那肯定不是因为他真的对真理感兴趣。"

　　"你这么讲想说明什么？"大臣有些激动，"我不懂你的意思。"

　　"伊本·西拿唯真是求，无论做什么，皆以实事求是为重。与哈桑不同，他不想讨好别人，行事的目的也不在于让别人认为他英明伟大。他不想追逐发家致富，亦不愿投权贵所好，唯一想知道的就是真理之所在，并将其付诸笔端。在试图确定真主与世界之间的关系这一问题上，就连他也陷入了思想上的分裂，甚至导致内心的矛盾。还记得吗，他曾一度推测，世界是永恒不变之物，据此也不应为人所创造。天哪，怎么可以如此糊涂？！但凡有形之物，也因而皆为有限之物，何以永恒不变呢？！这么说根本行不通，不言而喻，一切有形之物，必为创造或制作之物。伊本·西拿一度忽视了这一点，现在又来了个哈桑，要对这一切做出解释！"

　　"你终于懂我的意思了，奥马尔。"帝国宰相的声音疲乏无力，"无论如何我不愿意你步苏哈拉卜的后尘，让悲剧在你身上重演。我将来不会，现在也不要求你去跟他论战，如果你有顾虑的话，根本无需对他或者他那帮人指名道姓。我可以给你搞到他写的东西，请你证明天启是真理，并且真主正如天启所示乃普世仁慈至善的圣人即可。你既不必反驳哈桑，也无需提及其姓名。"

　　"我没有任何顾虑，一点儿也没有。"海亚姆自惭形秽，大概是意识到，面对自己的恩人和忘年之交，他是连点小谎都不可以撒的。这位亦父亦友的老臣，弥补了海亚姆因早年丧父所未能得到的一切。至于真主与世界之关系，唯有对主有所了解的人才有权评说，可我们无法对主的实情一无所知，何以首先证明主善良、仁慈或者冷漠、严厉……不，他连对此进行思考的承诺都无法做出，因为他根本不能对此进行思考，一个不关心思想和真理的傻瓜才会宣称，自己对真主做过思考，对其有所了解。

一段长时间的沉默，两人沉浸其中，好像油脂和碱液溶解在了一块。而后，海亚姆猛然大声问道："能为你做点什么吗？！"

"送我回家吧。"宰相说完，靠在海亚姆的肩头。海亚姆有点不知所措地把一只手臂递给他，好让他借以支撑住自己的身体，然后用另一条臂膀搂住宰相，满怀着爱意和深深的感恩之情，搀扶他往家走去。

到了家门口，宰相没有请海亚姆进屋，两人便在门前分了手。

在回家的路上，海亚姆一直在反思自己刚才的所作所为，内心斗争十分激烈。事情明摆着，他对朋友犯下了深重的罪孽，这点毋庸置疑，用不着分析也清楚。唯一值得反思的倒是，自己已经犯下的罪孽，同他倘若承诺将对真主和真主与其创造物之间的关系予以思考而造的孽相比，孰重孰轻。后者将会是一桩分量极重的大罪，因为结果将对造物主与其创造物之间的区别予以否认。犯此罪孽者，就等于放弃了对思想和真理的追求。可不这么做的话，他就抛弃了自己的朋友，而且是一位对他恩重如山的朋友！在随后几天里，他必须去找阿布·赛义德谈谈，现在只能和他推心置腹了，也就说，唯独阿布·赛义德能够帮他有逻辑地分析所面临的棘手难题。

快到家的时候，他突然听见一个清脆的童声在背后呼喊"哈基姆！哈基姆"，于是便转过身去看个究竟。

　　"你就是哈基姆吗？"一个五六岁的小男孩见他转身回头，便朝他走来并问道。

　　"有些人是这么喊我来着。"海亚姆回答。

　　"你就是看星星的那个人？叫奥马尔的？"男孩继续问。

　　"对，就是那个人。"

　　"跟我来，有人在等你。"

　　没等海亚姆应答，小孩就转过身，向前窜了出去。海亚姆连忙紧跟其后，但怎么追也赶不上这小子。两人走路的速度让他们无法交谈，小家伙跑得飞快，就像是有人在背后要抓他似的。海亚姆在后面紧赶慢赶，累得好几次都差点喘不上气来，不由得心里直犯嘀咕，问自己是不是中了邪，为何要像个傻瓜似的，既不问清事由，也没得到个足以让他乖乖听话的解释，就跟在一个素不相识的黄口小儿后面一个劲儿瞎跑。他们来到了老城区，在一片密如蛛网的狭窄小巷中穿来穿去。巷子的两旁，一排排沙砖结构的房舍散发出一股子潮湿的霉味，院门看上去大都腐烂朽坏，濒临垮坍。带路的小男孩儿最后在一户人家的大门口停下，用门环叩击了大门三下，便连个招呼也没打就溜走了。门开了，一个身材瘦削、满脸忧虑的男子出现在门口，做了个手势把海亚姆让进了屋里。

　　屋里等他的不是别人，正是当下大名鼎鼎的风云人物哈桑。他看上去心情不错，是真心诚意地很高兴见到老朋友。海亚姆一只脚刚踏进屋，哈桑马上向他介绍，说给他开门的这个满脸愁容的瘦子是房东，名叫莱斯·阿布-法兹尔，制作皮毛是把好手，当然为人更好。

"首先他是个好房东，如果房客有心灵健康的问题，他关心起来可是无微不至，细腻入微到溺爱，连你的亲妈都做不到。"哈桑说完放声大笑。

哈桑打开话匣子，讲述中时常大笑不已，不时拿房东开涮。原来，当年从海亚姆家里跑出来后，他就躲到了这儿。两天后，忧心忡忡的阿布-法兹尔得知自己的房客竟然是苏丹和帝国宰相正在通缉的要犯，顿时吓了个半死。为了安慰这位老兄，给他打气鼓劲，哈桑拍着胸脯说，他哈桑只要两个真正、可靠的好友当助手，就可以让苏丹和帝国宰相的脑袋搬家。从那天起直到离开伊斯法罕为止，哈桑面前的桌子上就堆满了最昂贵的番红花、姜汁和姜茶，因为按民间的说法，这些东西能够补脑。

"你当时是不是觉得我脑子坏了？"哈桑哧哧发笑，继续逗他的房东，"我没说错吧，你就是这么想来着。"

莱斯·阿布-法兹尔没有笑，也不理会哈桑用手和指头对他的前胸和肋间戳戳点点地开玩笑，脸上始终保持着那种忧心忡忡的神色，让人看不出来他究竟有没有把身边的人放在眼里。可能这副模样促使哈桑也收敛了恶作剧，变得严肃起来。

"现在他不再这么想了。"哈桑结束了玩笑，"现在他知道了，只要我愿意，无论什么时候我都可以干掉苏丹和他的宰相，干掉任何一个我想干掉的人。"

"你这么想心里感觉舒坦？"海亚姆的问话里流露出惊异，哈桑听了则放声大笑。

"我知道，这些对你来说没什么意思。但是对不起，我要告诉你的是，现在有人喜欢手中有点小权的感觉，尤其是在这种感觉能够自圆其说的情况下。”

“今天我听说了你想要建立国家的事。”海亚姆插了一句。

“这不是正该干的大事吗？”哈桑满脸放光，“一个隐形国家，无影无形，因而无法攻占，无法摧毁，对敌人来说根本不可接近。我的国家就是人和黄金，他们在大马士革和撒马尔罕，在开罗和巴格达，在印度斯坦和法兰肯。它无处不在，哪儿有我们的人和我们的金子，哪儿就有我们的国家。倘若有哪位统治者要在某座城市对我们开战，我们就带着自己的财产和幸存者跑到另外一座城市，躲藏到另外一位统治者那里。稍微过些时候，我们就会给那位把我们从他的城市赶出来的统治者派去三个白衣锐士，带上我们尖锐的‘刺击’问候，就像你的朋友苏哈拉卜所说的，专程登门拜访，直到他收到为止。相信我，只要我们以这种方式问候十个人，那么所有人都会对我们点头哈腰，俯首称臣。我们想问候谁，就能够问候谁。现在我手下有三百名随时待命、身怀绝技的全能‘白衣卫’，十年后就是三万名。”

“你觉得，事情就这样简单吗？”海亚姆极力想弄明白，兴奋的哈桑所讲的一切究竟是什么意思。

“绝对是，”哈桑胸有成竹，“你没发觉吗，恐惧有种绝无仅有、不容混淆的独特气息？只要感到恐惧，所有人散发出的气息都是相同的，这就是恐惧的味道，不管他们之前是什么气味，也无所谓他们身在哪里、境况如何、人数多少。王公贵族也是人，如果他们摘掉王冠和缠头布，褪下镶金嵌银的丝质披风和金线编织的长袍，脱去红缎衬衫，摘下金质指环，倘若他们把这一切，比方说全部拿掉，无论是谁也都只剩下一个赤裸、软弱的躯体。这躯体害怕蜜蜂和毒蛇，害怕蚊虫和匕首，害怕一切能刺痛它的东西。倘若这躯体知道我的匕首随时都能带着'刺击'的问候登门拜访，那隐藏在金银珠宝之后、绫罗绸缎之下的它，必然会散发出恐惧的气息。而且谁也逃不出我的手心，我的匕首可以环游世界，抵达最遥远的天涯海角。一旦所有朝廷王室都弥散着恐怖的气味，那我们就是世界的主人。现在你明白我对你所讲的了吗？"

可以清楚地看出，海亚姆使出了九牛二虎之力，想要理解朋友的思想及其狂热的憧憬，然而同样清楚的是，他未能做到。这一切也都被哈桑看在眼里，他走到海亚姆跟前，高兴地拥抱了老朋友。

"你正是我要找的人，我原来就希望事情会是这样。"哈桑边说边满心欢喜地拍了拍海亚姆身体的两侧，"我就差这一块了，就要找这么个人，也正是为此而来的。"

"你这是什么意思？"

"就是我刚才说的意思呀！"哈桑满意地笑了，"我这次回来的目的就是为了证实，你就是我想要的那个人。如果是你的话，我此行就是专程来召唤你加盟的。"

"来召唤我的？"

"跟我走吧，要不，你也可以随后再来，上阿拉穆特要塞，世界上所有的图书、最好的天文台、"鸟乳"甜点、蚁蜜美食，全都会摆在你面前，一切都供你支配使用。你只需要保持现在这个样子，跟我上山，不过当谈及那些事情时，继续不懂我的话就行了。"

"我懂你说的话，可就是不懂你这个人。让所有人都害怕你，又能从中得到什么呢？就算你当了统治者，做了人上人，那又能怎么样呢？究竟为什么你会对这一切如此兴奋着迷、如痴如醉？你干吗要给自己背上这沉重的负担呢？"

"这就对了，我需要的正是这些，所以跟我走吧。"

"别说蠢话了，你知道这是不可能的。"海亚姆严词拒绝。

"为什么不可能？"

"赛卡伊娜有多喜欢你，你自己心里清楚，所以就算我想去，恐怕也没门儿。"

"兄弟，这点小事难道你就不能给老婆下个命令吗?！"哈桑不由得惊呼起来。

"不知道，我从来没试过。"海亚姆冷冷地回应道，"实话实说，我根本不愿这么做，既不想去尝试，也不想下命令。"

"这是你的最后决定吗？"哈桑问。

"你这话什么意思？什么叫'最后的'？"

"就是说你不跟我走？"

"肯定不跟，至少这一点你早就应该明白了。"海亚姆很平静，"即便我动了心，但我怎么可能到一个让赛卡伊娜心里不舒服的地方去呢？"

"好吧，"哈桑站起身来，"回去告诉你的夫人，就说我哈桑刚从她嫁妆箱的衣服堆里爬出来，马上准备开始推翻这个世界了。你们还会想起我的。"

说完，哈桑便转身忙他的事去了。随后，房东莱斯·阿布-法兹尔把他请来的朋友一直送到了大街上。

486

悲惨时代

　　苏丹的长女穆赫玛拉珂公主回娘家来了。七月初的一天，在冷飕飕潮乎乎的寒风裹挟下，公主一行从西南方向进了城。这是一条捷径，到王宫只须走一小段路，所以不必招摇过市地穿城而过，搞得动静很大。大街上阒无一人，碰上这种倒胃口的天气，谁也不愿出门闲逛。况且这一日就像是天没亮过似的，到了中午仍然灰蒙蒙一片，四下如同笼罩在破晓前的昏暗之中。尽管如此，仅仅第二天，公主回家的新闻就已传遍了大街小巷，成为城里的头号话题。两三天后，其中的缘由也尽人皆知，各种版本众说纷纭。有的说，她骂身为巴格达哈里发的丈夫穆克塔迪愚蠢无聊，让她无法忍受，于是便打道回府。还有人说，她甚至借机顺便动手暴打了丈夫一顿，然后扬长而去。但也有人怒斥这些说法纯属谣言，是恶意的无中生有。可究竟发生了什么，真相如何，只有仁慈的真主最清楚。

　　回王宫后的第三天，穆赫玛拉珂公主有机会觐见父王，并向他哭诉了自己弃夫抛子、只身返回的来龙去脉。原来穆克塔迪沉湎于狩猎和驯养猎犬，花在这方面的心思远比对她的关心要多。如果说这些年里他曾几何时流露出一星半点的喜悦和激动的话，那也是在打猎的过程中表现出来的，或者当给他斟酒的少年唱起一首动听的歌曲，也会让他忘我动情。不过这种时刻也是凤毛麟角，稀罕到穆赫玛拉珂公主其实根本就想不起来，自己曾见到过丈夫的脸上有喜悦和兴奋的光彩。她在巴格达的全部生活都灰暗无光，单调乏味，无所事事，平淡无奇，没有盼头。

"他是不是做了什么事羞辱你了？"苏丹想知道。

女儿回答，说他从未对自己骂过脏话，也没动手打过人，没拒绝过她的任何请求，也没强迫她做过什么事情。在别人的眼里，也许她在巴格达过的这种日子简直求之不得，可她觉得难以忍受。

"那你究竟忍受不了什么？到底为何丢下儿子和丈夫，一走了之？"苏丹还在努力想搞清其中的原因。

对妻子来说，丈夫对她没兴趣是不是一种侮辱呢？如果他喜欢猎狗胜过自己的女人又是不是呢？行，就算不是侮辱吧，那绝对也不是让人继续待在他身边的理由。

"可孩子怎么办？起码也应该把孩子一起带走吧？"

"我要孩子干吗呢？他肯定不会放手的，所以就给他留着吧，让他去管好了。我要是再嫁人的话，马上就可以重新生一个出来。"苏丹对公主的回答极为不满，但又不知说什么好，只得无可奈何地打发她走，接着就把帝国宰相叫来给他出主意。他简短重复了刚才跟女儿的谈话，最后不知所措地向宰相求救："我究竟该如何是好呢，亲爱的叔叔？"

尼札姆·穆尔克受宠若惊，浑身颤抖。苏丹已经多年没这么叫他了，他对这一称呼的记忆还停留在苏丹的童年时代以及他当权执政的最初岁月。

"你妻子有何高见？"宰相谨慎地问，"她毕竟是做母亲的，得听听她的看法吧。"

"你说图尔坎?"

"对呀。"

"那我可以告诉你,她既弱智又虚荣,跟只没长毛的雏鸟一样,鼠目寸光。"苏丹毫不客气。

他告诉宰相穆尔克,图尔坎·哈通在公主回来的当天就冲到他这儿来了,嚷嚷着要他第二天就集结军队,前去攻打巴格达的穆克塔迪哈里发。她既怒火中烧又欣喜若狂,一面赌咒发誓要惩罚女婿,替女儿报仇,一面又暗自庆幸天赐良机,终于有了一个再好不过的借口,可以攻占巴格达,接管哈里发的权位,真可谓踏破铁鞋无觅处,得来全不费功夫。所以她喜怒哀乐同时上演,上蹿下跳不一而足,直到苏丹忍无可忍地把她赶了出去,并对其颁布禁令,未经御旨宣召,不得出现在他眼皮底下。

"我总不能因为自己的女儿不履行婚约就跟别人开战吧。"苏丹把对妻子说过的话又对宰相讲了一遍,"如果穆赫玛拉珂不想要自己的孩子了,我也不能强行要回来。但我对她的行为毫不理解,所以也无法为她辩解,更别提去报仇雪恨了。可我能怎么办?该怎么办?这事也不能就这么晾着吧?"

宰相想了想苏丹所讲的话,权衡利弊后得出结论,说这种情况其实再好不过了。他向苏丹解释说,进攻巴格达的主意根本不用去考虑,苏丹说得对,一无主观原因,二没客观借口。孩子必须跟哈里发待在一起,因为那是他的后代,母亲是离家出走的,没有任何根据将孩子从父亲的身边抢走,带到这边来,而且也没有任何理由这么做。一切都明摆着,如能让苏丹的外孙在哈里发王位的荫庇下长大成人，乃帝国之一大幸事，很难想象有比这更理想的安排了。按原来的构想，明日的世界将是马立克·沙赫苏丹的儿子和外孙平分天下的局面。他们俩一个会继承苏丹的王位，而另一个则将接替哈里发的头衔。为了让事态朝好的方面转化，眼下唯一应该做的就是，赶快对哈里发进行一次友好访问，挽回影响。至于他同公主之间的婚姻，过去了就让它过去吧，这也是木已成舟的事，可谓覆水难收。但是这不应成为质疑两大政权顶级人物之间友好关系的理由。比方说，通过友好协商双方不难确定，可以让小外孙每年都来伊斯法罕在宫里住上几个月，以便从小就开始培养他与苏丹王室家族以及未来苏丹的亲密关系和兄弟情谊。

听了老臣这番话，苏丹激动不已，对这位父辈忠臣大为称赞，承认自己总能从他这个叔叔那儿获得良方妙计，受益匪浅。随后，他便着手将宰相提出的方案付诸实施。才过了两天，信使就启程前往巴格达，预告苏丹将要来访的意向，这一浩大旅行的筹备工作也得以随之启动。

在这件事上，奥马尔·海亚姆必须从一开始就大力支持自己的良师益友尼札姆·穆尔克。他帮恩师起草了带往巴格达的信函，因为宰相大人一段时间以来，莫名其妙地表露出一种从未有过的惶恐不安，让海亚姆备感担忧。每当这种不安袭来，他都需要海亚姆在身边，仿佛只有这位心腹幕僚才最清楚他的想法、愿望和决定，能够帮他找到恰当的措辞，作出正确的选择。可是异乎寻常的过度疲劳，还是压垮了年老体弱的帝国宰相，把他累倒在病榻上，搞得海亚姆不得不暂时放下出访巴格达的筹备事宜，转而专心治疗照顾宰相的身体，琢磨怎样让他恢复健康。

马立克·沙赫苏丹这回真的很关心宰相的健康，认为尼札姆·穆尔克对他的巴格达之行举足轻重，所以吩咐御医和海亚姆要不惜一切代价，让他尽快痊愈，好能陪同他去巴格达完成重大使命。可他每次又强调，说去不去还是由宰相自己决定。每回和大夫交换过意见后，他总是要补充一句："再说，一切都掌握在真主手里，听天由命吧。"

八月中旬，宰相的状况有了明显的好转。包括他本人在内，大家都深信尼札姆·穆尔克可以与苏丹共赴巴格达。喜讯在宫里传开，大家都松了一口气，人人都欢欣鼓舞，击掌称幸，感谢真主开恩。可谁知没过多久，也许就五六天吧，大概是启程的二十来天前，宰相的病情突然恶化。于是王室决定，还是让他留在伊斯法罕，因为就他现在的体质，肯定无法承受在时下季节里做如此艰辛的长途跋涉。在卧室里的病榻上，穆尔克出于恭敬硬撑着坐在苏丹的正对面，周围是海亚姆和三名御医，大家一起商议如何是好。结果一致同意，如果允许宰相一同上路的话，那可就等于真的送其"上路"了，故当场决定，宰相必须留下，接受精心治疗和照料，以期苏丹顺利返回时，但愿真主保佑，能够看到大臣病情好转，贵体康复。

当天傍晚，尼札姆·穆尔克还接待了一位登门拜访的朋友，来者是伊斯法罕市市长莱斯·艾尔-侯赛因尼。他悄悄地告诉宰相，说两天前宫廷太师塔吉·艾尔-穆尔克手下有一人从图尔坎·哈通手里拿了七千金第纳尔，然后奔阿拉穆特方向去了。宰相和市长交头接耳地嘀咕了好一阵子，绞尽脑汁地想弄明白，为什么王妃会给哈桑这么一大笔钱。最后，两人一致认为，这钱是用来保谁性命的，或者是要取谁性命的。除了人命外，没什么东西能值这么大一笔钱，所以看来这还事关一个大人物的命，没谁会为小人物出这么大的价钱，阿拉穆特的人也不愿在凡夫俗子的身上浪费时间。那么他们锁定的目标是何许人也？

讨论了很长时间后，艾尔-侯赛因尼问宰相的近况如何。

"不好，你不都看见了。"穆尔克竭力做出一副满不在乎的样子，语气里流露出调侃的味道。

"我不是跟你开玩笑的，"市长有些发火了，"知道吗？你可是他们的眼中钉肉中刺。他们早就有很多理由除掉你，只不过没找到合适的机会罢了。现在机会来了，你马上就要外出，离开戒备森严的王宫，暴露在光天化日之下，险象环生。一顶帐篷在沙漠里根本保证不了安全，两三个白衣卫的人随便就可以悄悄地接近它，神不知鬼不觉地对里面的人下手。"

"可我现在根本不去巴格达了呀。"

"但他们不可能知道这一变化，这不是今天才决定的嘛。"艾尔-侯赛因尼依然有些反常地激动，"两天前，那小子带着钱动身去阿拉穆特时，他们都还以为你是要去的。"

这次私下交谈的三天之后，帝国宰相召唤海亚姆到他这来密谈。他告诉老朋友，自己已经改变主意，决定陪同苏丹去巴格达访问。他前前后后想了个遍，彻底思考了目前的各种可能，审视了自身和家人的处境，最后做出了随行前往的决定。

"可你这等于自杀啊！"海亚姆喊了起来。

"这也是一条出路，再说还是条不错的出路。"宰相回答说，"这是最佳选择，相信我吧。"他又补充道，语气已经预先拒绝再对

492

这个话题进行讨论。

接下来，他建议海亚姆离开伊斯法罕，因为这里马上就不再是像他这样的人能待的地方了。一切都很清楚，尼扎姆·穆尔克一旦踏上这次就要启程的旅途，就等于走上了一条不归路。这意味着，海亚姆在此地的靠山即将不复存在。在王室未来的小圈子里，以及在那帮将会篡权夺位却不懂如何掌权者更大的范围内，他的日子会很不好过。所以宰相已经下令，让国库付给他三万金第纳尔，让他好好想想，该和赛卡伊娜投奔何处，然后在接下来的几天里赶快去领钱，尽早远走高飞。

"你们别等太长时间了，我不知道，我的命令还能管用多久。"宰相诚心相告，"我建议你们走得越远越好，也许能去邻国更好。只要能远离此地，即便是像你这样有思想的人，他们也不会找你的麻烦。尤其是像你这种有思想的方式，就算在国泰民安的时代他们也不会喜欢。"

王室决定，伊斯兰历九月，即斋月十日动身前往巴格达，好在那里平安、友好地迎候和度过开斋节。在启程前的这段日子里，海亚姆和王宫的御医们一起赶制了药酒，希望多少有助于宰相恢复体力，扛住旅途的艰辛和劳顿。

九月九日，有个身围羊毛披风、头戴绒线软帽的男子来到海亚姆家门前求见。这个一身苏菲派德尔维什打扮的人自称是哈桑派来的，问海亚姆能否进屋相谈。一见有陌生人来家里，赛卡伊娜一脸的不高兴，她不希望别人来打搅她和丈夫的两人世界。自从莱伊拉死后，她最爱和海亚姆单独在一起，好让自己能够默默地待着。一听见客人的来路，她浑身的汗毛都竖起来了，面露惧色，内心发颤，连起码的礼貌都顾不上了，一点吃的都没给客人上。陌生男子提醒海亚姆注意，次日大半个王宫都要走空，机会难得，趁随后朝·中无人的混乱之机，赶快收拾行装，然后神不知鬼不觉地从伊斯法罕消失，是再简单不过的事情。他带来了几封信，信中人请他加盟入伙，并向他保证，一路上有专人护卫，所需的一切皆有保障，当海亚姆用手示意自己无意谈论此事时，赛卡伊娜猛然冲出了屋子。陌生人随后补充说，海亚姆的回答是意料之中的，他的主人委托他在得到这种答复时务必提及，应邀前往阿拉穆特的机会仅有一次。如果他不接受邀请的话，定会遗憾终生。来人然后说，他随身带来了一件礼物："哈桑大师送给你一本博学家阿尔·法拉比有关字母的著作，并让我转告你，我们要塞里还有很多这样珍贵的图书在等你来阅读。"说着他从里衣里面摸出一件用布包裹起来的物品，递给了海亚姆。

陌生人请海亚姆允许他到一僻静处去喝点水，回来后躬身告辞，一句话没说就走了。

第二天，九月十日，一队阵容豪华壮观的人马从伊斯法罕王宫缓缓向外挪动，朝巴格达方向行进。海亚姆赶到王宫，想去给出访的王室要员送行，特别是想和他的恩师益友尼札姆·穆尔克告个别。话别的场景令他十分难受，他心里清楚，此一别恐怕今生今世再也无缘相见。

回到家时，他发现赛卡伊娜倒在地上，人已经没气了。她身上看不到任何伤口，地上也没有任何指向中毒症状的呕吐痕迹，但是她已命赴黄泉。海亚姆坚信，妻子是被人谋害致死的。

几天后外地传来消息，说帝国宰相尼札姆·穆尔克在从伊斯法罕启程后的第二个宿营地遇刺身亡，刺客是三个身着白衣、足蹬筒靴、胸系红色皮带的年轻锐士。不过噩耗传来时，死者的生前好友奥马尔·海亚姆正头晕脑涨、心如乱麻，混沌模糊的意识还没腾出地方来接受这一更加沉重的打击。

第三部
故土哀歌

1

　　他得花上好几个钟头才能真的醒过来。人处在半睡半醒的状态里，既可以沉浸于睡梦中忘却自我的极乐享受，又必须忍受醒来后回忆、感觉和意识重归本体时所带来的痛苦难受。此刻，他已经在这两者的交界线上徘徊了好一阵子。清醒的意识告诉他，新一天的魔爪又攫住了他，同时他也清楚地知道，自己已经别无他法、走投无路，因而这一天的降临对他来说依旧不会有任何意义和道理。他无法判断，这情形是什么时候开始的，因为他不愿睁开眼睛，也没有理由要睁开。另一方面他则希望，睡魔能将其重新揽入怀中，让他幸福地躺在这个小死神的温柔乡里，忘掉自己的身体和记忆。但他本可以发誓说，这状态在离拂晓还很早的时候就已经开始了。他倔强地硬把眼睛闭上，怀着疯狂的希望，欲避开这正在开始的一天，将记忆和意识从他那不甘否认自己存在的身体里赶走，这是他对自身本能的反应和对外界自然的触觉。他拼命要把它们从体内驱逐出去，可在想要实施这一切的尝试中，唯有在闭上眼睛这点上取得了成功。"不是为你而开始的一天，它若远离你，或者至少允许你避开它，应该是合情合理的。"海亚姆的思维虽有些依稀模糊，但他全身心都能感受到这点，尽管眼睛依然紧闭，其实心里十分清楚，这一次他依旧达不到认准的目标，纯属枉费心机。在这肯定不是为他而开始的又一天，太阳仍然不会为了让他开心而升起。自从四十年前伊斯法罕的那个清晨起，当他在与爱妻厮守的家中，亲眼目睹赛卡伊娜脸朝下趴在地上的那一幕时，这世界上就没有任何事情是为了让他开心而发生的了。打那天起，他从来没有一次感觉到，有什么事情，也不管是什么事情，是为他或因他而起——太阳不是为他或因他而升，果实不是为他或因他而熟，饭不是为他或因他而做，话也不是为他或真的对他而说……

面对无法避免的现实，他不得不妥协退让，放弃了内心的抵抗，迫使自己睁开了眼睛。一瞬间，他感到一阵剧痛，就好像双目着实被射入的阳光刺穿了一样。他眨了眨眼，可是痛感依然存在，甚至有加剧的趋势，如同眼皮内侧扎了根刺似的，戳破了眼球，越动越疼。他又把眼睛闭上，觉得自己真傻，既然睁开眼睛会这么疼，干吗要硬逼自己这么干呢？况且他毫无理由跟自己过不去，又没有谁在什么地方等他。可这难受的感觉还是挥之不去，犹如睡眠不足或是眼睛过度疲劳而引起的不适，就跟借着微弱的烛光，通宵达旦地伏案苦读时的那种感觉相似。经过这样辗转反侧醒睡交替的一夜，他的眼睛整个上午都胀疼不已，可这痛感究竟来自何方，原因何在？昨天夜里，他并没有特别长时间地眺望星空，虽然很久以来只有这样才能偶尔给他带来点慰藉。他想，自己陷入了无可奈何的境地：要么睁开眼睛，忍受刺痛；要么闭上眼睛，接受胀疼。他一合上双眼，眼球与眼皮之间就会出现一层艳丽的虹膜，色红如火，接着似乎又趋于平淡，转为橙黄。此刻，眼前还是一片橙黄，可这颜色一直在闪烁颤动，犹如一束红光在照耀。

他将眼睑睁开一条小缝，小得就跟没睁开差不多，上下眼睫毛几乎仍然重叠在一起或交织在一块儿。虹膜变成了刺眼的艳黄，有如儿童记忆中的太阳。眼睛已经不疼了，剩下的只是一种因睡眠不足或过度疲劳亦可能是伤风感冒而引起的刺痒。他再次睁开双眼，证实自己的确能看见东西后，便挺身坐了起来。

　　上床时盖在身上的被单和毛毯，此刻绞成团堆在一角，肯定是夜间被他翻来滚去揉搓踢蹬的。垫子上的床单也皱巴巴的，一眼就能看见有很大一块地方留有两三个黄斑，很可能是不知何时被窝里盗汗，弄湿了被褥的毛绒，又没及时晾干。虽然他坐起来时睡衣往下滑落了一点儿，但还是没有遮住膝盖和小腿。他发现这两个部位的皮肤上布满了大块暗黄色的斑点，看上去虽不一定那么肮脏，但肯定让人头皮发麻，而且的确也挺讨厌的。如果及时配制蓍草精油，涂在患处用力按摩，是能够减轻这病症的。两脚的踝骨也肿得厉害，这是体内积水的现象，应该多喝荨麻和蒲公英茶，可以改善排尿功能，但还得加快心跳的速度，像他这把年龄，光靠改善排尿功能还不够。比方说，他可以多吃些番红花和生姜，此外茶也利尿，这样他就不会那么容易疲乏了。倘若他再饮些橙花和菊苣根汤的话，就会加快和增强心跳速度，清洁皮肤，至少在照镜子时自己不会觉得惨不忍睹。番红花，尤其是生姜，都有助于消化，在这方面他的情况可谓不是一般的糟糕。假使还能用车前草泡脚，最好是对全腿做足浴，同时加上苹果醋配车前草的湿敷，那会大大促进体内的排毒，而人体本无需储存那么多水来抵抗本身的毒素。他身上的每一个疾患，妙手回春的大师们都留下了对症下药的秘方。不过，纵使学问精深、医术高明，他们也绝没给他留下患病染疴和服用药物的理由。

他使出全身的力气，先是用四肢支撑着身体半蹲半趴在房顶露天下搭的床上，然后再扶着屋顶露台四面环绕的矮墙费劲地站了起来。这时，他才得以从物体的影子上判断出，外面的天已经大亮了。他感觉到内衣湿漉漉的，粘在后背上，看来昨夜确实出了不少汗，也可能就是先前他闭着眼睛躺在那儿，拼命劝说睡魔再度将自己拥入怀中时弄的。他脱掉内衣，把它摊开在床上晾干。今晚再上床睡觉时，渗透进布料里的那股子汗味肯定让他受不了，最后保管会叫他发疯。不过，这也比自己去洗衣服或是重新找一件来穿要容易得多。再说，如果能眺望夜空的安宁，度过一个无眠之夜没有任何坏处。想到这儿，一阵喜悦之情悄悄地涌入他的心房："仁慈的真主，感谢你创造了夜空，又引导我发现了它。"他边想边费力地从房顶上往下爬。对一个老人来说，上楼自然困难，可下楼则难上加难。他抓紧扶手，脸冲着墙，每下一级都要停下来歇口气。没力气转身时，他要么把后背靠在墙上，要么就用前胸抵住墙面，一步一步地往下挪。在梯子上，当他的右脚踩在上一级踏板上，左脚落在下一级踏板上喘气时，发现下腹部与腹股沟交界处有块以前从未见过的疤痕。

对他来说，这已屡见不鲜了。以前光洁滑爽的皮肤上，会突然间冒出些疙里疙瘩的伤疤来，发生这种现象已经有段日子了。更莫名其妙的是，疤痕出现之处原来既没被划破，也从未负过伤。难道这是身体对以往孩提时代所受创伤与侮辱的记忆重现？还是对未来的不祥之兆？抑或传达了某种信号，暗示了他原本可以过上、也应该过上而又没有去过的那种生活？这些伤疤过一段时间又会消失，所以他也没有必要太在意。

下到房子底层后，他不得不靠着梯子多停留一会儿，倒不是由于过于劳累，而是因为身子骨发僵，动弹起来十分困难，根本不听使唤，所以要喘几口气，好攒足了劲儿。现在如能洗洗身子，然后补做晨礼，是再明智不过的了。这样能暖和身子，放松僵硬的肢体，让他觉得好过些。但他还得穿上衣服，就这样赤裸裸的，浑身布满暗黄色的斑块，干瘪的皮囊就像挺不起来的布料一样，松松垮垮地垂挂在身上，他自己都不忍心睁开眼睛看，简直没有半点好感。过去他全身肌肉丰满，体态生机勃勃，可随着时间的推移一切都变得松弛疲软，曾经紧绷充实的皮肤，都垂头丧气地耷拉下来了。对这种情况任何秘方都无能为力，就跟死到临头了用什么办法也无济于事一样。不过他至少可以穿上点东西遮遮丑吧，眼不见心不烦嘛。即便早年风华正茂时，他也不愿这样一丝不挂地裸露在自己的目光下，但是穿衣前又必须先得净身，这也是让他提心吊胆的一大冒险。

桌上放着两三颗已经干瘪的无花果，坚硬如石的一丁点儿馕，还不够塞牙缝的，还有一小块奶酪，也稀软变质了。这些东西是他昨天的晚餐还是夜宵？不对，他夜里没吃东西。昨天他回来得很晚，一到家就爬上房顶，倒头便睡。那就是昨天的早餐？鬼知道是什么时候剩下来的，反正是没法吃了。不过他也没兴趣在屋子里搜寻，因为即便翻箱倒柜，家里也找不出任何吃的来。

他的目光落在壁柜柜门上用来上锁的一个小把手上，那里挂着一件长及脚踝的白色长衫。他走过去，用鼻子闻了闻，确认这是件干净的衣服。肯定是邻居泰伊达在屋里不知什么角落搜出来后，帮他洗干净了又送回来的。这位时不时过来照顾一下孤老头子生活的女邻居，人善心细，专门把衣服挂在柜门上，好让老头子一眼就能看见。发现这件干净的盖拉布衣，老头子就像得了件意外的礼物一样满心欢喜。他下到地窖里，净了身，然后回到屋里穿上这件长衫，未做片刻停留便毫不犹豫地走了出去。

刚离开门口几步路，他突然想起还没做晨礼，随即备觉窝火，嘴里骂骂咧咧地生起自己的气来。他心里明白，之所以突然想起这件事，是因为身体的僵硬和动作的迟钝提醒他，自己原是想用做晨礼来暖和身体，放松肌肉，不料刚才给忘了。难道连例行的祷告也离他而去了？还是他已经丧失了祈祷的能力？他懊恼地啐了一口，骂自己是白痴，就继续走他的路了。

他的房子坐落在山上，山脚下有两条路相交，一条通往老城，一条连接着邻近山上的一个村庄，从山脚下步行上去约需半来个钟头。大概离交叉路口一百来米远的地方，差不多在半山腰，是邻居们的房舍。他发现那儿围了一大堆人，显然在激烈地议论什么，于是便朝那边走去，想看看邻居家里是不是出了什么大事。

人没事，可狗遭了殃。不知是谁把狗的脑袋砍了下来，钉在门上，将无头的狗身抛弃在院墙边。院门大开着，邻居家的女人坐在地上，神志不清地捶打着胸口，根本意识不到自己在干什么，人完全呆掉了。而这家的男主人只会在院子里徒劳无益地转圈子。一个围观者告诉海亚姆，说昨天下午有三个小子悄悄地围着这户人家绕圈子，贼头贼脑地东张西望。他们都身着白衣白裤，胸系红色皮带，足蹬红皮靴。鉴此，人们得出结论，说来者仅杀了只狗，牵走五只羊，这家人简直是撞了大运了。一般说来，白衣卫要是盯上了谁家，即便不满门抄斩也至少得干掉一个家庭成员，而且通常是当家的男人沦为他们的刀下之鬼。可这次他们仅仅满足于牵走几头牲畜，竟然没伤人害命，且让大部分家畜安然无恙，这确实是太阳从西边出来了，实属罕见的万幸。

海亚姆一摆手，转身下了山，朝老城方向走去。一时间，他觉得透不过气来，心里不时地翻江倒海，喉头发紧，眼前发黑。一提到那伙白衣红靴的后生，他就明白这里发生了什么。那人话还没说完，他胃里就一阵恶心，酸水直往上冒，弄得他现在四肢僵硬，喉咙里像堵了块东西。事情明摆着，是几个小毛贼乔装打扮成他当年的朋友哈桑手下那帮白衣卫的模样，偷走了这户倒霉人家的五只羊。这帮家伙心里有数，知道谁也不敢追查哈桑之流，反正账都会算在白衣卫的头上，所以就穿上和他们一样的衣服，模仿他们制造恐怖气氛。

一想到哈桑，海亚姆的情绪便剧烈波动，酸甜苦辣一起涌上心头。四十年来，他的内心一直在激烈斗争，痛苦、愤怒和绝望以及对哈桑下令杀死赛卡伊娜的推测，随时折磨着这位已经心力交瘁的老人。另一方面，他又心存侥幸，希望他的推测永远不要被证实，以免成为真相。不过这一回情况有所不同了。说实话，很久以来，对哈桑的回忆本已不再能勾起他近乎暴怒的激动情绪。但当他反应过来，明白今天发生的事情新鲜在什么地方时，简直连走路都不知该怎么抬脚了，直气得步履跟跟跄跄。他倍感蒙羞的是，没想到哈桑及其同伙竟然沦落到这步田地，成了草寇毛贼在乡村和城郊为非作歹时拿来恐吓穷人的一张面具。抚今思昔，海亚姆不禁扪心自问："我真的变成了这么个傻子吗？！难道我希望他们依然气焰嚣张、不可一世？！如果他们一如既往还是那样凶残可怕、阴险狠毒，我心里就会好受？！就可以在这荒芜苍凉的现实里轻松一些？！"他又这么继续对自己反思诘问了一番，就像是在做自我剖析和解读，寻找证据证明，不管哈桑之流的命运是好是坏、何去何从，都跟他毫无关系。他的生活不会有任何变化，更不可能有所改善。他知道，这是人的一种虚荣心，是饱经患难之人的一种可悲的需求。他们内心希望，自己的不幸是某个强权势力造成的。其实，即便灾难来自举足轻重的世界级政权，承受起来也不会更加轻松，可他们心理上大概能够觉得好受些。

他边走边想，沉浸在深沉的回忆中。下到山脚时，他的耳畔响起了哈桑那令人极其反感的声音，其中又冒出了"恐惧"这个词。过去无论何时何地，只要海亚姆愿意洗耳恭听，哈桑必然口若悬河，滔滔不绝："人生性就具有恐惧的本质。"回忆中的声音富有哲理，"没有比通过操控其恐惧的本性来塑造人更好的方式了。你可以把他塑造成英雄或圣贤，也可将其变为真主的虔诚奴仆或者一钱不值的动物。只要你懂得操控他的恐惧，就可以将他化作你想要和需要的任何东西。有些圣贤教导说，人是没有皮毛的动物。另一些人则认为，人是会说话的动物，而这是其最重要特征。天启教导我们，人是世上唯一努力认知造物主的创造物。许多教义大师都相信，我们最重要的特征在于，我们知道什么是死亡，这一认知从孩提时代就伴随着我们，早已根植于我们的思想深处。所有这一切，百分之百都是真情实事，就连傻子也不会怀疑。但我强调的是，人最重要的特征即恐惧。你肯定注意到过，每个正常的动物都会逃避自己所害怕的东西，恐惧就是令其望风而逃的原因所在。只有被恐惧所唤醒的那种意识，才能以不可抗拒的魔力攫住人的心灵。心怀恐惧者，犹如风中的树枝，在矛盾的两极之间摇摆不定：一方面希望逃避其所害怕之物，另一方面又需要与之接近，而且有可能的话同其结合。何以如此？因为人的恐惧藏在内心，而动物的恐惧则来自外部，一旦它们远离引起恐惧的事物，恐惧也就不复存在。可人是世界上唯一与生俱来便心怀恐惧的创造物，他带着恐惧降临人世，就跟他随身携带着心脏或者呼吸的需求一样。恐惧决定了人的一切思想和情感、行为和举止。你如何向真主祷告，如何进食，如何打仗，如何追求女人，一切都取决于你内心的恐惧。它还可以决定，生活中什么对你重要，该和谁交往，需要学什么，在哪些方面还一无所知。如果你能告诉我，你有什么样的恐惧，我就能告诉你，你会有什么样的命运。

"所以我要告诉你：操控别人的恐惧，便可驾驭其人。但我并不认为，当今之世有这样的人存在。现在世上有多少种恐惧，这些恐惧又引起了多少更多的恐惧。可在我看来，无人在有意识并且意图明确地对其进行操控。因此我还要告诉你，明天我就是这个操控者，因为是我第一个明白了恐惧的重要性。明天苏丹和宰相就会对我产生恐惧，他们心里很清楚，在王宫里、在水下、在山巅、在他们和女人亲热时、在餐桌旁、在做祷告的地毯上，我的匕首随时都会光顾他们的身体，带去我诚挚的问候。他们无法逃过我的制裁，就像回避不了自己的邪恶念头和恐惧一样。但最最糟糕的是，他们自己也会明白这点。穷人也会对我怀有恐惧，因为他们不懂我做的事情，觉得我残忍，还可能近乎疯狂。而且手下的人对我也有恐惧，因为他们觉得，我无所畏惧，所以什么事都愿意干也能够干。

你都看见了，我将决定谁会害怕、怎样害怕，并因此统治整个世界。我将操控人们的恐惧，从而塑造他们，带领他们走向真理。你肯定发现了，恐惧具有一种不会被错认的独特气味。你设想一下，倘若某个世界的空中如云似雾般地飘浮着这种气息，最好是充满了这种气息，而它发自每个活人的内心同时又将其包裹笼罩在其中，那这样的世界将是一个理智、严肃、真诚的世界，一个致力于拯救其末日的世界，而绝非像现在这样是一个浮华奢靡、放纵享乐、醉生梦死的大杂烩。我可以向你保证，那会是一个美好的世界。我要亲手塑造它，而且我也知道，该怎样去塑造。"

自打向好友海亚姆透露其宏图大志以来，哈桑在短短不到一年的时间里就启动了他重塑世界的伟业，其手段就是刺杀了宰相尼扎姆·穆尔克，兴许还谋害了海亚姆的妻子赛卡伊娜。他们处心积虑地开始颠覆一切原有的江山社稷，动手建立一个全新的世界，并宣称，只有这样才能将世界踩在脚下，而不是顶在头上，也只有这样，本末倒置的乾坤才会被重新颠倒过来，回归本真。而现在他们可倒是做到这一点了，这真的就是海亚姆当年的朋友所成就的乾坤巨变吗？是他所谓的新世界吗？他在世界上播撒下恐怖的种子，可躲藏在那恐吓面具后面的竟然是几个偷鸡摸狗的毛贼。这难道就是他哈桑获得的美誉英名吗？！

哈桑及其同伙的所作所为值得吗？夺走那么多人的性命，把那么多村镇化为废墟，毁掉他朋友海亚姆的生活，这一切值得吗？就算全世界都按他的意愿散发着恐怖气息，每个现在和他说话的人发出的恐惧气味比身上的汗味还要大、还要明显，他又能从中赢得什么呢？！哈桑得到了什么？世界得到了什么？他的信徒们得到了什么？听说他龟缩在阿拉穆特壁垒森严的鹰巢里，藏头匿尾，不愿露面，与世隔绝，还杀死了自己的两个儿子，弄走了妻子和女儿……仁慈的真主对傻瓜最严厉的惩罚就是让其心想事成。他费尽心机所做的一切，到头来就是为了让几个毛贼化装成自己的手下，不受惩罚地去偷老百姓家的羊！就是为了让他的朋友海亚姆在内沙布尔藏踪匿迹，遁世避人，可遗憾的是逃避不了面对自己。

他又一摆手，啐了一口，随即加快了脚步。所有问题的答案他无法知晓也不想找到。赛卡伊娜死后，他便避世隐居，回到了老家内沙布尔，闭门谢客，希望从此远离尘世，抛弃痛苦的往事，忘却那些纠缠不清的问题。他在这儿得知，旧的国家消亡了，新的国家形成了，速度之快就跟从前拆旧房盖新屋差不多。不过让他如愿以偿的是，尽可能少听到这些消息，所以外面发生的一切对他来说都云里雾里，遥不可及。传到他耳朵里的是没完没了的战事，在短短的几个月内就可将千年古城夷为平地。他得知这些，是因为不想听也得听，但是当月他就忘得一干二净，或者将其排挤到意识的边缘。然而他如何才能不面对自己，把自己排挤到意识的边缘，或者完全赶出自身呢?！人无法在自己面前隐藏自己，也不能让自己摆脱自己。他甩不掉自己的记忆，就跟他脱不掉自己的皮肤一样。也许是因为这皮肤、骨骼和内脏起码也和意识与灵魂一样拥有同样多的记忆？多年以来，他早已神思恍惚、心不在焉，体内只剩下挥之不去的回忆，长吁短叹的痛苦，还有那不断浮现的昔日画面，除此之外的一切都是身外得来的纯粹的知识，属于转瞬即逝之物。"而我的内心才是唯一的真我所在，它在回首往事时无需请求任何人的批准。"海亚姆沉浸在深深的苦恼之中。

同大多数波斯古城一样，内沙布尔附近也有一座伊斯兰时期之前修造的老城区。阿拉伯人占领波斯后，通过掠夺、兴业和商贸而发财致富的新贵们在此落脚定居，使新的居民区在原有城市的边缘地带如雨后春笋般到处涌现、迅速蔓延。而老城区里的居民，则大多为安土重迁和固守家底的穷人以及琐罗亚斯德信徒。随着时间的推移，老城区的居民坐吃山空，城市也开始逐渐衰落破败，荒芜凋零，迅速老化，变得满目疮痍、惨不忍睹。诚然，城里的房舍与居民的数量还在增长，但除此之外的其他任何方面都在萎缩，仿佛新崛起的城区吸干了它的精力和生命。城中唯一有点生气的地方和人们聚集的场所，就属供寒门游子留宿的客栈了。这些在外奔波的穷人，住不起新城区有名气的高级旅店，只好在此权且落脚。那些小酒馆也是灯红酒绿、笑语喧哗的去处，因为城里的老住户们发现这里可是财源滚滚的好地方。也就是说，人们可以在这儿继续制造和销售原本禁止穆斯林生产和贩卖的酒类制品。如果他们至少能在自己的酒馆里卖掉一部分私酒的话，那将是一笔几乎旱涝保收的可观收入。久而久之，小酒馆便成了三教九流喜欢逗留的地方。住在老城区的非穆斯林居民在此聚会，囊中羞涩的旅客到这儿碰头，更有嗜酒的穆斯林、所谓的无神论者、游手好闲的懒汉、搜集情报的暗探和偷偷将此间私酒倒卖给新城穆斯林的无能之徒，都把这儿当作他们活动的大本营。经常在此出没的还有许多另类的客人，比方说，有些人定期来这里海阔天空地畅所欲言，因为酒馆里可以毫无拘束地大声说话，而换个地方恐怕连小声耳语都不敢，否则就有犯上之嫌，要冒生命危险，或被视为伤风败俗，有失体统，大逆不道，损害名誉，妄议朝廷，以致拯救灵魂将成问题，赴天堂之路会有障碍。还有的来客爱开粗俗下流的玩笑，或者喜欢旁听取乐，也确实总有这种娱乐消遣，因为来这儿扎堆的芸芸众生当中，人生不幸和失意潦倒者大有人在。这帮倒运背时的人主动充当笑料，每被侮辱戏弄一次可得薄酒一杯，或者不要这酬劳也行，就为了这苦涩的享受，甘愿当众受辱。当然也有贪恋女色的男人按时登门，为寻花问柳而来。这儿的女人完事后既不留痕迹也不存记忆，没心没肺，无羞无耻，对其不需要承担任何责任。不过如果遇到个痴心郎动了真情，陷进去不能自拔的话，她们也毫不留情地让其享受心灵创伤的痛苦。好多年以来，海亚姆就是在这种醉生梦死的逍遥窟里打发时光，而布苏尔果米德那家顾客盈门的酒馆便是他经常流连忘返的地方。老板是个有头有脸也有钱的琐罗亚斯德信徒，因家境殷实，只要他愿意，可随时找到跻身城里上流社会的路子。

酒馆占据了布苏尔果米德家大院底楼的整整一层，还把宅邸的室外庭院也全给包括了进来。屋内的所有隔墙都被拆除，形成了一个足以容纳上百人就座的宽敞厅堂。这一空间被承重墙分割为三个大房间，每间房里错落有致地排列着一溜矮脚长凳，中间围着一两张桌子，构成了一个或半个圆圈，从而又自然形成了两三个自成一体相对封闭的餐饮空间，隔离性好，私密性强，客人坐在里面可以放开了进行社交聚会活动，尽管开怀畅饮，畅所欲言，总之几个小圈子之间可以互不干扰。酒馆的花园里也照此布局设置了露天座位，每张桌子均由茉莉和蔷薇花丛或这样那样的树木与邻桌隔开，以便尽可能地遮挡外界的视线。这样，每桌能坐大约十人，在树荫下和花香中，客人可以不受打扰、安全隐秘地充分享受他们的种种恶习，或者沉湎于麻醉自己，忘忧无虑，乐不思昔。

2

　　走过大厅里相对封闭的隔断区域，穿行于庭院里的花园中间，海亚姆已经在酒馆里来来回回地转了两圈，可就是拿不定主意该在哪儿坐下来。这过程当中他也停下来好几次，思考是不是可以找个位子落座了，因为有两三张桌子旁边围坐的小群客人里有他的熟人，还能在一起说上话。但是略加思索后，他觉得没有理由和这帮人凑在一起，于是便继续他的巡游。其实他心里明白，自己完全可以在其中任何一张桌子的旁边坐下来，因为他没有理由转身打道回府，或到别的地方去接着找座儿，继续这累得他气喘吁吁的左顾右盼。末了，他终于在头一间大厅的角落里找到了合适的位子，那儿还坐着巴耶济德，一个挺受欢迎的怪才，人称"兄弟俩"。看上去，跟他坐在一块儿似乎不会有什么不愉快发生。

　　巴耶济德之所以拥有"兄弟俩"这个绰号，是因为城里人从未听他嘴里说出过"我"这个词。所有听过他讲话的人，肯定至少有十次听到的都是其口头禅"我们兄弟俩"。老城区里还有些人记得他的真名叫巴耶济德，不过想必没有谁知道他弟弟实际上叫什么，大家都称他雷克·杜尔笃勒，意即"大漠飞马勇士"。巴耶济德十四岁那年，兄弟俩成了孤儿，所以他在这两口之家里不得不同时扮演父亲、母亲和兄长三种角色。巴耶济德平时靠打零工挣点钱，幸亏天底下不管什么地方总还有善者仁心存在，好心人时不时地接济哥俩儿些钱粮，使他们勉强糊口，聊以为生。十八岁时，哥哥在专为穷人孩子开办的学校里谋得一个教书的差事，得以混口饭吃，也无需再为填饱肚子而发愁。他不断地换学校，但因为能教的东西有限，还从来没有哪所学校能够付给他一份体面的薪水。不管怎么说，他就从教书匠的这点薄薪里省吃俭用，居然攒出一份钱来，给被他称作"小家伙"的弟弟购置了一套武士行头，还请了一位教练给他传授凭武艺养活自己的本事。事实证明，哥哥这一英明的决定的确收益颇丰。弟弟在此起彼伏、连绵不断的战争中大显身手，战功卓著，声誉鹊起，以至战友们送了他个"大漠飞马"的名字，这称呼想必是来自真主的使者赠送给阿里的那匹白色雄性驴骡。英勇无比的"小家伙"不但出了名，还发了财，所以兄弟俩已经过了十五年丰衣足食的富裕生活。近十年以来，雷克·杜笃勒已不再去打仗卖命了，兄弟俩搬进了一幢新的大房子，不过两人还是自己过日子，身边既没女人，也无用人。巴耶济德和以前一样继续为穷人教书，也跟小时候一样继续照顾他的"小家伙"。无论什么时候，只要逮着机会，他就会满怀担忧且十分自豪地吐出那句"我们兄弟俩"的口头禅，提醒大家不要忘记今天良民百姓所面临的艰难时世。

"兄弟俩"巴耶济德的右边坐着建筑商伊本·马施什，人称"烧炭的"，其父是个有名的泥瓦匠，自打这世上兵荒马乱灾祸不断以来，他生财有道，聚敛的财富难以计数。这纷纷乱世和无休止的冲突也许根本算不上是真正的战争，但从许多方面来讲，频繁发生的小打小闹对个人和集体生活所造成的伤害，比打一场两军对垒、师出有名的正规战争还要严重。然而，这一切似乎对他的营生毫无影响。每次，一旦冲突双方呈现出精疲力竭的迹象，他便出现在战乱地区，不等战斗结束就开始收购废墟和土地，然后在当地招工，要不就从老家内沙布尔直接带自己的人过去，着手制造砖瓦和墙板屋顶。仗一打完，"烧炭的"便开始大兴土木，随后还不到一年，就把在以低价买来的废墟上修建的清真寺以及学校、澡堂和医院统统高价出手。他自定价格，也向那些发了国难财的人家出售私人住宅，这些暴发户大都在小规模的战争中发了横财，急需寻觅象征身份的气派寓所，好让别人一见便知其主人配得上享有新的社会地位。即便那些在战乱中倾家荡产的人，"烧炭的"也帮得上忙，比方说，他可以用房来换他们的地，这种交易使他的财富伴随每次新的冲突与日俱增。按他的说法是，造房子的和打仗的乃一对亲兄弟，或者起码是一对好搭档，如果后者不干摧毁破坏之事并以此创造干活儿的机会，那么前者很快就会失业。大概正因为如此，才谣言四起，说他经常带着大笔金钱去劝说新上台的苏丹、可汗和沙赫谋划战事，惯用的手法是派人到伊斯法罕给苏丹送厚礼，再打通宫中的关节，让苏丹的手下撺掇主子发动以其实力不会打输的小型战争。对这些流言蜚语，"烧炭的"根本不屑花力气去否认或争辩，可能正因为这样，谣传才会不胫而走，越传越广，越传越多。

"兄弟俩"巴耶济德的左边坐着阿里·利扎，此君也是个奇葩，全城人有一半喜欢他，把他夸得像朵花似的；而另一半人则对其怒不可遏，污言秽语把他骂得比坏蛋还坏。礼拜二阿里·利扎前往孤儿院，给孩子们分发小礼物，和他们聊天，一起做游戏。礼拜五他去医院做例行拜访，找那些无人探望的病人谈话。和孤苦伶仃的患者在一起，他经常可以待上一个钟头或更长的时间，与其促膝恳谈，对其深表关心，了解他们的身世，询问为什么没人来探视，得的何种疾病，对恢复健康抱有多大希望，有哪些需求，下个礼拜五他再来医院时能满足这些人的什么愿望。于是，下个礼拜五他真的给病人带来他们上次想要的东西，又再次关切、和蔼地与其掏心窝子交谈。不喜欢他的那些人则声称，阿里·利扎根本没有爱心，做这些事情并非因为他是个好人，而是想以此作秀，来洗刷自己平时所造的孽，诸如向穆斯林销售酒精饮料和赃物，贩卖从战场上收集来的军事装备，以及从事更加肮脏无耻的交易。讨厌他的人还质问，城里满大街都是普通的穷人，阿里为何不向他们表示点爱心呢？事实上，穷苦人、逃离故乡的难民，还有附近来的遭遇不幸的人，在城里有成百上千，你对他们当中任何一个人，哪怕只是说句好话，他都会受宠若惊，感恩戴德。可他阿里·利扎呢，眼里根本没有这些人，却去和医院里的陌生人亲切交谈，问寒问暖，百般体贴，就跟这些人是他最亲的亲人似的。而且礼拜二还去什么孤儿院慰问那些私生子，好像他们都是他自己的亲生孩子一样。恨他的人都肯定，他的这些好人好事都是做给人看的，想得到认可，受人称赞，获得表扬。就连阿里·利扎自己也承认，这些说法有一定的道理。他曾说过，大家都在帮助"我们的穷人"，但他没有理由也得这么做。当那些人质问他，为何不帮"我们的穷人"时，他却回答道："如果我也胳膊肘往里拐的话，那么还有谁会去关心我的那些可怜人呢？！"此外，他对诽谤者安在他头上的那条信念倒从不怀疑，因为他本来就持这种观点，认为替那些被其他所有人遗忘的弱者做些善行义举，连真主都会认可并给予高度评价。

坐在阿里·利扎左手边的是位青年男子，确切地说几乎还是个半大小子，肤色极浅，基本上属于白色，看上去整张脸毫无血色，像是戴了个白灰做的面壳。这个年轻人也曾是阿里·利扎在医院探视帮扶的对象，可后来据他说"被人赶了出来"，所以只好来投奔关心他的好人。在这种处境下，他唯一能做的或者说也是唯一能想到的也只有这样，因为在此地，可能在这个世界上，他举目无亲且一无所有。他心里清楚，自己不可能留在大善人阿里·利扎身边，但他出院后之所以来找曾经的呵护者，主要是想搞清楚自己究竟能干些什么。当人间所有的道路都在你面前铺开时，你是无法迈步启程的。你得有那么两三条自己能走的路可供选择，才能抬脚踏上其中之一前行。所以他才来找曾经关心过自己的好人阿里·利扎，后者依旧关怀备至地问他，想不想跟他到他家去，比如说住在他那儿，一起生活，等等。

这个无名青年旁边是内沙布尔最有名的酒鬼阿布·鲁拉，一个旧贵族破落户的末代后裔。祖上积攒的家业在近三十年的兵荒马乱中丧失殆尽，家族成员要么在战争岁月中阵亡沙场，要么于和平年代里寿终正寝，总之传到他这一代只剩下他孤家寡人一根独苗了。虽然阿布·鲁拉已经一贫如洗，穷到了要饭的地步，可驴倒架不倒，依然保持着高贵的派头，是餐馆酒肆里挺受欢迎的常客。他博览群书，温文尔雅，随和健谈，能够倾听别人的意见，最后又擅长用一句斟酌精准、把握得当的话发表自己的看法，以示自己确实倾听而且理解了别人的谈话，像他这样的聊伴恐怕世上找不出第二个来。他坐在餐桌旁，每一次吞咽都显得有滋有味，简直给人树立了享受吃喝的好榜样。所以只要有机会，那些新贵当中最有头脑的人都竞相请他吃饭，好模仿他的就餐举止。作为食客他从不提任何要求，只允许自己接受别人的餐饮款待和偶尔赠送的小礼品。尤其是年轻时，他很少喝醉过，现在年龄与日俱增，就越来越贪杯酗饮。每次喝醉后，而且也只有在酩酊大醉之后，他才会诉说自己的身世，但声音大得出奇，不仅他同桌的客人为之动容，整个酒馆里里外外的注意力都被他吸引过去。想必正因为如此，城里才对其醉后失态传得沸沸扬扬，而且无论怎么说这传闻也多得有些离谱失真了。再说那并非是真的失态，他既没打架斗殴，也没侮辱别人，没把桌子掀翻，也没将酒浇到别人头上，而仅仅是宣泄了一下自己内心充溢的被酒精释放和强化了的情感而已。一俟豪饮解开了禁锢思想和吐露身世与命运的枷锁，阿布·鲁拉便站起身来大声宣称，他喝酒喝掉了自己的一生，把所有的本事、所有的愿望、所有的需求以及其他一切属于生活的东西全都给毁了。就在他喊出自己把一生都喝掉了的刹那间，酒馆里的一切交谈戛然而止，四下鸦雀无声，所有人的目光齐刷刷地聚焦在他身上。人们心里都清楚，接下来要发生的趣事大概会在城里让人们热议上好几天。接着，很可能他认为全场的注意力聚焦于自己，这给了他权力可以把憋在心里的话大声地一吐为快，比如说，他把一生都喝掉了，尿走了；因为生活是流动的，似水如奶，而我们必须将喝下去的水和奶都尿出去。是呀，所以说既然你把一生都喝掉了，那必然也就把一生给尿走了，就跟你把酒灌进自己嘴里后，也得把它尿出去完全一样。差不多每次都是老调重弹，或者类似的这么几句话，但他高腔大嗓甚至震耳欲聋的想法，却常常受到听众的欢迎，接连几天被广为流传追捧。

他一边说，一边手舞足蹈，或者以右手击左掌，泣不成声，激动的感情在喉咙里翻涌，就像嗓子眼被堵住了似的，声音哽咽，呼吸困难，同时眼含热泪，或者夺眶而出，泪流满面。有时候他会在这种场合下突然瘫倒在地，不过一两天后，他又像往常一样端坐在酒馆里，扮演一贯招人喜爱和欢迎的陪客角色。

桌边还坐了三个海亚姆不认识的人，于是他便挤进不认识的年轻人和阿里·利扎之间，好免去自我介绍，否则无论如何也免不了那套虚礼寒暄。

"烧炭的"伊本·马施什说，他在离这儿不远处，骑马朝霍拉桑省巴尔赫方向约走一个钟头的地方，用在内沙布尔城边新建的房子换了一座废弃的大村子。他提出拿房子换他们的那些残垣断壁和已经无法再耕作的土地时，原来的村民们都对他千恩万谢，因为新房子差不多就在城里，这年头城里可远比乡间安全多了，所以即便原来的村子比现在住的地方大一倍也不值得留恋。一旦人们进得城来，慢慢地总能找到份挣钱的差事干，反正因生活所迫流落至此的人，怎么样也能活下去。村庄的原址本是块水源丰富的良田沃土，他置换到手后，在不到一年的工夫里，就修建了两家专门接待骆驼商旅的大客栈，同时约三十幢近乎奢华的大型建筑也平地而起，其中包括清真寺、学校和其他居民点所需的一切设施。现在，这个聚居区已经发展成了一个小镇，一下子给他带来了十五万金第纳尔的纯收入，而且眼下几乎每天还有钱进账。差不多所有从前住在那儿的居民，现在都在给他打工。所以在内沙布尔，他们的劳动让他业绩猛涨，他们的故事使他名气大增，最终"烧炭的"获得了当地慈善家的美誉，可谓名利双收……然而所有这一切发家致富和出人头地的成功，只是因为他在正确的时间动了正确的念头。"烧炭的"向桌边的听众保证，说这世上最宝贵的东西莫过于周密的计划，还现身说法，称自己现在之所以能有这份闲情逸致，坐这儿和他们一块儿谈天说地消磨时光，而他的财富却在自动增值，完全是因为判断准确，从而抓住了机遇，纯属走运而已。

"你真是个幸运儿。"巴耶济德夸道，"这下你可以慷慨解囊、广济众生喽。我觉得，眼下最需要救济的就是新城区的比斯塔米清真寺，那儿一年里涌入了上千的难民，不知道都是从什么鬼地方逃过来的。如果要问我的话，你无论如何都应该去那儿发发善心。"

"你在说什么？"伊本·马施什停顿了一下，问道。

"说赞助呀，还能说什么呢？到那些人们应有尽有的地方去搞捐赠，毫无意义。"巴耶济德说明自己的意思。

"可要我捐赠什么呢？"伊本·马施什依然弄不明白。

"可以捐出你挣的一部分钱财呀，要不然你挣钱干什么用呢？！"

但是接下来"烧炭的"说，他绝不捐钱，如果没想错的话，他可以说自己打心眼里仇恨穷人，或者至少看不起他们。他对同桌的人说，只要会动脑子能干活，没人会受穷。世界上有这么多活儿可干、钱能挣，谁要是受穷，简直是耻辱。

"兄弟俩"巴耶济德对伊本·马施什的这一观点回敬以一番正儿八经的长篇大论，就好像在提醒这位"烧炭的"不要忘记，他面前的人这辈子可是靠教书吃饭的，向来将为人解惑视为己任。他提醒大家不要忘记，我们现在的生活是真主恩赐的，我们当中日子好过的人，他们的一切也都是真主恩赐的，所以说享受这种生活，比如爱情、友谊、快乐，是值得的。这所有的一切都是挣不到、学不成、买不来的。真主从他丰富充盈的宝库里拿出这些来馈赠给我们，同时也责成我们将自己拥有的东西转赠给贫困的人们。他要求我们像他爱我们一样去爱穷人。

"可他为什么不直接去爱呢？干吗毫无必要地把这一切搞得这么复杂？"伊本·马施什听不懂，或者是装作听不懂。

"他爱他们，爱他所创造的一切，尤其他对穷人的爱，也许比对你我的爱还要深。他们是他的最爱，这是我们无法得知的。"

"但是他为什么要把我卷进去？！他让他们来到这个世界，因为他爱他们。然后却要我去负担对他们的这份爱，帮他们脱贫，这符合逻辑吗？"

"在这上面没什么逻辑可讲，无济于事的。"巴耶济德继续发挥其职业特长，"无论是生活，还是人们为之而活的东西，都无法用逻辑来解释。"

"可我喜欢能够用逻辑解释的东西，即便它不值得我为之而活也在所不惜。"伊本·马施什结束了他的争辩。

酒鬼阿布·鲁拉大声说，他高度评价干活和挣钱，长年以来他一直靠干活和挣钱的人们发善心、表爱意维生，但从未碰到过一个对此知足常乐的。干活和挣钱是好事，无人对此表示怀疑，可一个完整的人不可能就此满足，否则，要么你是一块未经加工的木头疙瘩，要么你就是智商平平的俗人一个，所以才会无欲无求，甘于庸碌。

"哈基姆，我的大才子，我觉得，你该发表发表高见了。""烧炭的"转向海亚姆，可后者只是打量了他一番，耸耸肩膀。

海亚姆必须做到，既不说出也不表现出自己对加入这种谈话根本没有兴趣，因为投机商阿里·利扎宣布，小孩五岁之前，甚至超过五岁，都不可以去做带有功利色彩的事情。即便是学习，也应在游戏中进行，六岁之前不能送他们去上学。"这说明什么问题呢？""烧炭的"已压不住心中的愤怒，尽管他说话时竭力做出一副轻松的样子，保持一种亦庄亦谐的中立，在一半当真一半玩笑的闲聊中打发无聊的时光。

"难道这不说明，游戏有多重要吗？"阿里·利扎反问作答，"你学会了走路、吃饭、哭泣，学会了热爱父母、开口欢笑、区别昼夜，一切尽在游戏之中。可是如果你只是冲着功利而为，那就玩不了游戏。"

"你们干吗今天都对功利和发财的问题如此激动呢？！"伊本·马施什有些奇怪，"就好像这世界上没有比发财更糟糕的事了！"

"有是有，但不多。"巴耶济德反唇相讥。

随即大家都笑了起来，笑声最大的也许就是"烧炭的"伊本·马施什本人，但他没能，也许根本就没有打算去掩饰自己在这个圈子里心情不爽：交谈跟他的意愿背道而驰。可能正是因此，笑声一平息，他便冲"兄弟俩"叫道：

"你们都不喜欢钱财，对吧？"伊本·马施什故意阴阳怪气地嘲讽，"所以说你们才改变不了自己，一辈子受穷：过了今朝盼明天，日复一日，挣扎打拼，苦熬人生，仿佛在檐滴落水间逶迤而行，务必谨小慎微，举步维艰。可是富人们活得有滋有味，他们大兴土木，享受一切，玩腻了便想出新的花样来尝试。伙计们，学学他们的样子吧，我们也要过梦想中的生活，而不能只生活在梦想之中。"

"真主保佑，我才不要过这种生活！"海亚姆脱口而出。

"你什么意思？"阿布·鲁拉大为不解。

"你想想吧，有种你来过一下我时常做的噩梦中的生活试试！"海亚姆的声音里透着纯真的恐惧，"天哪，那将会是什么样的惩罚！而我们的伊本·马施什却期盼这样的梦想成真！并且还巴不得自己有这福气！倘若是诅咒敌人遭此报应尚情有可原，可他偏偏希望自己倒霉遭殃！"

"你明明知道，我想的是什么，要的是什么！"伊本·马施什冲海亚姆发脾气，看得出他已经怒火中烧，忍无可忍了。

"要是我的话，首先会扪心自问为何老做噩梦，而不是把自己的秘密拿出来公开讨论。"桌边不认识的客人中有一个插话道，可海亚姆对他不屑一顾，睬都没睬。

"我说亲爱的，你所有的想法我都一清二楚。"受到刺激的海亚姆也有些冒火地径直回敬"烧炭的"伊本·马施什，"我之所以感到吃惊，只是因为我了解你的想法和你的一切。"

"不了解才怪呢！""烧炭的"话里不乏挖苦讽刺，"那还用说嘛，像我这样的大名人！"

"这跟有没有名毫无关系，有脑子就行。"海亚姆针锋相对，情绪依然激动。

"谁能和你比呀，天之骄子，两者兼备，只是不知道，是名气更大，还是脑子更强。"

"你心里想一个数字吧，"海亚姆略微思忖，提了个建议，"选什么数字都行，随你的便。"

"我想好了。"伊本·马施什答道。

"将它乘以五，做好了吗？"

"等等，我需要点纸。"伊本·马施什提了个要求，过了一会儿说，他已经按海亚姆的要求完成了运算。

"现在从你的得数里减去三分之一。"海亚姆继续发布指令，"做完了吗？下面再用十去除你的得数。完了吗？现在检查一下做的所有步骤，不能出错。"

"兄弟俩"巴耶济德躬身朝邻座的客人凑过去，一起把"烧炭的"刚刚做过的所有运算过程重复了一遍，然后宣布说，一切准确无误。

"现在分别给这个得数加上伊本·马施什所想的那个数字的三分之一、二分之一和四分之一。做完了？现在的结果是多少？"

"六十八。"伊本·马施什和巴耶济德异口同声。

"那么你想的数字就是四十八，对吗？"海亚姆略加思索便得出了推测的结论。"烧炭的"和"兄弟俩"面面相觑，惊得目瞪口呆，除了默默点头承认，只能把手按在桌上，哑口无言。

桌旁一片压抑难挨的寂静。阿布·鲁拉想笑一笑，可却只在喉咙里呼噜了两声。阿里·利扎抬起刚才死死盯着演算纸的目光朝海亚姆望去，满腹狐疑地说，这实在太蹊跷了，有点不可思议。刚才劝说海亚姆别拿自己的秘密说事的那个陌生人也同意阿里·利扎的看法，并提醒大家，他刚才已经奉劝过这个书呆子，别以为聪明人有点自己的小秘密就了不起："看来我刚才是对牛弹琴了，但也不能总去给瞎子点灯吧。"

"行了，就算他蒙对了吧。"伊本·马施什冲着众人说，他面对大家，但不特别针对某人，随即又重新要了一巡美酒，仿佛想尽快把这件事从桌子上抹去，"瞎猫撞上死老鼠——碰巧了。"

"碰巧了？"海亚姆刚才的火还没息，这股火又上来了，就像是心里有股怒气驱使他继续干傻事，"那么好吧，你再暗想一个位于一到十之间的数字，然后将其乘以二十七，得到的积再乘上三十七，算出来了吗？那么现在只告诉我得数的尾数是几。"

"是五。"算完后，"兄弟俩"和"烧炭的"齐声说出。

紧接着，海亚姆稍作思考，像是在做心算，随后宣布说，"烧炭的"刚才想的数字就是五，后者无可奈何地点头承认。

又是一片沉重、郁闷的静默。所有人的目光都聚焦在海亚姆身上，把恐惧、愤怒和疑惑密集交织的复杂心情一股脑向他泼去。

"哦天哪，简直荒唐！"海亚姆恶心地摆了摆手，想从桌边站起来走人了，"像我这样的傻子从来还没有过吧。"

"你不是傻子，你不只是傻。"还是那个陌生人，一副教训人的口吻。

"这一位说得没错，这可比傻子干的事要傻多了，别再干了吧！"阿布·鲁拉好心好意地劝道。

"我究竟干什么了！"海亚姆一挥手，厌恶之情使他的面容变得曲扭，最后终于一跃而起，连声再见都没跟大家说，就向门口走去。

才出酒馆的大门还不到十步，就听见有人在背后呼唤。

"阿爸大人，阿爸大人，停一下，请你。"叫声清亮、高亢，听上去像是年轻人发出来的，但带有浓重的外国口音，且用词也不规范。

他转过身，看见自己"加塞儿"之前紧挨着阿里·利扎坐的那个白人小伙子跟在身后，边跑边伸开手拼命挥舞，朝他大声喊叫。

"好，我停下来了，小伙子，有什么事，说吧。"海亚姆压低了嗓门，从牙缝里挤出来几个词。年轻人跑到他跟前，一把抓住他的右手，先是摇晃，接着亲吻，亲完后依然紧握着摇晃。

"我就是想，"他话没说完就打住了，鞠了一躬，长叹一口气，又接着说，"请告诉，沃妈妈还活着？"

"你先别着急，慢慢说。"海亚姆安慰他，"那么现在你告诉我，想要我干什么？"

"我想，"年轻人弯腰躬身，又对海亚姆深鞠了一躬，"请告诉，沃妈妈还活着？"

"你得先让我听懂你的话才行啊。"海亚姆继续好言安抚，看得出来，年轻人十分痛苦，心急如焚，"你是谁，从哪儿来，想让我帮你做什么？"

"沃卡奇，是我，来自维索科下面的比勒斯沃，波斯尼亚国。"年轻人非常乐意地自我介绍，"从你那儿我需要，请告诉，我妈妈还活着？"他终于纠正了自己刚才把"我"说成"沃"的表达，"我要方向，你自己也知道，有血有肉的人得有地方，吸引自己的思想和脚步。如果她还活着，我们回去，回家。"他又单复数不分了。

"我怎么知道你妈妈是不是还活着？！"海亚姆瞪大了眼睛。

"那你怎么知道，那个胖子想的数字？"听得出来，年轻人显然心里发慌了。

"我并不知道呀。"海亚姆的声音超大，说完把手一摆，就像别人逼他做什么时挥手拒绝一样。

“肯定知道，每次都知道。”

“那都是把戏，是稍微用点心思搞算术时首先必学的基本功呀。”

“那你就也给我变这个把戏，告诉我，我妈妈还活着？维索科下面的比勒斯沃，波斯尼亚国。”

“我真不知道，年轻人，我没法知道呀，相信我。”海亚姆对年轻人深表同情，语气中流露出爱莫能助的无奈。

“听着，阿爸大人，我有个计划，”年轻人想了一下建议道，“如果我深想一下，自己不是一无所有，我有十个金第纳尔，是你的了，现在告诉我吧。”

“我的好老弟，我真不知道，你叫我怎么告诉你呀？！”

“听着，我更深一点想了一下，我甚至有十二个金第纳尔，如果你告诉我的话，都是你的了。而且不花你一分钱，你用你的知识支付，不管怎样。”

就像是陷入真正狼狈境地的人一样，海亚姆张开双臂，无言以对。他抬头仰望天空，好像期待苍天能给他帮助一样。

“你不也是人吗，阿爸大人。”年轻人提醒他，“你知道，一个有血有肉的人必须有个地方向往，可我做不到。对我来说，四方皆空。”

“那你就跟我走吧。”海亚姆大笑不已，“我的处境和你一样，我们会同病相怜的。”

3

海亚姆突然想起来，自己家里乱得一塌糊涂，啥都没有，于是转身带着白人青年朝城里走去，好买点吃的。两人谁也不说话，就这么默默地走了一段路。过了一会儿，沃卡奇咳嗽了几声，微微清了清嗓子，做了一下深呼吸，声音很响地吸气，声音更大地吐气，以此示意他有话要说了。

"我不天真，阿爸大人。"他迟疑好久才开腔，"我很清楚，若与那样的人为伍，都会有些什么危险。"

"与哪样的人为伍？"海亚姆问。

"与同你一样的人呀，把自己全都卖给了知识，想拥有一切知识。"

"那这样的人会对你有何危险？"

"把一切都搞糟，包括灵魂在内。"白人青年回答。

"那你干吗还要与我为伍呢？"海亚姆问。

"那我该怎么办呢，你总得要人照顾吧。"

"哦天哪，你这个小傻瓜！"海亚姆朗声大笑。自从女儿莱伊拉死后，无论在内心世界，还是在外部世界，他都从未有过这样开朗的心情，"这你不用担心，在我这儿你只会遇到两种危险，其一是无聊，因为老头子大都无聊乏味；其二是，你得目睹一个自身都嫌累赘的老朽躯体衰落消亡，却又不甘撒手。遗憾的是，只要不是迫不得已，一个人的身体就不会放弃自己的生命。"

随后，海亚姆想让年轻人讲讲自己的身世。可小伙子仅说了句"好的，阿爸大人"就没了下文，又继续默默地跟在他身旁往前走。

"我说，你别再叫我什么'阿爸大人'了。"

"这是尊敬你呀。"

"这是犯傻，犯傻可不是尊敬。"海亚姆解释道。

"那怎么办，我该怎么称呼你呢？"

"过去有些人管我叫'哈基姆'，就是博学之人的意思，可能比较合适吧。不过最好的称呼是奥马尔，而现在肯定是只叫我奥马尔最合适。"

"好吧，奥马尔哈基姆。"

海亚姆又笑了起来，可能是觉得身边这孩子把他名字和称号连在一起的叫法十分滑稽。此后，两人又默默地走了一会儿，直到海亚姆忍不住问他为什么对身世缄口不言，并再次请他讲讲自己。沃卡奇解释说，自己没开口是想找到适合讲述的东西，接着便打开了话匣子。

沃卡奇十二三岁那年，老家来了个衣衫褴褛的男子。此人目光炽热，声音火烫，不管在田间地头，还是锅台灶边，抑或山脚河畔，只要逮着机会，就缠住年轻人不放，把他们聚拢在自己周围，激情昂扬地向其灌输什么保家卫国的豪言壮语，诸如：只有他们能够保卫耶稣圣墓不被异教徒侵犯，而且甚至还可以扩充圣地的基督教财产。他解释说，他们可以担当这一神圣使命，因为他们身心纯洁，不负任何罪孽，因而无所惧怕，毕竟惧怕来自罪孽。这男子语言狂热，鼓舌如簧，大谈圣地和信仰之力量，一切都被他吹得庄严伟大，忽悠得大家心醉神迷。尤其是关于十字军东征的故事，更加令人激动。他还向大家保证，最迟年底，各个基督教地区组建的童子军就将启程出征，为了捍卫和传播真理，铁流滚滚地涌向圣地。于是，沃卡奇的老家当即就有十人被说动了心，决定跟这个衣着破烂的陌生汉子到萨瓦河去同北方来的大部队会合，然后一起朝圣地继续进军。

　　沃卡奇自然也加入了他们的行列。他受够了，实在待不下去了。自从父亲去世后，母亲就没完没了地冲他唠叨，说他是家中的老大，并把家里所有的活儿以及能给一个可怜人身上加载的其他一切负担都压在了他肩头。清晨，他闻鸡而起，直到活全都干完了，或者天黑到看不清东西，做不了事了，才躺下歇息。此外，他还得安慰妈妈。这可怜的母亲因为失去丈夫时常以泪洗面，就好像世上除此之外就再无别的事情可做。

　　他们加入的这支大军，并非如那个陌生人所说的全是由青少年组成，更不是像其吹嘘得那样强大无比、不可战胜和功绩辉煌。可经过长途跋涉，它却奇迹般地到达了耶路撒冷附近。在那儿，还没等他们安营扎寨，就遭到了一支穆斯林军队的袭击，许多人被俘，其中就包括海亚姆身边这个负了伤的小白脸。这样，他就进了居民点附近的一所医院，在里面好吃好喝的，让人照顾得真不错，还很快学会了与周围的人沟通。可是好景不长，沃卡奇在医院里过了七八个月神仙般的日子之后，居民点遭到了十字军的进攻，被夷为废墟，医院也未能幸免。一些基督教国家的伤兵获救后便随军而行，穆斯林病人也被一同带走。十字军许诺说他们可以被赎回，而其他伤势较重的俘虏则留在了俘虏营里，其中就包括沃卡奇。他在医院受到进攻时肩膀负了伤，而且伤得比使他入院的那次还厉害，此外脑袋上还挨了一记重击，这一下几乎将其置于生死边缘，所产生的后遗症持续了异常久的时间。没有人知道，为什么瓦利德大夫会把他弄上一辆大车，让他跟那些看上去还有口气的伤兵一道被拉走。很可能就连这位后来给他治疗的瓦利德自己也说不出原因何在，因为带上一个已无生命体征的年轻躯体逃难，的确有悖于常理。

　　一背井离乡，瓦利德似乎就刹不住车了。每隔两三个月，不管落脚的医院里发生什么事情，也无论有没有理由这么快就挪窝，他便一股脑将家中的所有东西全部装车，继续向东方迁徙漫游。其实也许他心里清楚自己为何要这么做，但即使他不明白自己的行为有什么道理，现在提到这个男人的小青年沃卡奇，也可以天经地义地给他不间断的东逃找些理由安上。可能是厌倦了老家经久不息的冲突动乱，而且没有迹象表明这种局面有朝一日会有好转，所以他想逃离得越远越好？也可能是他想摆脱某种回忆或恐惧，抑或为自己内心某种无法驾驭、失了控的情感所驱使？可他究竟为何每次都把他的患者，没什么生命迹象的沃卡奇也装上车，将这个半死不活的年轻人也一同带走？或许瓦利德大夫能够解释这一切，但现在讲起他的沃卡奇是怎么也说不清的。大概五六个月前，在生死之间、阴阳两界徘徊了很久之后，沃卡奇终于在古城亚兹德苏醒过来。刚恢复知觉的他面色苍白，体虚气弱，精疲力竭，就好像失去意识的这段时间里他一直在采石场卖苦力。差不多一个月前，瓦利德带他来到了这儿，两人都在医院里住了下来。十天前，瓦利德死了。今天早晨，他被赶出了医院。临走前，有人给了他些衣物和十二枚金币，好让他在头几天里还能对付一下走投无路的日子，随即连句客套话都没讲就让他走人了。

沃卡奇结束了讲述，停了下来，可海亚姆却一步不停地继续朝前走去，仿佛根本没注意到似的，把同行的人甩在了身后，搞得沃卡奇只好紧赶慢赶地又从后面追上来，和他保持步调一致，并趁机问他对刚才听到的故事有什么看法。

"没什么看法。"海亚姆回答，"要我说什么呢？"

"是你要我讲的呀。"

"我就是为了对你有所了解，仅此而已。"海亚姆解释。

接下来的一段时间里，两人没有再聊天，因为已经来到了城里的巴扎，该想想要在大市场上买些什么，然后得货比三家，讨价还价，交钱接货，再把买的东西包在一起，装进袋里，好拿回家。还没到达巴扎，海亚姆就已经感觉到身体出现了疲劳的征兆，但听着和看着眼前这个年轻人对自己的身世娓娓道来，一阵快感油然而生，并一直伴随着他在集市里购物。其实，他连买东西的力气都没了，于是便少言寡语地匆匆行事，既没好好挑选货物，也没正经地讨价还价，就想赶快完事走人。有时，他会倚着沃卡奇的肩膀稍稍休息一下，喘口气，调整一下呼吸。看来长时间的沉默和短暂的歇息确实有助于恢复体力，缓过劲儿来后，在回家的路上海亚姆突然又打起了精神，开口交谈。

"假设一条半鱼价值一个半迪拉姆银币，那么五条鱼值多少迪拉姆？"海亚姆问。

"那要看情况了。"沃卡奇回答。

"什么叫要看情况？"

"要看很多情况。"年轻人说，"鱼有多大，什么种类，新不新鲜，取决于这些因素，还要看其他很多情况。就连傻瓜也不会拿才出水的鲜鱼价钱，去买昨天的陈鱼。"

"但是如果这些鱼一样大小、一样新鲜、一个种类呢？"

"这是不可能的。"沃卡奇想了一下，有些担忧地把手一摆，"总有一条会稍许大那么一点点，或者肥一些、厚一些吧。"

"我知道这不可能，但我们假设有这可能。"海亚姆毫不松口。

"我为什么要去说不可能的事情呢？"

"为了建立一条规则，或者说做个游戏吧。"海亚姆穷追不舍。

"我可不是小孩，不想跟傻子一样去玩什么游戏。"

回到家后，两人坐在一起安静地吃东西。海亚姆慢条斯理，吃得兴味索然；沃卡奇狼吞虎咽，就像饿死鬼投胎。终于塞饱了肚子后，他深吸了一口气，开始用手在肚皮上划着圈子揉来揉去，就像是在做按摩一样。

"哦，可真舒服呀！"他惬意地感叹，"吃饱喝足就有劲了。"

他边说边继续揉着肚皮，那副样子别提有多心满意足了，让海亚姆忍俊不禁。他当时绝没预料到，此后自己还有无数次机会，饱览这一好笑的动作。

天已经快黑了，两人一起为沃卡奇在大房间里搭了一张铺。随后，海亚姆带了一盏油灯和一沓藏在壁柜暗格里的信函，上了房顶的露台。

他心乱如麻，如堕五里雾中。先前耳闻小伙子动人的讲述，眼见他的举止动作，他的内心深处很久都没有像现在这样波动过了。好一阵子他不知道这算是怎么回事，该如何描述这种情绪。是喜悦，还是对生活与存在的信任？这种感觉他只在同赛卡伊娜在一起时经历过，之前之后，他从未有过看见什么人会引得自己发笑的体验。唯有来自妻子身上的东西不会对他构成危险，他从头到脚的每一个细胞都清楚地知道，她不会害他。想必也正是因此，他才能够向她敞开胸怀，倾诉自己的喜怒哀乐。作为真善美的化身，是她证明了这个世界是美好的，生活是美好的，她丈夫海亚姆也是个好人，或起码可以做个好人。今天在和小青年交谈的时候，他脑海里浮现的一幅幅画面，又让他想起了赛卡伊娜，所以他才动了这个念头，觉得可以再看看妻子昔日的书信。信件是他很久以前为了强迫自己不去偷看而收藏在壁柜暗格里的，里面的内容会勾起对往日家庭生活情景的回忆，使他不敢再去阅读那些令人心碎的语句。

写信曾是他们美化和丰富家庭生活的游戏之一。赛卡伊娜开写的时候，自家的新房尚未建好，他们只得暂住在亲戚那里，所以夫妻俩单独相处的机会不像她所希望的那么多，于是她便决定以书信传情，可以告诉丈夫不想让外人听见的悄悄话。想必她慢慢地渐入佳境，进而乐在其中。总之，后来她就笔耕不辍，锲而不舍，一直写到女儿莱伊拉因病夭折。这些信有的写得很美，其中表达了她对丈夫的渴望，也有对云雨私密之事的激情挑逗，以及一些刺激、挑衅性的玩笑，如同衣食无忧、生在福中的孩子们喜欢相互斗嘴抬杠一样。信里特别爱写的内容，大都涉及那些现在看来已经无法回答的问题，比方她曾在一封信中写道，说如果丈夫真是个学识渊博的哈基姆，那就应该知道："真主同阿丹对话是讲纳巴泰语，对吗？"在海亚姆回答"真主不需要讲人类的语言来和自己的创造物沟通"之后，她又接着问："那也许《古兰经》中的人类始祖阿丹和哈娃夫妻之间是用这种语言交流的？"在另一封信里她则问："你的那位欧几里得大师写道，手迹是用身体表达的精神几何，是不是？"而在第三封信里又会打听，古来氏人在"克尔白"天房的地基里找到的真主福音是用何种语言写的。这些信件，要么是在吃饭的时候，要么是趁擦身而过之机，或者是在与别人喝茶聊天时瞅准空子，被赛卡伊娜揉成纸团，悄悄塞给丈夫的。纸团捏得很讲究，小到足以在掌心打开阅读而无需担心会让别人发现。其余的信都放在床上或衣服里，偶尔也压在枕头下面。不过写得最动人的信，赛卡伊娜均亲手传递，比方说一起上床就寝时交到夫君的手里。这时，每张信纸里都会包着一个椰枣果，这果子一开始就是她的定情信物。

海亚姆一直小心翼翼地收藏着这些信件，连赛卡伊娜自己都看不到。乔迁新居时，他在家里找到一个隐秘之处，可以把信整齐地摞在那里，顶上还经常放一个椰枣果。赛卡伊娜遇害后，海亚姆离开伊斯法罕时，这些信是他少数带走的物品之一。这些年来，它们伴随主人颠沛流离，始终存放在身边，只不过上面不再放有椰枣果了。但他很少会从中抽出一两封来看看，他做不到，那种灵魂欲冲出身体而又挣脱不了束缚和羁绊的感觉，简直撕心裂肺，令其至今无法忍受。

他是第二还是第三次在通向房顶的楼梯上停下来歇口气了。这时，他闻到了一股榅桲果的清香，难道是当年的气息渗入了信纸，一直留香到今天？还是这果香其实来自其记忆深处，很可能是应其所求，飘然而至？要不就是灵魂在向他呼唤？抑或是真主垂恩，赐予他机会，让他今天终能听从其召唤？他深深地叹了口气，内心充满了希望和憧憬。然而一瞬间，他突然想起了那个波斯尼亚青年，倘若他今天应赛卡伊娜的呼唤而去，那这小子可就惨了。

爬到房顶上后，他不得不又歇了口气，然后换上睡觉的衣服，伸开四肢，平躺到床上。太阳已经下山了，天还没完全黑，不过四周很快就陷入一片半明半暗的混沌。等黄昏的朦胧加深，天色逐渐转暗时，他就会点上一盏油灯，拿起第一封信，开始阅读。不过在这之前，他就一直这么慵懒地躺着，岁月蹉跎，光阴荏苒，天晓得多少年后他第一次觉得自己的身体就像一只盛满了疲乏的容器，浑身无力但又骨软筋酥地舒服惬意。他闭上眼睛，满怀感激地尽情吞吐榅桲果的芬芳，这馥郁的香气促使他决定，今天起码得完整地读完一封信。想到这儿，他伸手去够信，拿了放在最上面的那封。他挺起身，靠在墙上，睁开双眼一看，发现这信不是赛卡伊娜写的。

内沙布尔，亲爱的奥马尔兄弟敬启
恭祝安好

亲爱的奥马尔，很久前我得知了你的遭遇，但我无法也不愿早一些给你写信，这纯粹是因为百事缠身，无暇提笔。当年在伊斯法罕时，我当着你面着手筹划的大业，现在已到了付诸实施的关头，进入了行动的阶段。其实我现在也不想给你写信，因为我不愿撕开旧伤疤。我完全可以不再重提往事，对我们之间的交谈守口如瓶。只是现在给你写信这一事实，想必会让你回想起我当时的忠告。我说过，等待你们和我们大家的会是什么。而我话音未落，你们俩就把我赶出了家门。当时你们夫妻相亲相爱，幸福美满，深信这个世界是属于你们的。那种花好月圆的时候，你们能听得进谁的肺腑之言，警告你们生活终将带来不幸?!

我曾对你们说过，世界因魔鬼伊比利斯的绝望而诞生，靠他和我们的眼泪与痛苦滋养。这个该遭诅咒的恶魔涉足于原本永恒不变的时间，改变了一切。在此之前，一切皆于永恒之中依然故我，维持原样，因为世间万物均属永恒。而他的降临使凝固的时间趋于流动，并以我们的鲜血、磨难和不幸为动力走到了今天。所有的一切都说明了，事实就是如此。我们以一声啼哭来到这个世界，眼泪是我们尝到母乳之前，从身上付出的第一样东西——你们还在等待和希望什么?! 难道企盼再生个孩子？

你是知道的，有句俗话说得好：人若照镜子，无论你在其前面做什么动作，都是在向魔鬼谄媚。你可以干自己喜欢的事，但不管做什么，肯定都是在向魔鬼献媚，因为镜子本身就是魔具，它能够将一人变成两人，也就使人数翻倍，从而也使罪孽递增，它也因此魔力不减，本色不变。鉴于你没有再婚，没有生儿育女，说明这些年来你已经明白了上述的道理。

事情正朝着对我们有利的方向发展，全世界已经嗅到了恐怖的气息，感到了害怕，越来越多的人明白了，活着、任何形式的存在，都是深重的罪孽。我们叙利亚的兄弟在侵入巴勒斯坦的法兰克人里面找到了志同道合者，和他们结成同盟，帮助其建立起跟我们一样的组织。对他们来说，要得体地整治、规范他们的社会，也许比我们还要容易得多，因为他们那儿不禁止入教为僧，相反，还大力提倡。他们的伊玛目叫"大师"，目前的"大师"是于格·德·帕扬[1]。他以传说中所罗门圣殿的遗址圣殿山为根据地，创建了圣殿骑士团，是首任大团长。"大师"和我们在那儿的人情投意合，结为盟友，共谋大业。我的人向我禀报说，他们甚至准备联合攻打大马士革。我们在迄今已知世界最巍峨的山峰上为你修造了一座宏伟的天文台，从四面八方搜集了极其珍贵的手稿和书籍，给你建立了世界上前所未有的最好的图书馆，为你安排了合适的差事，准备了合理的报酬。来吧，成为我推心置腹、畅所欲言的朋友，做我的兄弟，当我的左膀右臂。真理将与我们同在，走出你置身其中的虚幻生活，到我这里来吧！

哈桑

他读完了信，把它放在床榻边，凝望着薄暮时分依然微亮的夜空。哈桑的信是怎么混到赛卡伊娜的信函里面去的？他怎么可能将这事忘得一干二净？怎么会不但丝毫记不起其内容，就连对收到过信的事也没有半点印象？

　　他花了很长时间才把过去的一切重新唤醒。那是五六年前的事了，光天化日下突然来了三个小伙子登门拜访，来者白衣白裤，胸佩红色皮带，足蹬红色皮靴，见到他后转交了这封信，说他们的总司令哈桑向他致意，并让他考虑一下，是自己一个人去他们那儿，还是要人陪同。他们告诉他，答复可以通过城里什么人转送。如果不作答复，也是一种回答。说完，三人转身离去，剩下海亚姆又怕又气，而且可以肯定，这几个不速之客的来访，第二天准会传遍全城，将人们的反感与恐惧，也包括他自从来到这儿以后所受到的尊重，统统夸大数倍，广为扩散。

　　即便哈桑没有亲自下令除掉赛卡伊娜，他本人也与她的死脱不了干系。所以这封信必然又触碰了海亚姆内心的创伤，于是悲痛、愤怒和绝望，以及妻子横遭不幸所带给他的那些噩梦与折磨，一瞬间全都涌上心头。不过奇怪的是，这一次噩梦持续的时间相当短，痛苦的过程可能只有那么两三天。一俟心情平静下来，他马上就把信放回了收藏赛卡伊娜信件的暗格。他无法再去阅读妻子温存的话语，面对那些文字他简直活不下去，可他又还一直活着，只不过越来越虚弱，越来越悲哀，沉陷在凄惨和无望的深渊里，不能自拔。收好信后，海亚姆稍微在脑海里思忖了一下哈桑写的那些话，不禁联想到一个与此有关的问题：像哈桑这样的人，究竟怎么会如此老练、沉着地攫取了大权，并且为了统治世界，竟然可以无所不用其极？他们认为活着和任何形式的存在都是罪孽，应该受到诅咒。海亚姆知道，哈桑说的是实话，他对此深信不疑。但尽管这世界罪孽深重，他们还是要称霸一方，必欲将其置于自己的统治下，把它变成让人类兽性大发、互相厮杀的战场，这又该怎样理解呢？这种言行自相矛盾，从逻辑上就站不住脚，对此又能作何解释呢？在这个世界上，他们只是匆匆过客，反正都要尽快离去，因为这里的一切都是假象，到处充满了罪孽，那么如此肮脏的一个世界，他们争夺其统治权又有何意义呢？而且事实上，权力在拥有者的周围造成了真空，把他同所有人分隔开来，使其变为孤家寡人，让他们深感灵魂不复存在，备觉有如身陷囹圄。然而，这一切远不足以解答对哈桑及其同伙夺权霸世之需要的疑问。不过这些思绪也未能纠缠海亚姆很久，收悉此信不到一个月，他就跟对所有与此有关的问题一样，把它忘得一干二净，就像什么事都没发生过一样。

他十分奇怪，重新发现和再次阅读这封信，并未在他心里引起很大的波动。看信时，他几乎无动于衷，读完后只是平静地把信放在了床榻旁的地上。遗憾的是，他没能翻阅赛卡伊娜的信，实在太疲乏、太虚弱了，想必是身体支撑不下去了。如果不是哈桑的这番蠢话插进来打岔的话，他肯定至少能找到一两封读起来有滋有味的信。眼下的这种从容淡定来自何方？怎么会突然有了想读赛卡伊娜手书的欲望？难道他的生活真的起了某种变化？这和他今天遇到的这个波斯尼亚小伙子有关吗？

妻子的死使他失去了抵御这个世界、保护自己的盾牌，带走了帮助他承受外力的精神支柱，也许随之失去的是夫妻恩爱在丈夫周围所形成的那种氛围和气场，或者只是对生活的信赖，可能还有别的什么。不管怎么说，失去了妻子在世时所给予的保护，他便赤裸裸无遮无拦地暴露在光天化日之下。唯一可以抗衡外界的自卫武器，只有内心的苦闷和愤世嫉俗之痛，以及想起来都害怕的对世界创造者的不满。

在内沙布尔的这些年里，海亚姆无法干正经的差事，只能靠给有钱人占星看相维持生活。每当这些人家里遇有生儿育女或者操办婚嫁之事，他便帮人预测天气，选择良辰吉日，好让新贵们知道，喜庆活动应该放在哪天举行。他还为珠宝商提供咨询，帮他们推断各种宝石的年代。这期间，他干的唯一一件差不多可称之为正业的事情就是写了几十首诗歌，内容实际上都是他与创世主之间连绵不断的心灵对话和答辩。对海亚姆来说，这些神交是自失去莱伊拉、赛卡伊娜、尼札姆·穆尔克和阿布·赛义德等亲人好友以来，唯一还有点意义的正经事。难道这些诗歌就只是与真主的对话，而并非他首先用来发泄自己心中的苦闷，以免遭情绪伤害的哀歌吗？当年眨眼之间，他遭受了如此沉重的打击，这一切他已无法忍受下去，更别说可以像履行义务一样，平心静气地逆来顺受。于是，他便开始和创世主交流，向真主寻求答案、解释，以及能帮自己度过这段艰难岁月的办法。他时常想，如果至少能够摈弃自己拥有的知识，比方说相信自己夜夜观察聊以自慰的星辰，其实就是赛卡伊娜的眼睛，或者是她的灵魂在期盼中熠熠闪光，憧憬与他的魂灵重逢，那他心里或许会好受得多。小时候就有人对他这么说过，他也这样相信过。就连赛卡伊娜也相信或者说愿意相信这一说法，认为天上的星星就是人死后灵魂的化身。它们在夜空中闪烁，期盼着爱人的灵魂升天而来，好与其重新结合，化为一体，一同回归隐遁的世界，从人们的视野里永远消失。可他无法相信，也不能说服自己去相信，更做不到不信装信，因为他心里知道这是迷信。他明白，在很多人心目中，天上的星星与人间的爱情和灵魂有着千丝万缕的联系。因此他时常疑惑地扪心自问，难道知识也会和自己作对、跟自己过不去吗？他一生坚信，创世主赋予其义务，让他孜孜不倦地学习和掌握知识，也只有通过知识才可以稍稍接近真主。这怎么就变成了该死的罪孽，我究竟欠了真主什么，他到底要我承担何种义务？！海亚姆的内心十分惶惑，或者说是充满绝望。而现在一切证明，他的确该死。倘若他能够相信，莱伊拉和赛卡伊娜就是自己每天晚上怀着深情向往去观察的星星，在夜空上期待和他团聚，那他的日子就不会这么难熬了。

不管是他的疑问还是祷告或请求，皆无任何回应。他担心害怕的事，没有一件发生，可又挥之不去，而能摆脱其中任何一个纠缠的希望则更为渺茫。一切都默默地遵循其道，继续前行。白天，他致力于吟诗作赋，或干点别的什么。到了晚上，他便凝望夜空，观察天体的运动。所作所为都是为了让内心的绝望和疑问能有点具体的表现，希望这样可以得到别人的理解与同情。然而一切徒劳无益。没有人关心他，他没得到任何解答。可在他看来，外面的世界有时候并非死水一潭。他能真切地听见它的喧嚣，但是想必他海亚姆已经堕入沉寂的深渊，不能自拔，从而丧失了敞开心扉倾诉衷肠的能力和机会。所以虽然外面的世界依旧热闹非凡，他却失语无言，没人听到他开口讲话。日月经天，江河行地，天上的一切依然循规蹈矩，运转有序。地上却是腥风血雨，一片混沌乱世。他既迷恋天空，又置身尘世，身陷两界，却不能诉说自己的悲痛。

大约十年前，他彻底闭上了嘴巴，缄口不言，也停止了诗歌写作和其他一切工作，开始终日出没于酒肆、茶馆等人声鼎沸、高朋满座的场所，因为在这种地方最容易打发时间，再说在那儿消磨时光竟然还给了他一个如释重负、安慰良心的机会。

一次在一家紧挨着巴扎的茶馆里，有个商贩赶时髦，鼓舌如簧，口若悬河，把人们信仰的一切都说得一无是处。他嘲笑爱情和友谊，举出无可反驳的事实证明人类亦属野兽，只不过出于害怕才被迫偶尔假装老实，故作正经，仿佛他们都是好人。他还向大家保证，说一个有品位的正派男人只是因为其母太老太丑才不和她同床共寝。这家伙能说会道，口才极佳，还善思考。他大展雄辩的本事，把所有试图反驳他的人一个个说得哑口无言，或者起码是思想动摇。有个人开口讲述极乐世界，他问此人，最后一次到那边是什么时候，又是何时从那边返回的；另一个人谈到了真主和真主的法则，他便提醒说真主也必须公开遵守他自己强加给世界的法则，因为水总是往低处流，而从不会向高处跑，这一点是不以真主的意志为转移的。与其说真主是立法者，不如讲他是护法人。"如果真有真主的话，那他应该是警察，而不是苏丹。你若是用自己的脑子想问题，那你也得认识到这一点。"商人最后做了如此的总结。他的话获得了异口同声的赞许，那位谈真主和真主法则的客人紧接着带着哭腔问，到底是谁创造了世界。商人十分严肃地回答说，医学大师、哲人伊本·西拿早就说过，没有人创造世界，因为它自古以来就存在。

"你设想一下有这么一家从事运输的行当，"海亚姆转过身，对那个不想再跟商人搭腔更别提与其争辩的人说，显然他无法容忍别人用这种方式把伊本·西拿抬出来，当成一张大获全胜的王牌抛出，"成千辆大车，上万匹骡马和黄牛，队伍庞大芜杂。随时都有要运送的货物被装上十到十五辆大车，随时都有二十到三十辆大车驶进驶出车行的大院，随时都有上千名雇工在饲养役畜的栏圈里和堆放或装载货物的仓库中忙活……几百件活儿由几千名不同工种的员工实施，看起来互不相干，实际上分工合作，构成、创建了一个整体。每件活儿就其本身而言看似没有意义，但是所有的活儿组合在一起则显示出一种奇妙的和谐。任何一件活儿的实施者，不管是人、畜还是车，各自为政时均显得无足轻重，不值一提，可综合在一起则互为依托、相得益彰，展示了令人震撼的协调统一。你能想象这样的运输行当吗？"

"我无需想象，因为我本人就是其中的一员，没少跑过运输。"商人说。

"那你敢发誓，说这一切都是自然而然形成的结果，背后没有一种精神、意向和计划规则在支撑吗？抬头遥望一下夜空吧，你会看见那里有无限的运输活动在和谐地进行。"

商人未做回答，不一会儿便离开了茶馆里聚会的人群。此后，海亚姆拿组织运输说事的逸闻，便数日甚至数月之久地在城里疯传热议。一些人对他怒不可遏，将其插嘴干涉视为背叛；另一些人则冷嘲热讽，说他这个看星星、玩魔术的怪人想在当权者那儿讨好卖乖；但大多数人都认可他的行为，把这看成信仰与传统的捍卫。后者的看法对他而言是绝对公平合理的。只有真主才知道，到此地二十甚至不止二十年以来，深埋于他内心的对外界的排斥、反感与恐惧，什么时候竟转变成公开外露的愤怒，从而招致那些原本胸有定见这下却心里没底的人士，对他群起而攻之。

难道今天他身上的一切都改变了吗？他有希望走出折磨自己多年的失语困境，摆脱昔日的阴影吗？

4

　　"他还在呀！哦，真主啊，他还在床呀……！仁慈的主啊，他还……喂，小家伙，小家伙，我们得把他……"泰伊达不善言辞，口头表达十分蹩脚，尤其对使用动词犯怵。海亚姆无法判断，究竟是这位女邻居的叫声把他吵醒的，还是她手的触摸让他有了意识。泰伊达先把手放在他额头上，然后顺势摩挲了整个面庞，就好像边给他洗脸边做按摩，最后又回到额头上，停在那儿休息。很可能是女邻居的大呼小叫弄醒了他，手掌的触摸又让他恢复了知觉，此外没有其他的可能。否则如果他没醒来的话，也不会知道泰伊达说了些什么。不过是这触摸使他明白，自己像个草扎的玩偶直挺挺地躺在这儿，而且没准还会保持这样的状态一段时间，因为他此刻连睁开眼睛的力气都没有，更不要说活动一下身子或者说点什么，比方请泰伊达别那么高腔大嗓地说话，小点声。

　　沃卡奇上来了，问到底出了什么事。泰伊达念经似的重复道："他还在呀……"说着把手从海亚姆的额头上拿了下来。沃卡奇先把双手贴在老人的脸颊上，然后又将他的左右手轮换夹在自己的两手之间，握了一会儿，觉得没什么大事，不必大惊小怪，然后才把他从床上扶起来，像背小孩一样驮到背上，走下房顶的露台。泰伊

544

达紧跟在后面，一边嘴里咋咋呼呼的，一边尽力地托扶老邻居的脑袋，不让它耷拉下来。到了下面，她走开了一会儿，再次出现的时候带来了一床她收在大房间里的灯芯草席子，拿到屋外院子里铺在地上，好让沃卡奇把老人放在上面，然后又不见了踪影。过了好一阵子她才再度现身，这次拿来了苹果醋，让小伙子涂抹到海亚姆身上，在手脚部位稍微做一下按摩。

　　"你只管走吧，做你的事去，这儿没什么你能帮忙的了。"沃卡奇朝房子那边指了指，对泰伊达说。

　　海亚姆躺在院子里，时近正午的阳光烘烤着他的身子，暖洋洋的挺舒服，让他能感觉到自己还活着。对自己的状况海亚姆心里有数，也想告诉泰伊达别这么小题大做，弄得煞有介事的。昨天的昼夜间发生了那么多事，搞得他精疲力竭。他现在的确需要点热度，身体也肯定比以往要虚弱。可他张不开嘴，更别提能说点什么出来，把有必要解释的一切都讲清楚。但愣头青沃卡奇不管三七二十一，挽起袖子就给海亚姆涂抹上苹果醋，随即呼哧呼哧地使劲按摩起来。手脚部位的按摩让海亚姆十分舒坦，年轻人手指的按压十分有劲，似乎给他的四肢也注入了活力。洒满全身的阳光，热辣辣的，让他骨软筋酥；脑袋里一片空白，无思无欲、心不在焉、浑身乏力地躺在草席上，也使他极度惬意。事后他有心无意地对沃卡奇说，自己平生第一次体验到，能够有所依赖，听人摆布，是何等的愉悦和美妙："偶尔能享受到这种良好的感觉，真是福气。"不知什么时候，他觉得腋下和额头湿了。他知道，再说也清楚地感觉到，自己的睡衣也顺着脊椎同样湿漉漉地贴在背上。可能是稍许出了些汗的缘故，他的烧退了，神志也清醒了些，使他又有了点力气，能够勉强集中思想，弄明白周围发生的一切和所听见的谈话。

沃卡奇一边很尽心地给海亚姆按摩，一边对离去的泰伊达啧有烦言。从中可以听出来，他不明白，这女人为何要管别人家的闲事，替人家拾掇整理房间，就像别人自己做不了这么好似的，其实没准人家自己干得更漂亮。他百思不解，泰伊达哪儿来的这个权力，为什么一天到晚老往这儿跑？没有人叫她来，肯定也没有人盼她来。他很替她担忧，不禁暗暗问自己，她怎么会起这样的念头，竟敢单枪匹马地闯进两个陌生男人的世界。事情明摆着，他们的确相互不熟悉，连傻瓜也清楚，要是她没从这所房子里走出来的话，会是出了什么事。

小伙计的声音十分激动，那严肃较真的样子逗得海亚姆哑然失笑。此前他还从未想象过，有谁会这样来评价善良伟大的泰伊达。其实她是那种一辈子以侍奉别人为乐的幸福女人，伺候谁都一样，唯望以此得到别人一点儿可怜的喜爱，或至少能够稍微引人注目一些。这种女人从来不问自己，别人是不是需要她们的帮助，得到帮助的人值不值得帮助，也不在意或起码不表现出来，她们往往既得不到别人的喜爱，也不会因此而引人注目，更没有其他感恩戴德的回报。她们只是能够说服自己，深信会得到所需要的一切。一旦身边没有人准备享受她们的帮助时，这些幸福的女人们就会扩大寻找范围，而且总会遇到合适的帮扶对象，为之倾情奉献，一生一世，无悔无怨，无名无利。但是可以肯定，她们的内心收获了一份回报，精神上得到了酬劳，可能是因为她们觉得，自己正是为此来到这个世界上的，能对别人有用，行善积德，备感乐在其中。当然或许还有其他的原因，那必定是种不可公开的回报，这秘密只有她们自己心知肚明。可这样一位菩萨心肠、无私奉献的人，何以引起如此强烈的愤懑？！

"我怎么觉得，你好像不大喜欢泰伊达，是吧？"海亚姆问。

"我受不了她。"沃卡奇毫不犹豫地回答，"连看到她都嫌烦。"

"你这小子，可为什么呢？！"

"她生了个什么样的儿子呀！"年轻人的声音充满了悲哀。

"她没儿子。"

"那她真该养一个才对。"沃卡奇一本正经。

"你说她真应该生一个？"

"对呀，我就是这个意思。这真是一大可悲之事。"

"不一定吧。你都瞧见了，她连自己都拎不清，如果养个儿子，更不知道该拿他怎么办了。要我说，没有儿子不仅对她而且对他都是好事。"

"你怎么知道她儿子什么感觉。"

"像你这么聪明的人，总该知道吧。"海亚姆生气地训斥道，"你最好到她身边去，稍微了解了解她，别在这儿胡说八道！"

"好吧。"沃卡奇站起来，平淡地朝房子里走去。

小伙子的步伐显得异常沉重，就像是拖着脚在地面上移动，或是下脚着地太用力气。这种古怪的走路姿势不知为什么让海亚姆很开心，脸上不觉流露出一丝微笑。他目送着年轻人走进屋里，然后依然尽情地享受阳光的爱抚与温暖。沃卡奇怎么会知道，泰伊达本应生个儿子呢？想必是海亚姆觉得这段关于生不生儿子的插话是对他自己的谴责，所以才冲倒霉的年轻人发了脾气？不管怎么说，她曾经是怀过孕，都整整十五年了，可能还不止这么久。当时他给泰伊达用了个方子，让她两到三天连续服用大剂量的番红花，每日两次，而且用的是纯品，叫她尽量多服。这样一来导致她开始出血，胎儿就流产了。可这小子怎么会知道这件事的？而且还说得出，那次怀的是个儿子？

　　沃卡奇的话里有些事情让海亚姆回想起很早以前的一次谈话及其后续。时间已经过去很久了，还是在他的青年时代，有次他与朋友也是天文学同行的撒马尔罕人穆萨菲尔和伟大的物理学家阿尔哈曾——亦称海什木——的弟子侯赛因在一起聊天，后者援引自己老师的观点说，目光与光的运动速度几乎相等，其轨迹也相似，甚至几乎如出一辙。这启发海亚姆想到一个问题，即这两者本身及其运动的状况现在表现如何。如果一颗遥远的星星，其光芒需要一百年才能抵达我们这儿，照亮世界，那么这个星球附近世界上的某个居民投向我们的目光，差不多也得需要这么长的时间才能到我们这儿。"他能看见我们这儿的什么呢？会遇到什么状况？"海亚姆问，"当他的目光投向我们时，看到的是这儿正在发生的事，是我们目前的现状，还是已经过去的情况？"两种状况的可能性都有，并且同样可信。穆萨菲尔认为第二种可能更为可信、也更加迷人。四百年前从某个遥远的世界启程直奔我们而来的目光，看见的是实际上早已经建成的库法古城和首批清真寺的在建情景。而如果目光的发出者也是肉体凡胎的话，那时他早已与世长辞，但其目光在我们这儿看见了哈里发前辈和他们朋友的面孔。这一想法让他着迷。侯赛因和海亚姆则认为这不可能，因为那样的话就意味着，本世界的此刻，比方说在现实中的不同层面里，同样真实而且现时地存在着事物的一切过去形式，这简直是天方夜谭。穆萨菲尔则为自己的观点激情辩解，同时也愿意附和朋友的说法，顺水推舟。他认为，正如海亚姆所说，这个世界上所有事物的过去状态，此刻都依然现实存在，这一点无需专门解释和求证。否则曾经存在的东西又能消失到何处去呢？！应该证明和解释的是，谁宣称物质会灭，因为此人的认知与理性相悖。举个例子，现实中的一切都分布在不同的时间层面上，因而也可以被不同的目光所看见。但毋庸置疑的是，世界上一切曾经有过的东西现实中都依然存在。"一切自在之物和正在发生之事，皆有其存在的必要，因为这是真主的旨意。所以，有必要存在的东西怎会不复存在或者消失殆尽呢？"穆萨菲尔嚷了起来。海亚姆只把这个论据当作那种神学家们故弄玄虚的噱头，于是便开始予以激烈反驳。然而在争辩中，他却发现了一个新的论据，足以佐证穆萨菲尔的观点：时间是绝对的，因为它是永恒的形象表现，也就是说同时性的原理适用于任何情况。一种目光看到的必定是与其同一时间和同一现实中的存在之物，而不是数年或者数百年后才发生的事情，所以来自遥远星球的目光抵达地球时，所看到的就是现存事物的过去状态。

三十年前，在深陷绝望、孤独无助时，海亚姆想起了这次交谈，觉得从中可获得几分解脱，或至少能得到些许慰藉。倘若他们当时所说的话起码包含了一点真理的话，那计算出能够看见莱伊拉和赛卡伊娜母女俩所生活的那个时期的距离，就应该有可能让幻想成为现实。况且他本人也生活在那一时期，因为他们一家人都在一起，那时还有……一连数月之久，他都埋头测算，作出假设，进行运算，再认真思考，直到最后终于明白，自己的希望纯属白费工夫，因为他也许能够算出来的那个距离是无法企及的，即便他达到了这一距离，然后从那儿往这边看过来，其目光抵达的一刻，看到的依然是孤独寂寞中的他自己。

往事历历在目，一个个难忘的瞬间又在脑海里鲜活了起来，海亚姆沉溺在院内的寂静之中，任凭正午热辣辣的阳光炙烤全身。正对他脸的院墙上出现了一只猫，悄然无声地顺着墙朝大门口走去，随后不见了踪影。外边不知什么地方有只公鸡打起了鸣，叫声更加衬托出笼罩四周的安静。鸡叫的时间很短，就像自己中断了那特有的长鸣一样，也仿佛是它发现自己孤独的声音坠入了何等深沉的宁静，所以戛然而止。有意思的是，预料之中的苍蝇，却一只都没有出现。人这么湿漉漉黏糊糊、一动不动地躺在正午的烈日下，本来最爱招惹苍蝇的围攻，被叮得招架不住。这里面肯定有某种原因，稍稍花点力气，动动脑筋，肯定可以找到原因所在。

如同过去三十多年来他几乎每天夜里都噩梦缠身一样，他沉浸在半睡半醒之中，本来是处在高烧谵妄的状态，就像掉进一个陷阱里，那儿等待他的是无数噩梦中的一场。他好像在算什么东西，做得十分艰辛，是解决一道数学难题，但毫无进展，因为缺少一项必须给出的已知数，也许是缺好几项。他左算右算，使出浑身解数，把所有能想到的办法都试了个遍，却越陷越深，难以自拔。他觉察到，自己把问题设定错了，出了一道无解之题。可他还是固执地继续运算，因为他心里明白，不管这题出得有多错，不解开它的话，他既无退路也无出路。人已经累得发抖，激动地打颤，他十分害怕到头来落得白费力气，空欢喜一场，因为情况越来越清楚，想象中的值和自己或缺的运算条件根本就不存在，所以他既得不到它们，也算不出来，更不可能知道结果在哪儿。

最终，还是泰伊达和沃卡奇帮他摆脱了梦魇的纠缠。他们叫醒了他，让他一块吃午饭。两人异口同声地说，其实本来也可以不叫醒他，因为众所周知，对病人来说，睡眠和进食一样，至少能最大限度地帮助他恢复体力。可是这个可怜的人在床上一直抽搐颤抖，四肢痉挛，想必就连傻瓜也看得出来，这种睡眠已经没有丝毫用处，完全无济于事，所以才让他起来。海亚姆自己都奇怪，他怎么会吃得如此狼吞虎咽，既不看碗里盛的是什么，也不问吃进嘴里的为何物，就一股脑儿地囫囵吞下。他只觉得有石榴籽的味道，大概是做浇汁放的一种作料。尽管他吃得如同风卷残云那么快，可还是最后一个放下碗盏，等他推开餐具时，沃卡奇早就用手划着圈在揉肚皮了。而泰伊达却说，她几乎没吃什么东西，不过感谢真主，还是每样都尝了那么一丁点。当海亚姆也吃完之后，泰伊达便站起身，进屋去冲洗中午用过的餐具，剩下房东和他年轻的新房客两人留在院子里。

　　"你好点了吧。"沃卡奇挺满意地看着海亚姆，"眼睛又放光了，脸上也有了生机，气色不错呀。"

　　"实际上这是我们活着的时候诸多无法理解的事情之一。"海亚姆若有所思地回应道，"如果我们有理智的话，本来都应该在三十岁最迟三十五岁时就结束自己的生命，因为大家都清楚，在剩余的有生之年里等候我们的不一定是什么好事。天真纯朴不复存在，人际信赖逐渐消失，活力与美貌以及诸多乐趣也与日俱衰，头脑清醒者也不会再去寻觅人间真爱，而潜伏在暗中等候我们的是疾病、衰弱、悲伤和苦闷。我们在余生还能遇到的最大幸运就是尽快地、出乎意外地死去，因为这能使我们免遭漫长衰亡过程的折磨。但是尽管如此，我们依然在拼命地为多活一年或者多活一天而奋斗。我甚至担心，倘若到了生命以钟头来计算之时，我们是在为多活每一个钟头而垂死挣扎。生了病，我们让人给我们治疗，全力以赴地配合，吃好、睡好、保护好自己，一切恢复健康、养精蓄锐的努力，仅为临终前能多眨巴一次眼睛。为什么会这样？我们真的都发疯了吗？这该如何理解呢？"

"这是必然的。"

"可为什么呢？你给我解释解释。"

"既然这是必然的，就没什么可解释的。"

"我知道，这是必然的。既然大家都这么做，那肯定是必然——这是法则，是规律。可是没有哪条法则规律是没有根据的。问题是什么根据？根据在哪儿，为何这样不可理喻，这样残酷无情，这样无法理解？怎样用人类的理智找出其原因？究竟为什么会这样？"

"只有傻瓜才会对日出而昼始感到奇怪，聪明人奇怪的是，如果白昼不随着太阳的升起而伊始，那会怎样。如果有人不想活了的话，你会奇怪吗，会问自己，这是为什么吗？"

"你小子挺幸运的，终于开窍了，聪明！这下什么都明白了！"海亚姆笑了。

泰伊达从屋里走了出来，站到两人身边，跟他们道别。她已经完成了自己的使命，要回家去了。沃卡奇把她送到门口，随手锁上了院门。

"你打算拿她怎么办呢？你是怎么和她走得这么近的？"沃卡奇重新坐到海亚姆旁边，问他。

"她是离我最近的邻居，二十多年来一直多多少少地关心照顾我，是我妹妹想出来的法子。妹妹和妹夫住在城里，要是每天来我这儿干这些日常家务的话，路实在太远了。而对泰伊达来说这倒正合其意，可以说是举手之劳，妹妹给她点东西，我再给点，就足够她过日子了。"

"她为什么要照顾别人呢？"沃卡奇再度表现出疑惑不解。

"你到底又有什么地方对她不满的了？午饭时你们好像已经能够相互沟通了嘛。"海亚姆笑了，但嘴巴刚一打开马上又合上了，一副若有所思的样子，"真搞不懂，今昨两天我比过去十年加在一起笑的次数都多。你怎么解释这一现象？"

"无需任何解释，如果能笑的话，人是应该笑的嘛！"年轻人顶了回去，"不过你并不需要她，她干不了洒扫庭除、抹桌拖地的活儿，做这些我比她强。"

"是啊，非你莫属！好，那就扶我起来吧。"海亚姆寻开心地挖苦道。

沃卡奇把老头重新扶上手臂，转身背了起来，边走边承认重返房顶露台的决定绝对明智，因为阳光的照射显然对他大有好处，而人在房顶上至少还能够多晒一会儿太阳，总之那儿比院子里的日照时间长。他把海亚姆背上了露台，先帮他靠在屋顶四周的矮墙上，然后再把被单抖开铺好，其实这些泰伊达今天已经都做过一遍了。海亚姆自己走到地铺边，在沃卡奇的搀扶下躺了下去。

"你有没有发现，老年人的身体有种特殊的气味，一种与年轻时的体味完全不同的气息？"海亚姆问，"还是这纯粹是我的个人感觉？现在，自己身上的一切我都难以忍受，包括这气味！"

"一切东西都有自己的气味。"沃卡奇边回答，边给他盖上被单，说是以防天气变化，保险起见，"不过这一点也可以蒙人的，女人就会这么干。"

"干什么？"

"蒙人哪。她们往身上擦抹各种油脂和这样那样的香水，然后散发出各种不同的气味。"沃卡奇解释说，"你还想吃点东西吗？也许还可以稍微再来点什么？要不我把你昨晚看的信拿来？"

海亚姆什么都不要。于是年轻人又问他，需不需要自己再留下来聊会儿天，让他开开心。

"现在也不需要了。"海亚姆摆手请他离开。当沃卡奇转身正准备走时，他又补充了一句："如果说现在还有人能真正让我开一会儿心的话，你这两天已经做到了。"

沃卡奇舒眉展眼给了一个大大的微笑，下楼走了。留下被包裹得跟孩子一样的老人独自躺在铺上。

虽然天色很快暗了下来，但头顶上依旧是一片浅蓝，光影的变化预示着太阳正在下山。房舍上空掠过的飞鸟，也在报送同样的信息，每当暮霭变浓，它们便匆匆踏上归巢的旅程。尽管从他现在位置的角度看不到这些现象，但海亚姆心里知道，此刻太阳的威力已经不足以把它投下的影子搞得那么清晰和浓厚，所以外面的日影肯定已经拉得很长，变得很淡了。暮色中传来一个女人的呼唤，那肯定是邻家大妈杰米拉喊儿子回家的声音，那小子每天傍晚都要藏起来，就为了能在外面多待一会儿。有只鸟在鸣叫，大概也是在寻找或呼唤自己的同类。

要是没有这样昏沉沉地半醒半睡，想必他也会感到奇怪，为什么鸟儿们都如此异常地安静，几乎沉默得都像哑巴一样。其实也许它们并不是这么静悄悄的，更非哑然无声，但它们的鸣叫传递不到海亚姆这儿。来自外界的所有声息，即便能传到他耳朵里，也已变成了细软轻盈的游丝。他脑子里一盘散沙，内心空空如也，根本无法集中思想去奇怪、去发问，整个人始终在昏睡和清醒之间摇来荡去，时而徘徊于纯粹的意识和深切的体会之间，时而沉陷在清晰的回忆与越来越模糊淡漠的现实的碰撞之中。

这种温柔舒服的躁动不安，被他自己发自记忆深层的近乎尖叫的喊声所打断。

"我不愿意！我不愿意！我不愿意！"他在睡梦中大声吼叫。

那还是很久以前发生的事，当时他们还借住在赛卡伊娜的亲戚家。一天夜里，两人行云雨之事，柔情蜜意，缠绵悱恻，好似两具躯体在互相倾诉最隐秘的悄悄话。完事后，他们沉默了好长一阵。赛卡伊娜的头静静地靠在他的左肩上，两人都觉得，哪怕有一丝稍微大一点的声响，都会使他们感到疼痛。就这样似梦非梦、半醒半睡地躺了很久后，赛卡伊娜用轻微到几乎听不见的声音耳语道，她想象着，自己明天去突厥式公共浴室洗澡，用蒸汽和水泡开绷紧的肌肤，再让浴室女按摩师给饥渴的皮肤抹上紫罗兰油，将每个毛孔都打开，使之充满吐故纳新的渴望。她仿佛感觉到丈夫的手从她身上滑过，抚弄她的每寸玉体，她沉浸在芬芳馥郁之中，贪婪地呼吸着花香四溢的空气，继续想象人生的美事……直到深深地坠入黑甜之乡。

第二天早晨，海亚姆离家前赛卡伊娜悄声对他说，中午的晌礼过后她要去家里设在地下的浴室洗澡，等到了午后的晡礼时分她就会通体散发着紫罗兰的芬芳了。海亚姆心领神会，于是一整天都心不在焉，根本无法集中精力干活或者讲话。他抢在晡礼前赶回家，在院门外就看见一个女佣从地窖的门后走上来，消失在屋里。这情景让他激动地透不过气，赶紧三步并作两步进了院门，溜下地窖，像做贼似的生怕人看见，偷偷摸摸、蹑手蹑脚地向浴室摸过去。到了门口，他按了按把手，门没开，便轻声叩了叩门，里面传出赛卡伊娜的声音：

"什么事？是谁呀？"声音隔着门，显得十分微弱遥远。

"是我呀，开门哪！"海亚姆紧张得压低了嗓门，一副急不可耐的样子。

"为何要我给你开门？你想干吗？"

"我想看看你。"海亚姆忍不住开怀大笑，连他自己都对这个回答感到吃惊。

"那你想看些什么东西呢？"

"看你漂亮的脸蛋呀。"

"只看脸蛋？"

"还有脸蛋的下面，那白嫩的玉颈。再往下，我昨夜亲过的地方……"

"你全都想看吗？"赛卡伊娜在里面故作羞赧地嗫嚅道。

"再往下，那是肚子，继续往下，还有那更深的地方。"海亚姆简直要笑死了，可他依然使劲压低了声音，把话一个字一个字地顶了出来。

"你想看的就是这些？"

"就这些，还有其他的一切的一切。开开门，求你了！"

"我为什么要给你开门？我倒要看看，如果你一定要进来的话，怎么个进法。"

海亚姆最终委琐地临阵脱逃了。他连滚带爬地出了地窖，冲出了院子，连门都没来得及关。六神无主的他直奔城里而去，希望这样能减轻些下身和再往下的部位生出的压迫感。一路上，他尽量避开人多的地方，唯恐碰见熟人。他心里清楚，在这种状态下是无法与人交往和谈话的。傍晚时分他才返回家中，走进他们夫妻的卧房准备更衣时，发现了赛卡伊娜留给他的一个条子，上面只有四个字："在亭子里"。字写在从他本子上随手撕下来的一小块纸片上。他连忙朝坐落在花园里喷泉旁边的亭子跑去，那儿是他曾经眺望闺房窗口的地方。

一见面，赛卡伊娜就劈头盖脸对他好一顿数落，骂他是负心汉、骗子，明明不爱她，却跟她同床共寝。因为他要是真爱她的话，今天就该不请自来，肯定会来这儿找她。他应该知道，自己非来不可，他应该有这感觉才对。海亚姆怒火中烧，绝望无比，气得几乎喘不过气来。他明白，这一次又是面对面地跟她的欲求做游戏了，可他没有能力平等地参与这场游戏。于是两人互相对吼谩骂，怒气冲天，吐沫横飞，捶胸顿足，毒言恶语，无所不用其极。赛卡伊娜深感受到了侮辱，愤怒无比，因为海亚姆没有破门而入，冲进浴室，所以她备受打击，伤心不已，十分绝望。看来他永远不能在蒸汽浴室里和她亲热缠绵，共享飘然欲仙的极乐时刻，因为家里的私人蒸汽浴室他们安装不起，而在公共浴室里又不能这么干。"在这地窖里干也不行，再也不在这儿干了。"赛卡伊娜深信，像今天这种本来势在必行的情况，只会是愚蠢和无爱才能阻止海亚姆打破浴室的屋门，将她强行揽入怀中。

随后，海亚姆解释说，他不愿意这么做。事实上，他当时的声音可谓平静如常，因为这时两人已经趋于冷静，争吵已转变为交谈。可四十年后的此刻，在房顶露台上迷迷糊糊的半醒半睡中，在记忆重返的状态下，他却又把这句话大声吼了出来。当时海亚姆心平气和地同妻子摆事实讲道理，说他不愿意用暴力或者粗鲁的方式得到她，因为那样的话，他就站在了人类本性的对立面，而这种人性正是人们所或缺的。他不愿意纯粹是迫于外界压力才做道貌岸然的正人君子，所以肯定不想为了害怕惩罚才循规蹈矩、束身自好，就像他不会为了某种奖赏才与人为善、和蔼可亲一样，因为我们人类本质奴性的一面使他反感厌恶。他不愿相信，我们的自由仅限于去做自己感兴趣的事，他拒绝这种狭隘的认识和行为，不承认这一赤裸裸的利己思想是人类的自由。殴打孤儿的人，往老人吃饭的碗里吐痰的人，本身就没有自由，而是奴隶，甚至连奴隶都不如。这种可怜的糊涂虫，他们脑子里不但缺少了精神这条连接世界上以及我们当中美好事物的纽带，而且连自己身上完全可能存在优于兽类的因素这点都不知道。他坦言，即便从妻子那里，他也只心存感激地接受她身处真实自由状态下所给予自己的东西。

海亚姆说完了，两人之间出现了短暂的寂静。随后，赛卡伊娜缓步走向他，紧紧地抱住了丈夫，看似冲他耳语，实则一半爱怜，一半嗔怪：

"看我回头怎么收拾你，可怜的奥马尔！智商上你是巨人，情商上却是侏儒！"

5

看得出来，沃卡奇是真动了感情。他无比兴奋地讲起自己的故乡，说波斯尼亚那地方青山翠谷，绿水盈盈。夜里，露水从天而降，洒落在可爱的大地上，让晨曦中的锦绣河山宛若浓妆艳抹的美丽新娘。四下的一切都晶莹剔透，闪闪发光，欣欣向荣，世间的万物都那么纯净，饱受露水的滋润，丰美茂盛，苍翠欲滴。人们眼望着这一派光彩夺目的勃勃生机，无法抵御它的诱惑，情不自禁地扑向它的怀抱，高兴得欢呼雀跃。他们踏进草<u>丛</u>，扯下一根根草<u>茎</u>，膝盖以下全都湿透了。有的人喜欢玩这种游戏，抱住一棵大树，摇落些雨水掉到头上，然后冲进灌木<u>丛</u>，像个傻子一样把全身弄湿，放声大笑。沃卡奇觉得，内沙布尔最缺的就是露水，除了这点什么都好，特别是海亚姆和他的友谊，尤为珍贵。不过只要能有露水，一切都会变得更美、更好。

"你们那儿的露水想必要等很久才消吧？"海亚姆脸上挂着狡黠的微笑，"是不是大半天都过去了，一切依旧是湿漉漉的？"

沃卡奇马上明白了，海亚姆这么问他，是因为两人在一起以来的这几个月里，自己总是起得很晚，下床时日头都老高的了，不管在哪儿，这儿也好，波斯尼亚也好，或者世界上其他什么能有露水的地方，这大自然的美丽馈赠早都烟消云散，踪影全无了。所以海亚姆一定认为，什么露水啊、清晨啊都是沃卡奇瞎编出来的，想必是为了显示自己了不起。而他面带微笑，故做漫不经心地询问，也是为了给他留点儿面子，避免公开怪罪自己年轻的朋友编瞎话。

"你不是个诚实的朋友。"沃卡奇咄咄逼人，"你想说我是凭空捏造，认定我是胡说八道吧。可你忘了，我母亲每天清晨都用鸡来给我叫早，左一个'长子'、又一个'老大'的，弄得我每天不得不在鸡鸣之前就要从床上跳起来。"

"我是在想，你若在我们这儿也闻鸡起舞的话，是不是也能发现露水以及那勃勃的生机呢？"海亚姆仍旧是一副笑脸。

"只要你能叫我的话，我是起得来的。"沃卡奇有些不高兴了，"不过我可不是你的大儿子，所以别给我来这套。"

"不对，你既是我的老大，也是我的老幺，因为我就你一个独子。"海亚姆纠正道，声音里流露出一丝悲哀。

"可你不叫我起床。"沃卡奇也很犟，停顿了一下又强调说，"至于露水的事，那可是真的，千真万确的实话。"

不一会儿他们就吃完了这顿很晚才开始的早餐，可以动身进城了。不过出发前沃卡奇建议海亚姆把眉毛修一修，那些细长的绒毛都耷拉到眼睛上了，不太雅观。

"这就是说，人即便死了，毛发和指甲仍然会生长。"海亚姆边锁房门边想，"人老了也是如此，一个老头身上继续生长的只有毛发和指甲，其他所有地方都在萎缩、干枯、变小、变弱，唯有毛发蔓生、滋长，原先光溜溜的地方也会冒出来。我想说的是，灵魂亦如此，收缩干涸了，退入自己的世界，藏身心灵深处。只有毛发蓬勃旺盛，似乎老年人所有的活力和精华都流进了毛发。"

沃卡奇一句话没说，他实在没什么可说的。海亚姆沉默了一会儿继续自言自语："这就证明，死亡并非人生的一大转折或者说天崩地裂之事，因为人生在世，事实上，当生命力不再像从前那样去滋养我们的肢体与器官，而开始转化为毛发和指甲时，我们就已经踏上了死亡之路。你都看见了，上了年纪的人骨质疏松虚弱，身躯缩小，脆弱得如同一段枯木，可指甲依然坚挺强硬且充满活力。为什么？我不知道，或许因为我们死后要去的那个地方最用得着它们。但重要的是，此前的过渡，或者至少对这一过渡的准备，在你的有生之年，准确点儿说在你真正进入老年之后，就已开始了。"

"我不知道，"沃卡奇很抵触，"也不知道你为什么要给我讲这些。"

"我也不知道呀。"海亚姆的微笑有些尴尬了，"我要是聪明的话，恐怕连对自己都不会讲这些东西。"

布苏尔果米德的馆子里座无虚席。天凉了，庭院里已待不住人，所以大家都挤在酒馆封闭的空间里，不少穷人也被冻得从大街上逃到这里来取暖。两人为找座位在大厅里穿行，走过一些桌子旁边时，发现有些人用嘲笑的眼光上下打量他们。在酒馆靠里面从门口数的第三个大隔间里，他们找到了座位，这张桌子上除了酒鬼阿布·鲁拉算是老熟人之外，他们知道名字、打过照面的还有另外两位属于泛泛之交的客人，即富商菲拉特和亚美尼亚珠宝商、金匠彼得拉斯杨。两人刚刚坐下，就见一个陌生男子像是为了让所有人都能听见他讲话似的，故意异乎寻常地大声赞扬内沙布尔有钱人的善良与博爱。他宣称，无数人一感觉到年龄不饶人，便大发慈悲，收养无父无母的孤女或者长相好看的孤儿作义女义子。当然，这也因人而异，要看是什么事情唤醒了谁的善心和同情。他访贫问苦，看望那些为了逃避战火和别的什么灾祸而流落至此的难民，嘘寒问暖，体恤关怀，直到一眼看中难民里的一个孩子，让他大动恻隐之心，将自己的同情与善良付诸实施。他向这孤儿提供安身落脚之处，这个无依无靠、别无他法的孩子，便来到了他家。接着，他列举了许多自己所知的实例，诸如某位富翁收留了一个逃难来的孩子，年龄大概与其儿子或孙子相仿。这位不知名的健谈者强调，没有人会怀疑这些人的诚心实意及其行善积德的愿望，但是无法理解的是，为何内沙布尔的富人当中就没有一个愿意为难民当中不乏其人的老年人行此美德善举。商人伊本·菲拉特笑着说："我知道，比方说，大富翁巴尼·雷扎家财万贯，却连个老婆都没讨到——他长相丑陋，人又倒霉，无论适婚的姑娘还是她们的父母都不愿要这么个男人为夫为婿。最后，冒出来个穷寡妇，成了他的妻子，两人一直共同生活到她去世。可现在呢，他却找了个美若鲜花的姑娘在一起，做做善事，夸夸海口，人可是比以往任何时候都更老、更丑了。"

"这说不好，事情恐怕不这么简单吧。"一个男子插话道，他坐在头一位夸夸其谈者身边，衣着富丽奢华，"这种事常常说不清楚，是谁用谁……嗯，比如说，到底是谁利用谁来行善积德。比方我有个朋友，他就收留了一个很优秀的青年，这人是个孤儿，一大家子都在铁尔梅兹附近的一个什么地方被满门抄斩，三十多口人呀。小伙子还不到十七岁，如鲜血与牛奶似的白里透红。我这人不爱瞎掺和别人的事，但我知道，这小伙子在他那儿干活，就像我们说到过的，挣工钱。"

"你的意思是，你朋友可以挣到不同的东西，也包括在真主那儿积一份德行？"那位第一个发表议论的人问。

有几个客人哄堂大笑，还放肆地盯着海亚姆和沃卡奇看。其他人觉察到他们的眼光，也一个个心领神会，便同样打量着这两位新来的同桌，跟着笑了起来。

"尽管如此，我不相信有谁的待遇会比他更好……我是想说，我不信，有谁比我们的哈基姆奥马尔更擅长行善积德。瞧瞧，多帅气的小伙子呀，生得白皙如牛奶，而且还是地道的外国人，没有谁能去打听他的来龙去脉，或者为他的不幸长吁短叹。他孤零零地站在大街上，手足无措，不知何去何从。而你过来关心他，把他带回自己家，因为你这个心地善良的大好人，不这么做还能怎样呢。嗨，这可是件永无止境的善举啊，所积的大德会跟当年神赐给以色列人的圣食玛纳一样纷纷不绝地从天而降，赐福你一生一世！"

"你们就不感到害臊吗，脸已经不要了，总还得保留点儿理智吧？！"伊本·菲拉特发火了。

"怎么了，我们得罪你了吗？"第一个发笑的客人莫名其妙，一脸的无辜。

"你们得罪的不是我，傻瓜，而是你们自己，是这座城市，是名声和荣誉！"菲拉特激动地站了起来，仿佛要给自己的喊声额外加力助威似的。

"好吧，既然你这么在意，就算我们得罪了吧。"最先大发议论的那位承认，"不过亲爱的，我倒想悉听高见，我们到底做错什么了？现在我们知道得罪了谁，可我们这些可怜虫还不知道，究竟做错了什么。"

"这你们自己心里清楚，无需我向你们任何一个人解释。"菲拉特气得发昏，几乎失态，"如此诽谤一位长者，一位德高望重、睿智聪慧的老人，你们也……他可是我们的骄傲呀，即便现在也对我们大家是有用之才！"

"尤其是对他有用吧。"那帮人当中的一个指着沃卡奇说。

"这是作孽，你们这么说真的是作孽！"

"给人预测未来，先入为主地琢磨人家，不是作孽；预告天气不是作孽；猜测别人的思想，钻进人家的脑子里去，不是作孽；与一位可怜的妇人厮混又不跟她结婚，而只称其为自己的邻居，不是作孽。屈尊礼教，傲视同胞，不是作孽；上不敬神，下不随俗，无法无天，不是作孽；所有这一切都不是作孽。可爱的伊本·菲拉特。可指出一个老头有失正派诚实之处，倒成了作孽。公理何在？！"

"可他是怎么生活的，你一无所知！"伊本·菲拉特跳了起来，目光从那些人的脸上一个接一个地扫过，仿佛想从中找到盟友或起码和自己有共识的人来，"你既不知道他的为人，也不了解他的生活，更谈不上理解。"

"我当然不知道，我怎么可能知道呢！"那人阴阳怪气的，明显是在挖苦，"谁知道这老头是怎么生活的，和这么个英俊少年住在一块儿，干些什么。"

"噢，真主啊！"伊本·菲拉特站起身，拉住了坐在他身边的沃卡奇的手臂。

海亚姆也站了起来，紧随其后的是阿布·鲁拉，几个人一起朝出口走去。

"他对我们干了那么多坏事，我们不能让他把我们彻底毁了！"第一个发言的男子在他们身后高声叫道。

"我说兄弟，你到底把他们怎么了？！"伊本·菲拉特问海亚姆，后者迷惘地耸了耸肩膀，摊开两手，一脸无奈。

"他钻进人家脑袋里去了，你刚才不听到了吗？"阿布·鲁拉替他回答了，"他肯定看见了，那里空空荡荡，一无所有，而他现在成了别人的敌人和麻烦。"

说话间他们已经到了大街上，伊本·菲拉特张开双臂，深深叹了口气，喊道："哦，我的天哪，这真是莫大的耻辱啊！丢尽脸了！"不过他的长叹也是一种如释重负的表示，因为他们好不容易摆脱了那个圈子，可以松口气了，这一点从他的声音里听得出来，从他的脸上也可以看出。四个人一动不动地干站了一会儿，像是在互相询问，能逃到哪儿去避难。

"事情也没那么糟糕，"沉默了一小会后阿布·鲁拉先开了口，也许是希望能安慰一下海亚姆，"一旦情况有所变化，明天他们又会对你顶礼膜拜了。

"我知道，他们曾经想崇拜我来着，然而那是很久以前的事了，还在伊斯法罕的时候。"海亚姆说，"尽管如此，可现在不一样了，很难做到的，我自己不也搞不明白吗？"

"还能为你做些什么吗？"伊本·菲拉特问，见海亚姆摇头谢绝后，便转身迈着沉重的步子离去了。

"这是帮心直口快的家伙，不过动作快的人只会是头脑简单的主儿。"阿布·鲁拉分析道，"所以别把他们的话放在心上。"

"这我心里明白，话是这么说，脑子里却不这么想呀。"海亚姆回答，"为什么？我哪儿得罪了他们？还不说我自己都忐忑不安、忧心忡忡的——我该干什么，我们该往何处去？"

他选择了回家的路，沃卡奇和阿布·鲁拉紧随其后。

"要不要去买点东西？"十步之后，沃卡奇明白了他们一行的去向，便小声发问。

"今天不买。"

"那太傻了，买东西总是件好事，也可以遇到些好笑的事。"

"你想得有点太多了，奥马尔，到头来对自己没有好处的。"阿布·鲁拉若有所思，此刻他大概也不知道该去哪儿，于是信步跟他们同行，"这样的话会自寻烦恼，陷入苦闷，或者更糟糕的。"

海亚姆的家门前，站着个陌生男子在等候主人回来。此人一看见他们一行，转身就朝泰伊达家跑去。还没等三个人进门更衣，坐下来喘口气，他就带了另一个陌生人回来。两人是从丝绸之路上的古城梅尔夫来的，奉宰相萨德鲁丁·本·穆萨菲尔之命，要在后天尽一切可能，妥善周全地将哈基姆海亚姆送去觐见宰相大人。此事关系重大，务必成行，事成之后不会亏待海亚姆。阿布·鲁拉和海亚姆交换了一下眼神，相互点了点头以示同意，都觉得这是个好兆头。沃卡奇反应过来，知道马上就要出远门了，便跑开去收拾行李，而阿布·鲁拉则感慨万千："俗话说，天无绝人之路啊！真主总会给其宠爱的人指条生路。"

对两个差役来说，多带一个老人上路，根本不算回事。他们有足够的马匹和驮运东西的牲畜，也不差钱，泰伊达就得了他们一笔可观的报酬，因为她招呼他们在自己家里待了一会儿，否则两人恐怕得在海亚姆家门口把腿都给站断。于是，一行人时近中午出发，踏上了进京之路。海亚姆和阿布·鲁拉坐在两匹马拉的轿车里，沃卡奇则骑在一头漂亮的驴骡上。小伙子爬上坐骑时挺艰难的，自述其原因时讲，当年在圣地巴勒斯坦打仗时骑马差点要了他的命，所以现在是一朝被蛇咬十年怕井绳，一见到马自然心有余悸，所以不喜欢骑。不过这次给他牵来的不是马，而是一头驴骡，性情温顺。他最终克服了所有困难，成功地骑了上去。这样，大家日夜兼程，第二天就顺利地抵达了梅尔夫。

晚餐时，穆萨菲尔宰相说明了急召海亚姆进京的原因。马立克·沙赫之子、洪福齐天的马哈茂德苏丹要接待一批贵客，想按宾主双方的地位与声望制订相应规格的款待计划，以示敬意。来访者是苏丹突厥族王妃的一大家子，其中包括她的父母和近亲，皆为一个极其强大的突厥部族的头面人物。这些声名显赫的贵族，无论是作为妻子娘家的亲人，还是作为战争与和平的盟友，对苏丹都至关重要。这会儿，他正带着客人们参观自己的碉堡塔楼，一行人从一个聚居点走到另一个聚居点，从一座宫殿走到另一座宫殿。不过参观结束后，苏丹很想安排他们进山打一次猎，让这帮从未见识过山中狩猎的草原来客体验一下大漠风情。这对他们来说无疑是珍贵的馈赠，会留下难以忘怀的印象。所以他务必要知道未来两个礼拜的天气如何，因为据说有场暴风雪正从北方席卷而来，前锋已经抵达了布哈拉，其威力之大，将那座城市及其近郊的村落原野覆盖得无影无踪。

于是，当夜海亚姆就观察了数个钟头的天象，对其呈现的蛛丝马迹进行研究推测。他干得不错，预测十分准确，第二天中午刚过，这里上上下下前前后后，除了白茫茫的风雪什么都看不见。天上落下鹅毛大雪，狂风又将地上的积雪卷到空中，看上去就像是天和地在互相传递大块大块的雪团。暴风雪持续了整整两天，第三天雪霁风停，天开始放晴，到了下午，蓝天上竟云开日出，洒下缕缕阳光。海亚姆马上走出屋子，开始察看、研究、衡量、测算，一直忙到四下漆黑一片。晚餐时，他对穆萨菲尔说，宰相大人可以转告苏丹一个好消息，从今天算起，最迟五日之后，陛下就可以和贵客们进山打猎了。

宰相不放他们走，极力做出一副好客的样子，热情挽留，好吃好喝地款待，但也毫不掩饰是把他们当人质扣押，一旦这预报不准，天气变坏，一切狩猎的准备全都泡汤，好有人可以拿来当替罪羊。不过海亚姆他们三人也没执意谢绝宰相大人的一番好意，硬要打道回府。他们本来也不想走，大冬天的，地冻天寒，不是迫不得已，谁愿意当天涯孤旅的断肠人，况且也没有什么地方让他们心驰神往。

十四天后苏丹凯旋。他兴高采烈，满脸喜色，和突厥朋友进山打猎的这些日子，天气晴空万里，阳光灿烂。他盛赞并重赏了宰相，同时当即宣布至少要再挽留英明的哈基姆几个月。这些日子，苏丹可谓心情舒畅，见到谁都是和颜悦色的一副笑脸。

于是，他们在梅尔夫的逗留一直延长到了第二年开春。阿布·鲁拉适应得最快，他乐不思归，又深得宫里人的好感。宰相或者苏丹本人什么时候对他委以重任，或者起码给予他永久嘉宾的待遇，准其长期待在宫里，看来只是个时间问题。冰雪尚未消融时，沃卡奇大都待在牲口圈里，因为他自称和饲养马匹和驴骡的年轻伙计们很谈得来。私下里他悄悄告诉海亚姆，他之所以在那里感觉良好，是因为没人会问他为什么皮肤那么白。

"别为这个而烦恼。"海亚姆好言相劝，"这儿没有像你这么白的人，问一问也不是怪事，里面没什么恶意。"

"我老家也没有，而且我原来也没这么白。"沃卡奇解释说，"自从那次大难不死后就变成现在这样子了，生病得的，我也不知道是怎么回事。"

他向朋友保证，再也不会为别人对其肤色的好奇而烦恼了，随后远离众人，继续把大部分时间花在喂养牲口的栏圈里，直到晚上，等阿布·鲁拉、海亚姆和一些临时来串门的客人把注意力吸引到他们身上去了，没人再关心他白得实在过分的皮肤时，才回到人们的视线里来。开春了，沃卡奇仔细侦察了一下周围的情况，心里简直乐开了花。于是，他开始在小溪里捕鱼捉虾，在地底下寻觅动物冬天藏身的巢穴，发现峭壁上和森林里的鸟窝。他觉得这地方真不错，但还是比不上波斯尼亚，因为这儿的气候几乎谈不上温和，不过环境的确还可以，是个可以过日子的地方。

暮春时节，人称"烧炭的"的建筑商伊本·马施什，带着向苏丹进贡的华贵礼物和想面呈钦阅的实业计划来到了梅尔夫，他深信实现这一宏图伟业对他和苏丹双方来说皆有利可图。和他一道来的还有一代大学者尼扎米·阿鲁兹，他来是想会会海亚姆，一碰面两人便相见恨晚，在随后的几天里聊得难舍难分。这些日子里，有一回伊本·马施什说，自从上次碰面以来，海亚姆的状况可真是好多了。

"感谢真主，你看上去好多了，恍若青春重返，而不是路近黄泉哪。""烧炭的"一边说，还一边反复用手势比划着加强自己的语气。

"我是不会再度焕发青春的，甚至都无法保证，即便有这种可能性，我会不会去重返青年时代。"海亚姆回应道。

"但是你的确比从前精神多了，谁见了你都会纳闷，你是怎么做到的，鹤发童颜地到底想干什么呀，嘿嘿。"

"他可是无所不通的哈基姆，要是他都做不到的话，还有谁能做到？"宰相不失时机地恭维。

"这倒不一定，不懂得爱惜自己身体的哈基姆难道还少吗？"阿布·鲁拉心想，"有句俗话说得不无道理：木匠家中没好凳，铁匠家里斧最钝。"

"但是如果一个人半年前已是一副行将就木的样子，就差没请人料理自己的后事了，现在却来了一个一百八十度的大转弯，身板硬朗挺直，脸上有红有白，两眼神采奕奕。""烧炭的"上上下下打量着海亚姆，对其外表的前后变化特别吃惊，"这可是有点离奇了，不可思议啊！我说的对吗，奥马尔？你就直说是怎么回事吧。"

随即屋里一片寂静。在场的人都觉得十分尴尬。没人想在此刻去谈论海亚姆到底是魔法师还是学者，是同精通妖术的精灵狼狈为奸，还是仅仅运用了属于大慈大悲的真主之神功的知识而已。在此之前，他们都还聊得舒心惬意，轻松快活，相互彬彬有礼，客人尽情享受东道主的热情好客。是谁想扫大家的兴，为什么又要挑起对海亚姆及其知识的话题？！难道穆萨菲尔宰相不是恰恰借用了大学者的知识才巩固了自己的地位吗？！该不会是他们想借机打探一下，看海亚姆是不是找到了医学泰斗伊本·西拿的长生不老之仙丹吧?!

穆萨菲尔宰相首先做出姿态，打破僵局，看来他由衷地对海亚姆产生了同情，于是一面作为主人也身为男人向海亚姆表示了衷心的感谢，一面又毫不掩饰地摆出一副保护人和好朋友的样子，抬起手示意大家注意，目光从在场所有人的脸上挨个扫过，而且在每张脸上都停留了好一阵子，搞得气氛有些紧张。最后，他终于打破沉默，开口道："瞧瞧，这儿都有人在思考、质疑这一现象是正常还是反常的了。"话音不惊不乍，划破了他用手势压下来的寂静，"这么说来者不善啊，看来绝非偶尔路过的匆匆过客，不过您可以在这儿做客，但无权决定什么是正常还是反常。"

阿布·鲁拉清了清嗓子，拉长了脸，拿腔捏调地插话说，伊本·马施什这么问可能也没啥恶意。

"肯定没有，绝对没有。""烧炭的"连忙顺水推舟，"我只是觉得，亲爱的奥马尔恢复得这么好，简直像年轻了十岁，这太打击人了，太不公平了。照这样下去，谁知道他一年后会是什么样，人会在何方。"

他刚想大笑，海亚姆就打断了他。

"会在一个一年两度洒满落英的地方。"语调平如止水。

"你说什么?"

"我说，我会在那个地方。我不知道自己会变成什么样，倘若我还有样子的话，恐怕一定很难看，但我肯定会在那儿。"

"会在哪个地方呀?"

"在我的坟墓里。"

"你是想说，你的坟墓不会在此人间？""烧炭的"一本正经，话里没有半点阴阳怪气的口吻。

"你说的是哪个人间？"海亚姆以问代答，也显得十分惊奇，"一旦你躺在坟墓里了，当然就不在此人间了呀。"

"可这墓大概还在人间吧。""烧炭的"伊本·马施什依旧纳闷不已，"在此人间，我去给一位好朋友上坟、为其灵魂祈祷时，从来不会问自己，逝者是在此人间安息，还是去冥界阴间逗留了。所以贵墓得位于何处才能一年两度落英缤纷，铺满花瓣呢？"

"我不想听你们这种谈话。"宰相打断了他们，做了个手势，让人收拾餐桌，随后加强了语气，"此外，我觉得大家坐在一块儿用餐时得注意一下说话的分寸，将来引以为戒，此话针对所有人而言。"

一天后，"烧炭的"一无所获灰溜溜地走了。苏丹收下他的礼品，但并未听取他的宏伟计划，甚至连面都没让他见。谣传是穆萨菲尔宰相不能容忍"烧炭的"竟敢当着他的面对其眼中新近的红人极尽挑衅戏弄之能事，故从中作梗，阻挠他和苏丹的会面，搞黄了他的计划。

不过他们在梅尔夫逗留期间最有意思的事，莫过于索哈达的出现。苏丹的这位表妹经过多年与大学者尼扎米·阿鲁兹"这样那样的一些交流"，终于专程前来此地，想亲自认识一下大名鼎鼎的海亚姆。容颜姣好，风韵犹存，活泼开朗，行动迅速，才思敏捷，索哈达一露面便引人注目，所到之处，无不成为众人瞩目的焦点。她撰写的法学文章举世闻名，在各大名校里作为经典文献被师生诵读、抄写和诠释，流传甚广，所受到的追捧跟其公开抛头露面的次数成正比。这位皇亲国戚虽在故乡撒马尔罕的两所名校执教，但其文章所招致的喜与怒两极分化的反应，远超过她的课堂讲座所产生的效果。对她的到来，马哈茂德苏丹和穆萨菲尔宰相都极力做出一副高兴的样子，尼扎米·阿鲁兹和海亚姆一开始也毫不掩饰自己的欢喜之情。而沃卡奇和阿布·鲁拉则藏不住脸上的尴尬，他们既对她本人不感冒，也对其出现所带来的骚动反感。这种尴尬的原因还在于，两个男人都不适应有女人的社交活动，更不用说这女人还曾经沧海，涉世颇深，自信有余。除此之外，她还风姿绰约，并且深知自己容貌的魅力。

要想混迹于索哈达这类女人的社交圈子，绝非易事。生于宫廷、长在王室的她，自幼出入上流社会，深受官场熏陶，谙熟社交游戏规则。今虽徐娘半老，风韵犹存，懂得在必要的情况下如何利用自己的姿色。她待人接物开朗可靠，这一切得天独厚的优点，足以让阅历最广、城府最深的男人见到她也惶恐不安。她可以想说什么就说什么，因为她心里很清楚，自己高贵的出身，父母双方权势显赫的强大家族，以及她生在其中长在其中无需关心的庞大财富，为其提供了最好的庇护。所以，美貌、财富和自信，这一切是她从生活在将其视为特权阶层从而予以额外关注的一群人里所获得的资本，肯定有助于她愉快轻松地畅所欲言，为所欲为，无需顾忌周围的人怎么想怎么看。

两三年前，索哈达批评在公众场所下女子必须蒙面之规矩的言论，甚至一度挑战了几位有名望的权威专家和教义学者，在法学、宗教界引起了轩然大波和尖锐的争论，可谓轰动一时。可能正因为如此，她同德高望重并力主妇女蒙面的大清真寺主持阿布·费塔伊玛目有关这一规矩的辩论，成了她在梅尔夫逗留期间最为激动人心的时刻。她多次撰文声称，要求妇女戴纱蒙面的规定不可能建立于信仰的初衷，甚至直接有悖于原教旨的基础，从而使蒙面规定的支持者无比愤怒，但让规定的反对者欢欣鼓舞。同阿布·费塔争辩的一开始，她就坚持这一观点，把规定的支持者称为不信真主的人和伪君子。阿布·费塔则质问她，难道尊礼、矜持会有悖伊斯兰信仰？要求妻子恪守妇道能被称为伪君子？索哈达随即惊愕地反问，伊玛目大人何以认为，她的脸有悖礼教，怎会把她当作他妻子，要求她遵守他想象的妇人之道？她发誓，说自己有男人，而且是绝无仅有的一个。觉得她的脸很美这一点并无有辱礼教之处。她还发誓，说此前从未同阿布·费塔大人有过任何接触，所以无从得知，他为何坚信自己得为她索哈达丈夫的妻子是否遵礼守规而操心。

一边是反对蒙面的哄堂大笑，另一边是支持蒙面的愤怒呼叫，两种声音混杂交集，搞得阿布·费塔无法开口应答，只好静候听众的嘈杂喧哗平息下来。

"倘若这张脸引诱我走火入魔，误导我产生非分之念，那它再漂亮也会亵渎神灵，有伤风化。"阿布·费塔伊玛目也振振有词，"真主在上，我阿布·费塔绝不会妄用你丈夫的权利，动非分之心，但是我有权保护自己不掉进你美貌和诱惑的陷阱。"

"你倒是对你周围的人不无危险哪，我尊贵的大人！"索哈达打断了他的话，"你要把我包裹起来，保护你不受自己不想拥有的念头和愿望的伤害。老伙计，你不是我生的，我没有必要对你负责。就算你是我生的，只要你到了相应年纪，我也会放手让你对自己的念头和愿望负责。"

又是一边哄堂大笑，一边愤怒呼叫，弄得阿布·费塔一时发不出声音来。

"如果你这么浓妆艳抹，花枝招展，精心梳妆，刻意打扮，搞得如此惊艳动人，那就不是我个人的事，也不是我个人的想法了。"阿布·费塔反唇相讥，"女人打扮成这样，就是在向她周围的男人表示什么。"

"男人也一样，尊贵的大人，相信我的话，男人也在表示什么。"

"说得对，我们所有的人都在表示什么，通过我们的衣着，我们穿着的方式，以及梳理头发、修整胡须的式样，通过一切所为甚至所不为，在向周围的人表示我们自己。"阿布·费塔提醒大家，"见你把自己拾掇成这样，让我看到了本来只该你男人看见的你，正因为如此，我才不说我的所思所感只是我的个人想法。你的行为可伤害了男人的羞耻之心。"

"哦，真主啊！我尊贵的大人！"索哈达震惊地喊出了声。她站起身，转身面对听众，"亲爱的各位，我一个可怜的弱女子到底伤害了谁呢？！谁的羞耻之心又因为我这张可怜的脸而备受伤害了呢？！刚才还只是不守妇道，现在已变成伤害人心啦，而原本我只是想让别人看见我时不觉得恶心！"

接下来，站在索哈达这边的人展开一场长时间的讨论，语言极尽讽刺挖苦之能事，主题为美貌怎样、为何、什么时候能够伤害什么人。索哈达问，究竟是女人脸庞之美伤害了男人的羞耻之心，还是所有的美都具有这种杀伤力。如果是前者的话，那为什么只是女人的脸呢？倘若是后者的话，那我们又该如何拯救自己的羞耻之心呢？怎样才可以让一棵果树将自己的花朵蒙上，不露其艳丽？如何能够逼迫风信子抛弃其色彩与芬芳，仅存素颜？用什么办法可以强行使孔雀藏起斑斓绚丽的羽毛，变成秃头鸡？

阿布·费塔伊玛目告诫索哈达和她拥护者，所有这一切纯属一时兴起想出来的噱头，也就配逗大家乐一乐、开开心而已，所以听起来美妙感人，实际上说明不了任何问题，其作用仅在于避免争论。他指出，苏丹的表妹散布其滑稽的言论，其目的在于掩盖一个重要的事实——她忘了，植物和动物是没有羞耻感的，所以它们也绝没有感到羞耻的义务。其实她是装出忘了这一点的样子，好把这场辩论降格为哗众取宠的口水仗，变成一出尖酸刻薄者赢、无视事实者胜的闹剧。而我们人类是绝对有义务感到羞耻的。这种羞耻感随时警示我们，自己的一切行为、话语、思想和意图，至少都有一位证人在观察。也只有当我们在人们眼前隐遁消失之时，真主才能看见我们。他还能看见我们内心深处连自己都看不见的隐秘。羞耻之心警示我们的正是这一点。因此我可以说，只要我们还有能力感到羞耻，我们就依然是人。然而，即便所有这些哗众取宠的无稽之谈都是千真万确，也无法为苏丹表妹的观点提供佐证，说明女子蒙面的规矩有悖于我们信仰的原教旨。

此话一出，索哈达平静了许多，讲述变得轻言细语。看来她很清楚，要用自己的话语抓住听众，向他们指明方向，何其重要。她提醒大家注意，仁人义士升天后可获胡丽为赏。胡丽均为美丽无比的姑娘和妇人。难道她们也是黑纱蒙面的样子吗？她们的脸会伤害我们的羞耻之心吗？她们要为自己的脸感到害臊吗？也就是说，我们在天堂得到的赏赐难道会是罪孽吗？这一点伊玛目大人应该比我更懂。末了，索哈达扔下一句话："我真是孤陋寡闻、学识浅薄，现在无比难堪呀！"

接下来的辩论中，两派听众的呼声依旧势均力敌，可谓平分秋色。第二天索哈达就启程离去了，妇女蒙面之争便未能继续进行下去。

索哈达的出现让沃卡奇痛苦万分。他对其若即若离，亲疏两难：既不能看她，又无法不去看她；既不想跟她同处一地，可一旦不在她附近，又无法停止对她的追寻。对索哈达所讲的一切，他能听得懂的微乎其微，而且就连这点听得懂的东西他也不感兴趣；可一有机会听其讲话，他又兴奋无比，激动得一塌糊涂。这简直是世上最纯粹的折磨。

6

在梅尔夫时间不短的逗留中，海亚姆神清气爽，身心舒畅，但同时人也很疲劳。能避开内沙布尔自然是件好事，这个让他爱恨交织的出生之地，无论他怎么喜欢，也从未真正产生过故土的亲切感，尤其是现在，那儿担惊受怕的老乡们过激的情绪简直如同洪水扑面而来，要将他吞没。他还年轻的时候，就对故乡的种种情形极不适应。比方说，没有什么地方的人能像这里的人一样，既乐于行善积德，又喜欢行凶作恶。最近以来，内沙布尔的形势极不安稳，搞得大家都很消极悲观，总爱对世上的一切善举和人们内心的美德视而不见，一概予以否认。这一点实在让海亚姆难以接受。眼下的趋势是世风日下，人心不古，内沙布尔人也越来越习惯于以小人之心度君子之腹，要遇到好事，必从坏的一面去想象其背后卑鄙无耻、蓄意蒙骗和阴毒狡诈的险恶用心。所以反过来讲，内沙布尔的每个好人，倘若能够做到将坊间普遍的歪风邪气都归功于自己的个人贡献，便可问心无愧地引以为豪。鉴此，能够得到穆萨菲尔宰相的青睐，让海亚姆感觉良好；一代学界名流阿鲁兹，为了能与他一席长谈，竟宁可和"烧炭的"一样放下自己德高望重、众人景仰的大恩人架子，屈尊俯就地前来拜见，亦使其备感骄傲。就连一向目

578

中无人、以自我为中心的郡主索哈达，也不远千里，长途跋涉，只为结识一下哈基姆，与其聊上几句。所有这一切，都让海亚姆的心里美滋滋的，十分舒坦。

不过他已经处在一种害怕自己高兴的心理状态，确切地说这是一种病态，因为喜悦会吞噬他身上还流淌的那点生命力。在梅尔夫的这段日子里，他按时进餐，生活有规律，睡眠充足，精心保养，由此恢复的生机，与其因得到认可、与人畅谈而乐在其中时损耗的体力相比，可谓入不敷出，所以导致他不知什么时候开始身染沉疴，一病不起。他睡得越来越多，活动得越来越少，反应也越来越迟钝。每次谈话当中他都会掉链子，经常是说到一半就忘了词。有时甚至才和别人交谈过，刚一分手就记不起对方姓甚名谁。他很清楚自己是怎么回事，却不知道该如何应对这种毛病，怎样面对那些喜欢他、尊重他，同时又因见其虚弱而可怜他、想爱护他的人们。有一次海亚姆向沃卡奇解释说，年轻时他就发现，每每遇到患病或者体虚，身上就会产生一种自我辩解和自我原谅的意识。大概眼下这种脆弱与疲软的身体状况也产生了一种他无法掩饰的深深歉意，使他备受煎熬，所以才把话题转到了这上面，一吐为快。眼看他这副样子的确让人难受，可当他试着不顾自己的年老体弱，硬撑着插科打诨说俏皮话，以隐瞒自己身体的不适，那情景就更加令人心酸。

就怪这种故作轻松，使沃卡奇第一次真的生起了老人的气。海亚姆本应赴约和学者阿鲁兹以及大伊玛目阿布·费塔面谈，却因睡过了头而爽约。后来他们见面时，海亚姆又是道歉申辩，又是解释说明，没完没了。然而，两位大人物越是向其保证他们对此毫不介意，因为伟人的过失即使问题再大，也属不拘小节，不值一提，海亚姆越是百般辩解，再三为自己开脱，犹如对方给予自己的尊重反倒让其倍感悔恨一样。末了，他解释说，像他这种年纪和身子骨的老人，只要哪天能够不拉稀、不痛哭流涕地离开茅房，就觉得像是逢年过节了，所以说睡过了头爽约或是干脆忘记了有约，理应被原谅。听了这番解释，两位教、俗泰斗心中的不悦之情难以掩饰。他们相互对视一眼，耸耸肩膀，再次向他保证，说一切都没有关系，谢天谢地，让他们有机会能够和他这样一位遐迩闻名的哈基姆交谈。而与此同时，这位哈基姆却一面感谢两位的理解，一面仍旧在努力地列举自己未能赴约的种种理由。沃卡奇清了清嗓子，转过身去，想尽力避开眼前发生的这一切，或者最起码在内心将其弱化到可以忍受的程度，但仍气得满脸通红，眼泪几乎夺眶而出。

"我看得出，你生我的气了。我说了还是做了什么不对的事吗？"等到只剩下两人单独在一起时，海亚姆问。

"一切！"

"什么'一切'？"海亚姆接着问。

"一切你都做得不对！你不诚实。年老体弱，是你的错吗？"年轻人的愤懑终于爆发了，"你把自己搞得跟个傻子似的，一个劲儿地责怪自己，觉得自己不对，就是想挽回影响……可究竟为什么要这样呢？！"

"人家白等了那么久，而我连个面都没露。这是该内心有愧，满怀歉意，做些解释才对呀。"

"这恰恰是最不该值得抱歉的。"沃卡奇越来越激动了，"你觉得有必要解释，自己是因为年纪大了，身体不行了，还有这个那个什么的毛病吗，就好像人家肯定会问你这些原因似的！"

接下来的谈话，纯属那种越是鼓舌如簧想赢得对方的理解，双方就越是各执己见无法理解对方的无谓争辩。海亚姆竭力想明白，为什么这小家伙会如此备感受伤又这般愤懑不平。而沃卡奇则益发深陷郁闷懊恼，不仅对海亚姆极力辩解的行为不满，也为甚至更为自己说不清真正的问题到底出在什么地方而极度沮丧。这才是他真正的烦恼所在。其实，他并不在乎老朋友海亚姆自损自责、让人取笑的行为；也一点不在乎海亚姆此刻意欲辩护和解释的到底是什么。但他觉察到，海亚姆感到难受和羞愧，因为他别无他法，只能借口年老体弱，用拿自己开涮的愚蠢笑话来恳请别人的谅解，而他在乎的正是这一点。更让他不开心的是，海亚姆自认为年老体弱是其犯错的原因。另外一个烦恼则在于他语言上的无能为力，母语里搞不懂的东西，他就一点儿也表达不出来，更别提用他现在与海亚姆交流的半生不熟的阿拉伯语了。所以他只能以手击膝，急得面红耳赤，气得近乎窒息。但他无法放弃，同时心里也很明白，他们两个今天谁也不会而且也不能说服对方。

"我觉得，你说得有道理。"最终还是海亚姆服了软，"我担心，自己根本不知道年纪大了该怎么办。"

沃卡奇见状也不再坚持。他刚想说这与知识无关，但话未出口马上意识到，自己也不知道，倘若这与知识无关的话，那应该和什么有关。许多年以后，大概总有几十年吧，他才觉得可以说出当年让自己张口结舌从而被逼至绝望边缘的东西该叫什么。当年让他的忘年交海亚姆感到难受和羞愧的因素，归根结底其实是他或者不管别的什么人都无法左右的现象，比如年老、体衰。这种欲与人类自身规律抗争的念想给他肩头压上了一副难以承受的重担。人若在年轻力壮时尚且无法向命运挑战，那等到了晚年疾病缠身时就更别想有所反抗了。正是这些让沃卡奇烦恼、痛苦和备受伤害——像海亚姆这样一个聪明绝顶的才子，怎么能够对那些人们没有过问的事情奋起反抗呢？！他为什么要用这种反抗来折磨自己呢？在梅尔夫的那些日子里，当沃卡奇满腹怒气、深感绝望之时，没有找到这些话语和解释聊以自慰，不过他现在并不为此感到遗憾，因为当时他也无法帮助年事已高的老朋友。不觉得遗憾是因为他知道，海亚姆当时肯定不能理解他，也是因为他很清楚，这一绝对近乎实话实说的答案，既没真正切中海亚姆本人的问题，也未对其做出充分的解释。

从梅尔夫到内沙布尔的旅途中，海亚姆一路昏睡。伊斯兰历五一六年的初夏，趁着高温时节未至，暑气尚可忍受之际，一行人启程踏上了返回老家的归途。尽管天气还不算太热，海亚姆的坐轿还是被罩上了特制的皮顶，以遮阳防尘，搞得他躺在上面就像个摇篮里的婴儿。考虑到他身体虚弱，他们故意走得较慢，只要遇着歇脚的好机会，就停下来休息休息，所以全程下来走了整整七天。

在家里恭候他们的依然是热情有加的泰伊达，就好像她早就知道两人的归期似的。海亚姆和沃卡奇一进家门，她就跑出去张罗吃的，其实样样东西她都已经准备得绰绰有余，接着又忙里忙外地收拾屋子，把显然已经很干净的地方再擦拭一遍，将一切都布置停当。屋顶海亚姆的露天睡榻上，在旅途中使用过的那个特制牛皮顶篷又派上了用场。这样一来，即便在烈日当头的正午也可遮阳挡热，制造荫凉。沃卡奇尽量乖巧地站在泰伊达旁边，想方设法地搭把手，帮帮忙，或者最起码做出个帮忙的样子。说句实话，也根本没什么真需要帮忙的地方，因为屋里的一切都已经拾掇得整整齐齐，无可挑剔，只剩下些这儿那儿悬挂的蜘蛛网可供他去清除。这些精细的丝网，偏偏没有漂浮在你预料之中的那些犄角旮旯儿，而是赫然挂在墙壁的中央或是天花板下。泰伊达操着缺乏行动指令单词的破碎语句，建议小伙子别费这个心了，因为这些蜘蛛网是来也匆匆去也匆匆，就跟它们突然出现一样，也会突然自动消失。它们总是在她弄干净了的地方重新冒出来，无论她怎样费尽心机，睁大了眼睛搜寻，它们依旧蓦然闪现，仿佛与她结下了不解之缘似的，如影随形。今天她才把这里或自家结有蛛网的地方擦抹干净，过后仔细查看，精心去除所有污垢和凌乱。可第二天，甚至就在当天暮色还没降临之前，屋顶下便又会垂挂着一两张蛛网，就像是她自己费心尽力挂上去的一样。奇怪的是，她从来就没在任何一张网上发现过一只蜘蛛，甚至连蛛网的附近或者有蛛网的房间里也未见其踪影。因此她认为，这蛛网肯定只和自己有什么瓜葛，其他人则无需为此焦虑烦心。尤其是她后来发现，这些蜘蛛网不用去管它也会自己悄然消失。从那以后，她本人也有日子不再把这事放在心上了。但是过不了多久，还不到十天，又会有新的蜘蛛网在别处冒出来，而在她经常停留的地方或平时稍稍多去的处所，却连再细小的蛛网也没有再现。

这一次泰伊达和沃卡奇相处得很好，两人分工合作，各司其职：她负责料理家务，他则主管老人家的生活起居。她包揽了做饭、进城购物等杂事，只有碰到要搬运重物的体力活时，才让沃卡奇一同前往帮忙。

按日常生活的需要，沃卡奇帮助他的恩师进食、更衣、如厕，然后再扶他重新回到屋顶上的露台躺下。泰伊达只负责帮他沐浴，因为年轻人没掌握做这活所必备的技巧。能一边帮助老人，一边跟他聊天，对小伙子来说是种享受。见海亚姆在自己面前毫无掩饰地暴露出软弱的一面，像个孩子似的任其摆弄，享受别人的关爱护理，沃卡奇心里别提有多高兴。好几次，海亚姆显然故作虚弱无力的样子，好完全依赖小伙子的扶助，仰仗其支撑，尽情享受对所信之人那种全身心的依靠，乐在其中。

　　"和你在一起我发现了孩子才拥有的那种快乐和幸福，迄今为止我还从未有过机会认识到这种纯真。"一次海亚姆在上屋顶时对沃卡奇说。沃卡奇听后高兴得发颤，因为他从老人的声音里听出了蕴含的感谢之意，而且在这一刻明白了，这种感恩的话并非出于客套的表示，而是一种发自内心的真情，它将一个人重新发现信任后的喜悦付诸言表。爬上房顶后，海亚姆重新上了床，他紧紧地握住年轻人的手，久久不让其离去。

　　"我的朋友阿布·赛义德曾经说过，能被人哄着是一大幸事。小孩和天真的大人是幸福的，他们认识到信任并且享受这种信任。"海亚姆缓过气来后回忆道。

　　接下来，老人便唠唠叨叨地陷入了对他人生中最为重要的朋友之一阿布·赛义德的回忆，此君就是那个伊斯兰神秘主义苏菲派，总爱自称赛铎王子，也喜欢别人这样叫他。赛义德曾宣称，人所能认识到的最深刻、最美丽的愉悦，是至少有朝一日得以毫无保留地委身于人，把自己彻底交到外人的手里，任其安排摆布，以此将对自己的责任转嫁给真主。"他们是幸福的。"阿布·赛义德说，"因为只要这欢乐的源泉可以被认知，他们便可找到每一次欢乐的直接来源何在。敬爱的真主向我们人类敞开了自己，坦诚昭示其最直接的信任。故毫无畏惧者离主最近，这样的人可以感受到最深刻的欢乐，并且摆脱了肯定是人类最严重的疾病——恐惧。他能从生活中获得绝大多数的享受，而这些享受既挣不来，也搞不到，只能通过上天的恩赐馈赠获得。经历过无限信任的人，也就认识了无限的美善、无限的快乐和无限的平安。一个傻瓜自以为，如能从上述这样一个获真主赐福之人那里骗得七个第纳尔或三个吻，就能证明自己的聪明。世上没有什么比这种想法更荒谬的了，因为事实恰恰相反！傻瓜这么做只表明了，生活对他这个可怜虫来讲，仅仅是内心的惊恐、暗中的窥伺以及公开的斗争和辩论。我唾弃这样的生活！而自作聪明的傻子呢，与真主赐福的幸运儿相比可谓愚不可及，他将一如既往地生活在惊恐之中，随时窥伺周围的风吹草动，自作自受。而被他欺骗的幸福之人则对其嗤之以鼻，将其弃置脑后，或者仅保留在记忆里，自己继续享受只有获真主赐福之人才能感受到的欢乐。"

阿布·赛义德继续说，具有信任之天赋的人深知，其"自我"不应是一堵务必将自己与世隔绝的防护墙。他不能把自己关在"自我"之内，如同一座围城无法被锁闭进自己的城墙里一样。所以，有人愿意暂时放下"自我"，当一回母亲怀抱里的幼儿，或者做一回情人胸前的爱侣。有信任感的人，具备鸟的本领，能够随风振翅，顺势而飞；也拥有鱼的能力，可以随流摆尾，顺水而游。此时此刻，人是再幸福不过的了，因为其"自我"只有在这种时候才不会脱离那不是装满水而是充满生活的波澜壮阔的美丽海洋。

"直到现在为止我都没有相信他的话。也就是说，我并未真正理解他。"过了好一阵子，海亚姆若有所思地说，语气上依然保留着刚才对老朋友回忆的口吻，"当时，我说服自己相信他讲的都是实话。我看见，我的女儿莱伊拉就对我充满了阿布·赛义德所说的那种信任。置身于父亲怀抱里的小姑娘，是不会惧怕任何威胁的——无论是疾病还是雷霆，也不管是火灾还是水患，任何事情都不会损伤其一根汗毛，因为父亲的臂膀替她撑起了抵御一切风霜雨雪的保护伞，使其永远安然无恙。这些我都看在眼里，喜在心头，可当时我只感受到自己的快乐，却没去体会她的愉悦。还有，我也害怕，那会儿我明白，自己说不出配得上承受这么多信赖的理由，所以我极其心虚，无地自容。而现在……"

"现在怎么了？"沃卡奇问。

"现在我理解女儿和赛义德了。可他们这些天真的知识和那么多纯朴的智慧真不知从何而来？！"

为了掩饰席卷全身的快感，沃卡奇赶紧转移话题，告诉海亚姆，他现在和泰伊达相处得很好，非常合得来。

"她是个好人，挺可怜的，真的很善良。"海亚姆自言自语道，"帮了我很大的忙，也帮她接近的所有人。"

泰伊达是北部马赞德兰地区的人，二十五年前一个人称小雅各布的大兵把她带到了这里。雅各布是本地一个寡妇的私生子，这女人从小就没了父母，一人单拼独闯，靠在别人家里做活，替有钱人家的适婚女孩子缝制嫁衣养家活口。她还从父母那儿继承了一小幢房子，位置就坐落在巴扎附近，所以收入基本可以满足生活所需，当时甚至还不乏对她有意思的后生，想与其谈婚论嫁。不幸的是，五十多年来此地兵荒马乱，无数军队蝗虫般地穿城而过，大军远走高飞后，她怀孕了。究竟是因爱生情，由情盼婚，还是横遭强暴或被诱骗失身，其中的秘密大概永远无人知晓，因为她本人对此讳莫如深，守口如瓶。不久，她产下一子，后来继续到别人家帮工做活。每逢没有工钱较高的重活干时，她便在自己家里做些女红，缝制床单被套、裙裾衫褂，加上刺绣，再以独特的花式进行装饰。对这些手工技艺，说实话海亚姆也所知甚微。至于她的收入是否能够每天填饱肚子，母子俩究竟靠什么、怎样来维持生活，只有真主才知道。然而他们活了下来，小家伙慢慢长大成人，而且奇怪的是城里人出乎意料地接纳了他，还都挺喜欢这小家伙，这也是他应得的福运。年仅五岁时，他就会察言观色，看可以给谁搭把手帮个忙，在哪儿用什么方法能挣点小钱，拿回去给母亲贴补家用，好歹凑合着撑上几天。那段时间里，他可是遐迩闻名，全城都知道有这么个招人爱怜的"小雅各布"帮工，大家都喜欢他，爱让他为自己干些小活。

小雅各布十岁那年，犯忌违俗的母亲在饱经风霜备尝艰辛之后，终于被生活的困苦夺走了生命。随后，他卖掉了房子，开始混迹于军中，扎堆在士兵群里。那时和现在一样，部队最容易成为三教九流的栖身之地，那儿挣钱的营生也最好找。当时恰逢散兵游勇遍野，各式军队麇集，规模大小不一，建制属于国家的、私人的皆有，有油水的差事与巧取豪夺交织混杂，生财之道应有尽有，他可谓赶上了致富的大好时光。几年服役下来，他攒够了积蓄，便在当时的确远离城区的郊外，择地皮便宜之处建造了自己的房子。还没等他想好该如何布置打理自己的小窝，到哪儿去讨个老婆，一道军

587

令便把他和战友们送进了一场起因不明、甚至连敌我两边都分不清楚的战争。在打仗的地方，他爱上了泰伊达，把她带了回来。不料返乡没多久，小雅各布便在一次退伍兵里经常发生的争吵中被同伴失手打死，身后留下泰伊达一人，孤苦伶仃地独守空房，过着既非故园也非他乡、既不是黄花闺女也不是贤淑妇人的不幸生活。真是太可怜了！真希望她能早日结束这段悲惨的经历，开始新的生活。所幸小雅各布被害时，她没有怀孕。

"这不是最坏的事。"听完泰伊达的身世后，沃卡奇叹了口气说，"世上还有比这更糟糕的真正厄运。"

"你要这么想的话，就随便吧。"

"我就是这么想的。"沃卡奇提高了嗓门，"她活得好好的，不缺胳膊少腿，还有自己的家。"

"我们人类都是倒霉鬼。"海亚姆也唉声叹气了，"对我们来讲可谓福兮祸所倚呀，但凡好事，必有不好的事相伴。对她来说，能有座房子肯定是件好事，但不好的是，虽然这房子给了她一个女人完整的生活空间，可她缺乏能够充实这个空间的必要生活内容。"

见沃卡奇没明白自己的意思，海亚姆觉得有必要对他讲讲年轻人这个年纪还不懂的事情。

于是，他打开了话匣子：你看见过雄孔雀和雌孔雀、公狮和母狮、牡鹿和牝鹿吧。在这些动物身上，你一定看到了它们繁衍后代、追求新生的渴望与对保持雌雄平衡的担心这两者平分秋色的现象。牝鹿产下新的生命，但是牡鹿和牝鹿都希望，幼崽里牡鹿能够稍微多些，因牡鹿气宇轩昂，雄姿勃发，具备吸引牝鹿的一切外表条件，可以使她产生好感，心情愉悦，乐于交媾，为其生儿育女。

而与牡鹿相比，牝鹿则显得平淡素雅，朴实无华，她无需靓丽抢眼，容貌出众，因为她的作用就是生育繁殖。一旦幼崽落地，父母会一视同仁地守护照看它们，虽然各以各的方式，但分工公平。雄孔雀与雌孔雀、公狮与母狮的情形也不例外，所有生命物种皆遵此规，唯独人类除外。无论什么动物，都是雄性仪表堂堂，威风凛凛，以便用其英俊相貌来博人眼球，献媚于人，好取悦配偶，因为其重任在肩，身负启动繁殖后代的痛苦过程之使命。只有我们人类的女性不同，她们既渴望创造新的生命，又须承受生儿产子的痛苦和呵护养育后代的担忧。也只有我们人类的女性是美丽动人、容光焕发、打扮靓丽的那一半，而男性才是貌不出众、朴实无华的另一半。母狮、牝鹿和雌性孔雀可以保持她们的朴实无华，同时其雄性同类则刻意打扮，花枝招展。既然雌性动物也要生育，有何理由要她们浓妆艳抹，想方设法地去引人注目呢?！我们人类也是女人生育，尽管如此她们依然涂脂抹粉，梳妆打扮，努力让自己闭月羞花，美丽动人。可为什么呢？为何人类的雌性在憧憬新生命的同时，要用尽心思扮靓，好吸引雄性，用自己的美艳去说服另一半，让其愿意和自己创造新的生命，然后再生儿育女，随后再为其成长辛苦操劳，男人却似乎站在远处，袖手旁观，无动于衷?仿佛延续生命的所有重任都压在女人的肩上，而男人则另有别的负担。我不知道这会是什么负担，假设这是指死亡和对死亡的意识，那这么说可能过于简单了。然而事实上每逢生死抉择的关头，我们大都只会选择后者。这就说明了，为什么人类的产生终结了造物的循环。世间万物都是我们降生之前创造的，大地、水域、植物和动物，而精灵和天使早在创世之初就已先于其他的一切被造出。最后创造的是我们，作为分界线，也作为另外一些世界在此世界萌发的部分。

"我说的这些，你听懂了点什么吗？"瞧见后生惊异的目光，海亚姆真诚地问道。

"一点儿没懂。"沃卡奇痛苦地长叹一声，"也不懂为什么要讲这些。我们刚才谈的是泰伊达的事，你干吗非得说这些东西？"

"就是为此呀。"

"为什么？"

"不是吗，我刚才说了，泰伊达已经有了一个女人的生活空间，却没有用以充实这个空间的生活内容。"海亚姆回到了先前的话题。

"那么这个空间就是你的造物之说，还有雌雄孔雀和那条分界线喽？"

"是的。"

"要是她能听到这番讲述的话，那肯定大有裨益喽。"

"你别一开始就讽刺挖苦，有不懂的地方先提问吧。"海亚姆笑了，大概是听出了小伙子话里有话，"我是想向你表明，人类世界里的女性差不多就像蜜蜂王国里的蜂王一样。她们都深居简出，置身巢内，藏而不露。而她们面前和周围则是需要充实填满的空间。这些空间将她们与世隔绝，保护其免遭外界的干扰侵袭，但同时也要求她们填补充实其空白。问题正是在于，她最强烈的需求恰恰就是想要和必须填充这一空间。女人身边围绕的是家庭，就像蜂王被蜂群所簇拥一样。家庭充实了房宅在女人周围构成的空间，恰似蜜蜂挤满了蜂王身边的空间。现在我们能相互理解了吧？泰伊达只有房子，却没有可以围绕在她身边并填充其周围空间的家庭。这就好比一个蜂王只有一个蜂窝，却没有蜂群一样。"

"即便那样还会有问题的，她现在的处境不就如此嘛。"

"问题是会有的，这一点我有切身的体会。女人的问题在于，她们既需要有人能够走出家门，买回大家所必需的东西，同时又强烈要求有人坐在其旁，守着她们寸步不离。"

"哦，如果这就算是女人的唯一问题的话！"沃卡奇阴着脸哀叹。

"看来你很了解女人嘛，对吧？"

"有谁不了解她们呢？！"

两人长吁短叹，沉默良久，海亚姆笑了笑，问：

"你是说索哈达那个女人吧？"

"你问你自个儿吧！"沃卡奇嚷嚷着跳了起来，就像被塔兰托毒蜘蛛蜇了一口似的，"你我都看得很清楚，到底谁在没完没了地唉声叹气。"

"请别激动。"海亚姆朝后生伸出手，做出要安抚他坐下的样子，"我不是笑话你，也没挖苦你，拿你开心。"

"你是在挖苦你自己，你我都知道，到底是谁在整天哀叹。"

"是啊，"海亚姆依然面带微笑，"而且长叹不已。"

"她很漂亮吗？"沃卡奇边问边钻到海亚姆床上方牛皮顶篷投下的阴影里，重新坐了下来。

"我说不好。如果仔细回想一下的话，我觉得不是。再说那会儿也不是……嗨，谁家都一样，今朝日头明天雨的，哪个说得清楚。"

"那你叹什么气呢？几天前你还承认，你们经常吵架，她总爱大喊大叫来着。"

"哦，你这个小傻瓜！"这回海亚姆大笑了起来，"你要是知道能和自己老婆吵架是一大享受就好了！跟她争论一个问题，互相怒怼生气，多有意思呀！这些都是充实那个生活空间的材料，而泰伊达缺少的正是这些。"

"我不懂，真的，我不需要这样。"

"其实发生争吵的时候，我也没有这种感受，可正因为如此，现在回想起来体会就更加深刻。往事如烟，此刻我真的觉得，除了和她有关的事情之外，我不知道还在什么地方有过美感和快乐。从前，有时候听见她大喊大叫时（她甚至会暴跳如雷！！！），我总会扪心自问，我们为什么要在一起过日子，我干吗要受这份罪。可现在我明白了，这是我们共同生活中最为宝贵的那部分经历。"

自从赛卡伊娜死后，海亚姆已有三十多年没有提起过她了。不是因为他没找到倾诉的对象（比方说他妹妹哈米达就跟赛卡伊娜很熟，也很喜欢她），而是由于他务必像守护财宝一样，把自己的这份痛苦与回忆私密地珍藏在心底，不与任何人分享。他自己也不去重新唤醒记忆中两人昔日共同生活的那些场景和事情，而只是让其在必要的时候才在他的意识里复苏。比方说，当那口人们有意或无意隐藏所有这类记忆的无底深井里突然冒出点什么来时，往日的旧梦便会复活。有时候他会听见她的声音，一瞬间仿佛感觉到她在触摸他的肌肤，（这种时刻，他甚至相信也触摸到了她的身体）。他试图将她常在眼前浮现的形象保存在回忆里，连自己都不去翻看。而这些赛卡伊娜出现在眼前的瞬间，则是他三十年间唯一真正活过的、感觉到自己存在的时刻。现在他暗暗问自己，这么多年来对往事保持缄默，是不是他铸成的一大错误，是不是他对自己所犯下的一大罪孽。因为如果他勇于向痛苦的过去敞开自己，开口说出痛苦的根源所在，或许可以较为轻松地熬过那默守隐痛的晦暗岁月。他甚至可以说，在与沃卡奇谈及赛卡伊娜的这十来天里，她又栩栩如生地回到了自己身边，使他比过去三十年沉默中的任何时候都要活得生动和真实。

他开口讲起一件往事。说实话，他很少发现赛卡伊娜有做游戏的愿望和需要，但那一次的确让他开了眼界，从而对妻子刮目相看。起因是莱伊拉总对学习字母提不起劲来，只爱做各种各样的手工活。她最喜欢的是用赛卡伊娜嫁妆箱里的东西做成个娃娃，然后带着它去见妈妈，就像其他小伙伴们带着自己的布娃娃互相串门玩一样。即使赛卡伊娜好不容易说动了她学写字母，莱伊拉也坐不住，记性尤其不好，昨天才讲的东西，今天就能忘得一干二净。于是，为了解决这个问题，赛卡伊娜用上了做游戏和讲故事的方法。她告诉莱伊拉，字母拥有一种神秘的能力，这种力量可以随意变化并能用不同的方式表现出来，但是不管怎么变化，一个字母的能力永远不会消失。比方说，仅 Bismi'llahi 即"以真主之名"这个单词中所包含的四个字母就具有代表四条天堂之河发源地的能力。其中的字母 a 等于 alif，是水河，这条河里的水清新洁净，永远不会变浑发臭。字母 m 等于 mim，是乳河，河里流淌的极品乳汁肯定比骆驼奶、羊奶好喝，就跟母乳一样，甚至胜过母乳。字母 b 和 be 相等，代表了天堂里的蜜河。而字母 l 则为 lam，酒河便起源于这个字母。赛卡伊娜还对女儿说，在别的单词里，同样的字母却有不同的能力。因为字母的神秘力量是由其所在的字母组合来决定的，并且随着组合的变化而变化。例如在某个单词里 nun 特指苹果酱太甜，可在另一个单词里却意味着有助于将羊毛柔顺得跟丝绸一般，好用来给女孩子们缝制裙子。然而，字母这些潜在的神奇力量只向会写字的人敞开自己的秘密。听赛卡伊娜这么一说，莱伊拉就来兴趣了，于是便好奇地问："那么羊毛是怎样被弄得柔软到适合给我做裙子的呢？"赛卡伊娜告诉她，这件事妈妈可以为女儿一直做到她满七周岁，再往后就不行了。她吓唬莱伊拉说，谁不会写字，谁就得一生穿粗硬扎人的毛衣，还强调指出，女孩子皮肤尤其细嫩，受不了粗糙衣服的摩擦。

沃卡奇不愿再让老人没完没了地沉浸在美好的回忆之中。他想让海亚姆教他写字，并承认无论是赛卡伊娜的故事，还是她循循善诱教人学写字的办法，都挺让他激动的。

"这恐怕不行，不能让你如愿了。"海亚姆叹了口气，"我活不了那么久了。"

"行的，行的。"沃卡奇赶紧说，"你肯定活得到，我学得很快。"

7

古城的特点之一就是街窄巷狭。这一点，海亚姆和沃卡奇大白天冒着炎炎夏日的酷热在内沙布尔城里穿行时就切身感受到了。骄阳似火，好像要把一切它不能焚烧的东西都化为灰尘。地平线上没有任何地方有一丁点儿动静。烈日当空，即使最隐蔽的角落也暴露在光天化日之下，连阴影都不得不逃之夭夭，踪迹难寻。城里头空空荡荡的，只有这两个行人步履匆匆地赶往城东边。谢天谢地，内沙布尔是座街巷狭窄的老城，街巷两旁的建筑物相对而立，悬楼飘窗都快连成一体了，可谓相互触手可及，所以从早到晚都能在大街小巷里投下一块块阴影，不管什么时辰，也无论太阳多大，皆可给人一份阴凉。两人便借此地利，尽量在房屋的阴影下行走，直奔海亚姆曾经就读的学校而去。这次出门已经计划了好几天，他们准备一大早趁着空气清新、酷热尚未降临之时，赶到城中心找家好茶馆，先喘口气，喝点东西凉快凉快，然后再前往海亚姆的母校，好在正午时分的晌礼左右赶到。这样，现任校长阿卜杜勒哈米德·阿明有空的话，便可以跟他见面聊聊。

二十多天前，也许更早些时候，总之海亚姆的身体恢复到能够走动时，他们就开始寻思什么时候要回海亚姆的母校去看看。起因是海亚姆无缘无故地突然提到了自己的学生时代、同学、老师和当时学校的杂役，并且一开口就滔滔不绝地说几个钟头。他谈起自己最崇拜的老师艾尔-查摩谢利，他诵读诗句时如痴如醉，把身边的一切都忘得一干二净。海亚姆回忆时兴奋地嚷嚷道，可问题不仅在于他本人对朗诵的忘我投入，关键是他能让弟子也跟着自己沉迷其中，以至于废寝忘食的现象经常发生，甚至有时连祈祷都被弃置脑后。海亚姆现在也说不清，老师当年读诗讲诗，尤其是对自己心爱的诗人夸夸其谈时，其他人如饥似渴地倾听，忘乎所以地心醉神迷，是不是件好事。在课堂上，查摩谢利让他们认识了伟大的哲学家、诗人麦阿里，讲解了他的伟大之处。学生们还从老师那儿学习到，应该怎样理解公元六世纪的伊斯兰早期诗人乌姆鲁勒·盖斯和有"诗王"之称的大师鲁达基的诗作。他将学生带进了语言的迷宫，向他们展示了其中蕴藏丰富的美与享受。海亚姆还谈到了他和已故宰相尼札姆·穆尔克共同的恩师艾尔-莫瓦法克，他在学生中的名声可谓毁誉参半，褒贬不一。老先生脾气任性，喜怒无常，时而让学生望而生畏，时而又把他们逗得哄堂大笑。接着，海亚姆自然还讲到他的同学，跟他同届的那帮人当中，其实没有谁真的跟他走得较近。他说的更多的是在他们之前早已离校多时的那一代校友，其名声可是有口皆碑，代代相传。有关的故事每经一次新的传扬，每换一个新的讲述者，内容就会添枝加叶地有所增补。总有讲不完的事，说不完的人，因为海亚姆当年那些校友中间，日后成为学者和诗人、政坛高官和大伊玛目、大英雄和著名旅行家的，大有人在。

　　沃卡奇附带着还学到了不少有关这座城市及其学校的历史知

识，尤其了解到内沙布尔著名图书馆的前世今生，得知其规模和设施除了不如巴格达智慧宫里的藏书阁恢弘之外，在世上可谓一馆之下万馆之上，无与伦比。从海亚姆如数家珍的讲述中他知道了，两百年前塔希尔王朝时期，内沙布尔就建立了第一批学校。多亏统治者与国库的慷慨解囊，当时大多数学校均向社会免费提供教育，只有少数规模较小的技术学校例外。那里传授的专门技能从乐器弹奏、首饰制作、徒手或器械搏斗，到空中走绳、障碍赛跑等各种另类的奇门异术，可谓不一而足。沧海桑田，世事变迁，虽然两百年来波斯帝国政权如走马灯似的更迭频繁，上台者执政的方式亦各不相同，但学校的数量并未下降，而且其中个别出类拔萃的，名气还越来越大，君王与朝廷对教育的关心也同样有增无已。可在近二十年来的全面衰落中，这方面的情况是否有所变化和怎样发生的变化，海亚姆就不得而知了。不过，他有充分的理由担忧，这种改变不可能是往好的方向发展。

每次海亚姆回忆了学生时代的青春岁月之后，他们俩都会提到要回母校去看看的愿望。而每次提及此事时，沃卡奇总显得兴趣盎然，特别积极，热情洋溢地举双手赞成。其实真正的原因是，他发现了老人面对母校时似乎有某种忐忑不安，甚至是恐惧害怕的感觉。两人在此行之前一连商量了好几天，可以说精心计划了每个步骤，今天的访问日程正是完全依照事先拟定的方案，一步一步付诸实施的。

第一眼看见学校时，两人都吓了一大跳。朝向广场的那一面墙壁，新敷上了漂亮的彩陶贴面，在阳光下闪闪发亮。校门也是新的，图案藻饰，花纹丰美，房顶上还修了一条廊桥，直接通向内沙布尔规模庞大的图书馆四楼。在海亚姆的记忆里，母校即使在其过去的黄金岁月里也未曾显露过一星半点儿当今这样的豪华气派。

阿卜杜勒哈米德·阿明在校长室以过分做作的恭敬接待了两位访客。他独自一人刚做过晌礼，才把做祈祷的垫毯卷好收进壁橱。校长红彤彤的圆脸上不带一丝表情，一对金鱼眼目光呆滞，他无动于衷地听了海亚姆对学校旧貌换新颜的恭维，滑稽地眨了眨眼睛，并不高兴地干笑了一下，然后说，狡猾的人总善于用亮丽的外表来掩饰内部的衰弱。他接着告诉这位老校友，是一个建筑商出资，免费将学校和图书馆修葺一新，但条件是要在校方管理层拥有一票席位。鉴于校舍残破坏损已久，亟待修缮，所有人一致表示同意，可大家马上就后悔不及。这位好心的赞助者一进管委会就开始物色同党，很快便拉拢了几个人到自己身边，并且强行安插了三名任何学校都不会要的人当老师。这三个家伙胸无点墨、不学无术还算是件小事，更成问题的是，他们进来后故意人前人后地搬弄是非，挑拨离间，把学校搞得乌烟瘴气，氛围极其恶劣，人际关系十分紧张。可校长这番牢骚刚刚发过，马上又摆出他那一脸的皮笑肉不笑，聊起了校舍修缮以及建造图书馆廊桥通道的逸闻趣事。让沃卡奇大为惊讶的是，阿明校长发笑时，面部表情和眼神自始至终没有一丁点儿变化，就好像他这种开心的表示仅有其呼出的空气参与了似的。

海亚姆好不容易瞅准校长叙述两段轶事之间的空当，赶紧插进一个问题，想了解一下现在的学生情况怎么样。阿卜杜勒哈米德·阿明又眨巴了一下眼睛，深深叹了口气解释说，这才是真正最叫人头疼的问题！实在可悲！可叹！惨不忍述！与那几个搞事的新教师和新改组的管理层相比，这方面的情况要糟糕恶劣得多。当今之日，好学生真是凤毛麟角。现在所有的学校，尤其是这所学校，学生的数量比以往任何时候都多。可尽是些劣质材料，朽木难雕，成不了大器，可悲可叹啊！乐观的、渴望生活的年轻人，打着灯笼都难找。现在来上学的都是所谓中层社会的子女，再说这一阶层正在趋于消失，而且来的都是他们当中较穷的那部分家庭的孩子，也就是教书匠、小商小贩、有点家业的手工匠人、供职于朝廷的芝麻小官之类的后代。可是这些人家的小孩到学校来也是为了混日子，好让他们不得不扪心自问"你打算靠什么生活"的那一天晚些到来。只要在上学，他们便可苟且偷安，不必考虑这一问题。但他们内心一直十分清楚，一旦走出校门，马上面对的就是这个问题，因为这些孩子现在就知道，这个世界上没有他们想要的活计、薪酬和职位。可能正因为如此，他们才依然故我，破罐破摔，不求上进。"可他们现在究竟怎样？"海亚姆中间插问道。阿明校长一点没中断自己的思考，随口简言回答说，学校的孩子大都心灰意懒，前途无望。

校长继续他的讲述，说真正穷人家的孩子反倒不愁没有出路。反正一旦长大成人，他们不是入伍从军，就是落草为寇，可能戎马生涯和浪迹江湖最对他们的路子，因为他们早就做好了准备，自从意识到自己的存在以来，便清楚地认识到，非兵即匪是其与生俱来的命运。所以今天这些孩子不上任何学校，倘若万不得已要接近学校，那也只是为了放把火，将其付之一炬。海亚姆一定还记得，当年他做学生的时候，恰恰是这些出身贫困的学子当中，各行各业的出类拔萃者不乏其人，真可谓寒门贵子。而今比较富有的人家也不让孩子上学了，因为他们都清楚，在学校学不到在现实生活中有用的东西。在没有国家的时代，为谋得吃皇粮的一官半职而读书是不明智的，即便偶尔露出点建国兴邦的苗头，也是昙花一现，就好比换上一件新洗的衣衫，其干净清洁的程度按俗话说是"兔子的尾巴长不了"。同样没用的是去潜心钻研什么科学呀、信仰呀之类的东西。当今之世，根本没有人愿意支持和重视博学教育、科学研究和信仰培养。海亚姆肯定还记得当年自己在专著《代数学》的前言中写下的话。所以，家里较有钱的孩子，到了一定的年龄，待时机成熟了，会去为从事一些新的职业做准备，如在巴扎做货币汇兑，搞建筑，卖奢侈品或类似的贵重消费品，等等。一旦他们接受了这些心仪行当的专业培训，就可以成为相应的从业人员，开张立业挣大钱。

至于那些真正有钱人的子女在做些什么想些什么，校长就没法告诉两位客人了，因为这些孩子你根本见不着面，所以两人只能到这些富二代生活的圈子里去寻找问题的答案。

讲话的语气节奏丝毫未改，面部的表情神色丁点儿没变，自从客人坐下来就着魔似的盯着海亚姆目不转睛的眼光动也没动，就这样，阿卜杜勒哈米德·阿明校长有关学生质量的诉苦戛然而止，话锋一转，开始谈起汇兑客艾尤卜的趣事。艾尤卜是远近闻名的大建筑商、人称"烧炭的"伊本·马施什的侄子。十九岁时，他觉得其父经商的营生实在太辛苦，且不无风险，而叔叔搞建筑的活儿既肮脏又无聊，于是便决定当一名巴扎市场上做汇兑的人。尽管家里的老人都表示反对，认为这种行当不是正经人该干的，虽然收入不错，却有损家庭颜面，可艾尤卜依然顶着家里的压力，将此事付诸实施。要想干汇兑这一行，得懂如何明里暗里在利差上做文章，会精打细算，锱铢必较。此外，还必须硬下心肠，能公开或暗中忍心让别人倾家荡产，一贫如洗。做这行的人，是在介于合法与非法之间的灰色地带求生存，所以一般都是出于做正经生意没法养家活口的无奈，或者由于把钱看得比名声、良心和灵魂更重要的唯利是图，才会走上这条众人眼里的歪门邪道。家里的老辈人和艾尤卜父母的朋友都这么教育他，而且反复劝说，没完没了。

为了避开同家人的争执，远离他们的反对之声，艾尤卜从父亲那儿预支了一大笔自己理应继承的现金，远走高飞离开了霍拉桑地区的老家巴尔赫，来到内沙布尔在巴扎开了一家钱庄，开始了他的金融生涯。他发放贷款，给去远方城市的商人和旅行者开具支票和担保书，同时为远道而来的商人及旅行者兑现他们异地开具的支票和担保书，买下那些需要现金者携带的金银珠宝，再将其高价转卖给那些担心货币贬值的客人。一句话，市场上所有放贷汇兑换钱的营生他无所不为，样样兼顾，真是赚得盆满钵满，生活如芝麻开花节节高。踌躇满志之余，艾尤卜忽然心生一计，这笔买卖如能做成，可以让他十年后彻底改头换面，一举跻身本城和整个地区顶级富豪与权贵之列。这一灵感就是：以名义价值的一半或比这更低的价格大批收购别人的欠债。（阿明附带补充道，人要越过允许和禁止、光明正大和卑鄙无耻之间的界线，原本并非易事。但是一旦有过一次越界的经历，那么只要事情看上去有利可图，必然就会次次铤而走险。）一些同行因放贷过多，又收不回来，或者耗资较大的买卖搞砸了，导致手头现金紧缺，便急于出手转移债务。艾尤卜瞅准时机，以低得不能再低的价格，用现金从这些人手里批量买下他们对借钱未还者的债权，然后让已变为其债务人的欠债者把自己的畜群、土地、房屋或者类似的有价财产交给他作抵押，这样便可享受放宽偿还欠账期限的待遇。或者过一段时间，如果债务人愿意将这些财产转让给他并为他做事，他也可以将其欠债折算后一笔勾销。于是，久而久之，他就成了债务人用来延长还债期限所交抵押财产的主人，而那些负债的人替他养马放牛，为他耕田种地，住着他的房子，还得负责维护打理好这些已经易主的宅院，并向他交纳租金。昔日的产权人，现在为他赶着数百群牲畜，在原野里放牧，以劳务来抵消那似乎再也无法解套的欠债。在成百家作坊里，当年的产权人在替他艾尤卜打工做活。在成千所房子里，住着从前的产权人，替他看家护院，并向他缴纳房租。

这些曾经生活富足、家境优裕的佼佼者，现在却沦为艾尤卜的债务人，几乎成了他的奴隶，于是便开始自相残杀，或者自愿流放到远方，去谋条生路。他们非常清楚，自己欠的债还得越多就增长得越快，只会如同滚雪球一般越来越多，所以自己也只会越陷越深，无法自拔，濒于绝望。这时，艾尤卜灵机一动，想到了治疗这种抑郁无望症的灵丹妙药。他召集了一帮脑子好使的家伙，让他们去东方弄鸦片，好卖给这些负债累累和其他急需精神安慰的人。多亏了这玩意儿的麻醉作用，艾尤卜那些苦闷绝望的债务人，才能够从容地挺过劳作的艰辛、身体的营养不良和凄惨无望的处境。因为人只要尝了第一口鸦片，马上就会陷入一种麻木状态，除了这一恶魔似的安慰剂之外，对任何其他东西都不再感兴趣，于是他们与艾尤卜之间的绝大部分麻烦纠葛似乎也都不成问题了。

"鸦片是什么东西？"沃卡奇打断了校长的话。

"糟践人的东西，你还是别问为好。"海亚姆赶紧抢过话头。

"可我还是想知道呢。"

"是种毒品，从罂粟中提取出来的。"海亚姆不太情愿地解释，"阿尔·拉齐把它引入医用，拿来给病人止疼，比方让那些要被切除身体某一部分的人或者已经无药可求的人服用。这玩意儿可以短时间发挥镇痛或者安定的疗效，使人暂时恢复活力，兴奋异常，精神焕发，可随即便会将其牢牢控制，百般奴役，直至彻底毁灭。你一旦成为它的奴隶，再想摆脱控制，那可就难上加难了。"

"既然它有疗效，干吗还要摆脱它呢？"沃卡奇有点糊涂了。

"因为它百害而无一利。"阿卜杜勒哈米德·阿明插话了，"谁要是沾上一点，他的钱袋可就会迅速瘪下去。鸦片非常昂贵，一旦大量吸食，马上就会厄运缠身。因为抽鸦片的人，其行为方式是任何一个拥有良好习惯的正常人难以想象的——他会一步步走向死亡，而没有谁能够养成这样的良好习惯。"

阿明校长右手很夸张地一挥，结束了他的鸦片讲解，那样子就好像要把桌子一下抹干净似的，然后又继续畅聊有关汇兑客艾尤卜生活和生意的逸闻趣事。讲述中含有不少想要花招骗人却反被人骗的故事（其中艾尤卜总是抢在自己债务人以骗减债的伎俩之前，先下手为强），还有如何敏捷、机智地应答难题的方式，以及聪明人在山重水复疑无路和不可能有路的困境中，怎样柳暗花明地找到出路。不过他也描述了世风日下的悲凉，人心不古的冷漠。而在沃卡奇眼里，这些人一无是处，丑陋不堪，因此根本不值一提。所以阿卜杜勒哈米德·阿明对此津津乐道，把原本悲哀伤心的事情讲得如此滑稽可笑，或起码不乏可笑之处，这让沃卡奇听了心里觉得不是滋味。他们喝过茶后，起身朝图书馆走去时，他忍不住了：

"为什么你觉得这一切都很滑稽？"在跨出校长室的房门口时，沃卡奇停下脚步，直言不讳地问，"就像发生的这一切除了好笑还是好笑似的，不管什么都一样。"

　　"因为我认为这些事情本来就好笑，还能为什么呢。"校长说着已经直奔那条将学校与图书馆连在一起的廊桥而去。

　　"如果一切真是这样，那我希望，你也给我解释解释。"

　　"我不知道是否一切都是真的，只是这样认为而已。有些事情也不一定就仅仅好笑。比方说假如我，真主保佑，别让我一语成谶，假如我遭遇不幸，我认为，这就不仅是件好笑的事了。可除此之外……"方才还在大吹如何敏捷、机智地应答难题的阿明，这下却吞吞吐吐，倒好像是在为自己刚才说话欠考虑而打圆场，"不过话又说回来，至于我们人嘛，我差不多可以肯定，当今之日我们本身就是纯粹的笑料。我们滑稽可笑，对每个从侧面观察我们的人来说，可能不过是个小丑罢了。"

　　"你怎么会这样想？"沃卡奇大惑不解地叫了起来，他停下脚步，一动不动地站在那儿，犹如泥塑木雕，伸开双臂，一脸茫然。

　　"因为我认为，事情就是这样，年轻人。"阿明校长也嚷道，并示意他们继续朝图书馆方向前进，"当今之日我们能做什么，或者退一步说能知道些什么？我的命运究竟多大程度上取决于我的行为和性格？我们懂得区分善恶吗？倘若什么地方有善良现身，我们能找到哪怕是仅仅一条充分的理由来选择善良吗？弱似一片脆叶，微如一粒沙尘，这就是人现今的处境，我的小朋友。"

　　"可这一切并不好笑呀，你干吗不感到遗憾呢？！"沃卡奇要维护自己拥有悲情的权利，"这里面包含了多少痛苦啊？！"

"小伙子，我看到的全是痛苦与鲜血，相信我。人类总是有许多痛苦，总在不停地流血。在我看来，现在比以往任何时候都有过之而无不及。然而，人有时候苦难深重，担惊受怕，而有时候又与其他一切东西一样，沦为嘲笑的对象。可能这取决于你是什么样的人吧。如果一个人自己有分量，少点畏惧，就能够辨别出事情的严重程度和可怕之处。不过话又说回来，干吗要去发现和体验人类那点自己吓自己的害怕呢？！也许我们也还能够给自己想点好事，但我们肯定不会这么做，因为已经不再具备这样的能力。只有当敌人的意图向其反面转化，才会有好事降临，幸亏敌人的意向总是会转向反面的，因为他们跟我们一样也是胆小鬼和脓包。若要讨好身边的同类，他们必对其使坏，如想叫敌人倒霉，就得友好对待，和我们的行径如出一辙。那么现在你倒说给我听听，只能将自己的好事寄托在敌人身上的人，算是什么样的人？！"

"这会不会是眼睛的问题？"沃卡奇依然困惑，于是又停下脚步，认真地盯着阿明问，"可能也和个人的眼睛有关吧，取决于你的眼睛看的是什么，怎么个看法。"

海亚姆搂住后生的肩膀，放声大笑："完全可能！这与眼睛的关系或者至少同眼睛所注视的东西之关系一样密切。"

"我的问题可是认真的。"沃卡奇冒火了。

"我也是认真的呀。"海亚姆连忙安慰他，"你所看见的，既取决于你的目光，也取决于你眼睛所注视的东西，两者之间的关系紧密程度一样。如果排除两者中的任何一个因素，你肯定就会得出错误的结论。这一点我也是前不久与你那天堂的目光四目相对时才明白的。也就是说，当时我明白了，为什么我们对共同关注的一切会有如此不同的看法。"

一走进图书馆，海亚姆顿时屏住了呼吸。看见当年他徘徊其间度过青春岁月的排排书架，他不由得满脸放光，异常兴奋。不过看来他力不从心，无法自己挪步上前观看，只好用目光对那卷帙浩繁的书籍和放书的层层格架做一番巡视。后来，老人不得不靠在后生的肩膀上，在其搀扶支撑下，慢慢地走进图书馆的中央大厅。

阿卜杜勒哈米德·阿明领着两人在书架间穿行。图书馆跟他的学校一样，也经历了不少变化，可谓今非昔比。他一边指指点点，介绍着过去与现在的不同之处，一边依旧利用一切机会，见缝插针地讲他的逸闻趣事，要么描述一个大活宝的逗乐行为，要么想起哪个员工拙手笨脚的笑话，或者提到某位同事的好人好事。然而，尽管他极力避而不谈，或者至少想拖延时间，分散两位听众的注意力，一切努力最终都无法掩盖一个无可辩驳的真相，即这里现在已是门可罗雀，无人问津，每日在此闲得发慌的馆员竟比读者人数还多。事实再清楚不过地表明，他们所处的时代不重才智，忽视记忆，对图书馆之类的设施之需求是何等的微不足道。不过话说到一半，脑子还沉浸在对这一时代的深深悲哀之中，他又突然大笑起来，把手一甩，开始说起尼札姆·穆尔克宰相的一段轶闻来。这位权倾一时的大善人，人们想忘掉他，却又无法忘掉，虽经岁月蹉跎消磨，他依然活在大家的记忆深处。巴格达的伊斯兰学校是他一手创建，为了铭记此恩，表示敬意，学校也取名为尼札姆学堂。当年宰相教训学校图书馆长的故事一直在坊间传为美谈。

每次到巴格达来，尼札姆·穆尔克总要挤出时间去尼札姆学堂看看，与学校图书馆的馆员们促膝交谈，问问需不需要增加什么设施，有没有必须修补、改进和更新的地方……有一次，馆员向他反映，说周围的居民和偶尔经过的路人经常抱怨，位于校舍顶层的图书馆一到深更半夜本该人静物息之时，便会传出怪里怪气的喧哗嬉闹之声，吵得四邻不得安宁。于是，宰相便决定躬亲暗访，查证此事。他悄悄躲藏在图书馆的书架之间，等待夜幕降临，想看看究竟是何物在作怪。昏礼过后约莫一两个钟头，大概八九点钟的样子，当城里的劳作活动渐渐平息，寻欢作乐的夜生活慢慢拉开序幕之时，图书馆馆长手持酒囊走了进来，跟随其后的是一帮嬉戏打闹的红男绿女。这伙人男女数量基本相等，女的个个年轻美艳，妩媚妖娆，男的则老少皆有，年龄不一。后经查实，这些美人原本为歌伎舞女，靠卖艺为生，现应召而来，好让这些酒酣耳热、心旌荡漾的哥儿们陪这位宰相亲选的馆长逍遥一番，把夜晚变成白昼，通宵达旦地滥饮狂欢，纵情酒色。他们带来肉、馕、奶酪和水果，数量之多，足够办两场这种聚会。这帮人显然配合默契，熟门熟路，转眼之间，囊中的美酒已化作玻璃盏里的琼浆玉液，接着便乐器上手，美食入盘，于是灯红酒绿，轻歌曼舞，气氛绝对能与有钱人家婚庆场合下的任何方面相媲美。吃喝玩乐，酒足饭饱，载歌载舞，美人相伴，衣香鬓影，软语戏言，肤如凝脂，玉体丝滑，姑娘们使出浑身解数，让男人们尽情享受，大饱眼福、耳福、手福、唇福、舌福和鼻福。藏在暗处的宰相想必如坐针毡，备受煎熬，因为他既不能神不知鬼不觉地悄悄溜走，又无法加入眼前这欲望横流的盛宴。此情此景，仅干瞪眼观看，不参与其中，是常人难以做到的，这毕竟是场强烈刺激感官的灵与肉之大餐。

　　第二天，宰相去找校长，让他传唤馆长前来见面。人到后，宰相对其严加斥责："你这真主的奴仆，何以干出这等伤风败俗之事，你不要求加薪吗？！"尼札姆声色俱厉，"昨天夜里我全都看见了，你可是出了大价钱呀。现在我信了，你的确需要比一个普通馆员的收入多三倍的钱来花。那为什么不因为经常有这种非常开销而要求涨薪水呢？"面对宰相的训问，馆长脸色煞白，浑身抖如筛糠，担心自己因此丢掉这份美差，可能更怕的是丢掉他那颗不那么美的脑袋。"你每隔几天就要花掉一笔现在你我都清楚的这种非常开销？"宰相继续质问。回答他的是校长，图书馆馆长已经只剩下喘气和眼珠子打转的份儿了。校长解释说，据他所知，图书馆里也并非夜夜笙歌，寻欢作乐，但的确是经常如此，次数已经多得太不像话了。宰相听罢大为惊讶，不无担忧地摇着头教训馆长，说他的行为太疯狂、太出格："给我听好了，伙计！你受雇于我的学校，因此我也得为你负责。"宰相板着脸，语气严厉，"要是你因为这种非常开销而负债并且身陷由于欠债造成的各种困境，导致颜面扫地，很可能还会失去自由，名誉丧尽，难道要我来替你担保吗？你可正走在通向毁灭的最佳途径上。那时别人就会问我，既然你是为我干活，那我做了什么来阻止你堕入歧途。为什么我不出手相助，又为什么眼看着你一步步堕入债务的深渊，沦为其奴隶？！可我根本不知道你在干什么，怎么会有额外的支出，叫我如何出手相助？！"言毕，他立即下令，把馆长的薪俸翻三倍，转交了这笔现金后，马上返回伊斯法罕了。馆长把增加的薪水用来采购新书，扩大馆藏。想必是愧对宰相的处理方式，内疚的他再也不在图书馆里搞这种狂欢之夜了。"俱往矣！那时候人还能够知耻而后勇，还具备这样那样的许多能力。"阿明校长仰天长叹，以此结束了他对尼札姆·穆尔克宰相这段轶事的回忆。他摊开双臂，手心朝上，似乎要再清楚不过地表明，眼下所处的时代，可谓世风日下，人心不古，与当年简直不可同日而语。

海亚姆的目光一直停留在一个书架上，久久不愿挪开，好像认出了什么熟悉、重要的东西。脸上无意中流露出一丝不易察觉的微笑，使他看上去恍若又见到了某种最为原初的本真。眼前的书架依然如故，还是当年的模样，因而唤醒了他对青年时代流连忘返的图书馆的记忆，然而相对这些而言，他眼里的东西更加熟悉、更加重要。这肯定关系到某种非常个人、切身和深层的情感，因为他脸上的笑意和焕发出的光彩，表明其内心他本人特有的、属于他那个年代和青春的某种意识正在重新复苏。海亚姆惊奇地问阿明，在维修馆舍时，这个书架上的东西是否可能保持了原样，没有被移动过。校长则更为惊奇地回答说，怎么可能，房间必须腾空，每个书架和书架上的每件物品都被搬出去过，施工期间暂时存放在另外一所房子里。海亚姆一听便笑了起来："你傻呀！我不是这个意思。"他指着放在卷轴中间的陶俑告诉校长，在自己还没出世的很久以前，这些东西是在山上重修要塞护墙时发掘出来的文物，不知为什么被送进图书馆里来了。当年他读书时，天天都要在此逗留，而陶俑就放置在这个书架的当中，跟现在一模一样，位于卷帙浩繁并立排列的手稿卷轴之间。他走上前去，数了数陶俑的个数，不多不少十尊，和原来一样。他敢发誓，每个陶俑现在的摆设位置也依然如故，与从前的布局完全相同。

"你觉得，他们本来在书架上可以变换多少种摆设方式？"海亚姆微笑着问他的小伙计沃卡奇。

"很多种，可能有一百种吧。"沃卡奇略加思索回答道。

"有三百六十二万八千八百种。"海亚姆纠正道，"准确地说就有这么多可能的排列方式。"

"天哪！"沃卡奇两手一拍，惊叫了起来。

"看来你已经把几天前遭一帮宗教狂热分子围攻的事忘得一干二净了，还是为自己从中得救深感遗憾哪？"阿明校长话里带刺。

"你这话什么意思？为何这么说？"海亚姆有些不解。

"幸亏那次遇到些好心人，费了九牛二虎之力才给你解的围，让你摆脱困境。事情过去还不到十天，你就好了伤疤忘了疼，又重操旧业，玩这套数字把戏，显示自己比别人知道的多，高人一等，迷人惑众，还带着你这位不可能是生于斯长于斯的白人小生到处炫耀……我说你到底还有救没救了？！"

"可我并无恶意呀！这不过是我想出来的第一个数学游戏罢了。"海亚姆满腹委屈地喊冤，"一看见陶俑我就回想起当年那个年轻人的鲜活形象，他仔细算出了十尊陶俑排列组合的可能形式，为此自豪了好多天呢。我只是想和你们一起分享这种喜悦，我是指分享一下那个年轻人的自豪感而已。"

"我就免了吧。没有你，我的喜悦也够多的了，自豪感就更不用说了。我喜悦、自豪得都不知道该何去何从了！"

"难道说你真的生气了？！"海亚姆十分诧异地问学校的当家人，后者竟然毫不掩饰自己的不满。

"我怎么能不生气呢，老兄？！"这下轮到阿卜杜勒哈米德·阿明诧异了，"你非常清楚，我们生活在一个什么样的时代。当今之世，人人相互监督，个个自身难保，别说屁股下的位置坐不稳，就连肩膀上扛的脑袋都会搬家。这一切你都清楚，而且也知道城里人是怎么看你和这个小白脸厮混在一起的。你心里明白自己招惹了哪些流言蜚语，也懂得你的这些把戏会引起多少恐慌和愤怒，还知道我的位置有多稳定，脑袋有多保险。所有这一切你都跟我一样清清楚楚，可你还偏偏跑来拜访我！当全城都在议论你的那些名言佳句时，你却还把这个众说纷纭的后生带到我这儿来，接着竟然还在这儿给我表演你那套唬人的把戏。你是头脑发昏、神志不清了吧？！恐怕你觉得，那些馆员不会跟踪观察我们，听我们在说些什么吧？恐怕还认为，他们不会把听到的和看见的一切都汇报到某个地方，好在那儿多少有利可图，对吧？你甚至在想，这不会影响到我的命运和职位，是吗？你觉得，要接待你，陪着你逛，大概我无需拿出点胆量来，也不会冒些风险？！"

"这你可就有点搞错了。"海亚姆也火了，"那首诗我本人没在公开场合下朗诵过，是别人拿去读的，而且是趁我不在的时候，我连他们是从哪儿得到的都不知道。你也和我一样清楚，诗中没有出现任何有辱他人和丑恶肮脏的字眼。你更清楚，这一切只是一种愚蠢的、天大的误解。可有什么办法呢？！谩骂、攻击别人可比冷静一点儿思考问题要容易得多。"

"哈基姆奥马尔，我接待了你，也友好地欢迎你回来看看。即便要为此付出代价，我也会永远接待你，友好地欢迎你。因为我知道，你是何人，在做何事。但是兄弟，看在真主的分上，别把我和你一道推入深渊，行吗！"阿明校长的声音里交织着愤怒与绝望，"有理智的人在这样的年代里要尽力避免出风头，惹人注目。而真正的智者即使在开明盛世也会韬光养晦，不露真容。可你呢，所作所为连最傻的傻瓜都看得一清二楚！"

"这不过是个数学游戏而已呀，阿卜杜勒哈米德！倘若你知道，这游戏是怎样……我直到现在才明白其中的奥秘，这里面的玄机瞒了我整整一生，但现在……"

"太晚了，我的奥马尔阁下！你现在所明白的一切，都明白得太晚了。还是把自己迄今本该由知识占领的空间，尽量留给无知和不理解的空白吧。不要显示你知道多少，别去弄昏人家的头脑，藏好自己，闭上嘴巴，尤其是千万别再说你现在明白了什么。"

"这种交谈对我来说简直愚蠢透顶。你很清楚，我这人酷爱真理，一生实话实说。你也知道，我从来不爱卖弄自己。"海亚姆的火气依然未消。

"我不知道，也没有人知道。我只看见人们一日之间就可改头换面，而且是皮肤、肌肉、骨头、性格，估计还有灵魂，全都判若两人。在恐怖盛行的世界上，一切皆可出卖，而真理则是用最大声音发出来的呐喊。然而，要大声呼喊出今天的真理来，无论是你还是我的声音都嫌太小。这一点，现在没人感兴趣，相信我的话。惊恐中的人和狗都需要一个可任由他们撕碎的牺牲品，好借这可怜的快感，起码能有片刻的时间暂时忘却他们的恐惧。所以有经验的主人总是不断地向家犬抛掷新的牺牲品——今天是你，因为你是个糟糕的穆斯林和蹩脚的魔法师；明天是我，因为我是个好过了头的穆斯林；而后天是位丑妇，因为盲目崇拜偶像；接下去是位美女，因为寡廉鲜耻，丧失名誉。只是牺牲品不可耗尽用光，即便连狗都不如的胆小鬼，都可以凭着这些牺牲品承受住恐惧，重新获得人类的形象。这是因为，这些人只要有权利和机会认为别人比自己差，可以对其恣意迫害，就会认为只有他们自己才是人，拥有人的尊严。嗨，我跟你讲这些干嘛，这一切你比我更懂呀，不是吗？！"

"不，对恐怖我一无所知。但对绝望的了解，我堪称大师。"海亚姆笑着说，随即挥手招呼他的小朋友走人。

外面的酷热有所缓解，高温降了些下来，街上已经陆续开始有了行人走动。

"我老给你找麻烦，是吗？"两人重新回到大街上后沃卡奇问，"我觉得，所有的人都是因为我而迁怒于你的，可究竟为什么？！"

"你给我带来了各种各样的机会，而麻烦是少得不能再少的。"海亚姆好言安慰，"也许是有那么丁点儿小问题，但是好处多了去了。例如，你使我的日常生活重新有了规律。自从有你在我身边，我夜寐晨起，不再赤身裸体、脏兮兮地在房子里游荡；因为有了你，有你的提醒，我可以按时进餐、祷告，而这些还只是我要感谢你给我带来的好处中微不足道的小事。更加重要的是，比方说，你让我的精神和物质生活中有了灵动的画面，而在你来之前我有的只是枯燥的话语。"

听了这番话，年轻人喜形于色。起初一点也不掩饰自己的高兴之情，但稍微过了一会儿——大概他需要这点工夫来平抑自己的激动，重新凝聚注意力——他才开始兴高采烈、喋喋不休地讲述自己的想法，一开口便像连珠炮似的滔滔不绝，搞得海亚姆都不得不信，这孩子一旦真的打开话匣子，会既不用呼吸空气，也无需集中、整理思绪，便可口若悬河。两人惬意地行走在内沙布尔城里悬楼飘窗的阴影下，不时地穿过越来越熙攘的人群，盼着早点赶回家后泡壶好茶，再痛快地聊聊。不管怎样，沃卡奇肯定是满心欢喜，已经边走边一件件历数着到家后要谈和要干的事情。

当他们经过一所门厅富丽堂皇的大宅院时，沃卡奇的话音突然卡壳了。他张大了嘴巴，驻足凝视，呼吸急促，面部痉挛，浑身颤抖。他从左向右地晃动着脑袋，好像这么做有助于深呼吸似的，但这也未能减轻他突如其来的紧张。海亚姆站在他身边，迷惑不解地看着他，显然不知如何是好。好在不一会儿，这横生的意外就过去了，沃卡奇恢复了常态，又可以继续朝前赶路了。

"你刚才怎么了？"海亚姆跟上他的步子问道。

"我不知道！"

"出什么事了吗？你感觉到了什么？"

"寒冷。彻骨的寒冷。"沃卡奇依然十分紧张。

"可到底为什么呢？这不会是无缘无故的吧，你所见所思是……"

"我说了我不知道！我先看到的是那房子院墙上生长的野蔷薇丛，就直接从墙上冒出来的，在大门左侧两步开外的地方。一开始看到的是一幢正常的房子，可接着瞬间变成了废墟，墙上蔓生着一丛丛野蔷薇，屋顶也没有了，只剩下残垣断壁，还不到原来的一半，墙上到处都是洞，而那个地方，就是大门左边，生长着丛丛野蔷薇。此后就感到一股寒气从心底升起，袭遍全身，弄得我透不过气来。"

"后来一切都过去了？"

"是的。又变成了一幢正常的房子，只是那股寒冷和疲惫依然未消。"

"真怪呀。"海亚姆若有所思地从牙缝里挤出三个字来。

"是真可怕呀。"沃卡奇纠正他的表达。

他们继续默默地往前走,慢慢离开城中心,到了城郊地段。这里的道路开阔起来,遮阳蔽日的建筑越来越少了。沃卡奇倒挺高兴的,他走出房屋的阴影,踏上了阳光照射下的道路,觉得舒心畅意,口吐清气,对身旁的老伙计保证,说自己晒着太阳觉得很舒服。海亚姆笑着建议他再像平时吃饱了饭那样在肚子上划圈按摩。沃卡奇斜眼瞄了同伴一眼,真的揉起肚子来,两个人都不约而同地放声大笑。显然,阳光让沃卡奇恢复了体力,赶走了刚才幻觉发作给他造成的疲劳。

不一会儿,就在他们快要往家拐弯的路口前,沃卡奇突然步履踉跄、跌跌撞撞起来,仿佛背上挨了沉重的一击。只见他双目圆睁,紧张地盯着身边的墙壁,好像有什么东西将他的五脏六腑都捆扎在了一块儿,令他痛苦万分。一阵颤栗袭来,弄得他上气不接下气,整个人由于痛苦和晕眩而摇摇晃晃,看上去犹如一片在风中飘零的孤叶。但尽管如此,他依然克制住自己,不愿或不能让眼里泛起泪花。海亚姆赶快扶住他,连拖带抱地把他拽离让他欲罢不能、死死紧盯的幻象。

"我不要啊!"走出几步后,沃卡奇发出一声痛苦的长叹。

"刚才又怎么了?"

"墙上有洞,透过去可以看见房子里的一切。没有墙壁,我觉得,房子没顶,也没后墙,一切都漂浮在一束光中,红似鲜血。屋子中间坐着个小孩在哭,他嘴巴张得很大,圆圆的,却没发出声音。到处都听不见动静,一切都哑然无声,尽管那孩子正张圆了嘴巴在哭喊，他的脸庞和牙齿全都是黑的，就像涂了烟子一样。他身边的地上躺着个老太太，在咬孩子的脚后跟。虽然我不认识她，也不认识那孩子和那房子，但我知道，那是他祖母……太可怕了！"沃卡奇浑身颤栗，加快了脚步。

"你说的都是什么胡话啊？这怎么可能呢？"海亚姆不无担忧地问，心里十分惊讶。

"如果连你这么伟大的人都不知道的话，我怎么能知道呢？！"沃卡奇没好气地反问他的朋友，声音里透着愤怒与恐惧。他呼吸急促，一步三摇，显然是被刚才的再度惊吓折腾得精疲力竭，"这是……好难受啊，令人窒息，太可怕了。"

家门口聚集了一小群人在等候他们，其中领头的是建筑商伊本·马施什，人称"烧炭的"。见海亚姆和沃卡奇回来了，他小声告诉他们，说自己偶然经过这儿，碰巧看见三个年轻壮汉翻墙入院。这帮人白衣白裤，足蹬红皮靴，胸系红皮带。本来无论谁看见这阵势，心里也就明白了三分：遇到这身装束的不速之客登门造访，这家主人必定大难临头、厄运难逃了，目击者最好别管闲事，悄悄远离是非之地为上策。可他"烧炭的"不知出于什么原因留了下来，他自己也不知道为什么，并没有什么声音冥冥之中建议他这么做，也不是被好奇心所驱使，因为他心里很清楚，里面正在或者将要发生的是什么。他并不想捞到什么好处，或拥有一次奇特的经历，可他就是这么留下来了。他在外面守候了很久，但既没看到"白衣卫"从大门出来，也没瞧见他们又翻墙而去，便恍然大悟，原来海亚姆和他的小朋友根本没在家。于是他赶紧跑去尽量多找了些人来，心想，倘若海亚姆在几十个有头有脸的知名人士陪同下回来，事情就不一样了。没有谁敢在众目睽睽之下动刀子行凶的。目击证人的在场会让穷凶极恶的歹徒也变得彬彬有礼。所以他们大家都聚集在这儿等着，好跟他一起进屋。

众人一道走进了海亚姆的家，可并没发现伊本·马施什所说的三个"白衣卫"。家里也无任何溜门撬锁、强行闯入的痕迹，嗅不出一丝外人来过的气息，总之找不到半点值得担忧的理由。于是大家尽力装成像是做一次没有特定目标的随意参观那样，上上下下里里外外把房子仔细搜查了一遍。大伙心想，如果他们的举动没有让人看出是蓄意而为和跟踪搜查的话，那么万一和歹徒正面遭遇，对方也不至于对他们动武行凶。最后，他们在花园里一棵茉莉花树的阴影里找到了发蔫的闯入者，三个后生正坐在长凳上，默默地发呆。

"哈，可算把你等回来了，我们都快变成石头了。"其中一位白衣小伙子欣喜地嚷道。

"诸位是？"海亚姆刚开了个头，就把话打住了，他马上反应过来，自己提任何一个问题都是多余的。

"我们受命前来拜访。"回话的还是刚才那个小伙子，"看见大门上了锁，我们就翻墙跳进来了。这儿有封信是带给你的。"

"一封信？"

"我们的前总司令、已故的艾尔-哈桑·伊本·穆罕默德·艾尔-萨巴赫，生前给你写了一封信，但没送出。新任司令在整理前任遗物时也翻看了他留下的文书，发现了这封信，就决定给你送来。"

白衣小伙子说着便递给海亚姆一封信，大概是从他内衣里面挂着的贴身密袋中掏出来的。

"那我们就走了。"海亚姆接过信后，信使们随即告辞。

"你们不想吃点喝点什么吗？"沃卡奇觉得有点过意不去，"就这么让你们走了，我们有点失礼啊。"

"没什么失礼的，我们又不是来做客的。"那个小伙子代表了同伴的意思。

白衣后生们走了。想给海亚姆壮胆的好心人们分散坐在小伙子刚才坐过的长凳上，一边喝着主人在回家路上盼望享用的好茶，一边没话找话地相互搭讪，总之做出一副闲聊的样子。

"这我有点搞不懂了。"海亚姆忍不住直言不讳地说，"我们并非朋友，你从未对我表示过好感，也没有理由表示。难道不是这样吗？"

"正是这样。"伊本·马施什面对转向自己的主人回答道，"不管我们之间有过多少关系和瓜葛，但好感肯定不包括在内。"

"那你究竟为什么这么做？天知道你在我家门口坚守了多久，而且你很清楚，跟我一起进去的话，那帮人在里面，什么危险都可能发生——你到底为了什么？"

"我也不知道，如果知道的话，天打五雷轰！"事情过去后的此刻，连"烧炭的"本人对自己的反常行为也摸不着头脑了。

8

"你今天提到的'天堂的目光'究竟是什么东西？"两人吃完晚饭坐下聊天时沃卡奇问，"是好东西吗，还是你开的玩笑？"

"这个词是赛卡伊娜最先发明的。"海亚姆回答道，"她把人分成两种，一种具有天堂的目光，另一种有的是因偷吃禁果被逐出天堂者的目光。

在她看来，天堂的目光是种充满信任的目光。生活在天堂里的人没有恐惧，一切纯洁无瑕，脱离罪孽，没有危险，甚至连人也不例外，那里存在的一切和可能拥有的一切，都是善良美好的。正因为如此，在天堂里，眼睛看到的是一个物体的颜色和形状，鼻子闻到的是它的气味，而皮肤触及的是其表面。一个天堂的人没法再次识别他眼前看到过的事物，因为他无需搜集对其周围事物的知识，也不必形成与此有关的成见。他不害怕世界和世界上的事物，也不想统治世界。天堂人没有重新识别事物的能力，而是通过眼观、手摸、鼻嗅、舌尝来切身感知这个世界。他所遇到的事物皆为其直接的经历，而不是凭借拥有的知识去认知。

相反，被逐者的目光则可以从其所遇见的一切事物中，重新认出他被放逐之前所看到的一切。他不是观看和经历物体，而是在物体上印证其知识和记忆，此外也要寻找证据，肯定其成见。被逐者的目光不会停留在物体上，它会穿过物体，或者溜到它后面，好重新找到他灵魂的记忆，或指出约束事物的法则，或决定其所属种类。不管怎么说，被逐者从其所观察的事物上一无所获，既没体验，也没享受。事实上，他仅仅在和自己的想象与知识打交道。外界事物对被逐者的用处在于，它们可以被分门别类，能够受制于被逐者在其背后所预感到的法则，或者为其个人设想提供证明、论据和实例，因此被从天堂赶出来的人永远不会真正与世界相遇。他可以统治它，或者逃避它，隐遁入自己想象的世界中去，却不可能与之对话，享受其各个方面所带来的喜悦与娱乐，过上真正的世俗生活。所以，不管被逐者是否已经逃离尘世，隐遁于自己的想象和构思之中，还是已经有了深思熟虑的谋划，好借以统治世界，生活和快乐都与其无缘，两者皆被剥夺。"

"她的这番话，讲得可真好啊。"还没等海亚姆说完他对不同类型目光的解释，沃卡奇就迫不及待地点头称是。

"你什么意思？"

"她这话就是说给你听的，对吧。"沃卡奇干脆挑明了，"指的不就是你嘛。"

"要是天下只有你们两人明白就好了。"海亚姆若有所思地盯着他的聊伴，话里虽不乏挖苦的味道，腔调中却没透露出认真，表面上依然做出一副跟小伙计抬杠的架势，"还有一种目光，我的朋友阿布·赛义德称之为醉眼蒙眬的目光，或者说是醉者之目光。遗憾的是我已见识过这种目光了，而你们聪明人幸亏还没有。"

"'你们'指谁？"

"指你们这些智者呀，比如赛卡伊娜和你。当莱伊拉……那时我认识了这种目光。"

在女儿莱伊拉去世后的那些日子里，海亚姆必须经常给自己施加肉体痛苦，因为只有这样才能阻止时常袭来的呼吸困难。他总是觉得，自己的五脏六腑都在肿胀，各个器官皆在互相倾轧，狭窄的躯体已经没有办法把它们全都装下。尤其是胸腔里面，已经没有空气的容身之地，浮肿的心脏挤压着肺部，而后者根本无力反抗。他感觉到呼吸是怎样停止不动，体内的光明是如何在熄灭。为了阻止全面的崩溃和毁灭，他必须得弄疼自己。当绝望的感觉第一次袭来时，他从身边的火盆里抓起一块烧得通红的炭块，用它来烫烙自己皮肤和手掌上的一块肉，不过这还真的抑制了内脏器官的肿胀，重新点燃了他体内的光明。有时候他仅需将烫起的水疱撕开，扯下掌心上新长的嫩肉，即可达到预期的功效。但是有些时候，他就得用刀或者锯齿直接去捅敞开的伤口，来阻止内脏器官让他窒息。海亚姆拍着胸脯向老朋友、人称赛铎王子的阿布·赛义德保证，说自己这么干绝非蓄意而为，只不过是肌体出于保护自身做出的必要反应。这位神秘主义的苏菲派听了他这番表白，没做任何评价。"我永远不会干自残的傻事，"海亚姆信誓旦旦，"这纯属身体的本能，不是我的个人意志。""这我清楚。"阿布·赛义德最后说道，"不过如果你成了残废，那这种自我保护的方式对你也没多大用处吧。"这次谈话后的第二天，阿布·赛义德带他去见一个朋友，这人给他上了一道奇怪、难闻而且特别辛辣的茶。海亚姆马上发现，这是他的特殊待遇，因为主人只给他准备了这种辣味的茶，而其他人和阿布·赛义德喝的都是普通茶水。很快他就明白了，这种辣味来自添加进普通茶水里的一种具有麻醉作用的饮料。他当时想，也许不该喝这茶，但随即又决定，只要能让自己掩盖现在的精神状态或者干点别的什么分分心，不管喝什么东西都行。自打莱伊拉走了之后，他觉得做什么都比忍受痛苦和折磨要强。

接下来，海亚姆便领教了一种全新的折磨。他不敢活动身体，每次一动就会引起恶心，更加剧了本来就难以忍受的头疼。若想睁开眼睛，立刻就产生针扎般的痛感，后脑随即涌现出一阵阵快波搏动并在整个大脑里扩散蔓延。尽管这滋味十分难受，可海亚姆奇怪的是，他的天灵盖竟没有被这强烈的蹦跳炸开。痛苦持续了好几个钟头后，赛卡伊娜和阿布·赛义德又毫不留情地强行给他灌了高浓度的酸汤和石榴籽榨的汁，让他活了过来。等他稍微清醒点后，阿布·赛义德费了不少口舌才说服他和自己一块儿去散散步。外面刮着讨厌的南风，带着一股刺鼻的硫黄味。阿布·赛义德告诉老朋友，他昨天夜里醉得一塌糊涂，估计现在差不多应该清醒了，并阴阳怪气地称真主禁喝麻醉性饮料，对广大信众而言可谓一大福祉。"谁不饮用能够麻醉自己的东西，就无法熬过你今天所经受的折磨，这真是一大恩赐。想必你一定同意我的观点。"阿布·赛义德故意挑起话头，竭力想让闷声不响的朋友开口说话，开朗起来。而海亚姆脚下依旧跟跟跄跄，一直执拗地保持沉默，像是要表明他肯定不会陪人聊天似的。

按照阿布·赛义德的说法，禁止饮用含有麻醉致幻作用的饮料，其一大好处就在于，不会喝此饮料者，便可避免真主的真正惩罚，染上醉眼蒙眬的目光。人若用这种目光看世界，一切皆丑恶无比，什么都跟自己过不去。在他眼里，色彩不纯，形状不匀，每一单个事物皆以驳杂混乱之色和丑陋拙笨之形特别清晰地呈现。所有的鲜花，开放都是为了炫耀自己色彩刺眼的丑陋花朵，发出难闻的气味；所有的物体，包括圆的在内，中间起码都会突起一个尖角，好让这个可怜的醉酒者撞在上面或被划伤；所有的女人，包括漂亮的在内，都会有意暴露些自身的瑕疵，以便偶然或无意与麻醉者邂逅时，可以当面清楚地向其显示什么是缺陷。总而言之，在醉眼蒙眬的目光里，世界所展示的唯有丑陋的一面，一俟这目光落在其上，美好的事物则立刻转变为其反面。阿布·赛义德认为，用蒙眬醉眼来看待世界，简直是一种纯粹的诅咒与惩罚。如果你下足了功夫这么干，那内心也就彻底告别了某天又能够再发现什么美好事物的希望。"理智者自然会扪心自问，如果用眼睛看不到美，那还能指望从眼睛里得到什么，对吧？"阿布·赛义德层层推理分析。

随后的几个月里，海亚姆去拜访了阿布·赛义德的那些酒友，酒精使他陷入一种麻木不仁的冷漠，这种状态通常维持几天，使他得以暂且免遭生活以及伴随生活而产生的痛苦折磨。当醺醺醉意和头昏脑涨所导致的麻木消失以后，他会过四五天、也许更长时间的清醒生活，直到阵阵袭来的绝望之感使他觉得每活一次就会窒息甚至彻底消亡。第五回或是第六回喝醉后，在试图从中得到解脱的一次散步结束时，阿布·赛义德告诉他，说他们要有段日子见不着面了（莱伊拉死的时候，他们本来吵过一架，可阿布·赛义德后来给忘了，而此刻他大概又想起来了）："我们现在是把你救过来了，愿真主保佑，我们的努力没有白费，希望拯救的结果不是为了让你遭受才出狼穴又入虎口的命运。"最后，他扔下一句"赛铎王子还有比关心一个酩酊大醉的哈基姆更明智的事要做"，便转身离去。在家里，赛卡伊娜问他，到底打算还用多长时间，以这种慢性自杀的方式装疯卖傻，摆脱死亡的阴影。她明确告诉他，问题并不在于借酒浇愁损害了他的身体和名声，而是他沉湎于这种麻木不仁的状态，自甘堕落，变得判若两人，极其可怕，实在让人无法容忍。因为他的冷漠与麻木，虽然缺少任何活着的生机，但也和体面地告别人生没有半点可以相提并论之处。

赛卡伊娜还指责他不敢正视痛苦，从中学会隐忍，而是采取了逃避现实的方式。就是在那时她首次提到了天堂的目光与被逐者的目光，并抱怨说，海亚姆一点儿也没从她和莱伊拉身上学会，认识天堂目光的优越性和价值。"奥马尔，一辈子生活在想象、计划和法则中是非常遗憾的。向我、向我们敞开你自己吧！在你走投无路、别无他法之时，那就直面痛苦，敞开你的身心吧，但应该是真切、亲身地，应该是实实在在、有血有肉地开放自己。"赛卡伊娜苦口婆心，情绪激动，一口气讲了很久，最后斩钉截铁地说，"这世界不会因为失去了莱伊拉而沉沦毁灭，因为我们俩还拥有自己。"

然而，这次谈话后还不到十天，赛卡伊娜自己也陷入了冷漠的绝望，其状态与海亚姆相比并无太大区别，程度也绝不比丈夫的要轻。她昼夜不分地死撑硬扛着，冥顽固执，这种扭曲变形的麻木不仁使她没了痛苦、愤怒和交谈的欲望，哪怕连片刻这样的感觉都无法捞到。有时候她公开责怪海亚姆只管干自己的事，照常走出家门，与人谈天说地，就像没有失去女儿一样。她会发飙，因为丈夫对她保证，说他们还相互拥有，因而并未失去仍然可以美好的生活。不过当她大发雷霆、疾言厉色、暴饮暴食时，又完全是一副心不在焉的样子，毫无真心实意，纯粹出于一种动物走投无路时愚钝的绝望。

赛卡伊娜自发的这种冷漠与麻木持续了好几个月，此后又用了几个月来重建他们夫妻间的交流、亲近和二人世界的归属感。这不是件容易的事，在往日拥有莱伊拉的生活里，两人都已习惯了三口之家的气氛，每个成员都有两个最贴心的亲人在身边，可以对其畅所欲言。而现在呢，他们需要很长的时间来调整情绪，适应仅存两人相互拥有的处境，摆脱那些因此而生的愚蠢语言和糟糕情绪。当时，赛卡伊娜总觉得丈夫伤心不够，或者缺乏对女儿的感情，而海亚姆则认为妻子有点把什么都挂在脸上，显得外向有余而内敛隐忍不足，其实就是想赢得外人的同情。于是，两人相互不满，难免产生口角，弄得都不开心。既然现在都身处此情此境，理应接受事实才是。不过，莱伊拉病故后大约一年左右，海亚姆和赛卡伊娜终于成功地走出了丧女的阴影。他们比以往任何时候都更加亲近，两颗心贴得更紧，两双手握得更牢，两人互相支撑着继续人生的岁月。可就在他们慢慢适应新的环境，奇怪自己竟能接受并开始享受这二人世界时，传来了坏消息，赛卡伊娜的妈妈海达病倒了。

海达生病的时间并不长，从发病到病重可能还不到二十天。她不想让赛卡伊娜搬回娘家来照顾自己，也不要其他任何人守在她床边。一天，哥哥费力敦路过赛卡伊娜家，捎来母亲的口信，让妹妹明天快到中午时回去一趟。第二天赛卡伊娜回到家中，费力敦陪她去见母亲时，海达正在给家里的一个仆人交代后事，此人身兼车夫、马倌和饲养场杂役数职。海达嘱咐他下葬那天的车马行头应该如何张罗装饰。见兄妹俩进来，便随手指了个地方，让他们先坐下排队等着，然后继续对车夫逐项吩咐，那天的葬礼和亡灵祭奠仪式结束后，要把哪些人一个个送回家去。海达觉得这些人都是老实巴交的好人，不过她列举的人全都是穷人。他们当然都会来参加葬礼和随后的追悼会，虽然都住得很远，但肯定总有办法自己找来。可把人家都送回去，是应尽的礼数。接着她排定了送客的顺序，又试问了车夫一遍，看他有没有记住，什么时候应将什么人与什么人顺道一起送走。车夫走后，轮到收拾房间的侍女听候吩咐。她得搞清楚每个房间该怎样布置。要做亡灵祈祷的男人们，从墓地回来后应被带进小房间，这小房间要如何收拾；在这儿参加悼念活动的女人们，得被领入两个较大的房间，这大房间又该怎样布置。尤其必须交代清楚的是，应该拿些什么来招待聚集在这儿的客人，什么器皿盛装什么东西，什么器具放在什么地方，什么东西按什么顺序上桌，每隔多少时间就该续水加料补充果品。然后她又详细吩咐女厨子，丧葬那天该做什么，随后的两次追悼活动，也就是"头七祭"以及"四十大祭"上该做什么。还有不少安排都与此相互交织，密切相连，诸如怎样根据客人同米家关系的远近亲疏及其社会地位的高低贵贱，来迎接与款待前来向费力敦致哀的男宾们。她要求一切都必须精确到位，什么东西装在什么器皿里端给什么客人，什么器具用来盛水给什么客人洗手，什么擦手的餐巾应该摆放到什么房间，到哪儿用什么方式去采购招待这么多人所需的什么物品，找哪个商贩，如何与其讨价还价，好让他打折。同样必须精确的是，哪些餐具应被在"四十大祭"后捐赠给施粥站点。海达又把所有向其他仆人交代的事项对领班的仆人、一个年纪比她小点儿已成为她多年好友的女仆重复了一遍，告诫她务必予以重视，一切皆须严格按照规矩行事，不得有误。随后海达向其面授遗愿，她的私人物品里什么东西要送给什么人，并要求这个老女仆一定要保证，每件物品都得落实到她想好的受赠人手里。接着海达给了领班女仆一小袋钱，说他们俩（她用手指了指费力敦和他妻子）不在家时，她可能会有要用钱的时候，这点钱可以临时应个急，然后就告诉她有哪些衣物是送给她本人的，又将自己那些可以拿走送给穷人的东西一个个指给她看，以便最后将剩下的衣服全都分发给家里做活的用人。考虑到有些东西儿子和媳妇不会再留在家里，她也没忘记再盘点一下女仆还能够带走的东西，这类物品从烛台、餐刀直到一张镶嵌螺钿的小桌和一只刻花的大托盘，不一而足。

接下来轮到赛卡伊娜和海亚姆了。海达留给女儿的是一条自己年轻时就戴在脚腕上的金链（"时不时记着点儿，把它戴在脚上，这东西可能现在对你来说挺值钱了。"海达把脚链交给女儿时提醒道）和一只硕大的红宝石戒指。"本来我还想把珍珠项链留给你，可我这个笨蛋得病时忘了把它从脖子上取下来。你瞧，现在都被弄黑了。"海达手里拿着条三圈珍珠项链给赛卡伊娜看。此外，她还给了女儿一个水晶杯和一条丝巾。这杯子本是她的陪嫁物品，而丝巾则是生下赛卡伊娜后，能够起床下地时得到的礼物。海达给女婿海亚姆准备了两本装帧精美的大厚书，是她做姑娘时祖母送的（祖母是个有学问的人，名气不小，连巴格达的人都知道她）。海达当然不知道这是两本什么书，也早忘了自己什么时候是否打开一本看过，但除了海亚姆，她不会如此诚心诚意地把它们送给任何一个人。她抓住女婿的手，想试着捏在自己发烫的瘦骨嶙峋的手掌里握一握，可她虚弱得连这点力气都没有了。海达盯着海亚姆的眼睛，好半天才小声嗫嚅道："你从未说出过也许你真应该说出来的话，或者应该问我的话。我不知道，是应该怪罪你的无言沉默，还是感谢你的守口如瓶。但我心里清楚，这恰恰说明了你是个聪明人，赛卡伊娜没看错人。"

讲完这番话，海达就跟他们说再见了。所以两人不知道，母亲到底跟坐在那儿等了大半天的费力敦及其妻子说了些什么。费力敦脸色苍白，神情倦怠，一看便知是在不断强忍眼泪。身边的媳妇虽然也是一脸疲惫，但同样一看便知是无动于衷，没心没肺。赛卡伊娜和海亚姆已经走到了门口，海达又对着他们补充道，让他们明天过来，女婿去参加安葬仪式，女儿去办祭奠亡灵的追悼会。一切真跟她精心安排的一样，第二天海亚姆真的和男人们一道做了亡灵祷告，而赛卡伊娜则尽力担起了家里追悼会女主人的角色，虽然这里早已不再是她自己的家了。

海亚姆担心，丈母娘的去世会让赛卡伊娜再度精神崩溃。还好，这一担忧过虑了。情况恰恰相反，赛卡伊娜变得更成熟、更坚强、更专注了，就如同一株植物，走出阴影后，收获了充足的阳光。有段时间他们聊了很多有关海达的事，两人都很纳闷，母亲何以把自己当年难产的阴影投射在尚未出世的女儿身上，一辈子耿耿于怀。他们回忆起同母亲不多的几次交往，记得当时的情景大都不太愉快。赛卡伊娜只想知道，海亚姆没有但也许应该说出来的事情究竟是什么。可海亚姆理直气壮地发誓，他对此一无所知，虽然他推测，也就说差不多有把握认为，海达肯定想到要和他进行一次认真的、绝无仅有的谈话。赛卡伊娜的父亲是吃了肉食而中毒身亡的。海亚姆已确定，毒死他的就是海达特意为丈夫制作并亲自端上的那道兔肉酥。发现这点后，海亚姆和她谈论过这起离奇的死亡和一系列与之相关的更为离奇的偶发事件。交谈的过程中，在让丈夫享用其最爱的兔肉酥这点上，海达明知故犯、蓄意而为的疑点越来越大。但当时海亚姆和赛卡伊娜一见钟情，爱火初燃，正处在朝思暮想的热恋之中，所以他不敢妄言。况且本来像这样一个尚不成熟的问题，其答案要么证实要么排除其怀疑对象，他就更加不愿轻易吐口说出。不过，海亚姆和赛卡伊娜谈的最多的还是海达向人生告别的方式。她的所作所为特点鲜明：清醒、坦然、务实，专注力放在眼下的要事和面前的问题上，不让其他琐事分散自己的精力，从而在其行为的任何一方面上都证明，她就是那个女儿女婿所熟悉却又不能全心全意热爱的海达。每次谈到这儿，他们的话题都会自然转移到海亚姆身上，讲起他恰恰不能将目光和思想聚焦于当下和眼前实际问题的缺点。这样敞开自己推心置腹的交谈，使两人走得更近，思想感情上的沟通也更深了一层。

结束了这么长的一段自白，海亚姆陷入了同样长的一阵沉默之中。他累了，疲惫的大脑需要时间摆脱往事的纠缠，重返现实，好让自己从当年那所房子回到如今的这所房子，从当时酸甜苦辣的生活回到现在孤苦伶仃的日子。等他觉得这时间之旅已经到此告一段落时，沃卡奇抓起他面前的一只空罐子，倒入酸奶，递给眼前这位饱经风霜的老伙计。海亚姆似乎还沉浸在对往事的回忆里，没完全回过神来。他机械地接过罐子，开始慢慢地呷着里面的白色液体，每喝一口都得停下来歇歇气。

"知道吗，我真是太傻了，现在才明白这一切。"沉默良久，海亚姆终于又打开了话匣子，"当这一切发生的时候，而且是实实在在就发生在我身上的时候，我不理解、不明白，觉得这一切好像和自己无关。其实我心里清楚，这不是发生在别的什么人身上的事，我知道，这就是我的事，是我的生活。当时我却理解不了，也没真正切身地经历这一切。直到现在我才懂了，这一切都是我的事，我的真实生活。可这又有什么用呢?! 人都不在了。"

"人都不在了?! 我不还在吗?"

"是啊，对不起，幸亏还有你在这儿。也许我现在能看得这么清楚，想得这么透彻，恰恰就得归功于你呀，不是吗?"海亚姆若有所思地问。

"你这话当真?"

"当然了。"海亚姆没有半点迟疑。

"他们今天送来的信你连看都没看一眼。"沃卡奇把信递到海亚姆跟前，咧开嘴扯出满脸的微笑，"可你还说，他是你朋友，而且是位最重要的朋友。你算个什么人哪!"

"他过去是我的朋友。"海亚姆回应道，"可能我更应该说，遗憾的是，过去他还是跟我关系密切的好朋友，是我生活中最重要的一个人。不过他也早已不在人世了。"

"也许正因为如此你才更应该拿起这封信来，好好读读，午饭、晚饭前，或者跟那些人说那么多没必要的废话前，都可以看嘛。"

"别老对我指手划脚的，少给我自作聪明!"海亚姆发威了。

"即便我做得不对，你也没必要发这么大火呀。"沃卡奇笑了起来，随即站起来，去拿白制服红皮靴们留下来的那封信。

这当儿，海亚姆起身准备去睡觉，所以便在梯子底端顺手接过了沃卡奇递过来的信。房顶的露台上很舒服。不论白天有多炎热，夏季的夜晚都会逐渐凉下来，酷暑散去后的空中，微风徐徐，令人神清气爽。海亚姆点上油灯，撕开信封，一行熟悉的手写体字迹倏然跃入眼帘：

内沙布尔　奥马尔兄弟亲启
恭祝安好

末日将近，奥马尔，是该拉张清单总结一下人生的时候了。不久前我发现，自己在此地逗留的三十四年中，竟一次也未离开过阿拉穆特要塞，就连寒舍也仅离开过两回，而且两回都是在不得不处决逆子之时。我想，对我而言，不仅自己的身体是一座牢狱，而且所住的房子，统治的要塞，皆同囹圄。如果我要手下的人对我五体投地的话，就不得不藏头匿尾，深居简出，把自己包裹起来，避免与自己所统治的一切接触。他们一旦发现我和他们一样有口臭，偶尔蹲在马桶上痛得蜷缩成一团，就不会再对我深信不疑，为我俯首效忠，因为我也遗憾地只是凡夫俗子一个。我的两个逆子犯下了罪行，必须处以极刑。他们一个暗中谋反，另一个公开酗酒，并声称自己有权如此行事，因为他是我儿子。我亲临刑场，监督执行，其作用就是要让大家亲眼看看，对我而言，法规高于家庭，高于血亲，也高于我的个人痛苦。在场的人亲眼看见，死刑执行后，便剩下我孤家寡人地留在这个世界上，我只有自己和我的信众了，而他们就是我唯一的大家庭和我唯一的亲人，也是我维系世界的唯一纽带。在此，我无需提及，正是这一人生的总结让我想起了你，也因此给你手书此信。倘若未能想起你来，倘若自己不能肯定，你也在想我，那我绝对早已沉溺在身边形成的真空中，迷失殆尽。所有这些年来，我一直在发号施令，却从未与人有过交谈，除了和你这个不在场的人之外，因为交谈的对象须是你和与你相似的人。如果无人可以交谈，你能将对自己的个人回忆保存如此长久吗？一个人置身于权力制造的真空中和统治导致的寂静里长达三十四年之久，如不与人交谈，你还能相信自己的真实存在吗？因为我周围的人，即便在我面前可以发声讲话，也都低三下四、唯唯诺诺、阿谀谄媚。而这些不外乎最愚蠢的沉默方式，与阴间的死寂并无二致。早在青春年少时我就知道，人生就是被诅咒的地狱，然而我注定要忍受的命运就是寂寞，它比下地狱还要可怕。

只有你打破了我的寂寞和真空，因为我能够回忆起你，想到你，可以对你倾诉衷肠。自从你妻子死后，你对我就只剩下沉默。虽然你没有给我任何回应，可我必须继续跟你说话，回忆我们的往事，因为没有你，我害怕自己就会像个泡泡一样消失得无影无踪。你很清楚，我不怕消失，而是害怕大业未成身先殒。所以我需要你，可你对我保持沉默，坚持不懈地沉默，并努力将我遗忘。幸好你没能成功，而现在我有权相信，我的伟业已经大功告成。

你一直保持沉默，是因为你一直认为，是我下令谋杀了你妻子和尼扎姆·穆尔克宰相。不是的，我没有，绝对

632

没有。我肯定没有对手下说过，让他们杀死你的亲人和好友。但是我当时无法给你写信或亲口对你说明，作为"真主在人间的影子"，我无权替自己辩护，因为我的所作所为永远正确。不过，如果你真的信奉真主，一如所愿毫无保留地献身于真理，即便我替自己做了辩解，你也不可能相信我，听我的话，而依旧会我行我素。如果你真像自己意愿所求的那样，信奉真主，忠于真理，那也许应该扪心自问一下，我清除他们，是不是为了让他们不再继续封堵你通往真理的道路。你们卿卿我我，相互安慰，轻言细语地倾诉甜蜜的谎言，这谎言亵渎了爱情，歪曲了创造并热爱我们的伟大真主，虚构了大家庭里各个成员的幸福，臆造了如果我们人人尚德个个幸福便可拥有一个公平、美好的国家的梦幻。当确信连你也听信了这些美丽的童话并信以为真时，我怎么也无法摆脱自己的惊愕。因为你心里可是一清二楚，我们并非敬爱的真主所创造。如果这世界有谁必须知道这点，那非你莫属！如果我们不是错误或偶然地诞生于世，那么就是被恶魔制造出来专门给敬爱的真主扫兴添乱的产物。如果说我们身上还有点什么真主所赐的东西的话，比方说精神和灵魂，那毋庸置疑的是，真主会尽快将其收回的。也正因为如此，他才对我们身上的剩余部分不屑一顾或充满敌意。据我对你的了解和从你那儿得知的一切来看，你对这一切都心知肚明，而且也是如此思考的。那么你又为何心甘情愿地沉溺于这种甜蜜的多愁善感之中，做着爱情、幸福和家庭的美梦?! 奥马尔，我是真理的忠实仆人，我必须尽一切可能强迫你接受真理，尤其是你本已认清了真理。真理怎么说也比一两个人重要，包括你所爱的人，即便你如此固执己见痴情于爱也不例外。如果不是昔日的痛苦将我们联系在一起的话，很可能你已得逞，在这么多年的岁月蹉跎之中将我遗忘。那样的话，我就消失得无影无踪了，随我而去的还有我所有的心愿：继续做我已做过和只有我能做的事情。再说，真理会关照你的，面对它你无路可逃，不管你赞不赞同它，知不知道它，否不否认它。

为什么我们不能把死去个把人视为对一项崇高事业的祭献呢？正人君子以祭品之鲜血浇洒房基，老一辈人甚至可将活人砌进大桥的桥墩或城墙的地基。为了还世界之本真，耶稣甘愿献身。在每一社会集体的宏伟事业中，都有牺牲品为之奠基。不愿奉献自我或牺牲他人，无以成大事。倘若你能目睹我的战士争先恐后为我们的事业献出生命的情景，就不会对此表示怀疑了。而最伟大的人，那些能够统领民众集体实现伟大事业的王者，为了效忠真理，甚至可以牺牲一切，包括世界在内。

奥马尔，真理使人孤独，而我必须公之于众的残酷无情、冷血坚硬的真理，尤为如此。你在不愿帮我也没有帮我的情况下，帮我挺过了孤独的岁月。可惜的是，你没有那种伟大的气魄，到我这儿来，在与我分担孤独的同时，为真理效劳。尽管如此，我还是要感谢你，这点在我离开人世之前，一定要让你知道。倘若你起码现在能来我这儿，与我共同度过我有生之年的最后时光，亲自确认我的真实存在，证实我历经三十四年后依然还生活于孤家寡人的真空之中，那将大有裨益。

这封信我不会送出，将请我的后任投递给你。我无法忍受再一次被你拒之不理的情景，而且也敢肯定，你不会应邀而来。如果现在发出此信，那我会命令我的战士，倘若你不跟随他们到我这儿来，就把你除掉，但我希望不会送出此信。失去你，是件可怕的事，尽管对我来说，你身在远方，遥不可及。

哈桑

海亚姆读完了信，捻灭了油灯，抬头仰望漆黑的夜空，陷入了深深的沉思。他知道，今夜必将无眠，很可能会和这位曾经的朋友唇枪舌剑，聊到天亮。过一会儿，满月就将升起，清辉四泻，普照万物，这光线除了阅读稍嫌亮度不够之外，足以供他同笼罩其身的黑暗之寂静与深沉做一次彻夜长谈。他也知道，要同那位朋友理论些什么，三十多年来他留给此君的除了沉默还是沉默。为什么他会认为有权利而且甚至有义务，把自己的真理强加于人？认识真理，平静地传播给别人，比方说用书写记录的方式，难道还不够吗？真理有必要让所有人都认识吗？它很在意，要被在大街上广泛散布，并用鞭子写进榆木脑袋们的皮肉里吗？为什么在向朋友告别的与世长辞之际，他还要在信里玩弄这种近乎谎言的廉价花招呢？他没有对手下的人说过，让他们杀害我的亲人好友，说得多好听啊！就好像他不会摆摆手或用别的什么方式下达诛杀令似的，或者干脆让别人去下这种命令。为什么他会觉得，相信他那可怕的真理会让原本拥有美丽谬误的人过得更好呢？他的真理真就那么重要、那么美好吗？倘若我们承认来到此世是个错误，难道就可以长生不老吗（真主保佑，可千万别这样）？哈桑和刚才提及的海达，哪一个的命更好呢？哈桑的真理给他带来了什么好处？海达的错误又给她造成了何种恶果？如果有人强迫我们接受真理，遥远的未来会更加美好吗？我们生活在当下，哈桑，我说的是当下！（他皱起额头，因为他早就明白，这将会是一场同自己进行的争辩。倒霉的是"当下"这个可爱的单词，他刚才已向哈桑指出过。如果非要让海亚姆为之辩护的话，必定会有个很像赛卡伊娜的声音冒出来挖苦讽刺他。）为什么哈桑认为，他确信自己能够了解真主或者某种替代真主恩赐给人们生命的事物？我们被囚禁在自己的当下，有如烧制前掉进陶土里的一粒小石子，身陷其中，不得动弹，听天由命。这样一种知识给我们这样的人带来了什么？为什么这个自负的傻瓜认为，我们的爱情是"甜蜜的谎言"？他自己没有爱的经验，甚至欲将关于爱的谈论都赶出人间！抑或他就是个白痴，即便经历了爱，也根本不知道、更不相信这就是爱？赛卡伊娜曾说过，我们看待世界上的任何人，都是拿自身的素质和能力作为参照物的。

　　海亚姆深深地叹了口气，那副样子就像是刚刚和已经不在世的人对所有重大问题进行了一番深入持久的探讨一样。月亮已经出来了，这大概该会是一个明亮却没有慰藉的漫漫长夜。

9

　　气候一直到深秋都凉爽宜人，趁着天好他们在外面消磨了不少时光。闲庭信步间，沃卡奇也了解了这座古城的不少逸闻趣事。不料伊斯兰历十二月，也就是俗称"都尔黑哲"的朝圣月份，刮起了一阵强劲的盐尘风暴。这股凶猛的咸风，既不停息，也不减弱，还不时夹带着滚滚尘幕和沙粒扑面而来，搅得天昏地暗。虽说这狂风并未带来真正意义上的寒冷，却挺烦人，有时搅和得人在这么大的风中和这么猛的沙尘暴里根本无法正常活动。这么一来，若非迫不得已，谁也不愿出门，到外面的风沙里去活受罪。这可给海亚姆带来了大麻烦，因为他走出门就没法呼吸。一次是被大风席卷而来的沙尘呛得喘不过气来，另一次是在试图用遮脸的头巾抵挡风沙尘土时，竟被头巾堵住了口鼻，透不了气。但他又必须出去走走，如果一整天都待在屋子里，到了下午他就会坐立不安，问题是这种不安加上他长期以来一直抱怨的缺氧，会慢慢转化为易怒好争和他过去从未在自己身上发现过的沮丧抑郁，有时甚至会发展成由于一点微不足道的小事就勃然大怒的暴躁。所以沃卡奇绞尽脑汁，想方设法也要动员老伙计出去散会儿步，好消耗一下他的体力，免得他烦躁不安地发火。他精心挑选路线，尽量避开风沙大的地段，再拿张床单走在海亚姆前面，替他遮挡沙尘，自己则用身体护住老人，使他免遭大风及其裹挟物的侵袭。为了满足老人的需要，寻找一种每天都能在外面待这么一段时间的可能性，沃卡奇把自己所有的招数都试了个遍。其间，幸运的灵感来自一次偶遇的瞬间：一日，他们在路上碰到两个赶路的女人，走在前面的小姑娘撑了把阳伞，准确点说就是一块绷在呈放射状排列的板条上的丝绸，罩着后面年长的妇女。沃卡奇灵机一动，当日就搞到了一把这样的阳伞，这下出门散步不但风雨无阻，而且还舒舒服服，蛮有情调的。一趟走下来，海亚姆累得精疲力尽，人也安分了许多，没了脾气，不要说夜里睡眠不成问题，就连下午也时常昏昏欲睡。

一次散步，他们刚刚离开家就开始打雷了。路上遇着一匹马载着一位全身披挂的骑士疾驰而来，骑马者飞奔到和他们差不多齐头并进之时，大声呵斥，要他们给自己让路，并一下把沃卡奇撞开，马蹄扬起的沙土还撒了他们一身。事后，沃卡奇蹲在地上，海亚姆站在他旁边，两人望着绝尘而去的一骑背影发蒙，老半天才回过神来。海亚姆握紧阳伞，问小伙计，刚才是那匹马用屁股把他顶翻到一边的，还是那个骑马的可能用脚或者手里拿的什么家伙，比如长矛或棍子之类的武器，把他捅开的。沃卡奇根本答不上来，也不想知道。他摆了摆手，继续揉着左胸上疼痛的地方。两人默默无语地往家走去，一路上谁也不看谁，就像都为对方感到害臊似的，又如皆参与了什么见不得人的坏事，现在觉得难为情而且相互反感，因为另一个人是自己不愿在现场看到的见证者，单单他的存在就会使这一有伤尊严的事件永远铭记在别人的脑海里，不可能被遗忘。回到家，沃卡奇煮了茶，两人一言不发地一口口呷着，动作小心翼翼，生怕杯盏相碰，会发出叮当的响声。

"绝不能这样去闯荡江湖。"不知过了多久，海亚姆压低嗓门开了腔，声音里充满了愤怒的火气、沙尘的暗哑、疲倦的哀叹和鬼知道还有别的什么东西，"千万不要想方设法在大地上和其他东西上留下你的痕迹。如此行事的人不外乎是那些暴徒、粗人和大骗子。正人君子应努力像有教养的客人一样游走天下——尽量谦卑低调，竭力过不留痕，总之绝对不要在别人的东西上和房宅里留下你的印痕。那么，作为这个世界上真正的匆匆过客，我们应该如何用另外的方式闯荡世界呢？眼前的一切都是别人积累起来摆放在这儿的，那时我们尚未来到这个世界。所有的东西皆属于别人，只不过现在位于我们的眼前。我们从某个地方来到此间，可我们自己也不知道，究竟从何而来，为何而来。我们才稍微适应了这里，可还没等我们完全熟悉，就又该匆匆离去，而且全然不知何去何从。"

话讲到一半，海亚姆停了下来了，大口地喘着粗气，不知是激动，还是虚弱。沃卡奇边听边喝着茶，一只手偷偷地揉着还在疼痛的左胸。

"走在大地上别落脚太重，"呼吸平稳、声音复原后，海亚姆又可以继续他饱经沧桑的人生总结了，"要尽量放轻脚步。尘归尘，土归土，人死化为灰烬。别忘了，你脚下所踩踏的每一粒尘埃，都可能是曾经令人望而兴叹的纤纤柳眉或者引人血拼的花容月貌所化成。也许，刚才那个鲁莽的骑士扬撒我们一身的沙土就是某个亡灵那一度为美人闪亮放光的眼睛，或者是逝者那能在木头上雕刻出奇迹的巧手？好好记住，如果你要闯荡世界，那就得努力做到不要去粗暴践踏、损伤和否认所有这一切从前的生命与曾经的美丽。过去有过的一切，至今依然存在于某个地方，其盛衰兴废全看你和你的良心如何对待，请予以敬畏，切勿亵渎。"

沃卡奇静静地倾听着朋友宣讲为人处世的经验。首先，他对海亚姆所说的这些事情无话可讲，老实说，他根本没怎么听懂。其次，他靠近左肩的地方，很可能就是挨了那个野蛮骑士冲撞之处，还在一跳一跳地发疼。然而，日后的事实证明，他还是全力以赴地学会了这天从老朋友嘴里听到的全套行为守则，并终生按其训诫循规蹈矩，像个教养良好的客人一般行走人间、闯荡世界。幸好，对那个无名野蛮骑士粗暴行为的愤怒很快使海亚姆身心疲惫，还没等喝完茶，他就这么昏沉沉地睡着了。沃卡奇给睡在简易床榻上的老伙计盖上点东西，就走进厨房去处理自己受伤的地方。他切开一个大洋葱，抹上足够的盐，把它敷在痛处，那儿的伤口已经恶化成一个硕大的带有暗红色圆点的血肿，然后再用布包扎了起来。根据经验他知道，浸了盐的洋葱能把跌打损伤的部分拔出来，过去妈妈就曾这样多次治好过他的创伤血肿。

几天后，他们一次散步时路过一幢漂亮的大房子，沃卡奇触景生情，便开始娓娓动听地讲起老家波斯尼亚和那儿的房子来。在波斯尼亚房子叫作"席扎"，面积普遍比这儿的要小，而且小得多，但也很漂亮、舒适。跟这里不同的是，波斯尼亚的花园都是在外面的，要么围绕着房子的四周，要么在房子的前面，因为房前是一片空地，就像个水源充足、草木葱郁的大花园。栅栏是用石头加木料搭建的，房基和底部均为石材，其他部分都是木质结构。再说波斯尼亚木材资源丰富，四面八方除了树木就是森林，所以安了窗户的房子在树木之间探出头来，活像一只巨大而乖巧的幼兽，睁大了好奇的眼睛在看着你。沃卡奇滔滔不绝、兴致勃勃地大谈波斯尼亚的房舍和森林，并向朋友保证，说这个国家百分之百地可以被称为"福地波斯尼亚"。再说，那些从异国他乡来到此地的外国人，见识了这方水土后就是这么夸赞的。倘若是本地人自己这么称呼，那就另当别论了，这可能属于一种自我吹嘘，或者自欺欺人。但如果是外人，从外国来的，也这么讲的话，那就得当真了，对吧。沃卡奇的两片嘴皮子上下翻飞，口若悬河。可说到最后，他也没具体举出一个将其祖国称为"福地波斯尼亚"的人来，不管是本地的，还是外来的。而且说句实话，他佐证这一称呼名副其实的理由也很不充分。

海亚姆饶有兴味地听完了小伙子的讲述，平常也难得见到这位少言寡语的年轻人有这么高的兴致夸夸其谈。当他停止左一个波斯尼亚、右一个波斯尼亚的叙述，开始胸有成竹地肯定行万里路如读万卷书时，海亚姆不止一次地强调，这种说法也不一定正确，因为他沃卡奇万里迢迢，背井离乡，远道而来，也未必就能拍着胸脯保证，说自己因此就长了如读万卷书的见识。从波斯尼亚出发的十字军在远征途中一般会避开居民聚居地，除非是在想偷、想顺或者万不得已要买点食物的情况下，才会靠近这些村落。可后来他就死了，或者说是陷入了昏迷，反正不省人事了，总之既丧失了意识，又仿佛灵魂出了窍，所以不可能长什么见识，学到什么东西。如此这般，他虽然经过长途跋涉，穿过众多帝国和地区，却对当地的房屋是什么样，人民的衣食又如何，可谓一无所知。而他自己觉得最有意思的应该是能看见房子坐落在哪儿，长什么样儿，什么地方的人怎样和雪打交道。他对雪特别有好感，虽然他也知道雪是冷的，对付它得生火取暖才行。

中午在家吃饭时，沃卡奇问海亚姆，他是不是到过很多地方旅行，在各地又都有过些什么见闻，这让海亚姆十分尴尬。他不得不承认，自己虽然走过不少地方，去过许多城市和国家，尤其是见识了无数风土人情，但不论在什么地方，他对夜空里能看见的东西，还是比对光天化日下世间的人生百态更感兴趣。他到过内沙布尔、梅尔夫、巴尔赫、布哈拉、撒马尔罕和伊斯法罕……赛卡伊娜死后，为了寻求心灵的慰藉，他还前往麦加朝觐，经过了不少地区和城镇。沃卡奇还想知道，他见过的最漂亮的房子在哪儿。海亚姆回答说，在他眼里，最漂亮的房子是赛卡伊娜的哥哥费力敦在伊斯法罕城里修建的家居宅院。然而他不知道，那房子现在是不是还在那儿，而且对此也毫无兴趣了。家都散了，一幢空房子有什么意思，就如同一个没有桃仁的空核桃壳。房子是极为重要、伟大的东西，是我们在世界上的居住形式。所以每个地区都有具备各自特点的房屋，这些建筑均与当地的气候、水土、可供人们使用的建材以及风土人情和谐一致。不过房屋只有与其居住者合而为一才有意义。海亚姆反问，缺了居住者，什么人还会对居住的形式感兴趣呢？不过想必他也没指望得到对方的回答。

然而沃卡奇对老朋友泛泛而谈的答复并不满意，于是紧接着提出了新的具体问题，让海亚姆简洁明了地告诉他，什么是他所见过的最伟大、最漂亮的房子。

是树宫，海亚姆不假思索地回答。那是他所见到并经常光顾的一座富丽堂皇的宫殿，位于世界上最漂亮、最伟大、可被誉为千城之城的巴格达。宫殿的四周有一大片设施豪华的园林围绕，曲径通幽，花木繁茂，深邃得像个迷宫，即使经验丰富的旅行者都有可能在里面迷路。漫步穿过花园，给人的印象是无边无际，让你的内心惊艳与惶恐交替而生——惶恐是因为它实在太大，走在里面难免有迷失方向之忧；惊艳是由于它布局奇特，闲庭信步时可谓移步换景，处处惊喜，妙趣横生。园林里有流水引入，直上山坡。移栽的参天大树来自天涯海角，一人高的矮树丛则修剪得整齐别致，树冠组成各种对称的形态。园内的花卉更是万紫千红，芬芳馥郁，栽种的花坛形态各异，有的恰似两条张牙舞爪的斗龙，有的又形如凤凰展翅，还有的像孔雀开屏，千奇百怪，无所不有。宫门前坐落着一个漂亮的亭子，两侧各有一个大水池，碧波荡漾，实际上形同两个小湖。亭子入口的两边分别立有假树一株，一金一银，两树皆分枝，各有十八根主干，每根主干又分出多条枝丫。该宫殿究竟得名于此金银两棵假树，还是因园内两湖沿岸采自世界各地的名贵真树排排玉立而被称为树宫，便不得而知。总之，行行翠林从亭子的屋角伸展出去，一直绵延到达水池的尽头，在水面上投下重重阴影，故使得池水凉爽宜人。

亭前的金树上，挂满金果，站着金鸟，其羽翼乃多彩宝石扎就，一眼望去五色缤纷。树下紧贴地面处暗藏秘密机关，站在树下扳动把手，树枝便随之摇动，羽翼珠光宝气的金鸟可发出美妙动听的鸣叫。在另外那棵银树上，坐着十五个骑士模样的偶人，穿金戴珠，银刀出鞘。依然是借助一个暗藏的机关，只要扳动把手一声令下，骑士们便节奏和谐地做出整齐划一的动作，其间伴有逼真的马蹄踏地之声哒哒传出。海亚姆最后感叹道，这是他此生见到过的最为富丽堂皇的宫殿，可能也是最漂亮的建筑之一。

"哦，天哪！"沃卡奇两眼发红，目光灼灼，就像看见了金枝玉叶上的金鸟和骑士手中挥舞的银刀。稍微平静了一下之后，他一口气说出了一连串自己好奇的问题。诸如：那亭子和宫殿海亚姆是不是进去过，多长时间进去一次，看见这美景时是不是惊讶得目瞪口呆了，为什么他现在讲起来如此心平气静。海亚姆的回答又让小伙计失望了。他告诉沃卡奇，说自己虽然既进过宫殿，也到过亭子里面，观赏过那里五彩缤纷的奇妙摆设，并很喜欢，但还谈不上看得眼花缭乱，惊得目瞪口呆。因为在此之前，他还看到过而且是多次看到过一片更加伟大更加美丽也更加灿烂的建筑奇迹，那就是浩瀚无垠、深不可测、繁星点点的夜空。在那广袤的苍穹里，星辰按照各自的轨迹和谐、平静、智慧地运行，每颗星星都有自己的规律和自己的时间，但在同一空间里又和谐相处，亲如一家。

两人聊得最多的还是哈桑及其组建的秘密组织。沃卡奇毫不隐瞒，自己可以日日夜夜地倾听那些故事，而海亚姆出于某种原因也需要一吐为快。于是，他就每天都像上课一样地给小朋友讲讲这位老朋友的所作所为，就好像要把过去多年积压在心底没说的话，在短时间内都补说出来似的。他尽力如实地描述哈桑的形象，说他红彤彤的圆脸，脾气温和似满月，高耸的额头，一头黄发干如枯草。令他懊恼的是，他无法以身再现哈桑那股子特有的并在方方面面都暴露无遗的古怪横劲儿。这种横劲儿、烈性、狂热，或者随便怎么称呼吧，在其身上表现得如此强烈，搞得别人在他面前不能藏着掖着，更别想绕什么弯子，一切皆不得不直截了当地说出己见，即便是头一回碰面也不例外。一些人对他一见钟情，多半是被他那张温情脉脉的脸和热情洋溢的声音所吸引，想迎合他那纯属病态的宏愿，得到他的青睐；另一些人从碰见他的第一刻起，就毫不掩饰地表明对其无法忍受，极为反感。在这类人当中，恐怕态度最清楚、最强硬的莫过于赛卡伊娜和阿布·赛义德两人。赛卡伊娜承认，正当的反感无需任何理由，而她对哈桑的反感就是正当的。她曾提醒海亚姆注意这位好朋友那双冰冷的眼睛，其目光漫无目的，像是来自遥远的荒漠，而观其视线所落之处便知，他很可能对一切都视若无睹。这话听起来似乎不太正常，可海亚姆核对了妻子的说法后，便相信她说得一点不差。哈桑的眼睛根本没有去看他视线落在的物体上，而是把目光投向他所熟悉的远方，或者更有把握地说，是投向他自己的内心深处，想必那里的阴暗中隐藏着他哈桑秘而不宣又求而不得的东西。

海亚姆回忆说，不管是为什么，哈桑总是处在亢奋之中，这种情绪使他为人处世风风火火，一点就着。大概是由于好激动，爱着急，他常常是大汗淋漓。在海亚姆的印象中，他的额头和手掌永远都是湿漉漉、潮乎乎的。（抑或这就是引起赛卡伊娜反感的原因？她曾说过，自己就是见不得"满头大汗跑来的"人，即便这人是从她肚子里生出来的或者从眼睛里滴下来的也不例外。）有一次，海亚姆跟他开玩笑，说伟大的波斯名医阿尔·拉齐认为，人多汗可推断为其内心恐惧的外在表现，因而不是什么好现象。哈桑当即表示同意，仿佛朋友假借拉齐之名信口胡编的观点说出了他内心最隐秘的私念似的。"可你我二人现在置身于安安稳稳的苏丹皇城伊斯法罕，你究竟有什么好害怕的？"海亚姆十分迷惑，更令他深感震惊的是，哈桑竟不打自招地承认是因为恐惧而出汗。

哈桑自己的解释是，人生一世就充满了恐惧。心灵产生恐惧无需事先询问我们的意志，也不会找好真正的原因所在，因为灵魂知道，自己已经走出去很远，就像个孩子身陷密林深处，周围既无可怕的野兽、凶险的猛禽、强盗坏人，也无会将人刮走的风暴和能把人吞噬的黑夜。说白了，也就是根本没有任何一个害怕的理由，可是你依然心存恐惧。也许人就是有恐惧的欲望？莫非我们就是希望能从恐惧中汲取更多的力量，好加快脚步，赶紧跑回家去躲藏起来？不是的，绝对不是！众所周知，恐惧只会夺走一个人的力量，削弱他的理智，而只有当一个人能够掌握自己的命运时，他才不会害怕。那么人为什么会害怕呢？因为他离家出走得太远，没有安全感。在家乡熟悉的环境里，即便发现非常现实的重大危险，人们的恐惧感也比在远离故土的这里要小得多，虽说此地可能连芝麻点大的微小危险都难遇到。只要我们人在这里，灵魂的状况就是这样——它离开自己的故土已经太远，所以充满了恐惧。它没看见危险，不想害怕，可是仍然胆战心惊。再说，灵魂也有自己的道理：它必须走完在这个世界的必经之路，然后转到另外一个世界去，但它并不了解这些道路的情况，只知道自己想赶回远方的老家。可老家在哪儿？什么是老家？回家之路又在何方？对此，它和我们一样所知甚微。倘若如我们所信，它来自伟大的光，那么光就是它的归宿吗？倘若灵魂是永恒赊给我们的时间，难道永恒就是它的发源吗？

哈桑不喜欢音乐，也不爱开玩笑，最讨厌的东西就是喇叭。据说他在阿拉穆特要塞夺权篡位后，整个鹰巢都禁吹喇叭，想起当年好友的怪癖，海亚姆不禁大笑起来。随后讲起了哈桑与音乐及人类欢笑的青春期问题。

要不安分守己地接受现实世界，他总得在方方面面都另辟蹊径，尝试新的可能。比方说他坚信，行家手中的一张网可以胜过一把战斧、一杆长矛和已知的任何其他武器。"所有这些东西都会折载断矛、砍歪刺偏，反弹绷回。"哈桑说，"可一张真正的好网无论在什么地方，都会和你形影不离，贴身围绕，只有在你自己脱离自己时才会与你分道扬镳。它折不断，毁不掉，你可以用刀割断几根网线，但是一旦被其捕获，你既打不过，也逃不掉。"哈桑称，在崇尚谋略、长者当权的地方，如印度和中国，网自古以来就是一种重要的、可能是最重要的克敌制胜之利器。他建议对功夫感兴趣的熟人到东方去，研学如何将网当作武器和为人处世的形式与方法来使用。

这帮人当中可谓藏龙卧虎，或许哈桑觉得其中有自己用得上的人才，于是开始训练战士时，便从印度和更远的地方请来了师傅，让他们教这些徒弟抑制疼痛的功夫，直练到他们能够赤足踩踏炭火而面不改色，针扎肌肤连眼都不眨一下。来者里有本地人，亦有从东方远道而来的"德尔维什"苦行僧，此类伊斯兰神秘主义信徒身怀绝技，精通气功。他们展示了通过运气所能达到的功力，尤其是控制呼吸，屏气直至失去意识。武功高强的勇士传授十八般武器的用法，毋庸赘述，网肯定是其中最重要的武器之一。所以，当人们获悉，哈桑的战士令在其驻扎地区冒头的所有军队皆闻风丧胆且望风而逃，乃不足为奇之事。而且事实多次证明，即便面对苏丹的皇家正规军，哈桑的手下亦毫不示弱。不过，这种培训的真正奇迹在于，受训的后生们皆摆脱了对死亡的恐惧。这些（幸运的！）小伙子们，真的视死如归，随时准备献出生命，一旦需要作出牺牲，他们就会像泼出杯清澈的凉水那样从容不迫。有许多证据证明，他们与众人相反，渴望死神的降临，满眼放光地走向死亡，这种喜悦与愉快的光彩普通人即便在走向婚姻的圣殿时也未必有过。而且在他们的日常交谈中，死神也被描述成带来幸运的天使。这是一个人所能拥有的全身心释放的极度自由，一旦谁能够如此接受甚至可以说是争取死亡，那么别人就无法再对他进行任何伤害，聪明的话，他们只有对其羡慕嫉妒的份儿。

这些后生便是宗教激进主义运动的群众基础。他们是敢死队、斗士，忠勇双全，随时随地准备为其组织献身。敢死队员必须毫无保留地服从和忠于其"达伊"，"达伊"是他们的宣教士，负责为组织发现并招募新人。鉴于每个"达伊"均已久经考验，自然又得无条件地绝对听从其上司"胡加"的命令。团队领导层最高级别的人物是宣教长。全体成员都得对其俯首帖耳，唯命是从。所有这些人一起组成了这样一个等级森严的团体，哈桑第一个将其称为"家"。他脑子里十分清楚，把自己的组织叫作"家"同时也理解成"家"对他意义重大。组织里的每个成员都应该有自己的家庭，只要有可能，也可以有各自完整的生活。但人人都得知道并有此觉悟，自己的存在，包括生活、家庭和财产在内，所能做到的和拥有的一切，全都已纳入了所有人共同组成的这个"大家"。此"大家"之重要性务必在每一成员的个人生活、财产或者家庭之上，因为只有作为"大家"的一部分，个人所拥有的一切才可能超越自身的局限，实现其全部价值。一颗石子，只有当被砌进家里房屋的地基或墙里，才会走出本我，获得增值，而同时又仍然不失为一颗石子。这样，即使你人牺牲了，却没有失去自我和灵魂，而只是超越了自身，赢得了比原来更多的价值。倘若你能够看见树木并说服其变作一只琉特琴，那你就可以把每棵树都看成一只琉特琴。而那变为琉特琴的树木别提会有多么幸福！

"他们的'家'有九层，或者说是九级知识台阶、九个修成正果的阶段，我也不知道该怎么说才好。"这些日子以来，海亚姆和沃卡奇有过几十次交谈，话题全都围绕着哈桑及其同伙的事情转，真真假假，虚虚实实，有一次哈基姆自己也说不太清楚了。可他的小伙计不让他再讲下去了。

"是他们谋害了她，对吗？"小家伙两眼冒火，"你见过人被谋杀的场面吗？"

"见到过，或许可以这么说吧。如果他们觉得某些名人要员和权势人物很危险，可能对其构成威胁，有碍他们称霸一方的进程，就会予以定点清除。"海亚姆似乎答非所问，就像他本人也不太相信自己所说的话，或者对自己的叙述方式底气不足。

"这方面讲给我听听，这比什么知识呀、信仰呀要强得多！"

可对此海亚姆没有那么多紧张刺激的故事可讲。哈桑的人行动前先要对暗杀的对象进行长达数月的盯梢跟踪，摸清其习惯、日常活动规律、出行的路线和一天当中与人碰面的地点等情况。一俟这些情报搜集齐备，受命执行任务的杀手便会聚在一起，筛选出成功几率最高的下手时间和地点。一般说来，他们要挑出三处当天最有希望袭击成功的地点，然后派出三组人马，每组三名敢死队员，分赴三个预定地点潜伏守候。行刺的武器多半是匕首，也许还有其他的工具，但肯定最喜欢用匕首，这样便于看准机会，在和目标近距离接触时，比方趁握手拥抱之机，一刀毙命。敢死队员的目的在于，匕首一刺进目标的心脏，自己就被其保镖乱刀砍死，以便凶手和遇害者一道灵魂出窍，时间相同，地点无异，两人结伴而去，共赴黄泉。因为他们爱戴这些牺牲品，后者正是通过死亡被纳入了他们的集体之家。因而行动小组里的三个后生都要想方设法在袭击地点一同死去。所以人们一旦看见三名白衣服、红胸带、红皮靴的后生出现，心里立刻就明白，马上会有四人横尸某地，其中一位必是有头有脸的名人显士。

海亚姆谈到了自己过去死在这帮人手里的朋友和熟人，说得最仔细的当然是宰相尼札姆·穆尔克和密探苏哈拉卜。讲述的过程中他突然想起，在无需通过谋杀传递什么信息的情况下，哈桑的“白衣卫”还有别的杀人方法。于是他就讲起了这类谋杀的一些远近闻名的案例。话说到一半，他的面容突然变得僵硬曲扭，脸庞抽搐不停，随即哑口无声了。他紧咬着嘴唇，血都渗了出来。可以看见，他在大口大口地拼命喘气，好似有双巨手紧紧箍住了他的胸脯，让他透不过气来，脸上的血色随即慢慢褪去、消失。

沃卡奇跳了起来，取来凉水，想把他激醒。他用湿手在海亚姆脸上、脖颈上反复揉搓，接着又在海亚姆的手心里倒了少许水，抓在自己手里揉捏了一番，仿佛他在给老伙计边洗手边做按摩似的。

“知道吗，可能赛—卡卡—伊娜也是……”他气若游丝，从紧缩的喉咙里磕磕巴巴地挤出几个词来，“赛卡伊娜也是，相信我，这么死的……”

“现在别说话了，求求你了！”沃卡奇试图让他平静下来，可老人固执地摆手不听。

“反正总要说出来的。”他像是在自言自语，两眼发直，盯着面前的一点，可能是两脚之间的地方。

　　看得出来是费了很大的劲儿，海亚姆好不容易强迫自己张开了嘴，讲述他在自己家里看见赛卡伊娜脸朝下伏地而亡的情景。他解释了自己为什么相信妻子是中毒身亡的理由，以及从那以来一直在脑海里徘徊的两种可能，其一是凶手来自宫廷，其二是哈桑手下所为。赛卡伊娜出事的前一天哈桑刚好登门拜访，两人之间发生过争辩，言辞激烈，最后不欢而散。如果凶手是宫廷派来的，那一定和朝中的阴谋诡计有关，其原因必在尼札姆·穆尔克宰相身上，幕后主使者无非想借此来削弱其势力，动摇其意志，惩罚其幕僚。如果此事是哈桑唆使，那其缘由自不必说就是海亚姆本人。这两大嫌疑相互比较，可谓半斤八两，皆有可能。不过权衡下来，将此案归咎于哈桑指使杀人的理由居多，这使得海亚姆更感到为难。他谈及自己因此而忍受的痛苦，因为有关人员竟然拒绝调查此案，捉拿凶手。他回忆了事情的整个过程，说即使在这一不幸的遭遇几近了结、成为过去之时，只要它一在脑海里冒出来，涌进他的意识里，他依然还觉得一切扑朔迷离，令人难以置信。随着时间的推移，他慢慢地觉得，其实捉拿杀害赛卡伊娜的凶手并不重要。他逐渐明白了，这一悲剧的真相自己反正永远无法得知，就算当事人亲口向他供认也无济于事，因为人会出于不同的动机撒谎。从中他得出了结论，即便亲手把那个作案的混蛋宰了，自己的灵魂也得不到安宁，尤其是死去的妻子也不会因此就能在九泉之下安息瞑目。如果凶手并不明白自己作案的目的，你即使杀了他也毫无意义。反过来讲，像这种奉命行事的杀手，你又能指望他明白什么？这些年来，所有这些念头一直在他心里翻来覆去地折腾，让他百思不得其解，直到现在沃卡奇要他回忆当年的痛苦，他才终于想通了。否则的话，即使在昨天，他还会坚持认为不能够就这么不了了之。

他急促地讲着，滔滔不绝，直到后来都快被自己的话给噎着，实在说不下去了，才停下来陷入沉默，好歇一会儿再重新打开话匣。有时候，他已经上气不接下气，声音里夹带着人弥留前喉咙里发出的那种苟延残喘的呼噜，大概是嗓子眼里堵了他想一吐为快的十到十五个单词。再往后，他所讲的已经不大能听清了，人随即便昏了过去。

整整一夜他都神志昏迷，偶尔会冒出只言片语，有时哭泣，接着又会陷入昏睡，但睡得极不踏实、极不安稳，一看便知是病入膏肓所致，但毕竟还是睡着了，这种状况一直持续到第二天、第三天。好心的邻居泰伊达熬了汤，一点点灌给他喝，又打了几只鸡蛋，用一个带嘴的小碟一口一口地喂他。她想尽了所有办法给海亚姆进补，不愿让他就这么因虚脱而忍饥挨饿。第三天的下午，泰伊达动身去找海亚姆的妹妹哈米达和妹夫伊玛目穆罕默德·巴格达迪。等他们来的时候，海亚姆已经睡着了，虽说不一定很安稳，但也不像前两天那样抽搐痉挛。

海亚姆醒了，思维清晰，体力也有所恢复。他和妹妹、妹夫聊天，问他们一些家常话和孩子的琐事，倾听两人的讲述，还不时回应。等到身心恢复到差不多时，他请两位帮忙把教义学家安萨里的那本《光的壁龛》给他拿来，然后开始阅读。

好些天他是这样度过的：睡觉、吃饭、稍微聊会儿天、看很久的书。

有一天，他对妹夫穆罕默德·巴格达迪说："死期已到，剩下的时日不多了，兄弟，其实我心里一清二楚，此生还有很多书要看，但自己读不到必读的第十本、应读的第一百本和想读的第一千本书了……我觉得，等不到再回首好好四下看看，猜猜自己究竟在哪儿，搞搞清楚自己的位置，再学点什么，我就得走了。"

"好像你还没学够没读够似的！！！而且你对人生岁月的看法也不全对。你不想想，自己已经跨过八十大寿的门槛了，谢天谢地，够有福气的了！"伊玛目安慰自己的大舅子。

"我说的是我的内心世界，我现在的感受，而不是你们所看到的外表。"海亚姆笑了笑，"可能这才是真正的问题所在，可能……我也说不出来，不过一切都是短暂的。"

说完他便接着看书，完全忘了身旁还围着妹夫和其他人。这天他读的是哲人兼诗人麦阿里的著作，边看边笑，而且声音很大，就像他年轻时读麦阿里的散文《宽恕书》一样。

伊斯兰历五五五年，一月十二日，礼拜四，海亚姆一觉醒来颇感神清气爽，似乎完全恢复了健康。他和大家一道吃早餐，喝茶聊天，还和泰伊达开了几句玩笑。看到他身体痊愈，善良的妇人难掩喜悦之情。然后，海亚姆拿过医学之父伊本·西拿的名著《治疗论》，埋头看了起来，直到正午时分听见响礼祷告的呼唤才抬起头。他站起来，转身对妹妹哈米达说："真奇怪，我刚好看到'单一与多样'这一章时，就响起了响礼祷告的呼唤。"他没说到底奇怪在哪儿，自己怎么想的，这些究竟可能意味着什么。哈米达也没来得及问哥哥，因为他已经在做祷告前的洗浴净礼了。

履行了净礼之后，他退到屋子的左边，铺开地毯跪下，祈祷了很久，时间比以往要长得多。然后他坐了起来，在手指间又捻了同样久的念珠，最后站起身，拿上书，走回自己的病榻，那是为了他养病在堂屋里临时搭就的一张床铺。他摆手谢绝了用餐，伸开四肢平躺在床上，把书放在胸前。沃卡奇后来说自己可以发誓，听到海亚姆在小声念叨着什么。他一边和大家一起吃着饭，一边留心观察老伙计的一举一动，所以可以清楚地看见老人的嘴唇在嚅动颤抖。

不知从哪儿飞进来一只蜜蜂，开始在屋子里盘旋，圈子先是越来越小，然后又越来越大，穿过整个房间。哈米达突然从饭桌旁跳起来，大声喊叫着朝泰伊达招手："快，榅桲果，快拿榅桲果！"

"榅桲果？我现在到哪儿去找榅桲果？"泰伊达完全蒙了，只好也跟着站起身，不吃饭了。

"家里肯定有一个，不是夹在书籍中间，就是藏在他的礼服里面。"哈米达催她赶快去找，在等候的时候她对沃卡奇说，海亚姆经常会在家里存放一只榅桲果，这习惯任何时候都不会改变，因为他认为这是自己和赛卡伊娜的幸福之果，他们俩的爱情就是从赛卡伊娜送给他一只漂亮的大榅桲果开始的。所以自从返回内沙布尔以后，他一直记着，要把一只榅桲果放在家里对他来说非常重要的地方。

泰伊达回来了，手里拿着一个榅桲果，不出所料，果然是在书籍中间找到的。哈米达立刻冲了上去，一把抢过果子，削了起来，并示意泰伊达重新把盆里的余火烧旺些。

自打那只蜜蜂飞进屋后，海亚姆的眼睛就一直紧盯着它，就好像目光被它的飞行轨迹吸住了一样，寸步不离。妹妹削榅桲果时，他紧闭双眼，直起身子，大声说道：

"真主啊，你知道，我终生不遗余力，想走近你，了解你。我能取得多少成功，全仰仗你伟大的决断。请宽恕我的努力，原谅我以知识求教于你，也许我微不足道的短见薄识，能够在你面前为我美言。"

他是闭着眼睛说这话的，就这么自言自语，念念有词，然后眼也没睁就一头倒下，让旁人看不出来，他对周围的一切还有没有点儿意识。

"好了，我们成功了。"看见丈夫还坐在海亚姆床边，哈米达压低了嗓门，小声对泰伊达和沃卡奇说。

哈米达一边削着榅桲果，一边把削下来的果皮丢进炭火里。为了不让穆罕默德·巴格达迪听见，她对泰伊达和沃卡奇小声耳语，说海亚姆有一回对她讲，说天堂鸟是用榅桲果果皮放到火上烧烤时散发出的香味来滋养自己的。

"先得把这天上搭鹊桥的神鸟伺候好。如果有什么能够让他们两口子的灵魂在天堂重逢的话，那就要靠这榅桲果的芬芳了。"哈米达小声发誓，还做了个动作，示意不能让她丈夫听见，然后便伸开双手，左手拿着削了皮的榅桲果说，"我们能做的都做了，剩下的事就不是我们力所能及的了。"

自　述

在东方生活的那段日子里，我听说过罗马帝国的一个真实故事。我清楚地记得，那是对我有救命之恩的阿里·利扎讲给我听的，也是这位大善人让我和奥马尔·海亚姆走到了一起。但这故事到底是他特意对我一个人讲的，还是在那会儿时兴的社交闲聊中广为流传的，我现在想不起来了。

罗马皇帝决定，要撤换一座希腊城市的市长。我记得这城市不是雅典，但肯定也是一座同样规模和同样有名的大城市。这位要被撤换的市长是个性情温和的热心肠，最喜欢做的就是在世上行善积德。他降税减赋，让利于民，动用公款，为穷人购置衣食，尤其是捐给教会的善款最为慷慨大方。据当时的描述，他把所有收入悉数捐出。但这样一来，在其掌权执政期间，城市收入日渐减少，开支与日俱增，以致上缴朝廷国库的钱财也越来越少，最后财政完全空虚告竭。所以皇帝决定将其撤换，另选能人取而代之。候选人须以城市利益为重，深明国穷则民亦难富之道理。

新市长走马上任之初便欲向市民昭示，该市的状况必须彻底改变，于是认为最佳方案就是以贪污公款的罪名公开惩处前任市长，具体惩罚手段便是按照当时的风俗，让手下人将其头朝尾绑在驴身上，然后命令卫兵牵着这头驴，走街串巷地游街示众。在此之前，他发布公告，让是日街上所有行人，当该驴经过身边时，皆可用手中持有的任何物品投掷被示众者，但能致命或使其遭受重创的大块石头不得使用。

此举亦按计划得以实施。遇一礼拜日，市民刚做完祈祷从教堂涌出，卫兵便牵着绑有前任市长的毛驴，他在前，驴在后，沿街穿市而过。大街上人山人海，大家礼服盛装，气氛热闹非凡。时值仲秋，地上什么乱七八糟的东西都有，拿来砸那位倒霉的市长再合适不过。于是，空中接二连三地飞过腐烂的柑橘、啃过的无花果、粪便屎块、破衣烂布，不过其间也夹杂着完好无损的鸡蛋。人群里回荡着讽刺谩骂的歌谣和诅咒，叫骂与嘲笑混杂，粗话与脏话交织，此起彼伏，犹如一场狂欢的盛宴。

卫兵和驴子行进到一处稍微僻静些的十字路口时，过来了一个行人，此人走到和毛驴并排时摘下帽子，毕恭毕敬地向前市长深鞠了一躬。驴背上的市长虽已神思恍惚，但人一直还有意识，见状便开口喊道："我与你素不相识，一生中也没为你做过什么好事，为何如此以礼相待？""说得不错，我是大约二十天前才到此地的。"说完，此人再次恭敬行礼，随后扬长而去。

游街示众还没结束，前市长就已经昏死过去。第二天暮色即将降临时，便一命呜呼了。估计他是承受不了这悲哀、折磨，或者类似的什么煎熬，两腿一蹬翘辫子了。

我的贵人阿里·利扎是把这个故事当作一个教训来讲的："敬爱的真主用我们自己来戕杀我们。"接着，他用无数实例证明了这句话。那位市长的最爱就是在人间行善积德，而最后恰恰就是这懿

658

行善举要了他的老命。善玩女人的花心男子大都在女人身上丧命，嗜酒如命的贪杯者必死于杯中之物。饕餮之徒会饱胀而亡，乐天性格会纵笑而毙。一般说来，我们的最爱往往就是我们的致命杀手。当然，只不过如果运气好的话，我们可以平静和谐地与自己共赴黄泉一同安息罢了。

而我现在也身处此境！我一生像只骄傲的孔雀，尤其在青年时代，致力于炫耀波斯尼亚的伟大。在南方生活时，我从未停止过对波斯尼亚气候湿润、草木繁茂的推崇，从而一度在自己周围的人群中引起了不少赞叹与羡慕。可现在这些曾经让我引以为豪的美好自然条件，也理所应当且合乎情理地成了我病痛的来源，从而毁掉了我的健康，让我的生活苦不堪言，并以此向我预告，它们将把我一步步送进坟墓。事实上，正是这湿润的气候和繁茂的草木让我患上了痛风以及一连串由此而引起的并发症，如呼吸困难，腰肌无力。本来我还不知道自己究竟得了什么病。但我感觉到，如果没有痛风和腿部肿胀，其他的一切都还能忍受。这毛病可以把人困在家中，让其卧床不起，迫使患者像孩子一样由人照顾。可病人自己和照顾他的人看得很清楚，他不是小孩，而是一个行动迟缓、情绪易怒的老翁，身体虚弱不堪，内心痛苦不已。所以那原本对孩子来说应该是一大乐事的悉心照料，现在从各方面来看倒变成了一种没完没了的折磨。

差不多两年前我们还可以自欺欺人地装装样子，那时候我住在底楼，家里年纪轻的人住在上面。每天所有人都得无数次穿过底楼。这样，如果我需要什么，就可以装作像顺便一样，请人代劳。比如我儿子或儿媳，总之经过底楼的什么人，都可以替我解决一些必要的问题，而且一切看上去那么自然而然，就像是举手之劳，这对我们两位老人来说就没那么重的心理负担。可是后来波斯尼亚得天独厚的湿润气候浸入了底楼，特别是在春秋两季，湿气极大，加重了我的痛风，使病情如同小马驹一样难以驾驭，无法控制，那日子简直不是人过的。于是，家里人不得不把我转移到楼上，那儿湿气小一些。为了方便孙子——他们不愿腾出自己在二楼的屋子——于是便在三楼专门为我扩建了两间房子，安了木质贴面。两年多来我便一直住在这里，但并没有觉得潮湿的问题有什么改善，充分感到的是除此之外的其他一切问题反倒更加严重了。每当我要喝水或是要撒尿时，就必须敲敲地板，楼下的人听见了就得放下手里的活儿，跑上来帮我解决进水或放水的问题。谁能觉得这是天经地义呢？！哪一方更觉得难受呢？是照顾别人的人，还是不得不这样被人照顾的人呢？

于是我开始撰写回忆录，希望以此来减轻这种形同囚禁的感觉。其实早有名人显士和来自比勒斯沃、莱索沃，甚至维索科的朋友劝我做这件事，无论是他们，还是我自己，都不知道在波斯尼亚有谁在远走他乡转了大半个世界后，还能健健康康、快快活活地回归故土，重新开始完全正常的生活。他们说，有些人想了解我所见过、知悉的那些远方的国度和人民，而我的经历可能对他们有用，让它们烂在肚子里，不为人知，实在可惜，其中的知识和教训，即便对那些没打算挪窝外出远行的波斯尼亚人也会大有裨益。这毕竟是近八十年的天涯之旅，有益的人生阅历和宝贵的经验教训应有尽有，肯定丰富无比。年轻时，我曾死过一回（或者不管怎么说，也是很长一段时间失去了意识），可后来我居然生儿育女，并把他们抚养成人。我一生行走了大半个世界，却没有失去在波斯尼亚的老家。我打过仗，学到过智慧，也遍尝艰辛，饱经风霜，最终收获了珍贵的知识。

可正着手动笔时，发生了点不可思议的事。我按常规先回忆了一遍想要叙述的事情，记下一点想法和句子，好支撑思路，以免忘掉任何事件和人物，然后就呆看着笔记傻眼了，就像只牛犊盯着新圈门发愣一样，不知如何把一件事同另外一件事联系在一起。笔记里的每一条记录我都清楚，也清楚其让我想起的具体事情。但我不清楚的是，这条记录与之前和之后的记录有何相关，不知道它让我想起的事与之前和之后的记录让我想起的事之间是什么关系。所有这些笔记综合在一起无法向我呈现出最为关键的完整生活画面。我尝试把要讲述的一切唤回记忆里时，竟然看不到自己的存在。我可以回忆起自己参与过的一件事，对事情的每个细节都记得清清楚楚，可就是看不见我自己在其中的影子，也不知道为何要讲述这件事。比方说我能想起一次同某位学者、名人的见面和交谈，当时说的每个词我都记得，甚至可以倒背如流，可就是听不到我和他说话的声音，所以不明白自己到底要讲什么和为什么要这么讲。其实我原本很清楚自己应该说些什么。我一生当中有幸结识了许多为人正派、受人尊敬的智者，得知他们身上有不少美德懿行。关于这些人，应该说什么，怎么说，本来是不言而喻、一清二楚的。可就是没有什么能促使我把这些诉诸笔端。与此相对，反倒是我同内沙布尔那个悲伤而又幸福的老人奥马尔·海亚姆共同度过的一年，在记忆里显得与众不同地生动鲜活。无论何时，每当我回想起自己的人生，或者回想不起，甚至不愿回想起时，那一年的情景便会一幕幕闪现在我眼前。伴随着画面，当年与我交谈的真切声音又回响在耳畔，昔日那让我特别敏感的芬芳气味又重返我的身边。想必是因为那场大病，我神志昏迷、不省人事，所以与世隔绝，也远离了人间的气息。

可为什么会这样，仁慈的真主能告诉我吗？！难道就因为我如今也是个行将就木的老人，而那时目睹了一位可爱的老人与世长辞，所以这一体验今天对我来说比其他任何经历都更加亲切，而且也比我可能看见和经历的别的任何情景都更加熟悉？是因为我那颗当时尚属纯洁无瑕、未染世尘的心，爱上了这位老伙计？我不记得，后来我还这样爱过谁，还这样全身心地理解过谁，这种爱我们大概只能在那个年代里拥有。抑或是因为经过神智全无、意识丧尽的那段时间，我好比天真幼儿，身体虚弱，意识单纯，格外敏感，对所经历的任何事情都印象深刻，感受强烈，而与奥马尔·海亚姆的相遇是我苏醒过来后的首次与人交往？我不知道，也不想说这其中哪种推测会是正确的答案。既然海亚姆在我少年时代年幼的心灵上留下了如此深刻的印记，那么为什么这些年来我只是偶尔才想起他，而不是让他随时随地鲜活地存在于我的记忆里？但不管怎样，我不得不承认，与其他所有走到我眼前的人和关心我的人相比，如今奥马尔·海亚姆离我最近，他的形象在我眼里最清晰真切。如今，当年的经历与现实世界交织在一起，融汇于一炉，甚至将后者赶出我的脑海，使之相形见绌、黯然失色，这一事实我无法否认。所以我常常有这种感觉，咬了一口李子，可嘴里弥漫开来的却是当年我和海亚姆早餐时品尝的无花果的味道（顺便说一句，我很想把李子叫作我们波斯尼亚的无花果，因为李子之于我们，正如无花果之于南方国度的人们）。特别奇怪的是，还不仅仅是无花果的味道，在我嘴里当年的全套早餐都复活了，所有食物的味道，所有的促膝交谈，全都又栩栩如生……

于是，我停止了笼统的回忆录写作，转而只将与海亚姆共同经历的、从他那儿听到的和别人说他的一切事情认真记下。最让我惊奇的是，自己居然对此手到擒来，怡然自得，十分满意。我仔细看了自己写下的东西，切身感觉到，这就是我的回忆录。我深深感到，有关海亚姆的叙述，也是我自身的体现，让我从中看到了自己的存在，它比我所能做的直接自我介绍而提供的信息要更加详尽、更加真实。我无法解释这一现象。奇迹本来就没有解释，你只能通过心灵沟通和切身体验来融入，成为其中一部分，方可理解个中玄奥。但是我心里清楚，事实如此：我肯定写不出再比此书对我本人更加详细的回忆录来，所以赶快就此搁笔。

海亚姆卒于公元一一三一年冬天，享年八十三岁。我们把他送到墓地，在那儿按当地的风俗举行安葬仪式。在其他人按其宗教习俗做祷告时，我无所事事地闲站在一旁，竭力想把目光和思想集中到随便别的什么事情上去，好分散一下自己的悲哀，多少减轻一点内心的痛苦，将欲夺眶而出的泪水硬收回去（穆斯林不喜欢葬礼上有人哭，尤其不喜欢对死人哭。他们不说谁死了，而管这叫作到另一个世界去了，有些人甚至称死者是回家去了），可我内心憋得几乎要流泪了。我不知道，自己什么时候曾为失去一个人如此悲痛过。如前所述，正当我想寻找某个念头或某个物品，好来转移注意力，分散悲痛心情时，我发现，人们把我去世的老伙计葬在了紧靠墓园围墙的地方，墙的外侧长着一棵梨树，而紧挨着海亚姆坟墓的另一座墓旁边则种了一棵桃树。我猛地恍然大悟，这样一来，桃梨两树的花叶便会每年两度分别飘落在他的坟上。一瞬间，我泪如泉涌，夺眶而出，强烈的悲痛难以抑制，刚才所有试图转移分散心情和忍住眼泪的伎俩顿时全都作废了，所以不得不赶快逃离墓园。对我们外人来说，尊重人家的规矩和风俗，毕竟是理所应当之事，所以我择路朝海亚姆家走去，再说，反正我也不能参加葬礼后紧接着举行的亡灵追思会。途中我回想起来，海亚姆在梅尔夫时说过，他将来要只埋在一座坟墓里，但墓顶上一年会有两次撒满落英，而这种说法给他惹来了相当大的麻烦，因为有些好事者借他的话推论说，海亚姆根本不打算死，或者讲他死后将有一个与众不同的特别去处。

海亚姆的妹妹、妹夫对我很客气，主动说我愿在老人留下的房子里住多久就住多久。但我没待多久，也就住到刚好从认识他的人那儿听完了我从他嘴里听不到的事儿，算是弥补了对他了解的缺憾，随后我便启程返回西方。旅途中我终于搞清了那次和海亚姆拜访母校后回家路上看到的幻觉是怎么回事。遗憾的是我当时不懂，第一次看见的那些惊悚场景和自己的怪异经历，其实皆为某种未卜先知的特异功能之表现。我看见一所完好无损的住宅墙上生长着野玫瑰，看见祖母在啃哭喊的孙儿的脚后跟，而且事情发生在一座内部模糊不清、一切无法辨认的房子里。这情景让我害怕、痛苦、迷惘。现在我明白了，那儿将要发生的是我当时已经看见过的事情，就如同在我的旅途上多次遇到自己从前见过的事情一样。正所谓坏事亦有其好的一面，我经常诅咒自己的视觉能力，因为它让我恐惧害怕，常把令人无比痛苦的未来场景放到我眼前。但另一方面我又必须承认，自己同样也有充分的理由赞美这一能力，因为预见未来的特异功能给我带来了丰厚的收益，有时候甚至是我唯一的经济来源。

我在耶路撒冷待得最久，差不多整整四年。在那儿我从军参战，也经商搞贸易，替人预卜未来，也帮人将其所要办的事翻译成阿拉伯语，以此挣点生活费糊口。在那儿我还认识了圣殿骑士团的人，他们的言行举止太让我联想到海亚姆的朋友哈桑手下的刺客了，两者何其相似乃尔，以致我私下就把他们称为哈桑信徒的基督徒翻版。这帮人几乎跟"白衣卫"一模一样，一身白色装束，不同的只是他们胸前佩戴的不是红色皮带，而印着个大大的红色十字架。同哈桑的人一样，他们也是个自成一体的封闭组织。一些人天生爱管本不该他们管的闲事，对他们来说，圣殿骑士团显得尤为神秘莫测而令人备感好奇。这帮好事者到处散布虚无缥缈的消息，把事情搞得玄乎其玄。在那些美化骑士团的传说中，他们和哈桑的死党一样，被描述成乐善好施的君子，行侠仗义的英雄，捍卫信仰的斗士，排忧解难的救星，身怀绝技的奇人。而不喜欢他们的人，通常也是害怕他们的人，则将其说得一无是处，没有半句好话。按这些人的说法，骑士团是异教徒，背信弃义者，杀人凶手，颠覆国家、扰乱秩序、反对一切公正之事的阴谋家，抢掠老百姓的恶棍，放高利贷的吸血鬼，以及其他一切破事、坏事、烂事的形象代表。

就像当年说哈桑的人一样，他们也讲，谁要是加入了骑士团，也就进了一个大家庭。如同历数"白衣卫"的累累罪恶一般，有关他们在耶路撒冷的疯狂丑恶行径也被传得沸沸扬扬，这些连孩子都不会相信的传闻，却让许多严肃认真和头脑理智之士信以为真，就像我也对此深信不疑一样。比如有人讲，在接纳新人入伙或者踏入圣殿之家时，必须亲吻该组织最高指挥官——即大团长、宗师——的嘴、肚脐和屁眼儿，好以此来封住大师向外界开放的所有通道。这一传闻，我无数次亲耳从头脑清醒、理智健全、思想成熟者口中听说，这些人对此皆深信不疑，就像相信自己的名字或者相信自己拥有双手一样。他们用理智的话语向我解释这种非理智的仪式，看来真正的荒谬往往倒比人们日常生活里正常的所言所为显得更加真实了。散布这一疯狂入会仪式的人说，圣骑殿士团是一个内向、隐遁、看不见的封闭组织，因而他们的宗师必须对外界保持全方位的封闭，而其信徒亲吻所说的那些部位正好能封堵他对外开放的通道，以此防止内部秘密的外泄，避免将情报透露给外人。

　　如果说还有什么事情比这更荒唐的话，那就是有关黑色公猫巴风特[1]的故事。据说此猫乃圣殿骑士团的主要偶像，在其面前人人皆得俯首下跪，对其顶礼膜拜。传说骑士们把猫神巴风特供养在圣殿里最隐蔽的圣屋中，常人根本无从睹其尊容，而每次仪式皆以亲吻其屁股开始。一次，一位精于本行、善于交往的名绅向我讲述巴风特后，我问他，根据他的判断，这只可怜的公猫屁眼儿究竟应该长成什么样儿，才能承受每天如此之多的亲吻？可他用无比同情的眼光看着我，不屑一顾地把手一挥，好一阵子都没从对我如此天真的惊愕中回过神来，所以就无意再和我攀谈下去，末了只甩给我两句话："巴风特是恶魔的使者，它的名字应被忘却，或者说它本身就是魔鬼。无论是亲吻还是击打都不能痛其身、伤其体，这些连黄口小儿都知道。"

　　此君是个好人，曾帮过我不少忙。我不愿失去这个朋友，想和他继续合作，于是就努力纠正他的看法，让他回归理智。我告诉他，阿拉伯语里"不菲特"这个词可以有"理解之父"的意思，然后问他，在不会阿拉伯语的情况下，世界上还有比把"不菲特"变成"巴风特"更容易的事吗？"难道圣殿的深宫密室里除了只黑猫外，就不会供奉点别的什么可以促进人类理解力的东西，或者是什么人们必须理解的东西，例如一本书或者一整座图书馆吗？"

"你大概不会以为他们真的能有这样的远见卓识吧？！"我的聊伴对我的话半信半疑，看得出他心中惊诧、气愤与恐惧并存，急于将引起他恐慌的问题彻底扼杀在萌芽状态。可我原本只想自我解嘲，我想替圣殿骑士说句公道话的企图，还他们个清白的良好愿望，反倒把他们抹得黑得不能再黑。打那以后，我在耶路撒冷逗留期间再也不去做什么实事求是的解释和澄清是非的辩护，尤其严禁自己去帮一个随时准备维护世界秩序的人恢复理智。

但我承认，自己至今也没搞懂，纯粹从人性的角度出发，一个人可以长年和另外一个人相邻而居，却从来不去问长问短，了解一下此人的情况，这并不一定要出于好心好意，哪怕纯粹是因为好奇也行啊。

在耶路撒冷其间我积攒了一笔可观的财富，所以重返故土时能像个老爷似的大包小包地装船托运。不到一个月我们就抵达了亚得里亚海，从那儿再骑马用了差不多十天就到家了。

见到母亲时，她正卧病在床。母亲认出了我，我们母子俩抱头痛哭，泪水里流淌的既是伤心与酸楚，也是幸福和喜悦。家里的几个弟弟也热情地接待了我，他们都已长大成人，得法有方地经营着那份不大的祖传家业。用我积攒的钱财和积累的经验，我们很快扩大了家业，在短短的几年里就有了很大起色，从而在比勒斯沃、莱索沃，甚至维索科都有了一定的名气。后来几个弟弟相继离世，我就和自己的子女以及侄子侄女们共同分享这份财产和与之相应的家族荣耀，现在这份来之不易的家业已传到了我们的孙子辈。

我多次扪心自问，为什么死神就如此固执地回避我。我比弟弟们大许多岁，可他们三个都早已魂归天堂。当时有疾病的肆虐，有狩猎的危险，好些技术老练、经验丰富的猎人出猎后便一去不复返，还有脾气暴躁、撒蹄狂奔的烈马，不少好汉也不幸丧生其蹄下。世间险象环生，周围危机四伏，我却不知怎么地一直赖活在人间，偶尔遭过一回骨折，或者受点小伤，有过惊吓，有过教训，但总能逃过厄运，大难不死。难道死神是因为我年轻时的经历，不愿与我邂逅？还是由于我气数未尽，尚未成为其索命的对象，不想提前接我去阴间？人真该知道这里面的玄奥！可只要你还是个活人，所有这些秘密你就无法得知。

现在我已感觉到，他来了，这次不会再回避我，虽然我除了痛风这老毛病外别无大恙，而痛风是死不了人的。我意识到，自己之所以必须把这一切写下来，是因为在内沙布尔时，海亚姆的去世让我平生第一次与死神相遇，当时对我的触动真的很大，使我深感震撼。其实我也不清楚原因何在，只知道把所能找出来的有关他的一切都记载下来，也在其中将我自己这个比勒斯沃的老头沃卡奇诚实地付诸笔端。

后　记

　　一九七五至一九八五年间的萨拉热窝，是座生活丰富多彩的城市。这一方热土上有世界上最美丽的音乐，最好看的电影，最奇妙的绘画，最有趣的书籍，最幽默且每天频繁更新的笑话。富有情调的小酒馆如雨后春笋般涌现，遍布大街小巷，里面座无虚席，风情浪漫，气氛温馨。当时，这里曾举办欧洲篮球锦标赛，还是两届南斯拉夫足球冠军赛的主赛场。优秀建筑师到处展示他们的得意之作，越做越好的餐饮老板不断推出花样翻新的营销手段，吸引顾客光临。大街上，每年春天都会有新的一代漂亮姑娘亮相。城市里，每年秋季也会有新的一代大学生涌入。这些春秋两季的新宝贝们很快便适应了城市的环境，开始享受起那一时期的确很充实、丰富、诱惑的都市生活。

　　那时的萨拉热窝也是另一类人的好去处，他们逃避城市生活，不仅不想面对自己的人生，而且也不愿看见任何别人的世界。城市里图书馆比比皆是，所藏书籍从古老的东方智慧到现代西方的新学，从老夫子的旧梦到新作家的幻想，从尘封的古旧手稿到散发着油墨清香的精装本，可谓应有尽有，不一而足，为口味不同的读者提供了可以避开尘世和寻求心灵安宁的一方净土，或者说起码是一片能够遮风避雨的屋檐。想必每个图书馆都有一个阅览室，在那儿你可以安安静静地过上一整天，读书看报，间或也不无憧憬地偷偷瞟几眼两排开外坐着的漂亮小妞儿，心里为不敢更不能上前调情搭讪而痛苦万分。对当时弱视、腼腆且至今依然如此的我来说，萨拉热窝的图书馆及其阅览室如同重要的避难所。我自认为无法搞定个人生活，于是图书馆就成了我生活中的一根救命稻草，它至少可以让我在能够忍受的范围之内苟且面对生活，尽量满足我所需要的东西。在其中的一个阅览室里，我认识了现在的妻子，她在我的余生里取代了阅览室的功能：尽其所能保护好我，免受生活的伤害，并给予我日常必需的一切。这段良缘结于国立大学图书馆的阅览室，因为该建筑的前身是市政府大楼，大家都习惯于叫他"维热切尼察"，即市政厅的意思。那个阅览室编号是2，从此"2"这个数字就成了我和我妻子两人的幸运数字和吉祥符号，是我们一切福气的象征，代表了同我们以及我们所有幸福与快乐密不可分的一个词、一个概念和一个地方。

　　在准备硕士毕业论文时，不料我竟与这维热切尼察结下了一段特别的不解之缘。我论文的方向是研究"阿拉米亚多"文献，这是一种用阿拉伯字母拼写的我们母语文学作品的手稿，而指导我论文的教授刚好开始着手撰写一部同一课题的专著。于是导师便和维热切尼察的管理部门商量好，破例准许我可以在尚未对外开放的图书馆阿拉米亚多手稿典藏部里搜集论文资料，这里的古籍文献大都还未编目和分类。我要做的论文就是在该部门的一间小屋里列出一份包括所有收藏手稿的一览表来，并给每一手稿配上简短的说明。此表将有助于我的导师在其专著里单辟一章，专门对那些迄今为止依然不为人知的珍贵阿拉米亚多手稿进行阐述。

那五个月的时间真是激动人心，绝妙无比。我读到了远古时期治疗发烧的手写处方（文献里管这叫作"去火"），富有教益的诗歌，内容从述说烟草和酒精的害处到赞美信仰和顺从父母之益处，不一而足。手稿里还有各种游记，家务指南，抒情的、有时是即兴发挥的韵文，以及古法炼丹术的记载。对每份阅读过的手稿我都仔细记录并进行简单描述，同时根据其语言、字体类型、稿纸的外观和状况来断定其大致的年代，最后再附上内容简介。此项工作接近尾声时，我遇到了一份手稿，想必无论是顶级专家，还是那些足以当我老师的老师的学者们都会认为，能发现如此珍贵的文献简直难以置信。或者起码他们会说，再遇到类似手稿的几率为零，而让一个写硕士论文的学生撞此大运的机会更是远远不到零。我发现的这份手稿最晚成文于一二〇〇年，也就是说远在奥斯曼帝国占领波斯尼亚之前，当时正是阿拉米亚多文学手稿形成的高峰期，绝大部分文稿虽说皆以阿拉伯文字写就，但其所用词句均属本地通俗而且至今尚可完全看懂的民间语言。说实话，该手稿之所以被归纳入阿拉米亚多的文库里，只能是因其具有用阿拉伯文字书写这一特征，而在其他任何一方面，它都远远超出了这一文献资料总汇的范式，大有鹤立鸡群之势。其篇幅大大长于该文库内一切现有和期待拥有的手稿，文体独树一帜，主题与众不同。从其篇幅和风格以及多数其他特点上来看，与阿拉米亚多文库内我所知道的随便哪份资料相比，这份文稿更像是一部长篇小说。我把它带给导师，教授匆匆浏览一遍后还给我，让我将手稿带回图书馆，在哪儿发现的就放回到哪儿去，并且一定注意别再让任何人得知其存在的信息。面对我大惑不解、深感吃惊的疑问，教授的回答是，在自己的有生之年他还想过几天安稳的日子，不愿惹是生非，去研究这手稿是真是假，从何而来，怎么会流落到此地之类的问题："一旦有人得知有这么份东西存在，专家们势必会分裂成几大学派，一派人明白这是真真切切确实可信之事，另一派人则认为此文纯属伪造，一派人清楚这里面存有谬误，而另一派人则视其为证据确凿的欺世惑众之杰作。到头来，所有人的怒气都会撒到我身上，冲我发火，要我表态承认。"教授向我大谈其丰富的悲观联想，"可我并不知道自己要承认什么，该怎么去想。你瞧，我和你一样不知所措，其实比你还迷惑得多。"

在把手稿还回原处之前，我又仔细读了一遍，然后完全按照导师的建议，小心翼翼，慎之又慎，注意不让任何人再对其存在有所觉察，以免产生非分之想，觉得这里面可能会有什么令人感兴趣的秘密。但是我所读到的东西让我难以平静，促使我内心产生了一个强烈愿望，要去深入了解这份手稿所描写的主人公奥马尔·海亚姆这位波斯天文学家、数学家和诗人的传奇人生。于是我找出他的诗歌，反复诵读。后来连续数年，我在业余时间里阅读了所有我能弄到手的有关海亚姆的资料，比如其诗作的译写和诠释本，以及译者的注解说明和个人思考。最后，我放弃了硕士毕业论文的撰写，将这份手稿翻译成现代波斯尼亚语，并将译文附在原文之后。

几年之后，我经历了与手稿的作者沃卡奇同样的心路历程：乡愁渐浓，归心似箭。于是我离开了萨拉热窝，搬回老家利夫诺，在那儿的图书馆找了份差事，妻子则在当地的医院工作。

随后波黑战争爆发了。如果现在回想起来，从我回到利夫诺到战争爆发之间已经过了好些年。可在我心里，在我的印象中，好像自己一直连行李都还没真正打开过。想必是因为忙于寻找住房，安顿孩子，熟悉新单位的工作，重新激活孩提时代和青年时期的友谊，等等，不得闲暇。此刻我觉得，似乎在这整个期间我就是没跟自己好好碰一次面、交一次心，大概正因为如此，才感到时间转瞬即逝，光阴似箭。

一九九二年八月二十五日，维热切尼察，这座萨拉热窝引以为豪的国立大学图书馆，遭到了白磷燃烧弹毁灭性的全面袭击，最终在火海中化为一片灰烬，烧得一干二净。得知这一噩耗，我哑口无言，感到周身一阵惊恐发凉，想必是心里明白，一个世界被从地球上抹掉了，那是我唯一了解的、居住过的心灵家园。

身为弱视、腼腆者的群体，我们的内心只有极为纯朴的愿望，就想做做自己的美梦，胡思乱想一下外面的大千世界，绝无占领它、统治它的非分企图。如果连我们这样的弱势群体在此间都没有可怜的一席之地，那这还算是个人类的世界吗？我们的幸运数字"2"已经无影无踪，被偷偷刻上名字的长椅已变成焦炭，那我曾从其后探头探脑暗中打量心上人的成排书籍已化为纸灰，所有我做论文时翻阅过的手稿文献已荡然无存，这一切可能吗？明天人们再上哪儿去和我当年一样寻找精神的避难所？他们该到何处去安放自己的灵魂呢？

一九九三年初战争全面升级，各派武装动用各自的军力，不断开辟战场，疯狂争夺势力范围，战火迅速席卷了波斯尼亚的大部分国土，尸横遍野，民不聊生。失去了精神家园的我随即又被赶出故土家园，不得不背井离乡，拖家带口逃往北欧的挪威。

此后的一连好多年，我沉默寡言，就像患了失声症，完全变成了与原来的我形同陌路的另外一个人，看上去犹如一个和自己保持一定距离的他者，只是机械地处理自己必做的和别人想要你做的工作。其间，其他的一切全都静默地躺在我心底。这期间我早已在住宅里拥有了自己的一小块天地，构成了与世隔绝的空间，但直到几年前，每当我凝视挪威夜晚那深沉的黑暗时才发现，在如墨的夜色深处似乎有什么东西在活动。头一个月我不敢相信自己的眼睛，都已准备叫妻子过来瞧瞧，想和她一起验证一下，看看那儿到底是真有东西在动，还是我眼睛产生的错觉。可我放弃了这个念头，因为她明天还要上班，如果可以把窗外那灰蒙蒙的暗淡光线称为"明天"的话。我把自己的思想矛盾埋藏在心里，既没对妻子透露，也没向孩子们诉说，这至今还一直是我保守完好的秘密。岁月蹉跎，随着时光的流逝我学会了观看和识别挪威黑夜的幕后活动，分析和区别那些阴影活动的方式和特点。不知过了多久，我终于明白了，我的那些阴影是在用它们的动作给我暗示。我把这些活动的影像叫作影子，它们是促进我身心健康的最佳聊伴。在挪威的漫漫长夜里，每当妻子和孩子们都已进入梦乡，活动的影子就会来到我身边。它们和我促膝谈心，劝我要尽己所能，着手开始重建自己被焚毁的心灵家园，并向我许诺，一定会呵护和珍藏我修复还原的一切。

　　我决定，首先根据自己的记忆力所及，对我在维热切尼察图书馆里读过的，于一九九二年八月二十五、二十六两日被战火焚毁的文献资料进行复原再现。此胆大妄为之举的第一步，可以也必须是恢复我所查到、读过多遍且按语音做了回译的那份手稿，因为这是最有希望成功的举措。不知什么时候我曾读到过，奥马尔·海亚姆在巴尔赫时曾碰到一本他需要的书，却不能据为己有，将其带走，于是便连看五遍，回家后仅凭记忆硬是一字不落地完整写下了全书。为什么我就不能够也用其人之道复原出有关其人其事的故事呢？这手稿我不是也起码看过五遍并且还做了重返原文的语音回译吗？！

大约十天前，我读了一遍自己写下的东西，感觉真的已经大体上复原了当时找到并看过的内容。

自从开始做这项工作之后，我便摆脱了沉默的枷锁，又能听见自己内心和生活中的各种声音，记录下自己和周围的各种活动。随着声音的恢复，希望、倔强、信任也一一重返我身。（妻子和孩子们发现我的变化，也都长出了一口气。）我睁大眼睛，密切关注全世界那些曾容我们为逃避尘世、寻求安慰而寄身其屋檐下的隐遁之地是怎样惨遭破坏，如何被焚毁殆尽。但是我现在不会再失去希望，再俯首低头，听天由命。相反，我越来越坚定地相信，自己找到了解决问题的答案，而那些黑暗中活动的影子是我坚实的后盾。来吧，让我们在挪威的漫漫长夜里，去重筑我们被毁的世界，修复我们的书籍和手稿，再造我们的屋宇和长椅，新建清晨购买第一炉热乎乎的羊角包的面包房和我们的公园、家具，恢复我们相互对话的能力！亲爱的，来吧，你们这些弱视和腼腆的人，精进者和迂夫子，勤奋的实干家和文质彬彬的书生，阅读狂和嗜书如命之徒！来吧，你们这些不愿随遇而安和隐居遁世的人，安静和不安的人，对世界爱得如此之深以至无法去占领和统治的人，到我这儿来吧，让我们精诚团结，齐心协力，重建我们曾经拥有的一切。到这里来吧！走进那些影子，正是它们将会保存我们的一切，就像它们曾经保存维热切尼察图书馆残迹余烬向我讲述的故事一样。

二〇〇八年十一月九日
根据记忆复原写于挪威卑尔根
利夫诺人尤素·珀简

注　释

第一部　死亡萌芽

1. Omar khayyam（1048—1131），波斯诗人、哲学家、天文学家、数学家。编制《马立克·沙赫天文表》，著有诗集《鲁拜集》、数学著作《代数学》等。

2. Malik-Shah I（1055—1092），塞尔柱王朝第三代苏丹，也是最著名的苏丹（1072—1092）。

3. Nizam al-Mulk（1018—1092），突厥塞尔柱苏丹的波斯族首席大臣，以论述主权的著作《王术》闻名于世。

4. 阿拉伯语音译，意为博学、聪明之人。

5. Al-Rāzī（854—925），拉丁语作 Rhazes（拉齐斯），伊斯兰哲学家、医学家、物理学家。

6. Ibn Sīnā（980—1037），拉丁语作 Avicenna（阿维森纳），中亚哲学家、自然科学家、医学家。

7. 伊斯兰教每日五次礼拜的第二次礼拜，在正午之后进行。

8. 伊斯兰教每日五次礼拜的第五次礼拜，在夜晚进行。

9. 阿拉伯语音译，前伊斯兰时期，尤其是萨珊王朝对大地主的指称。

10. Imam，意为领拜人，引申为学者、领袖、祈祷主持人，也可理解为伊斯兰法学权威。

11. Qadi，伊斯兰教法执行官，其职责是根据伊斯兰教法断案。

12. Chahar Bagh，一种波斯风格的园林布局，以园路或者水渠将整座花园平分为四个部分。

13. Al-Muqtadi（1056—1094），阿拔斯王朝哈里发（1075—1094）。

14. Amīr，伊斯兰国家对王公贵族、酋长或地方长官的称谓。

第二部　恐怖气息

1. Al-Ghazālī（1058—1111），伊斯兰教义学家、哲学家、法学家、教育家，正统苏菲派的集大成者。

2. Hassan-i Sabbāh（1050—1124），别号"山中老人"，开创了著名的阿萨辛派，以严密的刺杀活动对付政敌。

3. Dīwān，阿拉伯语原意为登记簿，伊斯兰国家政府管理机构的称谓。

4. Toghril Beg（990—1063），塞尔柱王朝的创建人。

5. 伊斯兰教什叶派中的伊斯玛仪派支派，自九世纪至十一世纪盛行于伊拉克、也门，特别是巴林。

6. 沙特阿拉伯麦加城禁寺中央的立方形高大石殿，为世界穆斯林做礼拜时的正向。

7. 伊斯兰教法用语，意为合法的。

8. Okka，土耳其和约旦重量单位，约等于 2.75 磅。

9. Padishah，意为万王之王。

第三部　故土哀歌

1. Hugues de Payens（1070—1136），圣殿骑士团创始人、首任大团长。

自述

1. Baphomet，别称巴弗灭，基督教恶魔之一，为今人所熟知的羊头恶魔。

Dževad Karahasan
Što pepeo priča

Copyright © Dževad Karahasan 2015
Copyright © Suhrkamp Verlag Berlin 2016
All rights reserved by and controlled through Suhrkamp Verlag Berlin.

图字：09－2018－687号

图书在版编目（CIP）数据

夜空的抚慰/（波黑）杰瓦德·卡拉哈桑著；宋健
飞译.—上海：上海译文出版社，2020.7
　书名原文：Što pepeo prica
　ISBN 978－7－5327－8297－0

　Ⅰ.①夜…　Ⅱ.①杰…②宋…　Ⅲ.①长篇小说一波
黑一现代　Ⅳ.①I555.545

中国版本图书馆 CIP 数据核字（2020）第 104473 号

夜空的抚慰	Dževad Karahasan	出版统筹　赵武平
	［波黑］杰瓦德·卡拉哈桑　著	责任编辑　张　鑫
Što pepeo priča	宋健飞　译	装帧设计　董茹嘉

上海译文出版社有限公司出版、发行
网址：www.yiwen.com.cn
200001 上海福建中路 193 号
启东市人民印刷有限公司印刷

开本 890×1240　1/32　印张 21.5　插页 2　字数 408,000
2020 年 8 月第 1 版　2020 年 8 月第 1 次印刷

ISBN 978－7－5327－8297－0/I·5088
定价：95.00 元